中国科幻基石丛书

金枢

杨晚晴 著

四川科学技术出版社

图书在版编目（CIP）数据

金桃 / 杨晚晴著 . -- 成都 : 四川科学技术出版社，

2024. 12（2025.5 重印）. --（中国科幻基石丛书）. -- ISBN 978-7

-5727-1706-2

Ⅰ . I247.5

中国国家版本馆 CIP 数据核字第 202452EX18 号

中国科幻基石丛书

金　桃

ZHONGGUO KEHUAN JISHI CONGSHU

JINTAO

著　　者　杨晚晴

出 品 人　程佳月
责任编辑　兰　银
特邀编辑　汪　旭
封面设计　施　洋
版面设计　施　洋
内文制作　刘　勇
责任出版　欧晓春
出　　版　四川科学技术出版社
　　　　　成都市锦江区三色路 238 号　邮政编码：610023
　　　　　官方微博：http://e.weibo.com/sckjcbs
　　　　　官方微信公众号：sckjcbs
　　　　　传真：028-86361756
成品尺寸　147mm×208mm　　　印　　张　18.25
字　　数　430 千　　　　　　　插　　页　3
印　　刷　四川省南方印务有限公司
版　　次　2024 年 12 月第 1 版
印　　次　2025 年 5 月第 2 次印刷
定　　价　75.00 元

ISBN 978-7-5727-1706-2

邮购：成都市锦江区三色路 238 号新华之星 A 座 25 楼　邮政编码：610023
电话：028-86361770

"基石"之上

2002年，为推动中国原创科幻创作的进步，探索和引领国内科幻图书市场的发展，科幻世界创立了"中国科幻基石丛书"。以"基石"为名，正反映了我们对构建中国科幻繁华巨厦的决心和信心，以及笃行不怠、久久为功的耐心和恒心。如今，在一块块基石的支撑下，这座大厦的基座已经稳固地搭建起来。

我们曾经设想过的科幻文化的繁荣景象，正真真切切地在我们眼前逐步实现。科幻创作方面，作品的数量和质量均显著提升，风格更加多样，年轻作者数量激增，形成了持续创作的老中青梯队，为后续稳定输出更多优秀作品奠定了坚实基础。科幻文化方面，科幻在科技创新、文化繁荣和创新教育等方面的独特作用正受到全社会的空前关注，全国约有百所高校建立了科幻社团，各类科幻机构不断涌现，科幻文化活动层出不穷，展示出中国科幻厚积薄发的蓬勃生态。科幻产业方面，《流浪地球》系列电影上映后反响热烈，不但全方位推动了中国科幻影视行业欣欣向荣，更对社会、文化、经济、科技等领域产生了广泛的辐射效应。国际交流方面，《三体》英文版获得世界科幻大奖雨果奖后，越来越多中国科幻作家和作品"走出去"，为全球读者熟知；2023年，成都首次将世界科幻大会引入中国，中国科幻已经成为世界科幻舞台备受关注的重要力量。

中国科幻文学的特质，也随着这一块块基石的铺就逐渐展露出来。与国外科幻文学相比，除了作品本身的不同，中国的科幻创作自晚清时期萌芽以来，便主动担负起了崇尚科学、开启民智的责任；今天科幻文化日渐繁荣，同样承担着助力科技强国和文化强国建设、讲好中国未来故事、具象化人类命运共同体理念等重要使命。可以说，在中国科幻的基石之上，承载着超越文学本身的更多维度。

正是这种认为科幻与民族、国家甚至人类文明发展密切相关的理念，促使我们对所从事的科幻事业始终秉持着一种历史使命感。从保留中国科幻火种，到奠定中国科幻基石，科幻世界这家以推动科幻文化发展繁荣为己任的老牌杂志社，也在不断思考科幻新征程的时代命题。在以科幻出版为核心的多元融合发展战略的指引下，科幻世界的出版物已经囊括实体书刊、电子书和有声书，从国内原创到海外引进，从少儿科幻到前沿科普，从硬核科幻小说到泛幻想图鉴，从二次元漫画到图像小说，以科幻为锚点，科幻世界培养的读者群体涵盖了从儿童、青少年到成人的全年龄段。但在这些图书中，"中国科幻基石丛书"仍是并将继续是图书品类的重中之重。这是因为，中国科幻文学大厦的建筑永无止境，这座大厦里的每一部新作品，都是未来新高峰的基石。

发现基石，打磨基石，构筑基石。科幻世界的出版初心，就在每一块基石里。

对于这些基石的遴选，我们仍然保持一贯的理念：并不限定某一种特定类型或风格，既期待核心科幻，也期盼个性革新。同时，它们也应该具有这样的共同标准：有创新的好故事，有对科技渗透下的现实思考，有对小到个体、大至文明的未来畅想。这些基石会共同组成中国科幻的完整叙事。

前路漫漫，我们信心满满。基石之上，这座巨厦会越建越高，并绽放出辉煌璀璨的科技、人文与哲思之美。

目录

第三部　凉州之秋

第四部　长安之冬

主要角色行动路线图

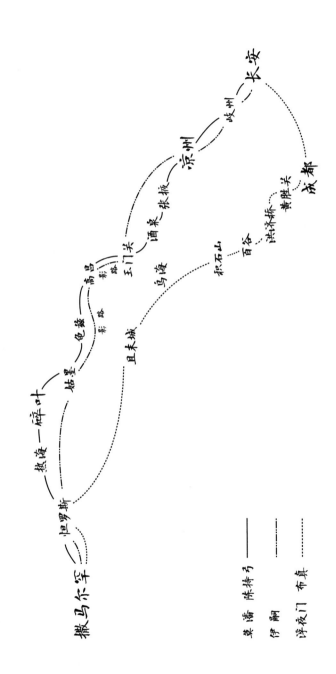

撒马尔罕　怛罗斯　热海——碎叶　姑墨——龟兹　高昌　彩路　玉门关　酒泉　张掖　凉州　岐州　长安

且末城　乌垒　积石山　百谷　驷马桥　黄牛关　成都

莫渭　陈待弓　——

伊嗣　——

译夜门　布真　········

第一部

撒马尔罕之春

世界充满由数的规则衍生的、丰富而微妙的细节……

但人们总是视而不见，无论是数的美丽，还是美丽之下暗藏的危险。

第一章 莫 潘

　　莫潘又梦见了那座黑色的塔。梦里的天空蓝得发黑，太阳、月亮和星辰同时悬浮于塔尖之上。她仰着头，走过遍地白骨，走过逡巡的野狗和扑扇着翅膀的兀鹫，大地泥泞，她却脚步轻快。然后，她看见了那些人，腰间挂着铃铛的人，他们停下手中的活计，直起身来回看她，手中依然环抱着苍白的纳骨瓮。莫潘对他们报以微笑，像是和朋友打平常的招呼。脚步不停，她到了。那个人站在黑色的塔基下，黑色头发、黑色眼睛、黑色长袍，仿佛黑暗吐出的又一重黑暗。

　　她对莫潘笑，"莫潘，你来了啊。"

　　莫潘没有见过她，但知道她是谁。她就是知道。

　　那人问："你知道无穷是什么吗？"

　　莫潘摇头。

　　那人转身，指了指黑色高塔。莫潘的视线跟着她的手指，向上、向上，塔尖绵延到视野的尽头，也许一直绵延到了宇宙的尽头。

"喏，这就是无穷。"

那人说。

浮夜门的会客室有一扇小小的、朝东的窗，在初春的晨曦中，这扇窗只带来了微渺的光亮。浮夜门外披藏青色翻领大衣、内穿白色团领长袍，盘了个简单的单螺髻，正专心侍弄着烧水的锅釜，薄烟升腾，她的面孔在晦暗中愈加难辨。莫潘紧了紧衣领，寒气却依旧沿着脖颈下降，吹起一层鸡皮疙瘩。昨夜的梦和眼前的场景缺乏明显的过渡，她一时有些恍惚。

"莫潘啊，"浮夜门一边用竹具搅动釜中沸水，一边向水中撒茶粉，又将刚才舀出的水倒回釜内，沸水的喧嚣暂时被压制住，"看你的样子，昨晚又没睡好吧？"

莫潘挺直脊背，点了点头。

"还在想那个问题？"

"嗯。"

"一大早来找我，一定是有进展了。"

莫潘咬着嘴唇，"我……我不知道。"

水又沸了。浮夜门提釜，将茶倒入之前摆好的青瓷茶盏，动作从容娴熟。"圆似月魂堕，轻如云魄起。"女人用纤长的手指拈着茶盏，"越窑青而茶色绿。唐人最喜这绿莹莹的茶色，饮茶都要饮出苍翠的诗意来，比起眼睛上的趣味，茶的味道倒是次要了。"

莫潘端起茶盏，薄薄的浮沫下是碧绿的茶汤，苦涩清甜的茶香渗入鼻腔。她轻轻抿了一口，舌尖有疼痛和愉悦。

"在算学上，我还从来没有听你说过'不知道'。"浮夜门说，"莫潘，你是在害怕什么吗？"

"老师……"

"不妨直说。"

深吸一口气。"我找到了。"一旦下定决心讲出来，莫潘就语速飞快，"阿基米德的抛物线求积法，我试着用算学的思想而不是几何的穷竭法来处理。我发现，有一种更普适的方法，可以描述任意曲线……"

任意曲线。箭矢的飞行、天体的轨道、建筑的拱顶、酒桶的容积、放债人津津乐道的神奇复利。神以几何造世，而他青睐的材料从不是可以轻易计算和衡量的东西。一年多来，莫潘日夜与曲线缠斗，而当胜利的曙光出现时，她却突然手足无措。

"很好。"浮夜门目光灼灼地看着莫潘，"所以你在害怕什么？"

"我……我使用了无穷。"莫潘的声音低了下去，"不是亚里士多德的无穷，而是一种实在的无穷。当我按自己的需要使它为零或者不为零，总能得出正确的答案。这简直不可思议。"

浮夜门放下了手中的茶盏。

"老师，我记得您说过，无穷是神灵的领域。"莫潘倾身向前，语气急迫，"您说，无穷是人类无法想象的纯粹抽象，如果万物皆数，那么神灵一定栖息于无穷这一概念中。老师——"

莫潘听到一声轻轻的叹息。

"这就是代价吧。"浮夜门低声说，"想要看清世界的真相，就注定得不到神灵的庇护,甚至触怒神灵。你还记得希帕索斯[1]吗?"

沉默。外面的喧哗闯了进来,是女生们的嬉笑声和啁啾鸟语。在许多人眼里,世界真实而稳定,并且将永远这样真实稳定下去。莫潘突然对她们心生羡慕,羡慕她们没有探索世界本原的冲动,羡慕她们没有窥见世界本原的荒诞。

"这么热闹。"饮尽盏中茶后,浮夜门说,"大家都去看大唐的援军了吧?"

莫潘点头。去年这个时候,大食人攻克了河中[2]重镇木鹿,而今又陈兵乌浒水对岸,霹雳旋风炮的炮弹不时落在巴依肯特城边,惊起走兽飞禽。巴依肯特人向撒马尔罕的乌勒伽王求援,乌勒伽王组织粟特联军,渡河与大食交手几次,均惨败而归。于是,乌勒伽王给大唐皇帝去信,信里是这么说的:"臣乌勒伽言,臣是从天主普天皇帝下百万里马蹄下草上类奴,臣种族及诸胡国,旧来赤心向大国,不曾反叛,亦不侵损大国,为大国行神益事……经今六年,被大食元率将异密屈底波领众军兵来此,共臣等斗战,臣等大破贼徒,臣等兵士亦大死损,为大食兵马极多,臣等力不敌也……伏乞天恩知委,送多少汉兵来此,救助臣苦难……"[3]说得如此谦卑恳切,又以臣子自居,大唐断无不救之

---

[1] 古希腊毕达哥拉斯学派学者,传说由于泄露了存在不可公度数(无理数)的秘密,触怒神灵,在海难中丧生。还有一说,希帕索斯是被毕达哥拉斯学派处死的。

[2] 该地区位于欧亚大陆的正中,被乌浒水(今名阿姆河)和药杀水(今名锡尔河)环抱。

[3] 参见〔宋〕王钦若等编纂,周勋初等校订:《册府元龟(校订本)》,凤凰出版社2006年版,第11558页。作者对原文做了微小修改,以贴合小说的语境。

理。于是在两个月后，一队骑兵从碎叶城出发，经怛罗斯城，渡药杀水，终于，从镜塔传来经纬信，援军距撒马尔罕不过一日路程。这天早上，学生们倾巢而出，正是要去一睹大唐雄兵的风采。

然而莫潘不想去凑这个热闹，只有在老师身边，那盘踞在心中的困惑与恐惧才能得到安抚。

"老师，我想——"

"去看一看吧，顺便回趟家。"

"回家？"

"昨天，你的父亲发来经纬信，说要你回去。"

莫潘一怔。母亲在她很小的时候就去世了，父亲和哥哥在撒马尔罕和高昌之间跑生意，而她在学院求学，一家人早已习惯各自生活，往往只在新年纳乌鲁兹节短暂地团聚。在这个早春时节，父亲应该快要率领商队出发了，现在叫她回去，会是什么事呢？

"喝完这盏茶就走吧。"浮夜门的声音有些沙哑，似是倦了，"莫潘啊，就算没有神灵的庇护，也要勇敢地走下去。"

老师说的话总有深意，这令莫潘疑惑，也令莫潘着迷，而无论莫潘能否参透，她都对老师言听计从。从浮夜门宅邸出来，她就上了路。从学院到撒马尔罕大约四法尔萨赫①，若是靠双腿走到那里，大唐的援军怕是要安营扎寨埋锅造饭了。还好学院每个钟头都要发一班铁马——说是"铁马"，不过是因为这庞然大物大部分的质地是铁，又有头、躯干和四个木头轮子，后面挂一节长长的车厢，能载货拉人，和马儿有几分相似。当然，铁马要

---

① 古波斯距离单位，1法尔萨赫约合6.232千米。

大得多。铁马吃的不是草，而是产自龟兹的石脂。在理解热机的工作原理之前，莫潘曾经觉得，它背上的热机真是神奇，只靠石脂燃烧的力量，就能让轮子转动起来，虽然没有马儿跑得快，却胜在不眠不休。只消花上一点小钱，这个铁家伙就能把你带到布哈拉、巴依肯特和撒马尔罕。更加神奇的是，铁马不需要人驾驶，就可以自己去往目的地。记得老师曾对她说过，许多粟特人认为铁马被学院里的算师们赋予了生命，这大逆不道的僭越之举，为大神阿胡拉·玛兹达所不容，若不是撒马尔罕数代国王的鼎力支持，学院能否保全至今，都很难说。

就算没有神灵的庇护。老师的话在莫潘耳边回荡。如果没有神灵的庇护，她，或者学院，还会安然存在下去吗？

学院的石墙下，女生们拖着深深浅浅的阴影，跳进露天车厢，选好位子，却从来不安分地坐在位子上，而是三三两两挤在一起，大声嬉笑打闹。只有莫潘戳在一角，屁股压着半个座位，像热汤里的油滴，和所有翻滚的气泡都不亲近。热机吐出黑烟，侧面的菱形连杆开始往复运动，速度越来越快，直至发出绵延不断的嗒嗒声。木轮转动起来，带着铁马沿微微低于地面的路轨向前。徐徐的风吹在莫潘脸上，带着石脂燃烧的怪味儿。

出了学院的大门，索格狄亚那[①]的辽阔大地在女生们的眼前铺展开来。时近正午，太阳爬至中天，野草和柽柳在初春的暖阳下盎然地绿着，左手边是依稀可见的昆仑山，右手边则是波光粼粼、静静流淌的那密水，天空中乘风滑翔的猎隼有如凝滞，受惊的野兔从铁马前跑过，钻进半圆形的土丘。世界充满由数的规

---

① 古希腊语，意为"粟特人的土地"，常与"河中"作为同义词来使用。

则衍生的、丰富而微妙的细节，莫潘想，但人们总是视而不见，无论是数的美丽，还是美丽之下暗藏的危险。这句话大概也可以用来形容她自己的处境——车厢里依旧热闹，却没有人注意到她；即使有人与她目光相撞，也会迅速错开。在这个车厢里，一定有人听过莫潘的传说，甚至，是传说编造者的一员……

不过莫潘并不在乎，或者说，她至少在努力暗示自己不要在乎。

她闻到了石脂外的另一种味道。莫潘仰起头，黑色巨塔出现在视野中：它就在那里，在黄色荒漠与白色山峦的环抱之中，像一位永不失约的沉默友人。喧嚣声低下来，车厢里一派压抑的肃穆。寂静之塔，曾经只是夯土墙围成的巨大场院，粟特人的埋骨之地。不净人穿梭其间捡拾被野狗和兀鹫啃食干净的骨骸，腰间悬挂的铃铛叮叮作响。一百年前，乌勒伽王的曾祖父命不净人在场院中用黑色石砖砌起高塔，寂静之"塔"才名副其实。那正是她昨夜梦见的地方。父亲说，母亲死去时曾带她去过一次，那时她只有三岁。应该还有两位穿长袍、戴裹头的祭司，燃一坛圣火，一边向火中投动物脂肪和香料种子，一边奏乐念经，超度母亲的亡魂。可她不记得了。只有黑色的塔和不净人腰间的铃音在她心中扎下了根，气味、光影和风的纹路，都清晰得仿佛昨日之事。按理说，三岁的孩子不应该有这么深刻的记忆。她曾经向浮夜门表达过自己的疑惑，而浮夜门说，你没法命令记忆应该记住什么、应该忘掉什么，记忆是神秘莫测的。这是她听老师说过的最含混的表达。

——还有另外一种可能。莫潘转头，扫视车厢，那些偷瞄她的目光纷纷移开。还有另外一种可能，更加黑暗的可能，人们更加愿意相信的可能。刚才每个偷瞄她的女生都对此心知肚明。

她感到一阵恶心，不只因为鼻腔中死亡的气息。

她们到的时候，撒马尔罕城外已是人山人海。这就是家了，莫潘心中响起一个并不坚定的声音。撒马尔罕坐落于山坡之上，城墙在太阳的照耀下泛着青绿的色泽，从那密水引出的数条径流，钻入城市的腹地。城墙内，建筑的尖顶密密地刺向天空，几缕石脂燃烧的烟聚成小小的黑云。镜塔是高大建筑中最高的那个，塔尖的几面巨镜把阳光反射成散碎的星光，在白日里闪烁不息。城墙外，市集顶着花花绿绿的遮阳棚，沿着那密水一路绵延，一眼看不到头。撒马尔罕位于欧亚大陆东西交通的中心，连接从拂菻、埃及、天竺到波斯、大食、西域诸国和大唐的商路。这一百年来，撒马尔罕在丝绸、瓷器、金银、宝玉、香料、石脂、书籍和奴隶的中间贸易上赚得盆满钵满。历代国王一掷千金，营造道路和引水系统，搭建庙宇、宫殿、花园与广场，终于将它打造成了河中地区首屈一指的辉煌城邦。一千多年前，亚历山大大帝在攻占撒马尔罕时曾说："原来我听说的一切都是真实的，只是它比我想象中还要壮观。"千年之后，若是这位征服者再临撒马尔罕，恐怕会又一次感叹自己想象力的匮乏吧——他会不会又一次将它征服呢？

莫潘对这个伟大的、辉煌的、被称作"家"的地方的感情，很难说得上是热爱。她记事后的大多数时间，都是在学院度过的。学院虽然在名义上隶属撒马尔罕，实际上却更像一个被国王保护的微型城邦，有自己的经济和文化。记得老师说过，财富总会被人觊觎，无论它是有形的还是无形的。撒马尔罕用高大的城墙保护被人觊觎的巨大财富，那么学院呢？老师不是也说过，它无形的财富比金银还要珍贵吗？

铁马缓缓地停下来，女生们争先恐后地拥出车厢，莫潘独自在后。城门外有一道缓坡，站在坡上，通往撒马尔罕城的夯土大道一览无余，是绝佳的观景地点。坡上此时已挤满了人，看形形色色的发式和衣着，不只有撒马尔罕人和学院的学生，还有粗犷的突厥人、来此地做生意的大唐人和天竺人、邻近城邦的布哈拉人和弭秣贺①人。莫潘想从正门入城，却发现城门已被执剑的武士里三层外三层地围住。在援军入城之前恐怕无法通过了。莫潘叹了口气，爬上缓坡，找了个荒僻的站立之处。她的视力极好，纵使位置不佳，大道上的动静也看得一清二楚。她的那位箭术老师怎么说来着？"可惜啊，这一双眼睛若是长在男儿身上……"

呵。莫潘无声一笑。

"来啦来啦！"不知谁喊出一声，引起一阵兴奋的骚动。大道北边腾起尘烟，莫潘远眺，看到深蓝色的旌旗，那应该是国王派去接引援军的人马。城门口坐在木椅上盛装等待的官员们起身，即便使劲用丝绸手帕抹汗，亮晶晶的汗珠也还是滚入缀满联珠纹的锦缎翻领。尘烟渐渐靠近，已经能看得分明了：前头的是撒马尔罕的骑兵，人马俱披黑色锁子甲；后面的……莫潘眯起眼睛，生怕自己看错了。数字在心中过了两遍，她终于确认那就是

---

① 昭武九姓中的米国。在今乌兹别克斯坦撒马尔罕以东。

大唐的全部援军，不过两百骑，甚至还没有去接引他们的撒马尔罕骑兵多。人群中响起议论声，官员们将手中的伸缩单筒镜举起又放下、放下又举起，养尊处优的脸上堆积起惊诧与无措。

　　这就是大家翘首以盼的雄兵。区区两百人的雄兵。学院的女生们大概会失望吧。莫潘有些幸灾乐祸。不过，都说大唐的骑兵所向披靡，或许大唐皇帝觉得，这两百骑足以帮助撒马尔罕人抵御大食？可当行进的队伍越来越近，她发现他们和她从前见过的另一支军旅并无不同：铁盔、软甲、复合弓和弯刀，不覆马甲的高头大马。现在，从援军从容随意的驭马姿态来看，莫潘可以断定，他们就是在马背上长大的突厥人。几十年来，粟特人与突厥人战战和和，莫潘对这草原上的邻居再熟悉不过，由于家中生意的缘故，她小时候甚至和父亲学过突厥语。人群中的议论声骤然变大，看来不只莫潘辨出了来者。其实早在援军的消息从远方传来时，就有质疑声在学院里悄然流传：大唐的骑兵为什么会从碎叶城出发？那里可是突厥突骑施部的牙帐[①]。如今答案昭然，突骑施苏禄可汗名义上也是大唐皇帝的臣子，远水不解近渴，委托苏禄可汗来支援乌勒伽王，是合理的选择——如果大唐皇帝不忌惮苏禄可汗勃勃野心的话……

　　等等，来的可是突骑施人！

　　莫潘三步并两步冲进人群，泥鳅一样钻到前排，全然不顾劈头而下的咒骂与白眼。她一眼便认出了策马走在队伍最前头的人——褐眼、披发、络腮胡、左眼下方一道长长的疤，错不了，那为首的矮壮汉子正是她的箭术老师布真！希望腾地燃了起来，

---

　　① 营帐。

一路向上，漫过脖颈、脸颊，烧到耳根。她凝神看向紧随布真的那两个并驾齐驱的人，一人骑白马，一人骑黑马，都没有披甲，穿胡服，头发高高束起，裹唐式的软脚幞头。骑白马的是个少年，灰发白肤，高鼻深目，慵懒的表情里是藏不住的雍容；骑黑马的年纪要大一些，身架宽大，身背反曲弓、腰挎横刀，寻常的唐人相貌，眼睛却极深邃，那黑色眸子一转，寒气便如刀锋般在莫潘眼前划过。血液凉了下来，不知因为那人的眼神，还是因为她没有见到自己想见的人……不，还不到放弃希望的时候。莫潘咬着牙，努力辨认布真身后骑兵队伍中的每一张面孔……

突骑施人没有停留，短暂地交涉后，他们转向西行。莫潘被裹挟在回城的人流中，曾经极度厌恶的、人与人的碰撞与喧嚣仿佛在无穷远处。就在刚刚，她突然明白，自己追逐的只是一个幻影，如同那个她想象中的家一样。可汗不会把女儿送到战争之地，更不会让她隐藏在男人们臭烘烘的甲胄下，让她去承受由男人们制造、理应由男人们去承受的苦难，这一事实如同公理般不证自明。这个想法抽走了她全部的力气。

回家吧。虽然家并不能带给她安慰。

夕阳西下，人群的失望尚未渗入撒马尔罕，这座城市仍然生机勃勃。空气中弥漫着烤肉和面饼的香气，小贩的吆喝声和孩子的哭闹声纠缠在一起，石板路、走水明渠、带拱顶的小巷、挤挤挨挨的住宅与店铺在夕阳下泛着相同的暖色，工坊门前巨大的热机突突喷着黑烟，莫潘叫不出名字的钢铁部件心无旁骛地各自忙碌。左转，走一段台阶，向前，右转，过桥，家还是那么遥远。撒马尔罕的巨大总是给莫潘一种错觉，那就是它会永远存在下去。巨大的城市如同机器，它内部的每一件器物、每一个人甚至每一只流浪的猫狗、阴沟里的老鼠和腐肉上的蛆虫，都被赋予相同的质地，精密地咬合在一起，遵从万古不易的秩序，有条不紊地转动。这机器是如此巨大，局部的失序和损毁绝不会影响到它的运行。而齿轮总是取之不尽的，就像希腊人所热爱的自然数——莫潘停步，让过一匹热机与车厢一体的小型铁马，铁马上一对年轻男女嬉笑着向她招手，莫潘瞥过目光，轻叹一声。齿轮取之不尽，可以被轻易替换，所以机器会永远运转下去，巨大的城市会永远存在。

撒马尔罕会永远存在。

这又是一个无懈可击的论证。莫潘在一扇红色大门前停步，整了整衣领，捋一把头发，吐一口气，拉动门旁的铁杆。门后立即传来闷闷的汽笛声。几秒钟之后，大门吱吱呀呀地滑开，一张二十岁出头的年轻面孔出现在门后。

"莫潘，你终于回来了。"哥哥染忽说。

"嗯。"

"快进来，父亲在等你。"

"嗯。"

染忽的手伸了过来，像是要拉她，却又停顿一下，向上移，揉了揉她的头发，"莫潘，你又长高了。"

她轻轻地点头，眼泪险些夺眶而出。哥哥的爱是她在这个世界上得到的为数不多的温暖，而这温暖往往是疏远和笨拙的，仿佛他们之间永远隔着千山万水，一个问候就要耗尽一生的时间……莫潘低着头，跟着染忽步入这熟悉又陌生的家。走廊里，仆人们来来往往，见到兄妹俩便停步颔首示意。那些面孔，莫潘并不认得。父亲只是稍稍涉足奴隶贸易，来自波斯和拂菻的奴隶在他手中周转极快，金发碧眼的美貌侍妾亦不例外。老师对奴隶贸易深恶痛绝，但碍于父亲支付的丰厚学费，从没有在莫潘面前指责过他。父亲很清楚这一点，所以总是在酒后大着舌头讽刺浮夜门："你你你看，再高明的学问也得向金钱低头哇！莫潘，等你学成之后，嗝……"

在这个家中，父亲说一不二，他的计划是让莫潘帮他打理财产。如果只是让父亲的财产像母鸡一样下蛋，莫潘早就没有必要留在学院了。布哈拉人发明的财产债务平衡账表对她来说太过简单，她甚至还对记账法做了几项改进。当然，商业行为里也藏着恶魔。就比如，贪婪的放债人总是想把利息的计算推演到极致，前一个月的本金产生利息，利息又作为后一个月的本金，继续产生利息……那么，如果计息的周期不是一个月，而是一天、一个钟头甚至一秒呢？

一秒，在平常人看来，已经是穷凶极恶的想法，而借助新的方法，莫潘可以把一秒继续分割下去，把它分割成无穷小——无穷，恶魔的栖身之处。

不能再想了。莫潘告诫自己。

上楼就是餐厅。天色已经暗淡下来，餐厅却被四盏玻璃灯照得通明。父亲正提着阔肚细颈的银酒壶自斟自饮，他面前的餐桌上摆了麦饼、撒满香料的烤羊肉、清水煮的瓜菜，龟兹产的甘蔗和青枣盛了满满一大盘。莫潘来了，父亲只是懒懒抬了下

15

眼皮,他放下酒壶,用镶着天青石的银匕首割羊肉。

"大唐的好意,你去看了?"他问,蓬乱卷曲的络腮胡上挂着红色的葡萄酒液。

莫潘一怔,旋即明白过来父亲说的是什么,"嗯。"

"乌勒伽王很不高兴呢。他是早早就得到了消息,才不去当众受辱。"父亲朝嘴里丢一片羊肉,发出心满意足的吧唧声,"哈,突骑施人!两百个!还是去保卫你们学院!"

你们学院。莫潘低头,仿佛这事她也有责任。染忽的手按在她肩膀上,微微发力,"莫潘,坐下,吃饭。"

她顺从地坐下,食之无味地咀嚼。

父亲继续说道:"要我说,大唐早就自顾不暇了,哪有闲心管咱们这摊子事儿?就算遣了精兵强将,真和大食打起来,谁赢谁输还不好说。万一撒马尔罕城破了,你们学院又怎么可能全身而退?到时候——"

"我们不会输的。"莫潘小声嘀咕了一句,染忽使劲用眼睛瞪她。

父亲愣了一下,似乎没料到她会回嘴,"莫潘,你说什么?"

餐桌下的手攥成拳头,手心是冰凉的。莫潘决定无视染忽的目光,"父亲,我们不会输的。老师说,撒马尔罕有世界上最坚固的城墙和最厉害的战争傀儡,就算是大食人,也要忌惮三分。"

"老师……哈哈,老师!"父亲的双手啪的一声拍在餐桌上,吓了兄妹俩一跳。父亲顺势起身,居高临下地看着莫潘。

"来,我给你看样东西。"

莫潘跟在父亲身后,心咚咚直跳。记忆中的父亲总是阴晴不定,在金钱之外的任何事物上,都很难见到莫潘所热爱的逻辑一致性。这是一种秩序的缺失,是她最为恐惧的事物之一,正因如此,算学和老师才给她安慰。就连温厚的哥哥,也会偶尔表现出同样的缺失——她和这两个男人是多么不同啊,属于母亲的那块拼图,能够解释父女和兄妹之间的不同吗?

不过,很快她就无暇他想了。父亲带她去的地方,记忆中她并不曾去过。那道门开在一楼储藏室的墙上,门后是屋梁高挑的阔大空间。她愣愣地站在门口,听父亲的脚步声走进幽暗。"半年前,我们把邻居的房子买了下来。然后——"染忽在她耳边轻声说,"做了一点小小的改造。"莫潘吞下一口唾沫,想象中骇然可怖的怪物正准备从黑暗中一跃而出。灯亮了,亮得刺眼。莫潘倒退两步。她看到了钢骨嶙峋的热机,热机连着足足有三人高、铁塔般的算机,算机又连着一个巨大的沙盘——单单这几样巨物,就把原本宽绰的空间塞得满满当当。

"这是——"她捂着嘴巴,怕尖叫奔泻而出。

"这是我们计算战争的地方。"染忽说,语气中有一丝骄傲。

计算……战争?

父亲冲莫潘招了招手,笑眯眯地看她小步踱进屋,大张着嘴巴四处打量。沙盘占据了视觉的中心:沙盘呈圆形,直径约十步,其上有平原、森林、山坡、用琉璃模拟的河流和一座城池。从上升的地势和圆形的黏土城墙来看,那应该是撒马尔罕城的微缩版。城内外各有几十个拳头大小的人马偶,被分别涂成蓝色和黑色,城内还有十几个比人马偶大一圈的机械偶,毫无疑问代表着撒马尔罕人引以为傲的战争傀儡。微缩版撒马尔罕城外的远端，黑色人马偶的后面，有十数个木制平台排成一排，每个平台上都斜支着乌黑的金属圆管。所有的玩偶都有若干活动部件，以金属底座连接下陷式轨道，轨道则如蛛网般遍布整个沙盘。莫潘俯下身子，贴近了看，有的玩偶簇新，有的却伤痕累累甚至残缺，"城墙"也凹凸不平，显然被反复修筑过。这大概就是计算战争的结果，可她想象不出来这计算会如何进行。这时她听到"嗒嗒嗒嗒"的机器运转声，是染忽点火，拨动连杆，启动了热机。热机的运转很快唤醒了一旁的算机，后者震颤着，发出莫潘再熟悉不过的、潮汐般的蜂鸣声。

莫潘转头看向双手搭在肚子上的中年男人，"父亲，你们这是要做什么？"

"染忽，用七号算帛。"父亲没有回答她，转身对染忽下命令。染忽点头，将一卷淡色锦缎塞入算机侧面的圆口，蜂鸣声旋即发生了微妙的变调。对于这一幕，莫潘同样司空见惯。音调改变，是因为算机中的辨音瓷片变换了排列，以新的振动模式执行七号算帛规定的运算。

沙盘上的人马偶开始沿轨道移动。乍一看，几十个人马偶各自为战，移动似乎是杂乱的，但莫潘很快就看出了其中的玄机。城外的黑色人马偶正聚成几股小队向城门前进；城内的蓝色人马偶则沿城墙内侧排列，按兵不动，似乎在等待。机械偶均匀散布在蓝色人马偶的队列后。莫潘忽然明白，是算机通过沙盘下的机械装置控制了玩偶的移动，从而模拟出战场上的排兵布阵——原来这便是计算中的战争。她露出恍然大悟的神情，父亲却冲她摇了摇头。那表情像是在说：这才哪儿到哪儿？

嘭！嘭！嘭！几声巨响成了父亲表情的注脚。莫潘身子一缩，耳膜发麻。只见远端的金属圆管上腾起几缕白烟，城墙上崩开了豁口。短暂的宁静，紧接着又一轮轰鸣。城墙塌掉一角，有蓝色人马偶被飞溅的黏土击倒。城门打开，"撒马尔罕"的骑兵和战争傀儡冲了出来，列阵在前的"大食"骑兵却快速向两翼散开，为后面架着金属圆管的平台让出了空隙——莫潘猜到了即将发生什么。她捂起耳朵，看着一支"军队"在一声声闷响下迅速瓦解，化作迸溅的残骸与碎片。闷响过后，黑色人马偶才一齐冲了上来，用小小的金属剑戟收割负隅顽抗的蓝色人马偶……

烟尘散去，一切复归平静。沙盘仿佛被一只巨脚踏过，只留下一片令人惊骇的无序。这不是计算战争，而是战争本身。莫潘嗡嗡作响的耳畔响起这样的声音。在她看来，算机是高度抽象化的产物，而这是她第一次目睹高度抽象化的算机实现了如此具体的残忍。

"在绝对的火力优势面前，撒马尔罕引以为傲的东西不值一提。"父亲不知何时走到她身边，从沙盘上捞起半截蓝色人马偶，指肚在断口上来回摩挲，"唐人觉得不够优雅而放弃的火器，被波斯人发展成了致命的打击力量。波斯人用它击败了拂菻人，而偷师波斯人的大食人又用它摧毁了萨珊王朝①。我们粟特人也是圣火的子民啊，为什么没有选择火的道路，却偏偏学了唐人的静水流深？唉，如今乌勒伽王认识到了这一点，却悔之晚矣。"

"这只是计算……"莫潘喃喃道，"老师说，计算是世界的简化……"

---

① 安息王国后，由阿尔达希一世开创的波斯王朝。

父亲冷笑几声，"老师。呵，老师！你的老师拥有欧亚大陆最强大的算机，可她用它做了什么？你们张口闭口的'计算'，其实还不是渎神之事！"

"不、不是的！"

一只手用力捏了捏她的肩膀，是染忽。"商会有几十卷算帛，都是用来计算战争的。这样的计算，我们进行了上百次，即使运用不同的战术，处于不同的战场环境，大食人的胜算仍在九成以上。"染忽顿了一下，"莫潘，你知道算帛是谁提供给我们的吗？是你的老师浮夜门。"

莫潘愣住，"老师……"

父亲把手中的半截人马偶一丢，"在这个沙盘上，我们充当神灵。你那位老师的沙盘，我看却远不止于此。"

染忽看了一眼莫潘，"父亲，我们改天再说这个吧。"

父亲拍了拍脑袋，"嘻，真是喝酒误事。"他向莫潘走近一步，带起一阵酒气与果香的风，"莫潘，你明白了吧？战事一旦开启，留在撒马尔罕是死路一条，学院就更不用说了。商队三天后就出发，你跟着我们一起走。"

莫潘抬头。

"撒马尔罕有史以来最大的商队，两千人，一百匹铁马，装满宝石和香料。"中年人的眼里闪着光，"直接去胡姆丹①，不给那帮中间商吃肉。"

"到了胡姆丹，也许就不回来了。"染忽在一旁补充。

"虽然大唐的局势也不明朗，但好过留在这四战之地啊。"

————————————
① 胡商称长安为"胡姆丹"。

父亲说，"我都打听过了，胡姆丹城里有粟特人的聚落，只要有钱，咱们一家三口可以过得和现在一样舒服……"

莫潘突然感到一丝荒诞。父亲难得的温情脉脉，竟是在他擅自决定她命运的时刻。莫潘想摇头拒绝，可她发现摇头是如此困难。她感到了真切的恐惧，关于未来，关于让她捉摸不透的老师。是和父兄逃往大唐，还是与学院、老师共存亡？她猛然发现，一直以来她躲藏在算学中，不过是因为她惧怕选择，惧怕承担选择的后果。

——归根结底，她是个懦弱的人。

"染忽，照顾好你妹妹。"父亲打了个酒嗝儿，负手而去。

"莫潘，去休息吧。"染忽说，"走之前还有好多事要忙。"

她仰头看染忽，就连哥哥也替她做了选择，尽管是出于无意。所以在他们心中，她一直是那个没有长大的小女孩儿。可是，可是她明明经历过那么刻骨铭心的欢喜与失落……

"走吧。"染忽轻轻拍了拍她的肩膀。

莫潘木然地跟在哥哥身后。天已经彻底黑了下来，撒马尔罕城的点点星火和夜空中灿烂的银河遥相辉映，橙色的光芒从走廊的窗子中洒了进来。这座城市会永远存在吗？在引入充满变数的外部条件后，刚才的推论存疑。那么学院呢？老师呢？还有那些她并不喜欢的同学呢？

老师说："就算没有神灵的庇护，也要勇敢地走下去。"

但是，老师这句话，究竟是说给谁的呢？在摇曳的灯火中，莫潘忽然有些不太确定。老师是不是高估了她的勇气呢？

她不知道。

第二章　浮夜门

　　善德再拜，怀仁吾友：

　　孟春①犹寒，伏惟起居万福。前次通信，一晃已有半载。怀仁兄可安好？善德身染肺病，竟有大半年卧床不起，前几日才渐渐好了些。正巧国子监的学生伊嗣要来康国②求学，于是便拖着病体手书一封，托他带给你。想来你我鸿雁传书逾十载，都是通过镜塔，我这歪歪扭扭的粟特文，你怕是会笑话的吧？人若是大病一回，羞耻心便少了许多。我心想着，这副残躯入土前，无论如何也要亲笔给你写封信，就原谅我的任性吧！

　　我新制的望天镜，你收到了吧？你知我向来喜好自己磨制镜片，其静心养性，堪比参禅打坐。这望天镜里的镜片，怕是我磨制的最后两片了。医官说，磨制玻璃时的飞屑侵损了我的肺，引发炎症，送我去鬼门关走了一遭，今次是回来了，以后却不会

---

① 春季的第一个月，即农历正月。

② 古国名。在今乌兹别克斯坦撒马尔罕一带。

有这般幸运。为了苟延残喘的余生，一个孤家寡人的一大爱好就此被剥夺，实在是可悲。

罢了罢了，人生大抵就是如此日益缺损吧。可幸之事，是这新制的望天镜极精密，我用它发现了岁星①的四颗伴星，这四颗星体显然并没有绕地球运动。诚如你所言，亚历山大城托勒密的地心说已经愈发站不住脚，莫毗多的日心模型更加简洁优美，不仅与观测吻合，也能轻易解释荧惑逆行②。你还说过，如果星体真的以椭圆轨道运行，要精确描述它们的运行，就需要一种新的算学工具，不知你的进展如何？我倒是想出一个办法，是在顾宪③平面上对曲线进行无限切割，这涉及对无穷小的一些微妙处理……我已用算机对这种方法进行了初步的验证，计算结果与观测十分接近。具体方法附后，请予检视指正。

上次你说，要找机会来长安看看，我亦盛情相邀。然而半年过去，时局竟已大为不同。近年来，大唐四面用兵，军民皆疲敝不堪，加之圣人④年迈，卧病月余，长安城已是人心惶惶。我听说，大食虎视康国，圣人委托苏禄可汗驰援，然可汗虽自称大唐臣子，实则自行其是，能否救康国于危难，还未可知。国子监与学院，是现今学术的双极，时局震荡之下，难免成为各方势力垂涎的羔羊。知识有力，但也脆弱，你我皆背负保存与发扬的重责，相约之事，恐怕要另做打算了……

---

①中国古代对木星的称谓。

②指火星逆行现象。

③作者虚构的人物。算学家，生活在南北朝时期，最大成就是构造了"顾宪平面"，将算学与几何结合起来，可类比于笛卡尔的解析几何。

④对皇帝的尊称。

此次来的学生伊嗣，是萨珊后裔，虽一心想要重振先祖荣光，但资质实在有限，教他一些浅显学问便好。倒是行事为人方面，要约束着他，这孩子任性又荒唐，少不得要惹出些祸来；然而毕竟是圣人的座上宾，无论如何要尽力保全，就劳你多费心了。

星移斗转，山高路长，吾友千万以时自厚。谨此叙复不宣。善德拜上，怀仁吾友左右。

浮夜门对齐信纸的边缘，用四指虚按，拇指捋过信纸的中线处，又用指肚压了一遍，将信纸熨帖地折好。她的嘴角扬起笑意，章善德这粟特文实在不敢恭维，丑就不说了，每写几个字母，书写就会有一个奇怪的拉扯，像是手抖，却又抖得太过均匀。大概是因为没有痊愈吧，想到这儿，浮夜门的笑意冷了下来。认识章善德近十年，半年没有回信的情况，的确是第一次，想必是病得无法起身。浮夜门的心小小地抽痛了一下。这半年间的失落、怨怼和记挂无须赘述，而正是这些情绪让她看清了自己——一个依然渴望爱与被爱的女人。浮夜门踱到窗边，向外看去。春日明亮，穿学院长袍的女孩们鸟儿般轻盈地穿行在春风里，被泼了一身斑驳阳光，无论高矮胖瘦都显出一种生机勃勃的美。年轻就是，浮夜门想，把存在视作理所当然，把爱与被爱视作理所当然。

可惜她已经不年轻了。她今年四十有二，仍孤身一人。她的美貌和智慧曾令撒马尔罕、布哈拉、巴依肯特，甚至铁尔梅兹的男人们倾心，但她瞧不上追求者中的任何一个。粟特的男人们热衷于做生意和打仗，并且以此标定身份，他们把形而上的思考托付于神灵，把建筑知识大厦的重任交给女人，还为此沾沾自喜。浮夜门的每一个追求者，都外表光鲜有如镀金的铜像，但如果用手指轻轻一敲，就能听到铜像里空洞的回响。高傲如她，怎么能将自己委身于这些华而不实的躯壳呢？

　　浮夜门转身回到桌前，章善德送她的望天镜架在桌上，身形巨大，散发着金色的光泽。她呆呆看着望天镜，里面有她被扭曲的面孔。扭曲，但也被抹去了眼角的细纹、嘴角的褶皱、脸颊的瘢痕，这些都是时间的细节……时间，残酷的时间。浮夜门的手指拂过脸庞。章善德怎么说来着，如果地球不平坦，那么作为全体空间的"宇"呢？如果时间不平坦，那么作为全体时间的"宙"呢？章善德的想法虽然荒谬，却也迷人。如果时间不平坦，那么在时间的洼地或者高原上，她会不会以不同的节律老去？如果时间有一道裂口，掉下去的人，会不会重返青春或者一夜枯萎呢？做这样的设想并不需要卓绝的智力，但绝对需要勇气。章善德最吸引她的，正是他的勇气。这个世界上聪明人很多，聪明又勇敢的人却很少，尤其是智性上的勇敢。世界的本源隐藏在深渊中，历代先哲们费尽心机编织出来的阐释之网，就是要接住那些不慎坠崖的人。可章善德偏偏不，他琢磨的东西，都是能割断网绳的小刀：老子的"道"，公孙龙的"名"，芝诺的飞矢，德谟克利特的原子，赫拉克利特的永恒变动，琐罗亚斯德①的二元论，释家的真如，莫毗多的日心说……

　　要是莫潘有章善德一半的勇气，她大概会在历史上留下姓

---

　　① 琐罗亚斯德教，亦即祆教的创始人。

名吧。浮夜门有些惋惜地想。她紧接着想起，莫潘昨日离去，到现在还未归来。其实她早早便猜到结局了。她了解莫潘的父亲阿揽达——她的追求者之一。这是一个十分纯正的撒马尔罕商人，他甚至曾经一本正经地用年龄给浮夜门的美貌做折旧，然后换算成真金白银的聘礼，继而畅想两人联姻的预期收益。"浮夜门，你想想看，"正是在这间屋子里，阿揽达的脸上放光，"我们可以在算机中创造一个商业世界，将所有商品的生产、需求和供给都囊括其中，而我们就像商业之神一样对一切变动了然于胸……用它来指导现实中的交易，你会感叹，赚钱是一件多么轻而易举的事情。不，到时候你会把金钱视为累赘！"浮夜门撇开阿揽达的手，笑眯眯地说："亲爱的，我要提醒你一下，如果我和你结婚，就不能留在学院了。""亲爱的，没关系。"阿揽达腻乎乎地笑，"我要的只是你聪明的脑袋瓜儿。"回想起当时的情景，浮夜门就一阵反胃——这个男人甚至都不屑于伪装自己的算计与贪婪。他把莫潘叫回家的用意不言自明，任何决定背后都是利益的计算，在这个节骨眼儿上，最大的利益就是生存。阿揽达会带着莫潘离开河中之地，从此以后，她将再也无法见到自己的得意门生。

　　这样也好。在新的生活中，莫潘应该不会被继续困扰吧……眼角有点湿润，浮夜门用指尖擦了擦。浮夜门啊浮夜门，你不能有丝毫的脆弱，她训斥自己，你要面对的，可是残酷的世界。

　　下楼，出门，女孩儿们向她颔首致意，她挺着脖子，略微压低下巴，算是还礼。为客人安排的住所不远，走几分钟就到了。那是一座唐式建筑，两层，榫卯结构，带飞檐，有雅致的小院。

昨天打扫布置时，发现院子里的几棵桃树开了花，粉紫粉紫的花连成一片，仿佛低悬的云，蜜蜂在"云"中嘤嘤嗡嗡，满肚子春日的蜜意。浮夜门心中感慨，桃花花期苦短，不知它为谁开呢。还没进院门，她就听见院子里的嬉笑声。

"哟，这铁疙瘩还挺像那么回事啊。"年轻男子的声音，说的是汉语，浮夜门跟撒马尔罕商人学过一些，勉强听得懂。咚，咚，咚。"里面不会藏着个人吧？"

浮夜门推门而入，面带笑意地说："你若是好奇，可以打开看看，我想阿奴不会介意的。"

年轻人站在桃树下，正用拳头敲击机械傀儡的腹部。机械傀儡有两个年轻人高，虽然弓着腰躲避桃枝，但背上运转的热机连杆还是打落了些许花瓣，星星点点地粘在它的金属外壳上，颇有几分憨态。见浮夜门来了，年轻人收回手，大大咧咧地笑道："那倒不必了，学生只是开个玩笑。"这句用的是标准的粟特语，"浮夜门院长，你这傀儡竟然还有名字。"

浮夜门笑笑，"方便招呼而已。伊嗣大人，昨晚睡得可好？"

"比路上可好多了，那帮突骑施人真是……一言难尽。"叫伊嗣的年轻人龇了龇牙，转过头，"持弓兄，你说呢？"

浮夜门这才注意到，在房檐的阴影下还站着个人。是伊嗣的护卫，唐人陈持弓。女人心中泛起凉意，这人竟如此完美地融入阴影中，反光的只有一双晶亮的眸子。她不禁想，若是这人闭上双眼，他看不到世界，世界或许也看不到他吧。

陈持弓低低地"嗯"了一声。

"呵呵，持弓兄还真是寡言少语。"伊嗣脸上泛起讥讽的笑意，"浮夜门院长，我们什么时候开始？"

浮夜门摆了摆手，"不急不急，要先把布真大人安顿好才行。"

伊嗣"嗤"了一声，"那个蛮子……"

看来这年轻人果然如章善德所说，有些轻浮。浮夜门不露声色地想。轻浮的人并不危险，倒是那个不言不语的陈持弓，叫人在意。

接了二人，浮夜门便往城外走。阿奴跟在他们身后，脚步砰砰作响，它的阴影像一道移动的山峦，吞噬了所有人的影子。从此处去正门，要穿过整个学院。昨天浮夜门邀布真与伊嗣、陈持弓同住，布真拒绝了，说是不能与他的部属分开，最后和两百骑兵在城墙外就地扎营。突骑施人要来协助学院防卫，浮夜门也是昨天才得到消息，还没想好怎样安顿这些不请自来的"援军"。驻扎在学院里肯定不行。昨天，虽然只带了十几名教师和学生去迎接，浮夜门却已经见识到了突骑施男人们群狼般的眼神……把他们放进三千个年轻女人中，浮夜门想都不敢想。让他们就这样驻扎在城外呢，又似乎不符合待客之道。总之，先与布真商量吧，他也算老熟人了，沟通应该不会有太大问题——希望如此吧。

穿过学生们的住宅区，过了桥，一行人就来到镜塔脚下。学院的镜塔虽然比撒马尔罕城里的要小，但也是方圆数里最高大的建筑了。在镜塔转动的铸铁飞轮下，守塔人止观正赤着上半身，将一桶凉水劈头浇下。止观约莫六十岁，一头披散的银发，身体结实紧绷，没有一丝赘肉。在伊嗣和陈持弓到来前，他就是学院里唯一的男性，却总是旁若无人地赤裸上身，简直不成体统。但浮夜门也拿他没有办法，守塔人并不在她的管辖之内。浮夜门走过时，止观透过滴着水的缕缕长发，冷漠地注视着她。

"真是个怪人。"伊嗣在浮夜门身后小声嘀咕。

"你没见过别的守塔人吗？"浮夜门问，"他们都差不多吧。"孤独，并且热爱孤独，即使身处闹市。守塔人拥有自己的国度，用飞驰的光交流，而那是神灵的语言。

"从碎叶到撒马尔罕，我们倒是路过了很多塔，但没有去看。"顿了一下，伊嗣补充道，"都是一群糟老头子，有什么好看的！持弓兄，你说是不是嘛！"

没有回应。

对你来说，确实没什么好看。浮夜门用眼角瞟另一侧的陈持弓，这两个人简直是月球的亮面与暗面。伊嗣漂亮且聒噪，一路上，他对学院或精巧或宏伟的设施不感兴趣，却和擦身而过的女孩子们眉来眼去，引得她们飞红脸颊，掩口而笑；陈持弓呢，其貌不扬，沉默如磐石，那锐利的眼神只是掠过浮夜门的后背，都会搅起丝丝春寒。浮夜门毫不怀疑，这个人已经把所见之物深深地刻进脑海，无论是镜塔、与阿奴相仿的机械傀儡、那密水支流上的水轮，还是有一整栋房子大、由水轮驱动的算机。

他真的只是一名护卫吗？

大门外不远就是突骑施人的营地，几十顶白色帐篷整齐地铺开一大片，其中却只有三三两两的军士在懒洋洋地喂马。浮夜门问布真在哪儿，一名军士朝西边努了努嘴。原来多数突骑施人正聚在三四百步开外，似乎在看什么热闹——那里有黑烟在半空中散开。浮夜门心中不安,疾步走过去,待到近处,才明白原委。一匹铁马正在原地转圈,仿佛在拉一盘无形的石磨,那拼命吐着黑烟的样子,既焦急,又带着一丝认命。浮夜门叹了口气。学院开发的算帛能够让铁马在大多数时间里看上去聪明无比,但世界本身是拒绝被计算的,一点点轻微的扰动都会叠加成混乱的风暴,让人类创造的(低)智能原形毕露。突骑施人的哄笑声实在刺耳,她不想再往前走了,伊嗣却在身后揶揄她:"浮夜门院长,那铁马好像找不到路了呢。"

她压下抽伊嗣耳光的冲动,"伊嗣大人,铁马里有聪明的,也有笨头笨脑的。你看这铁马漆得特别漂亮,应该不会很聪明。"

"哦?还有这种道理?这我倒是第一次听说。"

你这漂亮笨马,听说过才怪。浮夜门偷偷出了口恶气,她听见陈持弓短促地哼了两声,知道他听懂了她的话,心情更加舒畅。

铁马慢慢地停下来,应该是耗尽了石脂。浮夜门看到一个学生摇摇晃晃地从车厢里走出,看热闹的人群里这时也站出一人,上前和学生说了几句话,突然按住她的肩膀。不好!浮夜门提着长袍向学生跑去,真是万万没想到,光天化日之下,这帮突骑施人也敢如此轻薄!摇晃的视野中,那人双手插进学生的腋下,将她高高举起。浮夜门钻入人群,"住——住——"喝止声卡在嗓子眼儿里,所有人都齐齐看向她,包括被举起的学生和举起她的人。

是莫潘和布真。

"老师。"莫潘惨白着脸。

浮夜门的脸有些发烧，"莫、莫潘，你、你怎么回来了？"

莫潘苦涩地笑，"我……没有别的地方可去呀。"

"说什么鬼话！碎叶城永远欢迎你！"布真将莫潘放下，用口音浓重的粟特语粗声粗气地说。

"嗯。"莫潘低头，闷闷地应了一声。

这孩子，孤身一人坐第一班铁马回来，又被铁马这么一绕，怕是正难受着吧。浮夜门又欢喜又心疼，很想上前，轻轻抱她一下。她是怎样说服阿揽达的呢？浮夜门想象不出。必定有龃龉和争斗，无论是在亲人之间，还是在这孩子的心中……她深深呼吸，待情绪的波澜平息，才冲莫潘点了点头，"回来就好。"

人群散开，莫潘由阿奴护送着，先行回学院。浮夜门、布真和伊嗣围成半圈，踩着砂石地上新萌出的野草。陈持弓站在不远处，手虚搭在横刀的刀柄之上。

"丫头长大了啊。"看着莫潘的背影，布真感叹道。

"你上次见她，还是三年前吧？"浮夜门说。

"三年。乌玛依都要嫁人了。人生天地间，若白驹过隙，忽然而已。"布真看向浮夜门，目光曲折悠长，线条粗犷的五官忽地变得柔软，"下次相见，又不知是何时了。"

浮夜门的脖颈上泛起点点潮红，她转过脸去，"要是这仗打不起来，你们会一直留在这里吧。"

"难说。"

真是模棱两可。浮夜门想，到底是打仗难说，还是留在这里难说？在她的印象中，布真是个爽快男子，什么时候学了这些弯弯绕？还是说，只是在她面前如此？

"浮夜门院长，我们还是谈正事吧。"伊嗣抻着脖子在一旁提醒，"叙旧什么的，可以放在以后。"

真是不合时宜。浮夜门翻了个白眼。不过啊，她现在倒有点感激伊嗣的不合时宜。

"我们谈正事吧。"她对布真说。

布真说，草原上的男子应该纵马驰骋在天地间，怎能厕身于一个小小的笼子？学院并没有那么促狭，笼子的比喻，浮夜门持保留意见，但既然他这么说，就把广阔的天地给他吧，学院外有一整片草原供他和他的骑兵驰骋。至于伊嗣和陈持弓，就让他们住在唐式小院里，虽然上课麻烦了些，但浮夜门不太放心伊嗣和女生混居……陈持弓，自然也是离得越远越好。

夜已深，脂油灯幽幽地照着。巡夜傀儡的脚步声由远及近，咔嚓咔嚓，节奏稳定，如同季节流转——季节还会这么稳定流转下去吗？浮夜门有些走神。新人、旧人、离去又归来的人，忽然就聚集在小院这块小小的洼地，如果空间不平坦，那么时间呢？想到这里，她无声地笑了：章善德啊章善德，你这绝顶聪明之人，竟然也有伊嗣这样的蠢学生。浮夜门方才给伊嗣出了几道算学和格物学的基础问题，他都抓耳挠腮答不上来，万幸的是，对于作为欧亚大陆通用学术语言的粟特语，伊嗣还算纯熟。看来没必要在他身上浪费时间了，但表面工作还是要做，如此一想，后面的事情就简单了：找一个学生给他当老师，必须聪明，但不能太漂亮，最好需要一点新鲜和琐碎占据他的身心。

浮夜门心中已经有人选了。

身后响起轻轻的敲门声。两短三长。停止。重复一遍。是那个人。浮夜门起身，开门。那人闪身进屋，动作迅捷。

"今天晚了一点。突厥人来了之后，学院大门都难进了。"那人说，短促的话音从阴影中钻出来，黑色的兜帽犹如黑夜，笼罩了他的脸。

浮夜门将门轻轻掩上，"他们就是你们承诺的安全？"

"我们从来没有承诺安全。"那人说，"我们只承诺，金桃不落在最危险的人手上。"

浮夜门默默站了一会儿，"现在最危险的人是谁？屈底波[①]、大唐皇帝、苏禄可汗，还是乌勒伽王？"

那人没有回答。

"我听说，大唐皇帝得了重病。"浮夜门盯着兜帽下模糊的面部轮廓，"他应该暂时构不成威胁。"

那人哼了一声，"我懂了。你今天找我来，是要我终止那个计划。"

浮夜门咽了口唾沫，点头。

"浮夜门，你在害怕。"那人绕着浮夜门踱起步来，从后面接近她的身侧，凑在她耳边说，"好好想一想，你到底是害怕我，还是害怕我所代表的理念？如果你清楚自己害怕的是什么，你就应该明白，在这个世界上，最危险的从来不是某个具体的人。"

…………

那人走后很久，房间内依然盘桓着森寒之气。或许只是错觉罢了。浮夜门大口喝茶，舌尖被烫得发麻。待身子稍稍温暖后，

---

① 大食将领。

她起身,从书架里抽出那张信纸,用指肚感受纸背的凹凸,感受来自远方、来自章善德的善意……知识有力,但也脆弱。如果那件事发生,章善德会安然无恙吗?浮夜门手指不自觉地发力,信纸被捏皱一角。

娜娜女神①啊,我究竟做了些什么?

---

① 祆教的主神之一。

第三章　伊　嗣

坟墓里边安葬着丢番图[①]，

多么让人惊讶，

他所经历的道路忠实地记录如下：

上帝给予的童年占六分之一，

又过了十二分之一，两颊长须，

再过七分之一，点燃起婚礼的蜡烛。

五年之后天赐贵子，

可怜迟到的宁馨儿，

享年仅及父亲的一半，便进入冰冷的墓。

悲伤只有用整数的研究去弥补，

又过了四年，他也走完了人生的旅途。

问：丢番图活了几岁？

---

① 古希腊数学家，代数学的创始人之一，下文的问题据称是他的墓志铭。

还有:长三尺的杠杆水平放置,支点在距左端点一尺处,现左端点挂一两重的物体,若要使杠杆平衡,右端点应该挂多重的物体?

这都是些什么玩意儿? 这女人是存心与他为难吧! 伊嗣愤愤地想。转头,那个阴恻恻的陈持弓站在几步远外,背靠着墙,目光直指虚空,拒绝和他眼神交流。无聊。他吐了吐舌头,趴回桌上。窗外阳光正好,他却要在这个死气沉沉的房间里发霉。本以为可以学到一点有用的东西,可浮夜门说,要从基础的算学、格物和丹学①开始。如果是学基础的话,他为什么要不远万里地跑来这里? 在国子监里吃香喝辣,岂不更好? 现在唯一的盼头,就是能和大食人在战场上交锋了。

如果……伊嗣的脑海里涌起金戈铁马,骑白马的少年在硝烟中穿梭如风。如果真的能在战场上证明自己,那么之前所有的辛苦都是值得的,嗯……包括被浮夜门羞辱。章祭酒②为何会与这刻薄女人这般相熟? 昨天她还问起章祭酒的现状,伊嗣只能打马虎眼说他挺好。其实自章祭酒生病以后,伊嗣就没有见过他,连给浮夜门的信,也是下人交到伊嗣手中的。伊嗣只想着,决不能让她知道自己在章祭酒生病这半年来学业荒疏,从而看轻了自己,却没想到被她问了个颜面无光。不可原谅,伊嗣恨恨地想,长得漂亮又怎么样? 在这里,漂亮并不算一种特权。学院里漂亮的女生俯拾皆是,除了粟特女生,这里还有拂菻、埃及、波斯、大食和大唐女生——全是女生,各式各样的身架皮肤,各

---

① 作者虚构的中国古代化学,设定其源自炼丹活动。

② 指章善德。

式各样的眉眼头发,各式各样的风姿笑靥……而他伊嗣,就是整座花园里唯一的一只蜜蜂——陈持弓那个石头人不能算——即便不去采蜜,这满园花香也令他迷醉呀……

一个女生走了进来。

他直起身子,收起脸上的痴笑,"浮夜门院长怎么还不来?"

女生搂紧怀中的金属盒子,"院长还有其他事情,她要我做你的老师。"

伊嗣拍桌而起,"岂有此理!她把我当成什么人!我可是国子监的学生,大唐来的贵客!"

女生平静地看着他,并没有被他虚张声势的愤怒吓到。

"咦,我看你怎么有些面熟?"伊嗣给自己找了个台阶下,"你是,你是——"

女生将金属盒子放在对面圆桌上,拧侧面的旋钮,像是在上弦。金属盒子四四方方,暗金色外框,中间是一大张被拉平的白纸。这应该是机械卷纸板,伊嗣想,国子监也用,只不过比这大许多,而且是固定在墙上的,由力匣驱动,无须手动上弦。

"老师说,要从基础的算学开始。今天是用方程求未知量。"女生说。

"哈哈,我想起来了!你是那个从铁马上下来的姑娘!我看你都快被转吐了!你怎么会认识布真那个蛮子呀。"

女生冷着脸,他却依旧厚着脸皮笑。这女孩儿身形瘦小,勉勉强强能撑起学院的长袍,长得不算漂亮,眼睛如绿宝石般晶莹剔透,让人过目不忘。嗓音也极好听,不是那种娇滴滴的绵软,而是干净的中音,带着韧劲儿,一个字一个字吐出来,如金属在空中相碰，听得伊嗣头皮发麻。

算了算了，听她讲课，也未必比浮夜门差。

"昨天老师给你出的题目很简单，你只需要用一个符号表示丢番图的年龄……"女生用炭笔在卷纸板上写了一个粟特字母，"然后按照已知条件把式子列出来……"

伊嗣坐了下来，双手托腮，"我叫伊嗣，是萨珊王族。你叫什么名字？"

女生唰唰写着算式，"将含有未知量的项合并，数字挪到等式另一边，如此如此，消去未知量的系数，就可以算出来了，答案是八十四。我叫莫潘。"

"莫潘……月神的荣光。好名字。"

莫潘有些吃惊地看着他。

"萨珊王族精通汉语、粟特语、波斯语和吐火罗语，这很奇怪吗？"伊嗣有些得意，"我还知道浮夜门的意思是善思之神呢。我看她岂止善思，简直是老谋深算，哈哈哈。"

"你！"莫潘双目圆睁。

"开玩笑啦。"伊嗣挤挤眼睛，"求未知量我会了，接下来学什么？"

"做练习。"莫潘不再看他。她拨动卷纸板上的开关，卷纸板吱吱叫着，展开了一截没有书写过的白纸。忽然，她抬起头，看向伊嗣身后，好像刚刚意识到有陈持弓这么个人存在。

"那个……你，可以坐下的。"莫潘说，"这里还有座位。"

"嘻，你不用管持弓兄。他不会坐的。"

陈持弓果真一动不动。莫潘的绿眼睛里掠过一丝迷茫，她摇了摇头，抓起炭笔，在卷纸板上写题目。

"谢谢。"

低沉的一声，带着唐人口音的粟特语。伊嗣惊讶地回过头，陈持弓依然如雕像般立在那里，脸上的线条纹丝不乱，如果不是这房间里没有第四个人，他不会相信刚才那一声"谢谢"是陈持弓说出来的。

"什么嘛，"伊嗣嘟囔道，"原来你只在女孩子面前说话。"

莫潘手中的笔颤抖了一下，来自天竺、代表虚空的算学符号，长出了一条小小的尾巴。

"罗斯塔姆有三万步兵、五万骑兵，还有三十三头战象，他将战象置于中军，而在战阵最中央的，是一头名叫沙普尔的白象。白象的身上架着霹雳旋风炮，为了防止它被炮声惊到，罗斯塔姆命人用塞子塞住了它的耳朵。第一天上场的就是战象，它们被驱赶着冲向敌阵，赶象人点燃引信，炮声大作，然而炮击多数都落了空。大食人显然是有备而来，他们的骆驼兵快速散开，由骆驼牵引的小型旋风炮密集地向战象开火。沙普尔受伤，掉头折回，跟随它的战象和它一起冲入波斯人的军阵，被踩死踩伤的士兵不计其数。幸而两名将领临危不惧，带领骑兵发起冲锋，这一战才没有彻底溃败。之后是一整天的胶着，双方互有输赢。第三天，大食的援军从大马士革赶来，还带着神秘的新武器。那天的战斗中，一阵猛烈的沙暴向波斯军迎面袭来，迷得他们睁不开眼。吹起沙暴的，不是神灵，而是大马士革援军带来的、由石脂驱动的巨大鼓风机。在一片混乱中，主帅罗斯塔姆失足落马，一名大食骑兵将其斩首,把他的首级挑在长矛上。见主帅已死,波斯军终于兵败如山倒。这一场战斗之后,首都泰西封的大门向大食人敞开。面对大食劲旅,万王之王伊嗣俟三世深知守城无望,便带着四千随从撤离。帝国的伟大首都就此沦陷,波斯的灭亡于斯开始……"[1]

那场决定波斯帝国命运的战争,父亲对他讲过无数遍。讲到最后,父亲的脸上总是带着惋惜和迷醉,幼小的伊嗣并不能理解,为何那么久远的过去会在父亲的脑海里不断回响。父亲曾接受大唐皇帝的命令前往动荡的西域,然而在波斯都督府中,他被精心保护起来,并没有得到梦寐以求的铁血和荣耀。

"伊嗣,你知道这个故事说明了什么吗?"父亲和他独处的时候,总是固执地使用波斯语[2],这门古老精致的语言,即使在长安城的波斯人社群里也不常用。"这说明,战争技术的进步并不能决定一切。我们用火炮击败了拂菻人,但真正把火的威力发挥到极致的,是大食人。技术,要配合相应的战术,才能所向披靡。"

伊嗣懵懂地点头。他在语言上的天赋,并不能帮助他理解父亲口中抽象的战争。

"唐人认为火器粗鄙野蛮,就弃之不用,这多么可笑啊。战争本身就是残酷的,连发机弩和机械傀儡就可以让战争更优雅

---

[1] 参见[伊朗]霍昌·纳哈万迪、[法]伊夫·博马提著,安宁译:《伊朗四千年》,湖南文艺出版社2021年版,第112页。此处由伊嗣父亲讲述的故事进行了一定演绎。

[2] 此处的波斯语指中古波斯语,是萨珊王朝的官方语言,多用于正式场合和书面;与之相对的是泰西封地区常用的口头语言,达利语。

吗？简直是自欺欺人！"父亲沉默了一会儿，"好了，伊嗣，去练剑吧。今天要再刻苦一些。"

练剑和听父亲描绘战争，这两者伊嗣都不喜欢。可只要能让父亲高兴，他就会去做。他崇拜父亲，也敬畏父亲。父亲身上的阴郁、深沉、力量感乃至控制欲，都是他可望而不可即的东西。在他很小的时候，母亲总是精心打扮他，他的漂亮脸蛋儿任由香气宜人的贵妇们抚摸和揉捏，一点小小的伤口都会引发一场兵荒马乱。当时常在忙碌的父亲偶尔管教他，哪怕对他呵斥责骂，他也会感到如释重负般的自由。他曾经是那么渴望得到父亲的认可啊，然而有一天他终于明白，即使用尽全力，他也只是个天资平平的人，做不了父亲期望的统帅或者战士，更难堪复国大任。伊嗣能够感觉到，父亲对他的失望日益堆积在脸上，化作早衰的纹路，这令他心疼，也让他愧疚。父亲背负着高贵的血脉、怀着对故国的追念生活。那他呢？如果他达不到父亲的期望，那么他生存的意义又是什么？

这个问题困扰伊嗣很久。直到有一天，他听说了乌勒伽王求助的事情，便立即向皇帝请缨，请求到对抗大食的最前线去。虽然并不是去打仗，但父亲听说后，还是难得地对他笑了笑。

"去吧，去建立你的功业。"父亲说，"去证明你自己。"

可是父亲，要证明自己，真的没那么容易啊。从长安到撒马尔罕的日夜兼程、舟车辗转不说，眼前这位一丝不苟的"小老师"也不是善茬儿呀。

"咳咳。"莫潘看着他，脸上有一丝愠怒。

"抱歉。"他咧着嘴，"刚才讲到哪儿了？"

"张邱建的百鸡问题。"

"百鸡，百鸡。你这么一说，我倒有点饿了……嗜，别生气嘛，我开个玩笑。"

莫潘背过身，"你若是不想学，可以和浮夜门院长说去。"

"我没有啊。"伊嗣一脸委屈，"我只是想，嗯，想学一点有用的东西。"

莫潘转回，叉着手，"那你说，什么东西有用？"

伊嗣想了想，"战争的技术。"

"战争的技术？"莫潘一怔，"你恐怕要另寻他人了，我只教算学。"

"章祭酒说，形由象生，象由数设。"伊嗣不自觉地摇头晃脑，"也就是说，这世间所有的现象和事物都建立在数之上，战争的技术当然也不例外。你既然懂算学，应该能找到数与战争的联系吧。"

莫潘若有所思，"算学……战争……"

"怎么样？是不是有点儿思路了？"

"抛物线。对，抛物线。如果能用算学更好地描述抛物线，霹雳旋风炮的落点应该可以更精确，据说大食的算学家也在做这方面的研究，但是，这涉及处理无穷……"莫潘眨巴着绿眼睛，"还有机械傀儡……机械傀儡是由算机控制的，而算机运算的基础原理，是经纬学……"

"讲讲。这个我有兴趣。"伊嗣笑眯眯地看着莫潘。

"好吧。"女孩儿轻轻点了点头，像是给自己打气，"经纬学的思想发端于中国，这是一种用两个数表示全体数的方法——"

"'《易》有太极，是生两仪，两仪生四象，四象生八卦'，世界的变化万端于焉而来。"伊嗣插话道，"章祭酒说，太极是宇宙混沌未开的状态，而这两仪，是阴阳、是天地、是乾坤，是宇宙最基本的元件，当两仪和算学结合起来，就是经纬学。"

"老师说，两仪是善神阿胡拉·玛兹达和恶神安格拉·曼纽，宇宙在他们的永恒斗争中生发存在。不过我想，无论是大唐人还是粟特人，说的其实都是同一个道理：宇宙原本就是极其简单的，所有的复杂都是由最初最简单的两种状态衍生而来，在经纬学里，这两种状态就是零和一。"

"有意思。"伊嗣喃喃道。

"但光有零和一还不够。算学家还需要在经纬学中创造一套规则，使零和一能够按照他们的需要来计算这个世界。伊嗣，你知道这套规则是什么吗？"

伊嗣摊了摊手，"章祭酒还没教我这个。"

莫潘叹了口气，"是金玄的代数法[①]，我还以为你会知道。通过使用算学符号，金玄代数法使事物之间的关系成为可表示、继而可运算的，而当它和经纬学、辨音瓷结合起来，算机的出现就是自然而然的了……"

伊嗣的目光飘向窗外。几个女生正透过玻璃窗看他，他回看出去，她们便哄笑起来，其中最为高挑丰腴的女生还冲他挤了挤眼睛。他咧开嘴，挥了挥手。

啪！莫潘用力拍了一下卷纸板，伊嗣被吓了一跳，他伸手指

---

① 作者虚构的人物。算学家，生活在北魏，金玄的代数法类似于布尔代数，是一种符号逻辑。

向窗外,"是她们!是她们!"

窗外的女生挑衅似的与莫潘对视,高挑女生的眼神尤为凌厉,伊嗣在其中看到了威胁的意味,这似乎……似乎已经超越了玩笑的界限。

莫潘咬住下唇,轻声说:"野那。"

一个黑影无声走到窗前。当陈持弓把手搭在刀柄上,女生们立时收起笑容,瞪了瞪莫潘,悻悻转身离去。还真是个恪尽职守的护卫哪,被他这么杀气腾腾地盯着,谁能顶得住?伊嗣兴味索然,转头看莫潘,她的脸有些发白。

"莫潘,你没事吧?"伊嗣问。

女孩儿没有回答。

伊嗣正要追问,忽然听到走廊里传来咔嚓咔嚓的声音。几个心跳后,阿奴出现在门口,腰深深弯着,石脂燃烧后的废气随着它的移动飘进教室。"嘤嗡——嘤——嘤——嗡。嘤嘤——嗡——嘤——嗡。嘤嘤嘤——嗡嗡。"阿奴的胸腔里溢出一串蜂鸣。

"老师请你去用餐。"莫潘抱起卷纸板,面无表情地说。

伊嗣看了看傀儡,又看了看莫潘,"你听得懂它在说什么?"

"这是算机的语言,我当然听得懂。你不会想学的。比起这个,你显然对女生更感兴趣。"莫潘一边说一边向门外走。阿奴弯着腰,笨拙地转身,跟在她后面。

"等、等等!"伊嗣追了上去,"你还没说,浮夜门院长叫我去哪里用餐?"

"当然是老师的宅邸。"莫潘头也不回。

"浮夜门的宅邸……我才不要去！"伊嗣碎步小跑，出走廊，进小院，"你在哪里用餐？我和你一起。"

莫潘停步，转身，碧绿的眼睛如深潭一般，几瓣桃花落在她栗色的长发上，整个人竟然明媚得不逊于这芬芳的春日。伊嗣的脸颊又一阵酥麻。

"我在饭堂吃饭。"她在"吃饭"二字上加重语气，"你是大唐的贵客，我不能命令你，但要是老师责问下来，今天的情况你要如实说。"

"那是自然。"伊嗣拍拍胸脯，"都是我自己要求的。"

莫潘不再理他，径自向小院外走去。伊嗣拍了拍陈持弓的肩膀，"持弓兄，要委屈你了。"

男子依旧不言不语，身体笔直如剑。

原来这便是饭堂，在国子监可从未见过这番景象。伊嗣暗暗感叹。饭堂是拂菻式建筑，圆形穹顶极高，四面开窗，穹顶下是一整块开阔的空间，摆了几十列木制条桌，至少容得下三五百名学生同时进餐。除了熙熙攘攘、叽叽喳喳的女生们，饭堂里最多的是吐着黑烟、来回穿梭的机械傀儡。这些机械傀儡的手臂被改装过，形如层层叠叠的支架，靠这样的"手臂"，一个傀儡便能轻松端起十几个餐盘。当傀儡路过餐桌，女生会将半个巴掌大的算帛塞进它身上的算机孔洞，后者咯吱咯吱叫了几声后，吐出算帛，放下餐盘。当这一过程在闹哄哄的人群中进行时，就没有那么井然有序，不时有人被撞到、有餐盘被打翻，女生们尖叫着，笑骂声此起彼伏。

"这铁疙瘩好玩儿是好玩儿，但总归没有奴婢好用啊。"伊嗣评论道。

莫潘说："老师最恨人伺候人，你最好不要当她的面说这样的话。"

"啧啧，这女人还真是独树一帜。"

莫潘白了他一眼，然后挑了条桌最远端的位置入座，伊嗣坐在她对面。陈持弓和阿奴站在伊嗣后方，隔出一个小小的无人地带。一行人或站或坐，独占饭堂一角，颇为引人注目。女生的目光和议论毛茸茸地扎在伊嗣身上，他有些兴奋，又有些发窘。

"刚才那个高个子女生，是叫野那吗？"他粉着脸问莫潘。

莫潘向机械傀儡递出算帛的手停滞了一下，"对。"

"野那，野那。粟特语的意思是最喜欢的人。"伊嗣挑着眉梢，"你们粟特人起名还真是直白。那个'最喜欢的人'，是不是和你有什么过节？"

莫潘哼了一声。机械傀儡嘤嗡鸣响着，将三个餐盘摆在他们面前。

"今天这顿饭我请你。以后你若是要在这里吃饭，还是要和老师打好招呼。"

"莫潘老师，你太客气了。"伊嗣伸头嗅闻热气腾腾的肉汤，食欲大开的样子，"我一个人哪吃得了两份？"

"伊嗣同学，你误会了。"莫潘将一个餐盘推向对面，"这一份是给那个，持弓兄的。"

"给持弓兄？"

莫潘向陈持弓招手，"过来吃饭呀。"

伊嗣叹了口气，"莫潘老师，你还真不了解身为一名王族所要承担的风险哪。就比如我现在坐在这儿，这么大一个饭堂，人来人往的，万一有人想要对我不利，如果没——"

"过来呀。"莫潘锲而不舍。

陈持弓和阿奴并肩而立，对女孩儿的召唤无动于衷。

他会搭理你才怪。伊嗣偏过头去，嘬一口汤，眉头微皱。这饭堂里的食物虽然算不上难吃，但也真够粗糙；羊肉、菠菜和甘蓝都只简单地烤或煮，为了增加一点滋味，胡椒和盐简直不要钱似的。饮料是掺了石蜜的牛乳，几口下去便腻味无比。莫非连这饭菜也是机械傀儡料理的？他开始怀念长安城里的葱醋鸡、西江料、升平炙和箸头春了，且不说这几道体面的大菜，现在，哪怕给他一碗下人爱吃的水盆羊肉或者面片儿汤，他也能一扫而光……下人，伊嗣微微愣神。那些人明明也长了眼睛、鼻子和嘴，为什么在他的记忆中却都面目不清？每个人都有自己的位置，父亲是这么说的吧？多数时候，对于这些没有面孔的人，父亲只是命令、奖励或者惩戒。伊嗣记得，父亲偶尔暴怒的时候，会用皮鞭死命抽打他身边的奴婢，就像在抽打没有生命的玩偶。一开始，伊嗣会在奴婢撕心裂肺的惨叫中惊怖不已，可渐渐的，他再也听不到这些声音。当恐惧和同情蠢蠢欲动时，他会用父亲的话提醒自己：一个人会毫无因由地受人崇敬或者任人凌辱，全都是因为神灵为他安排的位置。对于这天经地义的秩序，父亲接受，被鞭打的奴婢接受，不远万里来到撒马尔罕的他接受，站在他身后守护他安全的陈持弓接受——人人都接受的东西，浮夜门和她的学生有什么好质疑的呢？伊嗣用眼角偷瞄对面的女孩儿，她直挺着身子，手搭在桌上，像一根倔强的木头。

"莫潘，你怎么不吃？"他问道。

莫潘的目光越过他的肩膀，"持弓兄不吃，我便不吃。"

娜娜女神啊。伊嗣以手扶额，痛苦地呻吟一声。又是片刻的对峙，陈持弓终于向前跨了几步，在伊嗣身边坐下来，沉默地对付食物。对面的女孩儿如同他的镜像，两个人脸上都看不出欣喜或者感激，倒像是在暗暗较劲。

陈持弓啊陈持弓，伊嗣暗想，你可终于碰到一个比你还倔的人了。

钟声就在这时响了起来，长长短短，铮然高亢，极具穿透力，惊得伊嗣浑身一凛。嘈杂的饭堂瞬间安静下来，伊嗣环顾，只见女生们都放下手中食物，仰首谛听。

"喂，"伊嗣看向莫潘，后者也在凝神听着，"你们听到——"

"嘘——"莫潘比了个"安静"的手势。

哼，都跟我打哑谜是吧？伊嗣气鼓鼓地又起双手。不过他很快找到了乐趣：莫潘脸上的表情正随着钟声快速而又细微地变化，像哑谜的谜面；这张耐看的脸在渐渐绷紧，似乎预示着一个不太好的谜底。

大概是坏消息吧。伊嗣置身事外地想。

钟声终于停了。没人说话，饭堂一片死寂，机械傀儡们嗒嗒的热机运转声勾勒出死寂的轮廓，使之更加惊心动魄。伊嗣探身向前，压着嗓子问："莫潘，你听到什么啦？"

那双绿眼睛盯了他好几个心跳的时间，才眨了眨。

"大食。"莫潘轻声说，"大食人攻陷了巴依肯特。"

"大食人。巴依肯特。"伊嗣默念道,静待这几句粟特语在心中转化为具象。饭堂里终于有了人的声响,是低低的啜泣声和不安的议论。没人大声说话,就好像大食军队已经列阵在饭堂的大门外,谁的声音大,谁就会成为被猎杀的目标。可伊嗣是多么想跳起来,放声欢呼啊。大食人渡过了乌浒水,攻陷了巴依肯特,战争终于近在咫尺,这不正是他梦寐以求的吗?

父亲啊,我会证明我自己,您就好好看着吧!

他端起银杯,咕嘟咕嘟,将牛乳喝得一滴不剩。

第四章　陈持弓

"孩子,孩子!你听好,不管你听到什么声音,都不要出声,更不要出来,明白了吗?"

他点了点头。

阿娘抚着他的脸,那只手带着老茧的粗粝和麦子的香气。那只手塞给他一张胡饼。

"持弓,无论如何,要活下去啊。"

他点了点头。

阿爷①的声音从门口传来:"他们来了!快!快!"

在卧房的墙后,有一个小小的夹层,他被阿娘塞了进去,砖块凌乱地垒了起来,又有什么盖住了所有缝隙,最后一丝光亮被吞没了。黑暗中,声音是有形的,它们是飞扬的沙尘,是漫天的箭雨,是轰鸣的马蹄,是雪亮的弯刀,是连起来又散开的惨叫声,是人们死去前的最后一声呐喊。他知道发生了什么,可阿娘

①指父亲。

吩咐过，他不能出声，更不能出去。翻箱倒柜的声音，碗碟被砸烂的声音。夹层的墙被咚咚敲了两下，灰尘簌簌地掉落。听不懂的语言在大声叫嚷，质地不同的笑。脚步杂乱，脚步远去。火的气味，噼啪作响的空气，渗进来的光亮星星点点，带着暖意。他知道自己快死了。

可他不能出声，更不能出去。

下雨了。瓢泼大雨。灼人的热气退去。他站着睡去又醒来，腿早已失去知觉。饿了，就咬一口胡饼；渴了，伸出舌头，让顺墙而下的雨水流入咽喉。时间失去了意义，又一阵马蹄仿佛从过去踏来。

"将军，没有活口了！"潮湿的悲愤之声。

"再找找看。"

他突然有了力量，拼命用手捶墙。就算要面对的是杀人者也好，他不想在黑暗中孤独地化作一摊烂泥。嘭，嘭，嘭。哗啦。墙倒了。他也跟着倒了下去……

世界一深一浅地晃动着，他被身披明光铠的将军抱起。天色阴沉，他花了好大的力气才睁开眼，他看到零落的尸体、淤泥和血，坍塌了一半的家。小院门前的泥水坑里，有模糊的人形，仿佛被巨人的脚踏扁一般，手高高地抬起，被雨洗得惨白。

手心里是他熟悉的老茧。

他挣扎着，从男人的臂弯里翻出，小兽般手脚并用，跪到阿娘身边，搂住阿娘的那只手。苍天不语，他亦沉默。

"孩子，这是你母亲吗？人死不能复生，你要节哀。"身后的声音，沧桑、坚定、悲哀。

沉默。

"孩子，你叫什么名字？"

沉默。

"将军，这孩子要么被吓傻了，要么不会说话……"

一只大手按在他肩膀上。

"孩子，你叫什么名字？"

"陈持弓。"他说。

"陈持弓，陈持弓。好名字。你会说话，但最好的猎手不需要说话。我教你成为一名猎手，如何？"

他回过头。雨在这时落了下来。

胡饼还在，装在小小的锦囊里，紧贴他的胸口。这么多年过去，彻底失去水分的胡饼已经坚硬如石，陈持弓用力攥了一下，硌手，令人心安。

阿爷，阿娘，你们肯定想象不到，我走了多远。

月光洒下来，白中带绿。抬头望窗外，月圆。头顶这个月亮，和二十年前照耀故乡的月亮，是同一个吗？章祭酒会说，毫无疑问，这是用望天镜和算学证明了的，我可以给你画它的轨道。陈持弓的嘴角弯了弯，原来我走了这么远，看到的，还是同一个月亮啊。它会如同我看它一样，看着我吗？

手中的授时器嗡嗡鸣响，陈持弓抬手，金属时盘上，丑时[①]刚过三分之一。据他这几天的观察，这段时间里，几台巡夜的机械傀儡刚好留出一个空当，他可以溜出唐式小院，畅通无阻地走

---

① 十二时辰之一，一时至三时。

到浮夜门的宅邸附近，那里是学院的一个交通中枢。陈持弓完全信任授时器和机械傀儡的精确，归根到底，它们服从同样一种秩序。算学家和格物家的任务就是将这种秩序提取出来，创造人类可以把控的现实。章祭酒说过，大唐对宇宙的理解建立在精确授时的基础上，此话不假。国子监的授时器，足足有一人高，两个人都合抱不过来，宛如算机的黄铜肚腹中是震荡不息的辨音瓷，据说千年的授时误差也不会超过一炷香的时间。当然了，执行眼前的任务，陈持弓手中授时器的精度就足够了。

他从床上跃起，用手指细细地检查衣服下面的装备：腰间是特制的力匣，紧贴他的身体弧度，被衣服遮盖，不会显得臃肿；钢制骨架从力匣中长出，中间一根脊柱，分出四根枝杈，枝杈两长两短，带多个关节，紧紧固定在他的四肢上。这一套装备是大唐的尖端武器，力匣中紧密咬合、折叠和缠绕的金属部件可以蓄力，而骨架能够根据佩戴者的意图释放力量，比如跳跃或者张弓。虽然穿在身上让人感觉沉重且不舒适，它却能在关键时刻爆发"怪力"，或取上将之首级，或救人于危难之中，有幸装备它的士兵们称之为"神骨"，倒也贴切。一个人的时候，陈持弓总是一丝不苟地擦拭神骨，滴油、上弦。章祭酒还说过，力总会以各种方式流失，神骨纵然精密，也要服从自然规律，而自然的规律便是不断地损耗和衰亡。

章祭酒总不会错的。但陈持弓认为，即便是衰亡，也要大唐的敌人先来品尝。

检查完毕后，陈持弓挎上横刀，出了房间。他先往伊嗣的卧房走了几步，房门紧闭，里面传来口齿含糊的梦呓。这个波斯少年是个很好的幌子，除了废话太多——睡觉时竟也如此——挑不出什么大毛病。陈持弓折回，走向走廊另一端的大门，轻轻推开，桃花香扑面。他深吸一口气，在春夜的芬芳带来倦意之前，迈出几步，转身将门掩好，纵身上墙，放眼四顾，视野之内没有机械傀儡。

很好。学院的路网已经深深刻在陈持弓的脑海里，月光明亮，他沿墙疾走，如白日行路。走不多时便看见了浮夜门的宅邸，那幢说不出是什么风格的建筑潜藏在黑夜之中，二楼的玻璃窗泛着森冷的光。说不定那女人正站在窗子后面窥望——想到这里，陈持弓矮了矮身子。昨天夜里，差不多也是这个时候，他见到有人从浮夜门宅邸走出，一袭黑袍遮掩全身，看身形姿态不像是学生。那人脚步极快，陈持弓才追了几步，居然就跟丢了。今天如若那人再来，一定不能让他跑掉。"他"，陈持弓已然断定，那是个男人。男女私情？不能排除这种可能。但为了私情只身潜入偌大的学院，做昼伏夜出的勾当，他有点不太理解。

可如果是为了那样东西，就说得通了。

——金桃。浮夜门或者说学院全部的身家和秘密，他来到此地的原因之一。陈持弓侧耳倾听，没有算机运行的嘤嗡声。浮夜门的宅邸似乎并不足以容纳算机，如果算机不在这里，金桃还会在这里吗？如果它真的是欧亚大陆最顶尖的智慧结晶，会藏于这座低矮小楼吗？

看来今夜不会有访客了。陈持弓后退几步，转身，向镜塔的方向遁走。他早已厘清思路，想要完成任务，关键在于获取情报；想要获取情报，没有比去镜塔里走一遭更高效直接的了。唯一的问题是，守塔人守口如瓶，而且并不欢迎外人进入他们的国度。

不过，陈持弓自有他的办法。

虽然暂时停止吞吐光的信息，黑夜中的镜塔却比白天更令人敬畏。它默立在黑暗中，像夜神的一滴凝固的泪水。学院的镜塔有大约一百步高，圆柱形，塔身呈灰色，两侧三角船帆式的风叶和存储风能的铸铁飞轮此时都在无声转动。在镜塔的顶部，有三面巨大的圆形平面镜。白天的时候，平面镜自动调整角度方向，镜面上百叶窗式的遮光板以肉眼难以捕捉的速度不停开合，接收和发送被编制成经纬形式的光信号。只有光感瓷片和算机结合起来，才能有效地解读和传递信息。"一座镜塔是工程，一百座镜塔是野心，遍布大陆、能够有效传递信息的几千座镜塔则是奇迹。"记忆中的章祭酒抚着长须说，"是何种势力组织协调大陆诸国完成这一奇迹，这是一个值得探究的问题。"其实章祭酒心中早已有了答案吧，陈持弓想，他所说的那个势力藏身于历史的暗面、藏身于传奇故事和市井世界的幽暗想象中，像他这样有名望的人，是决不肯说出口的。当然，在河中地区日益紧张的局势下，这并不是个要紧问题。

陈持弓矮身走到镜塔近旁，包铜的正门紧闭。他转到镜塔背后，那里的花岗岩墙面密实光滑，并不适合徒手攀爬，但墙面向上大概两人高的位置，镶嵌着金属爬梯。爬梯在镜塔中段连接若干平台，是守塔人用来检修塔身上各类装置的。金属爬梯和检修平台的出现是意料之中，镜塔的材质、高度、形状虽然各有不同，但功能决定结构，从长安、凉州、敦煌，到高昌、怛罗斯、撒马尔罕,陈持弓见过数十座镜塔,它们的基本形制差别不大。如果他得到的情报无误,金属爬梯应该通往塔顶,他可以从塔顶的入口,进入镜塔内部。陈持弓深吸一口气,深蹲,起跳,腿部的神骨即刻反应,输出弹力,将他向上推出丈许,双手一握,便轻松抓住爬梯。

之后就是不停地攀爬。一开始还算轻松,接近镜塔中部的飞轮时,陈持弓发现这个铸铁圆盘并不是寂然无声的。飞轮搅动空气,乱流从他耳边擦过,发出尖锐的啸叫。这啸叫声使他想起战场上凄厉的夜风,想起那时体会到的永恒、孤寂和死亡……由于飞轮巨大的质量,镜塔在随着它轻轻晃动,越是高处,晃动就越明显。在镜塔的四分之三处,陈持弓忍不住向下看了一眼,眩晕的感觉立刻涌上来,他一时辨不清上下。如果此刻放手,也许、也许会向着天空坠落……这荒唐的想法一出现,他就立刻闭上眼睛,深呼吸。冷汗薄薄一层,浸透衣衫……继续向上,终于到达塔顶,翻过外沿,他稳稳落在平台之上。双手拄膝,待气息均匀,他便抬头打量。这个圆形平台被平面镜的活动基座整整占去五分之四,人能走动的地方就是一圈细细的通道。陈持弓慢慢踱步,这还是他第一次近距离观察大陆的"千里眼""顺风耳",平面镜和它们的钢制支撑架在不同视角下呈现不同的身姿,时而如巨大傀儡,时而如嶙峋怪石,时而如兵戈剑戟。在一面镜子中,他看到了一盏小小的、扭曲的月亮,忽然忆起这样一个传说:阿基米德曾在叙拉古的城墙上,用数百面凹面镜聚焦阳光,点燃了罗马人的舰队。对于古希腊的铜镜能否实现这样的壮举,他是持怀疑态度的,但他可以肯定,建设镜塔是受到阿基米德的启发。章祭酒不是说过，这三面玻璃镜并非完全的平面，而是有微微的凹陷吗？唯其如此，行了几十里路的阳光才有足够的亮度激活光感瓷片，不至于完全散开。

那么，既然是凹面镜，镜塔会不会成为一件武器呢？

现在不是想这个的时候。陈持弓又走回镜塔边缘。目光越过齐胸高的围墙，他可以俯瞰整个学院。一座小小的城，静卧在夜空之下，街巷中只有正在移动的点点星火，那是巡夜傀儡热机发出的光。北面的城墙外，是突骑施人的营地，营地中燃着橘色的火把。再向北，片片农田和果园接连着无边旷野，银河从天顶流入远方的地平线。西边，可以隐约看见另一座塔，那是布哈拉人的寂静之塔，陈持弓抽了抽鼻子，嗅闻想象中死亡的气味。和死亡如影随形的战争，就潜伏在那个方向，他想，巴依肯特之后是布哈拉，如果布哈拉守不住，学院和大食人之间就没有屏障了。到时，乌勒伽王一定会率军从撒马尔罕驰援，那两百个突骑施人，能起到多大作用呢？即使他们退入学院内，在大食人的霹雳旋风炮面前，城墙又能抵挡多久？战争的形态已经改变了，城墙终究会失去作用，这是临行前义父对他说的。"持弓，这一次你去河中，也是观察新型战争的好机会。大唐虽然强盛，但也劲敌环伺。在新的战争技术面前，即使是身经百战的统帅与将军，也缺乏足够的想象力。想想波斯如何败亡，你就应该明白。所以持弓啊，我需要你去看，用猎手的一双眼睛去看。我们只有做好万全的准备，才能守护大唐子民。"义父重重拍了拍他的肩膀，"不要辜负。"

不要辜负。多么沉重的四个字啊。陈持弓紧咬牙关，耳边仿佛有星辰猎猎作响。这些年,他久经战阵,眼见着身边的战友一个接一个倒了下去。他连袍泽都无法守护,又如何守护大唐子民?想到这里,他的眼前忽然闪过那双碧绿的眸子:那个善良又倔强的粟特女孩儿,能够在这个剧烈变动的世界中活下来吗?他能守护她吗?他有责任守护她吗?

现在不是想这个的时候。陈持弓用力摇头,驱散杂念。在平台一角的地面上,他找到了期待中的活板门。他轻轻掀开活板门,弓身钻入镜塔的内部。和外面的黑暗静谧比起来,这里是另外一个世界:明亮而喧闹。石脂灯吐出温暖的黄光,照亮了沿塔壁盘旋而下的楼梯,照亮了自上而下贯穿镜塔中轴线的钢铁连杆、曲臂、齿轮和轴承,它们连接风叶、飞轮、平面镜基座和算机,传递力与信息。此时,即便只是连接风叶和飞轮的部件在工作,噪声依旧刺耳。算机在镜塔的底部,陈持弓一边向下行一边在心中复盘,守塔人通过算机来解读和传递信息,有一些重要信息,他们会单独记录,也许其中就有关于战事或者金桃的。

他希望自己能不虚此行。

在距离地面还有三圈楼梯时,陈持弓看到了守塔人。他侧躺在一张小床上,面朝塔壁,身体有节奏地起伏,应是睡熟了。他躺卧的小床旁边,是一架摆满盆盆罐罐的木柜,一个锈迹斑斑的金属灶,几本随意堆在地上的书。这就是守塔人的生活区域和全部家当了,在陈持弓看来,其简陋堪比苦修的僧侣。稍远处,有一台由金属圆桶和弯曲管道组成的奇怪机器,在其中一个圆桶下方燃烧着木柴,燃烧的烟气向上,飘出塔壁上开的气窗。此处灯光比上面来得昏暗,视觉细节模糊不清,气味却异常丰富:

木柴燃烧的气味，备用热机中石脂的气味，某种陌生刺鼻的气味，甚至还有淡淡的水果香。此处有怪异，陈持弓愈向下心中愈疑惑，须得谨慎行事。

下到最底层，他放轻脚步，绕过守塔人的生活区和奇怪机器，直奔算机。离近后，可以看到除了常规部件，算机侧面还有一个满是扳手和旋钮的面板，应该是用来控制平面镜、风叶和飞轮的；另有一个活动字母版，上面的语句晦暗不清。他凑上前去，发现那是粟特字母拼出的几行乱码。是密码，他眯着眼睛，破译起来可能需要时间，不如将它们抄下来，带回去慢慢研究——

"这位朋友，你是在找什么吗？"

陈持弓骇然，转身的同时，横刀已经抽出一半。那守塔人正坐在床边，裸着上半身，双手搭在膝上，从容不迫地看他。"对守塔人动刀，可不是大唐的风范。"守塔人淡然道，声音沙哑，银发随身体微微摆动。

手依然攥着刀柄，手心渗出冰凉的汗。

守塔人摇头，起身，从木柜里摸出一只脏兮兮的银杯，走到那架奇怪机器的远端，用银杯在金属桶里一捞，传来哗啦哗啦的水声。他端起杯，鼻子凑近闻了闻，眉头微蹙，随后猛一仰头，饮尽杯中液体。

"啊——哎——"他长啸一声，啸声中有叹息和愉悦。陈持弓下意识后退一步：都说守塔人凛然不可侵犯，眼前这家伙行事不合常理，葫芦里究竟卖的什么药？

"谁能想象，这暴烈的水竟然源自香甜的葡萄？这世界还真是玄妙。"守塔人一边咂嘴，一边感叹，又从桶里舀水，端着银杯向陈持弓走来。陈持弓又后退一步,刀已出鞘大半。守塔人在他身前停住,将银杯递了过来。

"喝了它。"他简短地命令道。

陈持弓迟疑一下。他不希望与守塔人正面冲突,动武是最后的手段,即便杀了守塔人安然离开,也会对任务造成难以预知的影响。更何况,从守塔人的警醒程度和身形姿态来看,他不像是个易与之辈……昨夜从浮夜门宅邸走出的人,会是眼前这个人吗?陈持弓心中一凛。若果真如此,就更要先稳住他。陈持弓左手接过银杯,缓缓递到嘴边,目光不离守塔人。还未入嘴,气味已经钻进鼻腔。塔底飘荡的异味和果香皆来自杯中液体。余光里,液体轻轻摇晃,清澈的液面撕扯着灯盏的倒影。这是——这是酒吗?陈持弓心中疑虑。守塔人说它源自葡萄,但为何无论颜色还是气味,这液体都和葡萄酒大不相同?

"喝呀。"守塔人嘴角勾着一抹笑。

不管了。陈持弓心一横,将液体一口吞入。嘭!一团火焰在他身体中炸开,燃烧五脏六腑,涌向头部和四肢,他剧烈咳嗽,泪水盈满眼眶。泪光中,守塔人纹丝不动,似乎对他的反应早有预料。

"泰勒斯[①]说宇宙起源于水,赫拉克利特[②]则认为万物皆为燃烧的火,这两种想法本应像水火一样不容,可偏偏这水里就藏着火,这一点,你应该有所体会了。"待他的咳嗽稍为缓和,守塔

---

① 传说为古希腊第一个哲学家,米利都学派的创始人。哲学上提出"水"为万物之本原。

② 古希腊哲学家,爱非斯学派的创始人。他认为"火"是万物的本原。

人指了指身旁的机器，"这是我反复加热蒸馏葡萄酒做出的水，我叫它'液火'。液火可以点燃，也可以让人飘飘欲仙，更可以让人人事不省。除了葡萄，甘蔗、柰[①]、杏、蜂蜜，凡是甜蜜之物，皆可发酵成酒，而凡是酒，都能蒸馏出液火，或多或少而已。你这唐人倒是豪爽，也不试试深浅，就把火一口咽下去了。"

"咳咳，咳咳。"陈持弓的喉管依然烧着，"你平时，就喝这东西？"

"长夜漫漫，总要有些消遣。这液火的妙处，需要慢慢体会。"

陈持弓摇了摇头，将银杯递还给守塔人。后者又舀了一杯液火，坐回床边。

"既然用过同一个杯子，也不算是陌路人了。"守塔人说，"能否把刀放下，与我聊上一聊？"

指尖有一种麻酥酥的放松感。陈持弓右手离开刀柄。

"这就对了。能不能告诉我，你为什么要来塔里？"

陈持弓默然不语。

守塔人冷笑一声，"就算你不说，我也知道。你们这些人——唐人、突厥人、波斯人、粟特人，你们觊觎的，无非是整个欧亚大陆上往来的信息。我说得对不对？"

陈持弓不置可否。

"好，既然你不愿说，咱们就聊点儿别的。你和那波斯人从长安来，我看你却不像长安人。你的故乡在哪儿？"

"……凉州。"半晌，陈持弓才吐出一句。

"凉州，凉州，西域咽喉，四战之地。怪不得你的眼神，有武

---

① 一种沙果。

人的肃杀。"停顿一下，守塔人又说，"不过比起我来的地方，凉州终究不算太远。"

眼前的景象有微微的重影，陈持弓眯眼看他。

"不要惊讶，守塔人也不是从石头里蹦出来的，每个人都有来处。"守塔人灌下一口液火，"我来自埃及的亚历山大，那是座伟大的城市，我想你应该听说过。许多年前，我在亚历山大城学习欧几里得、阿基米德和毕达哥拉斯等人留下的知识，也学习关于宇宙的理论。图书馆就是我的学院，里面几乎存放着人类的全部知识，虽然它曾被恺撒大帝纵火焚烧，但不知是何人，提前转移了大部分书卷，又在图书馆重建时把它们全部送了回来。伟大的图书馆，还有伟大的灯塔，至今屹立不倒，在千年的岁月中为进出海港的船舶照明。这么多年过去，我依然无法忘记亚历山大城的美丽：笔直的城墙和塔楼，石柱、方尖碑、雕像、神庙和宫殿，古老的克诺珀斯大道①和大道旁的椰枣树，优雅慷慨的人民，自由的学术空气……但人在年轻的时候，总是渴望知道更多。书本上的知识无法满足我，我想去远方，用双脚感受地球的弧度，我想要知道，什么样的事业值得我献出一生。我出发的时候，亚历山大还是波斯帝国的一部分，我用了五年的时间穿越整个帝国，并且受波斯人的启发，发现了提取液火的方法。"

守塔人看了一眼他的机器，"波斯人用类似的技术提取石脂的精华，他们称其为'脂精'②，那是种更厉害、也更干净的燃料。

---

①此处对七世纪亚历山大城景色的描写，参考了[英]休·肯尼迪著，孙宇译：《大征服》，民主与建设出版社2020年版，第190页。

②指石油通过常压蒸馏分离出煤油这一馏分。

如今的大食军队，就在大规模地使用脂精。他们为什么能高速而隐蔽地移动，就是这个原因。"

脂精，石脂的精华，高效干净的燃料。这就是重要情报，必须仔细记下。陈持弓想。他随即意识到，刚刚咽下的液火使他放松了对表情的控制，因为守塔人显然在他的脸上看到了什么，正意味深长地打量着他。

"后来我找到了亚历山大图书馆无法满足我的原因。"守塔人继续说道，"尽管它存放着那么丰富的知识，但那些知识是静止的，需要几年、十几年甚至几十年的时间，才能感受到知识的生长和流动，对于人的生命来说，这个过程实在是太漫长了。在我的旅途中，我路过数百座镜塔，与几十位守塔人交谈，我发现，和图书馆正相反，镜塔里的知识是杂乱的，同时也是生机勃勃的。守塔人掌握了一个运动的世界，而这不正是希腊人所恐惧和欠缺的吗？所以当我来到这里，恰巧遇到一位即将死去的守塔人，我甘愿放弃一切，成为他的继承者，一转眼，就是四十年。"

陈持弓点了点头。这种对知识的渴望与执迷，他也在章祭酒身上看到过。总有某个理想，让人们愿意为之付出一切吧——对他来说，这个理想又是什么呢？

"每一天，这镜塔都要接收和发送成千上万条信息，这里面有宇宙奥秘，也有商品价格；有家长里短，也有军国大事。没有算机的分拣和处理，这些信息只会如汇聚在洼地的水，找不到来路和归处。当它们被算机赋予了秩序，就摇身一变，成为知识和武器。"守塔人忽然话锋一转，"说一件你不知道的事情吧。守塔人虽然号称严守中立，但为了确保自身的存在，也会对一些重要的信息进行甄别和解读。信息的发送者会给信息加密，但很多时候，所谓的加密对我们来说形同虚设。所以你看，那些被人们信赖、珍藏和隐瞒的东西，那些人们愿意为之冒险，甚至付出生命的东西，对我们来说，都是一览无余的……不，不必惊讶，这还不是故事的全部。"

守塔人将杯中残液一饮而尽，把银杯随意一抛，又用手背抹了抹嘴。"守塔人的力量毕竟有限，对于海量的信息，人力能够识别处理的，只是九牛一毛。真正对信息进行挑拣的，是镜塔里的算机，自镜塔开始在大陆大规模传递信息，便是如此。这几千座镜塔里的几千台算机依赖什么逻辑运行呢？我们也不知道。我们只知道，镜塔能够在这动荡的世界为各个强权所容忍，一定是因为算机做对了什么……"他使劲眨了眨眼睛，"嘻，我说得太多了。从头到尾，就只有我一个人在说。罢了罢了，能有你这么个倾听者，我已经很开心了。"

守塔人站起来，走到算机旁，抽出一张纸片，对着字母版抄写什么。之后，他将纸对折，递给陈持弓。

"这是一点谢礼。如果还有机会聊天，不要只我一个人说了。你若是再来，我为你准备上好的液火。"

守塔人为陈持弓开启了正门，他沉默地道别。走出去时，塔外已是微曦。躲过两台机械傀儡后，他回到自己的房间，卸掉一身装备，躺回床上。我得到了情报，陈持弓迷迷糊糊地想，我品尝了液体的火，或许，还和一位守塔人成了朋友。昨晚，不能算是一无所获吧？哦，谢礼。他伸手入怀，那张纸片已经被焐出了热度。他抽出纸片，展开。天光已亮，纸上字迹清晰可辨，不是乱码，而是工整的粟特语，上面写着：

大唐皇帝已死。

第五章　莫　潘

　　那天早上从卧房中一出来，她就看到哥哥的笑脸。染忽的演技很拙劣，他想装作正巧从门前经过，但脚步声不会骗人，他很早以前就停在莫潘的门口了，她怎么会不知道？

　　"莫潘，你起来了？走，跟我去看看商队的石脂备好了没有。"

　　她就这样蓬头垢面，饿着肚子，被哥哥拉出了家门。父亲应是宿醉未醒，她想，或者正躺在某个侍妾的怀里。父亲是绝少辗转反侧的人，在这一点上，她很羡慕父亲。

　　天蒙蒙亮。哥哥走在前面，穿便装长靴，头发披散着，身形挺拔，在微明的晨光中如同雕像。哥哥很英俊，即便在胡姆丹，也是个引人注目的美男子。这样想着，莫潘心中忽然有些骄傲。他们从工坊前路过。石板路上，一个大概三拳高的发条机械人偶摇摇晃晃地走了几步，被石板间的缝隙绊倒，孩子们怪叫着围了上去。憨厚的大胡子工坊主对哥哥招手，哥哥点头回礼。又路过几家早早开门的店铺,有卖早点和水果的,哥哥都买了一些,塞给莫潘。他和每个店主都闲聊几句,聊的不过是天气和商品的行情。前一天的事情好像没发生过,似乎每个人对大唐援军的期待,不过是看一场可有可无的热闹。

"人总要在恐惧中活下去啊。"拐出商铺街后,莫潘听到哥哥低声说了一句。

她有些惊讶,在她的印象中,哥哥很少说出这样缺少具体指代的话。

"哥哥,你说什么?"

哥哥停下脚步,回头看她,"莫潘,不是每个人都能离开撒马尔罕的。不离开的理由有很多,离开的理由却只有一个,那就是恐惧。莫潘,你可能觉得我和父亲胆小如鼠,但是,要放弃自己的故乡,放弃自己熟悉的一切,这并不是一个容易的决定啊。"

莫潘呆呆地看着哥哥。

"昨晚没睡好吧?"哥哥笑了笑,笑容有些苦涩,"你从小就是这样,总是拿不定主意,非要别人来帮你做决定。我去哪儿,你就跟着去哪儿;我吃什么,你就吃什么;我玩什么,你就玩什么。你知道吗?那时候我对你,可是烦得要死。"

莫潘扑哧一声笑了出来。

"可你又是那么聪明啊,聪明得让人嫉妒。"哥哥继续说,"什么东西,你一学就会。对于数字,你格外敏感,大人不会算的账,你几下就捣鼓明白了。我们撒马尔罕人说,神创造了男人和女人,让男人经商和打仗,让女人学习和创造。可我见过太多女孩儿,她们并不适合神灵赋予她们的角色,就像很多男孩儿也没有经商和打仗的天赋一样。但是你不一样，莫潘，你天生就是干这个的，只有学习和创造才会让你快乐——除了学院，我想不到还有其他地方，能给你这样的快乐。"

莫潘低头不语。

"我想，做决定总是很难的吧，对于聪明人同样如此——不，也许更难。"哥哥叹了口气，"你真的想和我们走吗？还是因为，这是别人替你做出的决定？可是莫潘啊，人总有一天要自己做决定，并且承受决定带来的后果，只有这样，才算是真正长大了。"

说完，哥哥又向前走去。莫潘跟在他身后，心乱如麻。哥哥果真是最了解她的人哪，一眼就看穿了她的纠结和懦弱。

——可是哥哥，你真的要我一个人面对如此重大的决定吗？

不知不觉，他们已经走到城边。莫潘记得，父亲商队的仓库并不在这里。想问哥哥，可他却自顾自地向城外走去，她只好跟上。通过城门核验身份算帛时，身披锁子甲的卫兵用奇怪又疏远的眼光看她，她这才发觉，自己还一直穿着学院的长袍，这几乎成了她深入骨髓的习惯。昨天那一幕，这些卫兵应该都看到了，她小心翼翼地打量披甲的男人，他们一定对学院心存怨气吧？然而父亲和哥哥是撒马尔罕有头有脸的人物，碍于他们的面子，士兵们有什么不满，大概也不敢在她面前表现出来。

验证完毕，核验算机吱吱叫着吐出算帛，卫兵对她摆手放行，然后低头给算机上弦。就算没有昨天的事，撒马尔罕人不待见学院也不是一天两天了吧？莫潘边走边想，和父亲一样，他们躺在学院为他们创造的舒适里，还要咒骂这"舒适"是渎神，更可笑的是，渎神的罪名要创造者而非享受者来承担，世界上哪来的这种颠三倒四的道理？

就算没有神灵的庇护。她心口一紧。老师，不愿提供庇护的，又何止是神灵啊……

当莫潘看到那一缕冲天的黑烟，便立即明白为什么哥哥要带她出城。在斜坡之下，开往学院的铁马正准备出发。下了坡，哥哥停步，转身等她。

"怎么样，做好决定了吗？"她走过来后，哥哥问道。

她咬着嘴唇。

"若是父亲赶来，你可就走不了了。"

她向前一步，"哥哥，你不希望我留在你身边吗？"

"我当然希望。"哥哥目光温柔，"但我更希望，你能勇敢地选择属于自己的人生。"

"可是父亲……"

"你不用担心父亲。"哥哥扬起嘴角，"他是个商人，接受预料之外的损失可是他的强项。"

铁马开始缓缓移动，她不自觉地向铁马的方向迈了几步。

"莫潘。"哥哥忽然挽住她的手臂，"如果留在学院，你就是孤身一人了，没有人能保护你。一旦战火燃烧到学院，你要想办法逃出来，向东逃，逃到大唐的国土去，我会同沿途的商会和萨宝[1]都打好招呼。需要的时候，记得在镜塔里传信，我会收到信

---

[1] 粟特商队的首领，也是粟特聚落中的政教首领。中原王朝将萨宝纳入官僚体制中，萨宝成为专为来自域外、祀奉祆教的移民团体所设的政教合一的官职。

息的。"

　　热流堆积在喉咙，她点了点头。哥哥放开手，她朝铁马跑去。铁马的速度已经很快了，她全力冲刺。此时此刻，根据相对速度计算，只要她被地上的坑洼绊倒，就不可能追上了。我已经做了我的那一部分选择，她想，就算我摔倒，也能无愧于老师了……

　　她终于赶上了铁马，步伐毫无纰漏，登车时手脚并用，身轻如燕。很久以后，当莫潘反刍这一刻，她会发现这是她第一次如哥哥所说，勇敢地做出了选择，而不是躲藏在偶然性和神灵深不可测的意志之中。

　　从车厢里向后望，哥哥在向她用力挥手。她也挥手。视野浸没在泪水中，哥哥终是不可见了，撒马尔罕也缩成一个黑点。她坐下来，身体随着铁马摇晃，脑中一片空白。从昨天清晨到今天清晨，这短短一天经历的事情，竟漫长如一生。她抱紧双臂，不知该如何安放凌乱的情绪。那个疑问！忽然有什么东西从混沌的意识之海里冒了出来，她抓住它，努力看清，随即感到遗憾和心安。

　　那个疑问，会不会永远没有机会问出口了呢？

　　算机运行的声音听久了，使人昏昏欲睡。莫潘在图书馆里，双手托腮，眼皮打架。摆放算机的建筑，是从图书馆扩建出来的，二者并没有彻底隔绝，所以算机的声音会漏过来，成为绝佳的催眠曲。

　　嘤嘤嘤。嗡嗡嗡。

　　莫潘打了个呵欠，将目光重新聚焦到书页之上。莫毗多怎么说来着？物体恒动。任何水平移动的物体都将以相同的速度永远移动下去，除非有持续的拉力或者推力，它的速度才会变慢然后停止。这与人们的日常经验多么不符啊，但莫毗多是对的，亚里士多德是错的。这个事实隐藏在抽象的、算学的世界里，只有透过心灵之眼，才能看清。

然而莫毗多也有她的局限。她的方法，只能描述速度和方向恒定的运动，这是一种最容易被把握的运动。大自然却要狡猾得多，它让运动不断变化，又让变化充满变化，而变化的变化又是在变化的……这个变化的链条仿佛没有尽头，必须借助某种概念，借助对这种概念的算学处理，才能举步维艰地前进。

无穷。

莫潘合上书，叹了口气。她决定避开这个问题。对无穷的恐惧是一个方面，但更重要的是，她已没有余力。大食人攻陷巴依肯特后，学院里人心惶惶，连平日热闹的图书馆都少有人来，她也是努力聚集心神，才勉强看了点书。再说，老师又塞给她伊嗣那样的学生，正经的东西没见他学进去，倒是整天对她嬉皮笑脸，"好莫潘、好莫潘"地叫，真是不知羞……莫潘的脸红了。至于那个陈持弓，还是难得说句话，在陈持弓之前，她还从未见过和世界如此疏远的人。

传说中，莫毗多也沉默寡言。对于这样的人，莫潘会敬仰，但大概不会喜欢。

她转头，尘埃在斑驳的光束里飞舞，走廊远端的大门依旧紧闭。大门后面，是老师和她的算师们。她们在那个宽敞阴冷的房间里编制算帛，把算帛卖给粟特诸邦，卖给拂菻和大唐。学院以此谋利，在动荡的时代存活下来。老师说，帝王和商会领袖并不关心世界的真相，他们只关心领土和收益、美食与享乐。这些东西，算帛都可以给他们，而他们回馈给学院的，是生存的保障。"但总要有人关心这个宇宙，"莫潘忘不了老师注视她的眼神，"莫潘，我希望你就是这样一个人。"

可是老师，要是宇宙不愿让人窥见它的真相呢？

莫潘又看向图书馆的另一边。在成排雪松木书架的背后，是算机的一部分。它巨大的身躯构成了图书馆与算帛室的自然区隔，若不是时刻发出声响，位于图书馆的这部分更像一面有弧度的金属墙壁。

嘤嘤嘤。嗡嗡嗡。

谁又能说，和算机打交道，就不是关心宇宙呢？莫潘眉头紧蹙。那天，在撒马尔罕的家里，她看到了算机对战争的模拟。试想一下，只要算机造得足够大，有足够的动力，它就能为沙盘上的每一个士兵、每一颗炮弹、每一块砖头进行单独的计算……推演到极致，如果算机和宇宙一样大，或者说，宇宙本身就是一台巨大无比的算机，而其中的万事万物都只是需要计算的因子呢？

莫潘浑身一激灵，这个想法太疯狂了……但是，她咽下一口唾沫，经纬学本身不就是一种对宇宙的模拟吗？阴阳，乾坤，经纬，阿胡拉·玛兹达与安格拉·曼纽。两种状态，再加上一套规则，就可以构成世间万象。在算机的宇宙中，最基本的状态，是两个音调——确切地说，是宫音和羽音。承载这两种状态的，是一种只会对特定音调做出反应的神奇瓷片——辨音瓷。唐人按照金玄代数的规则，将烧制得极小的辨音瓷以蚕丝连缀，又以不同的连缀方式组成功能各异的逻辑单元，称单元为"阙"。

"输入甲和输入乙必须同为羽音，输出才是羽音，其他情况输出皆为宫音。此为'与阙'，在金玄代数里表示为'乘'。"那时，老师讲算机原理，其他学生极少提得起兴趣，莫潘却听得津津有味。"输入甲和输入乙只要任一为羽音，输出便是羽音。此为'或阙'，在金玄代数里表示为'加'；输入为羽音，输出为宫音，或者相反，输入为宫音，输出为羽音，此为'非阙'……如你们所见，单个的阙只能进行简单的逻辑运算，而经过组合的阙，则能以经纬形式完成加减法这样的基本运算。当成千上万的阙被整合在一起，便可以实现更为复杂的功能，比如识别和控制。被整合的阙叫作'算芯'，是算机最基本、最重要的部件。我们学院的算机中有数千个算芯，单是维持算芯中蚕丝的振动，就要消耗许多的力。这些力，是由连接算机的水轮、风车和备用热机共同提供的。

"你们看，算机就是这样被一层层搭建起来的。奇妙的是，无论是阙、算芯还是算机，不过是相同模式在不同规模上的再现：阙是瓷与丝的组合，算芯是阙的组合，而算机又是算芯的组合。"老师在学生面前来回踱步，"我们常说，发明是一件偶然的事情。但是很难想象，除了以模件化思想构造文字、兵器、建筑、城市、帝国乃至宇宙观的中国人，谁还能发明出算机这样的机器。"

老师对大唐的推崇，有时候到了难以理喻的程度。是因为国子监里那个叫章善德的算学家吗？莫潘微微摇头。前一阵老师是不是说过，章善德也在寻找描述曲线的方法？

"哟，这不是莫潘老师吗？"并不友善的声音，莫潘一惊，回头，果然是那个人，"怎么不见你的波斯学生和那个冷面人？"

"野那。"莫潘站了起来。

野那咄咄逼人地靠近，"前几天见你，你看起来不太高兴啊。怎么，怕我把那个漂亮男孩儿抢去吗？"

莫潘脸颊发烧，没有作声。

"这样可不能蒙混过关哦。"高大女孩儿推了她一把，又装模作样地看向她腰间，"咦，你的铃铛呢？"

"你在说什么，我听不懂！"

野那一手攥住莫潘的胳膊，一手向她腰间摸，"不净人要戴上铃铛才对。要是你不方便，我可以帮忙。"

"放开！"莫潘猛甩胳膊。野那的手像是叼了肉的狼口，丝毫不肯放松，反而将她一把拽了过来，"没有那个突厥小母狼给你撑腰，我倒要看看，你到底有多厉害！"

撕扯。推搡。落在肚子上的拳头。喉咙中，有咸涩味涌了上来，另一只手，已经抄起了桌上的硬皮书。所谓技击之术，无非是千方百计置敌人于死地，乌玛依是这么说的吧？用硬皮书的尖角，应该能砸开野那的太阳穴吧？她屡次三番寻衅欺辱我，是该给她点颜色看看。

但是，但是……

"你们两个在做什么?!"

有声音从天而降，两个人同时愣住，一齐转头看去。是浮知台，老师的算师。女人五十来岁，体形修长，一头灰发高高盘起，神情姿态,不怒而威。

野那松开手,拢了拢头发,朝地上啐一口,转身扬长而去。莫潘抱着手臂,止不住地颤抖,那本硬皮书啪嗒一声,掉落在地。

浮知台走了过来,"莫潘。"

"浮知台老师,我——"

"我都看到了。"浮知台蹲下,拾起书,轻轻拍了拍,将它放回桌上,"被人嫉妒的滋味可真不好受,不是吗?"

"嫉妒?"莫潘仰头看浮知台,"为什么会有人嫉妒我?"

"你说呢?"浮知台笑笑,"你可是院长最爱的学生。"

"院长……最爱……"莫潘喃喃重复道。

浮知台转身,"你是来找院长的吧?跟我来,她在里面等你。"

莫潘跟在算师身后,走向走廊远端的门。屈辱、愤怒、恐惧,这些情绪还未完全退去,带着苦味的欣喜又泛了上来。她的手臂隐隐作痛,脑中一片凌乱,脚步有些许飘忽。门打开了。那后面,就是学院的心脏所在。莫潘小步向前,走了进去,穿行在一个又一个从天窗中投下的光柱间。走道两边的算机散发出幽暗的色泽,吐出潮汐般的鸣响,算机旁的算师们停下手中工作,默然看她。这些机器,这些算师,她平日里都见过,但当机器和算师聚集在此处,她没来由地相信,他们正在用抽象的经纬合力搭建一座肉眼不可见的通天巨塔。"你那位老师的沙盘,我看却远不止于此。"想到父亲说的话,莫潘忽地心中一沉。老师,难道你真的在做神灵的工作?这是僭越啊!

——但是，凡人又怎么可能做神灵的工作呢？

浮夜门在算机房的尽头，将莫潘送到后，浮知台就离开了，留两人独处。莫潘看到，浮夜门正在摆弄算机上的机械字母盘，她纤长的手指在明暗之间穿梭，仿佛在弹奏光线。

"老师。"莫潘轻声叫道。

浮夜门手上的动作不停，"莫潘，那个波斯小子，你教得怎么样了？"

"他根本就无心学习，巴依肯特陷落后更是如此。"莫潘揉着小臂，"老师，我教不了他，请你为他再寻个老师吧。"

浮夜门转身看她，"我听到那些女生的风言风语了。莫潘，你又在害怕吗？"

莫潘涨红了脸。

"你继续做他的老师，也许，不会再做多久了。"浮夜门说，"目前的局势已是一触即发，那个人的死，会是最后一根稻草吧。"

"那个人？"

浮夜门的声音低了下去，"你很快就会知道了。"

"哦。"

"说吧，你来找我，不会只为了那个伊嗣吧？"

"他？才不是！"莫潘拼命摆手，"老师，我来是想，是想……"

"是想浪费我的时间吗？"浮夜门扭过头去，又开始摆弄起字母盘。

"我想成为老师的算师！"莫潘尖着嗓子说。

浮夜门手上的动作一滞，"我已经和你说过了，不行。"

"老师，我不会拖你后腿的。我会很快学会算机的语言，我会比所有人学得更好，我会——"

"不行。"

眼泪已经在打转了。莫潘揉着眼睛，浮夜门冷漠的背影在她的视野中晕开。浮知台在骗她，她怎么可能是老师最爱的学生？这二十四个算师和老师形影不离，分享学院全部的秘密，她们之外的人，怎么可能得到老师的爱？老师明明知道莫潘有能力成为最优秀的算师，为什么坚决不允许她成为这个团体中的一员？

唯一的解释是，老师并不爱她。

"莫潘，你在哭吗？"

她深埋着头，肩膀无法抑制地颤抖。

叹息。老师的脚步声。一只手轻抚她的脸颊，揉碎了脸上的泪水。

"莫潘，不是你想的那样。"浮夜门柔声说，"这样吧，我答应你，等你做好准备，我就允许你加入我的算师团队。"

莫潘抬头，吸了吸鼻子，"准备？什么准备？"

"完完全全接受你自己的准备。你的渴望，你的恐惧，你是谁，你想要成为谁，在成为自己的路上你愿意付出的代价。当你对这些问题有了深信不疑的答案，你就做好准备了。"

"老师，我——"

"先别急着回答。"浮夜门在身旁的书架上翻找一番，抽出一卷算帛，眯着眼睛细细打量后，递给莫潘，"看过这个再说。"

莫潘接过算帛,拿在手里,薄薄的一卷,应该不会有很多内容。

"老师,这是?"

"莫毗多的故事,你不是一直想知道吗?"浮夜门目光幽深,"我听说,学生们私下里都叫你'莫毗多二世',这可是很高的褒扬呢。"

老师是在说反话吗?莫潘咬着嘴唇,手中的算帛被攥得吱吱作响。

"就先从了解莫毗多开始吧,这个条件不算苛刻吧?"

她摇了摇头。

"好了,你走吧,不要耽搁了伊嗣的学业。"说完,浮夜门回到算机旁,不再理她。

嘤嘤嘤。嗡嗡嗡。算机的声响又变得清晰。她默立半晌,转身离去。在大门口,浮知台叫住了她。

"莫潘,我们在做的事情,和你想的不一样。"她怜爱地摸了摸莫潘的头发,"傻孩子,院长是在保护你啊。"

保护。在去唐式小院的路上,莫潘一直在咀嚼这两个字。如果需要保护,她还会留在学院吗?委屈一下子漫了上来。老师,我本来是可以留在哥哥身边的啊。现在我是一个人了,一个可能被爱着、却一定被嫉妒的人。

就在这一刻,她感受到了决定的重量。

明明说好了时间,可伊嗣并没有在小院里等她。陈持弓也不在——这是自然,在莫潘看来,他只不过是伊嗣的影子……真是这样吗？莫潘诘问自己，还是她不愿去真正了解一个人？不过这想法很快就消散了。遍寻小院，她终于在白墙上看到一行用炭笔写的黑字："好莫潘，我去城外，看突骑施人骑马射箭。"那歪歪扭扭的字迹，无疑是伊嗣所写。她没有感到意外。对于可能到来的战争，伊嗣早已心猿意马。她无法理解的是，人人都避之不及的东西，那个男孩儿为何如此热衷？

还有，阿奴去哪儿了呢？平日里，它都会在唐式小院兢兢业业地值守。这机械傀儡的行动，本应像算学那样精确呀……

本来不想管了，但毕竟仍是伊嗣名义上的老师，莫潘还是寻出城去。突骑施人的营地附近，有许多看热闹的学生，站成一道人墙，见莫潘来了，便有意无意地让出一条通路。老师最爱的学生。对呀，我可是老师最爱的学生。莫潘心中冷笑，不客气地走上前去。原来她们在观看突骑施人马上操练。只见那群汉子纵马驰骋，张弓瞄准，弓弦响处，箭箭中靶，引得阵阵叫好声……可那靶子好生奇怪，居然在自行移动。莫潘定睛一看，吃了一惊：那哪儿是靶子，那分明是阿奴！机械傀儡背上点了白色的靶心，靶心外又画了几圈，便成了一块移动的活靶。"活靶"来回行走，箭矢如雨，砸在它身上叮当作响。莫潘心头火起，一定是伊嗣那家伙干的好事！看向远处，伊嗣果真优哉游哉地跨在马上，正低头和站在一旁的陈持弓说着什么。

"伊嗣！"莫潘向伊嗣跑去。

漂亮男孩儿抬头看了莫潘一眼，恶作剧般地一笑，从陈持弓手中接过反曲弓，拍马而出，汇入突骑施人之中。

"莫潘，看好啦！"伊嗣的声音远远传来。只见他张弓、瞄准、射箭，动作潇洒俊逸。可也许是发力过猛，射出那一箭后，他竟然身子一歪，从马背上跌了下去，随即被淹没在马蹄扬起的烟尘中。

一阵惊呼。莫潘脑中一片空白，脚步没有迟疑，向跌落的伊嗣跑去。

余光里，那支箭并没有射到阿奴身上。

第六章　浮夜门

善德再拜，怀仁吾友：

久不奉问，驰望诚深，勤系之情，笔墨难喻。从收到你前次的经纬信，到动笔写这封信，已经过了半个月。最近春雨绵绵，镜塔无光可借，而圣人至今卧病不起，嗣位之争在这长安城里已不是秘密。毫无疑问，即便到了可以传递光信号的时间窗口，镜塔里飞驰的也一定是军国大事，其他信息必然顺延，待你收到这封经纬信，却不知是何时了……大唐对河中地区有举足轻重的影响，而嗣位之争关乎大唐国运，到你收信之时，局势如何，殊为难料。善德只盼，吾友安好。伊嗣那孩子最近怎么样？是否令你头疼？在国子监他就颇为顽劣，如今他在学业上没有进取心也就罢了，若与大食发生战事，他必定会想方设法参战。战场凶险，纵使要保全他，吾友亦要量力而行。切切。

虽则时局如此，你我既是学人，却依旧要保持对世界的好奇之心。每逢通信延宕，我就会想，如若振丝从长安连通到河中，也许就不必像现在这样在长时间的等待中煎熬了。相较镜塔，钢丝振动传信虽速度缓慢，但胜在可全天候运作，只需机器供力即可。这十年来，大唐致力营造该系统，但因其需牵丝埋管，又要专人时时维护，成本高昂，当前只连通长安、洛阳、太原、扬州、成都数座大城，若要将信息传至国境之外，还需借助镜塔。这心中笔上的字字句句竟能借由音与光传递，相隔万里，亦不是阻碍，想来还真是神奇。

有一个问题，我思量日久：在镜塔形成规模之前，信息如何从大陆的一端流动到另一端？对这个问题研究愈深，愈发觉其庞大繁杂。要考察信息的流动，涉及的变量极多，比如地理的距离和区隔，不同政治势力，文化、语言、翻译的扭曲和损耗，等等。不过既是变量，就有计算的可能。我费了许多时日，终于将问题转化为方程，又将其编入算帛。我用国子监的算机对算帛进行了数百次演算，并在演算中不断修正方程，使其不断趋近现实世界，得到的结果大致相同：在已知的假设条件下，信息的长距离流动，无非通过战争、贸易、人口迁移和信仰传播，其速度极慢，没有方向且严重失真，数百年前《几何原本》从希腊远渡到中国的壮举，几乎是不可能完成的。

——然而壮举终究是完成了。中华初民将相似与相近的归为类，序为数，这类与数，是他们认识世界的基本方法。[1]在很长一段时间里，类与数一直不曾分开。数是具体的，无论它关联的是宇宙秩序，如"四时""五行""八卦""九州"等，还是商业、

---

[1] 参见刘贻群编：《庞朴文集》，第四卷，山东大学出版社2005年版，第171页。此处有改写。

天象或者测量，也就是《周髀算经》和《九章算术》试图解决的问题。我的祖先们对单从某种假设出发得以证明的定理和命题不太感兴趣——直到他们接触到泰勒斯、欧几里得和柏拉图的学说。当严格的论证被引入，算术才成为算学；有了算学，也才有了现代意义上的格物与丹学。归根结底，如今的大陆文明，是建立在发达算学基础上的。很难想象，希腊思想从具体到抽象的神奇一跃会在何时、以何种方式再次发生，但可以肯定的是，当希腊文明由于亚历山大大帝和罗马人的征服陷入沉寂，位于大陆另一端的中华文明却在它的启发下一步一步走向辉煌。这是确凿的历史，却是算机中难以重现的结果，为什么？

最自然的想法是方程出了问题。一定有重要的假设或者变量被遗漏了，而这个假设或者变量，能够显著降低信息流动的"阻力"——说到这里，我似乎看到你在摇头了。每当你我讨论大陆学术近百年来不可思议的高速发展，你总喜欢用神灵的意志来归结，然而在我看来，造物者无主，而物各自造，须得找出个神灵之外的理由来。这个理由，除了那个位于历史暗面的组织的存在，我想不出其他——和每次争论的结果一样。所以你肯定也会像每次争论到最后时那样诘问我：即使抛弃所有荒诞不经的传说和猜想，那个组织的目的又是什么呢？

我的答案和从前一样：我不知道。也许需要建立新的方程来考察这一问题，但我怀疑，在答案里还藏着别的疑问，阐释的链条总是没有尽头。很久以前，我曾雄心勃勃地认为，即使对于今天的我们来说难以想象，但借助算学和算机，借助无懈可击的逻辑体系，人类最终可以解释整个宇宙。然而，在经历无数挫折与绝望之后，我开始相信，这只是一个天真的幻想。我们用算学来充当宇宙规则的语言，这种做法在绝大多数情况下十分有效，但是，规则的语言能够解释规则本身——也即宇宙——吗？这难道不会导致悖论吗？

……又拉拉杂杂说了许多不着边际的话，实在抱歉。时局若此，大概也只有钻研学术方能解片刻忧愁。如果我的胡思乱想能够博你一笑，那也不算是枉费笔墨了。山高绝岭，峻绝归鱼，瞻望之情，寤寐思服。吾友千万珍重。匆匆不宣。善德拜上，怀仁吾友左右。

果真是迟了。浮夜门折起信纸，轻轻叹气。这封经纬信在皇帝宾天的消息传遍整个河中地区之后到达，而章善德写信时皇帝虽然卧病不起，但仍健在——信息延迟起码在十五天以上。镜塔传递信息需要阳光，但由于要跨越广袤的地区，往往是此处晴了，彼处又阴雨，阳光条件不稳定，信息传递便时断时续。下一个节点接收不到的信息会暂存于镜塔的算机内，等满足传递条件后依照优先级断点续传，但受限于天气，信息的延迟难以准确估计，若不是镜塔的位置排布用算学进行过优化，多数信息能不能最终送达都是未知数。倒真不如章善德所说的振丝传信系统，虽然缓慢但却稳定。这项大唐应用于国土内的技术成本高昂，如果没有莫大的财力与决心，是绝不可能推广到整个大陆的。

也许，也许只有那个组织能够做到。浮夜门暗想。章善德的猜想是对的，那个组织，也就是传说中的影国，真实存在，并且显著影响了大陆的信息传播。至于他那个没有答案的问题，她大概也是了解一点的。章善德是绝顶聪明之人，这样的人往往偏执。算学可以解释很多事情，但总有无能为力的时候，章善德不明白的是，有些演算不出的答案不在方程里，而是藏在某些人的手中。比如，影国的真实意图，就是那个人亲口告诉她的。想到这里，浮夜门没来由地脊背发凉。大唐皇帝宾天之后，河中局势骤然紧张。那人前日来访，敦促她尽快做出决定，然而她始终无法完全信任他。金桃是学院的命运所系，如果就此交给影国，学院又如何保全自身？

"我们从来没有承诺安全。我们只承诺，金桃不落在最危险的人手上。"

言犹在耳。这样的承诺无法令浮夜门满意。一定还有什么办法，既不破坏她心中的道德准则，又能让学院在这乱局的夹缝中生存下去。一定有办法……一定，有吗？浮夜门攥紧手中的信纸，苦笑一声。她曾经叱骂过莫潘优柔寡断，但她又何尝不是如此？她们的区别，不过是程度上的不同罢了。算学中有现实世界中缺少的那种优美和确定，有时候，她也想像莫潘那样躲进去。

但是她不能。

浮夜门手抚围栏，心事重重地踱步，半开放的走廊悬于三层高的位置，下面是巨大的机器和连接在机器上数百只正在忙碌的机械臂。这里是学院的"写房"。写房，顾名思义，就是书写的房间。在写房里，书写的并不是人，而是机械臂。需要誊写的内容首先被经纬化，编成算帛，又由算机控制的机械臂在纸上写出。以水轮和热机驱动的机械臂可以不眠不休地工作，比人力誊写要快上许多，在整个大陆流传的粟特文书籍就是这样批量制作出来的。如果说学者的功能是创造知识，那么写房的功能就是复制和传播知识。浮夜门喜欢写房甚于算房，大概是因为这两者声音不同：算房里充斥的是宫音和羽音错落而成的蜂鸣声，尖锐而急促，仿佛人类自身的映照；而写房里，则只有无数支笔在纸上书写汇成的沙沙之声，似潮水，又似和风掠过树林。这声音带着大自然的温和与慵懒，令她平静，也让她遐想：如果知识是有形的，那么这声音就是它的形态吧。强权们只在乎知识带来的力量，而她却沉醉于知识那纯粹的美感。

其实，沉醉于知识纯粹美感的，又何止是她。浮夜门抬起头，挂在墙上的历任院长的肖像在庄严地回望她。学院为追求知识而创立，历任十一位院长无不秉持这样的宗旨。她的目光在肖像上一一停留致意。第一任院长乌破延，撒马尔罕终身未嫁的公主，长着灰色眼睛的美丽女子，虽然在学术上没有太大建树，却成功说服撒马尔罕和布哈拉的国王在两国交界处辟出土地，又拨款筹建学院；第二任院长不六多，是从天竺引入算学符号和"零"这个概念的人，也是她开启了学院只招收女生的百年不易的传统；第三任院长炎畔陀加速了造纸术和丹学在大陆的西传，又调和了琐罗亚斯德的二元神论与经纬学，为算机的引进奠定了思想基础；第四任院长莫毗多，她幽深的黑色眼眸中隐藏着对宇宙的深刻洞察，她用卓越的算学造诣和无畏的勇气证明，无论是众神的宫殿，还是低矮的人世，都在同样的法则下运行……为了知识的独立与纯粹，历任院长都严守政治中立，绝不依附于河中地区的任何势力。学院有如今的学术水平和声誉，全赖她们对独立信条的贯彻。但是，但是啊……浮夜门不自觉地握紧拳头。如今的形势和她们在任时已全然不同，在大食、大唐、突骑施和撒马尔罕眼中，学院是肥美又脆弱的猎物，浮夜门必须耗尽全部心力与猎食者们周旋，才能求得一线生机……

浮夜门的头又疼了起来。她缓步下楼，正撞见脚步匆匆的浮知台。

"院长。"浮知台微微颔首。

"怎么样？"

"算机里在跑一千一百九十六号算帛。目前看来，效果不错，模拟战场上的胜率有所提高。"

"嗯。"浮夜门点头，"带我去看一下。"

这算是个好消息。跟在算师身后，浮夜门走出写房，步伐略微轻快了一些。从写房到算房，要过河，走曲曲折折的小巷，白墙绿瓦投下的阴影中，有柳絮飞舞，有啁啾鸟鸣。春天已经过半了啊，可因为战事迫近，这春日里少了许多热闹，所以我才浑然不觉吧。浮夜门一边走一边感叹。大唐皇帝宾天的消息，她怕学院人心浮乱，迟迟没有公布，但世上没有不透风的墙，到时消息一出，又不知是何光景了。大食因为忌惮大唐，暂时按兵不动，而今大唐丧乱，大食已无不战之理。在战事到来之前改善撒马尔罕战争傀儡的行为逻辑，是她与乌勒伽王达成的共识，这几天算师和算机都全力运转，就是为了更快筛选出表现最为优异的经纬。渎神，这个词突然窜入浮夜门的脑海，她的脚步踉跄了一下，浮知台回头看她，眼里写满关切，她摇头示意自己没事。

撒马尔罕人以为创造出有智慧、有自主行动能力的物件是亵渎神灵，浮夜门想，但是他们都错了。

试图了解神灵的思想，这，才是渎神。

……我是不是已经走得太远了？

"院长，"浮知台停下脚步，对她说话，"布真大人应该是来找你的。"

她沿浮知台的目光看去，一台傀儡正从小巷转出，身后跟着一个人，正是布真。见到她，突骑施汉子粗犷的脸上绽放出笑容，快步走了过来。

"院长，我先回算房等你。"和布真打过招呼后，浮知台就先行离开了。

布真停在她身前，等着傀儡吱吱呀呀地走近，用手重重拍了几下傀儡的铜壳。"这大铁疙瘩，甚是愚笨，带我七绕八绕绕了半天，才找到这里来。我就不明白了，奴婢有什么不好，你为何就是不肯用？"

"呵。"浮夜门轻笑一声。

"你们这些学人，脑子里总是有许多奇怪想法。"布真笑道，"我读过你那本写奴隶的书了，那些平等啊权利啊之类的大词儿，看得我头昏脑涨。其他的我不太懂，你说这人生而平等，又是什么意思？腾格里天神创造人类和动物，就是贵贱有别的。那猎手和猎物，能相同吗？那战士和奴隶，能相同吗？"

浮夜门打量着布真，这男子一脸赤诚，倒是要与她认真辩论的模样。身在草原的布真竟然读过她的《差序格局①论》，且不

---

① "差序格局"由费孝通先生提出。本文借用了这一词语，特此说明。

论他读懂了多少，是否被说服，单单是"读"这一行为，就已经令她感动。

"好。"浮夜门点了点头，"既然你说奴隶，我就问问你，你们的奴隶是哪里来的？"

"有世代为奴的，也有从西域诸国买来的。"布真想了想，"还有一些，是打仗的俘虏。"

"这些人生来就是奴隶吗？"

"当然，呃……"布真眨巴着眼睛，"俘虏虽然生来不是奴隶，但既然他们被我们打败是腾格里天神的意志，那么他们的卑贱也是早早就已经注定了的。"

好你个布真，说话倒是滴水不漏，居然把后天的因素也归结到神灵的意志上去了。浮夜门哼了一声，"好，那我问你，这些奴隶和我们有什么不同？"

布真挠头，半晌憋出一句："自然是身份不同。"

"哈。"浮夜门不自觉地背起手来，"照你这么说的话，如果奴隶不是因为他们的身份，实际上就和我们没什么不同喽？"

"可身份是腾格里天神指定的！"布真的双颊发红，"浮夜门，我知道我说不过你，我也知道你有一堆大道理在等着我，可你想想，你们那么推崇的希腊人不也在大量使用奴隶吗？以开明著称的大唐，不也有良贱之别吗？如果秩序不是神灵规定的，那么日月星辰、人兽鸟虫、花草树木，等等，又要如何各安其命呢？"

世界是一个竞技场，所有存在之物都要在不断斗争中找到自己的位置。神灵不需要安排好一切啊，布真，他只需要提供场地和规则即可。浮夜门把嘴边的话咽了回去。这句话太过疯狂，太过匪夷所思,如果不是在算机中目睹了一切,她绝不会产生这样的想法。可如果这个想法就算是渎神的话,那么她正在做的一切,就比渎神还要可怕一万倍。

她深深地呼吸,稳定心神。布真见她不说话,以为将她驳倒,便得意地笑,"怎么,说不过我啦?"

浮夜门点头,又拍了拍机械傀儡,"走,去算房。"

"等,等一下。"布真叫住她,"浮夜门,我找你,是来说正事的!"

浮夜门回过头,"正事?"

布真鬼祟地四下张望,"有没有方便说话的地方?"

对浮夜门,苏禄可汗开出了丰厚的条件:浮夜门可以带上她全部的算师去碎叶城,还可以带上若干学生。苏禄可汗会为她购置算机和书籍,为她提供优渥的生活条件,更重要的是为她提供安全。即使河中地区全部沦陷,学院也会在草原上重生——某种程度上。

"所以,"浮夜门喝了一口茶,"从一开始,苏禄可汗就认为学院不可能在战事中幸存。"

布真尴尬地清了清嗓子,"在大唐皇帝还没死的时候,这只是备用方案。"

"不过,可汗没有错。"浮夜门说,"如果大食人展开强攻,学院是守不住的。连波斯都在短短几年间被消灭了,你们这区区两百个突骑施人,或者粟特联军,又怎么可能阻挡他们呢?"

布真的耳根发红,他双手挂膝,上半身绷得笔直,"我以突骑施人的名誉起誓，我们将为了保卫学院战斗至最后一人。"

浮夜门微微一笑，将茶盏推到布真面前，"喝茶，喝茶。"

布真看了女人一眼，端起茶盏，仰头喝了一口，咧开嘴，皱起眉头。"这唐人的饮料我真是喝不惯，"他把茶盏按在桌上，"又苦涩又曲折，哪有酒来得痛快？"

"我还以为你仰慕大唐文化。"

"仰慕不代表全盘接受。"

"说得好。"浮夜门目光灼灼地看他，"那么，可汗能够全盘接受学院吗？"

布真迎着浮夜门的目光，"条件已经和你说得很清楚了。"

"如果我想带上全部学生呢？"

"这……"布真面色一沉，"碎叶城容不下那么多无所事事的人。"

"你认为学习和创造知识是无所事事？"

"草原有草原的生存法则。"

浮夜门闭眼，又缓慢睁开，"我懂了。可汗要的，也只是金桃。"

"是。"布真干脆地承认，"你是聪明人，我不会蠢到在你面前说假话。可汗想要金桃，他可以为金桃付出突骑施人能够想到的、最大的代价。浮夜门，你知道这个代价是什么吗？"

浮夜门摇头。

"承诺。"布真说。

片刻的沉默。咕嘟咕嘟的水沸声。隔着烟气看布真的五官，竟有几分柔和。"据我所知，"浮夜门开口说道，"突骑施选择了大食人的火器路线。"

布真点头，"所以说，金桃到我们手中，并不危险。"

浮夜门缓缓摇头，"恰恰相反。设想一下金桃和火器结合起来。"

"那又怎样？"布真有些不耐烦，"牧民要的只是牧场和自由迁徙的通道。"

浮夜门平静地凝视着他，"人越强大，就会渴望越多。布真，恕我拒绝可汗的提议。"

布真垂下眼睑，把指节按得咔咔作响，"浮夜门，如果是我请求你去碎叶城呢？"

"你？"

"我，以一个男人的身份，邀请想守护的女人，前往碎叶城。"

浮夜门怔住，脸皮随即一阵发麻。想守护的女人。这带着怪异口音的话在她听来，竟比所有撒马尔罕男人的甜言蜜语都要动人。她咬着嘴唇，半晌不语。布真忽然倾身向前，越过桌案，抓住她的右手。

"浮夜门，你答应吗？"

被打翻的茶盏泼洒了一桌碧绿茶水，茶水滴下桌案。滴答。滴答。布真的手，坚硬、粗糙、滚烫，拥有不容置辩的力量，让人无法不相信，他可以做到他承诺的一切。如果这个世界尚有栖息之地，浮夜门浑身战栗地想，那一定是这个男人的怀抱吧。

但是，但是啊。

浮夜门把手抽了出来，"布真，抱歉。"

男人颓然坐了回去，几个心跳后，默默起身。

"浮夜门，如果你改变主意，随时告诉我。"

布真走了，浮夜门依然止不住地颤抖。她的心情，可真像这唐人的茶，苦涩又曲折，个中滋味，不知谁人能解。此时此刻，她多想破一次戒，试试酒的痛快……浮夜门轻轻摇头，走到窗边，窗外布真的背影在渐渐远离。这个男人，她抱紧双臂，其实和我一样——不，他比我勇敢。

他至少有被拒绝的勇气。

默立半晌，浮夜门返身走向书桌，开始提笔写信。

第七章　伊　嗣

　　出学院大门，向西走四个法尔萨赫，就到了布哈拉城，布哈拉城再向西南，是巴依肯特。伊嗣向布真借了马，准备和陈持弓一起去布哈拉城附近转一圈，看看粟特联军的备战情况，若是能亲眼见到活生生的大食人，就再好不过了。走之前他和莫潘告了假，女孩儿知他已经无心向学，便应允下来，只叮嘱了几句"注意安全"。大食占领巴依肯特后，迟迟没有采取进一步的军事行动，只有驾着"铁骆驼"——大食人的铁马，体形更小，装有轻型热机，可双人乘坐——的斥候[1]偶尔出没。据说，大食人在巴依肯特城中并未使用血腥手段，他们任命巴依肯特王为总督，并且完全保留了该城原来的行政体系。对于不愿改宗的市民，大食人也只是多征收了一项名为"齐兹亚"的人头税。城中安定，仿佛刚刚经历了一场城头易帜的游戏。伊嗣早已听说，雷霆般的征服和其后宽和的治理手段是大食快速崛起的法宝，但

---

　　① 指侦察敌情的士兵。

他很难理解,战争的紧张与松弛竟然会如此快速地交替。

"打仗是打仗,生活是生活。"布真那个蛮子倒是见怪不怪,"我们突骑施的男人要是都像你这样,天天跟打了鸡血似的,还没等到打仗就先把自己搞死了。"

伊嗣不以为然,他的整个人生,就是在为一场场伟大的战争做准备呀!兴奋一点,又怎么了?

"战争哪来的伟大?"布真又在嘟嘟囔囔,"战争只有征服和奴役,只有你死我活,你高兴个屁?"

简直是鸡同鸭讲。但除了布真,伊嗣也没有其他可以聊天的人了。陈持弓一如既往地寡言少语。莫潘呢,整天不给他好脸色看。他倒是越来越喜欢这个女孩儿了,她是迄今为止唯一一个不因他的身份和外貌气度对他高看一眼的人。

——不,她岂止不高看他,她甚至还嫌他蠢。

蠢就蠢吧,伊嗣自我安慰道,谁叫我没办法对女孩子生气呢?再说,人不可能样样出色吧,陈持弓倒是武艺高强、人又聪明——伊嗣怎么知道的呢?只能说,这是一种直觉。可这样的人,你只想离他远远的。

他回头看陈持弓,高个儿男子跨坐在马上,身体绷得笔直,身后斜背着那张形影不离的弓。见他回头,陈持弓没有任何反应,还是那副冷冷的模样。

切,伊嗣愤愤地把头转了回去,区区一个护卫,有什么好神气的……他的注意力很快就转移了,在路的右前方,他看到了一座黑色的塔,高耸的塔尖划过白色的行云,仿佛在天幕中缓步。

伊嗣勒马,待陈持弓靠近,神秘兮兮地说道:"持弓兄,你看到那座塔了吗？"

陈持弓喉咙里低低地"嗯"了一声。

"嘿嘿，那是寂静之塔，处理死人的地方。"伊嗣和陈持弓并驾齐驱，两只手在空中比画着，"我父亲讲，从前，河中地区的寂静之塔都是有围墙的大场子，死去的人被丢到场子里，任野兽啃食，啃食干净的骨骸由不净人收敛起来，另行埋葬。本来呢，'塔'只是个虚指。一百年前，有位撒马尔罕王被一场死人无数的战争刺激，发了神经，竟然命不净人在场子里造塔，还非要造那么高，结果塔还没造好，就砸死、摔死了好几个不净人。

"不净人你知道吧？祆教里专门处理尸体的人，不可接触者，他们腰间都挂着铃铛，提醒人们远远避开。"他的身体向陈持弓靠了过来，压低嗓门，"据说，学院的第四任院长莫毗多，就曾经是不净人。"

陈持弓瞪大眼睛。

伊嗣被陈持弓的反应所鼓舞，说得愈发起劲："莫毗多的身世被学院藏得很深，在官方说法里，你肯定听不到啦。但女孩子们都在传她的故事，而且传得有板有眼……哦，抱歉，我忘了，你不喜欢和女孩子说话。"

说起来，伊嗣热衷于和莫毗多有关的传言，还是出于个人恩怨。格物这门课中，什么物体恒动啊，什么万物一理啊，最是违反常识，也最是难学。为了跟上这位前任院长的思路，他可没少遭莫潘的白眼。刚才那几句话，既揭了莫毗多的短，又调侃了陈持弓，一箭双雕，伊嗣在心里为自己暗暗喝彩。

"据说，莫毗多就是在寂静之塔下看到砖块从高空坠落，才领悟了宇宙的道理。"伊嗣扬手一指，"走啊，我们去近处瞧瞧。"说完，也不待陈持弓回应，伊嗣双脚一夹马肚，朝塔的方向疾去。

很快就接近了。巨大的黑色塔基被围在残破的夯土矮墙中，墙内果真是一块平整的场地。还未看清杂草丛生的场地上有什么，风就先一步把气味送进了他的鼻腔，难以形容的、淡淡的臭味。还能是什么，不就是死人的气味嘛。伊嗣故作轻松地想。这时一只灰褐色的巨鸟扑簌簌地自草丛中骤然飞起，他勒住受惊的马，认出那是食腐的秃鹫。

"不要再往前了。"陈持弓在他身后说。

他回头，咧嘴笑，"持弓兄，你终于开口说话了。怎么，怕了？"

陈持弓面无表情。

伊嗣哼了一声，又催马向前走了几步，轻巧地跨过墙上的缺口。墙后倏然现出几只野狗，觉察到有人靠近，野狗停止撕扯的动作，齐齐转向他，翘起尾巴，龇着血淋淋的牙，喉咙里滚过低沉的呼噜声。

他看到了被野狗围在正中的东西——

被啃咬得残缺不全的尸体，不止一具，挤挤挨挨的，已经模糊了个体的界限和轮廓。还有散落一地的尸块和脏器，裹着黑色的、凝固的血。刚刚那淡淡的臭味忽然变得狰狞，如一柄长枪，穿过喉咙食管，直捣胃囊。他掉转马头，冷汗浸透衣衫。

"持弓兄，寂静之塔看来也不过尔尔，"他面色苍白地笑，"我们走吧。"

陈持弓盯着他。

拜托，我们走吧。他用目光哀求陈持弓。拜托。

陈持弓点了一下头。

伊嗣从未如此刻这般感谢这名护卫的寡言与冷漠。

在野狗的吠叫中走出十几步远后，伊嗣听见了叮叮当当的声音。是三个衣衫褴褛、腰挂铃铛的人抱着白色的陶瓮，从另一个方向走向寂静之塔。那三个人见了他们，都停下脚步，眼中闪过讶异之色。打头的人是位年轻女子，最初的讶异过后，她冲两人笑了笑，露出白森森的牙。

一阵汗毛倒竖的战栗。伊嗣背过身去，女人的笑容却刻在了他的脑海里，许久没有散去。在接下来的一段时间里，他会反复回味人生中关于死亡的第一课，回味这既恶心又羞耻的瞬间。然而奇怪的是，当回忆渐渐陷入黏稠的睡意，所有的知觉和时空都会凝聚成女人美丽的笑容。

他依稀觉得，这就是死神的微笑。

伊嗣终于吐了个痛快。陈持弓站在大路中间，背对着他，手腕悬在横刀的刀柄上。伊嗣用丝绢手帕抹了抹嘴，塞入怀中，走向自己的坐骑。

陈持弓回头看他，他艰难地向上扯了一下嘴角。

"第一次见死人？"陈持弓问。

"嗯。"停顿一下，伊嗣又急忙补充道，"我没想到会是这样……"

这样恶心，这样惨烈，这样不体面。为何无论是父亲，还是那些描述死亡的文字，都如此轻描淡写？

"人死了，就都是一样的，不过是会腐烂的血肉而已。"陈持弓说。

又一阵反胃。"呵，你说得轻巧。"

陈持弓冷冷地乜了他一眼，翻身上马。闹了刚才那么一出，伊嗣本就气短，现在又自讨了个没趣，面子上有些挂不住，于是闷声跟在陈持弓身后。过了寂静之塔，到布哈拉城还有一段距离，除了荒地、野草和慵懒流淌的那密水，这一路没什么风景，甚是无聊。没过多久，伊嗣实在耐不住寂寞，又驱马上前，和陈持弓攀谈起来。

"持弓兄，看你的样子，应该没少见过死人吧？"

陈持弓没有说话，宽阔的背影随着马身起伏。

"你肯定打过仗。"伊嗣自顾自地说，"我听布真说，你是凉州的兵，那你应该打过吐蕃和突厥……哎呀，布真那个蛮子，不知有没有和你交过手？"

陈持弓回头，"苏禄可汗是大唐的臣子。"

"那就是没交过手喽。现在是臣子，以后可不好说。要是真打起来，你下得去手吗？"

陈持弓把头转了过去，"我服从命令。"

"哦。"伊嗣沉默了一会儿，说道，"持弓兄，你会埋葬你的战友吗？呃，我的意思是，留在战场上被野狗啃可真是——"

"会。"陈持弓简短地回答。

不知怎的，伊嗣感到一阵轻松，仿佛陈持弓刚刚做了一个保证，那就是，不是所有的死亡都像他看到的那样惨不忍睹。

又走了半个钟头，布哈拉城终于遥遥在望，周围也变得热闹起来，疲惫的行路人、高声吆喝的小贩、驾着铁马的商队和往来穿梭的一队队骑兵制造出生机勃勃的喧响。战争都近在眼前了，这群家伙竟然跟没事儿人似的。伊嗣暗忖，还真像布真说的"打仗是打仗，生活是生活"啊。在离城很远的地方，他们就被士兵拦了下来。验算帛过所①的时候，穿锁子甲、披紫色披风的军官眼睛一眨不眨地盯着伊嗣，盯得他心里发毛。

"伊嗣，萨珊王族……"军官的手指轻抚刀柄，用波斯语问，"你来这里做什么？"

伊嗣用眼角瞄了瞄身边的陈持弓，用波斯语答："就，就是来看看。"

"这里有什么好看的？"

伊嗣硬着头皮答道："还能看什么，看打仗呗。"

军官愣了一下，回头用粟特语对士兵们说道："听到没有，波斯人来看我们打仗了。"几个人哈哈大笑起来。

伊嗣红了脸。

"抱歉啊，我就是觉得挺有意思。"军官终于收住笑，语气也和缓下来，"你是我碰到的第一个专程来看打仗的人，还是萨珊王族。我爷爷对我讲过，他的爷爷去过伊斯法罕②，那时候粟特人还只能趴在地上偷看万王之王的圣颜。"

唉，万王之王的子孙如今沦为你们粟特人的笑柄了。伊嗣在心中叹息。

---

① 亦称"传"，古代过关津时所用的凭证。
② 波斯名城。

"我带你看看吧。"军官跃上战马，"虽然你今天肯定是看不到打仗了。"

伊嗣和陈持弓跟在军官身后，走进布哈拉城周边的阵地。这里原先是城边的市集，如今被连绵的营帐占据。营帐之间的道路逼仄狭窄，身上绣着撒马尔罕、布哈拉、弭秣贺、羯霜那①、劫布呾那②和屈霜你迦③徽章的士兵们杂乱地穿行。时值正午，处处有人埋锅造饭，石脂炉、柴堆和肉汤竞相向空气中喷吐气味。稍微空旷一些的场地上，有士兵在练习挥刀和射箭，偶尔还能见到吐着黑烟的战争傀儡，从形制看，大多为撒马尔罕所造。这战争傀儡虽然和学院的傀儡体形相若，模样却肃杀得多。躯干由坚硬的线条和棱角组成，腿上缀满铁蒺藜似的尖刺，小臂则是闪着寒光的三棱钢刀，一看便是为杀戮而生。他们驾马走过时，一台战争傀儡正向几截原木扮成的假想敌发起冲锋，只见那机器借着奔跑的冲力抬手一挥，原木顿时就在脆响中成了飞溅的碎屑，围观的士兵们发出粗野的喝彩声。

"厉害。"伊嗣咋舌，却见军官在轻轻摇头。他这才注意到，军官其实很年轻，看起来也就二十岁出头，鬈发、灰眼睛、宽肩膀，长得还挺英俊。

"到了战场上若是也能这样厉害，就好了。"年轻的军官评论道。

伊嗣疑惑地看着他。

---

① 昭武九姓中的史国。在今乌兹别克斯坦撒马尔罕的南方。

② 昭武九姓中的曹国。在今乌兹别克斯坦撒马尔罕的北方和东北方。

③ 昭武九姓中的何国。在今乌兹别克斯坦撒马尔罕的西北方。

"真正的战场瞬息万变,和这训练场可大不一样。"军官眯起眼睛,"一般的情况铁疙瘩还能应付,战况稍微复杂一些,它们就不行了。"

"我听说,浮夜门院长一直在改进它们的智能。"伊嗣说。

"你们院长,"军官意味深长地看他,"能让它们和人一样聪明吗?"

"这怎么可能?"伊嗣摇头,"它们要是和人一样聪明,那浮夜门院长岂不是……"

"岂不是什么?"

伊嗣舔了舔嘴唇,没有回答。虽然平日里口无遮拦,但"渎神"二字却是绝对不能说出口的。他自然在女生那里听过有关浮夜门的传闻,尽管不喜欢那个女人,但毕竟是学院的学生,这一点分寸,他还是有的。

军官见他不语,便笑了笑,"无论如何,我们还得指望这些铁疙瘩帮我们打赢大食人啊,伊嗣大人,您说呢?"

伊嗣又看了一眼战争傀儡:杀人机器此时正笨拙地转身,两只硕大的玻璃眼在阳光下闪烁。确实很难透过这扇窗子看到它心灵中的内容——他忽然想起身后的陈持弓,同样锋利却空无一物的眼神,究竟是缺少智慧,还是把智慧隐藏得太深了呢?

他点了点头。

他们继续向阵地里走。伊嗣渐渐发现,阵地是沿着布哈拉城西面展开的长长一线,在线的外沿,布满了壕沟、箭楼和鹿砦,战争傀儡来回巡逻,士兵们在工事里严阵以待;在线的内侧,越靠近城池的方向,气氛就越松弛。各邦的士兵神情慵懒,邋邋遏遏地披甲戴胄,各色人等在营帐间自由行走,高声交谈,伊嗣甚至看到袒露肩膀、笑容妖冶的年轻女人钻进营帐,听到营帐内男人、女人与琵琶唱和的歌声和笑声。他的心中有点好奇,又有点痒痒。这战争与热气腾腾的尘世竟然就相隔了几百步,以前他无法想象,如今亲眼所见,不得不承认布真是对的。

但是,联军难道不应该依托布哈拉的城墙和护城河,在城内驻扎布防吗?

"在大食人的霹雳旋风炮面前,城墙已经不管用了,你要是参加过木鹿和巴依肯特的战斗,就一定会明白。"军官拍了拍身上的锁子甲,"别说是城墙,就是穿了这身铁甲,被炮弹舔上一下,也很难留下全尸。战争已经改变了,伊嗣大人,总有一天,火器和傀儡收割血肉之躯的速度会让阿卡·玛纳①也目瞪口呆。"

伊嗣咽了口唾沫。

军官继续说道:"大食的优势在于机动和火力,布哈拉城没有天险可守,所以要造一条防线,把防线尽可能拉长,这样才能有效抵御他们。"

"可是,"伊嗣举目四望,"这么长的防线,联军又有这么多兵马,如果大食一直按兵不动,这粮草、石脂又怎么消耗得起?"

军官奇怪地看着他,"大唐的皇帝都死了,大食人怎么可能按兵不动?"

"大唐皇帝……"伊嗣憋着一股怒气,"你说圣人宾天了,开什么玩笑?"

---

① 祆教里的死亡之神。

军官没有说话，看伊嗣的目光里忽然有了几分同情。他求救般地转过头，期待着陈持弓对这大不敬的谣言厉声驳斥，然而那唐人竟只是肃然低下了头。

那么这是真的了。伊嗣在马上摇晃了一下，紧抓缰绳才维持住平衡。其实在长安城的时候，圣人不久于人世的传言就已经甚嚣尘上，他只是不曾想到，这一刻会真的降临。伊嗣很小的时候，曾经跟在父亲身后，远远地瞻望过圣人。印象中，圣人是威严的老者，更是被神圣意志所护佑的人——父亲常用"神圣意志"这个词来论证唐室的兴盛和萨珊的衰落。虽然他对父亲的论证抱有怀疑，但比起章祭酒那些充满数字与命题的哲学，他还是更喜欢这种不需要动脑筋、只用去相信的定论。

圣人真的宾天了？为什么布哈拉人和陈持弓会在我之前知道？

"你没事吧？"陈持弓走近他。

他摆了摆手，又说："我们回去吧。"

军官没有挽留，草草道别后，便将他送出防线。我就是个笑话，笑过也就笑过了。伊嗣颓废地想。他和陈持弓向东走，太阳在身后，为他和坐骑投下了影子。人与马的影子连在一起，在他看来，形如步履蹒跚的怪兽。一个万王之王的没落子孙，在为大唐的皇帝哀悼，这可真够荒唐的。更荒唐的是，这哀悼还是发自内心的，就好像他真的是大唐的臣民一样。可对他来说，那远在万里之外的东方国度就是他的故国，那个背负着神圣意志的老人就是他的君主啊。伊嗣揉了揉酸涩的眼睛。父亲灌输给他的国仇家恨是那么遥远和抽象，时常让他产生这样的感觉，那就是他要在虚构的故事中寻找自己生命的意义。今天以前，从长安到撒马尔罕的漫长跋涉，河中的绿洲和高墙，学院中的桃花与傀儡，女生们的笑靥，浮夜门、莫潘、布真甚至陈持弓，在他眼中，都有几分梦境的色彩。可在他目睹真实的死亡，身处战争的边缘，听闻圣人的死讯后，故事忽然有了坚硬而冰冷的重量，不再是虚构的了。

战争真的要来了啊……他突然想起，自己原本要在故事中做什么了。

"持弓兄，"他转头对陈持弓说，"你会击鞠①吗？"

伊嗣认识的贵族子弟，几乎个个都会击鞠。长安城中，上至皇帝大臣，下至贩夫走卒，都热衷这项运动。不过马匹和场地可不是人人都负担得起的，圣人可以在含光殿光滑如镜的球场骑着西域骏马竞技，老百姓却常在尘土飞扬的街头驴鞠②或者步打③。父亲十分推崇击鞠，说什么"击鞠之戏者，盖用兵之技也"，大意就是，击鞠在军旅中，是用来训练骑术和马上作战的。出于某种古怪的坚持，他会把击鞠叫作"波罗球"，因为他认为，击鞠是由波斯经吐蕃西传至大唐的，波罗球是它在波斯的叫法。虽然父亲的说法从未被证实，但这不妨碍他成为一名击鞠高手。他曾经代表大唐，以少胜多，击败了吐蕃的和亲使团，得到圣人的嘉许。

①即马球，唐朝在宫廷和民间都非常流行的运动。

②指骑驴打球，又叫"小打"。

③指徒步打球，类似于现代的曲棍球。

　　然而，伊嗣并未继承父亲的马上天赋。一个令父亲颇为恼怒和尴尬的事实是，伊嗣从来没有真正上场打过球。因为只有在马术达到一定水平后，驭者才有可能完成在马背上的持杖和击球。他虽然常常练习骑术，却始终无法达到可以上场的水平。伊嗣心里清楚，天赋不高其实只是借口，若是勤加练习，多少能够弥补。真正阻碍他上场的，是这个游戏的危险与血腥。击鞠既与军事相通，场上总少不了对抗与意外。伊嗣跟随父亲观赛时，就没少见过骑手骨断筋折、血洒赛场，场面越是叫人血脉偾张，就越是叫他心惊。比起击鞠，他倒更喜欢看女孩子们玩驴鞠，骑毛驴打球的速度和激烈度都比骑马要低了不少，只要小心不惹恼毛驴，就大体是安全的。当父亲对他的喜好嗤之以鼻时，他会在心里暗暗顶撞：看女孩子们花红柳绿、衣袂飘飘、莺声燕语地打球，是一种美的享受，这有什么不对？

　　令年幼的伊嗣百思不得其解的是，长安城中流行的游戏似乎总是与战争有关。除了击鞠，还有射箭。贵族男孩们最喜欢的游戏，叫作"斗傀儡"。这里的傀儡和战争傀儡造型相似，不过只有一肘高，装备有微缩武器，以力匣供力。所谓斗傀儡，就是一方各出一个傀儡，让两个傀儡在围好的场地里搏斗，谁的傀儡击毁了对方傀儡，谁就获胜。这游戏看似简单，其实大有学问：要在尽可能地击打到对手的同时躲开对手的攻击，傀儡的行动和战术至关重要。控制这些的，是它身体中的微型算机，而算机执行的，又是算帛的命令。孩子们哪里会懂得艰深抽象的经纬学，傀儡的制造者考虑到这一点，设计出一种模件化的算帛，只要把可拆卸的小块算帛，比如"前进直到遇到阻碍""击打三次后转身""重复以上动作"等,排列在空白的载体算帛上,就可以编制出像模像样的行为逻辑。伊嗣觉得这游戏好玩,却鲜少得胜。编制模件化算帛叫他头大如斗,好不容易编完了,装备了他的算帛的傀儡却总是笨头笨脑,被其他人的傀儡痛殴。由于经常要修理甚至更换新的傀儡,这游戏花费不菲,但父亲是鼓励他玩的,因为父亲认为操纵傀儡能让他懂得一些排兵布阵的道理。但是在被小伙伴们嘲笑了几次"伊嗣是波斯大笨蛋"后,他就放弃了。

他能感受得到,父亲在那之后也渐渐放弃了他。他有时会自暴自弃地想:也许除了徒有虚名的高贵血统和一张好看的脸,自己什么都没有,什么都不是。

真的是这样吗?

"⋯⋯伊嗣,能听见我说话吗?你还好吗?"

是莫潘的脸。她正抓着伊嗣的手,跪在他身边,俯身看他,绿眼睛里写满焦急与关切。

哦,我刚刚从马上摔了下来啊。莫潘的头发垂在他的脸颊上,有一些痒;莫潘的手温暖,瘦得有点硌手。伊嗣眯着眼睛,身体一动不动,心底浮起稀薄的暖意。连马都骑不稳,我果真是个笨蛋呢,他懒洋洋地想⋯⋯不,射箭的时候我分心了,我听到了那个、那个声音。

那个自他从布哈拉返回学院后,就一直在脑海中挥之不去的声音。

意识又飘忽起来。他看到了那个因为明白自己要做什么而跃跃欲试的伊嗣。"持弓兄,莫潘不知会不会来,我们去看突骑施人操练吧。"在桃花已然落尽的唐式小院里,他对陈持弓说。他看到了默立一旁的傀儡阿奴,忽然想起小时候那个半途而废的爱好。

"我们把它也带上吧。"他说。

阿奴背上有块活板,将活板拆下,就能看到其中的算机和指令板,指令板上是粟特字母和天竺数字的排列组合,可以用它来改变算帛的模件组合——到目前为止,和他小时候玩的傀儡都很相似。下一步,编制指令,让阿奴跟着他们去城外。

他回过头,"持弓兄,该你上了。"

陈持弓疑惑地看他。

"帮帮我。"他说,"上经纬学课的时候,我看出来了,你听得懂莫潘在讲什么。"

陈持弓依然不动。

"你就别装了。"他咧开嘴,"圣人派到撒马尔罕的人,怎么可能是个只会射箭耍刀子的莽夫?"

提圣人果然有用。陈持弓的喉结耸了耸,向前几步,把手伸进阿奴的后背。

然后……然后他们就来到了城外。大敌当前,布真并不介意他们加入训练。让阿奴当活靶子的主意是伊嗣想出来的。其实很简单,"向前走三十步,左转,向前走三十步,左转,向前走三十步……"如是重复,原地转圈就行,这样的命令,伊嗣也能编制。伊嗣啊,你可真够荒唐的,调整指令板时他想。但是,除了荒唐,他又能拿什么来对抗这个一本正经的残酷世界呢?

一只粗糙的手按在伊嗣额头上，又强行分开他的眼皮，他吃痛叫出了声。刚才摔的那下，他下意识做了保护，所以并不严重，那一点头疼恶心，反倒不及布真下的重手。嘈杂声又回来了，他睁开眼睛，身边已经站满了人。人们的脸和积云一起遮住了太阳，空气中有丝丝凉意。

"这小子没事，"布真这个蛮子说，"莫潘，你不用管他。"

"可是……"

"莫潘，好莫潘，你不要走……"他喃喃道，语气近乎撒娇。如果能够一直这样躺着，如果能够有一只手像现在这样给他温暖，那该多好——战争啊，功业啊，这些狗屁东西，都随它去吧。

莫潘的手向外抽，他用力攥，但是没有攥住。陈持弓托着他的肩膀，将他扶了起来。他坐在地上，看到莫潘的脸颊桃红，心中的遗憾略微平复。

"你这个半吊子，以后休要再提骑马射箭了。"布真叉手挖苦道，"我虽然不在乎什么劳什子萨珊王族，可万一你有个三长两短，浮夜门会怪罪我的。"

"呵呵。"他摇头苦笑。

布真转头对莫潘说："莫潘，这养尊处优的小子搞不清腾格里天神给他安排的位置。去，让他见识见识，箭该怎么射。"

莫潘眨着绿眼睛，"布真大人……"

"不要叫我大人。箭术上，我是你的老师。去吧。"

莫潘看了看伊嗣，又迅速撇过脸去。她向人群外走去，纵身跃上一个突骑施汉子牵来的马，接过汉子递去的弓和箭。

"莫要丢老师的脸。"布真说道。

莫潘点了点头，没有再看伊嗣，打马疾去。二十步开外，阿奴还在转圈，只见莫潘在奔驰的马背上极利落地张弓射箭，箭势如虹，正正砸在机械傀儡背上的靶心，发出当的一声脆响。

"好！好！"叫好声潮起，就连看热闹的女生们也忍不住加入其中。

布真一把将伊嗣拎起来，又重重地拍他的肩膀，"小子，看到没有，这女娃我只教了两年。"

"看到了。"伊嗣摸着后脑勺，瓮声瓮气地说。

"明白了吗？"

"呵。"

布真拧着眉毛，"你什么意思？"

伊嗣拍了拍身上的土，"没什么意思。"

人群散了，伊嗣一瘸一拐地回去，陈持弓和莫潘伴他左右，阿奴跟在后面，背后的靶子已经被莫潘擦去了。他不住用眼角瞄莫潘，这女孩儿今天可是一点都不给他面子，但他并不嫉恨，反而对她藏在瘦小身躯里的刚健更加着迷——学院里漂亮的女孩儿这么多，真正让他着迷的，却只有身边这一个。

"莫潘，那个，今天……"他想要说点什么来打破沉默。

"是你让阿奴当靶子的？"女孩儿问道。

他挠了挠头，后脑勺还在隐隐作痛。"嘻，这个啊……"

"想不到你也懂经纬学。"女孩儿用绿眼睛来回打量他，"下次不要做这种事了。还有，今天算你运气好，从马上摔下来可不是闹着玩儿的。"

他嘿嘿一笑，又用余光瞟了瞟陈持弓。那家伙没有要居功的意思，换作他也会如此，这欺负阿奴的"功"，不居也罢。

"持弓兄，我的骑术其实没那么差。"他朝陈持弓靠了过去，低声说，"刚才射那一箭的时候，我分心了。"

陈持弓向他微微侧脸。

"我听到了——"他把嗓门压得更低，"那个声音。"

"那个声音？"

"就是……"他用眼角偷瞄莫潘，后者进入了经常性的神游状态，应该是又被什么算学问题缠上了，"我们在寂静之塔听见的声音。你别这么看我，我算学和射箭虽然不行，耳朵可灵敏得很哪。"

叮当。叮当。不净人腰间的声响，是缠绕他的梦魇。

陈持弓冲他点了点头，一贯的面无表情，也不知道信了没有。

就在这时，学院的钟响了。莫潘一个趔趄，停下了脚步。伊嗣急忙看她的脸，这一次，在更加熟悉莫潘的表情后，他立即发现这又是一个坏消息。

"莫潘，"余音消失后，他才小心翼翼地问，"钟声都说了些什么？"

"联军在防线外和大食人交手了。"莫潘缓缓地转向他，面色凝重，"联军惨败。"

第八章　陈持弓

　　陈持弓觉得，自己可能交了一个朋友。那次夜访镜塔后，他又去了四五次，目的当然是刺探情报，但总是免不了和守塔人止观聊天、饮液火。液火这东西，果真如止观所说，妙处需要慢慢体会。在尝试过几次之后，他最大的体会就是，不必像果酒和米酒那般豪饮，一点点的液火就会令他放松，或者说，会暂时减轻那些压在他身上的重负。那个在黑暗泥淖中艰于呼吸的陈持弓一旦露出了头，就会想要说话，说一些不着边际的胡话。

　　能静静听你说胡话的人，陈持弓一边爬塔一边想，大概就是朋友吧。

　　他是可以从正门进入的，但他痴迷于攀爬的感觉。攀爬镜塔的时候，肉身是天地间一粒微尘，稍有不慎，便会飘摇而下，粉身碎骨。紧握爬梯的本能和撒手的冲动同时存在，在方寸头脑中搏斗，抹杀其他所有想法和念头，带来一种怪异的超脱感。这感觉令人着迷。这么说吧，像他这样用坚壳包裹自己的人，更容易在内里对某些危险的事物成瘾。他心里清楚得很，却又忍不住一再放纵。

都是为了任务，他想。自欺欺人的借口，他接着想。

短暂的超脱过后，他又重新坠入现实。到镜塔顶端，打开活板门，螺旋向下，在镜塔底部，止观已经在等着他。

"来，尝尝我新馏的液火。"止观递出杯子，"劲儿很大，慢慢喝。"

他接过杯子，仰头倒一口，火焰滚下食道，疼痛和暖意同时来临，又有果香在唇齿间弥漫。"不错。"他评论道。

止观嘿嘿一笑，半边脸被灯光照亮。

陈持弓赫然发现，他的嘴唇和下巴上满是红亮亮的水泡。"你的脸……"

止观朝生活区的另一边抬了抬下巴，"小事一桩，被火燎了一下。还好没有燎到头发。"

陈持弓立刻明白了。止观指的方向，是他馏酒的地方。第一次来的时候，馏酒器过于显眼，陈持弓没有注意到旁边的陈设，一张木桌，一个架子，架子上摆满丹药和各式玻璃器皿。除了馏酒，守塔人还在这里摆弄丹学。丹学的探索离不开火，那些味道不佳的液火，食之无味弃之可惜，却正好可以配合玻璃器皿，煅①、炼②、炙③、熔④、优⑤各类丹药。

---

① 丹学用语，指长时间高温加热。

② 丹学用语，指加热干燥物质。

③ 丹学用语，指局部烘烤。

④ 丹学用语，指熔化物质。

⑤ 丹学用语，指加热使物质变性。

"丹学是火的艺术，波斯人对火天然亲近。正是在泰西封，我迷上了这门艺术。"第一次向陈持弓展示丹学角落时，止观说道，"守塔枯燥，平日里除了馏酒，我就爱琢磨这个。"

止观还说，其实文明和人一样，有不同好恶。这由大唐西传的丹学在崇拜火的波斯人里发扬光大，大概也不是什么偶然。丹学西传后最重要的事件，是火药配方流出中国，为波斯人所掌握，成为战争的利器。止观暗示，配方的流出很可能与镜塔有关。这几天，止观在研究火药中各组分的配比，想进一步改进火药的性能，脸上的烧伤，就是"玩火"时不慎留下的。

"持弓兄，说句你可能不爱听的话，大唐虽强盛，可终归过于风雅纤细了，对火药的忽视就是最好的例证。"止观用指肚轻抚脸上的水泡，痛得咧了一下嘴，"当然，大唐有大陆最先进的算机和力匣，而且四海晏平，缺乏应用火器的动力可以理解；不像那时的波斯，正和拂菻打得难解难分，亟须出奇制胜的法宝。"

这守塔人确有见地，不愧是曾在亚历山大城求学、游历过波斯帝国、又在塔里阅读流动知识多年的人。陈持弓一边感叹，一边努力将止观的话记下。

"不过，大唐的新皇帝似乎很有野心。"止观意味深长地看着陈持弓，银白长发上浮动着金黄色泽的灯光，"据说，他打算在国子监组建火器研究所，集结大唐最优秀的头脑，大力发展火器。从镜塔解读出的消息来看，大陆诸国已对他颇为警惕。"

新的皇帝。陈持弓不动声色地咽下一口液火。从止观之前提供的情报里，他知道年轻的皇子虽已登上皇位，但立足未稳，朝廷中押宝另一皇子的派系困兽犹斗，长安城内风声鹤唳。风暴在悄然形成: 京师表面平静是因为它处于风暴中心; 大唐的边疆, 尤其是依托于漫长供给线的西域与北境, 已经在内外的双重压力下动荡起来。

新皇帝可真会挑选时机, 陈持弓苦涩地想, 也不知义父那边怎么样了。

"这样喝酒聊天的日子, 或许不会太多了。" 止观从陈持弓手中接过银杯, 若有所思地看着杯中液火, "持弓兄, 你应该知道了吧, 昨天布哈拉那边打了一仗。据说, 大食人通过佯动将联军引出防线, 又以霹雳旋风炮重击, 联军一下子乱了套, 折了一千多人, 才勉强守住防线。"

陈持弓点头, 装作已然知晓战斗详情。

"如此一来, 联军必然投鼠忌器, 大食人若是再向东面突进, 他们恐怕不敢阻挡, 也阻挡不住了。" 止观翻起眼睛看陈持弓, "持弓兄, 你知道这意味着什么吗?"

陈持弓心中一沉, 过了布哈拉的防线, 大食和学院之间已无屏障。大食人会舍近求远, 攻击守备森严的撒马尔罕吗? 比起那座大城, 学院显然是更为肥美的猎物, 理由无他, 只因——

"金桃, 那颗传说中的金桃。" 止观替他说出了台词, "就像大陆上的诸多神灵一样, 即使无人得见真身, 人们仍旧心甘情愿地为之杀戮或者被杀。持弓兄, 我想问问你, 你真的清楚自己在做什么吗?"

陈持弓一怔, 然后坚定地点头。

"……清楚就好。" 沉默片刻后, 止观端起酒杯, "你我既在一起喝酒聊天, 就算是朋友了, 职责也好, 野心也罢, 那都是

明天要考虑的事情。今晚，我们就痛快畅饮液火，持弓兄意下
如何？"

陈持弓将酒杯接了过去，仰头一饮而尽。

"好！"止观击掌赞叹。

在飞轮部件往复运转的单调伴奏下，两人席地而坐，你一口
我一口，不知不觉又喝下了几杯。陈持弓喝得燥热，便扯开领口。
止观指着他锁骨下方露出的半个锦囊，问道："那是什么？"

陈持弓轻轻攥了攥锦囊，将它重新塞回衣领下，"是阿娘留
给我的东西。"

"阿娘……"止观喃喃重复道。

"阿娘在我很小的时候就死了，这是她留下来的全部。"陈
持弓眼眶有些发红，液火使人胡言乱语，也使人多愁善感。不过，
他已经不在乎了，就像止观刚才说的，既然是面对朋友，就把身
上的重负暂时卸下吧。"阿娘在守护我啊，一直到她死前的最后
一刻。现在，该换我去守护了。"

止观抬起发黏的眼皮，"你守护什么？"

"守护大唐。"

"这个回答不好。"止观直截了当地评论道。

"不好？"

"你要守护的事物，太过庞大抽象了。人生如同浓雾中行路，
须得抓住某样有形的东西，才不至于迷失自己。再好好想一想，
你守护什么？"

"我……"我一无所有，我还能守护什么呢？

一道寒潮在皮肤上瞬间卷过，陈持弓惊觉，自己真正的缺

失，并不是一无所有这个事实本身。这想法难以把握，不过章祭酒曾经对他说过，遇到难以把握的想法，要学会使用比喻。刚刚，在止观的诘问和液火的双重作用下，他找到了一个比喻：一无所有就像是来自天竺的"零"，零是一个实实在在的算学符号，但它所代表的意义，却是实在之外的虚无。

——没错，在他蔚蓝无际的生命海面之下，是深邃的虚无。

手中的酒杯颓然坠地。啪！液火洒了一地。

"你醉了。"止观拍了拍陈持弓的肩膀，大着舌头说。

他埋下头，思绪乱成一团。不，不应该是这样！在混乱的思绪中，他忽然抓到一根线头，一根救命稻草，那是他深深刻在心底的一幕：喧闹的饭堂里，三人同坐一桌，伊嗣讲着蹩脚的笑话，莫潘一本正经地板着脸，而他始终面无表情。在莫潘坚持和他同桌吃饭后，午餐的秩序便固定下来，几乎天天如此。虽然三个人的身份、性格和志趣迥然不同，但这是他在成为孤儿的十几年中能够感到的最放松、最接近家的氛围。

就算只是想要守护这一幕的一个闪念，也令他的生命不至于是一片荒芜。

陈持弓有想哭的冲动。

止观没有察觉到他曲折的心思。"来，给你看样东西。"守塔人一把将他拽了起来，推着他走到丹学角落。在摆放丹药的架子旁边，有两个垒在一起的木箱，高度及人的胸口。止观掀开木箱上的帆布。

"喏。"止观一脸得意。

陈持弓努力使目光聚焦，他看到木箱里装满了黑色粉末。

"这是？"

"我试制的火药。"止观下意识地摸脸，"你别看它其貌不扬，可比波斯的寻常货色猛烈许多。"

陈持弓的酒立时醒了几分，"你用它来做什么？"

"战争一旦来临，镜塔也无法置身事外。虽然大陆诸国都承认镜塔的中立地位，但战乱中法度松弛，军队侵袭镜塔的事件时有发生，是有意还是无意，就不得而知了。不过，镜塔中藏有大量信息，被人垂涎，也没有什么好奇怪的；而这学院中的塔，比起其他，又不知要诱人多少倍。如是一想，我就觉得必须要做好准备。"

止观看向陈持弓，目光里忽然有了几分悲壮，"持弓兄，我也有要守护的东西啊。"

"这……你要怎么守护？"

"我虽造不出大食的炮弹，但对西域用来观赏的花火，倒也了解几分。"止观咧着嘴，"谁要是敢打我这塔的主意，我就请他看一场好戏。"

原来止观研究火药是在做这样的打算。陈持弓的心口发紧。在这个人玩世不恭的外表下，竟然藏着如此决绝的内心。这让陈持弓忍不住怀疑，他之前说的那些话里，到底有几分是真，几分是假了。

不过，这并不重要。止观怎么说的来着？既然在一起喝酒聊天，那就算是朋友了。

陈持弓踉跄几步，抄起地上的银杯，从金属桶里舀满液火，在浮动的酒液里，他看到了自己平常绝对不会有的表情。

——他在笑。意识到这一点后，他的嘴角又向上扯开了些。"来！"他向守塔人递出银杯。

明天的事，他轻飘飘地想，就留给明天吧。

我真的清楚自己在做什么吗？

蹲守在浮夜门宅邸前的陈持弓想。前次止观抛出的问题，一直在他的脑海中盘旋……啊，那天晚上。他轻轻摇头，眼前的场景似乎还有轻微的飘浮感。那天晚上的痛饮，大概是他有生以来最为危险的一次自我放纵了。止观新馏的液火果然强劲，一直到第二天中午，他还头晕目眩，思绪迷离。身体的不适还是次要，意识的失控却甚为可怕。其实，那晚是如何从镜塔回到唐式小院的，他已经忘得一干二净了。现在回想起来，陈持弓有些后怕：如果遇到巡夜傀儡，暴露了行迹，负伤或身死事小，完不成任务事大。

任务。他下意识地按了按胸口的锦囊，平稳心神。设法取得金桃，或者至少保证金桃不落入大食人和突骑施人之手。对，任务的主要目标，就是止观口中那个从未有人得见真身的金桃。"传说，金桃是一种最为精密的经纬学，以金桃为方法编制的算帛，可以赋予机械傀儡高度的智能。这究竟是一种什么样的智能呢？我无法想象。但无论是圣人还是章祭酒，似乎都认为，它会重新创造这个世界。"陈持弓回忆着临行前义父对他说的话，"谁不想做新世界的创造者和主宰呢？大陆诸国，无论是否拥有傀儡，都想把金桃据为己有，之所以不敢明抢，只不过是不想被千夫所指罢了。持弓，你此次去学院，虽然是接近金桃的良机，但也万分凶险。说实话，我是不愿你去的。但是，既通晓经纬学，又会说突厥语和粟特语，还有高超的武艺和对圣人的耿耿忠心——这样的人，大唐又能找出几个呢？所以，"义父使劲攥了攥他的肩膀，攥得他生疼，"只能是你。"

只能是我。陈持弓的心中同时浮起悲怆和骄傲。所以，我清不清楚自己在做什么并不重要，重要的是，这件事只能由我来做。

天上有浮云，月亮随着浮云的游走时隐时现。他抬头看了看浮夜门的窗子，随即一凛：在刚刚穿破云层的月光下，那个身影一闪而过，一般人很难发觉，在猎手的眼中却甚为分明。

是那个人。他下意识屏住呼吸。浮夜门深居简出，刻意把她和她的算师团队隐藏在重重迷雾之中，来到学院至今，他从浮夜门那里得到的关于金桃的情报少之又少。倒是这个夜行人，每当时局发生变化，他都会出现在浮夜门的宅邸，陈持弓现在基本可以确定，他一定和浮夜门最关心的东西联系紧密。

他一定和金桃有关。

所以，要把这个人彻底调查清楚。

片刻之后，夜行人从浮夜门宅邸中翻出，陈持弓立即跟上。前几次虽然把他跟丢了，但陈持弓已经熟记他的行动节奏和路线，所以这一次，跟踪很顺利。两人一前一后，很快就接近了学院的东侧城墙。

我看你还要往哪儿去。陈持弓侧身探头，窥视夜行人的一举一动。夜行人走到距离城墙几步远处，左右张望，抬头观察，双手摩擦几下，深蹲，然后，整个人猛然高高弹起！第一次跳跃后他便到达城墙的二分之一高处，只见他手脚并用，又抓踩着城墙的凹凸不平处连续跳跃两次，如猿猴般轻盈地翻上墙头。一整套动作，绝非人类可以完成。

神骨！陈持弓吃了一惊，旋即跑向城墙。来不及多想了，他也学夜行人的样子，贴墙跳跃。由于动作并不娴熟，他磕磕碰碰，擦破了腿，还险些折断指甲。幸好，夜爬镜塔的自我训练在这时起了作用，借助神骨，他有惊无险地翻上墙头。三步并两步，冲到城墙的另一侧，他看到夜行人已经跳了下去，但并未走远，月光下，裹着黑袍的身躯拖出一条淡淡长长的影子。

可以藏于衣内的神骨是大唐的尖端武器，这人为什么会有，并且用得如此熟练？陈持弓暗暗纳罕。待夜行人又走远一些，他才从城墙上跳下。触地的一刹那，神骨提供了缓冲，他顺势一个翻滚，卸去大部分冲力，安然落地。

陈持弓正了正背上的弓，继续跟上。

夜行人一路向东。这个方向上，没有突骑施人驻扎，也鲜有农田和果园，沿着通往撒马尔罕的大路走，甚是顺畅。这时浮云也终于散去，月光明晃晃地洒下来，四野如披霜，一派银白的荒凉，漆黑的那密水则波光点点，如地上的星桥。偶尔几声凄苦的狗吠，更显此刻的幽静。夜行人步履如飞，陈持弓呼吸渐渐粗重。他这是要去哪儿？莫非是撒马尔罕？陈持弓在心中暗暗盘算。如果是撒马尔罕的话，他明天早上一定来不及返回学院，伊嗣那边总能找个借口搪塞过去，莫潘若是生疑，就不好办了……须得想个万全的托词才行……

他还没有烦恼多久，夜行人就从大路上岔了出去。跟出一段距离后，陈持弓忽然想起，脚下这条小路，前几天和伊嗣四处游逛时，他曾经走过。"这可不是乱逛哦，"当时伊嗣如是说，"这是侦察地形！"

这条路，只通往一个地方。

一座佛寺。

那天，两人在马背上，望着寺院院墙内石制佛塔的塔尖。这塔要比镜塔和寂静之塔矮不少，形制与西域常见的佛塔相若，都是金刚宝座式的。

伊嗣说："持弓兄，你别看佛学在大唐如日中天，在这里却没什么市场。我听说，整个河中地区，就这么一座佛寺。"

陈持弓转头看他。

"大概是和祆教的教义太过冲突了吧。"伊嗣摊了摊手，"先知琐罗亚斯德好歹讲个善恶，到佛祖这里，就都是'空'了。这还得了，既然什么都是幻觉，那阿胡拉·玛兹达和安格拉·曼纽整天争来斗去的，岂不都是傻瓜？还好佛祖是天竺来的神灵，要是哪个凡人敢说这样的话，非得给他扣上一顶渎神的帽子不可。"

那天的陈持弓表面不露声色，心中却暗想：伊嗣的话虽然幼稚，但也有几分道理。章祭酒为国子监的学生讲授佛学时，陈持弓曾在暗处旁听。他说，佛性是"见空及与不空，常与无常，苦之与乐，我与无我"。真正的智者能够透过生住异灭的现象世界洞察隐藏在背后永恒的绝对，也能够与这种永不停留的永恒过程同样永恒，也就超越了时间与空间[1]，此所谓"涅槃"。尽管不

---

[1] 参见葛兆光著：《中国思想史（三卷本）》，上海复旦大学出版社2021年版，第377页。此处有轻微改动。

能全然理解章祭酒说的话，但至少有一点，陈持弓是明白了的：佛教认为，人世间所有的争斗都来自对现象的执迷，而时空中的现象其实并不是真实存在的。为了并非真实存在的现象争斗甚至牺牲，用伊嗣的话来讲，不是傻瓜，又是什么？

可是，这现象世界就是人们乃至神灵所拥有的一切啊，如果不为之争斗，人们或者神灵又有什么存在的意义呢？

形而上学这东西，果真不能细想。

"持弓兄，我们走吧。"伊嗣掉转马头，"这一路西行佛寺也逛了不少，除了光头和尚还是光头和尚，我看这寺，也没什么稀奇。"

于是那天他们远远地看了看这河中地区唯一的佛寺，便折返回学院了。此刻，夜行人已翻过佛寺的围墙。陈持弓在后面等了几个心跳的时间，也翻了进去。他在一块小小的菜园旁落地，抬头打量一下，周围的环境也便大概清楚了。这佛寺不大，四合院的布局，最显眼的建筑是正中的佛塔，佛塔后是正殿，周围有回廊，回廊又连着若干房间。此时夜行人已经不见，陈持弓推断他必定躲在佛寺的某个房间内。他弓身、蹑脚走入回廊。清寂的月光下，能看清廊壁上画着赤身裸体的伎乐天、法相庄严的菩萨和罗汉，造型栩栩如生，必出自高超的画匠之手。沿回廊前进，到正殿。正殿不大，除了一尊铜制释迦牟尼像，无处容人；饭堂和柴房小巧且极为整洁，让人感觉不到尘世的烟火气。这佛寺里怕是没有几个僧人，陈持弓想，就更不要提西域寺中常见的寺奴了。那夜行人在阳光下的身份，到底是什么？

搜索到最后，就只剩下僧房。陈持弓屏息靠近房门，正欲伸手轻推，却忽然有黄色的暖光从门缝里泄了出来。

"阿弥陀佛。这位施主深夜造访，不知有何紧要事？"

陈持弓在话音响起的同时向后弹开几步，藏身于回廊的廊柱之后。说话人是谁？为何说的是汉语？我是如何暴露的？我有没有打草惊蛇？是现在逃走，还是留下来观察？无数想法瞬间涌入脑海，陈持弓抓着背上的弓，手心已满是冷汗。

门吱呀一声打开。

"跟了我那么远，不进来喝口茶，歇一歇吗？"

清楚了。说话人就是夜行人，而且一直知道他在尾随，所以无论他现不现身，这"蛇"都已经被惊动了。

倒不如放手一搏。

他从廊柱后走出，拈弓搭箭，箭头指向话音的来源。

一位穿粗布僧袍的僧人，月光斜射下来，将他的光头和五官的棱角照得甚为分明。这是一张唐人的脸，因瘦削而显出的刚硬，被举手投足间的儒雅化解了几分，使这人的表情看起来，有一种奇妙的紧绷与松弛。只见他向前跨出一步，双手合十，微微颔首，"阿弥陀佛，这位施主杀气很重啊。"

弓被绷得吱吱作响。如果这人有什么异动，陈持弓可立时取他性命。

"这样很累的。"僧人微笑道，"不如把武器放下来，我们好好聊聊？"

"你是谁？"陈持弓手上并不放松。

"贫僧法号无念，是这座寺里唯一的僧人——也可以说是索格底亚那唯一的僧人。"

唯一的。陈持弓挑了挑眉毛，"我问的是你的真实身份。"

僧人依然笑着，"无念就是我的真实身份。"

"你深更半夜去浮夜门那里做什么？"

无念目光一寒，"你深更半夜跟着我又是做什么？"

陈持弓哑然。

"不如我来说吧。"无念的目光又变得柔和，"在这之前，能不能先把弓放下？虽然有神骨协助，力还是会慢慢消耗的，你总不能一直保持这个姿势吧？你放心，我若是要对你不利，不会等到现在。"

陈持弓心中一凛，此人掌握的情报远比他认为的更多。这个自称无念的僧人，究竟是什么来头？

——无论如何，他说得没错。

陈持弓放松弓弦，将之垂于身体一侧，但两手仍保持着可以随时发箭的戒备姿态。

"很好。要不要到贫僧房中一叙？"

"就在这里说吧。"

"也好。"无念点点头，"先回答你的问题。贫僧去浮夜门院长那里，是讨论形而上学。至于为什么要深更半夜大费周章地去，那是因为，我们讨论的东西，是万不能让其他粟特人知道的。"

陈持弓狐疑地看着他。

"形而上学是危险的，尤其是涉及世界的本质。"无念轻轻叹气，"你们那位院长已经有渎神嫌疑，大敌当前，若是被人发现与僧人来往，这可不是她一人性命的问题了。"

"我不信。"陈持弓摇头,"什么样的形而上学,需要你这样武艺高强的人装备神骨去探讨?"

无念默默地看了陈持弓一会儿。"有一种形而上学,它关乎人之所以为人,神之所以为神。"他拊掌说道,"你不也是为了它,才监视浮夜门和跟踪我的吗?"

陈持弓咽下一口口水,在四下的寂静里,这寻常的吞咽声在他听来,竟然格外刺耳。

"你护卫那个波斯人,只是个幌子而已,有谁真正在乎他的死活呢?你的背后是大唐,你为了金桃而来,可你并不清楚金桃究竟是什么,和所有为它而来的人一样。"无念笑了笑,"看得出来,你在盘算,要不要现在杀了我。我劝你不要。没有哪个敌人会向你泄露如此多的信息。"

被别人完全看透的感觉,只能用毛骨悚然来形容。猎人在此刻变成猎物,陈持弓能够感觉到,自己手上和背上的汗毛根根直立,冷汗在其间穿行。

"我的话说完了。如果你还是想动手,那就尽管动手好了。"无念向他摊开手,"但我相信你不会。此时此地,比起敌人,你更需要盟友。"

"盟友……"陈持弓喃喃道。

"没错,盟友。"

"……你到底是谁?金桃和你所谓的形而上学,到底有什么关系?"

"时候到了,你自然会明白。"无念转身,坦然将后背留给了他,"明早还有功课要做,贫僧要去歇息了,施主请快回吧。"

手指在暗暗发力。如果想要下手，现在就是最好的时机了。可是……

仿佛是故意的，无念步履缓慢地迈入僧房，在他把脸转回的一刹那，陈持弓甚至看见了他脸上的笑意。是嘲讽还是欣慰，陈持弓不得而知，他唯一知道的是，自己已经彻底败下阵来，被无念牵着鼻子走了。也怪不得章祭酒会说，这宇宙归根到底是由信息构成的，谁掌握了信息，谁就掌握了先机——在如此巨大的信息差距下，陈持弓的劣势一览无余。

除了被眼前这个人牵制，他并没有别的选择。

无念伸手掩门，门掩了一半，忽然停下手中动作，用晶亮的眸子看陈持弓。"作为盟友，我要忠告你一句：回去以后，要多留意突骑施人。我想你应该明白，比起大食，他们才是更现实的威胁。另外，一个私人请求。"僧人淡然一笑，"代我向止观问好。"

第九章　莫　潘

　　学院每天都在离死去近一点点，莫潘想，正在杀死学院的，不是大食人，而是恐惧。

　　对，就是恐惧。

　　她看着学院里的学生慢慢地减少。老师对她说，最开始的时候，逃走的学生以个位计，而现在，已经发展到每天十几个，多的时候甚至有二十多个了。"在恐惧面前，学院的规定毫无用处。"老师苦笑，"追求真理和保全性命，哪个更重要呢？这甚至不是一道选择题。"

　　没有性命，自然也就无所谓追求真理。莫潘暗想。但如果为了保全性命而甘于蒙昧，这样的人生又有什么意义呢？

　　可惜的是，那些逃走的学生并不这样想。

　　如果不是生活被各种琐碎填满，我也会被恐惧吞没吧，莫潘又想。伊嗣这家伙像是突然开了窍，虽然还是会花很多时间在学院周边闲逛，或者死皮赖脸地在布真那里骑马射箭，但也会要求跟她学习经纬学，而且，学得还蛮认真，虽然她并不清楚他真正懂了多少。当然，给伊嗣当老师并不会耗去她太多精力。那只贪得无厌吞食她生命的怪兽，是算学。

只能是算学。

这几天，她在研究另一种计算曲线的一般方法。这方法，据老师说，是国子监的章善德发明的。莫潘发现，虽然章善德的方法和她的方法在算学上等效，思维路径却不尽相同。她研究的出发点是变化率，来自莫毗多运动思想的传承；而章善德则直接从无穷小量入手，他并不在意它们是否真实存在，只将其视为算学论证的有效方式。①这是一种非常务实的治学态度，那位大唐的学人似乎没有莫潘对神灵的那种敬畏，这令她羡慕，也令她不安。

"中国人更相信一种理性化的秩序，一种人、社会、宇宙同构的秩序。"老师曾这样对她说，"也就是说，神灵也不能在这个秩序之外。这个想法给了中国人非凡的勇气，他们并不畏惧无穷里蕴含的神性。"

这也是中华文明毫无障碍地接受了"零"的原因吧。莫潘用炭笔在纸上胡乱涂抹。"零"是概念上的飞跃，而粟特人非要给"零"找一个解释——"零是虚无，是混沌，是恶神安格拉·曼纽"，和一个对手——"一是实在，是生命，是善神阿胡拉·玛兹达"，才最终将它接纳。

如此说来，中国人拥有高度发达的算学和经纬学，也就并不

①参见[美]史蒂夫·斯托加茨著，任烨译，微积分的力量[M/OL]，北京：中信出版社，2021.https://read.douban.com/ebook/199555657。此处有改动。

奇怪了。

"探索真理，你可以不够聪明，但你不能没有勇气。"

想到老师的话，莫潘的耳根发红。老师给她的算帛，由于事关她最崇敬的莫毗多，她一直随身携带，却至今未看。没有别的原因，只是因为她惧怕面对莫毗多的身世，惧怕面对真相。

是的，从这个角度来看，她缺乏勇气。就算她已经决定留下来和学院共存亡，也改变不了这个事实。

莫潘自暴自弃地叹了口气，盘好头发，起身，出门。走廊里，她遇见几个低年级的女生，都披散着头发，胡乱套着学院的长袍。她们向她颔首致意，错身而过后，莫潘并没有听到往常的嘀嘀咕咕。

看来大家都没有心思蜚短流长了啊，否则，伊嗣最近对她表现出的殷勤，可是绝佳的嚼舌头素材。想到这里，莫潘的脸颊有些发烫。战争的阴云竟然也带来了意外的好处，这大概就是中国人常说的"塞翁失马"吧。

出了女生住所，她没有去唐式小院，而是直接往城外走。下午，伊嗣一般都在布真那里练习技击与射箭，莫潘过去的话，往往也能比画几下。布真总是招呼她："来，莫潘，给这波斯小子露两手看看！"繁重的脑力活动之后，她亟须这样的放松。看到镜塔后，出学院的路就已经走了一半。莫潘仰起头，看镜塔上的飞轮滞重地旋转。最近几天时晴时雨，经纬信也断断续续，上次得到父亲和哥哥的消息，已是半个月之前了。经纬信是从凉州发出的，哥哥在信里说，凉州是一座不逊于撒马尔罕的大都市，城里有粟特人的大型聚落，那是一座叫作"胡城"的城中城，让他有回家的感觉，真想带她来看看。哥哥还说，凉州虽然繁华，但也弥漫着一种山雨欲来的压抑，这大概和大唐皇帝突然宾天有关吧。

"莫潘，我最近在思索一个问题。"哥哥的话跨过沙漠、山川与国境，在莫潘手中展开，"这世界上有没有这样一个国家，它的臣民不会把他们全部的期冀与幸福寄托在一个人的身上？"

有的。莫潘不假思索。老师在《差序格局论》里设想过这样的国家，它由学者的联合体统治，联合体类似于罗马的元老院，不同的是，联合体本身就代表了至高无上的权力，不需要皇帝或者执政官凌驾其上或者与之制衡。这是个大胆的想法，但比起老师在书中提出的"人生而平等"的观点，又算是中规中矩的了。人若是生而平等，那么尊卑有序的世界又是从何而来？如果秩序是后天形成的，那么神灵又在世界中扮演什么角色？在那本书里，老师就像一个纯粹的破坏者，只身挑战粟特人千年不易的社会观念，却并没有给出答案。这也许比冒犯本身更令人愤怒。数千人在学院外一边高喊"渎神"一边焚书的可怕场景，莫潘至今记忆犹新。然而比起焚书的场景，莫潘记忆更深刻的，是老师站在城墙上那凛然不可侵犯的样子。面对愤怒的人群，面对滚滚的黑烟，她脊背挺拔，不发一言，脸上始终挂着一抹嘲弄的冷笑。

虽千万人吾往矣。这就是勇气吧。回想当时那一幕，莫潘还会莫名激动。这之后，《差序格局论》在整个河中地区都成了禁书，撒马尔罕的书铺里是绝对见不到的，所以哥哥提出那个问题，也情有可原。有趣的是，据说这本书通过镜塔传到其他国家后，竟然大受欢迎，以各种语言印了许多册，老师在外国的盛名，一时间反倒胜过河中。

莫潘有些好奇，不知在大唐，人们如何看待这本书？

不觉间，已经走到城外。伊嗣和陈持弓果真在布真那里。伊嗣远远瞧见她，便打马绕过突骑施人的营帐，飞奔过来，笑眯眯地对她说："好莫潘，你来看我操练啦？"

"呵呵，我是来给你露两手的。"

伊嗣摆出一张苦脸，"你到底还有几手？还给不给人留活路了？"

莫潘甜甜地笑了笑。不知从何时开始，她开始享受和伊嗣的交流。这男孩儿虽然任性，但也有一股子赤诚率真的孩子气，说话做事没有曲折，令她感到放松。而且，莫潘能够感觉到，尽管伊嗣表面上热爱每一个女孩儿，但对她，他却有一种极为隐忍的珍重，这样的待遇，可不是其他女孩儿能够享受得到的……

也许是我自作多情了。想到这里，莫潘的心跳乱了节奏。但愿是我自作多情了。

当她发现马背上的陈持弓也在用幽深的目光看她，便急忙低下头。她忍不住想，那双眸子多么奇妙啊，它们是表面如镜的漆黑深潭，一面诱人跳入，一面又劝人远离。

我在想什么啊。是诱惑还是危险，和我又有什么关系？

"莫潘，快来吧，别磨磨蹭蹭的，布真要等得不耐烦了。"

她抬起头。

伊嗣下巴朝身后一转，"要不要我载你一程？"

"不要。"

"嗯，竟然这么干脆地拒绝我吗……"伊嗣把手按在胸口上，做夸张的痛苦状，又忽然变换了表情，"咦，那边怎么有些热闹？"

莫潘沿他示意的方向看去，城门处聚起了一群人，似乎在争执什么。

"那里本来就乱糟糟的……"莫潘嘟囔道。

伊嗣却没有听她说话，径自拍马赶了过去。陈持弓跟在他身后，依然是脊背挺直、手按刀柄的戒备姿态。莫潘只好跟上。城门连着大道，大道则通往粟特诸城邦，是学院进行物资补给和贸易的主要通道，平日里车马人员往来不息，确如莫潘所说，有些"乱糟糟"。然而随着战云压境，到学院的各路商队已经少了许多，清冷的背景下，一点点的混乱反而成了伊嗣追逐的乐子。等稍稍靠近了些，莫潘发现吵闹来自一支商队，是那种用石炭[①]作为铁马燃料、去往大唐的商队。莫潘数了数，这商队共有五匹铁马，由十几名武人和两台战争傀儡共同护卫，一看便知载着重要商品。是发往大唐的算帛，出自老师的算师团队。她骄傲地想。学院的经纬学在大陆独领风骚，编制的算帛是一流的；而算芯，作为经纬学实现的物理基础，虽然大陆诸国都在仿造，但无论是制造极小辨音瓷的工艺，还是用蚕丝串联瓷片的技术，都难望大唐的项背。一流的算帛交换一流的算芯，学院与大唐的交易是各取所需，几十年都是如此，即使在当前态势下亦未断绝……可眼下是什么状况？

终于看清了，商队之所以止步不前，是因为有七八个女生在

---

① 中国对煤的古称。

商队前阻拦,另外七八个女生在一匹铁马旁围成一圈,对一人拳打脚踢。她朝被围殴的人跑去,在一旁看热闹、貌似商队首领的肥胖中年人有点幸灾乐祸,又有点钦佩地看着她,那表情似乎在说,怎么还会有人来管这摊子烂事儿啊?

正当她要去制止时,有人伸手拦她。是已经下了马的伊嗣。

"莫潘,还是不要过去了吧。"

"不要过去?你……你没看到……她们正在打人吗?"她气喘吁吁地质问,"你什么意思?"

"是野那的纠察队。"伊嗣说。

"那孩子想藏在铁马里逃走,被她们揪出来了。"商队首领在旁边补充说。

她愣了一下。为首的打人者这时也露出了侧面,那高挺的鼻梁和骄傲的下巴,是野那无疑。只见她抹了把汗,啐了一口,又向在地上翻滚的人踹出一脚。打人者们被她激励,更加起劲,咒骂与拳脚一起落下;被殴打的人则抱着头,发出阵阵求饶和惨叫,也是女孩儿的声音。

野那的纠察队,得名自领头人野那,是最近才出现的名词。莫潘咬着嘴唇,双手微颤。纠察队有二十多人,专门"纠察"那些想要偷偷溜走的学生。一旦有学生被纠察队发现有逃出学院的意图或者行为,轻则受队员的辱骂,重则遭到殴打,就像眼前这样。在平时,暴力行为在学院是被严格禁止的,但现如今,仅仅是战争的预演就已经破坏了理所当然的规范,它让一些人迅速掌握了权力,或者说,创造了新的权力。这权力被大肆行使,仿佛真正毁灭到来前的末日狂欢。

此时此刻，狂欢的主角就是野那。

可是，老师为什么对纠察队的存在缄默不语？这种在恐惧之下建立的暴力秩序，明明是她在《差序格局论》里极力反对的啊。

莫潘向前一步，伊嗣拽住她的胳膊。

"不要。"伊嗣摇着头，"不值得。"

她甩开伊嗣的手，向野那走去。高大的女孩儿察觉到有人靠近，回头，眼中闪过瞬间的讶异。

"咦？你来干什么？哟，你的波斯小甜瓜也在呀。"

"野那，不要再打了。"

野那的嘴角勾出一个轻蔑的笑，"你是在命令我吗？你以为你是谁？你的铃铛呢？"

莫潘也笑了一下，然后，箭一般弹出去，用头顶准确击中野那的下巴，后者摇晃几下，向后栽倒。世界瞬间静止了，仿佛所有人和神灵都停止了动作屏息看她，仿佛她和飞驰的时间并驾齐驱。头脑里空白一片，此时的她，是自动运行的战争傀儡。傀儡跨坐在倒地的野那身上，对那张茫然的、有些滑稽的脸挥出拳头。一下，两下……尖叫。咒骂。伸向她的手。拉力。推力。所有阻碍运动的力。她会将它们克服，她是恒动的物体，是不知疲倦的拳头……

拳头落空了。莫潘的领口一阵发紧——她被提了起来，如同沙盘上的玩偶，被重新置于地面上。那只提她起来的手没有松劲，而是将她牢牢按住。她看到野那的纠察队气势汹汹地围拢过来，伊嗣护在她身前，挥着手喝止女生们。

"你、你们别过来啊！我不打女人，可、可是持弓兄会的！"

她回头，正和陈持弓的目光对上，那里面依然漆黑一片，但是他的手却坚定又轻柔地攥住她的肩膀。

"看看你救了谁。"他忽然对她耳语道。

转头。躺倒的野那身边，被施暴者暂时忘记的女生蜷缩在地上，露出了血迹斑斑的脸。莫潘深吸一口气，她认得那张脸，是野那的死党，曾经和野那一起欺辱过她。

不止一次。

她瞬间明白了，为什么野那会对这个人下如此重手，背叛比逃跑更令人憎恨。

而她做了些什么啊？愚蠢连被憎恨的资格都没有。

"娜娜女神啊。"手指关节开始隐隐作痛。那上面有野那的血，莫潘想。

"你为什么要救她？"陈持弓问。

"我……我也不知道。"

陈持弓默默看了她几个心跳的时间，然后摇了摇头。

"喂！你们！是要造反吗？"布真率几名亲随骑马赶来，用口音浓重的粟特语喊道，"都给我散开！"

女生们向后退了几步。有人将野那扶起，她的嘴角破了，右眼乌青。一开始，她还有些恍惚，待她看清了被伊嗣和陈持弓护在中间的莫潘，阴鸷的光又很快回到她眼中。她用手掌抹嘴角的血，动作滞缓，一下接着一下，直至抹满下半张脸，那样子，像极了刚刚大快朵颐的母狼。

母狼对莫潘做了个口型。

"院长、院长来了。"有人小声说。消息在女生中迅速传递，包围圈出现了松动。回过头，浮夜门从城门骑马出来，与一位衣着华贵的撒马尔罕官员并驾齐驱，身后还跟着几名算师，浮知台也在其中。浮夜门显然注意到了商队的异常，莫潘远远便看清了她紧蹙的眉宇。

一行人向这边缓缓行来。

女生们一哄而散。野那也在人群中一瘸一拐地遁走。莫潘跑去看那个被殴打的女生。此刻，她已经自行坐了起来，头发披散着，被黑色的血凝成了一缕缕。莫潘想伸手搀扶她，却被她一把扫开。

"滚。"她的喉咙里响起低低一声。

莫潘缩回了手，指尖有被灼伤的疼。

"那宁畔陀大人见笑了。大敌当前，虽说人心浮动在所难免，但学院纪律松弛至此，我作为院长，也难辞其咎。"莫潘听到浮夜门的声音，便仰头看她，可浮夜门并没有降低视线，而是继续说话，"商队这边，可有什么损失？"

商队首领微微颔首，"托浮夜门院长的福，我们只是小小延宕一下，不碍事的。"

浮夜门点了点头，对撒马尔罕官员说道："那宁畔陀大人，大唐虽然眼前政局不稳，对算帛的需求倒是愈发迫切了。乌勒伽王既是大唐的臣子，保护从学院到大唐的商路，也算是分内之事，若是商路出了什么闪失，怠慢了新的天子，总归不是好事，望你能向乌勒伽王传达这一层利害关系。"

那宁畔陀不自然地笑了笑，"这是自然。"

浮夜门的眼神忽地一转，看向驻马于对面、脸上写满不耐的布真，"嗐，你看我这脑袋，光顾着担心商队，却失了礼数。那宁畔陀大人，这位是从碎叶城到学院协助防卫的布真大人。布真大人，这位是——"

"我们见过，"布真毫不客气地打断道，"就不需要介绍了。"

"对，对。"那宁畔陀讪笑道，"布真大人到撒马尔罕那天，正是在下前去迎接的。那天可真热啊……"

"不知那宁畔陀大人到学院来，有何贵干？"布真问。

"商讨对大食的防务事宜。"浮夜门抢先回答。

"商讨防务事宜却不叫上我，"布真的目光在浮夜门和那宁畔陀之间扫来扫去，"这恐怕有点说不过去啊。"

"只是一些细枝末节，还不需要劳烦布真大人。"那宁畔陀说。

"没错。"浮夜门附和道。

布真哼了一声。那宁畔陀见气氛有些尴尬，便匆匆告辞了。商队也在此时上路，于是刚刚热闹的场子，已不剩几人，而剩下的人，似乎都在等待浮夜门的安排，仿佛在学院之外，听她号令也是天经地义。

浮夜门对布真说："布真，防务的事情，我自会找你，你在外人面前与我争执什么？"

布真涨红了脸，没有说话。

浮夜门对浮知台说："浮知台，你带那个孩子回去，找人给她清洁一下，治治伤。如果她执意要走，就放她走吧。"

浮夜门指的是被打的女生。浮知台和算师们搀扶着女生离开，浮夜门撇过脸去，没有再看她一眼。

浮夜门对伊嗣说："伊嗣大人，你要习武便好好习武，女孩子们的事情，还是少掺和为妙。"

伊嗣连声应诺，却悄悄对莫潘做了个鬼脸。

浮夜门对莫潘说："莫潘，今天——"

"老师，我……是我先动的手。"莫潘攥着拳头，关节处的痛感愈加强烈，这疼痛令她清醒，也令她羞耻，"老师，我——"

"我不想听你解释，你也不需要对我解释。"浮夜门摆了摆手，"对于你今天做的事情，我没有任何不满。"

莫潘瞪圆了眼睛。

"现在，跟我回学院，"浮夜门的语气柔软下来，"我有事情要对你说。"

"手还疼吗？"浮夜门问。

莫潘摇头，看自己的手，破皮的地方被老师抹了草药，有丝丝的刺痛和凉意。撒马尔罕有句老话：打出去的拳头伤人也伤己。莫毗多不是也说过，力同时作用于受力者与施力者……

"以前，我还以为只有和乌玛依在一起，你才会有一股子狠劲儿，可今天，你真叫我刮目相看。"老师说。

不知老师是讽刺还是赞赏，莫潘窘迫地低下头。灯光在这时连续闪烁了几下，长长短短的影子在会客室中窜动。莫潘听浮知台说过，这是石脂灯燃烧劣质石脂带来的问题。大食征服波斯全境后，河中地区的石脂供应只能依赖西域诸国，而他们的石脂,品质远远比不上呼罗珊^①出产的。

战争已经以各种形态渗透到生活的方方面面,不再稳定的灯火只是可以直接感知的表层。

野那的纠察队呢?大概是一坨畸形的肿块吧。

老师拈起她放在茶台上的手,怜爱地来回端详,"莫潘,你是不是一直在疑惑,我为什么纵容野那一伙?"

她咬着嘴唇,没有答话。

手被小心地放回茶台上。"莫潘,"老师稍稍提高了声调,"你认为,在战争面前,是什么令人们团结在一起,是爱,还是恐惧?"

"我……我不知道。"

"你知道,你只是不想说。学院要维持秩序,只能靠恐惧。而恐惧需要有一个具体的形式,也需要一个宣泄口。这两点,野那的纠察队都能提供。不过,经过了今天的事,野那应该会有所收敛了。莫潘,我真是没想到,第一个激烈反抗她的人,竟然会是你。"

莫潘的脸颊发烫,可是现在连我自己都不知道,我反抗她,究竟是出于正义感,还是仅仅因为宿怨。

——你以为你是谁?你的铃铛呢?

"莫潘,你长大了。"老师柔声说。

她抬起头。

"有时候,果断做出选择要比选择正确与否更重要。"老师

---

① 原先包括今天伊朗、阿富汗和土库曼斯坦三国交界的地区,后来仅有伊朗东北部之霍腊散(又译作"侯腊散")地区。

深深地看进她的眼睛,"据我所知,以前的莫潘很少有自己做决定的勇气。现在不同了,你先是从家里跑出来,又对某人采取了,呃,强硬的手段。这些都是我希望看到的变化。说到这个,我给你的算帛,你看了没有?"

"还、还没有。"

老师默默看了她一会儿,轻轻地叹了一口气,"是我太心急了。可是莫潘,你不要怨我,在如今的态势下,我需要你迅速长大啊。"

她察觉到了浮夜门眼中浓重的焦虑,"老师,发生了什么事情吗?"

"那宁畔陀,乌勒伽王的使者,你今天也见到了。"老师用两指捏着空茶盏,"他带来了乌勒伽王的口信。"

"口信?"

"之前我提出学院整体内附撒马尔罕的请求,被乌勒伽王拒绝了。使者没有告诉我理由,但这几乎是不言自明的:如果大食人的真正目标是学院,撒马尔罕人不想因此而得罪大食人。"

背上的汗毛瞬间立了起来,她倾身向前,"撒马尔罕不会保护学院?!"

"那倒不至于,但'保护'要在可接受的范围内,这是战争各方最终会形成的默契。你明白这个意思吗,莫潘?"

莫潘摇头,点头,想了想,又摇头。娜娜女神啊,她在心底呐喊,人心为何不能像算学那样确定和了然啊。看着她犹疑的样子,老师似乎被逗笑了,但脸色很快又沉了下去,"为了保持学术独立而不依附于任何政治势力,这是第一任院长乌破延定下的方针。平心而论，这个方针确实促成了学院近百年的学术繁荣，但在今天的形势下，却无异于缘木求鱼。其实何止是学院，就算是河中诸邦，要在大陆各个大国的夹缝中求生存，也必须依附、结盟或者摇摆骑墙。乌勒伽王的想法我可以理解，怪只怪，我过于自负，以为凭自己的手腕可以左右逢源，却没想到……唉。"

老师失神地望着手中的青色茶盏，久久没有说话。莫潘只觉口中干渴，可老师今天显然没有心情煮茶，她只能使劲吞几口唾沫，仿佛唯其如此，话语中才会少几分思虑不周的毛糙。

"老师，那——那我们现在该怎么办？"

"学院之所以处在风暴中心，无非是因为拥有金桃。"老师的目光又落到莫潘的脸上，"莫潘，我要你带着金桃逃到大唐，躲藏起来，隐姓埋名，直到……直到时机成熟。我知道这是个非常过分的要求，只要把金桃带在身上，你就不可能有平静的生活——不，你会随时处于危险之中。莫潘，我不希望你有任何危险，可是，这件事，我只能托付于你啊。"

石脂灯又闪了几下，老师的脸忽明忽暗，脸上的沟壑忽隐忽现。短短几天的时间，老师就苍老了许多——老师比任何人都想保护学院啊。莫潘攥紧拳头，疼痛似乎消退了一些，刚刚足够令她清醒，又不至于分散注意力。

现在，她可以心无旁骛地做一个决定了。

"老师，我不惧怕危险。"她说，"但是，比起逃跑，我更愿意留在学院、留在你身边，我会射箭和技击，我可以战斗。"

浮夜门一怔，"莫潘，你确定？打仗可不是闹着玩儿的。"

莫潘点头，"我确定。"

老师盯着莫潘片刻，诸般情绪在她脸上出现又消失，好似一阵阵的浪潮，最终如沙子般沉淀下来的，是一些无奈和一丝放松。

"既然你已经下定决心，那我就不阻拦你了。但是，答应老师一件事：危险的时候，其他任何人、任何事都是次要的，一定要首先保全你自己的性命。你能做到吗？"

莫潘犹豫了一下，"……嗯。"

老师闭上眼睛，身子也忽然委顿下来，"莫潘，天已经晚了，我要歇息。阿奴在楼下，让它送你回去吧。"

莫潘颔首，起身。

"对了，"老师又睁开眼睛，"陈持弓这个人，你怎么看？"

莫潘愣了一下，"我……我不了解他。"

"我看他不简单，你要小心。"老师说，"现在，回去吧。"

老师为什么会突然提到陈持弓？他明明只是伊嗣的护卫啊。莫潘跟在阿奴身后，边走边想。难道说，他和即将到来的战争有关？还是说，他也是为了金桃而来？

"可这些都只是怀疑。此时此地，没有人不受怀疑。"她自语道，又拍了拍阿奴的后背，"阿奴，你说呢？"

机械傀儡缓慢地回过头，胸腔里发出嘤嘤嗡嗡的声音。

莫潘咯咯直笑，"我不会再重复一遍啦。碰到理解不了的语句，你就会叫我重复，可这只是骗人的伎俩，就算我重复，你也不会懂啊。"

阿奴停下脚步，又是一阵嘤嘤嗡嗡。

"阿奴你说什么？前方有人？"莫潘看向小巷的尽头。现在早已过了亥时①，街巷里人影寥落，她有种感觉，少了人的声响与气息，万事万物都轻飘飘的，仿佛就只有银色的月光为它们赋予些微重量。月光下，她果然看到一个沉甸甸的影子，"谁？"

影子向她走了过来，黑色的头发，黑色的目光。

"是我。"陈持弓说。

她向后退一步，手搭在阿奴的手臂上，"你怎么在这儿？"

"我在等你。"

"等我？"

陈持弓点了点头。

她警惕起来，"你等我做什么？"

"没什么。"陈持弓摸了摸鼻子，这是莫潘第一次在他身上见到近乎局促的动作，"你的手……疼吗？"

你的手疼吗？今天已经不止一人向莫潘问出这个问题了。她感到温暖，又觉得好笑，陈持弓关心人的样子，实在是太笨拙了，笨拙得有些可爱。

她摇了摇头。

"不疼就好。"说完之后，沉默了好一会儿，陈持弓才重新开口，"其实，我是有更重要的问题想问你。"

"你说。"

"你，"陈持弓定定地看着她，"为什么要对那个人下那么重的手？"

---

① 十二时辰之一，二十一时至二十三时。

她的心口一紧。是啊，为什么？野那虽然总是找她麻烦，可她也只是一个和她差不多大的女孩子呀，有理由遭受这种程度的暴力吗？

"我……我不知道。"

"让我来猜一下。"陈持弓说，"挥出拳头的时候，你的头脑里一片空白，你不是你自己，你甚至不是任何人，你像神灵一样，独立于因果之外，独立于人类的法则之外——是这样的感觉吗？"

莫潘仰头看面前这个高大的大唐青年。在今天之前，她很难想象，平时沉默寡言的他竟然会一口气说出这么多话。一定发生了什么事情，她不知道的事情，也许陈持弓真的像老师所说，不简单。可此刻他的目光是如此柔软，在她看来，这样的目光只可能属于孩子。

孩子会算计或者伤害她吗？

她相信自己的判断。

"是。"她承认道。

"那么你要警惕。"陈持弓说，"我的一位朋友曾经说过，暴力使人超然，但在运用暴力时，超然恰恰是最危险的。"

莫潘低头沉思片刻。"我想我明白了。"她说，"谢谢你……也谢谢你的朋友。"

陈持弓轻轻摇头，那应该是"不客气"的意思。

"我该回去了。"莫潘说。

"我送你吧。"陈持弓说。

"不用。"她拍了拍机械傀儡的胳膊，"我有阿奴。"

　　阿奴把头转向莫潘，又说了些什么。她听过后，粲然一笑，"阿奴说，请你放心，它会保护好我。"

　　陈持弓露出怀疑的神情，"它真这样说？"

　　"对呀。"

　　他认真打量阿奴一番，"我早就觉得，它和大唐的傀儡武侯不太一样。"

　　"哪里不一样？"莫潘问道。

　　"似乎……更有智慧。"

　　莫潘决定借机试探陈持弓。"学院有大陆最好的经纬学呀，所以学院的机械傀儡也是大陆最聪明的。"她语气夸张地说，"人们都把学院的经纬学叫作'金桃'。我听说，大陆上许多明里暗里的争端，都是因这金桃而起呢。你在大唐，有没有听过金桃的传说？"

　　陈持弓点点头，"五十年前，撒马尔罕王进献给大唐皇帝一卷算帛，吃入这卷算帛后，原本木讷的傀儡武侯竟然伴着音乐，在皇帝和朝臣面前曼舞一曲。传说中，这算帛展开，蚕丝经纬编织成的图形，恰好是一颗桃子，皇帝以为祥瑞，大悦，故将其命名为'金桃'。"

　　"我听到的故事也差不多。"莫潘轻抚阿奴圆鼓鼓的金属肚皮，"可是如果你把阿奴的肚子打开，你会发现，它的智慧根本不是几十卷算帛能够承载得了的。而且，即使你一一查看它肚子里的几十卷算帛，你也不会找到类似于桃子的图案。"

　　"传说毕竟只是传说。"陈持弓淡然道。

　　"可是，金桃究竟是什么呢？人们又为什么会为了他们根本不了解的东西争来抢去呢?"

"人向来如此。"

又是一句老气横秋的话。莫潘看着陈持弓的眼睛,陈持弓啊陈持弓,我现在愈发搞不懂了,你这双眼睛里,住的到底是孩子,还是老人呢?

"那么你会吗?"她忽然露骨地问道。

陈持弓愣住。

"答不上来就算了。"莫潘微微一笑,"答案你可以慢慢想,我要回去了。"

陈持弓似乎有些沮丧,"好……"

走出几十步后,陈持弓的气息终于消散在夜色中,耳边只剩下阿奴单调的脚步声和热机运转的嗒嗒声。月光涂抹在这些声响之上,使它们有了一种不同于冰冷金属的别样柔情。

"阿奴,"莫潘回过头对机械傀儡说道,"刚才那个人,真的不简单呢。可是,我不认为他是个坏人。"

——或者说,我不希望他是个坏人。

阿奴的玻璃眼珠在月光下闪了闪,好像听懂了一样。

第十章　浮夜门

善德再拜，怀仁吾友：

近日尊体何似？伏惟顺时善加。距离写上一封信，不过月余，竟恍若隔世。对于圣人宾天，虽然我早有心理准备，但当这一刻真正到来时，我还是有强烈的不真实感。这之后朝野震荡自是题中之意，具体情形信里不便多说，我想你应该明白。我听说，大唐的变故对边疆乃至域外都产生了影响，你那里情况如何？大食是否有异动？突骑施呢？如果情势危急，吾友务以保全自身为要。切切。

前次你的来信里说，你与河中唯一的佛僧无念讨论形而上学，他谈到了"缘起性空"，令你甚为疑惑。在下认为，这无念和尚确实颇有见地。世人对"缘起性空"这四字的一般理解是，世间事物由因缘①和合产生，故而本性是空。无念质疑这样的理解，他认为，正确的断句不是"缘起，性空"，而是"缘起性，空"，意

①佛教中泛指一切事物生灭所依赖的原因和条件。

为缘起本身是空，宇宙规律无中生有，又构成世间种种现象[①]。他的阐释，很得我心。释家学说的形而上学，较中国本土思想更为精密，然而对于宇宙起源，却有和老庄相近的看法，即先有规律从"空"或者"无"中产生，接下来才有了森罗万象，这规律便是因缘和道。所以佛教东渐，被中国思想界毫不困难地融会吸收，大概是因为这共同的形而上学基础。然而在经过一番精彩的阐释后，无念却走向了这样的推论：正因为缘起本身是空，世界才是彻底的一切皆空。于是，他不远万里跑到河中地区，清净修佛，正是为了对抗这空，达到解脱。

我不认同他的推论，因为他的推论更多出于价值判断，而非逻辑。作为学人，我更愿意探究空的本性。空如果真的一无所有，又怎会生成因缘和道呢？我倾向于认为，太初的空是物质的空，而非关系的空。真正先于一切存在的，是前定的关系，亦即数。所以在我看来，研究宇宙，归根结底是研究数——呵呵，这大概是一位算学家最大的狂妄了吧。

吾友，我想，你一定是和我得出了相同的推论，所以才有了疑惑。如果宇宙自"数"中而来，那么神灵亦不应例外，最多，是算学结构更为精巧罢了。可如果不把世界解释成神灵的意志，我们就要面对这样一个问题：数的原则是简单，但世界是复杂的，且不论人的种种造物，单是这日月星辰、风雷水火、花草树木、鸟兽鱼虫，就有绝不重复的万端样态。世界的复杂性，从何处来？你早就在思索这个问题并且在不自觉中得到答案了吧，

---

① 对"缘起性空"的阐释，参考了何欢欢：《缘起性空：一个流动的假名或真实》，《哲学分析》2021年第3期。

所以才有了《差序格局论》中关于社会演进的假说，不知我猜得对不对？说实话，初次接触你的假说时，我只觉得天马行空不可思议，然而细细想来，却又认为十分合理。算学的系统，不也是在简单确定的规则下衍生出精致的内容和庞然的规模吗？谁又能证明，人类社会乃至整个宇宙不是算学的一种系统呢？

在这个系统中，没有神灵的位置，而若是没了偏心的神灵，人作为万物之灵的独特性，又是从何而来？

这就是沿着你在《差序格局论》中的思路所能到达的地方，如此看来，这本书在大陆掀起轩然大波，也没什么可奇怪的了。令我感到不解的是，为什么你在到达思想上人迹罕至的壮美之境后，反而退缩了呢？当然，我可以理解你的顾虑，承认人的智慧由数演进而来，比承认社会格局由数演进而来要颠覆得多。继续照此推演下去，我们是不是可以说，我们和鸟兽鱼虫，甚至和我们创造的机械傀儡其实没有本质上的不同？也许，通过不断改进和优化算筹，我们最终可以使机械傀儡拥有和人类等同甚至超越的智慧，那么我们今天操控和奴役它们，是不是在重复奴隶主对奴隶做的事呢？

写到这里，我似乎明白了你驻足的原因。这一切和金桃有关，对吗？金桃让机械傀儡有了越来越接近人的行为特征，这令你感到恐惧。你在《差序格局论》里论证了社会秩序是后天演进形成而非先天确定，人人生而平等，因此你反对人奴役人的奴隶制，并使用机械傀儡取代人类奴隶；然而同样在《差序格局论》里，却蕴藏着瓦解你行为合理性的种子——这是一个悖论，算学家面对的最大危机。

但是吾友，学人必须要有否定自己的勇气，才能在认识"真如"①的道路上不断前进啊。

……说到勇气，我想，我是没资格对你指手画脚的。吾友，你在前封信里表达的情意，恕我不能接受。我是国子监的主事人，又是年届耳顺②的鳏夫，你我身份、年龄都相差悬殊，更不用提学术和政治上的种种敏感之处了。虽然迂腐，但我在意声名和他人的眼光，在意我作为大唐子民的职责，所以还望你能理解。比起共缔鸳盟，我更愿意做你智识上的挚友，世事虽艰，智识上的共鸣总能带给我们比男欢女爱更大的满足。

不知你同意否？

谨言疏，不宣。善德拜上，怀仁吾友左右。

不愧是你啊，章善德。浮夜门苦涩地想，寻常男子若是遇到女子示爱，即使无意，大概也会认真对待吧。这章善德倒好，一本正经与她探讨了半天学术，最后才将她潦草拒绝，若不是对他了解很深，她现在肯定会羞愤交加吧。

话虽如此，她现在其实也好不到哪儿去。

总归是被拒绝了啊。浮夜门将信纸折起，又认真地将其撕成不及小指宽的一条条，揉碎，丢进垃圾筐。这信是守塔人止观解读经纬后誊抄，又遣机械傀儡送来的，既然不是章善德的笔迹，也就没有收藏的价值……果真如此吗？可章善德之前的信，无论是否由他亲笔手书，浮夜门可都一一收好了的。

---

① 佛教用语，意指"事物的真实状况和性质"，非常接近现代用语"真理"一词。
② 指六十岁。

　　一个失意女人的小小报复。她自嘲地想。说白了，她清楚镜塔里有信件副本，才会任性地把手中这封撕掉。这封信，抛开拒绝她的内容不谈，还是展现了章善德一贯的独到和深刻，甚至代表了大陆的最高思想水准。千百年以后，如果它没有化为尘埃的话，一定会是研究大陆学术的绝佳资料。还是不要吧，浮夜门又转念想到。章善德还是把她想简单了，她在《差序格局论》后止步不前的原因，并不仅仅是因为对人造智能触碰奴隶制伦理的忧虑。

　　不，远远不止如此。

　　我有一个秘密，我不能与人分享，即使是我认为最亲近的人也不能。浮夜门双手托腮，在渐渐暗下来的房间里发呆。章善德说得没错，一切都和金桃有关。他拒绝她的求爱，金桃也是背后的考量之一。如果国子监祭酒和学院院长联姻，就算后者没有把金桃带在身上，她也依然是世界上最了解金桃的人，这就等于说，大唐事实上占有了金桃。这会让大唐更强大，也会让它成为大陆诸国共同的假想敌，包括实力日益增强的大食。虽然目前两者有河中地区作为军事上的缓冲地带，但是当其中一方首先破坏平衡时，另一方断不会坐视不理。

　　其中利害，不知章善德细细思量过没有？又或者，他得到了大唐皇帝的授意？

　　可她现在不想考虑这些。章善德说了那么多拒绝她的理由，都是基于世俗、名利和政治的现实考虑，却没有说过他不喜欢她。她现在最想知道的是，抛开定义和束缚两个人的种种，如果他们只是纯粹的男人和女人，他会接受她吗？

智性上的相爱,可以被定义为爱情吗?如果答案是肯定的,那么布真给她的感觉又是什么呢?

浮夜门叹了口气,心绪愈加烦乱。这几天,因为防务事宜,她天天都要和布真见面。她能感觉到布真的眼神和姿态透露出的那种炽热的张力。这个男人是真心喜欢她的,她毫不怀疑,即使没有金桃,他也会不顾一切地保护她——不,金桃反而是两人之间的障碍,因为金桃的存在,两人永远无法心无芥蒂地彼此接近……

她在感到遗憾的同时也忽然明白,她心中是有布真的。章善德和布真都带着她理想中爱人的一部分,不过这些特质是互斥的,所以归根到底,她对爱情的渴望是荒谬的——理智与热情,善思与勇武,疏远与靠近,这些品质怎么可能同时集于一身?

还是多想想当务之急吧。她硬生生把自己拽回现实。起身,走到挂在墙上的地图前,眯起眼睛观察那些抽象的标识。根据止观的情报,大食人很可能在这几天就会有所行动,他们的目标,根据算机给出的分析,有六成以上的把握是学院。至于布哈拉的防线能不能有效牵制大食人的行动,乌勒伽王能在多大程度上阻击大食人,由于涉及的变量多且复杂,已经超出算机的计算能力。不过她早已做了最坏的打算。这几天,写房停摆,图书馆里珍贵的书籍被打包交给商队,托运到与学院有往来的他国学术机构。浮夜门在组织人手紧锣密鼓地改装学院的机械傀儡,为它们配置装甲和钢刀、安装附加热机和储料罐,同时,升级它们的核心算帛,使之成为行为逻辑更加简洁和致命的自主杀人兵器。依然留在学院的两千多名女生也都领到了弓箭和短刀，做了箭术和技击的训练，按撒马尔罕军事传统编成行伍——不过，这些都是自卫的最后手段。她告诫女生们，一旦学院被攻破，技击和随身的武器只是用来表明她们不会轻易受辱，切不可用来做顽固抵抗。她分析过以往战例，如果不是久攻不下的围城战，大食军队一般不会对城内居民使用血腥手段，惯常的做法，是迅速确立统治秩序和搜刮战利品。

征服学院能得到的最大战利品，非金桃莫属。鉴于大食人并不清楚金桃是什么，或者说除她以外没人清楚，他们最可能的行动，就是俘虏浮夜门和她的算师团队。所以，她已经陆续将算师遣往撒马尔罕、怛罗斯、铁尔梅兹乃至西域诸国，只留下浮知台和几个忠心耿耿的老人在身边。

她们每个人都是拼图的一部分，浮夜门想，即使抓到她们，大食人也找不到金桃的线索，除非……除非，大食人抓到最了解金桃的那个人。

到最后，一切麻烦的症结，恰恰是她自己。

天终于完全暗了下来，装有光敏瓷片算芯的石脂灯自动点亮。浮夜门起身踱到窗前。夜风吹在脸上，有一股裹着尘土味的燥热。璀璨星河从天顶垂落，她在夜幕中认出希腊人想象出来的、有着红色亮星的天蝎。已经到夏天了啊，浮夜门心想。她曾经听经验丰富的旅人说，大陆诸多地区中，河中的夏天干旱酷热，避无可避，最是难过。记忆里布哈拉的夏天，蝉鸣都有气无力，她最喜欢和小伙伴一起，跳入城中引水的明渠，一边戏水一边啃食从果园中偷摘的桃子和李子，从内到外，驱赶一身暑热。

儿时的快乐多么极致啊，只是短暂摆脱暑热的幸福，就足够她回忆一辈子了。快乐是从何时开始变得斑驳的呢？也许是随着她长大，她的人生被赋予了一重又一重的意义吧。浮夜门有些鼻酸。她想起二十年前，前任院长就是在这样一个夏夜溘然长逝的。明明是那么温暖的夜晚啊，那个被病痛折磨得焦枯的老妇人却冷得瑟瑟发抖。她用那只枯木般的手扯着浮夜门的袖管，口中只反复念叨两字：学院，学院。这两个字比千言万语的叮嘱更有重量，它构成了历任院长、构成了浮夜门生命中巨大的意义之塔。如今，这座塔眼看就要轰然倒塌了。无论是因为时代的洪流，抑或浮夜门本人的无能，这件事都像索格底亚那的酷暑，避无可避。

她现在唯一能做的，大概就是尽量不让巨塔的坍塌在历史河流中掀起巨浪，从而席卷无辜之人吧。

可是，浮夜门满心惆怅，历史会如何记录我呢？

透过窗子，她看到通往宅邸的小巷里，有热机工作时发出的光。是机械傀儡引着人来了。她返回桌边坐下，傀儡长长短短的通报声在这时响起。果然是布真。她下意识地揽镜自照：镜中人虽然憔悴，但还有沉着和威严。她舔了舔嘴唇，又拢了拢头发，于是镜中人又多了几分柔软的女人样。

一阵急促的敲门声。

"进来。"她说。

布真推门而入，径自向她走来。

"院长大人，都已经火烧眉毛了，你还能安坐，可真是沉得住气啊。"布真喘着粗气说。

"沉不住气又如何？该来的总是会来。"她笑道，"难得今夜这么安静，不正适合用来思考御敌之策吗？"

"我正是担心这个啊。"布真在她面前来回踱步，"今晚的宁静，让我有一种暴风雨压境的预感。"

"没有一座城池是被暴风雨摧毁的。"她用手轻轻拍了拍桌面，"来，坐下，歇口气，陪我说说话。"

布真瞪了她一眼，见她没有戏谑的意思，便摇了摇头，然后坐到她的身边。

"和我讲讲碎叶城。"她说。

布真一怔，"碎叶城……碎叶城是座伟大的城市。"

"比起撒马尔罕如何？"

"撒马尔罕自成一片天地，碎叶城拥有整个天地。"

"说得好！"她又拍了一下桌子，"既然拥有整个天地，就不会畏惧那些龟缩在一座又一座城池中的定居者喽？"

"那是自然。"布真挺起胸膛，"别提什么大食、拂菻、天竺，就算是大唐，我们突骑施人也是不怵的。"

"那苏禄可汗为何还要向大唐皇帝称臣？"

"这……"布真的脸一下子红了，"草原人有草原人的生存法则，称臣并不像你们理解的那样……"

她弯着眼眉看布真，这汉子却躲开了她的目光。拥有整个天地的人大概不会有曲曲折折的心思吧，她想，所以才会把一切写在脸上。

"如果这次能活下来，我想去碎叶城看看。"她说。

"有我保护你，你会安然无恙的。"布真说。

"呵，你真的相信吗？半个大陆可都在大食人面前溃不成军。"

"那又怎样？"布真拍着胸脯，"别看人少，我这两百骑兵可是优中选优的精锐。再说，不是还有你的战争傀儡和粟特联军协助防御吗……"

布真的嗓门低了下去，人在说自己都不相信的话时，大抵都是这样，只是有人藏得住，有人藏不住。

浮夜门把手搭在布真手上，"布真，我相信你。"

突骑施汉子低头看了看桌上那两只叠在一起的手，一只苍白纤细，一只黝黑粗壮；他又抬头看她，目光里满是茫然无措。

此时此刻，她终于做好了全部铺垫。

"可是，刀剑无眼，"她说，"人在战火中受伤或者失踪也是寻常之事，就算是你的精锐之师，也不能确保我的安全吧？"

可能是被她的手搅乱了心绪吧，布真低头思索片刻，才说："你说得没错，我的那些下属，如果没有我的约束，确实会由着性子乱来……你放心，我会亲自守护你。"

笨蛋，我不是这个意思啊。她有点着急，左手暗暗发力，"可是万一呢？"

布真手上吃痛，表情微微扭曲，"万一？"

"万一，你和我，我们一起消失在战火中……很久很久以后，人们在碎叶城中遇见一对陌生男女，或许会觉得这两人眼熟，却再也想不起他们曾经的名字和身份……"

布真怔怔地看了她一会儿，然后默默地把手从她的手下抽了出来。"浮夜门大人，"他说，"对于突骑施人来说，只有战死或生还,不存在消失这种情况。你说的故事,绝对不可能发生。"

浮夜门僵硬地笑了笑,"我明白了。时候不早了,我们还是好好商议接下来的事情吧。"

布真点了点头,没有再看她。

这之后,两人研究防务,一直到亥时。真的只是研究防务,没有再多说一句与此无关的话。布真走了以后,浮夜门发呆半晌,不觉间已是深夜。她扭熄了石脂灯,却并未上床,而是和衣坐在桌边。

又被拒绝了啊,她在一派静谧中苦涩地想,我果真是个没人要的老女人呢。

"布真比我想象的要聪明。"黑暗中有男人的声音浮起,"他听懂你的暗示了。"

浮夜门一动不动,"你是什么时候躲到我房间里的? 这可不合我们之前定的规矩啊。"

"非常之时,如果不能以常理行事,还望海涵。"

声音从背后绕到眼前。月光下,男人的轮廓如薄雾中的岛屿,慢慢呈现在她面前。

"话说回来,"无念说,"我是真没想到,浮夜门大人竟然也要放弃学院这艘快要沉的船了。"

浮夜门哼了一声,"无念大师,我还以为你无所不知呢。真正的学院,从来不是它的建筑、设施、书籍,乃至教师和学生,真正的学院,是一种理念。"

"理念?"

她庄重地说:"以知识促进人类的福祉,而非相反。"

无念默默想了一会儿,"原来如此。所以只要金桃不落在危险的人手上导致人类的灾难,学院幸存与否,其实都无所谓。"

怎么会无所谓?她想,学院是我的生命啊。只不过,这世界上总有一些比个人的生命还重要的东西。比如,人们信仰的神灵;比如,由共同的信仰、思想、语言、禁忌和审美情趣构建起的族群。

比如,理念。

"但是你被拒绝了。"无念又说,"无论是章善德还是布真,都无法超越自身的局限,放弃对君主的忠诚。现在,除了我所代表的组织,你还能把自己和金桃托付给谁?"

"我并不完全信任你和你的组织。"

"可你还是为了我们做了一些事。"

"野心勃勃的强权会损害人类的福祉,必须有制衡的手段。我不是为你们做事,而是为学院的理念。"浮夜门幽幽地说,"在这件事上,我们只是碰巧一致而已。"

"那又怎样?如果我是章善德,我会认为你就是影国的人。"

无念说得没错。中国人讲求"原心",意思是考察一个人的行为,不要看结果,而是要看他行事的动机。她相信章善德一定会理解她的动机,可是,如果那件事真的发生,有无辜的人死伤,甚至整个国家都因此陷入动荡,章善德这位君子中的君子,会因为她的动机而原谅她吗?

她心中一阵怅然。

无念走了几步,在布真刚刚坐过的木椅子上坐下。"浮夜门，"他沉声说，"学院和影国的一致之处可不只在你刚刚说的那件事上。像你这样聪明的人，是不会被耸人听闻的传说蒙蔽双眼的。我想，你不肯把金桃交给我们，一定是有什么误解。趁着还有时间，不妨让我来澄清一下。"

终于要摊牌了吗？她的头皮发紧，稍稍朝远离僧人的方向转了转身子。

她说："你们试图操纵历史，却每每造成巨大的灾难，这是传说，还是事实？"

"事实。"无念坦然承认道，"我们曾经认为，历史也服从算学的规律，只要在适当的时机影响关键人物，就会撬动历史，使其进入我们设想的路径——不幸的是，我们只对了一半。很久以前，我们曾经扶持过迦太基城里一位才华横溢的年轻人[①]，帮他取得家族军队的控制权，又助他的大军走出伊比利亚半岛，翻过不可能翻过的阿尔卑斯山，用一场又一场的胜利把罗马共和国逼到死路，可惜……他在重要关头做出了错误的选择。坎尼之战导致的暴力循环和日后迦太基的毁灭是这一次误算的代价。我们原本的意图，是维持罗马与迦太基长期对峙的局面，继续促进地中海地区贸易和学术的竞争与繁荣。我们也曾看中一位倾心儒学的年轻人[②]，通过他那心善的姑母，我们帮助他在政治斗争中掌握了大汉的权柄，原以为他能驯服帝王，带领中国向'太平世'迈进，却没想到他在对儒家理想的偏执中迷失了自我，以暴虐回馈他的时代，最终身死国灭……这样的失败还有很多，

①指迦太基统帅汉尼拔。
②指王莽。

这让我们意识到，历史的趋势虽然大致服从算学规律，但这规律不是人类能够轻易把握的，人为的、有意识的影响虽然能够撬动历史，却往往会带来剧烈的、不可预测的波动，偏离预期自不必说，南辕北辙的情况也时有发生，正如我刚才举的例子。"

无念停顿了一下，"如今的影国，已经很少采用这样的手段了。把希望寄托于极少数人的高尚，不如相信绝大多数人的自私自利。"

"自私自利？"

无念在黑暗中点了点头，"帝王之所以热衷于改进技术，是因为技术可以帮助他们维持统治甚至开疆拓土；商人和僧侣之所以敢于穿越沙漠、海洋，是因为在沙漠和海洋的另一边，有世俗或者神圣的巨额收益。你们这些学人呢？你们敢说自己穷尽一生揣摩造物主的心思，不是为了自己在智性上获得极大愉悦？在我们看来，无论多么高尚的幌子，其实都出于人性的自私自利，不如因势利导，为我们服务，为更宏大的历史目的服务。"

"哼，越说越玄乎。"浮夜门虚张声势地提高嗓门，"什么宏大的历史目的，我看到的，不过是你们的蝇营狗苟。"

"浮夜门啊浮夜门，你这样说，就太不客观了。蝇营狗苟只是手段，它远远无法用来概括影国在历史中的作用。即使是出于对章善德的愧疚，你也大可不必说得如此难听。"

她一下子被噎得说不出话来。

"通往理想国的道路必然伴随牺牲。"无念的语气变得冷漠而庄重，"在这一宏愿面前，你、我，或者章善德，我们的生死悲喜，其实都微不足道。"

"理想国……"她喃喃道。

"这世界上,能不执着于自己眼前生活的人,不多。你算一个。如果有时间,我真想和你好好聊一聊影国,聊一聊被它改变的世界。说不定,你我还会成为同伴呢……"无念从怀中摸出大唐造的精密授时器,凑近看了看,"可是,我们真的没时间了。"

浮夜门将手撑在桌沿上,"没时间?你什么意思?"

无念站了起来,"今夜的平静,你不觉得太诡异了吗?"

布真刚刚也这样说。她笑道:"呵,你们这些男人什么时候也在意这种毫无根据的感觉了?"

"并不是毫无依据。"无念平静地说,"大食人已经开始行动了,我正是在得到消息后才来找你的。"

"什么?!"浮夜门拍桌而起,"你说大食人——"

"嘘,你听——暴风雨就要来了。"

她走到窗前,竖起耳朵。有声音点缀在夜色中,似乎是从远方传来,是隐隐的闷雷声,夏季暴雨的前奏。她本想讽刺无念故弄玄虚,却忽然察觉到,这雷声比往常的更尖锐,也更密集,由远及近,仿佛天神踏歌而行。难道果真如无念所说,是暴风雨?不,她立即否定了这一想法。这般月明星稀的夜晚,对暴风雨来说,委实太过平静了。

她想到一个更符合逻辑的答案,随即心里一沉。她怔怔地看着无念,"是他们,对吗?"

无念点了点头,"像我们之前分析的那样,大食人已经快速突破了布哈拉的防线,正向学院移动。联军会试图追赶他们,但大食人会用霹雳旋风炮予以回击。"

浮夜门两腿发软,她用双手撑在窗沿上,吹在脸上的风突然带上了硝烟味。

无念走到她身后。

"浮夜门院长," 他说,"该做决定了。"

第十一章 伊嗣

后来，伊嗣又去过几次寂静之塔。大食人和布哈拉防线里的联军那次交手之后，有大量粟特士兵的尸体被遗弃在那里。最开始的几天，看到野狗、秃鹫和不净人忙得不亦乐乎，看到人体渐渐失去形状，他感到恶心，又有一点点隐秘的快感，这快感大多来自对父亲的报复心理。我已经见识过以神灵和帝王为名的杀戮和死亡，父亲，这就是你希望我建立的功业吗？可是，快感很快便消失了，无力和悲哀开始侵蚀他的每时每刻，仿佛鼻腔里那一缕不肯散去的、死亡的腐臭。

他终于意识到，自己看到的，是每个人的结局。中国的道家讲究"贵生"，将目光专注于现世的幸福。可即使是最热烈拥抱生命的人，也无法逃脱死亡的结局。

比如，大唐的皇帝。比如，他。

叮当。叮当。他又看见了那个美丽的不净人。此刻，她手里正提着一截白森森的胫骨，看到伊嗣，她露出一个微笑。够了。

伊嗣掉转马头。美丽的女孩子不应该和死亡有任何关系，他想。可是，走远之后，他又忍不住回头看她的身影，看黑色的衣衫在肉与骨的池沼中穿梭，听铃铛声在黏滞的空气中吟唱。

叮当，叮当。这声音自他第一次到寂静之塔后，已经缠绕他好多天了，他可以肯定，这不是幻觉。他对莫潘说了这件事，莫潘说："粟特人有个传说，如果你总是听到，呃，不净人的铃声，那就是阿卡·玛纳在召唤你了。"他知道阿卡·玛纳是祆教里的死神，莫潘的话叫他脊背发凉。莫潘见他变了脸色，便急忙安慰道："不过这都是传说啦，如果死亡可以预知，怎么会有那么多人死于非命？"

嗯……被安慰到了。他对莫潘挤出一个难看的微笑，"谢谢啊。"

话说回来，莫潘对"不净人"这三个字很介意啊。上次她暴打野那，不正是因为野那用她莫须有的不净人身份挑衅？在那天之前，他眼中的莫潘不过是一个聪明、骄傲、善良、坚韧，又有几分优柔寡断的十七岁女孩儿——这几点结合在一起就足够令人喜爱了，况且他们还同岁。如今，他认为自己应该改变看法了。

热爱算学并不一定缺乏感情。莫潘内在的丰富度也许远远在他想象之上。

他因此更加喜欢她了。

不过喜欢归喜欢，他主动要求学习经纬学，可不是为了讨好莫潘。战争已经改变了，他相信，主导未来战场的，不再是骑兵和弓箭，而是火器和战争傀儡。鉴于火器的算学太过抽象，倒不如学一些经纬学的手段，以后好歹能指挥战争傀儡。比起小时候的游戏，这件事似乎也难不到哪儿去。至于小时候的那些败绩，他把原因归结为那时他没有莫潘这么可爱的老师。

这几天，他认为自己还是学到了一些东西。看着学院里被改造成杀人机器、威风凛凛的傀儡，他有些心痒，但浮夜门有令，除了她和她的算师，谁都不得擅动这些傀儡。那个冷冰冰的女人还是不要冒犯为好。于是他只好退而求其次，摆弄摆弄阿奴的指令板，用它来模拟战术机动和战斗动作，效果还不错。

他看着阿奴在唐式小院里煞有介事地腾挪"杀敌"，假想敌是那棵桃花落尽的桃树。春天竟然已经走到了尾声，伊嗣心想，我也不是个榆木脑袋嘛。

"院长为什么不改装阿奴呢？"有一天，他问莫潘。

"阿奴不想打仗。"莫潘回答道。

"你说它，"伊嗣回头看憨态可掬的机械傀儡，"不想打仗？"

"对。"

"它怎么会'想'？"

"你都会，它为什么不会？"

仿佛是为了应和她，阿奴嘤嘤嗡嗡叫了几声。

好吧，反正他也说不过莫潘，就由她说去吧。不过，阿奴确实和其他傀儡不同，伊嗣总有种感觉，阿奴执行他的命令，并不是因为它肚子里的算帛和指令板。

那是因为什么？他质问自己，难道它还能像人一样思考不成？难道它也和莫潘一样，有内在的丰富度？可是，会思考又怎样，人会思考，不也照样戕害同类的生命？有丰富度又怎样，该发狠的时候不也照样发狠？

啊，这太复杂了，伊嗣抱着头，我还是放弃思考算了。

毕竟战争就在眼前，想太多也没什么用处。说起这个，自从大唐皇帝宾天，伊嗣就没有再收到过父亲的经纬信了。在之前几封经纬信里，父亲总会询问他弓马操练和学业的情况，认真叮嘱一番，再讲一些关于战争的事情。父亲本人没有正经打过仗，所以多是纸上谈兵。阅读来信时他就在想，这前线和后方果真大不一样，他到河中短短几个月，虽然还没有上阵，对现代战争的理解却已经远超父亲。就比如那些防御的阵法，要真照父亲说的那样一板一眼地组织，在大食人的霹雳旋风炮面前死一百次都嫌不够。话虽如此，听不到父亲过时的建议和叮咛，他还是有些失落。圣人宾天，父亲作为高级官员，大概是要忙碌一阵的。他郁郁寡欢地想，下一次收到父亲的经纬信，也不知是何时何地了。

何时何地。想到这里，他惊觉自己在偷偷预设学院的命运。学生们都知道，学院实质上已经失去了大唐和撒马尔罕的庇护，疲惫不堪的联军和杯水车薪的突骑施人能在战争中起到多大作用，又实在没法令人乐观。这几天，无论在住处、在路上、在图书馆或者饭堂，他都能感到那种山雨欲来的滞闷。女生们脱下长袍，换上窄袖的胡服，束起长发，个个挎弓背刀，一副飒爽的模样。光是她们走路带起的风，就叫他发痴了，却不见哪个女生像从前那样与他调笑。战争把人的最后一点点乐趣都剥夺了啊，还好莫潘还一如既往地对他……还有陈持弓，尽管依然沉默寡言，但偶尔，他还是能看到这名大唐护卫表情的松动。不知不觉间，三个人已经如朋友般相处了。所谓朋友，他想，就是没必要都像他这么爱说话,有人默默听着,有人不以为然,也没什么不好。

重要的是,他们都在他身边。

这样的日子,又能持续多久呢?他才刚刚爱上这座学院啊,包括它的粗糙饮食,它的单调和刻板,甚至是它与大唐截然不同的寂寥和荒蛮。就这样下去吧,他用有生以来最大的虔诚向阿胡拉·玛兹达祈愿,就这样下去,一直到天荒地老,他可以为了手中微小但确定的幸福,放弃他所拥有的一切。

然而很快他就会知道,偶尔为之的虔诚,并不足以打动神灵的心。

那天夜里,从不失眠的伊嗣失眠了,这有点蹊跷。辗转反侧中,他听到远方连绵不绝的滚雷声。正思量着雷声的怪异之处,学院的钟声就响了。虽然听不懂长长短短的钟声,但他几乎可以确定,它带来的,是战争的消息。

翻身起床,以最快的速度穿好衣服盔甲,提上钢刀,喧哗的人声已经翻过小院的墙。他跑进走廊,几步跨到陈持弓门前,推门,房间空空荡荡,床上只有一席银色的月光。

这家伙竟然抛下自己护卫的对象,先行一步了。

来不及声讨护卫的渎职,伊嗣冲出小院,看见女生们三五成群地跑向城门的方向,他也跟了过去。一路上,他看到好几台热机全速运转的机械傀儡,它们正奔赴学院的算机、大型热机、储料罐和交通枢纽。此时,在钟声持续不断的鸣响中,学院已经完全醒了过来,石脂灯被全部点亮,将幽暗的建筑和街道照得通明。人和机器拖着黑色花瓣般的影子在这人造的白夜中往来穿行，高声交流，竟然有一种错落凌乱的美感。他一边走一边寻找莫潘，结果没有找着她，反倒看见了野那。高大的女孩儿正站在桥上指挥另外几个女生，脸上的青肿已然消退——或许是因为灯光，她沉着的表情像久经战阵的将军。她也看到了伊嗣，当他走过时，她冲他笑了笑。

这是伊嗣第一次在她脸上见到如此柔软的表情。之后的很长一段时间里，他将反复思考这表情背后的含义。可现在，他面对着一个更加现实、也更加紧迫的问题：他该做什么？

在浮夜门这边，因为是需要保护的贵宾，他并没有被指派任何任务。在布真那边，因为武艺不过硬，他也没有参战的资格。一片混乱中，人们无暇管他，他随着一队女生上了城墙，和大家一起扒在墙沿上观察四面的情形。他看到橘色的火光乍起，十几个心跳后又听到闷响，有女生根据光和声的速度差，使用手持式摇柄算机，一下子就计算出了爆炸地点到学院的距离，大约零点七五个法尔萨赫。

战争已经近在咫尺了。

这时一队举着火把的骑兵向城门策马而来，女生们紧张地拉弓瞄准。待骑兵稍稍靠近，伊嗣认出了突骑施的旗帜，还有冲在最前头的人。

布真。

"我是布真，快把城门打开！"布真在城墙下喊道。

"院长有令，任何人不得擅开城门，违令者斩。"领头的女生伸出头去，像模像样地回道。

布真勒住喷着响鼻的马，"开城门也是院长的命令！战术算帛第一六七号，口令'天青'，速速下来校验！"

"我去！"伊嗣自告奋勇。

他奔下城墙，操弄城门处的指令板。机关将第一六七号算帛吱呀吱呀地推入算机，输入字母盘随即被点亮，伊嗣用粟特文拼出"天青"二字，输出字母盘在一阵忙碌后吐出一句话：突骑施人可伺机入城协防。浮夜门。

他犹豫一下，朝城墙上的女生挥挥手，"指令没问题！可以打开城门！"

有人扳动了控制杆，城门在热机的推动下缓缓开启。伊嗣站在门口，看着外面那个危险的世界一点一点向他展开，那是战马的腥臊味和越来越近的炮声，是繁星满布的夜色和渐渐燃烧起来的地平线。这就是我一直期盼的时刻吗？他大口呼吸，却依然感觉喘不上气，这是一种在燥热空气中溺水的错觉。城门开了三分之一，停住，布真在马上俯视着他，"伊嗣大人，麻烦让一让，我们要进来了。"

"布真大人，你们不能进来。"伊嗣说。

布真一愣，"不能进来？"

"学院的城墙抵御不了霹雳旋风炮，"他说，"你们进来，就等于放弃了骑兵的机动性，反而会成为大食人的活靶子。"

布真伸手止住意欲上前的亲随，"那你说，我们该怎么办？"

"在大食军队侧翼快速移动，寻找战机。"

"你的意思是……让我们接近大食人？"

伊嗣点头，"霹雳旋风炮在近处发挥不出威力。"

布真若有所思地看了他几个心跳的时间，忽然迸出一阵大笑，"哈哈哈，哈哈哈，从来没有上过战场的波斯老爷来教突骑施人怎么打仗了……没时间和你废话，快闪开！"

伊嗣一动不动。

布真打量他片刻，然后俯下身，低声对伊嗣说："既然这么想打仗，你怎么不亲自上？哦，我明白了，你的波斯祖先们也是一群光说不练的孬包，所以才丢了那么大一片江山吧？"

伊嗣攥紧拳头，"不是的。"

"你凭什么说不是？"

"给我马，我证明给你看。"

布真想了一下，转头示意，一名亲随立即翻身下马，把他的坐骑牵了过来。是如风。伊嗣一眼就认出了那匹白马。如风是来自拔汗那①的骏马，有突厥语名字，伊嗣虽然叫得出，却嫌其粗俗拗口，于是自己用汉语给它起了名。从碎叶城到撒马尔罕这一路，多是如风载着他，人与马相互熟稔，早就有了感情。一想到要骑着如风奔赴战场，他的心里便多了几分勇气。

他跨上如风，轻轻拍了拍它垂着长长鬃毛的脖颈。

"你打算怎么证明？"布真问道。

"我……"喉咙焦渴，伊嗣吞下一口唾沫，"我箭术不好，但我可以为你们探察战场的状况，这样你们就可以见机而动。"

"这可是玩命的事儿。"布真似乎有些不忍，"伊嗣大人，你想好了吗？"

"去吧。"父亲的话犹在耳边，"去建立你的功业，去证明你

---

① 古国名。在今费尔干纳盆地，产汗血马，汉代称之为"大宛"。

自己。"

他点了点头。走出几步后，他转头对还在城门口的布真说："布真大人，要是你碰到莫潘，请把我现在的样子告诉她。"

"你现在是……什么样子？"布真疑惑道。

萨珊王族应该有的样子。白马少年穿梭如风的样子。不过，还是算了，布真那蛮子不会懂的。他摆摆手，打马向橘红色的远方驰去。

很久以后，纵使丢掉了许多记忆，伊嗣依然会记得，那个夜晚让身经百战的如风都畏葸不前的修罗场。正是那一夜让他后来顿悟到，战争已经从一只需要人们不断喂养的怪兽，变成一个只能用无尽鲜血祭祀的饥饿神灵。简而言之，它已经凌驾于人类之上，有着自己的规则和意志了。

但那个晚上的他还没有理解这一点，他还在追逐着战争，还想用战争来证明自己。彼时，大食的军队快速突破布哈拉防线后向东移动，由于并不清楚其目标到底是学院还是撒马尔罕，联军还是进行了追击。那是最强大的火器与最新型的战争傀儡在大陆历史中的第一次大规模交锋。移动稍慢的骆驼排炮向紧追不舍的战争傀儡和骑兵射出密集的炮弹，而后者却不畏伤亡，发了疯似的贴身近战。或许大食人本想通过横向拉扯和远距离炮击来削弱乃至击溃联军，可是联军识破了他们的计谋；又或许，联军只是想证明粟特人不是不堪一击的懦夫。然而对于在战斗中如草芥般死去的人来说，谋略或者勇气都无关紧要。

"人死了，就都是一样的，不过是会腐烂的血肉而已。"陈持弓说过的话，伊嗣一直记得。

那是伊嗣第一次进入真正的战场，他骑着如风，追逐快速移动的阵线。一路上，他看到焦黑的弹坑、被炸碎的人体和马匹、燃烧的战争傀儡和旋风炮，鼻腔里满是硝烟和尘土的味道……因为在寂静之塔的自我"锤炼"，此时他还尚能支撑。随着他愈加接近正在交战的阵线，烟尘也愈加浓重，最终厚厚地笼罩下来，遮蔽了星光，只留下被烈火燎开的窄小视野。伊嗣不辨方向，只能循着忽远忽近的炮声和厮杀声而去。

忽然，他听到了人的呻吟声。他勒马，低头寻找，终于在死尸和战争傀儡的残骸中找到了声源，是一名被损毁的傀儡压住的士兵。伊嗣跳下马，朝士兵走了过去。由于视线不清，这几步路竟然显得格外漫长，途中他还被什么东西绊了一下，险些摔倒。待走到近前，他才辨认出，那是缠着白色头巾的大食士兵。大食士兵半躺着，垂落在地的手中，还握着一把沾着血迹的大马士革弯刀。

他向后退了一步，右手攥紧腰间的刀柄。

士兵抬眼望他，似乎还笑了笑，除此之外，没有任何动作。伊嗣这才看清，傀儡破损的外壳已经深深嵌入士兵的半侧胸腹，软甲和衣衫皆被血染成黑红，模糊不清的脏器从伤口流泻而出。这个人已与机器浑然一体，伊嗣想，不像人类，倒更像血肉与金属融合而成的某种怪物。

这想法让他打了个哆嗦。

士兵似乎在说着什么，声音很小，不时被爆炸声遮盖。戒备在此时放下了几分，他走近，踩住士兵手里的刀，俯下身去听。

"求求你。"士兵说,"求求你,杀了我。"

伊嗣大吃一惊,这大食人说的竟然是波斯语!难道他认出了他的身份?这不可能!如果不是这样,那就是说……

他又凑近了一些,"你、你是波斯人?"

士兵看着他,奄奄一息地笑了笑。

他的心口一阵发紧。这是臣服于大食、为大食打仗的波斯人,是被萨珊王族抛弃的波斯子民。农民、商人、罪犯、学者、学生,男人、女人抑或孩子,无论是谁的江山,真正在战争中死去和承受痛苦的,永远是这些人。

"杀了我……"

他把脚从弯刀上移开。士兵吐着血沫,已经说不出话。一定很疼吧,他想,否则谁会主动求死呢?他抽出了刀,把刀刃缓缓横在士兵的咽喉处。

士兵的眉眼弯了起来。在这个只有上半截的笑容里,伊嗣看到了对解脱的渴求。

就这样一刀下去,划开他的喉咙,他就可以从痛苦中解脱了。伊嗣的手颤抖着。可是,可是……

我没有杀过人。我也不想杀人。

正当他犹豫时,士兵忽然双目圆睁,剧烈颤抖起来,像是被一截钢钉钉在地上徒劳挣扎的玩偶傀儡。他惊骇地向后跳开,看着年轻的男人用尽最后的力量喘息,看着他嘴角如花朵般绽开的血沫……

然后,一切都结束了。士兵依然看着他,只是眼里不再有生的光芒。

死人，伊嗣已经见过太多，可眼前的死亡过程，却有种别样的恐怖。他站了好一会儿，才走过去，庄重地用手掌合上死者的双眼，因为没能帮他躲过往生前最尖锐、最绝望的痛苦而懊悔不已。就在这时，脚步声、哭号声、马嘶声、爆炸声，战争的音墙又重新向他碾压过来。他举头四顾，看到士兵们如鬼蜮般在浓烟和烈焰里穿行，向西边去。是联军败了吗？可他还没有为学院探察到任何有用的信息啊。他向如风跑去，翻身上马。一声爆炸在近处响起，他伏在如风背上，耳膜发麻。

"如风，"他贴在白马耳边大声说，"让我们一起去建功立业吧！"

一人一马，逆着撤退的联军士兵，向火光处行进——穿梭战场的白马少年。可惜，莫潘看不到我此刻的英姿啊，他想。大地在震颤，浓烟一股一股向他扑来，声响和气味在远去，极度的恐惧过后是心底的澄明和身体的轻盈。他感觉自己正在腾空而起，感觉自己可以像神灵一样，克服战争、克服死亡。

然后，他听到了那个熟悉的声音。

叮当。叮当。不净人的铃铛。阿卡·玛纳的耳语。

他勒住马，猛然发觉自己已经迷失了方向。爆炸的火光在身边翻卷，泥土如黑雨般落下，打在他的脸和肩甲上，发出窸窸窣窣的声响。如风在原地躁动不安地转圈，然后停住。在破碎的视野中，他看到一个人向他走来，那身影纤细柔软，不像士兵，倒像来自另一个世界的幽灵。

"莫——"一道白光在他眼前绽开，他的呼唤戛然而止。

他真的飞了起来。

第十二章　陈持弓

究竟谁是敌人，谁是朋友？这件从前不言自明的事情，成了如今横在陈持弓面前的最大难题。

首先，无念。无念和浮夜门有暗中往来，对金桃有图谋，装备了大唐的神骨，知道他的真实身份和目的，也有机会加害于他。可是他没有，反而对陈持弓抛出了橄榄枝。他是敌人还是朋友？

浮夜门。浮夜门既然和无念有往来，就很有可能也知道陈持弓的身份。就算无念没告诉她，以她的聪明才智，搞清他的来历，应该不会是什么难事。为什么她至今还没有任何表示或者行动？

止观。曾经他认为最接近朋友的人。止观几乎知晓他的一切，想到这里，陈持弓后悔不迭。如果止观是敌人，他早就九死无一生了。无念认识止观，而且，很可能通过止观获得了大量信息，而鉴于无念的动机和身份仍不明朗，所以止观究竟是敌是友,同样存疑。由于这个缘故,那晚去了佛寺之后,他就再未去过镜塔。

布真呢? 布真的情况最为复杂……陈持弓用指节用力按了按太阳穴,脑中的混沌被驱散了些许。布真毫无疑问也是为了金桃而来,无念也向他提示了布真的危险。但是,他有种感觉,布真是真心想保护学院的,或者说,他想保护学院里的某些人。莫潘肯定是其中之一。浮夜门呢? 他们是老相识,而且,陈持弓能够觉察到两人间微妙的氛围。如果布真的任务和他保护的意图发生冲突,他会做何选择?

这是一个值得玩味的问题,却并不要紧。真正要紧的问题是,如果代表苏禄可汗的布真和代表大唐皇帝的他终究要刀兵相向,他下得去手吗? 说实话,他是有几分欣赏,甚至喜欢这位突骑施汉子的。他在武人中长大,形形色色的武人交往过几十上百,却极少见到布真这样粗犷又风雅的。布真从不掩饰他对大唐的推崇。从碎叶到撒马尔罕的路上,在许多个野外扎营的夜晚,一行人围坐在篝火旁,布真时常用他的蹩脚汉语吟咏唐诗,其中有一些,还是陈持弓喜爱的边塞诗,就比如那句:“莫笑关西将家子,只将诗思入凉州。”这诗让他思乡,也让他怀想赤水军①中的日日夜夜。布真到底知不知道,那些边塞诗中的刀光剑影,有很多和大唐与突厥连绵不绝的战争有关?

陈持弓叹了口气,又立即收声。这个夜晚太安静了,安静得异乎寻常,仿佛一点点的响动就会把自己暴露。对浮夜门宅邸的监视还在进行中,布真刚刚离去,那个二楼的房间也熄了灯,

---

① 唐置。治凉州城内(今甘肃武威)。

但他总觉得，这样一个异乎寻常的夜晚，不会无事发生。

困意漫了上来，必须做点什么，来对抗这困意。刚才……刚才想到哪儿了？哦，对，突厥。突厥是敌人，这是他从小到大秉持的信念。是突厥人夺走了他曾经拥有的一切，夺走了他作为一个农人平淡终老的可能。他的戎马生涯，多半是在和突厥人的战争中度过的。对于敌人，当然不能有丝毫的怜悯，这是他在行伍中自愿接受的理念。作为一名军人，至少在熟悉布真之前，他可以坦然面对自己曾经的仇恨和杀戮——这并不难做到，只要把敌人看成异种甚至异类，你就能够毫不犹豫地消灭他们，即使你面对的是手无寸铁的残兵或者有敌对意图的平民。"关键是，你不能看他们的眼睛，更不能跟他们说话，明白了吗？"这是赤水军的老兵对即将第一次上战场的他说的话。如今想来，它以一种十分朴素的方式完美地揭示了战争的荒谬：只要掩耳盗铃地否认敌人和你具有相同的人性，你就可以像宰杀牲畜一样宰杀他们。也许，所有参与战争的人都在做同样的事吧，陈持弓想，如果以参战者的眼睛描绘战争，战争恐怕会被形容为一群兽类在相互搏杀。

如果神灵存在并且关心这个世界的话，那么这也是他所目睹的。

"你们这些定居者说我们边打边跑的战术卑鄙，说我们杀人的手法残忍，我们还觉得你们迂阔虚伪呢。草原人有草原人的作战方式，战争对于我们来说，就是为了生存而进行的围猎，是腾格里天神化身草原和兽群教会了我们一切。"布真曾这样对伊嗣说，彼时两人正在争论谁的战争更为高尚。一个毫无意义的问题，陈持弓想。听者无心，伊嗣说不过布真，很快就跳到别的话题，倒是一旁的陈持弓把突骑施汉子的话认真听完，又字字记住了。虽然陈持弓并没有和突骑施人打过仗，但在他看来，突骑施和突厥其他部族并无不同，每一个突厥狼种都是他潜在的敌人。在几个月的相处中，布真给了他敌人的视角，这是他以及他身边许多武人拒绝进入的一种视角。而一旦进入这样的视角，许多从前理所当然的想法就充满了疑点。比如，敌人缺乏和"自己人"共通的人性。在旅途中，布真对浮夜门的那本《差序格局论》手不释卷，他经常对书中观点发表看法。"浮夜门说人生而平等，我总是不太明白。这里的'人'，难道指我们所有人？浮夜门的意思莫非是说，不管是突骑施人、唐人、波斯人、粟特人，还是大食人，归根到底都是一样的？"布真的目光扫过篝火旁每个人的脸，"这怎么可能呢？"

这怎么可能呢？在这一点上，陈持弓赞同布真。优雅的唐人与嗜血的突厥狼种终归殊途。然而对一个身负重任的人来说，就算是一个偏向否定的怀疑，也足够危险了。

任务。陈持弓攥紧拳头，任务才是唯一重要的事情。布真、无念、浮夜门甚至止观，只要他们妨碍了任务，他就会毫不犹豫地消灭他们，就像他消灭敌人一样。

那么，如果是伊嗣或者莫潘妨碍了任务呢？

……陈持弓，不要想太多。专注。专注于眼前。

窗子里有人影闪过。他瞪大眼睛，应该是无念。他是什么时候进到浮夜门房间里的？两位故人轮番来访，看来今晚果真不平静。陈持弓盯着窗子良久，可除了刚刚的惊鸿一瞥，再不

见动静。他们到底在商议什么？他暗忖，这两人从未有过如此
长时间的对话。子时①过一刻②，他听到远方诡异的滚雷声。还
来不及细细思量，浮夜门的窗子就亮了起来。他下意识地俯下
身子，同时听见浮夜门推开窗子，大声召唤机械傀儡："阿奴！阿
奴！大食人来了！快通知浮知台鸣钟！"

　　女人的叫喊、机械傀儡的脚步声、层层叠叠的滚雷声从夜的
静谧处浮起，又迅速将这静谧胀破。陈持弓马上意识到，那件
必将到来的事情已然到来。他转身，向镜塔飞奔而去——当务
之急是掌握战况。就在他奔跑的途中，学院长长短短的钟声响
了起来，短经长纬，经纬对应的粟特字母拼出了消息：大食逼近，
速速迎战！大食逼近，速速迎战！路灯也在此时渐次点亮，幸好
他已经到了塔下。快速攀上塔顶，气还没喘匀，他便看到西边乍
起的点点火光，于是立即明白了雷声的真相。一番计算后，交火
地与此处的距离也大致清楚了。还有时间。他掏出怀中的伸缩
单筒镜，仔细观察远方的战况。

　　前方移动稍慢的应该是大食人的部队，后面追击的，就是粟
特联军了。只见粟特联军的前锋快速向大食军阵突进，如一把
由骑兵和战争傀儡组成的匕首；而大食部队则以新月形展开，对
后方的追兵进行炮击，橘红色的花朵在联军阵中渐次绽放。那
是死亡的花朵啊，陈持弓咽下一口唾沫。一开始，形势并不明朗，
虽然遭到炮击，但联军的前锋有几次摸到了大食部队，与之近距
离缠斗，甚至险些撕开"新月"最肥厚的部分。陈持弓举着伸缩

---

　　① 十二时辰之一，二十三时至一时。

　　② 古代用漏壶计时，一昼夜共一百刻。

单筒镜的双手微微发抖：挺住啊，"匕首"若能将新月斩为两截，战况对联军就大为有利。然而几轮冲击过后，联军的势头衰减下来，反倒是大食人稳住了阵脚，"新月"的两翼在舒展开之后，炮击更为精准有效，将致命的火光密集投射到"匕首"之中。联军前锋虽然顽强，但在阵形被数次打碎之后，终于彻底失去了动势。此时，大食部队已经对联军逐渐收缩的阵线形成了半包围，配合着炮击，"新月"正化为一张血盆大口，急不可耐地将它的敌人吞下……

"我就想着，你肯定在这里。"

伸缩单筒镜从手中脱出的同时，陈持弓从腰间抽刀，转身，刀身寒光如电，直指声音的来源。

刀尖在距离止观喉咙不到一寸处停住。

"好刀法。"守塔人说道，"可刚才你在身后留了这么大一个破绽，如果我是敌人，你早就死了。"

陈持弓把刀尖又向前递了一点，"现在有破绽的是你。"

"杀气很重啊。"止观的嘴里有酒气喷出，"果真是无念让你我有了隔阂。"

陈持弓死死盯着他。

"无论如何，能不能先把刀放下？"止观把双手举到与胸口平齐，除了左手攥着一个圆肚细颈银瓶外，别无他物，"我有话对你说。"

陈持弓将刀身缓缓放低，直至自然悬垂。

止观欣慰地笑了笑，"不喝酒时的陈持弓，是一位优秀的猎手。"

"有话快说。"陈持弓稍稍偏过脸，西面平原上的火光还在蔓延中，联军似乎在撤退。没有单筒镜，他看不清细节，"我的时间不多。"

"时间确实不多，那我就直入正题了：无念是影国的人。我想，你知道这个组织吧？"

影国，历史的暗面，章祭酒不肯言说的词。陈持弓一怔，然后点了点头。

"镜塔和影国有千丝万缕的联系，所以我们会交换情报。"

"什么样的联系？"

"要是从头说起，那就要说很久了。"止观笑笑，"你只需知道一点，如果没有影国的暗中运作，大陆的镜塔通信网是不可能建立起来的；如果没有镜塔通信网，世界会是另一副模样——也许更好，但很难说。"

"你说的这些，和我有什么关系？"

"澄清误解而已。我只想告诉你，我和无念有往来，不代表我是你的敌人。"止观晃了晃手中的银瓶，"这新馏的液火，大概是我这辈子尝过的最美味的液火了，它是我给你的临别赠礼。"

"临别……赠礼？"

止观将银瓶抛了过来，陈持弓用左手接住。瓶子沉甸甸的，带着守塔人的体温。

"守塔人是一群孤独的人，这是他们的追求，也是他们的宿命。"止观将目光投向西面，投在战火之上，"但偶尔，他们也会厌倦孤独。这时候，如果有人愿意和他们说说话，他们就会将此人视为一生的朋友。那些喝酒聊天的夜晚，是我几十年来最快乐的时光。谢谢你，我的朋友。"

陈持弓默然垂下眼睑，收刀入鞘，又将银瓶塞入怀中。不知为何，他在此刻感受到某种终结，用章祭酒的比喻法来说，不是那种死亡的虚空，而是这怀中的银瓶，坚硬、沉重，又暗藏着暴烈的燃烧。

就如同他和止观的友谊。

止观弯腰，从地上捡起陈持弓的单筒镜，举到眼前端详一番，皱起眉头，"大唐的器物果然精致，可惜，镜片已经摔碎了。如果你不介意的话，把它作为给我的回礼吧。"

陈持弓庄重地点了点头。

"我的话说完了。"止观摩挲着单筒镜，"现在，我的朋友，去完成你的宿命吧。"

陈持弓不明所以地看着他。

"今晚无念去浮夜门那儿，是为了金桃。现在赶过去的话，应该还能见到他。"

陈持弓一愣，转身跑向塔顶的活板门。沿塔内楼梯飞速盘绕而下，整个世界仿佛都在旋转。镜塔最底一层，止观的生活区已经被大大小小的木箱和木桶塞满，还未及思量，他就奔出了塔。刚跑过桥，他就看到一队骑兵自北面疾驰而来，为首的人从身形姿势看是布真无疑。这个时候他不在城外防守，到这里做什么？……金桃！陈持弓浑身一凛，这座桥是从城门到浮夜门宅邸的必经之路，布真是想趁乱抢夺金桃！如是一想，陈持弓立刻张弓，在神骨协助下，弓弦被拉到极限，咯吱作响。

此时的布真，距离他不到三十步，那张髯须蓬勃的脸，在石脂灯的照耀下显得无比狰狞,犹如凶兽。

唐人、突厥人、粟特人、大食人……所有人的相同之处,就只有欲望。布真,这就是我得到的答案。

他吐出一口气,松开手指。

箭矢铮然而出。

布真应声落马。

那队骑兵顿时在桥前止步,有人跳下马去查看布真,有人看见了陈持弓,扬手向他一指,几名骑兵会意,眼看就要冲过来。只能正面交战了,陈持弓再次搭箭瞄准。就在这时,有几只木桶从镜塔里滚出,借助地势差,恰好滚过上桥的路口。借着风,陈持弓闻到了熟悉的刺鼻气味。紧接着,他看到一道蓝色的火光从眼前蹿过,看到马儿扬起前蹄,踟蹰不前。被点燃的液火犹如一条贴地而行的龙,横在突骑施人和他之间。

"快走啊!"他听到止观的嘶吼,抬起头,镜塔门口,止观正向他挥舞着损坏的单筒镜。

他紧咬牙关,决绝转身。

谢谢你……我的朋友。

烈焰冲天。浮夜门的宅邸在火中噼啪作响,却不见有学生和机械傀儡过来救火——此时他们应该都在要害部位协防。

我还是来晚了。陈持弓站在不远处想。火的热力在炙烤着他,他仿佛能听见体内水分蒸发的声音。浮夜门是和金桃同归于尽了吗,还是……

他后退一步。

这时一个瘦削的人影从小巷的另一边钻出,略微犹豫一下,便要冲进火场。陈持弓一个箭步上前,拽住那人的手臂。

"放开我!"莫潘对他吼道,"老师还在里面!"

他扳过莫潘的肩膀,"你进去也救不了她!再说,你也不确定她在不在里边!"

莫潘用近乎求救的眼神看他,"她在里面吗?"

他摇了摇头,"我不知道。阿奴应该知道,但我也没见到它。"

莫潘仿佛被抽走全部力气,瘫坐在地,血色火焰在她的瞳孔中跳跃。

"老师……"她喃喃道。

钟声响起,那清越之音在爆裂和坍塌声中,竟格外清晰。莫潘听了一会儿,转头问陈持弓:"突骑施背信进攻学院……格杀勿论……这是什么意思?"

陈持弓抬头望向路口,钟楼距离浮夜门宅邸不远,如果钟楼得到了消息,那么突骑施人也不会太远了。他那一箭,究竟是触发了突骑施人原定的计划,还是改变了他们行动的目标?止观现在如何?

他狠狠咬住嘴唇,陈持弓,不要想太多,专注于任务……如果无念取得了金桃,那么现在的任务就是找到他。如果金桃被焚毁,他就必须带着对新型战争的观察,回到凉州。

总而言之,学院危在旦夕,此地不宜久留。

他俯身,抓住莫潘的胳膊,"莫潘,我们得离开——"

嗖!一声尖啸。他偏过头,下意识松手,箭矢擦脸而过,在脸颊上燃起一线火辣。马蹄声疾,他回过头,但见布真正纵马向他飞驰而来。收弓，出刀，突骑施汉子的动作一气呵成，他俯身平推弯刀，眼看就要叫陈持弓身首分离；陈持弓却借神骨之力，骤然原地起跳，飞身将他撞下了马！这一撞冲力极大，两人都飞出很远，在地上翻滚数圈，才咬着牙爬起。

陈持弓背上的弓也摔了出去。现在他与布真相距不过三步，两人怒目对峙。

"你这连腾格里天神都唾弃的畜生，竟然对我下手！"布真用左手按着右肩，"浮夜门在哪儿？你对她做了什么?！"

陈持弓哼了一声，"这话应该我来问你。你对学院做了什么？"

布真目眦欲裂，"呸！都是拜你所赐！你将我射下马后，我那群部属一时无人指挥，便失了约束……"

失了约束。陈持弓心中一紧。莫潘在此时跑了过来，陈持弓偏过头，"莫潘，不要过——"

就在他分神的瞬间，布真猛扑上来，劈头向他砍去，他后退一步，举刀堪堪格挡。当！两刀相交，迸出火花，陈持弓被震得虎口发麻，刀险些脱手。布真继续猛攻，刀法大开大合，势大力沉；他且战且退，几次险象环生。可很快，布真就粗声喘息起来，劈砍也渐渐失了力道，形势开始逆转。是因为我那一箭。我刚刚故意射他右肩，他又坠马，想必伤势不轻，硬撑不了多久。如是想着，陈持弓的身法愈加沉稳灵活。他瞅准一个空当，向布真直刺，后者侧身，刀刃在软甲上擦过；陈持弓手腕一翻，刀光如蛇，攀上布真肩膀，只见布真脑袋一歪，"蛇头"寒光凛然，咬下他小半截耳朵；这突骑施汉子却一声不吭，趁身子歪倒，顺势朝陈持弓肋间斜向推刀，陈持弓身体向后一错，铁制胸甲上卷起一道火花。

"呼！好功夫！"布真一边大口喘气，一边夸赞道。就在陈持弓闪身的瞬间，他一个侧向翻滚，和陈持弓拉开了距离，此时正抚摸着自己残缺的耳朵。血顺着手掌流到脸上，被他抹开，在火光的映照下，他犹如赤面恶鬼。

陈持弓冷笑，"承让承让。布真大人也很骁勇。"

布真垂着右肩，看向一旁惊愕的莫潘，"莫潘，快帮你布真老师结果了陈持弓这畜生。他暗箭害我，又放火烧浮夜门的宅子，是居心叵测的贼子！……还愣着干什么，快射箭呀！"

"莫潘，你听我说。"陈持弓向莫潘微微偏头，目光不离布真，"如果房子是我放火烧的，我没必要留在这里。刚才的钟声你也听到了，究竟谁是贼子，谁想对学院不利，你应该很清楚。还记得我对你说过的话吗？暴力使人超然，我不希望你卷入这场战斗中。"

"别听他花言巧语！"布真大吼，"这唐人奸猾得很！他就是为了金桃而来！"

莫潘向后退了几步，看看两人，又看看已经燃烧殆尽的浮夜门宅邸，不知所措地摇头。

布真应该是战不动了，所以才拉莫潘来帮忙。陈持弓将钢刀横在身前，向前跨出一步。必须速战速决，如果莫潘听了他的话，就不好办了。

突骑施汉子看出他的意图，对莫潘恨铁不成钢地叹了一声，勉力举刀。

就在这时，凌乱的马蹄声从北边的巷口传来，两人一齐转过头，那是三名飞驰而来的突骑施骑兵。布真大喜，"陈持弓，现在逃命还来得及，我——"

他的话还没说完，一个巨大的黑影就斜向杀出，手臂一展，一名骑兵来不及躲闪，生生撞了上去，又被自己的冲力从马上弹下，飞出丈许。余下两人立时勒马急转，从黑影旁边绕开，围着它转圈。

"阿奴！"莫潘大叫一声。陈持弓定睛一看，果然是那个机械傀儡，此刻它横在几人与骑兵之间，俨然一道不可逾越的屏障。

"阿奴，老师在哪儿？"

机械傀儡把头转向莫潘，没有发出任何声响。当！当！当！骑兵朝阿奴放箭，箭头在它的金属外壳上砸出黄色火花，随即弹开。阿奴背上的热机陡然喷出黑烟，推动它向敌人猛冲过去，惊得一匹马原地扬起前蹄。此刻的阿奴，和那天傻傻作为活靶的机械傀儡俨然两种造物。

"腾格里天神啊，我今天要死在这里了吗？"布真惨笑道，"可是莫潘，我明明是要保护你和浮夜门的。"

"布真，我们本来没有必要如此以命相搏。"陈持弓说。

"别假惺惺的了。"布真朝地上啐了一口，"突骑施与大唐必有一战，你我今日的搏杀，不过是预演罢了……只可惜我被你暗算，不能为浮夜门伸张正义了！"

正说话间，那两名骑兵都已被阿奴从马上掼下，趴在地上，不知生死。

　　布真瞥了一眼自己的同僚,语气忽然柔软下来,"消失在战火中,消失在战火中……浮夜门,你竟然是这个意思吗?"

　　说完,他大喝一声,拖着伤臂,扑了过来。陈持弓举刀迎战,他却突然转向,冲进火场,转眼就被房子喷出的浓烟吞没。

　　"布真!"莫潘向布真的背影跑出几步,被陈持弓一把拽住。

　　"莫潘,你要做什么!"

　　"布真、布真他……"莫潘绿色的眸子里满是恐惧与疑惑。

　　"他若主动寻死,你也救不了他!"说这话时,陈持弓竟有些莫名心痛,"我们必须马上离开!"

　　"离开?"

　　"在目前态势下,学院很快就会被攻破,如果浮夜门院长……她肯定希望你能活下去。"

　　莫潘听不懂似的看着他。

　　陈持弓却管不了这么多了。他捡起地上的弓,找了布真的马,不由分说将莫潘抱了上去,自己也坐上马。他见阿奴也冲向浮夜门宅邸,便伸手召唤,可机械傀儡没有理他。于是陈持弓不再他顾,打马向北边的城门驰去。这一路仿佛穿越战场,或许学院本身就是战场,他看到被点燃的建筑、被肢解的机械傀儡、死去的学生和骑兵。在街头巷尾,仍有零星战斗,他看到站在屋顶的女生朝突骑施人放箭,也看到突骑施人将女生从屋顶扔下,飘零如同玩偶;他看见士兵们三个一组,用围猎用的套索绊倒机械傀儡,也看到机械傀儡用巨大的手掌压碎敢于接近者的头颅。他甚至看到了野那,那女孩儿正与一个突骑施人徒手厮打在一起,领口已经被扯开半边,露出雪白的脖颈。那是个脆弱的部位。

整个学院都是脆弱的部位,脆弱就要被饿狼撕咬,这是必然的结局。陈持弓超然地想,战场上的超然又占据了他。路过这一切时,他都没有丝毫停留或者出手。任务,唯有任务是最重要的,他必须离开这里……带着身前一动不动的女孩儿。

对我来说,她也是个脆弱的部位。我为什么要带着她?

路过镜塔的时候,他看到那座塔也在燃烧。

止观,是我导致了这一场灾难吗?你现在还活着吗?

仿佛是为了回应他,镜塔的中段突然剧烈爆炸,喷溅出的红色火光层叠繁复,竟似东都[①]的牡丹在夜幕中粲然绽放。飞轮在爆炸中从塔身上脱出,轰然坠地,又带着惯性滚动前进,碾碎了前进道路上的人和建筑,最终撞入河中,掀起巨浪。镜塔也因为飞轮的脱出而失去平衡,向一侧倾倒。它沉重的上段终于抛开下面的部分,从断面快速滑落,镜片翻腾着砸向地面,在沉闷的爆响和坍塌声中平添了尖锐的裂帛之声。

陈持弓伸手探向怀中。银瓶还在。

这是一场暴烈的谢幕。

战斗已从防御大食人变成了与突骑施人的巷战,过了镜塔,就没有太多阻碍。城门半开着,他们冲了出去。隐隐可以望见西边,大食人似乎没有向学院靠近。结束了吗?陈持弓回头看学院,这个他生活过几个月的地方,这个承载了他为数不多的快乐记忆的地方,此刻正在燃烧和哭泣。战场的超然已渐渐消退,寒冷随着每一次呼吸进入他的肺中。他不自觉地向莫潘贴近了些,而女孩儿回馈他的,除了一丁点儿的温暖,别无他物。她多

---

① 今洛阳市。

像一个失去了算帛的傀儡啊，他想，而我呢，我是没有感情的杀戮机器。

城门的方向出现了两个追兵。他不动声色满弓连射两箭，追兵应声落马。

此后，天地间，就只剩下两人一马了。

先向北。再向东。回凉州。

陈持弓对自己编制了命令。

第二部

碎叶之夏

真理不在此处，不在彼处，而是在流动的过程中——
当你做守塔人足够久，你就会有这样的想法。

第十三章　莫　潘

寂静之塔。

塔底躺卧着许多死人，是最近的战争喂养了阿卡·玛纳，喂养了河中平原上的野狗和秃鹫。莫潘和不净人们在尸首之间埋头行路，她感觉不到恐惧或者恶心，她只想寻找。

她看到了野那苍白的脸，上面依然是那种嘲讽的表情。野那没有说话，莫潘却听见了她的声音："到头来，我还是要由你这家伙来收殓尸骨啊，早知如此，当初就不那么欺负你了。"

可是，莫潘并不想她死呀。如今想来，她俩并不是真正的敌人，甚至可以算得上是朋友。莫潘记得，那天在学院外，野那对她比的那个口型是："好样的。"

可我不是好样的。我什么都不是。莫潘继续向前走，然后看到了伊嗣。伊嗣那张漂亮脸蛋从中间裂开了，露出红色的瓤，像被拍裂的西域甜瓜。奇怪的是，伊嗣说话的时候，他那裂成四瓣的嘴唇依然在整齐划一地运动。他说："莫潘，你看到我在战

195

场上英姿勃发的样子了吗？"

她摇了摇头。少年的四瓣嘴唇拼出一个沮丧的笑。

接下来，布真也出现了。他的脸一片焦黑，已经失去了所有细节，可莫潘还是认出了他。那张黑乎乎的脸对她笑，牙齿雪白，"可惜啊，莫潘，你这一手好箭法若是在男儿身上……"

够了。她捂着耳朵，快步走开。一圈下来，她没有看到自己最害怕看到的那张脸。她暗暗松了口气，把手按在胸口，抬头看那座直通天际的塔。

"莫潘，你知道无穷是什么吗？"

她回过头。

黑发黑眼黑袍的人说："无穷不像你想的那样。无穷是有大小之分的。凡人只拥有小的无穷，他们死亡后，并不能进入神灵所栖息的、最广阔的无穷。"

"我知道。"她说。

"你知道，但你还是退缩了。"那人向她俯身，莫潘在她黑色的瞳孔里看到了日月星辰，"你永远都在退缩。"

"我没有。"

"是吗？"那人笑了笑，"想听听那个人是怎么说的吗？"

她的脸忽然变成了浮夜门的。

莫潘发出一声尖叫。

她被自己的尖叫声惊醒。眼前的景象在上下晃动，她的双肩被一双手臂从身后轻轻环住，而那双手臂则抓着缰绳。嘚嘚。嘚嘚。人与马的影子淡淡地投在左前方长满荒草的地面上，很快就消失了。天空中有乌云在聚集，她闻到了水汽的味道。

要下雨了。

"你醒了？"身后，男人在说话，粟特语里有唐人口音。

她忽而清醒过来，却几乎同时憎恨起自己的清醒。梦境并不荒诞，比梦境还要糟糕的事情已然发生了，这是一重她无法通过清醒来逃遁的现实。悲伤和无助在她心中汹涌泛起。

"我……我们要去哪儿？"她头也不回地低声问道。

"先到怛罗斯，再想办法回大唐。"

她想了一会儿，又问："学院……怎么样了？"

"不清楚。我们逃出来的时候，学生们在和突骑施人战斗，大食人还没有进攻学院。"陈持弓回答道，"可以确定的是，浮夜门下落不明，镜塔被毁，很多——"

"很多人死了。"她说。

陈持弓默然。

她转过头，"放我下来，我要回去。"

陈持弓面无表情地看着她，"我们还不清楚学院的情况。"

我说过，我要保卫学院和老师的，可我没有做到。她强忍着眼中泪水，"放我下来。"

陈持弓勒马，从鞍上翻下，伸手接她，她却从另一边跳下，一个踉跄，险些跌倒。这时开始下雨，雨点冰冷地砸在她的脸上身上。她低头看自己的手，除了正在被洗去的烟尘和污泥，这双手干净、完整，甚至没有沾上一丝血迹。战争粉碎了她所拥有的一切，却没有在她身上留下一个伤口。

她苦涩地笑了笑，拖着发麻的双腿往相反的方向走。此时没有太阳，辨不清南北，但她相信，学院，抑或学院的废墟，就在不远处等着她。

"你以为这是勇敢吗？"陈持弓在她背后喊道，"这是退缩！"

她一怔，停了下来。

"回到学院，你至少能猜到自己将要面对什么。"陈持弓继续说道，"如果你跟我去另一个方向，你面对的一切都是未知。你恐惧未知。"

莫潘缓缓转身，"我为什么要去面对未知？"

"如果学院不复存在了，你不希望它的火种留存下来吗？"

火种。什么火种？哪里有火种？她呆呆地看着陈持弓。他的轮廓在雨中有些模糊，但依然是黑黑沉沉的一个，坚实得像一个有理数，或者一种可以理解的无穷……哦，她忽然明白过来，陈持弓所说的火种，指的就是她。真可笑啊。莫潘咧着嘴，又转回了她认为的学院的方向。他竟然说我是学院的火种，我明明只是个懦弱又一无所知的女孩儿……可就是我这样一个人，他为什么要如此关心？他难道不应该做好伊嗣的护卫吗？

心中的阴翳迅速扩大，她再次停步。这个陈持弓，到底是何许人？昨晚究竟发生了什么？老师的宅子是谁放火烧的？他和布真的打斗，又是怎么回事？"我看他不简单，你要小心。"老师曾经这样对她说过吧？

她转身，陈持弓还一动不动地站在那里，像是料定她会跟他走似的。昨晚她听到布真说，正是陈持弓令他中箭落马，他的手下才会失了约束。如果……如果布真的本意如他所说，是保护老师，那么突骑施人对学院的进犯，就很有可能是由陈持弓引起。

陈持弓这么做是为了什么？金桃？

公理、假设、规则、定理，她相信自己可以用欧几里得式的推理弄清所有的问题。但前提是，她必须跟这个她并不了解的人走。

还有一个命题之外的问题：如果陈持弓真的就是幕后黑手，她应该怎么做？

无论如何，她想，这一次，我不能再犹豫不决了。

她撩开湿淋淋的头发，走向了他。

她看到陈持弓对她笑了一下。

雨慢慢歇了。算帛还在莫潘的怀中，温暖干燥，她用力攥了攥，感到稍许心安。这一卷薄薄的算帛是老师前一阵子交给她的，里面有莫毗多的故事。昨晚，她刚刚在女生住宅的公共算机上读完这个故事。她用了好几天的时间才完成了这件事，之后在床上辗转反侧许久才艰难入睡。醒来的时候，走廊已空无一人，她一时没了主意，才跑去浮夜门的宅邸。

如果她能早去一会儿，后来的一切是不是就不会发生了呢？

这是个无法验证的假设。莫潘想，算学厌恶这样的假设，即使是被莫毗多视为知交的大算学家金玄也厌恶这样的假设，所以才会有她后来的悲剧。老师让我阅读她的故事，是想告诉我什么？

正想着，她看到了远处的异常。

“前方有商队。”她眯着眼睛说。

“我什么也没看到。”陈持弓说。

“是商队没错，我看到铁马了。”

几个心跳后，陈持弓瓮声瓮气地说：“可惜我的单筒镜不在了……”

然后，他似乎想起了什么，沉着脸，不再说话。

果然是商队，而且规模不小，有十几匹铁马，几百号人，虽然没有行进，却不像是扎营。看到有人靠近，商队护卫远远便弯弓瞄准。两人下马，举着手走了过去。莫潘看清了铁马上的徽章：那是代表弭秩贺的灰色猎隼。接近之后，见两人没有威胁，护卫便引他们去见商队首领。商队首领叫薄鼻，弭秩贺人，四十岁出头的年纪，身材矮胖。他问两人的来历，陈持弓就照之前商量好的，说他和莫潘是从凉州到布哈拉做生意的商人夫妇，昨晚在路上遇到两军交战，慌忙逃跑，丢了货物，还迷了路，见到商队，便想着搭他们的铁马去北边安全一些的城邦，再想办法返回大唐。陈持弓是唐人，穿唐式甲胄，脸上有小擦伤，仪容还算整洁；莫潘则着胡服，粟特人相貌，年纪很轻，神态却颇为老成。在薄鼻看来，这两人是商路上常见的夫妻档，就没有起疑心，痛快地接纳了他们。

“不过你们恐怕要等一下了。”薄鼻带着歉意说，“铁马还在修理中。”

原来是几匹铁马的热机出了问题。商队的技术人员说，由于最近一直在使用劣质石脂，许多热机的燃烧室都积累了大量杂质，火力有所减弱，刚才一阵疾雨，有的燃烧室被浇灭，热机无法运转，铁马便停了下来。现在他们在清理燃烧室，一会儿重新启动热机之后，铁马就可以继续上路了。

"这仗要是还打不完，生意真的就没法做了。"薄鼻叹道，此刻三人正盘腿坐在羊毛毯上。羊毛毯直接铺在地上，坑坑洼洼的，并不好坐。他们一边用银杯喝着发酵马乳饮料，一边有一搭没一搭地聊天。

"你们两口子胆子也真够大的，这时候去布哈拉，简直是刀口舔血的勾当。你们去卖什么？"

"兵器。"陈持弓说。

"兵器好，战争总少不了兵器。"薄鼻欣赏地看着陈持弓，"我听说布哈拉的战争傀儡很是厉害，不知昨晚你们见到没有？"

莫潘和陈持弓对视一眼，双双摇头。

"可惜了。"薄鼻仰头灌了一口饮料，满意地皱起鼻子，"这战争傀儡打霹雳旋风炮的光景，以后怕是见不到了。"

"此话怎讲？"陈持弓问。

"西南边不远就是学院，昨晚我见到那个方向起了火光，想是学院正被大食人攻打。布哈拉和撒马尔罕的战争傀儡都是由学院提供算帛，学院没了，战争傀儡自然就用不成了。"

莫潘挺身向前，急切地问："你有学院的消息？"

"我怎么会有学院的消息？"薄鼻抬头看了看阴沉的天空，又低头看莫潘，"现在这个天气，就算去最近的镜塔，恐怕也收不到什么消息吧？倒是你这小娘子，为何对学院如此上心？"

莫潘正欲辩解，陈持弓按住她的手，抢先说道："内子从小生活在凉州，听南来北往的商旅讲了不少学院的传说，所以对学院仰慕已久。这次到布哈拉做生意，本是想顺路带她到学院瞻仰瞻仰的，谁料……唉。"

莫潘飞红了脸，低头的同时将手缩回，神态颇似初嫁人妇的少女。薄鼻见状，哈哈一笑，"可以理解，可以理解。我的那些撒马尔罕朋友都说，学院迟早会有这么一天，像你们二位这样抱憾的，又何止一个两个？"

"迟早有这么一天？"陈持弓扬起眉毛，"这又是什么意思？"

薄鼻清了清嗓子，向陈持弓探身，瘪着嗓子说道："我听说，越是尖端、越是能打仗的傀儡，就越是接近人……学院在做什么？学院在造人哪，这可是渎神！所以他们都在说，大食人是阿胡拉·玛兹达派来惩戒渎神者的——"

"胡说八道！"莫潘猛拍一下羊毛毯，脸涨得通红，"照你这么说，阿胡拉·玛兹达在惩戒学院之前就派大食人惩戒了埃及，惩戒了波斯，惩戒了木鹿和巴依肯特，那些被惩戒的人都是渎神者吗？"

薄鼻被莫潘吓得向后一仰，打翻了银杯，饮料泼洒了一毯子。他跳起来，一边咒骂着，一边唤人来收拾。

"你家这小娘子可凶得很哪，"他对着陈持弓低眉嘀咕道，"现在若不好好管束，以后恐怕是要……啧啧。"

是要什么？莫潘气得发抖，不自觉向薄鼻逼近一步。一个大男人不讲逻辑地乱嚼舌根，这样的人才需要好好管束吧！

陈持弓抓住她的手臂。她转头，看见他在对她摇头。

"忍耐一下。"他比了个口型。

这时，汽笛响了起来。是铁马修好了。薄鼻指了指队尾，

"后面那匹最大的铁马是用来载客和装杂物的,你们二位若是不嫌弃,就在那里面将就一下,至少要比骑马舒服。马也可以牵到后面的移动平台上,总能节省一些脚力。"似乎是怕了莫潘,交代完后,他就没有再说话。两人谢过,便匆匆上了铁马后面挂的车厢。

"对不起。"登车的时候,莫潘在陈持弓身后小声说。

陈持弓停了一下,没有回头,继续拾级而上。

车厢很大,瘦长的立方体形状,六面都以铁为骨架、木板填充,有轻微的弧度。除了上面开了两排不到一肘高的气窗,这黑黢黢的空间里就没有任何通风采光的设施。别说是没有通风采光的设施,就连给人坐或卧的家具也阙如,薄鼻显然是把所谓的"客"也当作货来拉了。不过既然是被收留的客,又有什么好抱怨的呢?他们朝车厢里走时,铁马终于开动起来,堆在车厢各处的杂物发出叮叮当当的合唱声,莫潘看了看,大致就是一些铁制工具、破旧衣服、空石脂桶、柴火捆和被虫蛀的毛毯。她从杂物堆里抽出一条毛毯,使劲拍了拍,随即被灰尘呛得咳嗽起来。正想觅处地方把毛毯铺了,坐上去休息一下,却猛然见到在车厢的最里侧,有一个石像般的人形。她好不容易才把"它"从周围的黑暗中辨认出来——是一个穿大袍、戴兜帽的人,从身架看应是男子,此刻他正盘腿坐在地上,一动不动,仿佛入定。

她转头低声对陈持弓说:"那里有人。"

陈持弓眯起眼睛,似乎费了很大力气才看到那一尊"石像","估计是和我们一样搭车的客,我们暂时不要打搅他吧。"

于是两人靠着车厢侧壁、在那人的斜对面坐了下来。挨着陈持弓，莫潘还是有些别扭的，本来就不熟识，又心思各异，刚才同乘一马、假扮成夫妻的经历，让这别扭又加剧了几分。想到还要与这名年轻男子同行，去往她从来没有去过的地方，她感到既恐惧，又有一种莫名的心安。她用余光偷偷瞄着他，他的后背贴着侧壁，眼睛紧闭，胸口微微起伏，毫无戒备的样子，好像是睡着了。于是她更加大胆地转头看他，她看到他脸上舒展的眉宇和微启的嘴唇，睫毛长而卷曲，在稀薄的光线下投出暗淡的影。她在这张脸上看到了孩子般的脆弱与温柔……睡着的陈持弓忽然让她想起了另外一个人，一个不需要把自己的孩子气藏在睡梦中的人。

伊嗣，你在哪儿？你还活着吗？莫潘的心提了起来。她竟然到现在才想起伊嗣，那个整天"好莫潘、好莫潘"地叫她，那个为她的生活平添了些许烦恼和快乐的男孩。如果他还活着，会不会因为她的无情而伤心欲绝呢？

陈持弓的眼睛在这时睁开了。她急忙转过身去，窘得脸颊发烧，正想说点什么来冲淡此刻的尴尬，却听见他说："抓紧时间休息，我们还有很长的路要赶。"

这才是我平日里认识的那个陈持弓，他和伊嗣终究是不同的啊。

她有些释然、又有些失落地想。

与他们同乘的人自称"无念"，奇怪的名字，无念说那是他的法号。无念是个光头，他说自己是河中地区唯一的佛僧，就住在河中地区唯一的佛寺里。佛寺在撒马尔罕和学院之间，昨晚他远远看到战火，想到被异域神灵征服的暗淡前景，就寻思着逃离这个地方，正巧遇到这支自南向北行的弭秣贺商队，于是便搭上了车。

"佛祖保佑，佛祖保佑。"无念双手合十，虔诚地说。

抛弃自己神灵的人会说出这样的话，着实有点儿好笑。可无念说，佛祖不是一尊佛像，一座佛寺，一卷佛经，而是一种理念。只要心中存着这一理念，就不算抛弃。莫潘问他是什么理念，他说："渡己渡人。"

无念又进一步解释，渡己渡人的意思，就是帮助自己和他人从尘世中解脱。莫潘问怎么解脱，无念说首先要破执。世界的万千色相是表象，这后面的"空"才是实在，要解脱，就是超越表象，进入到真正的实在之中，这就需要你打破对表象的执念。他说的话，莫潘不大懂，不过她曾听老师讲过，几乎所有的信仰都在追索世界的本原。许多解释在她看来简直莫名其妙，佛学的"空"倒是颇合她的心意。如果这个"空"不是不可言说的顿悟，而是某种坚实的算学结构，那就更好了。

"不过对'空'本身结构的追求，在释家看来，也算是一种'执'吧。"说这话的时候，老师的脸上有淡淡的笑意，"当含义指向它自身，算学也无能为力。"

含义指向它自身。莫毗多的故事里也出现了同样的话。莫潘感觉，对于莫毗多和金玄的事业来说，这是一句非常危险的话，在莫毗多说出了这句话后，两人的关系急转直下。不过，完全消化莫毗多的故事还需要时间，但她现在没时间考虑这个。

她注意到，陈持弓和无念很少交流，是因为对陌生人的天然敌意吗？可无念没少对她说话弘法。这是为什么呢？

"阿弥陀佛。小施主，你有慧根呀。"

无念对她说这话的时候，一旁的陈持弓好像轻轻地哼了一声。

商队拉的货物是银器和天青石，目的地是崇佛的高昌，无念说，那正是他要去的地方。不过从河中到西域还有很远，商队要在中途补充给养，顺带做一些买卖。下一站是怛罗斯，铁马日夜兼程要走七八天才能到。

"小施主，你们二位是要去哪儿呢？"

无念问莫潘，莫潘看向陈持弓。陈持弓头也不抬地说："凉州。"

"那还有好远哪。"无念叹道。

好远。莫潘默默地想。其实，她并不清楚自己要去哪儿。陈持弓曾经对她说，到了怛罗斯，她就可以在那里找到去撒马尔罕的商队，然后搭车回家。"我在撒马尔罕已经没有家了，"她黯然说道，"学院是我唯一的家。"这话并不完全准确，莫潘还有父亲和哥哥，自她记事以来，"家"都是由他们随身携带的。这几天商队路过了几座镜塔，但由于连日阴雨，守塔人也没收到最新的消息，她不知道父亲和哥哥还在不在凉州，也不知道学院现在的状况，所以究竟要去往何方，还需要从长计议。

再说，离开之前，关于陈持弓，她还有一些问题要搞清楚。

比如，他手里的钱。

这几天，莫潘和陈持弓吃喝都和薄鼻一起，饮食算不上精致，但至少酒肉不缺。莫潘了解商人，知道他们不会无缘无故做善事，便去问陈持弓。陈持弓沉默片刻，从怀中摸出一块正方形、巴掌见方的金色绸缎，说："因为我给他们看了这个。"

莫潘认得这东西。据说大唐立国之初，由于百业待兴，又缺少贵金属，曾经闹过一阵子钱荒。国子监的算学家想了个办法，就是把加密的货币信息，比如金额、发行量、发行年代和发行钱庄、特殊的防伪识别符等，编入固定大小的算帛，以特制的小型算机来识别上面的信息，做价值的交换和存储之用，唐人称之为"钱帛"。大唐律法保证钱帛可以在发行钱庄交换等额铜钱，这是人们信任它的基础。由于其本身的工艺复杂，造价不低，所以一般都存储了较大金额，平常多在商人商户之间流转，寻常人家是很少能见到和使用的。若不是有一个做生意的父亲，她也不会知道这大唐的精密玩意儿。

"莫潘啊，无论何种形态的钱，都是这个世界运转的润滑剂。"当时，父亲在她面前志得意满地挥舞着一小片钱帛，"大唐的生产和贸易之所以在开国百年间快速发展，这小小的绸缎可是功不可没啊。"

老师对此的点评则是："莫潘，这就是经纬学的力量。"

如今，这经纬学的力量就躺在陈持弓粗大的手掌中。

见莫潘低头不语，陈持弓又补充道："这钱帛他们已经验过，足够支付我们到凉州的食宿了。"

何止是足够。上了铁马的第二天，薄鼻就给他们送来了石脂灯、草垫、两床被褥和换洗的衣物——"润滑剂"果真抹平了世界的部分粗糙，莫潘想，父亲和老师说得都没错。至于与他们同车的无念，似乎并不羡慕两人的待遇。睡觉他就缩在自己的角落里，也不在身子下面垫什么东西，常常是盘着腿到天亮，就像莫潘初见他时那样。无念随身带着一只麻袋，他只吃装在麻袋里的东西，不过是些面饼和瓜果。商队扎营的时候，他会向别人借锅，煮大麦粥和鹰嘴豆，喝起粥来呼噜呼噜作响，仿佛流进嘴里的是人间至味。有一次莫潘过意不去，邀他一起用餐，他摆摆手，笑眯眯地说："阿弥陀佛。小施主的好意贫僧心领了，出家人不沾酒肉的。"

摆脱对物质的欲望，也是一种破执吧，莫潘想。陈持弓也不像对物质有执念的人，他哪里来的这么多钱？他用这些钱做什么，难道仅仅是购买安逸的生活吗？

她知道答案不会如此简单。几天的朝夕相处，让她感觉，陈持弓是一个越看越深的谜题，那种算学家会喜欢的谜题。

她下定决心要把这个谜题彻底搞清楚。

商队终于到了怛罗斯，可看眼前情形，却不像能轻松进城的样子。

从城门，一直到环绕怛罗斯城的怛罗斯河两岸，到处都是黑压压的人和铁马。陈持弓粗略地估计了一下，至少有两三千人，两百多匹铁马。他们在路上就已经遇到了同向而行的其他车队，少部分是商队，多数是从撒马尔罕、布哈拉以及南部诸城邦逃难的人。原以为，这条商路只会比平常拥挤一些，却没想到，涓涓细流在怛罗斯城下汇成人的汪洋，形势超乎所有人的想象。

"我去打听过了，这些人都是等着进城的。"天气闷热，豆大的汗珠从薄鼻的鼻翼上滚落，他一边说话，一边用手扇风，"怛罗斯的守军唯恐大食的细作混入,在城门口查验得非常严格,所以通关的速度很慢……照现在的速度,我们三天也进不了城。"

"所以说,怛罗斯人已经收到战争的消息了?"陈持弓问。

"应该是这样。"薄鼻看了一眼神情紧张的莫潘,又急忙补充道,"不过守军的口风极严,探不出他们掌握了多少信息。这几天只是偶尔放晴,我想啊,怛罗斯人不会从镜塔得到什么有用的情报,若是人力传递的战况,又应该快不过我们。"

薄鼻的分析没有错。莫潘压下了想要询问学院现状的冲动,举目远眺。越过人群,越过怛罗斯城黑灰色的高墙,她看到了镜塔的塔尖。在阴沉肮脏的天空下,它一动不动,不再吞吐远方的消息。信息的匮乏使每个人都风声鹤唳,尤其是在战争压境的阴云下。莫潘想,怛罗斯人就更是如此。怛罗斯是赭时国①的军事重镇,虽然城市不大,城墙却极高极坚固,又背靠群山,被怛罗斯河环绕,如同一枚固执的石子嵌在河中到西域的交通要道上。莫潘曾听老师说,大唐若要彻底控制索格底亚那,怛罗斯就是必争之地,对于有着同样野心的大食,也是一样。

"可是,'索格底亚那'的意思,就是'粟特人的土地'啊,"莫潘问,"他们为什么要在我们的土地上争来争去?"

"万事万物都要为生存竞争,这是世间最根本的道德,"老师笑着摸了摸她的头,"而土地是人类生存繁衍的筹码。"她总觉得,老师那时的笑容有些苦涩。

不过至少现在,怛罗斯还在粟特人手中。至于今后会如何,莫潘缺少这方面的想象力,便不愿去多想。

---

① 即昭武九姓中的石国。在今乌兹别克斯坦的塔什干一带。

当天晚上，商队在城外地势较高的开阔处驻扎。向下看，扎营在怛罗斯河和怛罗斯城之间的人和铁马俨然已经构成了一座临时小镇，白色的帐篷连绵成片，燃起的篝火和石脂灯如繁星点点，竟不逊城内的灯火。人的笑闹喧哗、热机运转的噪声、琵琶和筚篥①的旋律从"小镇"荡漾开去，把这寂寥的夜也涂抹得生机勃勃。这些人中的大部分，是在战争中流离失所的人啊，可就算这样，他们也要寻找活着的快乐。莫潘注视着熊熊的篝火想，也许这才是真正的生活吧。

那我以前对算学全身心的拥抱，又算什么？逃避生活吗？

"这样等下去也不是办法。"薄鼻走了过来，盘腿坐下，声音夸张地咀嚼着肉干，"我和几个头目商量过了，明天一早我们就出发，从怛罗斯城北边绕过去，直接走去西域的商路。"

"这中间的补给怎么办？"陈持弓问。

"我们先去碎叶，然后再沿天山北缘，顺伊犁河谷去高昌。"

莫潘一惊，"碎叶？"

"你这小娘子，又大惊小怪。"薄鼻嘿嘿一笑，像占了上风似的，"我们抢在所有人前面出发，说不定能赶上羊毛季，把在这里做不成生意的损失弥补回来。"

莫潘看向陈持弓，后者对她轻轻摇头，说："我听说，突骑施人夏季收获羊毛都是在热海②边的草场里，热海那么大，碎叶可不好找。"

"做生意嘛，总要碰碰运气。"薄鼻说，"而且我估计，苏禄可

---

① 簧管乐器，据说发源于龟兹，流行于西域，其声悲。

② 古湖名。即今吉尔吉斯斯坦的伊塞克湖，在天山山脉北部。

汗也在关注战争的消息,他应该不会离镜塔太远。"

莫潘轻轻扯了扯陈持弓的袖管,低声问道:"你们在说什么?碎叶那么大一座城,怎么会难找?"

陈持弓转头看她,"布真没和你说过?"

"说什么?"

陈持弓少见地笑了笑,"到时候你自然就会知道。"

莫潘太熟悉这种自以为藏着了不得秘密的表情了。为什么你也和哥哥、老师一样,把我当作小孩子?她正想发作,却忽然发现自己没法对此刻的陈持弓生气。他的笑容里有某种柔软而深邃的东西闪过,虽然只是一瞬,却如同河蚌敞开了它的壳。

河蚌应该知道这是危险的。

她低下头,脸颊发烫,"可是,如果碎叶城收到了布真的消息……"

"放心,没有人认得我们。"

"不——"莫潘欲言又止地摇了摇头。

"现在止步还来得及。"陈持弓看出她的顾虑,"到了热海,离家就很远了。"

"我说过,我没有家了。"

陈持弓深深看进她的眼睛。她撇过头去。

"喂喂,你们小两口说起悄悄话来怎么还没完没了了?"薄鼻咧着嘴,牙缝里的肉丝若隐若现,"你们有一整晚的时间说话,现在就陪老汉我喝几口酒吧。"

莫潘臊得满脸通红。陈持弓倒是若无其事地举起酒杯,咕嘟咕嘟就将葡萄酒灌下。莫潘看到,他的手轻轻按了按右侧肋下。那里似乎有什么东西，几天下来，莫潘发现，陈持弓会时不时关注那里。

每个人都藏着秘密，她想，我的怀中也有。

那卷算帛，没有老师的帮助，我能彻底理解它吗？

她看向远处的人和城，又抬头望了望天。乌云占据了大片天幕，月亮和繁星都隐而不见。地上的喧闹和天上的阴郁在同一个世界里拉锯撕扯，仿佛正在进行另一场战争，眼看就要分出胜负。

夏天的雨，又要来了。

第十四章　陈持弓

无念在说谎。

他说，那晚他去浮夜门宅邸，本来是要说服她交出金桃的。但是，浮夜门并没有被他说服。后来，钟声响起，他得知大食发起进攻，便自行逃了，在学院外恰巧碰到商队，就搭上了车。浮夜门宅邸后来失火的事情，他并不知道。

"至于那把火，"无念看了看熟睡的莫潘，低声说，"我猜是浮夜门放的，她带不走金桃，就索性把它烧了，自己则伪装成在大火中死亡，趁乱逃跑。"

"我不信。"陈持弓死死地盯着他，"没有拿到金桃，你怎么向影国的上峰交代？"

"哦？止观都跟你说了啊，这家伙。"无念笑了笑，"没法儿交代啊，贫僧这不正在逃命吗？"

陈持弓缓缓摇头。无念拍拍脑门，"好，既然你这么怀疑我，不妨说说你的推断，让我看看有没有道理。"

"大食人开始进攻时,你见说服不了浮夜门,就从她手里强行夺走了金桃,在抢夺的过程中你打死或者打伤了她。为了掩盖你的罪行,你放火烧了她的宅子,然后带着金桃逃跑了。"

"不错的推断。"无念轻轻拍掌,"只是有一个问题:如果是我抢走了金桃,那我把它放到哪儿了?"

这确实是一个问题。陈持弓皱起了眉头。无念抢走了金桃,一定会将它随身携带。这几天,他把这个车厢搜了个遍,无念的麻袋也没放过,除了一件僧袍和一些干粮瓜果,无念一无所有。陈持弓见过阿奴肚中那一卷卷厚重的算帛,金桃是孕育这些算帛的经纬学,规模一定可观,一个人是无论如何也没法将它不露痕迹地随身携带的。

"怎么样,没有证据,可不能轻易给人定罪。"无念眯着眼睛,"倒是施主你,竟然大大咧咧带着一个罪证。"

陈持弓不解地看着他。

无念用下巴指向莫潘,"就是她呀。这女孩儿我经常听浮夜门提起,她可是学院的宝贝、算学的希望之星。得不到金桃,把她带回大唐,也不算是一无所获吧。"

陈持弓哼了一声,"带上她,只是碰巧。"

"你的眼神可不是这么说的。"

"什么眼神?你一个和尚,怎么也会说这种藏藏掖掖的怪话?"

"是不是怪话,施主心里自然清楚。"

两人一时无话。铁马咯咯吱吱地走着,灯火摇曳,光影在莫潘的脸上跳舞,竟使这女孩儿沉睡的脸有了一丝难得的活泼。

这几天，她太压抑了。陈持弓暗暗叹了口气。抬起眼睛，正和无念意味深长的目光对上。他将脸撇开去，一半出于厌恶，一半出于防备。我的眼神……我的眼神怎么了？无念确实说出了我带上莫潘的动机，但是，我总感觉，这并不是事情的全部。我自己悟不出的东西，他可以在我的眼神里看出来吗？

想到这里，陈持弓的脊背掠过一阵森寒。

"不管是不是碰巧，到大唐的这一路可不是闹着玩儿的，你打算拿她怎么办？"无念问道。

"……这不关你的事吧？"

"咱们是盟友啊，你忘了？"僧人嘻嘻笑道，"既然都没有得到金桃，就相互扶持着返回大唐吧。我有种预感，在我们这个三人小组里，这女孩儿不仅不会帮上什么忙，反而会是你的软肋。"

"这可不一定。"

"你真的这么认为？"

陈持弓以沉默回答。

无念看看陈持弓，又看看莫潘，"哎，这就是执啊。"

"你说什么？"

无念摇头不语。

虽然依然怀疑无念，但就像他说的，没有证据，总不好给他"定罪"。在这一路上，这样的密谈发生过几次，两人有明枪暗箭的交锋，也有心平气和的讨论，陈持弓觉得，他在无念这里还是可以得到一些情报的。比如，关于影国，无念给他讲了一个很大的故事。想要蒙骗他，就必须编出和故事本身一样庞大的谎言。他实在想不出，这样做有什么必要，又有什么好处。

所以,就姑且信之。

"我要澄清你的一个误解。"在一天晚上的密谈中,无念说,"我没有什么所谓的'上峰'。说出来你可能不相信,影国是个松散的组织,不存在你熟悉的那种等级结构。"

"我不相信。"陈持弓说。

无念露出"我就说吧"的表情,"首先,你要明白,比起一个组织,影国更接近一个理念。"

"理念?"

"人类的历史应当由理性来主导,而非暴力。"

"理性……暴力……"陈持弓喃喃道。

无念点点头,"这一理念几乎在大陆的几个先进文明中同时萌芽,比如希腊、天竺、波斯和中国,究竟是天启、巧合,还是时代使然,都已无法考证,毕竟那是一千多年前的事了……而只有当大陆诸国的思想开始接触和相互了解,理念才具备了转化成行动的条件。影国是由秉持相同理念的大陆先哲们建立起来的,其存在的基础是信息的联通。先哲们同样意识到,充足的信息也是克服蒙昧、孕育理性的土壤。所以影国的一个目标就是促进信息在大陆上的流通,而它之所以具备这样的能力,正是因为它掌握了远超任何一个单一政治实体的海量信息。在分析和利用这些信息的基础上,它对历史施加了举足轻重的影响。"

"这些影响从未被正史记录,"陈持弓若有所思地说,"所以人们称之为'暗历史'。"

"看来你对影国并不是一无所知啊。"无念说道,"但是你可能不知道,所谓的'暗',并不是指黑暗,而是晦暗。对于大多数人来说，影国就是蛰伏在历史迷雾中晦暗不清的怪物。对它抱有恐惧乃至敌意，虽然不那么令人愉快，但也是人之常情。"

"说了半天，你并没有解释影国为什么不存在等级结构。"

无念用指肚摩挲他长满青色发茬儿的头顶，"我马上就要说到了啊……影国一开始是有严密组织和等级结构的，就像大陆上所有的国家一样。可是陈持弓，你能想象强大无匹的信息力量集于一人之手时的恐怖吗？这样的情形在影国的历史上曾数次发生，结果就是在组织内部，暴力压制了理性，影国化身它想要杀死的恶龙，最后险些将自己吞噬……为了避免这样的事情一再发生，我们采取了一种松散的组织形式——如今影国各成员之间的关系，是基于共同理念的联盟，而非以权威和暴力维系的层级。"

陈持弓想了一会儿，"这样的组织怎样运作，我没法想象。"

"在镜塔形成规模之前，我们也没法想象。"无念说，"不过这就是另外一个故事了。"

"……所以你指望我相信你的故事？"

"我的故事有严密的逻辑，你没有理由不相信。"

"是吗？"陈持弓又看了一眼莫潘，她的嘴角嚅动着，似乎在说着什么，"既然影国那么警惕暴力，为什么会和所有崇尚暴力的大国一样，追求能够带来新型暴力的金桃？"

无念笑笑，"这很好解释。金桃落到我们手上，总要比落到你说的那些大国手上好得多，不是吗？"

陈持弓沉默了。他在无念的话里挑不出什么漏洞，但他总感觉，无念并没有说出全部真相。章祭酒曾经说过，有选择地说出部分真相，也是一种欺骗。不过无论是他还是无念，都没有对彼此真诚的义务。他相信，无念和他一样，也有重要的使命在身，为了完成使命，他们会不惜欺骗和杀戮。

对敌人如此……对朋友亦然。

"老师，我会保护你的！"莫潘忽然挥舞双手，大喊了一声。陈持弓回头看她时，无念已经缩回了他的角落，再次化身为沉睡的石像。

虚惊一场，是女孩儿在说梦话。

莫潘，我是你的敌人还是朋友？陈持弓的心口微微刺痛。这世界上，又有谁来保护你呢？

离开怛罗斯之后，商队又走了十天，终于到达热海边。天也在此时难得放晴了。当莫潘从车厢中走出，第一眼看到这个高山湖泊时，陈持弓听见她倒吸凉气的声音。任何人第一次见到眼前的景色，都会如此吧，陈持弓想，何况是鲜少见到巨大封闭水体的河中人。热海广阔碧蓝，在天山雪峰和苍翠草场的环抱之中，犹如溅落在大地上的天空碎片。从漫天遍野的灰黄中一下子跳入绚烂的颜色，会让人眩晕，甚至怀疑其存在的真实性，这是一种醉酒般的状态，此刻的莫潘就是如此。她向前跑了几步，又慢下来，直至停步，上身由于惯性微微摇晃。然后看脚下，看远方，最后回过头。

"陈持弓，这就是热海？"她颤抖着问陈持弓。

"对，这就是热海。"陈持弓回答道。

"它好美。"

陈持弓点头。

她的脸色忽而有些暗淡,"怪不得乌玛依舍不得离开家乡……"

"乌玛依?"

她使劲摇了摇头,笑容又重新在脸上绽开,"我先过去看看!"

然后她就跑了过去,兔子一般。陈持弓听到薄鼻在他身后呵呵呵地笑。

"你家这小娘子,除了脾气怪了点儿,倒是蛮可爱的。"

陈持弓哼了一声,警惕地瞥了薄鼻一眼。

薄鼻收起笑容正色道:"我们沿热海的南缘向东走。这一带的镜塔多一些。"

"嗯。"

陈持弓随商队到了湖边时,莫潘已经卷起裤管,光脚踩在水里,两截雪白纤细的小腿在波光粼粼的水面上明晃晃的。或许是因为初夏的热海依旧冰凉,又或许是因为水下的石子扎脚,她瞪着绿宝石般的眼睛,龇着牙,表情混合着疼痛和欢悦,竟有一种摄人心魄的、生动的美。

"陈持弓,"她向他招手,"这水是咸的!"

"啊?"他有点儿愣神,"哦。"

"你不下来感受一下吗?"

"不了。谢谢。"

莫潘努了努嘴,猛然踢出一脚,水花飞起,在空中碎裂开来,飞溅到陈持弓脚边。他向后退了一步,莫潘咯咯直笑。

他也笑了笑，心头弥漫着奇异的痒。

短暂地驻扎后，商队继续前行。薄鼻的判断很快得到了证实，他们在热海南缘发现了凌乱的车辙、被啃食殆尽的草皮、人和动物的粪便、被丢弃的石脂桶和食物残渣。人活动过的痕迹占了如此大的一块草场，使这里看起来就像一座被遗弃了的，没有高墙、街道和房子的空城。

"这里确实曾经是一座城，"陈持弓对莫潘说，后者正坐在毯子上，用毛巾擦脚，"而且是草原上最伟大的城。"

莫潘卷下裤管，双手抱膝，"你是说，这里是碎叶城？"

"曾经是。"

她瞪圆眼睛，"碎叶城被毁灭了吗？"

"不，碎叶城离开了。我们马上就会找到它。"

话音刚落，就听到有人喊："前方看到烟柱！前方看到烟柱！"

所有人都跑到了队伍前面，争夺单筒镜。陈持弓用手搭起凉棚，极目远眺，只看到热海边一片模糊的烟云。

"是好多条黑色的烟柱，聚在天上就像乌云一样。"身旁的莫潘说，"那是什么？"

他放弃了看清烟云的努力，"那就是碎叶城。"

莫潘又眯眼看了一会儿，然后震惊地说："碎叶城在移动！"

"不然呢？"他笑笑，"你看到的，可是草原上最强大的游牧民的牙帐。"

商队用了近两个时辰追上向东移动的碎叶城。远远看去，碎叶城是一叶在陆上行走的巨大木筏；如果离近一点，你会发现它是由成百上千个木制小型移动平台拼接而成的大型平台，平台正前方成排的热机吐出黑烟，平台上白色帐篷林立，人畜往来穿梭，热闹非凡。"苏禄可汗是大陆上对技术最为热衷的君主，没有之一。"陈持弓对莫潘复述章祭酒对他说过的话，"碎叶城是由无数陆上浮舟拼接而成的超级浮舟。这个原理很好理解，在技术上实现的难度却非常高，没有巨大的决心和财力支持，是不可能做到的。"

这句话凭空说出来，似乎有些缺乏说服力。陈持弓在莫潘的表情中看出了这一点。不过随着商队的铁马接近碎叶城，接驳在所谓的"马头"，继而被碎叶城向前拖行后，她会发现陈持弓所言不虚。

"每个小型移动平台都有好多个车轮。"陈持弓指着距离他们最近的平台，"莫潘，你仔细看一下，每个车轮和平台的连接处都有一套由弹簧、连杆和齿轮组成的机械系统，这样在地面有起伏时，单个平台也能保持大致平稳，不至于从大平台上脱出，或者损坏和其他平台的连接部分。"

莫潘凝神看了看，然后点头。

"平台的相互连接是另一个难题。"他继续解说道，"既要有一定的灵活度，确保连接部件不会在压力和拉力下断裂，又要牢固地把它们连接在一起。为此，苏禄可汗特地邀请大唐工匠为他设计了一种钢制榫卯结构连接件，这种连接件工艺复杂，需要使用坚韧的钢材，又极费人工。一个平台上有四个这样的连接件，据说一件的价格就超过十匹西域良马，大唐在这桩交易中赚得盆满钵满。"

莫潘咋舌。

"但这还不是难度最高的部分。"他将目光投向碎叶城前进方向上的浓烟,"为了便于分离时快速机动,每个平台都有独立的热机和转向驱动系统,而当平台全部或者部分组合起来,如何最有效地协调独立热机,使之统一步调,让碎叶城的设计者伤透了脑筋。比如,你现在看到碎叶城在向东移动,是因为最东端的上百个小平台在同时拉动。这是比较简单的直线运动。但是,如果碎叶城要立即向右转弯、急停甚至沿曲线前进呢? 各平台的热机若自行其是、不加以协调,就可能导致碎叶城达不到机动目的,甚至彻底瘫痪。"

莫潘低头想了一会儿,恍然大悟道:"这是一个算学问题! "

陈持弓赞赏地看着她,"没错,而且这个算学问题需要综合所有热机的位置和运动信息,即时解决,快速下达命令,这是人力绝无可能做到的……"

"算机! "莫潘脱口而出。

"对,算机。"他点了点头,"每个平台上的每台热机都配有一台算机,平台独立行动时,算机就是它的控制中枢。当平台组合在一起时,这些独立算机则会向碎叶城的中央算机发送信息,中央算机处理所有数据并对独立算机发布指令,协调每一台热机的转向和动力,实现碎叶城高效的整体运动。"

"可是,独立算机和中央算机之间要怎样传递信息呢? "莫潘问。

"你看。"他指向平台上一根蜿蜒的钢管,"每台算机都连接着这样一根钢管,钢管里是蚕丝,蚕丝又连着辨音瓷。当平台连接在一起时,各个平台的钢管也对接在一起。由于碎叶城是移动的,这种对接不是彻底咬合在一起,而是形成一个相对密闭的空间。算机里的信息通过蚕丝的振动传导给辨音瓷,辨音瓷的振动又变成声音激活相邻平台的辨音瓷,进一步转换为宫音和羽音的二态振动,最终将信息通过蚕丝传递至下一台算机,依序接力,直至中央算机。"

莫潘瞪大眼睛,"这……太有意思了。所以平台上的算机相当于镜塔,蚕丝相当于光,辨音瓷相当于镜片——我可以这样理解吗?"

"你的理解没错。对于信息来说,载体并不重要,重要的是组织形式。经纬学是当今一切信息组织的基础,如果说镜塔是大陆的宏观经纬学信息系统,那么碎叶城的算机就是它的微缩版。"陈持弓骄傲地挺起胸膛,"其实,碎叶城的信息系统是受长安城的启发而设计建造的,长安城里的瓷丝振动传信系统,比它还要远为精致复杂。"

"哇。"莫潘低声赞叹,"可是陈持弓,为什么你对这件事情会这么清楚?"

他愣了一下。是啊,我有些得意忘形了。到目前为止,在莫潘眼中,我还只是一名护卫。

"这是上次到碎叶城的时候,可汗的算学家对我们说的,我只是复述原话而已。"

"上次到碎叶城……哦,对,"莫潘忽然垂下眼睑,"你们是来碎叶城借兵保护学院的。"

两人瞬间无话,似乎都意识到,刚才思绪的恣意飘扬,不过是一场逃避现实的共谋，他们终究要回到这个沉甸甸的世界。
这时，薄鼻走了过来。

"怎么啦？"他大大咧咧地问，"小两口吵架了？"

"不劳您操心。"陈持弓冷冷地说。

薄鼻不以为意地耸了耸肩膀，"我们要进碎叶城了。羊毛交
易估计会持续两三天，这段时间里，你们可以在城里随便逛逛，
别走丢就好。"

"阿弥陀佛。"无念不知什么时候站到了他们身后，"贫僧也
正要去城里弘法，顺便化缘。"

"大师，"薄鼻笑道，"突骑施人给你的东西，你可不一定敢
吃啊。"

无念双手合十，"随缘，随缘。"

薄鼻和无念走了之后，陈持弓对莫潘说："我们也去城里逛
一下吧。"

"可是，"莫潘面露犹疑之色，"要是突骑施人收到布真的
消息……"

"不会的。天才刚放晴，碎叶城应该还没有收到镜塔的消息。
再说——"陈持弓低头看了看身上的衣服，这是薄鼻给他的便
服，此时他披发左衽，蓄了一脸胡须，看起来倒更像个突厥人，
"再说，没有人会认出我们。"

"可是——"莫潘欲言又止，"好吧。"

他们从马头进城——"马头"这个词，是突骑施人仿照"码
头"所造。这两个在汉语里同音的词，所指的意义也相近，只不
过一个是陆上泊舟，一个是水里停船。再加上又有马的意象，很

为突骑施人所喜。另一个新造的词，叫作"狼首"，指的是在碎叶城前进方向上拖曳的平台，狼首的方向就是碎叶城的方向，就是这个强大部族的方向。

"突骑施人有狼一样的贪婪和狡诈，是大唐最危险的潜在敌人。"出发前，义父曾对陈持弓说，"持弓，你此次去碎叶，若能探查一下城里的情形，相信对以后的战争一定会有所助益。"

上一次来碎叶他寸步不离伊嗣身边，没找到机会在城中探查。这一次，倒是可以好好看一看了。任务优先，莫潘的疑虑是什么，他实在没有心思去搞清楚。

马头热闹非凡。不同商队的人都在忙着往来搬运货物。从马头搬向碎叶城市场的货物有各式铁器、石脂桶、宝石、玻璃、木材、香料、金银器、瓜果蔬菜、天竺和拂菻的工艺品，搬进马头的东西则是奶制品、羊毛和一卷卷的兽皮。相貌各异的人们在现场结算交割，几乎都在使用大唐的钱帛和手摇式钱帛核验算机。

"如今这生意真是难做，"人群中，陈持弓听到一位商人用粟特语抱怨，"这钱帛日益贬值，我们跑这一趟快要没钱赚了。"

"听说大唐的新皇帝降低了钱帛可兑换的铜钱量，"另一个年轻些的声音说，"结果就是等值的钱帛只能买更少的商品，我们用这钱帛交易，等于是被大唐薅了羊毛。"

"那能有什么办法？所有人都认钱帛，大唐的国力至少能保证它不会变成一块废布。"

"嘿嘿，这可不好说。我听说新皇帝继位后，大唐政局不稳，长安城里很多商人都跑去钱庄兑钱，搞得人心惶惶，新皇帝一怒之下命官府把带头的几个商人抓了去呢。"

"啧啧，这世道……我看啊，这大唐也是内忧外患，咱们还是趁早囤点儿硬通货，说不定还能趁乱发笔小财。"

"就是就是。"

真是无商不奸。陈持弓举目四顾寻找这二人，却很快就被密集的人流裹挟而去。

出了马头，才算真正进到了碎叶城中。这座不停分解、组合的城市不存在真正意义上的道路，叫帐篷的间隙还差不多。虽说是间隙，其实宽敞得很。陈持弓暗暗算过，平台是正方形，边长约十步，上面一般只支四个帐篷，中间则是算机、热机和金属储料箱。在这些设施之外，就都是人和牲畜活动的空间。平台与平台间的连接处有缝隙且大小不停变化，经过时须得小心，不过突骑施人早已适应，就连追逐打闹的孩童，也能在这颠簸起伏的陆地之舟上往来自如。除了帐篷和算机，平台上还留有大片的空地，用来堆放物品和圈养牲畜。两人信步走到一个平台上，看到一大群刚被剃了毛、咩咩叫的绵羊。热情的牧羊人用突厥语对陈持弓介绍，碎叶城停止移动时，他们会把羊啊马啊这些牲畜赶下平台，让其自行到草场觅食——那人一定是把陈持弓当成其他部族的突厥生意人了。

"可汗用最新的技术，过着最传统的生活。"陈持弓低声评论道。

莫潘沉默片刻，问："那么技术的意义是什么呢？"

陈持弓愣了一下，接着摇了摇头，"不知道。"

是啊，对于苏禄可汗来说，技术的意义是什么？拥有更大的草场，养更多的羊，然后呢？驱动人们的，有时候并不是要什么东西，陈持弓想，而是"要"这个行为本身。

又或者，可汗有着超出陈持弓想象的野心。

他们继续向城里走。和外围的随意不同，越靠近中心，帐篷的布局就越规整，同时颠簸和形变也越小，有了寻常意义上城市的样子。陈持弓留意的事物终于开始陆续出现：那是一队队着软甲、挎弯刀的精壮男子，毛发油亮、打着响鼻的战马，被黑色油毡罩起的大批物资。他怀疑其中有许多门霹雳旋风炮、炮弹和装满石脂的木桶。上一次来的时候，伊嗣曾随布真觐见过苏禄可汗，陈持弓随行。他那时就已经大致清楚，碎叶城虽然不停分解组合，但是以可汗金帐为中心的核心区域是相对稳定的，这里有中央算机，有行政机构，有战备物资，是碎叶城的心脏。上次他来的时候，这颗心脏是在慵懒地跳动着的，而此刻，它明显地提高了搏动的速度和力度。

男人们的步伐和目光都变了。陈持弓的手心冒汗，下意识捏了捏胸口那颗小小的硬块。突骑施的男人们平时是老实巴交的牧民，战时则是骁勇善战的骑兵，这些肚子里没有曲曲折折的人，简直是把战事已近的消息挂在脸上了啊。

"陈持弓，我们回去吧。"他听见莫潘在身后说。

"再往前走走。"陈持弓说，"你还没见过可汗的金帐吧？"

莫潘咬着嘴唇，摇了摇头。

可是没走几步，他们就被守在帐篷间持刀的士兵厉声拦住，说不能再向前了，须速速折返。陈持弓此时基本可以确定，苏禄可汗正在酝酿着大动作。上次走到有士兵戒备的区域，金帐已经清晰可见，而这次，他连金帐的尖顶都没看到。

可汗扩大了碎叶城的防区。

"对不起啊，我们走错路了。"陈持弓用地道的突厥语说，"这就回去。"

两个人往回走的时候，莫潘似乎松了口气。这时，一队骑兵从防区的方向奔出，他们一行有五人，其中四人身形矫健、盔甲锃亮，一看便知是精锐；最中间的那位没有披甲胄，穿窄袖窄腿的胡服，颜色甚是亮丽。陈持弓虽然没有看清那人的脸，但料定是名女子。果然，当骑兵们从他面前经过时，在嘚嘚的马蹄声中，他听到女人爆出一阵笑声，那些簇拥她的人也跟着笑了起来。她的笑脸从男人们反射着哑光的头盔和肩甲间露了出来，那是一张年轻饱满的脸，线条硬朗，但并不难看，还带着一丝雍容。

他和女人短暂对视，然后立即移开目光。莫潘也向后退了一步。他回头，见女孩儿将手按在胸口，低声舒了一口气。

"你是不舒服吗？"陈持弓用他最温和的语气问道。

莫潘摇头。

两人走出几步，渐渐远去的马蹄声又再次靠近。陈持弓还未搞清状况，这队骑兵就将他围了起来。女人驾马挺在最前，面无表情地俯瞰着他。

糟糕！我一定是被人认出来了！陈持弓暗叫不妙，反手摸刀——他的手被另一只手按住，那只冰凉柔软的手又轻轻攥了他一下。少安毋躁。他懂那只手的意思。

莫潘从他身后向前走出几步，"乌玛侬，好久不见。"

马上的女人笑了笑，"确实是好久了呢，莫潘。"

第十五章　莫　潘

　　认真计较起来的话，这事还是因浮夜门而起。是浮夜门最先和她的算师说，莫潘在算学上的天赋不逊于莫毗多，若能好好雕琢，也许会取得超越莫毗多的成就。那时的莫潘本就因为得到浮夜门的偏爱而受到许多同学的羡慕乃至妒恨，此话一出，再经过添油加醋的演绎，就更是不得了了。她成了学院里小小的名人，被人称为"莫毗多二世"，这个不知是出于无心还是恶意的称呼，给她带来了无尽的烦恼。

　　说是无尽的痛苦，或许更贴切一些。

　　莫毗多是学院的第四任院长，她进入学院之前和卸任院长之后的经历，被学院刻意隐藏了，这两段经历成了市井传说的沃土。不过，传说有时候并不是空穴来风，就比如，有人说她在进入学院前是一名不净人，这个是真的，在浮夜门交给莫潘的算帛里写得清清楚楚。莫潘有时会想，莫毗多其实终其一生也未走出她的童年和少年，她对无穷的"执"，就是在她无数次仰望寂静之塔、思考生与死时种下的。这种"执"给了她一窥世界底层结构的能力，也铸就了她悲剧的结局。

当然，关于她的结局的传说很多都荒诞不经，不是因为编造者太过拙劣，而是因为这涉及她的全部思想体系。想要厘清她的悲剧，编造者至少要在算学上达到一定的造诣，而一旦达到这样的造诣，进而理解了她悲剧的根源，也就不会有心思去编造故事了。

莫毗多的结局关乎世界本身的荒谬。这是莫潘在痛苦思考后得到的结论。

不过在三年前，她还并不了解这一切。一个不净人的传说已经让她够难受的了。有人说莫毗多之所以身为不净人，是因为算学天赋过于优越，遭到了神灵的嫉恨，所以才给了她一个低贱的出身。莫潘身为"莫毗多二世"，她的身份自然值得怀疑。尽管莫潘有一个大商人父亲，但是她的父亲为什么很少来看望她？为什么她和她的父亲长得一点儿也不像，尤其是那双可怖的绿眼睛？你莫潘能自证清白吗？不能的话，你就是不净人——这是个蛮不讲理的逻辑，可悲的是，人们就是喜欢用这样的逻辑去挤对别人。莫潘无能为力，只能任由人们编织关于她的黑暗传说。

"莫潘，你的铃铛呢？"

在饭堂对莫潘说话的人是野那。不净人的传说传开以后，这是野那招呼她的惯用语。野那和她同岁，父亲是一名并不算富裕的铁匠，几位哥哥都是体力劳动者，家里把她送到学院，是想培养一位靠脑子吃饭的上等人。这个女孩儿简直就是莫潘的反面,过早发育成熟的身体,过少的学术天分,家庭赋予的、过于不切实际的期望。然而莫潘感觉,野那欺辱她,并不是出于嫉妒,而是出于一种践踏他人的快感,甚至纯粹的表现欲。

"喂,我和你说话呢。你的铃铛呢?"

莫潘向旁边挪了挪,可野那又不依不饶地靠了过来。

"来,让我看看,我们的莫毗多二世在吃什么呢?哟,是河鱼,怪不得你那么聪明,原来是因为爱吃鱼呀……"

话音未落,野那一扬手,把莫潘的餐盘打翻在地。饭堂里一阵寂静,随即爆发出一阵哄笑。

"哎呀,真是不好意思,不小心把你的午饭打翻了。"野那夸张地以手掩口,"再去买一份吧,要不下午干活儿的时候,该没力气了。"

又一阵嘻嘻哈哈。野那对她挤了挤眼睛,好像是与她合作完成了一出好戏。

"我说,还是你帮她再买一份吧。要有河鱼的那种。"

她和野那都把头转向声音的来源,是个黑发黑肤、身材中等的女孩子。她认出,那是刚来学院没多久的新同学,苏禄可汗的女儿,乌玛依。

一位真正的大人物。

野那坐在原处,没有动。

乌玛依向前走了几步,其他人识趣地闪出空当,她在野那身边坐下。

"我说,你把人家的餐盘打翻,理应要赔的。"她冲野那笑了笑,"这样简单的道理,还需要我来教你吗?"

　　"用不着你来管闲事。"野那咬着牙,低声回道。

　　乌玛依不说话,只死死地盯着野那。那是一双棕黄色的眼睛,来自荒野和荒蛮,让人想到独行的狼。时空仿佛在乌玛依的凝视下静止了,静止以她为圆心快速扩散开来,刚刚还热闹非凡的饭堂一时间鸦雀无声,甚至连莫潘,也感觉到了她目光中摄人的压迫感。

　　莫潘看到,野那的额角上滚下了晶亮的汗珠。

　　"买就买。"野那嘀咕了一句,从机械傀儡处端来餐盘,掼在桌上,和几个死党一道快快离去。乌玛依走向相反的方向,所过之处,女生们纷纷避开,如同狼入羊群。

　　她回到自己那一桌,独自用餐。

　　是孤独把两个截然不同的人联系在了一起啊,莫潘想。初到学院时的乌玛依有一种野蛮的高贵,单是那独狼般的眼神,就已经让很多人敬而远之了。如果不是相似的孤独,她们会成为那么要好的朋友吗?

　　或者,这一切可能并没有莫潘当初想的那么复杂,她们只是因为共同的敌人成了朋友。现在想来,野那本不是敌人,她身份的蜕变,是在乌玛依主导的暴力螺旋中实现的。

　　树立野那这个敌人,乌玛依是无心插柳,还是有意为之?

　　莫潘看了看身边熟睡的女人,在石脂灯的映照下,她的面容沉静,呼吸细密。三年前也是这样,她似乎总能在沾上枕头的一瞬间就把生活中那些烦扰、那些环环相扣的过去和未来扔得一干二净,迅速而又踏实地入睡。"草原上没有'失眠'二字,"乌玛依曾说,"突骑施人的生活只有当下,容不得你想那么多。"

乌玛依有她的一套"当下"哲学,这套哲学简单高效,可以快速解决眼前的问题。饭堂那件事后过了几天,野那又向莫潘寻衅。这次是在上完课后抢夺她的笔记,莫潘不给,便被野那和她的死党推搡在地。莫潘记得,也是在开满桃花的小院里,可汗的女儿仿佛从天而降。

"我说,你们可真够恶心的。"乌玛依用她口音浓重的粟特语说道,"这么多人欺负人家一个,不害臊吗?"

没人敢直面她的眼睛,包括野那。

"这件事我不知道是非曲直,"乌玛依继续说道,"这样好了,你们一对一解决。谁上?"

那天莫潘被野那揍得七荤八素,笔记也拱手让人了。面对高大早熟的野那,即使是一对一,力量上的差距也太过悬殊。整个过程中,乌玛依不发一言,只是用目光镇压野那那帮蠢蠢欲动的死党们。结束之后,看着野那得意离去的背影,乌玛依对鼻青脸肿的莫潘说:"我说,你很弱啊。"

莫潘凄苦地哼了一声。

"这样吧,你教我算学,我教你技击之术,包你打赢那个傻大个儿,怎么样?"

莫潘想了一会儿,然后点了点头。

"我叫乌玛依,你是叫莫潘吧?"乌玛依向她伸出了手,"很高兴认识你。"

莫潘也伸出手,"很高兴认识你。"

她们的友谊由此开始。

莫潘怀念那段和乌玛依从陌生到熟悉的岁月,对她来说,那是一种类似算学推理的过程。一个陌生的人由一条又一条假设构成，你所要做的，就是在规则内证实或者证伪这些假设，勾勒出这个人内在宇宙的真实结构。真实的乌玛依是什么样的呢？莫潘又看了一眼身边熟睡的女人，嘴角不自觉地勾起一个微笑。那时的乌玛依还是个没长大的孩子啊，谁知道她用了多少气力才营造出那仿佛与生俱来的侵略性气场。

"好莫潘，快告诉我，这道问题该怎么解？老师讲的，我怎么听不懂啊？"

还是孩子的乌玛依一只手用炭笔点题，一只手托腮看着她。两人独处时，乌玛依随和爱笑，完全没有平时的气场，这让莫潘感到轻松。更令莫潘喜欢的一点是，乌玛依从不掩饰自己在算学上缺乏天赋的事实，正如莫潘也可以坦然地承认，学习技击之术的过程犹如酷刑。唯有箭术除外，她学习起来颇为轻松，乌玛依为她指定的箭术老师布真说她有一双鹰眼和稳定的肌肉。击败野那已经是一年后的事了，这一年中，她们几乎形影不离，吃在一起、玩在一起、学在一起。有好多个夜晚，莫潘会偷偷跑去乌玛依独居的宅子，躺在同一个温暖的被窝里彻夜聊天，在清晨来临时沉沉睡去。总会有肢体上的亲密接触，拉拉手、挠挠痒、有意无意地碰触、小兽般厮打，对彼此身体的好奇是对自身好奇的投射。这些小心翼翼的试探会令莫潘面红耳赤、羞愧难当，而乌玛依会捏她的鼻尖，说："莫潘啊莫潘，我已经没办法了，还是等男人来教你吧。"

"教……什么？"

"等你嫁人的时候就知道了，别这么着急啊，哈哈哈。"

"你——讨厌！"

就这样，两个人笑闹着，再次扭成一团。

有时候，莫潘会想，她和乌玛依的亲密早就超越了单纯的友谊，对于超出的部分，她不想去探究，也缺乏算学上那种追根究底的勇气。

"莫潘，你怎么还不睡？在想什么？"

莫潘身体一震。随着碎叶城不断摇晃的床上，乌玛依不知何时醒了，正侧身看着她。

"想我们在学院中的岁月。"她说。

"学院中的岁月啊……"乌玛依叹息一声，"就像前世一样遥远……"

"你都走了三年了。"

乌玛依温柔地看她，"这三年里，发生了很多事情吧？"

莫潘点头。乌玛依在学院待满一年后就走了。"我要回去了，莫潘。"告别时她说道，"爹爹需要我。"强大无比的苏禄可汗为什么会需要他十四岁的女儿呢？莫潘不懂。不过这些都不重要了，在乌玛依走后的三年里，她长高了不少，学会了独自面对恶意和暴力，也经历了无助与幻灭。如今的她，尽管还保留着优柔寡断的部分，但已然是另外一个人了。

改变的又何止是她？眼前的乌玛依，也多少有些陌生了。

"莫潘，能再见到你，我真的很高兴。"乌玛依说。

"嗯。"莫潘心虚地应了一声。之前，她对乌玛依撒了谎。她说那天晚上大食进攻学院，伊嗣的护卫陈持弓趁乱带她逃了出来,搭上商队的车,布真和大食人战斗的情况,她并不清楚。

"那个人……陈持弓……他怎么样?"她支吾着问。

"你放心,他现在很好。"乌玛依的语气忽而转冷,"不过,如果真如你所说,他是擅离职守自行逃跑的话,那就是另外一回事了。"

"不、不是这样的!"

乌玛依笑道:"怎么? 你为什么这么关心他? 他只是一个大唐护卫而已。"

"我……"莫潘一时语塞,"如果、如果没有他,我不可能活着到这里。"

"一码归一码。他的首要职责是保护波斯的贵人。再说,他带你逃跑,说不定是在打什么鬼主意。"

"乌玛依,你不了解他……"

"哦,我忘了,他是和布真一起去学院的,到大食进攻为止,他在学院也有几个月了吧? 你确实有时间了解他。"

莫潘看向乌玛依,她最好的朋友。石脂灯的光线不停摇曳,她看不清她表情的细节。乌玛依的话里似乎有更多的意味,然而此刻她心乱如麻,根本理不出个头绪。

"不说他了,讲讲你自己。"乌玛依的语气柔软下来,"这三年里,你过得好吗?"

她下意识点头,想了想,又摇头。

"是野那又欺负你了吧?"

"你走了之后,我打赢了她……两次。"莫潘说,带着一点莫名的骄傲。第一次是单挑的胜利。乌玛依刚走不久后,莫潘去找野那要笔记。那时可汗女儿的余威还未散去，所有人都自觉遵守了她留下来的规则，一对一。死党们瞠目结舌地看着莫潘闪展腾挪，一次又一次用拳头击中野那的下巴和肋部，将她绊倒，锁住她的咽喉，直到她讨饶。乌玛依教给莫潘的技击之术其实更为狠毒，是战场上的搏命手段，但莫潘下不去手，她只想要回自己的笔记。现在想来，这一次不彻底的胜利为两人下一次更为激烈的冲突埋下了伏笔。

乌玛依来了兴致，她一只手支着头看莫潘，一只手把被子拉到胸口。

"你用了两次才把她打服吗？"

"第二次，我差点儿把她打死。"

"你第一次就应该这么做。暴力只能用暴力来终结。"

暴力。莫潘愣了一下。暴力使人超然，你要警惕。她想起陈持弓对她说的话。

"我现在都在后悔对她下了那么重的手，"她说，"她只不过是爱欺负人而已，但并不是敌人啊……"

乌玛依皱着眉，摇了摇头，"莫潘，如果她这么对我，我一定会把她视为敌人。哪怕所有的恶都事出有因，只要有人对我或我的亲朋做了恶事，我不会去寻找他行恶的原因，我只会将他击败或者消灭。在合适的时间把暴力用在合适的人身上，这才是我所理解的慈悲。"

莫潘吞了口唾沫，但是仍感到喉咙干渴。三年不见，乌玛依终于把她的哲学转化成了莫潘能够理解的语言。老师曾经说过，当某种模糊的认知最终拥有了语言的形式，比如文字或者算学表述，它就会变成坚硬的现实。

可莫潘不希望这种哲学变成现实，至少不希望它变成乌玛依的现实。

"我说，如果我留在学院，你的日子会好过一些吗？"乌玛依忽然问道。

莫潘点了点头。

"这三年来，我经常会想起学院的一草一木，想起你、浮夜门院长，甚至野那。在学院的那一年，大概是我人生中最快乐的时光了。谁不想躲在这样的时光里呢？"乌玛依有瞬间的失神，不过很快又聚起了目光，"可是人生在这世上，就有自己的责任，这是不能逃、也逃不开的。"

可是我逃了，从那个被我当作家的地方。莫潘满腹愁肠地想。

"乌玛依，你的责任是什么？"她低声问道。

"做可汗的女儿，守护可汗的天地。"乌玛依不假思索地回答。

可汗的天地……是那壮美的湖泊和一望无际的草场吗？

两人一时无话。

"睡吧。"乌玛依扭熄了石脂灯，"明天还要带你去见爹爹。"

莫潘转身，侧躺着，背向乌玛依。床很柔软，带着微微的腥膻味儿，此刻它在有节奏地摇晃，比起铁马里直来直去的颠簸，温柔得好似母亲的臂弯。有好多次，睡意蹑手蹑脚地从四肢向头部攀爬，像调皮的小兽，可当她满心以为自己可以抓住它时，它又逃得无影无踪。

莫潘瞪着眼睛，凝视着丰富而空无的黑暗。那种睡在学院里自己床上的踏实感，什么时候能重新回来呢？

她轻轻叹了口气。

"活在当下。"她听到乌玛依在她身后说，"不要想那么多。"

她忽然有种冲动，想要转过身去，钻到乌玛依怀里，听她的心跳，感受她的体温，嗅闻她的呼吸，就像她以前做的那样。可是，莫潘和乌玛依已经不是从前的莫潘和乌玛依了。她们虽然又睡在同一张床上，相距不过一肘，却从未像现在这样，远离彼此。

莫潘将自己蜷成一团。

虽说是要见可汗，但乌玛依并不着急。简单吃过早饭后，她便拉着莫潘，带几名随从，径直出了中心区域，到热闹的外围四处游逛。一路上有很多人都认识乌玛依，这些突骑施人见到她，会将手按在心口，鞠躬致意；而乌玛依会矜持地还礼，做派颇为稳重大气。碎叶城以狼首为北，她们去了西边的集市，那里有琳琅满目的吃食和各国商品。乌玛依请莫潘喝了羊肉清汤，吃了椒盐胡饼。这位可汗的女儿吃喝起来呼噜作响，面目微红，令莫潘惊讶于她的好胃口，而莫潘则几乎一口没吃。之后，在集市里的一个摊位前，她对一把从大食辗转贩运来的大马士革钢匕首爱不释手，也不还价，便将它买了下来。

"上次走得匆忙，都没送你什么东西，"乌玛依把匕首递给莫潘，"就当这是迟到的送别礼吧。"

匕首非常美丽，刀身上有玫瑰状的水纹，刀柄以皮革包裹，微微弯曲,镶嵌着打磨过的天青石——它就像是一件艺术品,而非凶器。可当莫潘用指肚轻轻擦过刀刃,刺痛和冰凉同时袭来,她缩手,看到指肚上躺着一颗浑圆的血珠。

"当心,这匕首会咬人。"乌玛依说。

莫潘将匕首小心别在腰间,然后吸吮手指,她尝到微微的咸味。"谢谢你,乌玛依,我很喜欢。"她说道。

乌玛依意味深长地打量她,"真的吗?我看你心不在焉的样子。"

"哪有……"她垂下眼睑。

乌玛依轻轻挽起她的手,"即使是最好的朋友,也不可能全无保留,这点道理我还是懂的。当初,我也没有告诉你碎叶城是会行走的,知道为什么吗?"

她摇了摇头。

"因为我有种感觉,总有一天,你会亲眼看到,甚至用双脚去感受这座城市,我不想提前破坏了你的惊喜。要是问我这是种什么感觉,我也说不清楚,大概就和你看到算学题就能猜到答案的感觉类似吧。"

"哦。"

"我现在还有种感觉,我们身后跟着条'尾巴'。"乌玛依神秘地笑了笑,"莫潘,和你一起逃出学院的,真的只有陈持弓一个人吗?"

莫潘迷惑地看着乌玛依,"尾巴?乌玛依,我不明白你的意思。"

"那个让你牵肠挂肚的人,他到底向你隐瞒了什么呢?"乌玛依的目光飘向远方，"我想，我们很快就会知道了。"

莫潘沿着她的目光看了过去。莫潘看到兽群般的云朵，看到天山的雪峰连绵起伏，仿佛大地用白森森的牙齿撕咬天空；她看到了一座棕色的塔，在天山的背景下，它是那么渺小，像是一颗异物。莫潘知道，那应该是人类最为巨大的造物之一了，然而在苏禄可汗所拥有的天地间，这种巨大忽然就变得不值一提了。

镜塔。

"已经遣人骑快马过去了，"乌玛依说，"顺利的话，今天晚上我们就能得到消息，我也很记挂布真和浮夜门院长呢。"

莫潘咽下一口唾沫。

"走吧。"乌玛依捏了捏她的手，"我们先回去准备一下，晚上我带你去爹爹的金帐。"

在接下来的一整个下午，莫潘都坐立不安，而乌玛依谈笑如常，指挥几个奴婢，为她们两人精心梳头盘发，换了衣裳。"啧啧，三年前的假小子现在成了美人儿呢。"当莫潘穿着一身挺括合身的胡服出现在乌玛依眼前，乌玛依赞叹道，"你若是穿着这一身骑马射箭，不知要迷倒我们突骑施多少汉子。"

莫潘勉强笑了笑。

转眼就到了傍晚，太阳缓缓坠向地平线。草原的时间同它本身一样浩瀚，万事万物在夕阳下从容燃烧，节律仿佛千古不易。她们牵着手，走过全副武装的士兵，走过衣着雍容的贵人，人人都对乌玛依微笑，也顺便把微笑给了莫潘。莫潘察觉到，今天的氛围和昨天她来的时候有所不同，这些突骑施人是因为羊毛季的收获而喜悦，还是因为即将收到镜塔的消息而开心？如果是后者，他们的快乐，恐怕很快就要被剥夺了。

不过，莫潘心里还存着一点侥幸。也许镜塔网络中还有某几个节点尚未连通，消息还没有传送过来；也许，消息不能反映那晚发生事件的全貌，毕竟，战场的情况那么复杂……

想到这儿，莫潘用眼角偷偷瞄了瞄乌玛依，她正和人们打着招呼，脸上挂着笑意。

她们来到苏禄可汗的金帐前。在金帐完全进入眼帘的一瞬间，莫潘惊讶不已，与其说它是一顶金色的帐篷，不如说它是一幢上尖下圆的楼宇。金帐的体积足有其他帐篷的几十倍，这样的规模，莫潘暗暗思忖，织物如何支撑得住呢？走到近处才知道，那些织物褶皱其实是通过金属塑形模仿的。乌玛依告诉莫潘，金帐的骨架是钢材，外立面则是铜制，只不过铜上又镀了一层金。"只不过"这个词有炫耀之嫌，毕竟金帐的表面积可观，若要全部镀下来，要耗费不少黄金，更不用说人工了。可以将其视为上圆锥、下圆柱的组合体来计算表面积，莫潘估算出一个数值，咋舌之余，心想若是父亲在，面对此等豪奢，恐怕会当场昏厥吧。不过，对于苏禄可汗的财力和耐心，莫潘现在倒也略知一二。金帐后有许多金属机械设备，乌玛依向莫潘介绍，其中有负责金帐内部给排水的水泵，有将脂精送入金帐内玻璃灯提供照明的机器，也有输出"力"的、用来驱动各式机械的大型热机，此时它正欢快地将烟霭喷向夕阳。"可汗只要动动嘴，他的所有愿望就都能被满足。"乌玛依神秘兮兮地对莫潘说，"只要来过金帐的人，都会这么说——这些机械，是爹爹身体的延伸。"

莫潘可以理解乌玛依的话。但是，她并不理解，一个人为什么要将身体的机能托付于如此多的外力。

待她们绕到金帐的正门,莫潘又吃了一惊:正门口由两个机械傀儡执陌刀[①]守卫,与河中地区的形制不同,傀儡只有一个半成年男人高,腹部并不是浑圆的,反而有些纤细;它们的"肩胛骨"位置有两部热机,热机的连杆虽然在嗒嗒嗒地高速运转,却并不见黑烟喷吐出来。看到乌玛依和莫潘,两台傀儡颔首致意,收回了交叉在门口的陌刀。

"这是爹爹从大唐买来的傀儡武侯。"乌玛依一边拉着莫潘向金帐里走,一边说,"你别看它们威风凛凛的,其实笨得很,走路快了都会摔跤,和学院的傀儡比差远了。不过,它们装备的热机倒是挺先进,可以烧脂精和压缩岚气[②],既不会冒黑烟,动力也很强劲。"

陈持弓曾提过大唐的傀儡武侯,莫潘暗想,原来它们就是如此这般。陈持弓说阿奴聪明,也是和傀儡武侯对比而言吧。

金帐里面极宽敞,在装饰品的掩映下,仿佛一眼望不到头。在举架很高的金色穹顶上,有一圈圆形玻璃窗采光,所以比一般的帐篷敞亮不少。金帐里平行摆着两排几案,几案间则留出宽敞的通道,铺上厚实的褐色羊毛地毯。已经有许多锦衣华服的人坐在几案前,看样子是贵族;那些全副武装站在他们身后的,应该就是护卫的武士了。见到如此多的生人,莫潘不免紧张,大概是察觉到她变凉的手心,乌玛依用力攥了攥她。

---

① 一种安有长柄的、刀身两面有刃的砍杀兵器。创自唐代。

② 即煤气,是馏制岚炭(焦炭)过程中的副产物,故事中大唐使用的主要燃料之一。

"有我在呢。"她在莫潘耳边轻声说。

"嗯。"

"乌玛依,你身边这位美丽的小女子是谁啊,我以前怎么从未见过?"有人用突厥语高声问,是个挺着大肚子的鬈须男人。莫潘调动她童年时的语言记忆,大致可以听懂他在说什么。

"四伯,这是我在学院的同学莫潘,是个算学天才。"乌玛依高声回道。

"算学……就是算来算去的学问嘛。"被称作四伯的鬈须男人又说,"那东西倒是挺适合你们女孩子家的,打打杀杀的事情,就交给我们男人好啦。"

"四伯,动刀动枪总要比动脑简单,您总不能把简单的都留给自己吧?"

人群中漾起一片笑声。

"你这小丫头总是牙尖嘴利,四伯说不过你。"鬈须男人的脸有些发红,"一会儿喝酒的时候可不许讨饶啊。"

"那是自然。"乌玛依甜甜地笑,"一会儿一定陪四伯喝尽兴。"

说罢,两人向前走去。"阿娘死得早,爹爹就我这么一个女儿。有时候,我挺恨自己生得女儿身,不能像我的那些堂兄弟一样,用一身武艺为爹爹效力。"乌玛依一边走一边低声说道,"可有时候,我又觉得自己挺幸运,如果不是女儿身,我又怎么可能去学院学习,认识你,见识世界之外的世界呢?"

"世界之外的世界?"

"腾格里天神不只创造了草原和草原上的一切,世界要比突骑施人认为的要广阔得多,也深邃得多。想想那些让我头大的算学和格物,就很容易明白这个道理了。"乌玛依笑了笑,"可是,四伯连'世界'是什么都不理解呢。浮夜门院长是不是说过,这个词是天竺人创造的?"

莫潘点了点头。

"总有一天,我要让他们知道,"乌玛依咬着牙说,"这个世界上有许多不一样的想法和不一样的人,有许多种不同的生活。"

在金帐的尽头,支着一顶白色的、货真价实的小帐篷,苏禄可汗就在里面。光线被刻意遮住了,消失于缭绕的白色烟气之中,那烟气是乳香①的味道。在小帐篷外,莫潘只看到一个将自己裹在重重锦缎里的人形横躺在卧榻之上。时值傍晚,白天的暑热还未完全消退,可汗穿了这么多,真是奇怪。莫潘低着头,心中疑惑。只听乌玛依说:"爹爹,我带着我在学院最好的朋友莫潘来了。"

"……款待好你的朋友。"

低沉又疲惫的声音,又接着几声干咳。乌玛依将手按在心口,莫潘也学她的样子。两人躬身退下,坐到了小帐篷旁提前备好的几案前。乌玛依对莫潘说:"爹爹三年前就病了,所以我才急着回来。几个伯伯都对可汗之位虎视眈眈,完全没有把我这个可汗的女儿放在眼里。可是浮夜门院长不是说过,世界上的造物都是平等的,有哪条规矩说,女子不能做可汗? 我虽然是女儿身,但比起他们,勇武和韬略都毫不逊色,这三年来帮助爹爹把碎叶城治理得井井有条,就是明证。除此之外,我还有支

---

① 指名贵香料,多产于索马里、厄立特里亚和也门。

持我的臣民,有远胜他们的见识——凭着这些,我要和他们争上一争。"

莫潘转头看乌玛依,她的瞳孔里燃着微亮的火。又是那种独狼般的眼神。此时此刻,在莫潘看来,比起在座的男人们,乌玛依倒更像个杀伐决断的统治者。天色终于完全黑了下来,挂在金帐侧壁的石脂灯全部自动点亮,把无处不在的金色晕染得更加浓烈。莫潘一时恍惚,感觉身边的每个人都平添了一层贵气和重量。

"咳咳,诸位爱卿……"可汗的声音在头顶响起。莫潘抬头,看到金帐穹顶内侧有喇叭花瓣似的金属件,金属件又连接着蜿蜒于穹顶的金属管。莫潘听格物老师说过,有一种技术可以通过钢丝振动传递和放大声音,可汗用的应该就是这种技术,借助热机提供的"力",它掩盖了可汗的孱弱,放大了他的威严。"今天是小女十八岁生日,感谢你们来为她庆生,咳咳。今天大家不必拘束,一定要尽兴。"

在人们的欢呼声中,乌玛依微笑着举起酒杯,将杯中葡萄酒一饮而尽,又搅起山呼海啸的碰杯声和喝彩声。

"乌玛依,你今天过生日?"莫潘问道。

"你在我十八岁生日的前一天到了碎叶城,"乌玛依笑道,"这是腾格里天神给我的最好的生日贺礼。"

莫潘红着脸向乌玛依举杯。

宴会气氛热烈,人们用马奶酒和葡萄酒送下烤羊腿、烤黄羊、烤土拨鼠、手抓肉、热海鱼、奶酪、奈果、甜瓜、炒米和炒沙芥。乌玛依则气定神闲地"打退"了一波又一波前来敬酒的大臣和贵胄，酒量深不可测。粟特男女舞人们在音乐的伴奏下跳起胡旋舞和胡腾舞，身姿灵动曼妙，看得人们目眩神迷，也让莫潘不由得思起了乡，不过因为喝了不少酒，她思乡的情绪里带着一点飘飘然的安逸。

"大哥！"酒酣耳热之际，一个身材矮壮的汉子站在中间的过道上，对小帐篷举杯，"乌玛依已经十八岁，年纪也不小了，该考虑她的终身大事了吧？"

他的话激起一片赞同之声。

"三哥说得没错！"刚刚那位四伯粗着嗓门应和道，"十八岁，是生小狼崽的年纪啦！"

人们鼓掌起哄。

"咳咳。"可汗的咳嗽声在头顶的金属"喇叭花"中响起，"劳烦大家操心了，乌玛依这孩子向来有主见，她的事情，还要由她自己说了算。"

人们都看向乌玛依。

乌玛依起身，大声说道："难得今天这么开心，我给大家助个兴吧，这件事容我稍后再提。"

她拍了几下手掌，立刻有一名随从带着一台傀儡武侯从金帐外走了进来。舞人们呼啦一下散开，也有宾客慌乱地站起，碰翻了几案上的酒水吃食。"诸位不必紧张，"乌玛依微笑着宽慰道，"这傀儡是之前调校好了的，今天和我一起为大家带来节目。"

说罢，她冲莫潘挤了挤眼睛，走到金帐正中，接过随从递来的弯刀。之后其余人等退开，只留她和傀儡武侯面对面站立。

"目标设定为我。"她简短地对傀儡武侯下命令,"进攻。"

莫潘的心提到了嗓子眼儿。她看到金属人形快速发动,毫不留情地向乌玛依挥出陌刀,乌玛依侧身闪过,轻巧地向傀儡武侯的腰部推出弯刀……十几个回合下来,直到她看出门道,才稍稍安心。傀儡武侯攻势虽然有力,但乌玛依显然对它十分熟悉,她从不正面硬接它的招数,而是虚虚实实,时而闪躲、时而佯攻、时而果断出击。她的身法轻盈,仿佛与死神贴面舞蹈,总是能化险为夷,把刀锋留在傀儡武侯的钢铁外壳上,溅出朵朵火花。随着她的动作,人们屏息、惊呼、叫好,在金帐里掀起阵阵声浪。

"好!"莫潘听见四伯在情不自禁地喝彩。

正是这一声喝彩,却让乌玛依分了神。就在看向这边的瞬间,她露出了一个破绽,傀儡武侯的陌刀立即呼啸而至,她在闪躲时身体失去平衡,只能举刀硬格——当!乌玛依手中的弯刀被震飞出去,而她也跌倒在地。那傀儡武侯稍做调整,便挥刀向她劈去。

莫潘脑中一片空白。

"停!"一声暴喝从四面八方炸响,武侯浑身一震,立刻僵在原地,陌刀悬在距离乌玛依头顶不到两尺的地方。

是可汗的声音。

金帐在短暂的鸦雀无声之后,又沸腾起来。"女子终归是女子啊,相夫教子、搞搞学问还可以,打仗玩儿命的事,还得男人来干。"四伯评论道,赢得一片赞许之声。他见乌玛依走了过来,便对她说:"乌玛依,打打杀杀的事儿,你以后还是少碰为妙,万一有个三长两短，你叫我们这些伯伯如何是好，叫可汗如何是好？"

"多谢四伯挂怀。"乌玛依苍白着脸，笑了笑，"战场上的事，谁能说得清呢？就算是勇猛如四伯，也不敢保证每战都全身而退吧？我听说，四伯虽然已是知天命之年，却仍天天在家习武不懈。要不，四伯也和这傀儡武侯比画比画，让侄女见识一下男子是如何胜过女子，好打消了上阵杀敌的念头？"

"这……"四伯的喉结耸了一下，"今天四伯喝得有点多……"

乌玛依哼了一声，把头转向金帐尽头。

"爹爹，"她高声说，"您的新武器，能否借女儿一用？"

沉默片刻。

"咳咳。好。今天是你生日，爹爹就依你。"

几个心跳之后，一名可汗的护卫从小帐篷中慢慢走出，手里抱着一坨乌黑的器械。莫潘一眼就认出，那是她在父亲的战争沙盘上看到的火器的放大版，有类似于机弩的复杂机械结构和一根金属长管。莫潘觉得，和乌玛依送她的匕首相比，这东西是丑陋的，但流露出了同样的杀意——不，比起匕首的冰凉和优雅，这是一种更加强劲的、不加掩饰的杀意。

她听到四伯喉咙里泛起咕噜一声。

乌玛依从护卫手中接过火器，仔细检查一番，将它扛在肩膀上，走到距离傀儡武侯大约十步的位置。它有乌玛依半个身子大，好像她右肩上长出的畸形部位。

"四伯，看好了。"乌玛依粲然一笑，转过头，对武侯命令道，"进攻。"

莫潘下意识地捂住了耳朵。武侯向乌玛依冲了几步以后，后者手中的火器一闪，轰隆炸响，浓烟瞬间将人和机器笼罩。待浓烟散去，人们心有余悸地看到，武侯匍匐在地，左肩胛处的热机已经被炸碎。

它的钢铁身躯被穿透了。

乌玛依将火器还给护卫，一边揉着耳朵，一边款款走到四伯面前，"四伯，看到了吗？只要有好的武器，女子也可以消灭可汗的敌人。"

"是，是。"四伯赔着笑，鬓须微微发颤。

"诸位！"乌玛依环顾四周，目光如君临天下，"我的节目到此为止，献丑了。"

金帐再次安静下来。在尚未散去的硝烟味中，人们开始低声交谈、闷头吃饭，不复刚刚的放肆热烈，仿佛魂魄被刚才的巨响咬去了一块。乌玛依坐回莫潘的身边。"莫潘，"她笑着对莫潘说，笑容有些苦涩，"在草原的世界里，任何时候都不能示弱啊。你能够理解吗？"

莫潘捏了捏她冰冷的手，点头。

这时一名士兵从正门进来，径直跑向可汗的小帐篷，在帐篷门口半跪在地，低声说话。肯定是镜塔的消息！莫潘的心脏狂跳起来。那士兵说完话之后，可汗的护卫将乌玛依、她的伯伯们、大臣和将领们叫去可汗的小帐篷，余下的人陆续告退，最后，刚刚还热闹非凡的宴会厅，竟只剩下莫潘一人。轻飘飘的酒意终于完全消散，她沉重地意识到，自己原来一直是孤身一人。

陈持弓，你到底在哪儿？我现在该怎么做？

"莫潘。"是乌玛依在轻声呼唤她。她转头,见乌玛依从小帐篷里走了出来。

"今天恐怕要商议到很晚,"乌玛依说,"我先送你回住处吧。"

她点了点头,心中暗暗感激,此时还有人在记挂着她。

出了金帐后,两人并肩默然走了片刻。今夜碎叶城停止了前进,地面平稳,四下里一片静谧。也许……也许宇宙最悠久的旋律不是动荡,而是宁静,莫潘想,但人又怎能奢望躲开属于自己的暴风雨呢?

她正要开口,乌玛依却抢先说话:"莫潘,你想问我镜塔里的消息吧?"

"……嗯。"

"真难为你了,忍了这么久。"

莫潘在乌玛依的话里听出了讥讽。她默然不语。

"可是我又要难为你了。"乌玛依停下脚步,转身,定定看她,"去见陈持弓,或者得到镜塔里的消息,你只能选择其中之一。嘘——别问我为什么。或许我只是一个以折磨人为乐的狼崽子。"

莫潘咬着嘴唇想了一会儿,然后低声说道:"陈持弓。"

乌玛依打量她几个心跳的时间,嘴角勾了起来。"很好,起码你做出了一个选择。"她顿了顿,"不过,在见他之前,我建议你做好心理准备。"

莫潘悚然,"你们对他做什么了?"

"你觉得呢?"乌玛依耸了耸肩膀,"他又不是可汗的客人。"

第十六章　陈持弓

　　他至今还记得自己第一个近距离杀死的敌人。那是一个突厥人，很年轻，也许不过二十岁，胡须还没有变得粗硬。那时，两人已经纠缠在一起，任何杀敌的技巧都不再管用，支撑陈持弓搏命的，只剩下满腔的仇恨。他是把匕首一寸一寸推进突厥人的腹部的，在这个过程中，他甚至能用手指感受到皮肤、脂肪、肌肉和脏器的阻力，感受死亡在人体上划分的层次。这耗尽了他全部的力量，纵使如此，他依然记住了敌人的表情：先是痛楚，然后是惊讶，再然后是轻蔑，直到最后，敌人的脸上才出现了那种常见的不舍和释然。

　　自始至终，没有仇恨。

　　有一段时间，这记忆让他非常惭愧。他杀死的人是一名听从命令战斗的、真正的士兵，他用仇恨博取胜利的行为，等同于借助外力，就像作弊。因为这份惭愧，他开始刻意训练自己在战斗时剥离情绪，让自己在杀戮时超然物外——就像一台被赋予了指令的战争傀儡，一台纯粹的杀戮机器。这是他刚刚想出来的比喻。

不知道章祭酒会怎么评价这个比喻。不过，他轻轻摇了摇头，这已经不重要了。

地面不知何时停止了摇晃，那种在登上碎叶城以后一直缠绕他的眩晕感终于消退了。章祭酒曾经说过，在大海的另一边，也许有一个神秘广阔的新世界在等着人类去探索，授时导航、算机控制、纵向帆索和舰载热机技术已然成熟，大唐的舰队终有一天会踏上征服大海的旅途。那时他就想，只要圣人一声令下，即使之前从未亲眼见过大海，他也会义无反顾地奔赴未知的深处，哪怕是要面对狂风巨浪，哪怕是要面对三头六臂的海怪。可如今，置身碎叶城的这两天让他意识到，有些事情，并不是凭着一腔忠勇就可以完成的。他在陆地之舟上尚且眩晕不已，到了真正的船上又会如何？这是一个不需要设想的问题。

再说，他现在并不确定，自己还有没有明天。

这女孩儿会是你的软肋。无念是这么说的吧？那天他本以为被突骑施人认出的是他，没想到竟是莫潘遇见了故交。他本想偷偷脱身，却被警惕的可汗之女留住，说是要好好款待，实则却是软禁起来。当一名可汗的近侍想起他此时本该在学院护卫伊嗣之后，形势就急转直下。软禁变成拘押，可汗亲自上阵，盘问他学院的战况。

谎言会被揭穿，甚至泄露出某些真相，因此他选择一言不发。为此，他挨了不少拳头和皮鞭。他感觉，突骑施人在拷问方面缺乏经验和想象力，更缺乏耐心。也许等他们从镜塔得知了布真的噩耗,才会露出獠牙吧。

他毫不怀疑,狼怎样撕碎羔羊,突骑施人就会怎样撕碎他。

如果真到了那么一步,他唯愿莫潘可以安然无恙——她的算学那么优秀,对可汗来说,应该有利用价值吧?那天他本想拼死突围的,当时可汗之女离他不远,若能将她挟持,兴许还有逃脱的机会。可要是这样的话,莫潘就会被当作他的同伙,很难生还了。陈持弓无声地笑了笑。他自以为把任务摆在了首位,可到了抉择的时刻,他依然选择了保护她。

真正的士兵不应如此。笑过之后,他阴郁地想,要成为真正的士兵需要天赋,自我训练并不能弥补天赋上的不足。

若是能活着回到凉州就好了。这样想并不是因为他贪生怕死,而是因为他对任务还有用。对新型战争的观察是一方面,另一方面,陈持弓大概知道苏禄可汗要做什么了。尽管被关在小黑屋里,但通过人们进进出出时泄露的光影,他判断出,碎叶城在不停向东移动。如果只是为了消暑,完全没必要走这么远。再回想一下那天他看到的军备情况,几乎可以肯定,苏禄可汗的目标是大唐。

陈持弓又找到一个比喻:苏禄可汗是只病入膏肓的狼,即便如此,他也会撕咬猎物啊,何况他咬的是一条挥爪自戕的龙。

我可以比碎叶城跑得更快,把消息带回凉州,带给义父。想到这里,他挣扎了一下,椅子纹丝不动。这椅子是固定在地面上的,而他又被结结实实地绑在椅子上,刚才那一下除了唤醒身体各处的疼痛,没有任何作用。他嘶嘶吸气。忽然,远处传来一声巨响,如晴日惊雷。他听到守在帐篷门口的士兵在紧张地交谈。

被带来这里时虽然戴着头套,但根据人们小心翼翼的脚步声和交谈时的压抑肃穆,他猜自己可能离金帐不远。刚才那一声,会不会是从金帐传来的呢?难道苏禄可汗那里出了什么变故?

但愿如此……但愿莫潘不会因此身陷险境。

巨响过后,又安静了一会儿,似乎没有什么大事发生。百无聊赖中,他盯着从门帘的缝隙钻进来的一线白月光,看着它以肉眼难以察觉的速度转动,如同精确授时器上的指针。有多长时间,没有像这样静静地凝视一样事物了?小时候,他可是会看着月亮,发几个时辰的呆啊,而阿爷阿娘会又好笑又忧虑地说,这孩子怎么有些木讷,不会是上一次发烧烧傻了吧?

阿爷阿娘,也许很快,我们就可以在同一轮明月下重逢了……眼泪不自觉地流了下来。他用舌尖舔了舔泪水,竟然尝到了一丝咸涩的幸福。

困意渐渐漫了上来……

有脚步声靠近。陈持弓一个激灵,支起耳朵聆听。那脚步声和其他人的脚步声不同,轻盈而坚定,停在"小黑屋"门口。交谈声。是女人,说突厥语,流畅到会吞掉若干音节。"可汗……饮酒……警戒",他只捕捉到几个关键词语,然后便是门口那两名士兵的应答声。本以为某个大人物要掀开门帘走进来"问候"岂料三个人的脚步声竟一同远去了。

真是蹊跷,大概是认为我插翅难逃了吧。陈持弓自嘲地想。这时,他又听到了脚步声,这脚步声对他来说如此熟悉,简直就是砸在地上的一串名字。

莫潘。莫潘。莫潘。

女孩儿钻了进来。

"呵,你终于想起我了。"他低声说道。

莫潘向他走了过来,上下打量他,表情渐渐凝重起来。

"陈持弓,你这是……他们,他们怎么会这么对你?"

"我自找的。"这话倒没错。

莫潘咬着嘴唇,蹲了下来,用手扯了扯捆在他身上的绳子,略做思考后从腰间摸出一把寒光凛然的匕首。"再稍微忍耐一下,我这就帮你松开。"

嚓嚓几声,绳子被割开了。陈持弓没有急着站起来,而是坐着活动手脚,加速血液回流。

"你怎么找到我的?"他故作冷静地问道。

莫潘没有回答。

他站了起来,全身的关节都在尖叫,"是可汗的女儿,对吗?"

莫潘转开目光,"陈持弓,我们走吧。"

那就一定是了。陈持弓摸了摸肋下,疼。他咧了咧嘴。是可汗女儿告诉莫潘他在这里,又支开了门口的卫兵。这样做不可能是出于友谊,因为他见识过那女人的眼神,那是种只会望向唯一事物的眼神。这眼神带着一点偏执,因为它并不在意凝视之物是否存在,必要的时候,它甚至会将并不存在的东西虚构出来。

他熟悉这样的眼神,曾几何时,这也是他的眼神。

可汗女儿凝视的是什么?或许是大唐的富饶,或许是草原上的生存法则,或许是她父亲的强大与虚弱,但绝不会是友谊。

所以这是一个诱饵。他们一定认为，从他的嘴里已经撬不出什么话，所以才来了这么一出，赋予他虚假的自由，看他如何行动。莫潘啊莫潘，你被利用了，被你所谓的朋友。

"陈持弓，我们走吧。"莫潘再次催促道。

"走？去哪儿？"

莫潘愣了一下，"我们……离开碎叶城。"

"好。"他笑了笑，捞起地上的绳子，绕到莫潘身后，"我们走。"

下一个心跳，他出手了。这是他第一次对女人动手。他抓过莫潘的胳膊，想把她的双手反剪起来，莫潘毫无防备，直到双手被他钳住，才开始反抗。这女孩儿看着瘦弱，其实力气不小，身体也柔韧，并且掌握了一些格斗技法，所以将她制伏并不容易。两人在黑暗的静默中扭斗，身体前所未有地接近，偶尔对上目光，莫潘会低吼："陈持弓，你干什么?!"他并不理睬，直到将莫潘的双手结结实实地捆在椅背上，确认她无法活动。还好，绳子有很多余量，被割断后仍然足够束缚一个人。看来突骑施人对他确实很不放心。

他双手挂膝，粗重地喘息，四肢百骸炸裂般地疼。

"陈持弓，你干什么？"被缚在椅子上的女孩儿又一次质问道，可以看出，尽管非常愤怒，她却压抑着音量。

"留在这里，对你更好。"他说。

莫潘瞪着眼睛。

"待会儿你就对可汗的女儿说，是我自己挣脱以后将你捆在这儿的。如果她真的是你的朋友，就会相信你说的话。"

说完，他俯身，从莫潘的腰间拔出匕首。"呵。"匕首出鞘的一瞬间，他情不自禁赞叹道，"真是把好刀。"

杀人或者自杀，都已经足够了。转身走向门口时他想，突骑施人休想在我身上得到他们想要的东西。

"陈持弓……"莫潘在他身后气若游丝地喊道。他的脚步顿了一下，没有回头，掀开门帘走了出去。

月明星稀。天地静默却似有千言万语。他矮下身子，四下张望，金帐的尖顶在两百步外氤氲着金色的微光。

碎叶城的心脏。莫潘，那里才是我要去的地方，抱歉不能带你同往。他拖着脚步向金帐走去。到目前为止，他还没有看到卫兵。刚刚在小黑屋时，他隐隐听到人们的叫嚷和丝竹之声，猜测可能是可汗在宴饮作乐，如此想来，今夜的戒备变得松懈就有了解释。那么刚才的巨响呢？也许是他并不了解的草原娱乐。

手上还残留着刚刚的触感。那是女孩儿的身体留下的，消瘦、柔软、倔强，被细腻美丽的锦缎包裹，有微弱的温度渗出。能够带着这段记忆死去，倒也不错。他浅笑。莫潘说，要和他一起走，尽管他们隔着那么多的差异与猜疑。这样的托付，虽然他不值得拥有，但既然已经落在肩上，即使落下的是一粒浮尘，也足够温暖他屈指可数的余生……真可惜啊，若是能灌上几口止观给他的液火，也不枉自己在人世间奔忙一场了。

他攥紧了手中的匕首。接连绕过几顶帐篷，离金帐就很近了。他心里清楚，那里面一定戒备森严，刺杀几乎不可能成功。但纵使如此，他也要试上一试，他要让突骑施人看到，唐人虽然温文尔雅，但绝不软弱可欺。

而且，他不会让他们再次活捉自己——手中这锋利的匕首就是保证。

他踏着月光前行。

"我说，陈持弓，到此为止吧。"

刚才听到过的声音，用的是粟特语。他转头，女人从侧面的帐篷后走出。她和莫潘差不多身形，差不多打扮，左手拿着一个用麻布包裹起来的物体，月光下物体的轮廓有些模糊。陈持弓认出，她就是可汗之女乌玛依，那个支开卫兵的人。

"前面都是可汗的精锐，你连金帐的大门都走不进去。我现在只要喊一声，他们就会跳出来，把你砍成碎片。"她又说。

陈持弓一声不吭，又向前走了几步。

"真是个犟种。就算你不想活，也好歹为莫潘考虑一下吧。"

他停住。

"陈持弓，不用装聋作哑，我知道你会说话。"乌玛依说，"而且我也知道你身上没有我们想要的东西。"

他死死地盯着她。

"我们收到镜塔的消息了，金桃不在你身上。"

"感谢你们的款待。"陈持弓话里有话。

"我们突骑施人最恨逃兵，没把你直接喂狼就不错了，你还有什么好抱怨的？"乌玛依冷笑道，"若不是看你还有刺杀爹爹的血性，我应该直接宰了你。"

"你现在也可以这么做。"

"是啊，我可以。"乌玛依叹了口气，又看了看陈持弓手中的匕首，"可是，莫潘选择了你啊。"

"少假惺惺了。"陈持弓哼了一声,"你把她当朋友吗?"

"我当然把她当朋友,可是……"乌玛依忽然侧耳听着什么,"要走的话,就赶快吧,别等我改变心意。"

是热机。他辨认出狼首方向传来的热机启动的细碎之声,如夏日疾雨,脚下的地面也开始微微颤动——碎叶城要奔赴下一站了。

白白送死于任务无益。既然已经知道金桃不在他身上,那么突骑施人确实没必要在他身上继续浪费时间了。至于放他走是乌玛依的个人意愿,还是可汗的阴谋,这并不是目前首要的问题。

如是想着,他转过身。

"等一下。"乌玛依叫道。

"怎么,反悔了? 我就说——"

乌玛依把手中的包裹扔了过来,他伸手接住。隔着麻布,他摸出了熟悉的重量和形状。

"你随身带的刀和授时器我留下了,"乌玛依说,"这酒难喝得很,刀子一样。你这畢种的口味果然独特,留着自己喝吧。"

"谢谢。"他低声说道。

"快滚吧。"

他小跑着回到这两天来囚禁他的小黑屋,现在它囚禁着莫潘。女孩儿脸上挂着泪痕,他见到后立即埋头替她松绑。他不敢看她的眼泪,不敢想她的眼泪是为何而流——屏蔽情绪是必要的,尤其是在如此紧要的关头。被割断的绳子掉落在地,她站了起来,和他面对面。

"我们走吧。"他将匕首递向她，厚颜无耻地笑。

莫潘一拳打在他脸上。

他摇晃一下，维持住了平衡。冷静。冷静是必要的。

莫潘从他手里夺过匕首，"好了。我们走吧。"

他龇牙，维持着刚才的笑容，跟在莫潘身后走出帐篷。

乌玛依就站在门口。

"莫潘，留下来。"可汗的女儿说，"我们一起，在碎叶城建造一座新的学院，让草原上的女孩子们也能见识一个更广阔、更深邃的世界，好吗？"

莫潘低头不语。

"我知道你在犹豫什么，我们都对彼此说了谎。"乌玛依又说，"可是莫潘，朋友并不是时时刻刻地依赖，而是在某时某刻毫无保留地相信。在我的生命里，对你，我有过这样的时刻，我相信你也一样。"

莫潘轻轻摇了摇头。

"好，既然你一定要走，就再回答我一个问题。"乌玛依顿了一下，"你知道自己将要面对什么吗？"

"不知道。"莫潘抬头看她，"但有个人对我说过，害怕面对未知是一种懦弱。我不想懦弱。"

陈持弓心念一动。他看向莫潘，可她毫无反应，好像他并不存在。

"莫潘，你变了，我已经开始怀念曾经的那个你了。"乌玛依寂寞地笑了笑，"可是在这个世界，只有不停成长才能生存下来，你我皆是如此。我可以接受你的选择。"

　　她上前两步，轻轻摸了摸莫潘的脸。"我有种感觉，"她说，"下次你我再见的时候，会是完全不同的光景。"

　　"又是感觉吗？"莫潘瓮声瓮气地说，伤风了一般。

　　乌玛依点了点头，瞟了陈持弓一眼，凑到莫潘耳边，轻声说了几句什么。莫潘以手掩口，难以置信地看着乌玛依。

　　"是的。"陈持弓读出了她的口型。

　　"我说，快走吧。"她从莫潘身边退开，"我已经受够这没完没了的告别了。"

　　莫潘挤出一个笑，"真巧，我也受够了。"

　　于是他们转身，一前一后，向外围的方向走去。这时，碎叶城已经开始移动，那种舟上行走的感觉又回来了。

　　一路上都没有卫兵，应该是乌玛依提前打点好了。

　　"陈持弓，我们去哪儿？"走出几十步后，莫潘在身后低声问。

　　听了你和可汗女儿的对话，我还以为你清楚自己要去哪儿呢。这样刻薄的话终究说不出口。陈持弓停下，等莫潘靠近，说："先去马头，再想办法离开碎叶城。"

　　"……然后呢？"

　　"去凉州。"

　　"好远啊。"莫潘叹了口气，"但父亲和哥哥也许在那里等着我。"

　　陈持弓转头看了看她，她的目光又重新被无助和迷茫填满，和方才判若两人。做出这个决定，她一定下了很大的决心吧？可是他忽然有点儿不太理解，她为什么会有这么大的决心。

和刚才乌玛依对她说的话有关吗?

现在不是想这个的时候,当务之急是逃出去……他用力摇了摇头,想甩掉弥漫的眩晕感。"再想办法"是一个很笼统的说法,到了马头以后该如何行动? 怎样拖着这副虚弱又疼痛不堪的身体抢在苏禄可汗之前到达凉州? 在缺乏食物和精确导航的条件下,他能活着熬过翻越天山、穿越戈壁的旅程吗?

无论怎样计算,这样的可能性都微乎其微。

所以,他是带着莫潘去送死吗?

正想着,女孩儿拽住他的手腕,"前面有人。"

他聚焦目光,虽然看不太清,但十几步远的前方确实有一个黑黢黢的人影,人影后面就是马头的入口。两人犹疑着停步,那人影反倒走了过来。嚓。陈持弓听到身后匕首出鞘的声音。

"阿弥陀佛。"走到与他们相距两步远时,人影率先开口,"贫僧在此恭候多时了。"

"无念。"陈持弓说。

人影掀掉兜帽,露出爬满青色毛茬儿的头颅,"正是在下。"

"你怎么在这儿?"莫潘警惕地问。

"贫僧方才说过了,"无念露齿一笑,"我在等你们二位呀。"

"你等我们做什么?"陈持弓问。

"带二位离开碎叶城……或者说,带二位离开苏禄可汗的掌控。"

陈持弓盯了他几个心跳的时间,"为什么要这么做?"

"这个问题嘛……"无念的眼珠转了转,"我能不能以后再回答? 我担心苏禄可汗的耐心有限。"

　　陈持弓下意识地回头看，虽然什么也没看见，但他感觉到了被人追逐的紧张——这是一种没有道理的直觉。

　　他对莫潘点点头。

　　他们跟着无念进入马头。这里扎满了小帐篷，空气中飘荡着兽皮、兽毛、香料、食物、酒和人混合在一起的复杂气味。虽然碎叶城的木制"船板"上禁止燃烧篝火，但这气味在陈持弓闻起来，依然是热腾腾的。这是生的辛辣，他贪婪地呼吸，只有濒临过死地的人才会甘之如饴。各个商队的摊位都被麻布层层罩上，夜已深，自远方而来、逐利润而居的商人们都睡了，一行三人在月光下沉默疾行。

　　无念将他们领到一顶小帐篷前。这里拴着四匹马，其中一匹马身上还驮了很大一个包裹。马儿们从短暂的睡眠中醒来，用黑溜溜的大眼睛望着他们，时而打一个响鼻。

　　"二位施主请上马。"无念说，"我们还有很长的路要赶。"

　　陈持弓将马儿一一打量，又翻了翻那个大包裹，里面塞满了衣物和食品。这和尚显然是有备而来。

　　"东西是哪儿来的？"

　　无念狡黠一笑，双手合十，"突骑施的牧民们都很慷慨。"

　　慷慨到连马都可以给你吗？他看着无念，无念也坦然地回望着他。眼神的几个交锋就把一切都挑明了：他知道无念在说谎，无念也清楚这一点，而且无念并不在意。

　　他们用眼神取得了共识，当务之急是逃出去。

　　陈持弓踩着马镫，挺身上马，疼痛把这一过程延长了许多，他咧着嘴，冷汗顺着脊背流下。见他和莫潘都已在马上，无念一拍脑门,转身钻入小帐篷,从里面拿出弓和箭筒,递了过来。

"差点儿把这个忘了。"无念说,"你的东西,我从薄鼻那儿找到的。"

有了弓,就又是猎手了。他颔首致谢,将弓挎在背上。准备停当后,三人四马向马头的南缘走去。无念说,那里有一个斜坡,是供人和马匹临时出入碎叶城的通道,由多块木板拼接而成,最高处和碎叶城平台相接,最低处距离地面不过两拳高,可直接跳上跳下,他已经侦查好了,由于位置偏僻很少使用,所以平常都无人值守。

"碎叶城在往东北方向走,出了碎叶城后,我们先往南走,和它拉开距离。"无念与陈持弓并驾齐驱,"至于去大唐的路线,我们休整过后再从长计议。"

陈持弓点了点头,然后看向侧后方的莫潘,她的眼皮在打架,上身在摇晃。

"莫潘,再坚持一下。"他说。

女孩儿浑身一激灵,使劲儿眨了眨眼睛。

在横七竖八的帐篷丛中,马头南缘遥遥在望。

"太顺利了。"无念低声说。

陈持弓转头看他。

"我本想去营救你们二位的,你们竟自己跑出来了。"无念说,"都说苏禄可汗是头狡猾的狼,难道狼也有打盹儿的时候?"

比起苏禄可汗,我更在意他的女儿。陈持弓暗想。大唐未来的敌人,会不会是一位聪明、隐忍而有力的女可汗,她会给残酷的草原世界带来一丝久违的仁慈吗,还是说……

一声尖厉的口哨。被聚焦过的石脂灯光束打在他们身上，一排骑兵的剪影在不远处展开。

"糟糕！有埋伏！"无念大叫一声，"快！快去斜坡！"

他们纵马向南缘飞奔。骑兵追了过来。商人们被惊醒，钻出帐篷，惊恐地看着眼前的追逐，不时被飞扬的马蹄踢翻。嗖！箭矢从陈持弓耳边擦过。他回身，满弓，抬手便射落一人。追兵稍一犹豫，他又接连射出两箭，一人应声坠马，一人侧身避过，马却失控扬起前蹄。他这三箭为三人争取到了宝贵的时间，无念打头，莫潘在后，紧接着是那匹驮着行李的马，依次从斜坡跳到地面，向南边遁去。陈持弓紧随其后，每当他转身做拉弓状，后面的骑兵便迟疑一下。距离终于拉开，他打马跳下斜坡，石脂光束也不再追逐他。

脱身了。他长出一口气。回望碎叶城，他看到在一群骑兵中间，一个熟悉的窈窕身影在居高临下地望着他。

可汗的女儿，你到底在盘算什么？

第十七章　莫　潘

"大食人在和粟特联军的交锋中元气大伤,放弃了进攻学院。浮夜门院长还活着,布真受了伤。他们在去往大唐的路上。"

这是那晚乌玛依对莫潘说的悄悄话,里面几乎包含了令莫潘牵肠挂肚的一切。得知学院和老师无恙,她很高兴,而布真让她揪心,但这也在她面前摆出了一个巨大的谜题:老师为什么要和布真结伴去大唐?

乌玛依没有做进一步的说明,也许这就是她从镜塔得到的全部信息……也许不是。总而言之,和陈持弓一同深入大唐腹地的理由又多了一个。

找到老师,弄清她到底要做什么。

莫潘看了看篝火旁的无念,他正闭眼躺在睡袋里,面容安详。逃离碎叶城后,三人向南走了整整一天才扎营休息。无念虽然助她和陈持弓逃脱,但他的动机受到了怀疑。就在刚刚,他给出了一个还算说得过去的解释。他说,薄鼻听说西域局势不稳，便改变了原先到高昌的计划，准备从碎叶城折返河中。他将碎叶城里所有的商队都问过一遍，大家都没有继续向东的打算，而他没法一个人完成从热海到西域的旅途，所以才想着搭救他们两人作为旅伴。

搭救？他凭什么认为她和陈持弓身陷险境？又凭什么认为自己能将两人搭救出来？

更为关键的问题是：为了这两个不算太熟的旅伴，值得去冒险，甚至与苏禄可汗为敌吗？

疑点重重。莫潘闭上眼睛，脑海里却闹哄哄响成一片。以她对乌玛依的了解，既然说了要放她走，就不会出尔反尔；对于后来的追逐，唯一合理的解释是，乌玛依追的是无念。如果无念是真正的猎物，而她和陈持弓只是诱饵，就说得通了。她忽然想起，那天和乌玛依外出，她是不是说过一句"跟着条尾巴"？她说的"尾巴"，难道就是无念？会不会是她察觉到了无念在暗中尾随她们，所以才想了这个办法诱捕他？

若果真如此，乌玛依就是一个心机深沉的人，和所有她无法理解的人一样。

这几乎是不言自明的。莫潘轻轻叹了口气，不要去想乌玛依了，眼前还有更要紧的事……无念绝不像表面看起来那样简单，应该把她的怀疑和推理告诉陈持弓。她睁开眼睛，转身，看篝火另一侧的陈持弓，想要叫醒他，却忽然有些于心不忍。一钻进睡袋，陈持弓就沉沉睡去，想必是极其困乏。他熟睡的脸上有瘀青和血痂，身上更是惨不忍睹——刚才无念为他处理伤口，她无意间瞥到后心惊不已。到底是什么样的仇恨，会引发这样的暴力？陈持弓把她绑住以后拿着匕首出了小黑屋，也是这个暴力链条中的一部分吗？还有，她打在陈持弓脸上的那一拳呢？在一具伤痕累累的身躯上，它会激起怎样的疼痛？

……对不起。莫潘对陈持弓无声说道。

这一晚，她在懊悔中睡去。

之后的几天，他们都在寻找商路。根据无念的分析，苏禄可汗很可能走宽阔平坦的北线商路，沿天山北缘顺着伊犁河谷一路向东。为了避开追兵，他们必须翻过天山，到姑墨州，经龟兹，抢在碎叶城之前抵达高昌，也就是说，他们要走南线的商路。草原是一片绿色的海，若没有无念手中的授时导航仪，也许在找到商路之前，他们就会彻底迷失在这片海中。

"授时导航仪可真是算学思想和天文学结合的杰作啊。"在又一次使用授时导航仪校准方位后，无念一边给机器上弦，一边感叹道。所谓授时导航仪，是一种精密的手持仪器，它的主要部件是授时器、光敏瓷片算芯、数字盘和一支小小的望天镜。这几样东西组合起来，使它看起来颇为古怪，却又有一种难以言喻的机械力量感。浮夜门老师曾大致讲过授时导航仪的工作原理：通过自动追踪天空中的太阳并且比对时间，它可以告诉人们身处的精确位置，以经纬表示——又是经纬。"最开始的时候，中国的算学家们发现可以将算帛视为一种顾宪平面，对其上的经线纬线依序编号，就可以根据编号组合找到特定语句。"老师说，"后来，这种方法又被自然而然推广到在广袤的大地上标识特定地点，只要在地图上画出想象中的经纬线即可。经纬方法催生了授时导航仪，后者使草原和沙漠不再是地理上的迷雾，而是可以被描摹的算学结构。大陆商贸如此繁荣，授时导航仪的发明功不可没。"

"如果商人们嗅到了大海另一边的金钱气息，他们会毫不犹豫地把授时导航仪应用于航海。"莫潘记得，授时导航仪的话题，老师是以这句话结尾。

在噼啪作响的篝火旁，她将这句话复述了出来。

"阿弥陀佛。"火星在无念的眼中跳动，"贫僧也曾想过，借助这神奇的仪器，把佛祖的智慧和慈悲带到海的另一边去。"

陈持弓在旁边哼了一声。这几天，他稍微精神了一些，又恢复了平常那种冷硬的沉默。

莫潘为此感到欣慰。

一周后，他们终于找到了南线商路。沿着商路，继续向东，进入一条河谷。流淌于谷间的河水被天山融雪滋养，冰凉清甜，饮用水的问题得到了及时解决。授时导航仪在此时也不再是必需，白雪皑皑的汗腾格里峰像一座灯塔指明了前行的道路。随着他们逐渐深入，河谷两侧的坡地开始簇拥过来，最终挡住了雪峰。脚下的灰色道路变成了唯一的、无可辩驳的参照物。他们越是沿着山路向上，夏天就离得越远，遇到雪线之后，夏天更是望风而逃，只在山下固守一片青绿。虽然换上了厚衣服——莫潘惊诧于无念的包裹里竟然有足够三人穿用的衣物——可头痛和呼吸短促还是没有放过莫潘，无念告诉她，这是人对高原的自然反应。

"天空是神灵的领域。"陈持弓难得地开口说话，这是莫潘第一次从他嘴里听到"神灵"二字。

在翻越天山的一路上，他们遇到好几座镜塔。无念说，在大陆的主要地理通道上，镜塔的分布与道路基本重合，守塔人称之为"镜网干线"。这其实很好理解：搭建镜塔需要大量人工和物资，若是离道路太远，将难以完成。当然，考虑到光信号的传输，山脉中的镜塔一般建在位置较高的地方，和主路只有崎岖小路相连，要走到它脚下并不容易。之前的几座镜塔他们只是远远路过，将其作为方向的标志物，但在接近山口的位置，当无念看到一座罕见的白色镜塔后，他请求稍微改变路线，去那里拜访一下。

"那座塔里的守塔人是我的一位故友。"无念如是说。

其实莫潘早就想去镜塔看一看了，里面说不定会有重要的信息。陈持弓也没有表示反对，于是一行人向白色镜塔进发。还好，这座塔离主路不远，路也不算难走，走半个时辰，爬上一个有稀疏植被的小山坡之后，他们就到了。

守塔人此刻正等在塔基之下，应是早早就看到他们了。她对无念说了句什么，用的是汉语。

——她。一名女守塔人。四十岁出头的年纪，短发，脸颊紫红，身材瘦高，唐人五官，穿一身粗布胡服。

"英英，说粟特语吧。"无念笑道，很熟稔的样子，"我们中有一位来自撒马尔罕的客人。"

名叫"英英"的守塔人瞅一眼陈持弓，又打量了一下莫潘，会意地点了点头。

"欢迎大家来到我的塔。"她说，用的是熟练、却带着口音的粟特语。

　　英英引着众人到镜塔旁的马厩将马匹安置好——马厩空着，仿佛对远方的客人虚位以待——又带大家绕着塔转了半圈，参观了一下她的小小农田。那是十五步见方的正方形土地，旁边有金属蓄水箱，土地上面满是绿油油的、很像大麦的植物，正沉甸甸地挂着穗，等待收割。

　　"那是吐蕃人的青稞，除了它，这地方种不活什么东西。高原的麦子啊，就跟高原的人一样顽强。"英英意味深长地看了他们几个一眼，"走吧，我们到塔里去。"

　　这是莫潘第一次进到塔里。她睁大眼睛四处张望。镜塔内部空间的巨大如她所料，虽然被几盏石脂灯照着，但仍保留着大片的黑暗。抬头看，连杆和齿轮构成了运转不息的机械穹顶；目光向下，镜塔的最中间是圆柱形的支撑结构，和镜塔的外墙呈同心圆排布，连接着热机和算机。在镜塔底部余下的空间里，除了一张床、一个柜子、嵌在地砖里的火炉和一套桌椅，就是堆得到处都是的工具和物资，各种气味混杂起来，暗示了一种丰裕的生存状态。这太神奇了，莫潘想，在世界高耸的背脊上，守塔人的基本生活似乎并不成问题。

　　"镜塔所在地的君主会定期遣人运送物资，"英英看出了莫潘的疑问，解释道，"往来的商队和僧侣也时不时会带来吃的、用的。镜塔欢迎所有的旅人，它接受他们的馈赠，然后用信息款待他们。"

　　"英英，这一次我可是空手而来。"无念在一旁说。

　　"说得好像你带给过我什么东西似的！"守塔人嗔笑道，"来吧，让我先用食物款待你们。"

地上的炭火炉将铁锅里的茶水煮得咕嘟作响,放入盐和酥油,酥油茶就做好了,每个人都盛了一碗,和烤得酥脆的牦牛肉干一起下肚——无念则就着葡萄干和水煮的鹰嘴豆喝茶——暖意瞬间就弥漫至全身。英英又拿出一个拳头大的羊皮袋,倒入炒熟的青稞面,放一块酥油进去,用手揉捏袋子一番,最后取出一坨淡黄色、类似面团的东西。

她从"面团"上掰下一角,递给莫潘,吩咐道:"用手揉一揉再吃。"

莫潘依言动作,直到"面团"有了手心的温度,才送到嘴边,轻轻咬下。入口有明显的粗糙感,随后充盈口腔和鼻腔的,是油脂和谷物的混合香气。

太香了。她情不自禁地咂了几下嘴。

"这是糌粑,吐蕃语的意思是炒面,很容易吃饱,味道也不错,最开始是吐蕃人的军粮。"英英说,"现在它是我的主食,就算外面的运输断几个月,我也能靠它活下去。"

"……你待在这塔里很长时间了吗?"莫潘问道。

"很长。"英英朝无念扬了扬下巴,"自从被你们这位朋友带到这儿来,我就一直在塔里,算起来,有二十多年了。"

莫潘和陈持弓一齐看向僧人。

无念挠了挠头。他现在蓄了一头支支棱棱的短发,气质已和光头时迥然不同,细细端详,竟颇有些英俊。

"嗐,这就说来话长了,先吃东西,先吃东西。"他说道。

天色暗了下来。几个人围坐在炉火旁,一边吃喝,一边有一搭没一搭地聊天。在这难得的放松时刻,大家似乎都在有意躲避眼前火烧眉毛的生活。莫潘讲学院,讲浮夜门院长,讲她热爱的算学;无念则对他孤身一人在偌大的河中地区弘法的经历津津乐道;英英说守塔人的生活很乏味,没什么好讲的,但南来北往的旅人带来了不少轶事,她尤喜大食人的传奇故事,喜欢其中的粗鲁、荒诞和幽默。她绘声绘色地复述其中几个,果真引得哄堂大笑,有一个甚至让莫潘红了脸。故事讲得兴起,守塔人起身从柜子中翻出一个羊皮水囊,拧开木塞,递给莫潘。

"守塔人就没有不爱喝酒的。"她说,"无念这家伙已经无福消受了,你们多喝点儿。"

莫潘犹豫了一下,仰头喝了一口——是葡萄酒,带一点若有若无的羊膻味儿。这味道让她想起撒马尔罕的家,她忍不住多喝了几口,直到身子发热,指尖微麻。把水囊传给陈持弓,他并不伸手接。莫潘这时才注意到,自始至终,这个男人都没有说过几句话,只是摩挲着手中的银瓶,目光缥缈。

"怎么,嫌我的葡萄酒不好喝?"英英翻着眼睛看陈持弓,"你手里的瓶子也装着酒吧,敢不敢让我尝一尝,评出个高下来?"

陈持弓摇了摇头。

"英英,我这位小兄弟向来少言寡语,"无念打着圆场,"他没有别的意思。"

英英哼了一声,不再说话。灌下几口葡萄酒后,她抬手指了指莫潘和陈持弓,"时候不早了,你们二位,先出去回避一下吧。"

莫潘疑惑地看她,"出去……回避?"

"我款待无念的信息,他怕是不愿旁人听到。"英英说。

无念双手合十,微微颔首,"委屈二位了。"

即便是夏天，天山上的夜晚也有些寒冷，若不是披着从英英那里借来的羊毛大袍，莫潘大概会冷得缩成一团。此刻，她和陈持弓背靠白色镜塔，肩并肩站着。在神灵的领域，夜空中璀璨的星河离人如此之近，仿佛触手可及。翻越天山的这些天来，这样的景象司空见惯，可今晚又有些不同。前几天的星空是静寂的，而现在，在镜塔飞轮呼呼转动声的伴奏下，星星长长短短的闪烁竟别具一番生趣。

星星是不是也和镜塔一样，用光来传递着远方的话语呢？

"它们在对我说话呢。"莫潘说道。

陈持弓转头看她，她立即低下头去。

"酒是止观留给我的，我不能给别人喝。"陈持弓没头没脑地说了一句。

她愣了一下，"止观？你说的是学院里的那个守塔人？"

"嗯。"

她看着陈持弓手中的银瓶，"他为什么会给你酒？"

陈持弓没有回答，莫潘不以为意。和这个人在一起，她早就习惯了有去无回的对话。两人默默站了一会儿，她忽然想起一件事。

"陈持弓，我感觉无念……"她对陈持弓说出了自己对无念的怀疑。

陈持弓的眼中没有任何波澜。

"乌玛依应该就是冲着无念去的。"他幽幽地说，"他是影国的人。"

她瞪圆眼睛，"影国？那个传说中的影国？"

"嗯。无念有他的组织和动机,如果不是知道这一点,我不会接受他的'好意'。"

"可是……"莫潘踌躇着说,"你怎么会知道?"

陈持弓叹了口气,"也许我也藏着很多秘密,和无念一样。"

莫潘听懂这一声叹息了。在经历了之前的种种以后,她本该更成熟,更有城府的啊。可这就是我,她在心中呐喊,不愿把人心想得那么曲折幽暗,有错吗?

"好。"她努力压抑心中的怒气,"假设影国真的存在,再假设无念的行动代表了影国的意志,那么影国营救我们的目的是什么?"

陈持弓摇了摇头,"我不知道。"

这次轮到莫潘叹气了。

两人半晌无言。倦意漫上来,莫潘打了个呵欠,鼻腔里盈满果香和酒气。镜塔正门在这时嘎吱嘎吱滑开,无念从里面走出,对两人说:"二位可以进去休息了。"

英英的居住区很局促,她的床边只铺得下莫潘的睡袋,无念和陈持弓在储物区忙活一番,才腾出一块空地,安顿下来。虽说局促,但比起露宿,温暖的镜塔内部终归要好得多。英英熄灭石脂灯后,便无人再说话,旅人们奔赴梦乡,只留下算机嘤嘤嗡嗡地唱歌。这声音已经久违了,莫潘迷迷糊糊地想。上一次接触大型算机,还是在学院的算房。才仅仅过了一个多月,她就已经在千里之外,和陌生的人在一起,被陌生的口音和气息包围,这种陌生感是如此细密坚实,撒马尔罕、学院、生活中微小的痛苦和快乐,那些曾经无比熟悉的一切,反而像是梦境……

"莫潘。"有人在呼唤她,"你是叫莫潘吧?你睡着了吗?"

是英英在对她说话。她睁开眼睛,深邃的黑暗悬在她的上方。

"还没有。"她说。

"能陪我说说话吗?"

"好。"

"谢谢。"黑暗中,她听出了英英的笑意,"我有好久没有和人聊天了,尤其是女人。"

"哦。"

"哎,一个人守塔太无聊了。早知如此,当初就不该放无念走。"

"放……无念走?"

"在出家之前,他叫卢孝卿,是一名守塔人,守的便是这座塔。他甚至还给这座塔起了一个名字,叫'白杨'。只不过,在他走了以后,这个名字对我已经毫无意义了。有时候我倒觉得,比起白杨,它更像一根白骨,站立之处并非沃土,而是尸骸。"

这女人刚刚说的话是一种和算学截然不同的抽象,莫潘听得似懂非懂。

"我看得出来,你对孝卿——或者说无念,很戒备。但是,他并不是一个坏人。"翻身的声音,"莫潘,你想听听我们的故事吗?"

英英似乎靠近了一点点。莫潘想象,这个短发女人放松地侧躺着,对素昧平生的人倾吐心事,因为她知道,今晚以后,她们此生不会再见。

"嗯。"莫潘应道。

"我的大名叫张英英,本是敦煌人氏,荒年间被阿爷卖给一家大户做了私奴婢。"英英顿了一下,"那家主人有时待我很好,有时又对我很……残忍。应该是残忍的时候居多,对心灵扭曲的人来说,卸下人皮伪装的感觉一定妙不可言……唐律有云,'奴婢贱人,律比畜产',虽然不能被随意处死,但私奴婢的境遇不比牲口好多少……或许更糟。毕竟奴婢也是人,能感受到比牲口更深刻的痛苦。"

她吸了一下鼻子,"那些龌龊事就不提了,你只需要知道,有一天晚上,我终于因为不堪忍受痛苦,用剪刀捅死了那个虐待我的畜生。我捅了他……很多刀。我本想用那把剪刀自杀来着,可又嫌它沾过那人的脏血,于是便跌跌撞撞从宅子里跑了出来……那天晚上雨下得好大,把我从里到外浇透了。我就想,天可怜见,能够这样干干净净地去死,也未尝不是一件幸事。官府可不会给私奴一个痛快,正当我想寻一处将自己了结时,我遇见了卢孝卿。

"他问都不问,就把我带去了一家客栈,给我找了干净衣物,又要喂我喝姜汤。可我就像一只对人类彻底失去信任的伤痕累累的狗,对任何人,哪怕是流露出善意的,也充满敌意,随时准备同归于尽。他倒是性子好,对我的咆哮和撕咬都满不在乎,而一旦发现我像是要自戕,他就会立即将我制服。我们就这样对峙到天亮,终于,我筋疲力尽,失去了自杀或者杀人的力气。于是我对他说了见他以后的第一句话——你猜我说了什么?"

莫潘摇摇头,又想起英英看不见她,便说:"我猜不出来。"

英英笑了一声，"我说：'我饿了。'他哈哈大笑，说：'饿了好，饿了好，饿了就证明你还想活。'我这才发现，自己是想活的。他给我的煮鸡蛋和胡饼，我是哭着吃完的——是号啕大哭啊，你能想象那样的情景吗？"

莫潘在英英的语气中感觉到了一丝潮湿，她的心微微抽痛。

"现在想来，我的那些抵抗其实都是装模作样。从我在滂沱大雨中跟他走的那一刻起，我就期待着他来拯救我，以死亡或者新生，仿佛冥冥中我已经认定，他就是我唯一的救赎。我想，这就是释家所谓的'缘'吧。当时，孝卿正要从长安到天山守塔，路过敦煌，却遇上了我这么个失魂落魄的女人。吃过东西后，我对他坦白了杀人的事，他略一犹豫，便决定带上我。要带着逃犯穿过层层关卡并不容易，也不知道他从哪里弄来了伪造的过所，又和我伪装成夫妻，才在险象环生中逃出了大唐的国土，最终来到这里。"

英英沉默了一会儿。"守塔人是一群什么样的人呢？如果不是和孝卿朝夕相处了七年，直到自己也成为其中一员，我不会真正了解他们。多数的守塔人或者热爱孤独，或者渴望知识，又或者像我一样，纯粹为了逃避社会的制裁。可孝卿不同，他想要医治这个世界。之所以做守塔人，是因为他认为信息可以驱除蒙昧，而镜塔是传播信息的利器，他希望能为创造理想中的世界做一点事情。可是，正是在接触大量的信息后，他的想法发生了变化。

"莫潘，我想你应该知道，守塔人有守塔人的道德，这是在近百年的镜塔历史中自发形成的。底线是不能篡改、编造和截留塔中流动的信息。只要不触碰以上几条，其他很多事情，都是被默许的。就比如，解读信息。守塔的生活太过枯燥，这项活动大概是守塔人最爱的消遣了。在七年的时间里，孝卿解读了太多被编成经纬的肮脏、血腥和阴暗，太多掩耳盗铃的卑劣。慢慢地，他意识到，在传送这些信息的过程中，他不仅仅是个旁观者，也是一名帮凶，甚至是刽子手。

"他因此大受打击，萎靡不振了很久。我没法像他拯救我那样拯救他，因为七年前的我还有对生的渴望，而七年后的他却在怀疑自己存在的意义。终于有一天他对我说，他想要离开，去寻找答案。真理不在此处，不在彼处，而是在流动的过程中——当你做守塔人足够久，你就会有这样的想法。我能怎么办呢？我只能给他自由，这是我能够为他做的全部了。"

讲述停了下来。瘦长的黑影起身，走到柜子前，翻找。哗，哗，液体晃荡的声音。啵，拔木塞的声音。

"说得我都渴了。"英英说，"酒还有呢，你来一点儿吗？"

"我不喝，谢谢。"

英英坐回到床上。咕嘟咕嘟。"啊！"一声愉悦的叹息。

"似乎他很久以前就在为这一天做准备了。"英英继续说道，"七年里，他教我粟特语，教我用算机操控镜片和飞轮，教我维修和更换老旧的零件，教我解读经纬，教我利用手边的一切生存下去……我学会了作为一名守塔人必须掌握的一切，于是在他走了之后，我便顺理成章地接管他的'白杨'，他的塔。

"他走了，向东，重回大唐，一走就是好多年。一开始，我还能收到他留给我的信息，无非是说他到了哪里哪里、一切安好之类，只字不提他寻找到了什么。渐渐地，他的消息越来越少，最终消失。对于这一天的到来，我丝毫不感到意外。我们的相濡以沫是偶然，相忘于江湖才是必然。我感到悲哀，但也仅此而已。可忽然有一天，他又出现在我面前，顶着一颗光头。他说他现在叫无念，是一名僧人。他说他找到了医治世界的方法，那是一种劝人们放下执念的智慧。我不在乎他有没有找到，我也不在乎他说的这些，他能活着回来，我就很高兴，我抱着他又哭又笑，像个疯子。

"后来的事情你也知道了。孝卿的世界并不像我想的那样，只是一座塔、两个人，他的世界是一个难以触及但真实存在的概念，是所有在雨中失魂落魄的陌生人，是所有无处安放的灵魂。为了医治这样的世界，他必须到遥远的地方，对着陌生的族群和神灵喊出自己的声音。

"这就是我们的故事了。"停顿几个心跳后，英英说，"我在镜塔里得知了河中的事情，知道他已经离开了他的那座庙，于是便猜到，他可能会回来找我。我没有猜到的是，他还会带着两个……朋友。"

"你们……在一起……七年……"莫潘支吾着，"你们有没有……呃……"

"哈哈哈。"英英爽朗一笑，"我还在想，你什么时候会问我呢。是的，在这七年里，我们就像夫妻那样生活，可对我们来说，这样的关系只是一种抚慰。那个想要医治世界的人始终是孤独的，不管是作为守塔人还是和尚。我接受他的一切，也包括他的孤独。"

"哦。"莫潘似懂非懂地应了一声。

"我注意到你看那个陈持弓的眼神了。"英英说,"你的眼神里有很多疑问,可惜我解答不了。男人有时候很复杂,有时候又很天真,而一旦他们犯起傻来,就会把自己的天真想得很复杂。不过我倒觉得,这正是他们的迷人之处。"

莫潘感觉自己的整个脸都烧了起来,脸上的热气正飘向黑暗的穹顶。

"话说回来,我对你说了这么多孝卿的事,你还怀疑他吗?"

"我……"莫潘犹豫了一下,"我不知道。"

"至少你说了实话。"英英叹了口气,"睡吧,明天你们还要赶路。"

之后无话。莫潘用了很长时间才睡着,梦境也乱七八糟的,拼不出个形状。第二天,她是最后一个醒的。醒来时,大家都已用过早餐。她埋头收拾自己的睡袋,时不时偷偷看无念,想要把昨晚听到的故事和眼前这张脸对应起来。

她发现这很难做到。

正想着,陈持弓走到她身边,低声问:"昨天晚上喝多了?"

"才、才没有!"她红着脸答。

三人直到下午才出发。英英为他们准备了很多物资。无念说,何止是到高昌,就算是到凉州,这些东西也足够吃用了。英英莞尔一笑。无念又说,他可以在这里多停留几天,英英拒绝了。

"你要是再不走,我怕我会忍不住把你留下。"

"阿弥陀佛。怨憎会,爱别离,求不得。这才是人生常态。"

"也许吧。"英英的脸上闪过瞬间的失落,"最后一句忠告:越是深入大唐的疆域,你们越是要小心。"

"怎么?"无念问。

"我听说,新皇帝向很多镜塔派出了自己委任的守塔人,那是他在有意识地控制信息的流动。我有种预感,镜塔和君主之间近百年的默契,可能马上就要被破坏了。"英英的目光扫过三人,"你们应该知道这意味着什么吧?"

他们没有说话,各自沉思着。

"镜塔里流传着很多新皇帝的事迹。"片刻之后,英英打破沉默,"和他的父亲不同,他似乎很喜欢将一切都掌握在自己手中。控制欲来自力量的匮乏,但千万不要因为他的孱弱而掉以轻心。大陆的历史告诉我们,拥有力量的人并不危险,危险的是想要模仿力量的人。"

又是一句抽象的话。莫潘看到陈持弓眉头紧蹙。

"好了,我的话说完了,你们该走了。"英英无力地摆了摆手,仿佛疲惫至极。

无念看着英英,几度欲言又止。

"保重。"最后,他只说了这么一句,便决绝转身。几个人牵着马,朝坡下走去。走出很远后,莫潘才回过头。

英英还站在那里,在白塔的映衬下,如同一颗生锈的铁钉,执拗、斑驳、不屈,能够毫不留情地刺穿生活的矫饰,将锋利的洞察深深地嵌入其中。

无论如何,她还爱着无念啊。莫潘想。可是,她真的了解无念吗?除了守塔人、僧侣,她还知道无念那一重影国的身份吗?也许对她来说,这些已经不重要了。但对莫潘来说,却并非如此。

莫潘回过头,正对上无念的目光。

"莫潘小施主,快点跟上哦。"无念笑着说。陈持弓也在看着她。

她踯躅片刻,然后点了点头,向所有她必须解决的谜题走去。

第十八章　陈持弓

又向上走了两天，他们终于到达山口。山口平坦，布满积雪，向下远眺，可以看到勃达河谷的壮美景色，望得再远一些，塔里木盆地的沙海也隐约可见[①]。下山的路好走多了，他们步入山谷中，沿勃达河的鹅卵石河岸继续行进三天，就到了山谷口的商队驿站。在驿站里，陈持弓重新睡上了舒服的床。他想了想，距离上次睡在床上，已经有将近两个月。他小心翼翼地舒展身体，身体上的疼痛已经消失殆尽。

在翻越天山的过程中，突骑施人留在他身上的伤，基本痊愈了。

必须感谢莫潘啊。他惬意地凝视着黑暗。这个女孩儿虽然并不完全信任他，但她的聪慧和善良总能给人以抚慰。路上休息的时候，三个人各怀心事，少有热烈的交流，莫潘穷极无聊

---

　　① 翻越天山及丝路沿途的景色描写，参考了[英]魏泓著，王姝婧、莫嘉靖译：《丝绸之路：十二种唐朝人生》，四川人民出版社2020年版，第39页。

时，会用石头在地上写字。陈持弓看过，都是些算学的推理，虽然他的算学底子不错，但要看懂这些天书般的推理还是有些吃力的。

"这些都是莫毗多研究过的问题。"心情好的时候，莫潘会耐心地向他解释，或者说，倾诉，"莫毗多不仅是一位格物家，还是一位天才的算学家。"

而他会微笑着回应，"哦。"

"莫毗多和北魏的大算学家金玄是很好的朋友，镜塔网初具规模时，他们就使用镜塔通信了。"莫潘凝视着跳动的火，目光深邃，"那时，中国兴起了一种叫作'聚'的算学理论。简单来说，聚就是把数归类的理论。老师说，它之所以兴起于中国，是因为中国的先民早早就发明了'数'和'类'的概念，它不过是这些概念的自然发展。聚是很好用的算学工具，当时几乎所有的算学家都在研究它，但第一个认识到它真正力量的人，是金玄……"

莫潘停了下来。"继续啊。"陈持弓催促道。他看一眼身边，无念已经睡着了。原来女孩儿在担心自己能不能听得进去。

当然听得进去，为了能把责任短暂地抛诸脑后，连算学都显得那么生动可爱。

"好。"莫潘说，"金玄发现，当聚的概念和他的经纬学结合起来，会产生一种意想不到的效果：经纬学的能力被大大拓展了，它可以用来定义算学本身……不，我说得还不够准确。用'定义'二字不足以表现金玄的野心。经纬学本身是一种形式系统，这个系统由公理、规则和定理组成。金玄当时的想法是，使用聚的概念,把算学的一切都纳入这个系统中——所有已证明、未证明,甚至尚未被发现的定理,都可以从公理出发,按照语言规则按部就班地推导出来,不需要人的思考介入其中。"

"不需要人的思考……"陈持弓喃喃道。

"你想到了什么,对吗?"莫潘浅笑,"算机就是经纬学的系统。按照金玄的意思,算机终究会超越,或者至少达到人类的思维能力,尽管在我们看来,算机的思维不过是瓷与丝的振动,它并不会'想'。"

陈持弓沉吟片刻,"'子非鱼,安知鱼之乐?'同理,人类不是算机,并不能真正了解它的思维过程。假设算机有思想,那么在它看来,我们的思维也不过是气与血的流动。"

莫潘瞪大眼睛,不认识似的看着他。他低下头去,"呵呵,都是些胡思乱想,莫要取笑于我。"

"不,你说到点子上了。"莫潘一板一眼地说,"围绕思维的本质,莫毗多和金玄有过很多争论,都是从刚才的问题引出的……算机里的运算和人的思维有本质上的不同吗?看来你是持否定态度的。"

陈持弓点了点头。

"那么你和金玄的观点一致,都站在莫毗多的对立面上。"莫潘若有所思,"也许,也许就像老师说的,中国人从骨子里认为,万事万物包括人类本身,都是在同一种秩序下生成和运行的。"

"如果我没记错的话,莫毗多在格物学上的成就,就是证明了小到地球上的昆虫,大到宇宙里的天体,都是在同一种秩序下运行的。"

　　"不，那不一样。"莫潘认真地盯着陈持弓，"莫毗多并没有将人的灵魂纳入她的格物体系中。"

　　灵魂。陈持弓皱了一下眉头。人应该对理性范围之外的事物保持缄默，他赞成章祭酒的这个观点。但章祭酒在介绍庄子时也曾谈到，这位先哲认为"精神生于道"。这里的"精神"，按照陈持弓的理解，大体对应着莫潘所谓的灵魂。所以根据庄子的说法，就算人真的有灵魂，它也是由万物的法则"道"所生，并不能独立于"道"之外。

　　在这一点上，他依旧选择站在莫毗多的对立面。

　　见他沉默不语，莫潘自嘲般地笑了笑，"灵魂什么的，我们就不讨论了，回到算学上来。金玄的野心是用经纬学的语言搭建一个完整自洽的算学系统，而这个系统要满足的条件之一，就是不能存在无法证明和证伪的命题。如果能够证明系统里存在这样的命题，金玄的野心就宣告破产了。"

　　"金玄的野心破产了，对吗？"

　　"嗯。通过引入自我指涉的语句，莫毗多证明了在系统里一定存在无法证明和证伪的命题。其实很早的时候，莫毗多就发现了自我指涉会导致悖论，这直接动摇了'聚'这个概念的算学基础，金玄打了很多丑陋的补丁才把悖论消除。这一次，金玄根本没有反击的机会，他彻底失败了。"

　　陈持弓眯起眼睛看莫潘画在地上的符号，"你在写莫毗多的证明？"

　　莫潘轻轻摇头，"莫毗多的证明大部分已经被销毁了，我在尝试利用她的思路把证明重现出来。"

他扬起眉毛，"证明被……销毁了？"

"销毁了。"莫潘沉重地说，"莫毗多想通过此举挽回与金玄的友谊，但她还是太天真了。她可以销毁证明，但她销毁不了人的偏执和傲慢啊。"

"没错，这就是所谓的执，人类痛苦的根源。算学家的执，听莫潘小施主讲来，较常人更甚啊。"

两人一齐转头，无念正似笑非笑地看着他们。

莫潘红着脸颊钻进睡袋。"睡觉啦！"她小鸟般叫了一声。陈持弓也背过身去。

"喂喂！你们把贫僧聊醒了就不管贫僧了？这也太过分了吧！"

这样围着篝火聊天的日子，已经过了大半吧？为什么这样的日子尚未结束，他就已经开始怀念了？陈持弓躺在床上辗转反侧。过几个绿洲城邦，再穿过塔里木沙海，就是高昌。莫潘是在此停步还是继续同他前往凉州？就算还能同行一程，到了凉州，他也必须恢复军人的身份，而莫潘一定会去胡城里的粟特人聚落，打探亲人的消息，他们终究是要分开的。

也许这样最好。他有些失落，又有些欣慰地想。只要莫潘安然无恙就好，他尽到了守护她的责任，接下来更凶险的路，需要他一个人走。

那个守塔人英英怎么说来着？大唐的新皇帝很危险。对他的臣民来说，也是如此吗？陈持弓啊陈持弓，质疑圣人本身就很危险。他强迫自己闭上眼睛，五彩斑斓的光点在黑暗中跳动，如同他凌乱的思绪。

第二天，他们在驿站租了头载水的骆驼，向东出发，目的地是姑墨州。他们走过一段又一段碎石、沼泽或岩石的路面，几乎每个驿站之间的路面都有所不同。此地的气候也有些变化无常。他们时而与驾着铁马的商队比邻而行，在他们的北边，积雪覆盖的汗腾格里峰如白色灯塔般守望着。这一路有许多座镜塔，常常可以看到商队在镜塔附近就地扎营。商人用物资和守塔人交换信息，陈持弓想，大概是市场的供需商品的价格之类。其实有一件事他最近一直很在意：那天英英独自款待无念的信息是什么？是影国的指示还是当前的局势？或者二者皆有？毋庸置疑，若不是无念，他和莫潘很难活着到达这里，但这反而加剧了他对无念的怀疑。

无念，或者影国，到底在图谋什么？

姑墨州位于丝路南北、东西两条干道的交会处，地理位置重要。然而它只是一座小城，三人在这里没有见到什么景致，稍事休整，便继续赶路。下一站龟兹，是进入沙漠前的最后一个歇脚处。在进入龟兹几天前，他们就路过了它的乡村。道路两旁是繁茂的白杨，为旅人提供阴凉；果园处处，园中种着杏树、梨树、桃树和石榴。喷着黑烟的机械傀儡在果园中忙碌，有四足甚至八足的，约莫一人高，造型甚为怪异。陈持弓告诉莫潘，这是农业傀儡，如此造型是为了方便在田垄间行走，农业傀儡在石脂资源丰富的西域多有使用，一般产自凉州，由铁马贩运而来，在本地组装。

"农业傀儡在大唐的使用更广泛。"陈持弓骄傲地介绍道，"当然大唐的傀儡一般烧的都是石炭和岚气，它们虽然燃烧效率较石脂为低，但胜在储量大、价格便宜、运输方便。”

“父亲在经纬信里对我说起过，”莫潘若有所思，“大唐的富庶来自生产和贸易，而石炭是这一切的基础。”

“没错。”陈持弓点了点头，“章祭酒也讲过，所谓文明，就是发现和利用各种各样的力，而石炭的燃烧带来了人畜所远远不及的力。”

“章祭酒？”莫潘看他，“你是说章善德？”

他这才发觉自己的语气过于亲密了，于是急忙打着圆场，“呃……国子监的章祭酒在大唐无人不晓。”

幸好，莫潘没有追问下去。

龟兹虽然有三重高墙，但城防并不紧张，他们用一笔小钱贿赂守卫，混了进去。钱是陈持弓的，逃离碎叶城之前，无念从他存放于商队的行李里搜出了钱帛、神骨和弓，都一并带了来。在驿站，陈持弓将手中的大额钱帛兑换成了多张小额钱帛，用于旅途支用。大唐的钱帛最近虽已贬值，但若以通关速度而论，还是比过所更为便捷。

“总有一天，所有人都会把金钱当作神灵。”通关后，无念感叹道。

“而且只要价钱合适，他们会把先前供奉的神灵也一起卖掉。”陈持弓面无表情地说。

“阿弥陀佛。”无念耷拉着眉梢，双手合十。

因为有南部的河流滋养，龟兹是荒漠中热闹的所在。他们一进城，就听到了阵阵乐声。在沿街半敞开的食肆里，伴着悦耳的龟兹乐，露着肚脐的粟特舞女轻盈地跳着胡旋舞，食客们一边吃着各式烧烤牛羊肉和鲜果，一边发出阵阵喝彩声。在陈持弓看来，舞女们的舞姿与河中和凉州都不同，有西域独特的风格……在来之前就听无念说，此地十分崇佛，此话不假。龟兹的街上到处是化缘的僧尼，丈许高的佛塔也俯拾皆是，在城中心的集市广场旁，更建有一座巨大的寺庙。他们信步走进集市，居然还遇到僧人的摊位，这些光头和尚除了兜售佛经、祷文、符箓，还为人解命，用的是龟兹本地话、突厥语甚或汉语。[①]佛教和佛僧竟能如此融入市井，令陈持弓颇感意外。

"无念，这里可比撒马尔罕热闹多了，要不要就此安顿下来？"他不怀好意地问道。

"阿弥陀佛，此地终究过于世俗，不利于静修。"无念说。

"我听说，高昌崇佛之风更甚。"

无念微笑不语。

休整两天后，三人又上了路。从龟兹到高昌要穿越沙漠，这是一段艰难的旅程。为了躲避酷热，他们昼伏夜行，为了能在驿站或者旅店休息，两天的路程常常要在一天内赶完。沿途的镜塔没有高地和建筑物遮蔽，如路标般指明了方向，所以即使在夜里，他们也不会偏离主路。陈持弓曾经听同行的商人说过，以前，沙暴掩埋道路之后，经验不足的旅人若是迷失方向，往往会漫无目的地徘徊数日，最后因饥渴而亡，化作沙丘里的累累白骨。自从有了镜塔，这样的事情就很少发生了，就算不知自己身在何处，迷途的旅人也知道去最近的镜塔讨要饮食，再发出信息，等

---

① 此处龟兹的市井描写，参考了 [英] 魏泓著，王姝婧、莫嘉靖译：《丝绸之路：十二种唐朝人生》，四川人民出版社2020年版，第40—41页。

待救援。

对陈持弓来说，这些麻烦虽不致命，但于任务无益。幸运的是，迄今为止，他们还不曾遇见令人闻之色变的沙暴。然而，还有另一种更大的风险，那便是盗贼。一般情况下，这些亡命徒只对商队下手，但也有饥不择食的时候，绝不能掉以轻心。

驿站和旅店有大唐派专人运营，所以条件还好——至少有床和热汤；如果到不了驿站，就只能在歇脚点休息。所谓歇脚点，不过是一口水井和几棵供旅人纳凉的树，有时甚至连水井都没有。被乏味而艰苦的旅程折磨得精疲力竭的三人都很少开口说话，而若是绿洲遥遥在望，他们的心情则会愉悦一些——绿洲意味着巨大荒芜中如野草般坚韧的人类文明，或是小一点的聚落，或是大一点的城镇。旅人们最喜城镇，比起驿站和聚落的粗糙简陋，这里的旅店和饮食堪称奢华，价格自然也不菲。由于南来北往的都是夜行客，这些城镇总是在入夜之后才真正醒转过来，酒店食肆传出欢歌笑语，商队在狭窄的道路间穿梭，铁马行走的声音敲打在沙漠夏夜干硬的壳上，溅起细密的回响。夏夜已经有些凉了啊，在旅店床上恢复了力气的陈持弓想，苦寒之地的夏日总是短暂，但从不缺少生机，就像此刻喧闹的绿洲城镇，就像那天山上的守塔人。

就像草原上的君主，那头病弱的狼。

突骑施人还在向东行进吗？他们现在到哪儿了？

凉州，他咬紧牙关，我要快些回到凉州。

又沿商路走了十几日，沙漠的酷热渐渐消退，到了夜间，反倒有些寒凉。于是他们改变了作息，白日赶路，夜里休息。这一夜，三人没有赶到驿站，于是便燃起篝火，打算在野外将就一晚。是莫潘首先看到了远方繁密的灯火，无念翻出地图，确认那便是高昌。

"明天我们一早出发，中午就能到。"无念说。

"嗯。"莫潘点了点头。

"到了高昌之后，你们二位如何打算？"无念问。

"继续往凉州。"陈持弓一边回答，一边用眼睛瞄着莫潘。

莫潘注视着跳动的火焰，没有说话。

"啊，那还有好远。"无念说，"从碎叶到高昌，我们走了有两个月吧？总感觉自己走了很远，其实不过是地图上一根小指的距离，世界太大了。"

"莫毗多说过，我们的世界在宇宙中也只是一颗小小的沙粒，银河则是整个沙漠，沙漠之外，还有沙漠……而容纳这一切的，是广阔的、难以穷尽的时间和空间。"莫潘幽幽地说。

陈持弓抬起头，银河如瀑，纵贯天宇。这情景壮丽得无以言表。"可这个世界就是我们所拥有的全部了，"他说，"即使只是一颗沙粒，我们也不得不为之奋战。"

两个人一齐看他，看陌生人似的，他有点不好意思，又低头说道："莫毗多的故事还没有讲完呢。那天说到她销毁了证明，后来呢？"

"后来……"莫潘叹了口气，"后来，她辞去了院长的职务，郁郁终老，再也没有碰过算学。"

"真可惜。"陈持弓说，"说起来，我还是从你嘴里才第一次知道，莫毗多和金玄还有这样一层关系。"

"这个故事被刻意埋藏了，不管是在学院还是大唐。"

陈持弓翻起眼睛，"可是，你又如何知道？"

莫潘把手探向腰间，"它写在老师给我的算帛里。"

陈持弓会意地点了点头。"原来这就是你一直在意的东西，就像我在意那瓶液火一样。"他的目光转向呵欠连天的和尚，"无念，你又在意什么？"

"阿弥——啊，陀佛。"无念使劲儿眨了眨惺忪的睡眼，"出家人，不会在意身外之物。"

陈持弓哼了一声，"是吗？"

"当然，出家人不打——咦，那是什么？"

他顺着无念的目光看去，看到北面有隐隐约约的火光。

"是火把。"莫潘说。

"是商队吗？"陈持弓问。

"不像。"莫潘摇了摇头，"那些火把的间距很小，而且摇晃得厉害。"

陈持弓噌地站了起来，极目远眺。在他的视野里，火光糊成一团，像暗夜里飘浮的橙云。莫潘有一双鹰眼啊，他想，若是……嗐，不是想这个的时候！

橙云在急速靠近，马蹄的振动也沿地面传来，他心里腾起不祥的预感：不会是，不会是——啪！一支箭直直钉入他脚下的地面。预感应验。他下意识后退一步，转头对两人喊道："快！从火堆边离开！"

莫潘和无念都愣了一下，随即反应过来，跟着陈持弓飞奔上马，身后是箭矢破空的啸叫声。

走了这么长一段路,沙海里赫赫有名的盗贼终于被他们遇到了。来不及感叹,陈持弓开始迅速评估形势:对方人多势众,抵抗绝非上策;若胡乱奔逃,则容易被熟悉地形的贼人分隔合围,也不可行。"往高昌去!"他高声下达命令。为今之计,只有向着明显的目标去,才有一丝逃脱的机会,又不至走散。

"快!"见两人犹疑不定,他大喝一声,"你们先走!我殿后!"

三人这才拉开队形,全力逃跑。夜是一道迷障,但显然是对逃命者而言:盗贼虽擎着火把,但也只能让陈持弓辨出大致方位,他接连射了几箭,丝毫没有减缓对方追击的速度;反过来,他们因为看不清脚下的路,不敢纵马狂奔,正被渐渐追上。

陈持弓在心里暗叫不妙。

"前方!"莫潘忽然大叫,"前方也有火把!……不,是石脂灯!"

陈持弓心里咯噔一声。向前看,果然是连成一线的黄白色的光。他正想叫大家转向,却猛然意识到,石脂灯来自高昌的方向。

匪盗猖獗的地方,必有巡夜的官军。

"是官军!"他喊道,"我们迎上去!"

他赌对了。迎面而来的骑兵在三十步开外绕开了他们,直奔追在他们身后的盗贼,交战之声在几个心跳之后响成一片。陈持弓估算了一下,这队骑兵大概有二十人。只见一名骑兵从队伍中脱出,策马赶来,在他们近前停住。

"几位客人受惊了。"骑兵提起石脂灯,照了照三人惊魂甫定的脸，"我们奉可汗之命，保护来往的商队。"

说的是突厥语，一身突骑施的软甲，在微弱的灯火下反射着暗哑的光。

陈持弓背上的汗毛都竖了起来。

"怎么，客人不舒服吗？"骑兵驱马走近陈持弓，陈持弓看清了他的脸，很年轻，髯须疏淡。

毫无戒心。

陈持弓摇了摇头。余光里，无念和莫潘也如临大敌般绷直身体。

"贼人就交给我们好了。"骑兵骄傲地弯着嘴角，"客人快去看看有没有遗落什么东西，待会儿我护送你们入城。"

陈持弓笑了笑，横刀反手一挥，将骑兵劈落马下。

一声闷哼。

"走。"他掉转马头，"先往南边去，找地方躲起来。"

虽然惊骇，但两人还是依言行动。跑出十几步后，他回头，看到掉落在地上的石脂灯照出一个挣扎着爬起的身影。

希望仁慈不会害了我们，陈持弓想。

"情况很清楚了。"无念来回踱步，"昨晚我们遇到的是突骑施的先头部队，他们正在为碎叶城打通东去的道路。高昌作为商路上的重要节点，已经被苏禄可汗实际控制了。"

陈持弓跺了跺冻僵的脚。昨夜，他们向南逃了十几里才停下，几个人又冷又饿，却不敢生火，硬生生挨到了白天。高昌仍旧在视野之中，此刻却显得异常遥远。

"高昌之前就在大唐和突骑施之间摇摆骑墙，"无念停下来，叹了口气，"现在看来，它已经彻底脱离大唐的羁縻，依附于突骑施了。"

新皇帝很孱弱。陈持弓咬着嘴唇，如果守塔人知道了这一点，那么许多人都会知道了吧？

"持弓施主的反应果然神速。如果我们随那突骑施人去了城门，又拿不出过所，一定会被怀疑甚至逮捕。"无念摸了摸毛茸茸的脑袋，"说不定，苏禄可汗正等着和我们见面呢。"

"你没有把那个人杀死。"莫潘看着陈持弓，没头没脑地说了一句，"你用的是带鞘的刀。"

陈持弓愣了一下。"杀戮并不能改变我们的处境。"他说。

"阿弥陀佛，持弓施主的心中有慈悲。"无念微笑着说。

陈持弓故作不屑地撇了撇嘴，"我们不是在讨论下一步该怎么办吗？"

"很难哪。"无念轻轻摇头，"昨晚我们只顾着逃命，丢了载辎重的马和骆驼。眼下的状况，我们不可能绕过高昌到玉门关。"

"你的目的地不是高昌吗？"陈持弓问。

无念眯起眼睛，"你觉得，如今的高昌，还有我的容身之地吗？"

陈持弓沉默了。

"那我们怎么办？"莫潘焦急地问。

"贫僧倒是有一个法子。"无念说，"就看两位施主信不信任贫僧了。"

陈持弓看了看莫潘，转头对无念说道："你觉得，我们还有别的选择吗？”

“哈哈哈。”无念抚头大笑，“持弓施主还真是耿直啊……好，那就这么办。”

他从随身的背囊里摸出授时导航仪和地图，抬头对着太阳确定经纬，低头查看地图，四下张望一番，指了一个方向。

“我们往那边走。”他说。

几个人翻身上马。马儿折腾了一晚，又没有草料可吃，走起路来慢吞吞的，像是在磨洋工。陈持弓心中焦急，但也无可奈何。走了一个多时辰，他们路过一座村庄。是那种丝路上常见的村庄，有吊满葡萄藤的果园和吐着黑烟的农业傀儡，有走水的明渠，石头房子分布稀疏，不知从哪里飘出了乐声，却不见人影。无念引着两人走到村庄里，陈持弓一开始以为他是要讨要吃食，可见他四处寻找的模样，又不像。最后，他在一幢灰色的房子前勒马，高声说了一句什么，陈持弓没听清。

“你在喊什么？”陈持弓问。

“咒语。”无念神秘兮兮地回了一句。

房子的正门开了，从里面走出一位须发皆白的老人。无念下马，走到他面前，拱手道：“老丈，有劳您带路了。”

老人滞缓地眨了眨眼睛。刚才，无念对老人说的是粟特语，陈持弓正想着，老人大概没听懂无念在说什么，却见老人以同样滞缓的速度点了点头。

“跟我来。”老人用生硬的粟特语说，“马留在这里。”

陈持弓和莫潘对视一眼，也从马上翻下。无念走了过来，对他们说：“跟你们的马说再见吧……还有夏天。”

莫潘挑起眉梢，"夏天？"

"再回到地面的时候，恐怕就是秋天了。"

"……地面？"

无念微笑不语，跟着老人进了房子。陈持弓向前走了几步，回头，见莫潘抱着马头低声絮语，又用面颊贴了贴，才向他走来。

他的心小小地抽痛一下，那是种看到美丽易碎的玻璃器皿的感觉。

老人的房子和这村庄一样，无甚特别，只是后面的储物间有一个活板门，打开活板门，是通向地下的台阶。老人点燃石脂灯，径自走了下去。

"跟上。"无念回头说道。

通向地下的道路远比陈持弓想的要长，也可能是因为四周太过昏暗，延长了他的主观感觉。待他们在一道铁门前停步，他竟然有些气喘。老人举着石脂灯在铁门前晃了晃，陈持弓看了个大概：铁门呈正方形，一人半高宽，表面有红色的铁锈，上下有机关联动的滑轨，旁边的墙上，大概在与成人头部同高的位置，有一个嵌入式的字母盘。

"规矩你是知道的，"老人对无念说，"要是没有和对面一致的新口令，我也不能帮你。"

"放心。"无念冲陈持弓和莫潘挤了挤眼睛，"我才和守塔人交流过。"

说罢，他用手指拨动了铜盘上的字母，手指上的动作刚一停下，铁门就开始滑动。水的声音。潮湿的风裹着若有若无的霉腐味儿从门缝里吹来。陈持弓下意识屏住气息，可他很快就顾不得这些了——铁门终于打开，一个明亮而又深邃的世界出现在他眼前。他看向莫潘，发现后者也在惊疑不定地盯着他。

无念把手搭在两人的肩上。

"两位施主，感谢你们对我的信任。"他说，"欢迎来到影国的道路。"

第三部

凉州之秋

人类从蚕丝和瓷片出发，
通过在具象上一层一层搭建抽象，
竟然在某种程度上创造了算机中的宇宙。

第十九章　伊　嗣

我是谁？

寻找答案的过程如同拼图，他要在破碎的记忆中寻找残片，将之拼凑成一幅名为"自我"的图像。这项工作异常艰难，当疼痛和眩晕在他颅内的宇宙弥漫，他会选择放弃抽丝剥茧的努力，直接接受老人的说法。

"你叫伊嗣，是波斯萨珊王族的后裔。你从大唐到撒马尔罕的学院求学，却在一场战斗中头部受伤，是我们救了你。"

这个说法大体是可信的，因为他实在想不出老人欺骗他的理由。他摸了摸颅顶右侧的金属头壳。光滑，有丝丝凉意。那就是他受伤的部位。"你的部分头盖骨被爆炸掀开了。"老人说，"若不是'圣火之子'继承自波斯帝国的卓绝医学技术，你是绝对不可能活下来的。"

老人说的是波斯语，他听得懂。除了波斯语，他发现自己还会汉语、粟特语、吐火罗语。记忆真的很奇妙，它可以精确地剔除你对自我的认知,却保留下来知识和技能,以及对世界运行法则的基本概念。

就是说,在世界的幕布上留出一个叫作"自我"的空洞,他想,像一个恶作剧。

老人身形瘦削,指节粗大,黄眼珠,山羊胡,除了一头披散着的花白长发,并不显老。叫他"老人",并非不敬。他说他来自群山之中的阿剌模忒①,大家都叫他"老人"。他曾经有过名字,但自从他立誓投身复国事业,他就摒弃了那个名字。

"名字就意味着世俗的牵挂。"老人说,"圣火之子不能有任何牵挂。"

圣火之子。一个陌生的名词。老人告诉伊嗣,圣火之子是一群以暗杀手段图谋复国的波斯人,他就是他们的领袖,在找到伊嗣之前,他们一直躲在山中发号施令。然而,复国事业总是免不了残忍、滥杀和牺牲,一个世俗的领袖无法提供足够的正当性,而大神阿胡拉·玛兹达正在与异族神灵的交锋中节节败退,如今能够凝聚人心的,只有古老神圣的血脉。

"所以我才会救你,又把你大费周章地弄到这里来。"老人说话很直白,不过伊嗣喜欢这样的直白,他目前无法很好地理解语言中的隐藏含义。

这里是哪里呢?船。他躺在一条船上。船的热机嗒嗒作响,行驶很平稳,没有摇晃。头顶不是天空,而是弧形的岩壁,大约

---

① 里海南岸的一个古代城堡遗迹,位于今伊朗吉兰省境内,在厄尔布尔士山脉的三千米高峰之上,距离德黑兰约一百千米。阿剌模忒在波斯语中的意思是"鹰的巢穴"。

四步高。石脂灯提供了光亮，但由于空间巨大，光亮走不了多远，便被黑暗吞食。声音，他听到声音。哗哗的水声，人的交谈声，各种语言，在岩壁间叠成潮水般的回音。一场又一场的高烧，一次又一次徘徊在死亡边缘。脑中的时空失去了秩序，他一会儿在火光漫天的战场上，一会儿在灯火摇曳的洞穴中，一会儿又在摇摆作响的车厢里。唯有当下是可以把握的，他正在洞穴中漂向某个地方。

"你在影路，影国的道路。"老人说，"影国连通了西域的坎儿井，并将其扩建为一个能够行人走船的地下网络。在镜塔之前，信息就是通过这个地下网络逃出君主们的手心，在大陆上流动的；在镜塔之后，它也是走私物品和人的绝佳选择。

"波斯语里，有一个词叫'卡纳特'，我认为，它就是坎儿井的词源。"老人继续说，"是我们的先祖首先发明利用沙漠地下水的方法，从而在缺水的环境中创造出了伟大的文明。"

虽然他对老人关于坎儿井源自波斯的说法存疑，但老人说的这些话，他似乎有印象。记忆指向一个男人：他坚持把坎儿井叫作"卡纳特"，就像他坚持把马球叫作"波罗球"。词语是另一重现实，这个男人固执地在另一重现实里复活辉煌的帝国。

父亲。这个男人是父亲。重要的人，重要到记忆的恶作剧也不敢将他完全抹去。记忆中的父亲说："去吧，伊嗣，去建立你的功业。去证明你自己。"

抱歉啊，父亲。他无声地说，我差点儿把自己都弄丢了。

有一只手在轻抚他的脸颊。冰凉，柔软，带着一种难以言喻的气味。

"玛纳,辛苦你了。"这一次,老人说的是粟特语,"到了玉门关,还有很长一段地面道路要走,你觉得他这个身体状态,能撑到凉州吗?"

那只手在他脸上停顿一下,离开。

"烧已经完全退了。他的身体没有问题。"女人的声音,带有微微的沙哑。

"那就好。"

"莫潘,"伊嗣忽然叫了一声,"是你吗?"

女人俯身看他。灰发,黑眼,皮肤苍白,鼻梁高挺。美丽,但不是他记忆中的那个女孩儿。

"伊嗣大人,你认得我吗?"女人说。

他摇了摇头。

"寂静之塔呢?有印象吗?"

黑色的塔,残缺不全的尸体,野狗,秃鹫,铃铛,纳骨瓮。记忆咕嘟咕嘟涌了出来,他瞪着眼睛,一时间说不出话来。

"他的身体没有问题,但如果他不知道自己是谁,恐怕没法让凉州的萨宝信服。"女人说。

"这你不用担心,"老人说,"我们还有时间。"

莫潘是一把钥匙,当伊嗣找到了这把钥匙,记忆之门便打开了,门后不是辉煌的厅堂,而是幽暗的地下室。他步入地下室,向躲藏在暗处的过往投去目光。

"如果你总是听到不净人的铃声,那就是阿卡·玛纳在召唤你了。"在幽暗的角落里,莫潘眨着绿眼睛说道。

不净人。我想起来了。他的身体微微颤动。叫玛纳的女人就是他在寂静之塔下遇见的那个不净人。玛纳，阿卡·玛纳，她用了死神一半的名字。

"是玛纳在战场上救了你。这个女人是我们的人，她出现在你的生命中，并非偶然。"老人说。此刻，他正跟在老人身后，在影路的一个分岔里行走。为了让他的双腿找回感觉，恢复身体机能，老人会时不时带他下船，在地下网路里漫步。影路的干线是一条蜿蜒流淌的地下河，河岸稍稍高出水面，他们的小型热机车船便是在地下河上行驶。这种车船是大唐的发明，通过机械传动装置，以明轮而非帆桨推动船前进，最初的车船由于是人力驱动，相较帆桨船只并没有优势，热机取代人力后，情形则大为不同。支路则从干线旁逸横出，数量庞大，毫无规律，犹如树的枝杈，通向有人或者无人的空穴。没有标识，人们很容易在里面迷路，这种时候，一个古老而实用的经验是，感受风的流向。风道往往连接着干线和有人活动的地方，迎着风走，就有可能脱困。至于风道通往地面何处，似乎无人关心，影路与其说是路，不如说是地下王国，它以自己的意志在黑暗中生长，仿佛旱地植物的庞大根系。

"通过我们的信息渠道，我们知道你跟着突骑施人去了学院，所以早早就埋好了眼线。"老人一边说，一边快步向前走去。他的身手矫健，虽说挎了个沉甸甸的大包裹，伊嗣要跟上他，竟还有些吃力。"玛纳是不净人，也是我们的眼线之一，在寂静之塔见过那一面后，你就逃不出她的视线了。"

所以，后来伊嗣经常听到的铃铛声，就是玛纳发出来的。

"她如果想隐藏自己，你不会听到任何声音……她一定是故意给你听的。"老人转头对伊嗣笑了笑，"制造恐怖是我们的工作之一。"

伊嗣吞下一口唾沫，颅顶隐隐作痛。

地面在震动，他听到沉闷的噪声，像是多种声响的混杂。老人示意继续向前。除了噪声，他还能够闻到石脂燃烧的气味。在前方的岔路口，他看到了掘进傀儡。它有两匹马那么大，六条腿，形似巨型蝼蛄，腹部的四台热机在奋力工作，将燃烧转化为穿透土层的力量。一个大胡子男人站在"蝼蛄"身后，正手持金属盘，盘上有钢丝连着"蝼蛄"背部形似算机的机械部件。

男人对他们挥了挥手，又埋头专注于控制傀儡的运动。

"最初的影路是人工开凿的，那时人们还懂得节制。"老人用手扇风，驱散了飘向他的黑烟，"现在所有人都在摆弄大唐用来开采石炭的掘进傀儡，它们简直就是把泥土当作食物啊。想象一下，当我们脚下的大地被啃食一空，会是什么样子。"

老人并没有期待一个答案，说完，他便转向另一条岔路。

"我们要去哪儿？"伊嗣问。

"奇怪，我记得是在这附近来着……啊，找到了！这边！"

能够在影路找到特定地点的能力，在伊嗣看来还是挺神奇的。地下道路缺乏显著特征，到处都是弧形的穹顶，灰褐色的内壁，昏暗的石脂灯，脚下是带着霉味儿的泥土，如果不小心，还会踩到人或动物干结的粪便。偶尔，也会看到几具枯骨，应该是迷路的倒霉蛋。刚刚路过的一处空穴里有几名男女，都披散着头发，穿粗布衣裳，正围着一小丛火低声交谈。火上除了挂着个咕嘟作响的水壶，还烤着什么，大概是影路里随处可见的肥硕老鼠。伊嗣本能地抗拒把他闻到的油脂香气和食物联系在一起。看到伊嗣，这几人也只是流露出瞬间的惊奇——他巴掌大小的银色脑壳没有头发遮盖，正诚恳地袒露着自己。老人曾经对他说，到了大唐，可以为他定做一块带头发的人造头皮。"大唐尽是能工巧匠。"老人说道，那会让他看起来和从前没什么两样。他并不拒绝也不渴望这块头皮，情绪的重建需要时间，他感觉不到羞耻或者荣耀。他现在更关心的问题是，人们为什么要放弃地面，住到这地下来？"你看到的大多数人并不是住在这里的。"老人说，"影路就是一条道路，或者说，跨越国界的流动黑市。人们在这里获取地面上无法获取的东西，去到在地面上无法去到的地方。当然，影路也有它的常住居民，他们是命案在身的逃犯、逃跑的奴隶、冒险家、学者、商人、僧侣、不被社会接纳的人……或者像我这样的刺客。"

怪不得方才那几个人对他见怪不怪，伊嗣想，来到这个暗无天日的地方就等于抛弃了地面上的身份，人长得好看或者丑陋，又有多大区别呢？

老人要找的地方，是某条支路尽头的一扇门。在影路里，这大概算是最郑重其事的领地象征了。老人用指节长长短短地敲了十几下门，等待片刻之后，门被从内推开了。

"在这里等着。"他命令道。

然后，他提了提包裹，走了进去。

伊嗣在门口默立，渐渐地，他感觉声音和光亮都在离他远去。记忆在黑暗中显出轮廓，他看到墨黑之夜骑着白马的少年在追逐战争。这很愚蠢，他想，恐惧令人愚蠢。是的，是恐惧而非建功立业的雄心驱使他不断走向战场深处。在情绪被剥离的当下，他才看清，原来受伤前一直驱动他的，就是恐惧：对丢掉身份后泯然众人的恐惧，对远离故土后流离失所的恐惧，对失去漂亮脸蛋儿后无人关注的恐惧……如今，讽刺的是，所有他恐惧的事物都已成真，他却失去了恐惧的能力。

也许这样更好，他想，现在我比任何时候都更加接近那个真实的自我。可是，为什么我还在思念着那个粟特女孩儿？莫潘，你还活着吗？学院还存在吗？

老人从门后走了出来，手里的包裹不见了。"走吧。"他低声命令道。

伊嗣点头，跟上老人，没走出几步，却听到身后有人喊了一声："等等。"

回头，他看到一位拄着拐杖的老者。老者那只有寥寥数根白发的脑袋像皱缩的核桃，配合着他的脚步小幅度地摇晃，让人不禁担心这颗皱核桃会毫无征兆地从细细的脖颈滚落，砸在地上，发出干瘪的回响。这才是真正的老人啊，伊嗣想，无法维持自身完整性，因此失去了体面的才是老人，而陪着他的那个老人是个冒牌货。

"巴赫拉姆，怎么了？"老人皱起眉头，"是嫌我给的东西不够？"

叫巴赫拉姆的老者颤巍巍地挪到两人面前，停下，仰头，直勾勾地看着伊嗣，"够了，够了，这些东西够我吃到死了。我呀，只是想在死之前看看啊。"

这时，伊嗣注意到了巴赫拉姆可怖的双眼。米粒大的白翳遮住了黑色的瞳孔，遮住了瞳孔中的倒影。巴赫拉姆仿佛注视着虚无，注视着世界幕布上那个叫作"自我"的空洞。

"我能看见，一点点，嘿嘿。"巴赫拉姆咧嘴，袒露出空荡荡的牙床，"我看见了什么？我看见了万王之王的子孙啊。谁能想到，过了这么多年，我竟然在这个地下世界看见了万王之王的子孙！来，让我再看得清楚一些……"他又向伊嗣靠近一步，额头几乎蹭在后者的鼻尖上，"不错，您有和他一样的眼睛……如果蓄起胡须的话，您会更有王者的气质，就像您的曾祖父。"

他的头晃得更厉害了，眼角似乎溢出了泪水，沿着皮肤的沟壑流淌。

伊嗣下意识地后退，"那个，你需不需要，呃，坐下说话？"

"波斯语也很纯正！"巴赫拉姆的脸颊泛红，语气谄媚，"不，我不能坐下！按照礼仪，我应该跪在您面前说话，可是，请您原谅我这副衰朽的残躯吧！我有许多话要对您说，可我担心，一旦跪下，我就只剩下维持平衡的力气了。请允许我站着对您说话！"

尴尬的情绪率先在体内苏醒，伊嗣头皮发麻，不知该说什么。

"就按他的意思吧，"老人在一旁说道，语气意外的柔和，"否则这老家伙没法心平气和地迎接死神。"

巴赫拉姆朝老人感激地点了点头。

"我要对您说说您曾祖父伊嗣俟的故事，一个从未被正史记载的故事。"巴赫拉姆说，"这个故事在我心中埋藏了八十多年，只有亲口讲给万王之王的后裔,我才能从它的纠缠中解脱。这是个残酷的故事,您准备好了吗?"

"我……呃……"

不待他回答,巴赫拉姆用拐杖使劲敲了一下地面,说道:"这个故事要从万王之王伊嗣俟,您曾祖父的逃亡讲起。丢掉首都泰西封的伊嗣俟一路向东逃亡……"

丢掉首都泰西封的伊嗣俟一路向东逃亡,而大食人在他身后紧追不舍,攻城略地。从贾鲁拉,到席林堡,再到雷伊,每一个万王之王驻足的堡垒都被大食人用霹雳旋风炮迅速攻克。在纳哈万德,大食人遭到了顽强的抵抗,大将菲鲁赞依托高耸的城墙,死守这座城池两个月,最后还是中了大食人的疑兵之计,出城后在混战中被杀。于是,伊嗣俟又逃往设拉子,他加冕称王的地方,在这里苦撑了一年的时间,然后再次败北,被迫继续辗转向东,逃往呼罗珊。此时,他的势利眼总督们拒绝收留他,甚至禁止他进入他们的城市。附属国马赞达兰的国王请他在塔巴里斯坦定居,在这高山与树林之地图谋复国大业,他回绝了。万王之王宁愿求助于大唐皇帝,他朝东方进发,最终到了边境重镇木鹿。

木鹿的城防甚至比纳哈万德还要坚固。在城市中心坐落着一座古老的堡垒,大致呈圆形,有倾斜的城墙。后来,围绕堡垒又建造了矩形城墙,每隔一段就有一座砖造塔楼。到了这里,万王之王应该是安全的,而且,他也已经退无可退。然而,木鹿总督麻胡伊虽然恭顺无比地迎接了万王之王,实际上却是个贼子。他暗中致信突厥首领塔尔浑,提议合谋除掉伊嗣俟。塔尔浑同意了,派出大军攻打木鹿。得知敌军攻来,伊嗣俟急忙披盔戴甲迎敌,可在战场上他忽然发现,自己一个手下都没有,原来麻胡伊早就带着他的部队离开了。万王之王孤身一人,寡不敌众,只能逃到穆尔加布河畔的一座磨坊里避难。回想起身边人的背叛,他以泪洗面,直至黎明。

一个叫胡思劳的磨坊主开了门,他身后还跟着九岁的儿子。父子俩都是低贱的人,当他们看到身形挺拔、满面哀戚、身着大唐锦袍、头戴皇冠的万王之王时,都惊呆了。他们意识到,眼前的人极为尊贵,于是希望能为他做点什么。万王之王只要求他们为他带回一株圣束①。于是胡思劳在带给他饼和草药后,又向村长索求圣束。此时,麻胡伊正派人四处搜捕万王之王,村长问胡思劳,是什么人想要圣束。胡思劳那自作聪明的儿子抢在父亲之前答道:"在父亲磨坊里坐着一个武士,他如松柏般高大挺拔,如太阳般光鲜耀眼,他的口中满是叹息,他的额头布满颦纹,想要圣束的就是这样一个人。"于是村长把父子俩送到贼子麻胡伊面前,麻胡伊命胡思劳返回磨坊杀死万王之王,如果不这么做的话,就杀死他的儿子。胡思劳无奈,只得返回磨坊,用匕首刺穿了毫无防备的伊嗣俟的喉咙。麻胡伊的手下随后赶到,剥掉万王之王的甲胄和衣服,把他的尸体扔进了河里。

万王之王就这样低贱地死去了。这之后没几年,胡思劳也死了,死因为何,无人知晓。而他那个自作聪明的儿子则可耻地

---

①通常由一束细棍或者豪麻枝组成,信徒往往将其捆成一束持在手中,在餐前念诵祆教圣词。

活了下来，他离开故土，向着东方流浪，直到在西域找到了可以容身的地下洞穴。八十多年里，古老帝国的幽魂在他耳边吟唱不休，使他夜夜不得安寝。他知道自己必须丑陋地活下去，除非他把故事讲给流淌着萨珊血脉的人听，否则死神不会让他解脱。①

感谢大神阿胡拉·玛兹达，我终于遇到了您。

不知何时，伊嗣的右手被巴赫拉姆的两只手握住，那潮湿粗糙的触感让他起了鸡皮疙瘩。此时，老者已经泣不成声，眼泪奔涌的样子，让伊嗣忍不住想象，他眼中的白翳会被冲散并且融化。

然而，白色的残缺却比黑暗更为坚韧。

"原谅我，"巴赫拉姆念念有词，"原谅我……"

"我们得走了，"老人说，"否则该赶不上船了。"

伊嗣抽出双手，从巴赫拉姆身边逃开。他不敢回头看他，生怕看到一副哭泣不止的白骨。他知道自己带给了老者仁慈，可这仁慈却让他觉得恶心。

走出很远后，巴赫拉姆的抽泣声才终于消失。老人放缓脚步，待伊嗣与他并肩，说道："老家伙算是心愿已了了，可谁知道他的故事是真是假。"

---

① 此处关于万王之王末日的描写，主要参考了以下两本书：[英]休·肯尼迪著，孙宇译：《大征服》，民主与建设出版社2020年版，第232—236页；[伊朗]霍昌·纳哈万迪、[法]伊夫·博马提著，安宁译：《伊朗四千年》，湖南文艺出版社2021年版，第115—116页。故事内容进行了一定的演绎。以上所提地名均为波斯帝国的城市或者地区。

伊嗣疑惑地眨巴着眼睛。

"谁不想在历史中留下印记呢,哪怕是个可悲的反面角色。反正故事里的人物都往生了,死无对证,你尽可以发挥想象。老家伙在这地下几十年了,靠做信息中介为生,手头的素材多的是。"老人咧嘴笑了笑,"不过,他的年龄倒是对得上,说的大部分也确实是史实。比如,万王之王最后时刻的众叛亲离。唉,拥有巨大权势的人一旦失去了权势,就连狗都不如。"

老人的语气平静,却让伊嗣感到一阵恶寒。

"帝王是人造的神祇,神圣与否全在于人们是否心甘情愿地相信。"老人停下脚步,转身,与伊嗣四目相对,"伊嗣,你知道人们最愿意相信什么吗?"

伊嗣沉默片刻,摇了摇头。

"暴力,和暴力带来的恐惧。"老人微微一笑,"只有当你掌握了暴力和恐惧,你才可能展现出仁慈,这是作为人造神祇或者说作为君主的要义。"

伊嗣半懂不懂地点了点头。

"眼下,恐惧对我们是有利的。"老人继续向前走去,"凉州的波斯人本是一盘散沙,突骑施人制造的恐惧会让他们团结在一起,这个时候,他们亟须一个象征,一个可以让他们凝聚在其周围的核心——那就是你啊,万王之王的子孙,萨珊王朝不灭的血脉。"

突骑施。伊嗣跟上他的脚步。这个词我有印象。突骑施……布真那个蛮子……

"突骑施人的目标是凉州,这就是我从巴赫拉姆那里得到的信息——用一袋干粮换，确实是占便宜了。"

"……我们也要去凉州。"伊嗣说。

"没错。这个时间点，应该说是刚刚好呢。也不知道那个人到哪儿了，若是能在凉州碰面，那真是再好不过。"老人话锋一转，"河中地区只有一座佛寺，伊嗣殿下，不知你去过没有？"

记忆里浮出鬼魅。伊嗣一个踉跄。河中地区唯一的一座佛寺前，高大的唐人青年与他并驾齐驱，以冷眼回望他。

陈持弓啊陈持弓，他对记忆中的幻影说，我怎么会把你都忘了呢？

第二十章　莫　潘

从影路回到地面，再向东走上一天，就到了玉门关。在巨大的关隘前，莫潘以为又要经历一番周折才能通过，却见陈持弓气定神闲地迎上三名大唐骑兵，似与他们相识。骑兵与陈持弓对过口令，又与当地守军简单交接后，就护送着三人过了关，又为莫潘和无念找了匹半开放式的小型铁马，非常客气地请他们入座，然后在控制盘里输入指令，启动了热机。铁马走起来之后，骑兵与陈持弓骑马在前，低声交流。

"凉州的赤水军，果然军容严整，名不虚传。"无念眯着眼睛说道，似乎还没有习惯阳光。此时，湛蓝的天空万里无云，祁连雪峰远远地矗立在苍凉的大地上。在影路里行走半个月，回到地面时，西风已凉。从碎叶到大唐，他们走着走着，就走到了秋天里。

"赤水军是守卫凉州的精锐，大唐战力最强的边军之一，而来迎接我们的这几位，从装甲的形制来看，是赤水军的特勤，在陇右可通行无阻。莫潘小施主,你看——"无念饶有兴味地指了指左前方的骑兵,"这骑兵披的覆瓷片皮鳞甲重量轻,又有很强的防护力,由于成本高昂,大唐装备这种盔甲的军队不足十一,盔甲之下则是神骨,可以令行动有力迅捷;他腰上挎的力匣连供式连发机弩,在火器出现并得到大食人的改良前,是大陆上最强力的远程武器,即便和火器相比,它也有射速快、精度高、穿透力强等优点,并不算落了下风;佩刀是制式横刀,你别看它只是轻骑兵用的辅助短兵,大唐的锻造技术配合凉州产的钢,造出的可是一等一的砍杀利器,劈骨斩肉不在话下。"

"哦。"莫潘心不在焉地应了一声,"你怎么知道得这么清楚?"

"嘻。"无念笑了笑,"我可是影国的人啊,莫潘小施主你忘了吗?"

影国。莫潘看向对面的男人。没错,影国。进入影路之后,无念就向她和陈持弓坦白了自己的身份,虽然他们早已知晓。影路是影国数百年不断的工程,除了连通坎儿井的西域部分,大陆上到处都有影国依托地势或者古代遗迹修建的影路网络,比如,阿尔卑斯山的山脊栈道——据传汉尼拔曾经使用过,连通丹吉尔和伊比利亚半岛的海底通路[①],金角湾船桥[②]。几百年来,算

---

① 丹吉尔为摩洛哥北部港口城市,位于非洲西北角直布罗陀海峡入口处,北距欧洲大陆仅十五千米。从丹吉尔到伊比利亚半岛的通路意味着连通了非洲与欧洲。

② 金角湾是金角港君士坦丁堡内港入口,是扼守君士坦丁堡的海上门户之一。船桥为作者虚构,构造与巴格达城内横渡底格里斯河的船桥类似,只不过是在夜间行动,以热机驱动。

学、格物、丹学、造纸、火药、热机、玻璃、辨音瓷、石炭馏制、钢
铁冶炼、镜片研磨, 等等, 这些君主想要握在自己手中的知识和
技术, 都是通过这些隐秘的道路在大陆间广泛传播的。

"难道君主们不知道影国和影路的存在吗?"莫潘问道。

"他们当然知道, 可是他们更清楚知识传播为帝国带来的实
际收益, 所以才会默许其存在。"无念答道。

总而言之, 影国改变了世界, 人们生活在被改变的世界里,
却对改变它的力量无知无觉。"说无知无觉并不准确,"几天前,
在影路里摇晃的船上, 无念说,"应该说, 对这种力量充满了恶意
的揣度。"

"老师说过, 学院的理念是以知识促进人类的福祉。"莫潘
若有所思,"影国也有同样的理念吗?"

"影国的理念更宏伟, 知识只是实现这一理念的手段。"

"影国的理念是什么?"脸色苍白的陈持弓忽然开口问道。
在水面漂流的旅程中, 他的脸色一直不好, 比起乘船, 他宁可下
船在堤岸上步行, 但总有不得不回到船上休息的时候。

"世界可以变得更好。"无念微笑道。

"那么, 影国让世界变得更好了吗?"莫潘问。

"贫僧……不知道。"

莫潘默然。无念想要医治这个世界, 英英是这么说的吧?
无论是守塔、礼佛, 还是投身影国, 也许眼前这个男人才真正放
不下心中的"执"。然而世界会更好吗? 何为好, 何为不好? 这
些都是太过艰深的问题, 纵使探索了诸多道路, 无念仍未得出答
案。假设, 莫潘想, 假设影国并不存在, 经纬学、火药和辨音瓷

不曾走出大唐的疆域，那么她的生活会是怎样？一定不会有诸
多机械提供的便利，不会有蓬勃发展的学术，也不会有那么丰富
的衣食，可是在这样的世界中，人们还会为了过度膨胀的欲望大
肆征伐，还会使用如火器和战争傀儡般致命可怖的武器吗？

　　……不，不能再想下去了，假设这一行为太过狂妄。她不自
觉地轻轻摇头。老师说过，真实的世界是拒绝假设的。算学就
是人的理性对世界的简单假设，神灵不允许人类通过捷径一窥
真理，所以，算学的根基里才蕴含着无穷的悖论；所以，金玄才
无法用算学的形式系统定义算学本身。如果算学是映照世界的
一面小小的镜子，那么世界归根到底也是荒谬的，让它变得更好
又有什么意义呢？

　　一切又有什么意义呢？

　　"对我来说，世界并没有那么抽象。"当她抛出这个问题后，
陈持弓说道，"世界就是我能够握在手里的微不足道的幸福，我
会为了这一点幸福战斗到底。"

　　她看向陈持弓，陈持弓也回望她。他的眼神里有热烈的内
容，正极小心地散发着光与热，却不知是他有意还是无意让莫潘
瞥见。

　　在幽暗的灯火下，她垂下眼睑。

　　"……莫潘小施主，你现在也知道他是什么人了吧？"

　　莫潘猛地回过神来。无念正似笑非笑地看着他，笑脸被秋
日的阳光照得纹理毕现。

　　"他？"

　　无念朝前面骑马的陈持弓扬了扬下巴。

回到地面上，陈持弓就自如多了啊，莫潘想。从上马到现在，他都没有回头看过她一眼，那天在影路里的眼神，会不会只是记忆的扭曲或者虚构？

"他是一名大唐的士兵。"莫潘说。

"而且不是普通的士兵。他跑了那么远，出生入死，到底是为了什么呢？难道只是为了守护自己微不足道的小幸福？"

莫潘的脸颊有些发烫。

"都是为了金桃啊。"无念说，"每个到学院的人，每个死在学院的人，每个从学院空手而归的人。莫潘小施主，如果金桃现在就在你手里，你会怎么做？"

莫潘想起老师对她说过的话，答道："我会带着它躲藏起来，隐姓埋名。"

无念默默注视她半晌，"这不是你的真心话。"

她一怔，因为被对面的男人看透，脸颊更烫了。她缓缓吐了口气，说："首先，我要搞清楚它是什么。如果金桃能创造一个更好的世界，它理应被更多的人知晓。"

"所以你不认可浮夜门院长的做法。"

"老师将金桃掌握在自己手里，以为能以此确保学院、河中乃至整个大陆的安全，却事与愿违。"莫潘顿了顿，"我想，只信任自己的道德和判断，也是一种自大。"

"我明白了。"无念点头，"吾爱吾师，但吾更爱真理。有你这样的学生，浮夜门想必会十分欣慰吧。"

莫潘疑惑地看他。

无念微笑不语。

此后无话，他们很快就到了酒泉县。稍事休整后，又向张掖开拔。一路上都是莫潘与无念共乘一车，吃饭休息的时候，陈持弓很少和他们说话，即使说话也不带感情，一副公事公办的样子。这就是军人吧，莫潘想，这个偶尔会流露出脆弱和热切的人，归根到底是一名军人。到了凉州以后，她就要和陈持弓分道扬镳，细细思量，当初跟他走的初衷竟已被旅途的波折和艰辛消磨得所剩无几。

我会亲口问他的。莫潘暗下决心。我会问他，是不是他把布真射落马下，从而导致了学院的灾难。

如果他回答"是"，我该怎么做？

这一假设让莫潘辗转反侧。

不过，在去往凉州的一路上，与河中和西域迥然不同的景色将她心中的纠结和不安冲淡了些许。她看到连片的农田和桑园，金黄的水稻在轻风吹拂下叠起层层波浪；她看到农人驾着铁马收割，屋宇与农田比邻，丰收的小调和袅袅的炊烟一同飘向天空；她看到在河流上转动不息的水轮阵列，驱动着场院里数百台织机整齐划一地工作；她看到总角少年们朝气蓬勃，嬉笑着跑向宽敞簇新的学堂；她看到带斗拱、飞檐和青瓦的镜塔，不知疲倦地吞吐光的信息；她看到遍布巨大鼓风机、自动唧筒和掘进傀儡的石炭矿，大地被热火朝天地开掘，裸露出它黑色的固体火焰；她看到官道上行人与铁马穿梭不息，擦肩而过的旅者笑容和善。这是个美丽的国度，她颇有些嫉妒地想，尽管居于大陆一隅，却孕育出了伟大的思想、文学与技术。"莫潘啊，这就是大唐，"无念评论道，"它的富庶，在陇右便可见一斑。"

"在这片土地上，有没有一盏灯是为我点亮，有没有一扇门是为我而留的呢？"莫潘失神低语。

"莫潘小施主，你说什么？"

她轻轻摇了摇头，"我大概明白，陈持弓说的微不足道的幸福是什么意思了。"

三天之后，他们到了凉州。虽然已经做了心理准备，但这座城市的规模还是让莫潘吃了一惊。与其说它是一座巨大的城市，不如说它是若干城市的集合体。在统一的夯土城墙里面，七座子城各有各的城墙，且形制各异，由数条超过五十步宽的干道分割开来。无念说，这就是著名的凉州七城，它们分别是居城、市城、胡城、兵城、算城、酒城和烟城，根据居民差异和功能不同而得名。白日里七城互通，城中居民可以随意走动；亥时之后，七城各自关门。虽说如此，比起长安城的里坊制和宵禁，这座城市的管理还是要宽松许多。在宽阔的干道上，行人和小型铁马各自通行。铁马都产自凉州烟城，所以大同小异，人的语言打扮则大为不同。不一会儿的工夫，莫潘就从行人中分辨出唐人、粟特人、波斯人、吐蕃人、突厥人、回纥人、吐谷浑人……到了城里，陈持弓便放慢了脚步，特意带着两人在七城外的公共区域兜了一大圈。于是莫潘浮光掠影地看了灵云池、灵渊池、闲豫堂、玉女台等名胜，也一次又一次路过高耸的烟囱、轰隆作响的机器、乌黑发亮的齿轮和连杆。道路上每隔十几步远就立着一根大约三丈高的石柱，石柱的上端有钢管相连，由于石柱沿干道密集修建，钢管便也如蛛网般悬浮于城市之上。"那钢管里是由热机驱动、振动不息的钢丝,"无念介绍说,"振动模式的不同对应着经纬,再由算机翻译出来,凉州城就是通过这种方式传递信息的,唐人称之为'悬丝传信'。"

新奇的事物令人目不暇接。在城市的中心广场,一座十丈高的塔又吸引了莫潘的目光。和镜塔相似,这塔上也有风车和飞轮;不同的是,塔的顶部并未安装平面镜,而是立着一面有钢铁骨架的黑色巨鼓,巨鼓旁有类似手臂的机械结构。"《秦王破阵乐》、狮子舞、赛神,凉州城有种种庆典。"不知何时,陈持弓已与她驱马并进,似在自言自语,"这面巨鼓会在庆典时奏乐助兴,鼓声能传遍大半个凉州城,你若是多逗留一些时间,就会见到这样的场面……"

多逗留一些时间。莫潘看向陈持弓,他却依然目不斜视。"当然,这鼓还有另外一种用途,我希望你永远也不会见到。"

"以眼前的形势,难哪。"无念轻描淡写地说。

陈持弓哼了一声,又催马走到了他们的前面。一行人在胡城的大门前停下,一个戴白色尖顶帽、鬈发蓝眼的高个中年男人小跑着迎了上来,开口就是布哈拉口音的粟特语:"安阿了给各位军爷请安啦! 萨宝收到军爷从张掖发来的消息,命小人今日在此处等候。"他伸长脖子瞅了瞅坐在铁马上的莫潘,"这位就是莫潘姑娘吧? 商会里存着你父亲留给你的口信和钱,阿了这就带你去提出来吧。"

陈持弓从马上翻下,对莫潘点了点头,"我在路上提前联系过凉州萨宝,他会先帮你安顿下来,如果你要去寻找父兄,他也会帮忙安排。"

"嗯。"莫潘从铁马上走了下来。不知为何,听到父亲的消息,她并没有自己想象中那么激动。

"莫潘小施主,就此别过了。"无念朝她挥手。

"无念要去哪儿呢?"她问陈持弓。

"去他该去的地方。"陈持弓面无表情,"无念助我们从碎叶返回大唐,我不会为难他的,你不需要担心。"

她默立片刻,"陈持弓,有一件事我想要问你——"

"哎呀!"莫潘被一声叫喊打断,是无念。他跑过来对陈持弓说:"贫僧想要和莫潘小施主单独说上几句话,军爷可否行个方便?"

这问话里有讥讽的意味。陈持弓皱起眉头,"你快一点。"

无念拽着莫潘的手腕,走到陈持弓、两名骑兵和安阿了几步开外,背向他们,伸手探入僧袍的前襟,从中抽出一张叠得四四方方的布帛,递向莫潘。

"这东西你可要藏好了,"他低声说,"莫要被别人瞧见。"

莫潘扬起眉梢,"这是?"

"人们为之争斗和死去的东西。"无念的表情陡然肃穆,"可以让世界更好或者更坏的东西。"

"金桃?"她不自觉地提高音量,"这怎么可能……"

"嘘——"无念对她瞪了瞪眼睛,"这算帛是浮夜门院长在学院遭袭那一夜亲手交给贫僧的,是金桃无疑。不过,那一夜之后,贫僧一直没有机会查看,无从知晓其中内容。"

"可是,你怎么会认识老师?老师又为什么……"

"莫潘小施主,现在你只需要知道两件事。"无念凑近她说道,"一,把金桃交给你并不是随随便便做出的决定。无论浮夜门、陈持弓,还是贫僧,我们都有执念,而执念会让人做出疯狂、愚蠢甚至残忍的事。不敢想象,当金桃与执念相遇,会酿成怎样的灾祸。而你,天资聪颖、心地纯净,最重要的是,没有被执念左右和束缚……贫僧相信,在重要的时刻,你会做出正确的判断,不管是对你、还是对世界而言。二,为了不被人发现,这算帛贫僧一路上都是贴身携带,难免沾了些汗水和污垢……"

他把算帛塞到她手中,"莫潘小施主就请多多包涵了。"

算帛手感黏腻,带着一股异味,她却顾不得这些,只觉得手中似有千钧。如果无念所言不虚,那么金桃还是辗转到了她的手中。这责任如此沉重,让她只想听从老师的吩咐,隐姓埋名地躲起来,躲到荒无人烟的地方,躲到暗无天日的地方。

但,这是不对的。

只信任自己的道德和判断,也是一种自大。

见她蹙眉沉思,无念又说道:"若是不知道该怎么办,不妨就像你上次说的,先弄清它是什么,再做决定。"

莫潘咬着下嘴唇,点头,将算帛塞入怀中。

"我的话说完了。"无念双手合十,"倘若遇到了困惑,莫潘小施主可以到大云寺来,贫僧随时恭候。"

说罢,他转身回到铁马上。

"莫潘姑娘,我们走吧,萨宝还在等着。"安阿了说,蓝色的眼睛在秋阳下闪着粼粼的光。

莫潘没有再看陈持弓,她跟在安阿了身后,满腹心事地向胡城内走去。

"等一下。"陈持弓的声音传来。她缓慢回身，右手下意识按在腰间。

陈持弓取下斜挎在背上的弓，递到她面前，"拿去防身。"

她愣了一下，摇头。

"我看过你射箭。"男人难得地露出一丝笑意，"你也有要守护的东西吧？赤手空拳是什么也守护不了的。"

她仰头看陈持弓，又一次在他的目光里读到了近乎生硬的柔软。她伸手，握弓，陈持弓却没有立即撒手，两人各执弓的一边，轻轻拉锯。于是她感受到了他的力量，他的欲言又止。

他的不舍。

"如果你想用算机，可以去算城，我会提前打好招呼。如果——"陈持弓顿了一下，"如果你想找我，可以在悬丝系统呼叫我的名字。"

"嗯。"

"我知道你刚才想问什么。"陈持弓直直地看进她的眼睛，"正如你看到的，我是赤水军的士兵。我去学院，是为了执行任务。那天夜里，是我先射了布真一箭，目的是阻止他得到金桃。如果你认为学院的灾难是我造成的，我不会否认，更不会后悔。我只是尽自己的职责。

"莫潘，即便你会恨我，我也要说：一直以来，感谢你带给我温暖。"

他松开了手。

"再见。"他说道。

镜塔传来的消息说,那天夜里,学院死了两位老师、三十六名学生,毁了三台傀儡。院长浮夜门下落不明。突骑施人最终被击退,向东方的荒野遁逃。大食人在与联军血战后已是强弩之末,他们往西退回木鹿,继续与粟特人隔河对峙。

在与突骑施人的战斗中,学院虽有损失,但总算是幸存了下来。浮知台代行院长之职,正在组织学院的修复与重建工作。莫潘看过死亡名单,里面没有熟悉的名字,这让她小小地松了口气。明知这是自私,她的负罪感还是得到了缓解。

莫潘坐在床上发呆。被褥是簇新的,散发出的淡淡香气在鼻尖若有若无地缭绕着。这香气让她想到了家,那蛮荒世界中近乎执拗的精致。真是奇怪,她暗忖,在见识过广阔的世界后,她的爱反倒越缩越小,最后,只集中到熟悉的风景和人身上。这是她敝帚自珍的旧世界,其中甚至包括野那——谢天谢地,她并未出现在死亡名单上——她是旧世界里令莫潘疼痛和流血的一根刺,但依然弥足珍贵。当然,对刺的宽容远远算不上是慈悲,那只是对旧日痛感的眷恋而已。也许,她有些自暴自弃地想,这就是她和无念最大的不同吧。

无念……他还好吗?陈持弓会怎样待他?陈持弓说过,不会为难他,那就姑且相信吧。这个沉默寡言的人可以为了任务毫不犹豫地杀戮,但他不会说谎——这点识人之明,莫潘自认为还是有的。

陈持弓。他对学院做了不好的事,而且毫无悔意,按照乌玛依的标准,是恶人无疑了。可如果借用无念的说法,他只是执念太深罢了。没错,执念会让人做出疯狂甚至残忍的事……但为了守护某样事物而摧毁其他同样珍贵的事物，这样做又有什么意义？莫潘轻轻叹了口气，起身，走到窗边。她看到孩子们在夕阳下玩耍，看到树叶在秋风中轻柔摩擦、呢喃絮语，看到凉州城的烟柱融入远方的云层，模糊了太阳的轮廓。能够像现在这样安静地注视着世界，未尝不是一种幸福。她想，这幸福，是陈持弓想要守护的那一种吗？

无论如何，她都没法将陈持弓视为仇敌——因为他这一路的沉默，因为他偶尔流露出的温柔与脆弱。

因为他说，感谢她带来的温暖……

等等，伊嗣怎么样了？在那一夜的战斗中，他是安然无恙、下落不明，抑或身死，竟然没有一条消息提到。他好像被所有人遗忘了，这所有人里甚至还包括她，被伊嗣叫作"好莫潘"的她，算得上伊嗣半个老师的她。伊嗣曾经那么渴望用战争证明自己，他得偿所愿了吗？在战争中，到底怎样，才算得偿所愿？

她的心轻轻地揪了起来。

咚咚咚。有人敲门。还不待她应答，一颗小小的脑袋就从门缝后钻了出来，"莫潘姐姐，阿娘喊你下来吃饭啦。"

她走上前，揉了揉孩子的头发，"欢儿，我这就来。"

孩子拉起她的手，欢跳着冲下楼去。餐桌旁，安阿了已经端正地坐好，他的妻子翟嫂正在摆菜。撒满香料的烤肉、加了蜂蜜的麦粥、焦黄微酥的胡饼、咕嘟冒泡的浓汤，都是家乡的饮食，莫潘的馋虫瞬间就被勾了起来。她坐下，肚子不争气地咕咕作响。

"莫潘姑娘，快吃吧。"安阿了微笑道，"内子的手艺，不知道合不合你的胃口。"

岂止是合胃口，这大概是几个月来莫潘吃过的最美味的一餐了，或许也有旅程中粗糙饮食的记忆过于深刻的原因。一开始，她还矜持地小口小口吃，到后面，简直称得上是狼吞虎咽。翟嫂的眼睛眯成一条缝，"慢点儿，姑娘，别噎着了。"

莫潘羞赧一笑，手却已经向烤肉伸去。

安阿了和欢儿两父子咯咯笑出声来。

所以，这里就是我临时的家，这几位就是我临时的家人了。她一边吃着，一边翻起眼睛看餐桌旁的一家三口：今天去城门口迎她的安阿了是萨宝的助手，也是父亲的朋友，十岁时就从布哈拉来了凉州，在这里成家立业、娶妻生子；翟嫂是唐人，皮肤黝黑，身材微胖，人很和善，随时都是一副笑脸；欢儿是他们的儿子，今年九岁，一头栗色鬈发，长着一对可爱的小兔牙，第一眼见她便亲热得要命。翟嫂打趣说，从没见过这孩子对谁这么亲热，他们俩一定是前世有缘。前世，这是个佛教的概念。翟嫂并不是吃素的信众，不过，凉州的佛寺和僧人很多。在这崇佛之地，那些看起来高深玄虚的思想早已经潜移默化地渗入百姓的日常语境中了。

下午，莫潘随安阿了去了商会，拜会萨宝之后，便去算机里提取父亲的口信。父亲和哥哥半个月前刚刚启程去了长安，因为大唐最近局势动荡，至今还在关卡重重的路上。父亲在口信里说，他看过学院死难者的名单，上面没有莫潘，他随后联系了浮知台，得知莫潘已经失踪。他估摸着，莫潘一定和河中许多逃难的人一样，跟着商队东投大唐，于是便在凉州等了两个月，然而莫潘却迟迟不来。他很想再等等，可他手上有一批西域花火，必须在除夕前运到长安贩售，生意不等人，他只能先行出发了。如果莫潘到了凉州，他的朋友安阿了可以照看她，留在商会里的钱足够她一年的开销和前往长安的路费了。

"莫潘，我和染忽在长安等你。"在口信的末尾，他说道。

果真是父亲啊，一切以生意为重。不过，她没有感到太过失落——现在，她并不急于见父兄。金桃就在她手里，她必须一个人好好地想一想，下一步该怎么办。

首先，要弄清楚，金桃到底是什么。

"莫潘姐姐、莫潘姐姐，"一家"四口"酒足饭饱之后，欢儿热切地看着她，"我听阿爷说，你的算学很好，我有一些算学功课做不来，你能不能教教？"

莫潘正要答话，翟嫂抢在她前面说："欢儿，你莫潘姐姐旅途劳顿，今天要早早歇息，你莫要纠缠她！"

"不碍事的。"莫潘笑笑，"离睡觉的时间还早，就让我来辅导欢儿吧。"

欢儿高兴得一蹦三尺高。

"说起这个，"安阿了推开面前的空盘子，"莫潘姑娘明天想在城里转转吗？凉州城有很多有意思的去处，我可以为你安排。"

"我想去算城。"莫潘不假思索地说。

"算城？"翟嫂扬起眉毛，"去那地方干吗？"

"在学院的时候，我最喜欢摆弄算机了。"莫潘急忙挤出一个笑，"这一路走下来，手有些痒了。"

"没问题,先去算城。"安阿了打了个响指,"凉州城虽大,但来日方长,我总能带你把它逛个遍。"

欢儿眨巴着眼睛,"莫潘姐姐要在咱们家里住很长时间吗?"

"对呀,很长时间。"翟嫂说,"莫潘姐姐要和商队一起走哦。萨宝说了,最近都不会有商队去长安呢。"

"哇!"欢儿冲莫潘挤了挤眼睛。

"既然一时半刻不会走,就要做长远一点的打算。"安阿了说,"莫潘姑娘,你这粟特名字唐人叫起来颇为拗口,不如入乡随俗,取一个汉名吧。"

"汉名?"

安阿了点点头,"来到大唐的粟特人一般以出生地的国名为姓。比如,我来自布哈拉,是安国人,故汉姓为'安'。'阿了'是我粟特名字的汉语音译,放在我的汉姓之后,就组成我的汉名,安阿了。你来自撒马尔罕,唐人唤作'康国',你的汉姓是'康',所以你的汉名就叫康莫潘,如何?"

"不好听,不好听。"翟嫂皱起眉头,"你们这些移居人的命名太过粗糙了,莫潘这么好看的姑娘,须得起一个配得上她的名字。"

莫潘羞红了脸。

"那就只保留汉姓,名字自己取好了。"安阿了好脾气地说道,"莫潘姑娘,你有什么想法吗?喜欢的事物或者寓意,都可以用作自己的名字。"

莫潘沉吟片刻,轻声说:"桃子。"

"桃子……桃子好!桃子是仙家吃的水果,吉祥!"翟嫂拍掌叫好,"你就叫桃儿吧,康桃儿,多好听!"

"桃儿姐姐,桃儿姐姐!"欢儿小鸟般叽叽喳喳。

"就这么定了。"安阿了微笑着用手拍了拍桌子,"康桃儿,明天我带你去算城。"

第二十一章　陈持弓

无念是大唐的探子，这是陈持弓无论如何也想不到的。一到凉州都督府，无念就被都督请去单独面谈，半个时辰后，又由都督的亲兵护送着去往大云寺。从种种待遇来看，这人还不是一般的探子。无念走的时候，又对陈持弓说了一遍他和莫潘说过的话："持弓施主若是有什么困惑，可以来大云寺，贫僧随时恭候。"

不知怎的，这句话在陈持弓听来，倒更像是讽刺。

"至于贫僧的事情，持弓施主可以去都督那里打听。"转身离开前，他又补充了这么一句。

陈持弓到书房的时候，都督杨执一正在门口来回踱步。他五十来岁，长髯飘飘，身材魁梧，披明光铠，走起路来脚下带风。见到陈持弓，他深锁的眉头稍稍舒展，"持弓，你回来了啊。"

陈持弓微微躬身，行叉手礼，"都督，属下回来了。"

"回来就好。这一路辛苦你了。"

"属下没有完成任务,不敢言辛苦。"

杨执一深深地看了他一眼,"进来说。"

书房的布置极简单。一张木制几案、几把椅子,通过玻璃窗采光,窗上有光敏瓷片控制的自动开合百叶。一面墙上挂一柄陌刀,形制质朴,是杨执一年轻时纵横沙场的兵器,饱饮鲜血;一面墙上装有书架,书架上摆满书籍,其中兵书最多,也有老庄、算学、格物和丹学的著作;最宽大的那面墙上挂着大唐全图,这地图应用了最新的导航测绘技术,用二十年的时间绘制而成,极为精密,属于军事机密,平民和普通军人严禁持有。寻常人所认识的大唐,是发达的工商贸易,是市井坊间的烟火气,是诗酒风流;而这地图上的大唐,则是关隘、要塞、道路、天险,是暗流涌动的歌舞升平,是犬牙交错的野心与阴谋。

真是久违了,陈持弓想。这书房承载了他许多记忆,自从去国子监学习,他还一次也没有回来过。

两人在几案前对坐,杨执一唤来侍女煮茶。半晌无言,陈持弓看着侍女点燃岚气炉,将水一遍又一遍煮沸,研磨茶粉,冲茶,动作娴熟从容。待碧绿的茶汤入口,甘甜与青涩在口腔里化开,他紧绷的心思终于稍稍松弛下来。

"你在河中的事情,我大概知道了。"杨执一用手指轻抚白瓷茶盏,"金桃下落不明,这在预料之中,你不必自责。那天大食人与粟特人交战,你看得怎样?"

"属下在镜塔上目睹了全程。当时的情景,属下历历在目。"

"很好。"杨执一赞许道,"把对新型战争的观察带回来,你也算不虚此行。我听说,你还救了一位粟特姑娘?"

陈持弓犹豫了一下，"她是学院里算学最为优异的学生。"

"算学。"杨执一意味深长地看了陈持弓一眼，"算学正好用得上。"

"都督的意思是？"

"先不谈这个。你从镜塔发来的消息，我看到了。根据我们现在掌握的情报，突骑施确实在向东移动，而且极有可能绕过敦煌、酒泉、金城，直取凉州，扼住河西的咽喉。苏禄可汗是算准了时机啊，"杨执一苦涩地笑了笑，"大斗、宁寇、玉门、墨离诸军本应拱卫凉州，可最近长安城动荡，各位将军都存了保全实力之心，很难指望他们与赤水军一道夹击突骑施，遑论驰援凉州——我们怕是要独自面对苏禄可汗的大军了。"

陈持弓只觉脊背发凉，"圣人对边军的控制已经如此弱了吗？"

"朝廷的事情，你我不便议论。持弓，你只需知道，权力最是趋炎附势，即使贵为圣人，也无法改变这一点。"

陈持弓默然。

"不过，圣人也知道凉州的重要，所以在用自己的方式支援凉州。这一个月来，耀州出产的坩子土①和石炭、太原府交城县的铁矿、益州的蚕丝，正由铁马源源不断地运来，在烟城的工坊里化为战争傀儡。诸将都认为，这些铁家伙要是能及时形成战力，我们就不是没有取胜的机会。持弓，你亲眼看过火器与傀儡的交锋，对于两者在战场上的表现，你有什么看法？"

"属下认为……"陈持弓放下手中茶盏，"属下认为，战争傀

①　一种黏土，是制瓷原料。

傀儡还不具备大规模作战的能力，在面对复杂的战场环境和具有火力优势的敌方时，更是如此。"

"问题出在哪里？"

"据属下的观察，傀儡战力虽强，但终归有些僵硬，没法像人那样临机应变。"

杨执一思索片刻，低声说道："凉州的傀儡用的都是从学院进口的算帛，且不提你说的实战，就是演练中也总是差点儿火候。算城里的算师们已经在夜以继日地优化，但进展极为缓慢……照此看来，我们很有可能要赶着一大群呆头呆脑的铁家伙上战场了。都说金桃可以让傀儡具有近乎人的智慧，我现在才明白，为什么各国的君主对它如此忌惮和垂涎。试想，傀儡如果能够像人一样战斗，那它们将会是多么可怕的武器。"

近乎人的智慧，陈持弓心念一动。他想起学院里那个叫作"阿奴"的机械傀儡，在它呆板的玻璃球眼睛下，似乎有某种自我意识，莫潘对此深信不疑。那夜阿奴与突骑施人激战时的表现，也印证了这一点。

莫非，它真的被金桃赋予了智慧？

杨执一起身，"时候不早了。持弓，今天你先好好休息，明天我再带你去看备战情况。"

陈持弓也急忙起身，"都督，属下不累，属下还可以——"

"再揪着你不放，你义母可就要对我发脾气了。"杨执一坚硬的脸部线条短暂地柔软下来，"她正在府里张罗你的接风宴呢，一把年纪了，还忙前忙后，不容易。快去看看她吧。"

陈持弓叉手，"喏。"

　　"还有，在家里就不要'都督都督'地叫了，生分。"杨执一拍了拍他的肩膀，"持弓，到了家里，我就是你的义父。"

　　他点头，眼眶有些发热。

　　两人一同朝书房外走去。走出几步后，陈持弓忽然想起了一件事，"义父，那个和我一起来的无念……"

　　"他呀，是多年前我们埋在河中的探子。怎么样，他这一路帮上了忙吧？"

　　"若不是他，属下没法活着回来。可是——"

　　"你想说，他是影国的人，对吗？"杨执一眯眼看他，"这我早就知道了。岂止是知道，甚至可以这么说：正是因为看中了这一点，我才把他发展成探子的。"

　　"这……"

　　"怀揣着大而无当理想的人，不足为惧。影国就是由这样一群人组成的。"杨执一脸上有笑意，"影国在大唐掀不起什么风浪，与其扼制，不如利用。他们的情报和物资网络，你也见识过了吧？"

　　陈持弓沉默了。杨执一说的道理他懂，然而，他从这位边地重臣的言语表情中感受到了一种自大，那是一种承平日久后，很多人甚至居上位者都会滋生的自大。可是世界已经改变了，大陆上强敌环伺，大唐内部又暗潮汹涌，在当今的形势下，大唐还能引导影国的力量为自身所用吗？

　　还有，影国的理想只是大而无当吗？如果义父对大陆的"暗历史"有足够的了解，知道影国在塑造如今之大陆中起到的作用，他还会说出这样的话吗？

陈持弓的心中盘旋着大大的疑虑。

他记得章祭酒曾经抛出过这样一个论题:大唐因何强盛?同学们的答案不一而足,有人说是因为天人合一宇宙观的高妙,有人说因为算学、格物和丹学的发达,有人说是因为无与伦比的制造和组织能力,有人说是因为经纬学和算机,有人说是因为精确授时和测量,有人说是因为商贸和货币体系……陈持弓的答案却朴实得有些好笑。

"石炭。"他说。

"解释。"章祭酒命令道。面对这位沉默寡言的学生时,他的语言风格也变得直截了当。

"石炭可以用来炼铁和烧瓷,也可以驱动热机,把铁制成兵器、把瓷制成算芯、用热机输出力。"他说。

"不愧是凉州赤水军的陈持弓,一切论证都围绕军工。"章祭酒揶揄道,"你还不如说,大唐的强盛是因为凉州的军队和工坊。"

国子监阔大的讲学堂里响起笑声,就连陈持弓自己也忍不住翘起嘴角。他的同学们虽然都是各军送来国子监培养的将才,但多数还保持着质朴的军人本色,凡事喜欢直来直去,可乐便笑,不忿则怒,没有那么多弯弯绕绕,不似那些附庸风雅的文人,屁大的事儿都要临风陨泪、赋诗一首。

"关于大唐强盛的原因,诸位说得都有道理。不过,若是要在诸多因素中挑出一样最重要的,我和陈持弓的看法一致。"章祭酒朝陈持弓点了点头,"先别得意,石炭的作用,你想得还是过于简单了。这道题目，你是沾了凉州的光，歪打正着。"

同学们又笑了起来。

确实想得简单了。在章祭酒做出进一步的解释后，陈持弓发出了这样的感慨。在人们习以为常的表面之下，大唐有着庞大且复杂的技术支撑结构，即使将这一结构高度抽象，要全盘掌握也并非易事。那天章祭酒讲的内容，陈持弓只记住了一个大概的骨架，不过这也够他消化很久了。石炭在中国早有发现，最迟在汉代，就已用作燃料。不过对其大规模的开采，是在大唐立国初年，人口户数激增、都市周围的林木被砍伐殆尽之时。最初的目的是解决取暖问题。"若只是用作燃料，那么大唐对石炭的应用和前朝就没有本质的区别。"章祭酒说道，"岚炭的馏制和热机的发明改变了一切。"

在实践中人们发现，石炭在干馏①后会变成银灰色的岚炭，同时释放可燃的岚气。岚炭燃烧热量高且无烟，用作炼铁和烧瓷后极大地提升了生铁和陶瓷产量。岚气可灌入钢瓶，亦可通过管道传输，作为燃料或用于照明都很是便捷。岚气原本有毒，丹学家探索出用石灰水去除有毒杂质的方法，使其变得清洁安全，从而得到广泛应用。有了充足的能源、材料以及算学、格物的理论支持，热机应运而生。热机的原理，简单说来，就是交替加热和冷却气缸中的气体，使其不断膨胀和收缩，推动活塞往复运动，活塞又连接曲轴，将往复运动转变为旋转，进而带动飞轮，为整个工作过程的循环蓄力。经过工坊匠人近百年的研发

---

① 亦称"热解"。固体燃料的热加工方法之一。将煤、木材等燃料在隔绝空气的条件下加热，使其分解为固体（如焦炭）、液体（如焦油）及气体（如煤气）产物。

改进，热机已经非常高效可靠，有各种形制用途，有使用不同燃料的亚型，例如在一些偏远农村，有燃烧木柴甚至秸秆的热机。安装在傀儡和复杂机械上的热机往往不止一台，它们能够在算机的控制下协同运转，输出远超人类的力。当岚炭和岚气被源源不断地提供给热机，热机便驱动掘进机械开采出更多的石炭，石炭又用燃烧提供了更多的力……这一过程本身就像热机的运转，可以自我维持和加速。随着石炭生产和开采规模日益壮大，运输、仓储、人员管理乃至交易体系等环节都要相应改进升级，也就是说，大唐为了适应高速发展的石炭工业，重塑了它的社会组织方式。不能说这一方式毫无瑕疵，但至少在生产、建设和军事方面，放眼整个大陆，有极高行政效能的大唐鲜有敌手。

"所以说，是石炭赋予了大唐强大的力量，而这一力量最为直接的表现就是军事。"章祭酒的目光从每个学生的脸上扫过，"诸位都是未来的将军元帅，作为大唐这柄宝刀的刀刃，你们想过如何运用这份力量吗？"

讲学堂里鸦雀无声。

"不过，这也不是需要我操心的事情了。"章祭酒寂寥地笑了笑，"下课。"

那堂课之后，陈持弓就再也没有见过章祭酒。据说他生了肺病，陈持弓几次去探视，都被下人婉拒，说是为了避免传染疾病。去年冬季从长安出发，今年秋天返回大唐，这大半年的时间恍如隔世，也不知章祭酒现在怎样，陈持弓心中牵挂。算学、经纬、格物、老庄、佛学……他从章祭酒身上学到了太多东西，这些东西虽然并不能使他成为更好的军人，却能让他成为一个更完整的人——一个人如果缺乏对自身所处世界的认知，那么无论如何也不能说他是完整的。

"只有理解世界的实然，才能去追求世界的应然啊。"[1]

章祭酒言犹在耳。这大半年下来，陈持弓已经见识了大唐之外的世界，遇到了形形色色的人，随着对实然的进一步了解，他对世界的应然反而更加困惑。他现在唯一能够确定的是：每个人心中都有对世界应然的不同看法。也许，这个问题本来就没有所谓的正确答案。所以，人们才会去质疑、去追索、去奋斗、去互相说服、去彼此征伐。

章祭酒固然博学，但总有些学人的迂阔。他想，坐而论道是没法走通去往应然世界的道路的。

有时候，这世上最强大的逻辑，是你所拥有的力量。

是石炭给了大唐力量，而此刻，陈持弓正处于大唐力量的中心——他站在烟城的城墙上，看着城中忙碌的工坊星罗棋布的忙碌工坊，铁马如流、工匠如蚁，穿行在运转不休的传送带和傀儡手臂中间。到处都是火焰和浓烟，那是石炭在隔绝空气的闷烧中化作岚炭，而岚炭在熔化着铁矿石、在将坩子土变得晶莹坚硬，又把热量提供给热机，驱动傀儡手臂，完成算芯和算机的组装。一切论证都围绕军工。章祭酒说到了关键。这就是他在生活了二十年的凉州城看到的和听到的。这就是他的生活。凉州城本是河西的交通枢纽，也是大唐对抗强大近邻的前沿阵地。一开始，烟城里只有零星的几座小工坊，生产刀剑盔甲。随着战事频仍、军需日益吃紧，本地规模化生产渐渐体现出其优越性。

---

[1] 实然，指事物存在的实际状态；应然，指事物应该达到的状态。

工坊开始越建越多,而为了提升工坊的生产能力和工坊间的配合效率,算学家和工坊的管理者们联手改进生产流程,古已有之的模件化思想在其中发挥了关键作用。复杂产品被拆分成标准化模件,不同工匠、傀儡手臂和工坊只专注于制作单一模件甚至模件中的模件,所有工序则由传送带串联起来,最后总装,形成成品。这一整套方法极大地提升了军备的产量,而当它被从凉州推广到大唐全境,整个国家都变成了高速运转的热机,源源不断地向大陆诸国输出它们渴望的陶瓷、钢铁、丝绸与算芯,贸易创造的财富就这样滚进大唐的口袋……

烟城的城墙要比凉州的外城墙高许多,从这里眺望,眼前一览无余:白色的雪、黑色的山、黄色的沙、灰色的烟。凉州的颜色不同于长安的明艳富丽,说它苍凉悲旷,并不夸张。大唐立国百余年,有多少人,唐人抑或异族,战死在眼前的这片悲旷之中,已是无算。而大唐军工重镇凉州的故事还将继续。也许要不了多久,新的战事就要到来,沙场上又会新添无数的亡魂和传奇。赤水军能守住这座城吗?如果城破了,大唐还能像现在这样强大吗?城里语言不同、长相各异的人们,又会迎来怎样的结局?

陈持弓轻轻摇了摇头。大唐的军人不应该设想失败,这个概念对百余年来所向披靡的大唐军人来说太过抽象,他们的职责是去争取每一场胜利……这时,整齐的脚步声从远处传来。走到城墙的另一边,他看到大约两百名赤水军士兵正在干道上行进,铜红釉的瓷甲在阳光下反射着粼粼波光,如同一条从街上淌过的赤色河流。"赤水"二字便是由此而来,大唐的诗意果真无处不在。凉州才是我的归宿,赤水才是我的归宿。陈持弓激动地想。只有在这里,他才真真切切地感受到了存在的质感与分量,而撒马尔罕和丝路上经历的一切,恍然如梦。伊嗣是真实的吗?止观是真实的吗?无念是真实的吗?

……莫潘是真实的吗?

"持弓。"有人唤他。他回过头,杨执一和一众副将、幕僚们正站在他身后。

他抱拳行礼。

"想什么这么入神?"杨执一笑问道。

"属下在想……"陈持弓略一犹豫,"属下在想,如何才能守住凉州。"

"陈副尉,根据你对新型战争的观察,我们已经拟好了对突骑施人的作战计划。算机给出的计算结果,胜率在七成以上。怎么,你是对自己没信心,还是对赤水军没信心?"

说话的是杨执一身旁的一名校尉,他曾和陈持弓并肩作战,两人极为熟稔,平时说话便这样直来直去,陈持弓不以为忤。

"我担心,在巨大的火力差距面前,计算并没有太大意义。"陈持弓面无表情。

"没错。"杨执一对陈持弓点了点头,"况且,我们的撒手锏也并不那么可靠。持弓,战争傀儡最新一轮演练就要开始了,随我去看看吧。"

他跟着杨执一到兵城的演武场。高墙环绕的阔大场地上,演练双方已经列好了阵:一边是上百个象征步兵的人形靶子和三十余个象征骑兵的马形靶子,靶子被捆绑在微型铁马上,可根据提前编好的经纬移动；另一边则是十数台战争傀儡。这些傀儡刚刚由烟城生产组装，又经过算城调试，装备了瓷甲片和陌刀。陈持弓注意到，和以往的型号不同，它们的肩上还架着连发机弩。这连发机弩是大唐独步天下的制式兵器，没有弓弦，造型与惯常的弩殊为不同。不同的原因在于，箭矢不再由弓弦弹出，而是与一个拇指大的金属力匣相连，金属力匣由工坊中的热机注入力，扣动悬刀①，可触发力匣的锁止机构，将其中的力瞬间释放。弹出长度不及普通箭矢一半的铁箭矢，抛出力匣，同时将下一支箭矢推至弩臂，准备下一次击发。为了实现连发，箭矢和力匣被连缀于钢制箭链之中，悬垂于弩臂上。由于箭矢、力匣和箭链加起来重量不小，为了不影响射击精度，士兵一般将箭链绕在腰部，即便如此，单兵能够携带的箭矢最多也不超过五十支。"这战争傀儡就不一样了，"杨执一的一位幕僚对陈持弓解说道，"它将箭链置于身后的箭仓之内，可以轻松背负超过三百支的箭矢。当成群结队的战争傀儡集中输出火力，其制造的箭幕想必十分惊人，若是寻常的敌人，恐怕已经肝胆俱裂了。"

怪不得大家都对战争傀儡充满信心，陈持弓暗想。可是，他们并没有见识过火器的恐怖和恐怖所带来的混乱。

"持弓，这次演练尽可能模拟了真实的战场环境，你要看仔细。"说罢，杨执一一声号令，"开始！"

阅兵台下的士兵闻声扳动控制杆，敌对双方开始各自移动起来。马形靶分出左右两路，迂回向战争傀儡快速逼近，人形靶列方阵前推。傀儡不慌不忙地调整机弩角度，瞄准射击。第一

---

① 相当于现代枪械上的扳机。

波打击是三轮齐射，箭矢如雨落下，人形靶瞬间躺倒一片，马形靶则鲜被命中。其他的人形靶节奏不乱，依然稳步推进。正当傀儡准备第二波打击时，伴着震耳欲聋的巨响，它们脚下的地面突然迸开，碎片与砂石飞上半空，化作遮蔽演武场的黄色云朵。

"我们在地下埋了霹雳弹，用来模拟突骑施霹雳旋风炮的射击！"杨执一对着耳膜发麻的陈持弓大声喊道。

演武场上空的"云朵"刚刚散去，人群中就传出惊呼之声。陈持弓定睛一看，发现形势与方才已大为不同：马形靶正包抄至傀儡身后，人形靶则化作散兵，从正面接近。队列前方没有被炸瘫痪的傀儡再次射出箭矢，却只有零星命中。后方的傀儡高擎着陌刀迎战，可慌忙之中，由于转身不协调将自己绊倒或者与友军相撞倒地的为数不少；依然可以战斗的被迅速包围，眨眼间，一台傀儡就要同时面对十几个来到近前的"敌人"。

"停！"杨执一高喊。

演武场瞬间安静了下来。靶子和傀儡都停在原地，仿佛被神灵施了定身法。

"都督！"刚才和陈持弓说话的校尉涨红了脸，"敌对双方正近身交战，胜负未分，为何喊停？！"

杨执一没有回答他，而是看向陈持弓，"持弓，你有什么看法？"

"属下认为，胜负已分。战争傀儡虽气势骇人，但若与敌人近身缠斗，则无法发挥其冲击力，反而会因欠缺灵活性而处于极大劣势。"

"不然。真正的战场上，赤水军的步兵是与傀儡混编的，这样便能抵消其近战的劣势。"另一位武将反驳道。

"真正的战场上，敌人也要灵活得多。"陈持弓说，"而且，如果是混编的话，傀儡会由于惧怕误伤友军而畏首畏尾，发挥不出战力。"

一时间没人说话，杨执一眉宇紧蹙。

"都督，属下还发现了另外一个问题。"陈持弓横下一条心，继续说道，"傀儡使用机弩的准确性并不高。它们制造箭幕所起到的作用，在属下看来，更多在于威慑，而非杀伤。可属下实在怀疑，对于悍不畏死的突骑施人来说，威慑又能起到多大作用。"

"你看到了关键所在。"杨执一叹了口气，"无论是傀儡行动的逻辑，还是机弩的准确性，归根到底，都是计算的问题。持弓，你曾师从章善德，又有对新型战争的独到见解，这段时间，你就把精力放在算城那边吧，看看能不能帮上点儿忙。"

"喏。"

杨执一走到陈持弓身边，对他耳语道："那个粟特小姑娘这几天都在算城。你不是对我说过，她的算学优异吗？我想，若是能借用她的力量，那便再好不过。"

"……"

"怎么，"杨执一扬起眉梢，"你有难处？"

陈持弓低头，拱手，"属下遵命。"

在被杨执一救下二十年后，陈持弓依旧不敢说自己真正了解这个人。杨执一固然有宽厚勇武的一面，但作为一名士兵，要在险恶的战场上存活下来，甚至在更加险恶的官场里步步高升，最后成为一方重臣，靠的不仅仅是宽厚勇武，还要有过人的胆识、谋略和绝对的理性，以及为了达成目标不惜利用一切、牺牲一切的决绝。

从某种程度上说，陈持弓继承了义父的诸多特质。但有些东西是模仿不来的，它流淌在一个人的血液里、镌刻在一个人的骨髓中。正是在一次次决心为了任务舍弃一切时，陈持弓意识到，自己没法做到真正的决绝。就比如，他完全可以一箭射死布真，这样的话，学院可能就不会遭受后来的灾祸；再比如，当时他如果选择了去刺杀苏禄可汗，凉州城今天可能就不需要面对突骑施的大军。

尽管他不愿意承认，但在关键的时刻，他内心的情感都占了上风。

反观义父，虽然嘴上说不舍陈持弓，但还是将他举荐给了圣人，去学院执行九死一生的任务。客观地说，这次他去往学院，获取政治收益的是义父。假设他成功地带回了金桃，义父获得的收益将远超以往，尤其在这政局动荡之时……可惜他失败了。但若是守住了凉州，义父或许还能扳回一城。

为了达成目的，义父到底都利用了谁呢？他拼命压制这个疑问，却又不断地想。至少现在，在义父眼中，莫潘是可以利用的。

即使这会让一位年轻单纯的姑娘投身于杀戮的事业。

此时此刻，情感是不必要的，守住凉州才是当务之急。陈持弓在原地站定，努力展平脸上线条，直到他认为自己看上去已经足够若无其事，才继续向莫潘走去。

"哎哟,是军爷您哪。"是粟特人安阿了率先看见了他。莫潘对此毫无反应,依然坐在算机的字母盘前发呆,一张小小的侧脸在暗淡的光线中模糊着。

"莫潘在做什么?"他问安阿了。

"不是莫潘在做什么,是康桃儿在做什么。"安阿了狡黠地笑。

"康桃儿?"

"这是莫潘姑娘的汉名。军爷觉得如何?"

康桃儿。桃儿。他想起那曼妙的水果滋味,脸皮不禁一麻。"……很好。"他说。

"桃儿每天都来这里,看一会儿算机,发一会儿呆。"安阿了说,"小的琢磨着,她大概是在思考什么了不得的问题吧。"

他点点头,上前一步。

莫潘终于察觉到他,她转过头来,脸色煞白,眼神呆滞而又迷离,"陈持弓,你来了?"

"嗯。"

"你为什么要来呢?"

陈持弓一愣。只见莫潘缓慢起身,从算机里抽出一卷算帛,将它仔细卷起来,塞入怀中,然后对他抱歉地笑了笑,"不好意思,我这两天研究算学,有些走火入魔了。"

"桃儿,你没事儿吧?"安阿了在一旁关切地问。

莫潘轻轻摇头,"安叔,我没事儿。我想和陈持弓单独聊聊,可以吗?"

安阿了应允后,他们肩并肩,踏着松木地板,走过成排的算机、走过身着深色大袍的算师，向算房外走去。天窗投下的光将他们脚下的路切成一段又一段。

"谢谢你来找我。"莫潘的声音穿过嘤嘤嗡嗡的鸣响，钻进陈持弓的耳朵。

"你怎么了？"

莫潘没有回答。直到走出算房，对着太阳长长吐出一口气后，她的脸才渐渐恢复血色。"陈持弓，你相信这世上有神灵存在吗？"她忽然没头没脑地问道。

陈持弓想了想，"我同意章祭酒的观点。他说，宇宙就是神灵。万事万物组成宇宙，宇宙寓于万事万物之中，所以万事万物皆为神灵。"

莫潘若有所思，"这样倒挺好。"

"挺好？"

莫潘翘起嘴角，脸上却没有笑意。这表情让陈持弓想起了章祭酒，当他对一众军人提出一个他们无法理解或者并不在乎的问题时，他的脸上就是这种表情。

"陈持弓，你来找我，是有事吧？"她问。

"咳，没事……就是想来看看你。"

莫潘低下头。陈持弓看到，她耳廓的尖梢在秋日的艳阳下慢慢变红，竟有了铜红釉的质感。陈持弓的胸中陡然升起一股冲动——他想用手指去触碰那血红的剔透。

这冲动和随之而来的压抑令他微微颤抖。

"没什么事的话，我要走了。"她低声说。说完便转身走向算房。陈持弓只觉口中焦渴。

"其实,"他在莫潘身后说道,"是有件事想拜托你。康桃儿,你知道如何计算抛物线吗?"

女孩儿停步。

第二十二章 莫 潘

　　起初，神灵创造了时空。然后，他又创造了日月星辰、春夏秋冬、山川河流、花草树木、鸟兽鱼虫，当完成这一切后，他有些累了，便休息下来，静静地欣赏他的造物。造物们依照神灵的设计，呈现出了千姿百态，这令神灵感到欢喜。然而，神灵的时间是无限的，无论他创造出了多么新奇的东西，最终也会成为熟悉的风景。

　　神灵感到无聊了。

　　这宇宙缺了点儿什么，神灵想。

　　他决定在宇宙中引入一整套新的规则。他为所有造物都开启了生死的循环，又让它们具有强烈的生的欲望；他规定了物质的总量，同时他故意把这个数值调得很低，为了生存，造物们必须抢夺、争斗，乃至以彼此为食；他使造物热衷繁殖，只有在生存斗争中幸存下来的个体才能繁殖子代，而子代在复刻亲代时会有随机而微小的改变。

效果立竿见影。像是一场爆炸，宇宙中一下子塞满了新的造物和新的故事。时光飞逝，在争斗之中，一种造物脱颖而出，成为统御万物的主宰。

神灵对这一造物颇感好奇，然而他即便剖开它们小小的思维器官，也无法理解它们的行为逻辑。但这不妨碍他进行更为"有趣"的实验：他创造了一个巨大的竞技场，将这一造物数以千万计的个体置于其中，让它们为了极其有限的生存资源争斗不休。在这个竞技场里，战争每时每刻都在发生，造物们方生方死、方死方生，只有最强壮、最聪明、最残忍的个体才可能长时间地生存并留下子代，而强者子代间的竞争更为激烈，它们必须超越自己的亲代，才有一线存活的可能。

子代复子代，竞争与淘汰没有尽头。现在，就连神灵也不知道，这套规则最终将会创造出怎样的怪物。

而归根到底，宇宙间最可怕的怪物，是他引入的这套规则。

这套规则现在就在莫潘的怀里。人们称之为，"金桃"。

所有人都把金桃想得太过复杂了。这几天里，莫潘在反反复复地琢磨。金桃不是赋予机械傀儡以智慧的经纬学，它是通往智慧的思想。学院里最为优异的经纬就是在它的指导下筛选出来的——不，说"筛选"并不准确，应该说，那些经纬是在算机里旷日持久的厮杀中幸存下来的。

阿奴，以及它的祖辈，都经历了怎样的修罗场啊。

可金桃的秘密又何止于此。莫潘吞咽口水，喉管却依然干渴。学院的算机只是为虚拟的机械傀儡设置竞技场，但这足以令她质疑世界本来的面目。所以她想象了百无聊赖并且不负责任的神灵,想象了创世的过程,想象了无休无止的搏杀与战争,想象了万物存在的另一种解释:神灵全部的创造,不过是一套弱肉强食的规则,在这规则下脱颖而出的造物正是人类自己,而世界便是那个巨大无比的竞技场。

"在这个沙盘上,我们充当神灵。你那位老师的沙盘,我看却远不止于此。"

她忽然想起父亲说过的话。老师的沙盘,就是算机里创造出的世界吧。那么,在那个世界中,老师充当的就是神灵的角色。人冒充神灵,自然是亵渎,而如果她看穿了神灵的思想呢?

天地不仁,看穿这一切的,又岂止是她一人?

原来,"人生而平等"的思想也不是凭空产生的。莫潘想。在金桃的世界中,秩序并不是先天规定,而是来自后天的竞争。老师只是把她观察到的写出来而已;而且,老师一定意识到了,金桃最大的危险,不在于它能让战争傀儡更为聪明强大,而在于它会颠覆或者至少动摇人类对世界的认知、对自我的认知。

——在这样一个冷漠而又残酷的世界里,道义存于何处?仁慈存于何处?美德又存于何处?

——在这样一个冷漠而又残酷的世界里,一切的意义又是什么?

这甚至比世界的算学根基更为荒谬。

老师背负着这个秘密,一定很痛苦吧?莫潘的心丝丝抽痛。老师在大唐何处?她到底想做什么?

疑问太多了,几乎不可能在短时间内得到解答。还是想想眼前的事吧。昨天,陈持弓来找莫潘,是想请她帮忙,把曲线的解法编成经纬, 写入算机。她问做什么用, 陈持弓犹豫了一下, 说是为了改进战争傀儡机弩的自动瞄准装置, 使之更加精准。

"我不会强迫你。这毕竟是杀人的勾当。"陈持弓诚恳地说道。

"凉州的局势如何?"她问。和安阿了一家在一桌吃饭的时候, 她多多少少能听到一些关于即将到来的战争的议论。她在一家人的言谈中感受到了一种普遍的乐观: 在这个季节, 苏禄可汗不会孤军深入攻打凉州; 苏禄可汗的骑兵无法与装备精良、训练有素的赤水军抗衡; 苏禄可汗的火器也不是战争傀儡的对手……她不希望与乌玛依为敌, 所以也就不加反刍地接受了这家人的观点。但希望与事实是两码事, 当她看到陈持弓深锁的眉头, 便隐隐猜到, 他们的判断也许是错误的。

"不乐观。"陈持弓摇着头说, "我们可能要独自面对整座碎叶城的攻击了。"

"我听说, 烟城正在夜以继日地生产战争傀儡。"

"大唐的战争傀儡比不了阿奴。如果它们的智能无法及时得到改进, 我们不过是赶着一群呆头呆脑的铁家伙送死而已。"陈持弓苦笑道。

"可是, 算城里有那么多算师……"

"这些年, 大唐太依赖学院的算帛了。"陈持弓长叹一声, "倘若金桃在我们手中, 一定会是另外一种局面。"

莫潘默然。半晌之后, 她才说道:"陈持弓, 你有没有想过, 金桃到底是什么?"

"我只知道金桃是强大的东西, 因为强大, 所以危险。"陈持弓说,"可是,如果它能守护大唐,守护大唐子民的幸福,我愿意为它抛洒热血。"

"我明白了。"莫潘说,"计算曲线的事情,请容我再考虑一下。"

陈持弓目光深沉地看她,点头,转身。

"那个……"她轻声叫道。

陈持弓回头。

"你觉得怎么样?"

"什么怎么样?"

"康桃儿,我的汉名。"

陈持弓微微翘起嘴角,"很美。"

……很美。他说的是真心话吗?莫潘抚摸着陈持弓赠予她的那把弓,脸颊有些发烫。我想这些做什么?

窗外传来喧哗声。莫潘放下弓,走到窗边,她看到大人和孩子们站在街边,探头张望、热烈议论。街上有身披银色鳞甲的士兵走过,那是萨宝的亲兵。亲兵后面,又跟着几匹铁马。翟嫂推开门叫她:"桃儿,快下来看大人物啦!"

"胡城里难得有这样的热闹,可惜欢儿去了学堂,安阿了又在萨宝那里。"她边下楼,边听翟嫂说,"波斯都亡了国了,波斯来的大人物可稀罕得很哪。"

"波斯来的……大人物?"

翟嫂蹙着眉头,"据说是叫什么老人,很奇怪吧?"

老人。这称谓确实有些奇怪。莫潘的好奇心被勾了起来。她跟着翟嫂走到街上,这粗壮的中年妇女左推右挡,竟生生在人群中辟出一条路来，她也便趁势挤到了前排。那匹在队伍正中、外观有些不同的铁马恰巧从她面前路过，于是她看到了半敞开式车厢里鹤发童颜的老者，想必那就是所谓的"老人"。老人身后，在车厢没有被光照到的阴影里，有另外两人的身影一闪而过，一人穿黑衣，头发高高盘起，似乎是女子；另一人穿灰袍，头发散着，目光和莫潘短暂相碰，迅即弹开，莫潘却浑身一震。

这不可能！那个人怎么会出现在凉州？！

"桃儿，你要去哪儿？"是翟嫂在叫她。

她这才发觉，自己已经跟着那匹铁马走出十几步。人群的阻力慢慢变大，眼见就要追不上铁马了，她从人们背后钻出，远远地对翟嫂喊道："我有事情，先走一步！"

莫潘隔着人群，紧紧跟随行进的队伍。理智告诉她，自己和伊嗣在凉州重逢的概率，在算学上微乎其微，但是，她有一种强烈的直觉，车厢里坐着的人，就是伊嗣。不只因为她看到的那双眼睛，更因为那双眼睛给她的反馈。

那双眼睛认得她。

老师怎么说来着？有时候，算学无法解释这个世界。

队伍进了商会的大院，她不出意料地被守在大院门口的萨宝部曲①拦住。

"萨宝交代，今天商会有贵客，闲杂人等，谢绝入内。"部曲们全副武装、表情肃穆，不像是可以通融的样子。

其中一位叫安屯的年轻部曲认识她，晓得她是安阿了的朋友、萨宝府上的常客，便略带歉意对她说道："莫潘姑娘，萨宝

---

① 指与主人有依附关系的家仆。

正和波斯贵客商量要事,眼下确实不能放你进去,你多担待。"

"你可知道,来的贵客是些什么人?"她问。

"这……"安屯挠了挠头,"这小的就不清楚了,小的只看见,来了三个人,是一老一少和一名女子。"

"那女子十分美丽,米秃子的眼睛都看直了。"旁边一名部曲轻佻地说道,引得一片讪笑。

"少年呢?长什么样子?"莫潘又问。

"长得也挺漂亮,但是表情阴恻恻的。"安屯说,"哦对了,他的头上缺了一块头皮。"

"缺了一块头皮……"莫潘喃喃道。

"莫潘姑娘,你还是请回吧。"安屯为难地说,"若是叫主子见到我们不好好守门,少不了又要挨一顿鞭子。"

她退后几步,然后转身走开。她并没有走远,而是在一个僻静的巷口注视着商会大门的动静。那个缺了一块头皮的少年,会是伊嗣吗?如果伊嗣真的来了,为何凉州的官府没有任何反应?伊嗣曾对她说过,作为萨珊王族,他可是大唐皇帝的贵宾,也是有官爵、领俸禄的,即便是都督杨执一,大概也不敢怠慢。

唯一的解释是,杨执一并不知道伊嗣来了。

可是,以伊嗣的性子,他怎么会悄无声息地出现在这里?

莫潘左想右想,只想得脑袋嗡嗡作响,也想不出个理由来。也许是我认错了,她心存侥幸,伊嗣还好好地待在学院里,那个缺了头皮的人,怎么可能是他嘛……

叮当。不祥的声响。莫潘四顾,人们若无其事地走动交谈,沿街的早点摊飘出青烟,竽篥和琵琶之声在空中淡淡地回荡。

一切如常，没有黑色的塔，没有秃鹫与野狗，没有淤泥般的天空。莫潘这才想起，关于寂静之塔的梦境已经很久不曾侵扰她了，而此刻，它正以白日幻听的方式回归。

叮当。又是一声。不是幻听。一阵风从背后袭来，她闻到难以言喻的气味。来不及转身，硬物就抵在了她的腰间。

"嘘——"沙哑的女声贴在耳边，说的是粟特语，"不要出声也不要动，我的匕首可是饥渴得很哪。"

"你是谁？"莫潘绷紧了肌肉，"你想干什么？"

"呵，你跟了我们一路，却不知道我是谁吗？"

是那个黑衣女子！她是什么时候绕到我身后的？

"说，为什么要跟着我们？啊，等等。"女人的鼻息吹到了莫潘的脖颈上，"我闻到了。"

那气味更浓郁了，是奇异的甜香和腐臭。从脖颈，到尾椎，寒意一路向下，莫潘的汗毛根根直立，恐惧中夹杂着恶心。女人绕到她身前，寒光凛凛的匕首也以她的腰为中心，转了半圈。刀尖指向她柔软的肚腹，锋利、坚硬，随时可以一击毙命。

女人戴着兜帽，兜帽投下的阴影将她的脸割成暗与明的两半，眼若深潭，唇红似血。

"我闻到了同类的气味。"女人咧嘴，露出尖细的犬齿，"我看到缠绕着你的黑色死亡，它无时不在，无论是过去，还是未来。"

莫潘强忍着恶心，"我不明白你在说什么……"

"盛宴即将到来，准备迎接——"

"玛纳，够了！"一声低吼将莫潘从女子的压迫中解救出来。只见女子舔了舔嘴唇，后退一步，慢慢收起匕首，脸上依然挂着贪婪的笑意。

莫潘转身，注视着另一张兜帽下的脸。"伊嗣……"她颤声问道，"是你吗？"

"莫潘，"那双灰眼睛在淡淡地笑，"好久不见。"

眼前这个人并不是往日的伊嗣。他的脸上少了一种活跃的神采，这神采曾经赋予伊嗣的一颦一笑、一言一行以生命力，曾经填满伊嗣话语中应有的沉默和空白。大概这就是所谓的聒噪，莫潘想，当它存在时，曾那么令人讨厌，而当它消失后，又是这样让人怀念。

在伊嗣身上，究竟发生了什么？

"那天晚上，我骑着白马上了战场。莫潘，你能想象吗，我面对着先祖曾经面对过的敌人，像他们一样战斗。"伊嗣微笑，那熟悉的神采短暂地回到他眼中，"我用弯刀轻而易举地杀死了两个大食人，正当我寻找下一个对手时，嘭！爆炸差点儿要了我的命。"

伊嗣隔着兜帽，用食指点了点自己的头顶，"喏，这里被炸碎了。"

莫潘吞下一口唾沫，"伊嗣，我能……"

伊嗣四下看看，见没人注意这边，便掀开兜帽。莫潘倒吸一口凉气：他右侧颅顶银光闪闪，灰色的头发从巴掌大小的金属头壳四周流过，血肉与机械呈现出令人心悸的对比。

"感谢先祖留下的医术，"伊嗣重新戴上兜帽，"也感谢玛纳在战场上救下了我。"

玛纳，死神名字的一半。莫潘转头看向背对着她的女子。女子站在那里如水中石，人们自觉地绕开了莫潘和伊嗣对坐的小摊。拌了葱头、胡荽①、石榴汁的羊羹冒着诱人的香气，但两人都一口未动。

"玛纳是不净人，也是杀手。"伊嗣继续说道，"现在，她是我的护卫，就像曾经的陈持弓。"

莫潘的脸紧了一下。

"那家伙也在凉州吧。"伊嗣不动声色地说，"在做我的护卫之前，他是赤水军的军官。既然我已经消失在战场上，金桃又不知所终，他没有理由继续留在学院了。"

莫潘含糊地"嗯"了一声。

伊嗣将手臂支在桌上，用手托腮，"和我讲讲你是怎么到凉州的吧。"

他的目光里有一丝调皮、一丝好奇，让莫潘想起曾经的伊嗣。她无法确定，到底是现在的伊嗣故意装出了从前的样子，还是从前的伊嗣并未真正离开。

她深吸了一口气，"那天晚上……"

羊肉摊上，他们一坐就坐到中午，一点碎银子，就把气鼓鼓的摊主打发了。莫潘讲得很仔细，从学院到碎叶，从碎叶到凉州，她在讲述中又重走了一遍坎坷的旅程。她发现，许多当时的坎坷，现在回望起来竟颇有些苦涩的趣味。就比如，逃脱碎叶的志忑；就比如，翻越天山的寒冷和穿越沙漠的炎热；就比如，在小旅店和驿站里无眠的夜。不过，关于无念和影路，她却讲得含糊。

---

① 即香菜。

金桃的秘密是蓄积在她心中的洪水，她怕捅出无念这一个缺口，洪水就会决堤。

在这个她并不了解的伊嗣面前，她无法承受这样的风险。

"那个和尚倒是挺有意思。"伊嗣看穿了她的心事一般，"他冒了这么大的风险救你们，难道只是因为需要旅伴？"

"出家人不是讲慈悲为怀吗？"莫潘急忙用上这些天耳濡目染得来的新知。

"也许吧。"伊嗣意味深长地看着她。

"哎，你还没跟我讲，你是怎么到凉州的呢。"她岔开话题。

"我呀。"伊嗣转头看了看玛纳，后者纹丝不动，入定了一般。"受伤后，我不停地发烧和昏迷，清醒过来时，人已经在玉门关了。"

"……和那个老人一起？"

"对。"

"波斯来的贵客，指的是你，还是他？"

伊嗣轻轻摇头，"这不重要。重要的是，你我又来到了同一艘即将下沉的船上。"

"即将下沉的船……什么意思？"

"你见过碎叶城了吧？你认为，凉州能抵挡它的攻击吗？"

莫潘默然。她并不懂军事，但她读得懂突骑施人脸上的决心和煞气。猎食者总是全神贯注，和他们比起来，凉州城里的人们像是沉溺在末日迷梦中的羔羊。

她想起陈持弓忧心忡忡的表情，那表情和学院遇袭前的浮夜门如出一辙。

难道乌玛依和她的"狼群"真的要来了吗？

"不过你不用担心。"伊嗣笑了笑，"这一次，我会守护你的。不能总让陈持弓那家伙一个人表现。"

莫潘只觉得脸颊发烫。

"好了，我该走了。"伊嗣起身，"好莫潘，想我的时候，可以来萨宝府找我哦。"

这一句话，让她确定了，原先那个伊嗣还在。

伊嗣和玛纳朝商会的方向走出几步后，后者回过头看她——黑色的眼睛里有另一重黑暗。

"我看到缠绕着你的黑色死亡，它无时不在，无论是过去，还是未来。"那双眼睛仿佛在说。

莫潘打了个哆嗦。

大云寺在凉州城的东北角。安阿了叫了匹铁马，和莫潘同去。最近这段时间，安阿了几乎日日在萨宝府里，今天终于回家，听说莫潘要去大云寺，便执意要陪她来，莫潘如何也拗不过他。

"这几天公务繁忙，没能好好陪桃儿姑娘在凉州城逛一逛，我心里很过意不去啊。"在吱呀作响的车厢里，安阿了说道。

"安叔，这段日子给你添了许多麻烦，过意不去的人应该是我。"莫潘说道。

"哪儿的话。你来家里，我们都很高兴。"安阿了微微一笑。"不瞒你说，我和妙云一直想要个女儿来着，可惜总不能如愿，你能长住在家里，也算小小地弥补了我们的缺憾。"

妙云是翟嫂的大名。莫潘羞赧地低下头，心里浮起一丝暖意。安阿了一家，确实待她如同亲人，给了她许久不曾感受到的温暖。也许这就是释家所谓的缘吧，她想，也许这就是大唐的疆土上那盏为她点亮的灯、那扇为她而留的门吧。

同时，莫潘又感到羞愧。这几天，她在有意从安阿了口中刺探情报，她想知道老人到底是何许人，又为何带着伊嗣出现在胡城。安阿了在萨宝身边，一定了解内情。然而这个中年人看着憨厚，实则十分聪明警觉，一家人的话题几次被莫潘引到波斯贵客身上，都被他轻巧地绕过。

"老人，大概就是字面意思吧。我看他呀，也是被大食人追得无处可躲。至于那一男一女，平时不言不语的，我也不知道是什么来头。"

安阿了如是说。

他一定隐瞒了什么，莫潘想。没有人会毫无理由地来到一艘即将沉没的船上。

这一定是个很大的理由。

很快，他们就到了。在寺庙的大门口，安阿了对莫潘说，他是祆教徒，这佛寺就不便进入了，他在外面等着莫潘。于是莫潘一个人进了大门，见门口有几位沙弥，便向他们打听无念。听她说粟特语，一位高眉深目的年轻沙弥上前，用纯熟的粟特语对她说道："阿弥陀佛，女施主是要找知客①啊，请随我来。"

她跟在沙弥身后，走进寺院。沙弥一边走，一边向她介绍：大云寺是凉州最早的一座佛寺，为晋朝升平年间凉州牧张天锡所建，本名宏藏寺，后改为大云寺，又改名天赐庵，是本地信众

---

① 佛教僧职，职责主要是接待客人。

常往之所。第一次置身佛寺，莫潘颇感好奇，不住地四下张望。只见这佛寺宽敞洁净、楼宇俨然、花草繁茂，诵经之声绕耳，信众往来不绝，和凉州城中的风景殊为不同，很有些独立小天地的意境。"女施主请看这边。"沙弥指了指不远处的高大建筑，"这是花楼院的七层木浮屠，高一百八十尺，与清应寺塔双峰插天，称为'五凉一奇观也'。"

莫潘连连点头。她忽然想到，人类的谦卑和雄心似乎都喜欢向着天空生长，谦卑如眼前这佛塔，如索格底亚那的寂静之塔。

雄心则是遍布整个大陆的镜塔。

"女施主，这边请。"沙弥引着她走了几十级台阶，登上数丈高的砖包土台。土台上有一楼，高两层，重檐斗拱，中间悬着一口金色大钟。无念正拿着一把扫帚在大钟旁扫地。见到她，无念微笑道："莫潘小施主，你来了啊。"

沙弥就此告退。莫潘走到无念身旁。在这土台上，大云寺的景观尽收眼底，凉州城的高墙与镜塔也遥遥在望。从烟城浮起的烟霭接连着低垂的云，密密实实地塞满了这大唐西陲的天空。

"莫潘小施主可是来此处敲钟？"无念问道。

"敲钟？"

无念围着大钟踱起了步。这大钟极有气势，沉甸甸地占据了楼层的正中。钟面上有图案，莫潘认出了美丽的飞天和俊逸的龙。

"这钟是凉州一景，称'大云晓钟'。"无念的声音经过钟面反射，有了锵锵的金属质感，"凉州人视之为神钟，每逢节日便来此敲钟，祈福辟邪。"

"神灵能听到这钟声吗？"

"总归是个寄托。"无念停下脚步，眯眼看她，"最近，来烧香拜佛、敲钟祈福的人络绎不绝，沙弥们都忙着接待，贫僧便揽下一些洒扫庭除的活计，算是略尽绵薄之力吧。"

莫潘默然。末日迷梦中的羔羊也意识到了危险已近，可求神拜佛能够帮助他们赢得接下来的战争吗？

如果这世界如金桃所暗示，那么只有力量，才是能够决定胜败的唯一真神。

"莫潘小施主若不是来敲钟，就一定是为了那件事了。"无念又说，"你看了金桃的内容，对吗？"

她点头。

"不要告诉贫僧，贫僧不想知道。"

"呵。"她苦笑一声，"你就这样把如此重大的决断甩给我了吗？"

无念直直地看着她，半晌后忽然吐出一句："因陀罗网境界门。"

"……你说什么？"

"因陀罗网为一珠网，每一珠中现一切珠，又现一切珠中之一切珠，如是重重无尽，此名因陀罗网境界门。"无念双手合十，"万事万物相互联系，彼此映照。在这个世界沉浸越久，越是会把所有利害关系做计算权衡，就越是难做决断，就像贫僧，就像你的老师浮夜门。可有时候，做出决断比决断正确与否更加重要。"

莫潘心念一动，类似的话，她曾听老师说过。

"人心也是因陀罗网中的一珠啊，"无念继续说道，"然而它总是忙着计算，却忘记自己本身就映照着一切珠。"

莫潘低头思索片刻，又抬起头来，"你的意思是，要我听从内心的声音？"

无念微笑，"莫潘小施主有慧根，贫僧没看错人。"

"可是……"

无念做了个制止的手势，"贫僧能说的，就只有这么多了。"

这时，有一位沙弥走了过来，对无念说了几句汉语。无念点头，向土台下望了一眼，转头对莫潘苦笑道："实在抱歉，贫僧又要去接待客人了。早知道知客是这么个苦差事，贫僧还不如做个洒扫庭除的沙弥。"

两人一同从土台上走下，告别之后，沙弥引着莫潘向寺外走，而无念去往另一边。走出很远后，莫潘回头，在树林没有遮掩之处，她那双鹰眼一下子便锁定了无念身边的人。

鹤发童颜，身形枯瘦。是那个来自波斯的"老人"。

第二十三章　陈持弓

起初，唐人使用提花机来编写经纬。经纬织成算帛，算帛被算机中类似逆向提花机的自动装置解读，化作算芯中辨音瓷的二态振动，实现从加法减法到乘方开方的各种运算。随着算机的应用领域不断扩展，算师们需要开发越来越复杂的算法，直接使用经纬的语言来编写指令变得越来越抽象和困难。于是，经纬学家想出了一个办法，那就是用经纬在算机中编制出一种虚拟的提花机，当人们使用字母盘向虚拟提花机输入特定的简单指令，它会将之转化为算机可以执行的成套的、规模化的指令，从而以更直观的方式完成极其复杂的运算。经纬学家称虚拟提花机为"算语"。后来，经纬学家为了使经纬编制更加便捷，又设计了算语的算语，甚至算语的算语的算语……而只要算机的运算能力足够，它就能够处理这样一层又一层叠加的算语。它的功能，也就不仅仅局限于计算国家的人口和税收、组织工坊的生产和协同、监视城市设施的运行、破译光与声的信号、控制热机的输出、计算天体的轨道。

它甚至企图创造宇宙。

这怎么可能呢?

然而这的的确确已经发生了。陈持弓望着快速转动的金属盘想。不同于如今算师们通常使用的粟特字母盘,陈持弓面前的是在大唐沿用多年的八卦盘。八卦盘是金属同心圆层层嵌套的机械结构,上面以八卦配合四时四方模拟古人心中宇宙之间架[①],再辅以少量常用汉字,即可完成算机指令的输入和算机状态的输出。和字母盘的线性输出不同,八卦盘可同时显示大量内容,但显示的内容极抽象,要熟练掌握并不容易。所以大唐的许多算机都配备了粟特字母盘,基于粟特字母编制的经纬渐渐成了大多数算师的选择。不过比起笨拙的字母盘,陈持弓还是更习惯日渐稀少的八卦盘,习惯它的优美和简洁。在国子监时,十几门课程中,在这八卦盘上读写的经纬学他学得最好,甚至令很多资深算师甘拜下风。

以前,八卦盘在陈持弓眼中,只是一种形式上对宇宙的再现;可眼下,它不断转出的符号和汉字,分明是在描述发生在某个完整逻辑框架下的事件链条。

就像真实宇宙的运行。

"我给你的算帛,是在算机中架构宇宙的基础指令。"那天,在将算帛交给他时,莫潘如是说道,"这是学院刚开发出不久的经纬,是用来改进傀儡智能的,你看看能不能用得上。"

他狐疑地盯着莫潘。

***

① 亦即宇宙之结构。

　　莫潘垂下眼帘，"一路上光顾着逃命，都忘了还带着这东西。哦，对了，计算曲线的事，我也可以帮忙。"

　　"谢谢。"他低头看手中算帛，薄薄的一卷。

　　"那个……"

　　他抬起头。

　　"你有没有听到胡城的消息？"莫潘问道。

　　"胡城的消息？"他略一思忖，"我不清楚。"

　　"哦。"莫潘表情复杂。

　　沉默片刻。

　　"都忘了问你，你在胡城，还好吗？"

　　"我很好，跟在家里一样。"莫潘顿了一下，"谢谢。"

　　家。这个姑娘很少提到这个词。陈持弓打量莫潘。他在她眼中、身上看到了几个月来都不曾有过的一丝松弛。

　　她找到属于自己的幸福了吗？

　　"但愿吧。"陈持弓怅然若失地轻叹一声。可为了守护这幸福，他还有很多事要做啊。从架构宇宙，到改进傀儡智能，这中间有许多逻辑上的空白，那天莫潘没有对他说，大概她自己也并不清楚。不过，在连续观察算机运行几个时辰之后，陈持弓模模糊糊有了一些概念。不，简直叹为观止。他想，人类从蚕丝和瓷片出发，通过在具象上一层一层搭建抽象，竟然在某种程度上创造了算机中的宇宙。那么真实的宇宙呢？如果它也是这样搭建出来的，它最底层的具象又是什么？

　　这已经是形而上学的领域了，多想无益。陈持弓轻轻摇头，重新把目光投向八卦盘。他看到的，是一个极度简化的宇宙，天圆地方的结构，其中只有基本的力和物质，只存在一种生物，或者说智能。从它们的行为表现看，类似于原始的战争傀儡，就姑且称之为"原始战争傀儡"罢。这个极简宇宙和纸面上的算学模型最大的区别在于，它是可以实时演变的。当陈持弓启动时间这个变量后，有趣的事情立即发生了：原始战争傀儡开始生长繁殖，它们的数量以指数方式高速增长，很快便不得不对有限或者说是稀缺的物质展开争夺。

战斗和厮杀如期而至，原始战争傀儡的行为反应和互动模式爆炸般溢出。为了节省时间，陈持弓调快了算机里的时间流速，这造成了沉重的运算负荷，一台算机远远无法满足需求，他又动用权限将几台算机并入阵列，才刚好维持目前的运算。此时此刻，热机疯狂工作，瓷片尖锐鸣响，八卦盘飞速转动，不明所以的算师们都把头转向了这个眉头紧蹙的军人。

"陈副尉，你在用算机做什么？"他身边年近五旬、名叫王仪的算师好奇地问道。

陈持弓不语。厮杀正在升级为战争，原始战争傀儡大批大批地参战，大批大批地死去。胜利者以战败者的尸体为食，孕育下一代，然后迅速衰亡。他注意到，最初的厮杀十分笨拙，原始战争傀儡们的表现还不如几天前那些在兵城中演练的傀儡。但是，当胜利者的第三十代、第四十代出现在战场上时，它们已明显较前代更为灵巧善战，甚至学会了运用某些初级战术……陈持弓查看了几个原始战争傀儡的经纬，其中除了他熟悉的行为模式的标准书写，还有许多他并不理解的语句。是这些语句导致了原始战争傀儡不同于以往的表现吗？一时半刻，陈持弓还理不出个头绪。不过,他猜测,这些作用不明的语句很可能和原始战争傀儡代际间的微小变化有关。

有一个想法在慢慢成形。陈持弓隐隐感觉到,这个想法十分惊人,以至于他在下意识地阻挠它最终成形。

"陈副尉,悬丝系统里有给你的口信。"一位看起来二十出头的年轻算师走过来对他说道。

呼。他松了口气,目光从八卦盘上移开,伸手接过对折的信纸。是杨执一留下的口信,要他申时①去都督府。时间很紧,手头的事看来要暂时放一下了。他将王仪叫了过来,嘱咐他盯好算机,如果出现什么异常,须及时呼叫。王仪瞥了一眼八卦盘对侧的字母盘,只见语句不停滚动,一时看不出个所以然来,于是便问陈持弓算机里跑的是什么经纬。

"故事。"陈持弓回答道。

"故事?"

陈持弓点了点头,起身,逃也似的离去,把尖锐鸣响的算机抛在身后。成、住、坏、空,宇宙在释家眼中,不过是四个字就能说完的故事。从前,他总觉得释家对宇宙的理解过于冷漠空洞。可当他第一次面对算机中的宇宙,他才惊觉,在神灵眼中,人间的争斗和执迷,也许真的只是一个无甚可说的乏味故事,就像他在算机中看到的那样。

正因为无甚可说,所以才显得残酷。

秋日的艳阳下,他没来由地浑身发冷。

---

① 十二时辰之一,十五时至十七时。

　　从算城到都督府距离不近，陈持弓紧赶慢赶，还是迟到了一小会儿。他到的时候，都督府的作战室里已经黑压压地塞满了人，挤挤挨挨的暗色甲胄和战袍吸收了原本就不多的光，再加上男人们阴沉肃杀的表情，这阔大的空间竟显得逼仄晦暗。除了军官和幕僚，陈持弓还看到了胡城的萨宝。萨宝五十来岁，长发长须，身形巨大，坐在杨执一右侧下首，如一座华服包裹的山。"山"的后面站着他的随从和部曲，陈持弓在其中认出了安阿了。还有三人引起了他的注意，他们身穿带兜帽的灰色长袍，既不像随从也不像部曲。这三人默立在作战室里最幽暗的角落，微微颔首，兜帽下只现出下巴的轮廓。

　　蓄山羊胡的中年人，年轻女子，年轻男子。

　　陈持弓迅速建立了对这三人的大致判断。不知怎的，他的心底泛起了不安，这不安来自猎手的直觉……

　　"萨宝大人，话不多说，杨某想请你帮一个忙。"杨执一的话音打断了他的思绪，看来开场的客套话已然说过，都督开口就是这么一句。

　　"杨都督，您请说。"萨宝声如洪钟，汉语很地道。

　　"突骑施人攻来的时候，请你的部队在城内协助赤水军防守。"

　　萨宝笑笑，"难道突骑施人真的要打来了？"

　　"不错。"

　　萨宝的随从交头接耳，萨宝脸上的笑容不变。

　　"杨都督，不瞒您说，我也看镜塔里的消息，里面什么说法都有，单看哪一条都十分可信，可若是放在一起，又有颇多矛盾。照我看，目前情报的问题，不在于缺乏，而在于过多，要去伪存真，首先是要确定突骑施人的行踪和行军意图。"

"萨宝说到点子上了。"杨执一点了点头，"某正是要与萨宝分析突骑施人的行踪和意图。"

说完，他走到地图前，用手指比画，"突骑施人从高昌向东，一路击败赤亭守捉①、罗护守捉，在伊吾稍歇，又攻破了玉门关，然后击退宁寇军，渡弱水②……"

"这些情报，镜塔里倒是一致的。"萨宝插话道。

"一直到渡弱水之前，突骑施人的行动都在明处。"杨执一说，"可是在那之后，突骑施人的去向就不再明朗。照理说，如果他们图谋凉州，就应以张掖为跳板，循序东进，可张掖那边一直没有动静。所以很多人猜测，苏禄可汗畏惧我大唐的军威，劫掠一番后便向北方的草原遁去，这是大家都希望看到的结果。"

"还有一种可能。"陈持弓不假思索地说。

所有人都看着他。他突然意识到，自己不经意间把在国子监和学院的随性带到了军旅中来，于是有些别扭地低下了头。

"陈副尉，你说。"杨执一命令道。

"喏。"陈持弓叉手，头依然低着，"突骑施人在渡过弱水之后，可以继续向东，穿越大漠，再向南折向凉州。大漠中镜塔稀少，也鲜有大唐驻军，突骑施人完全可能不露踪迹地行军。"

萨宝挑起眉毛，"你的意思是，突骑施人会孤军穿越沙漠，深入陇右腹地？"

---

① 军事机构，唐制，军队戍守之地称"军""守捉"，其下则有城有镇。

② 古河流名，位于今甘肃省西北部和内蒙古自治区西部。

"哪里有什么孤军,来的可是一整座城。"杨执一说道,"突骑施人不用担心补给的问题。"

又一阵七嘴八舌地议论。安阿了上前一步,拱手道:"都说那碎叶城是陆上巨舟,虽然稳定性极佳,但灵活性不足,小的想问,从弱水到凉州,其间并非一片坦途,碎叶城有可能穿越如此复杂的地貌吗?"

杨执一微微一笑,"陈副尉不久前刚从碎叶城返回,这个问题就由他来回答吧。"

陈持弓发现自己再一次成为全场目光的焦点。"咳咳。"他局促地清了清嗓子,"碎叶城是由数百移动平台组合拼接而成的。据属下观察,其组合拼接由中央算机控制,移动平台也各自配备有算机和热机,可根据需求灵活调整。需稳健行驶则拼合为整体,需轻兵急进则可拆分成小单元独立行动。属下猜测,在不同路面行驶,碎叶城应该都有相应的办法。"

"我明白了。"萨宝沉声说,"看来突骑施人确有可能走这条路线。"

"不是可能。"杨执一的语气忽地冷峻起来,"白亭守捉刚刚发来消息,斥候在休屠泽①西岸看到了突骑施人的陆舟。"

作战室一下子安静下来。人们在噩兆未明时总喜欢讨价还价,而当它真正降临时就沉默不语了。陈持弓咬着嘴唇想。从休屠泽到凉州可谓一马平川,苏禄可汗的意图昭然若揭,狼吻已经贴上了猎物的喉咙,你怎能指望它收起獠牙?

萨宝在椅子里不自在地扭动几下,木椅在重压下的呻吟打

---

① 古泽名,约在今民勤东北西渠、东湖镇一带。

破了沉默。"怪不得都督火急火燎地找我,原来竟是黑云压城了,既然需要胡城协助,看来前景并不乐观啊。具体情况,都督能否透露一二?"

杨执一朝身边的副将点了点头。副将会意,上前一步说道:"目前能够用于防守凉州的,有赤水军三万三千人;大斗军,七千五百人;交城守捉,一千人。总计四万一千五百人。另有马一万七千四百匹,战争傀儡三百一十台。至于突骑施那边,根据我们的情报,碎叶城有壮年男丁五万,皆可上阵参战。另有高昌援军三万,葛逻禄①援军一万,总计九万人。马匹数估计在人员数的两倍以上。"

萨宝松了口气,"有城墙可据,这兵力上的差距并不算悬殊。"

杨执一摇头,"在霹雳旋风炮面前,哪还有什么城墙可据?呼罗珊的木鹿和河中的巴依肯特都有高墙,不也照样被大食人轻松攻克?火器在实战中的威力,陈副尉曾亲眼见证,在座诸位若是还抱有幻想,可以和他好好聊一聊。"

陈持弓在心中苦笑,义父,我今日只是迟到一会儿,何必如此调笑于我?

幸好没人把杨执一的话当真。作战室里一时无人说话,半晌,萨宝才开口道:"都督,我们也是大唐的子民,保卫凉州,我们自当尽力,您只管吩咐。"

杨执一抱拳,"多谢萨宝。"

---

①古族名。突厥族的一支。唐时居北庭都护府西北,金山之南(今新疆维吾尔自治区准噶尔盆地)。

　　之后的会议只有高级军官留下，商讨防御事宜。陈持弓与其他人一同走出作战室。大口呼吸着外面的清新空气，他感到庆幸，自己不用在空气污浊的室内重温一遍那个疯狂的作战计划——尽管计划是围绕他对战争的观察制订的。萨宝的部队虽然无法像正规军那样和突骑施人正面对抗，但在义父的作战计划里，他们应该能派上用场。

　　用场，这大概就是义父的全部考量吧。陈持弓在人群中信步游走，脑中思绪飞旋。胡城里有大概两千人的武装，本是商会用来维持城内治安和保护往来商队的。这些武装虽然不能装备瓷片甲、神骨、连发机弩这样的尖端制式兵器，但鳞甲、机弩、陌刀、矛、槊①等禁兵器②却是应有尽有。毕竟是四战之地，朝廷对这种程度的民间武装睁一只眼闭一只眼。以前，杨执一是瞧不上胡城里这群杂兵的，可如今，即便是杂兵，也成了必须争取的力量。

　　除此之外，陈持弓昨天还听到军官议论，义父秘密召集了凉州城内和城郊的十二位守塔人。镜塔不介入军事行动，这是百年来大陆诸国默认的准则，而使用其传递军事情报——无论情报是真是假、加密或者未加密，则是各方可以接受的底线。之前，圣人向大唐境内的镜塔派驻忠于朝廷的守塔人，已受到颇多非议，义父此次召集守塔人，是想要做什么？

　　……镜塔和影国有千丝万缕的联系，难道，义父连影国的力量都要借用？

---

　　① 即长杆矛，重型骑兵武器。

　　② 唐朝法律中禁止私人持有的兵器，一般是威力强大的军队制式兵器。

若果真如此,义父就走得太远了。陈持弓用脚尖狠狠碾地上的野草,有虫儿从草中飞出,飞得歪歪斜斜,看样子时日无多。胡天八月即飞雪①,天凉下来了啊,他想,阳光照在身上也没有多少暖意了。正想着,作战室里那三个戴兜帽的人从他身边走过,其中一人远去的步态,令他感到异常熟悉。方才的不安感又回来了,他稍一犹豫,便跟了上去。三人出了都督府,上了一匹铁马。陈持弓也叫了匹铁马,远远尾随着。车水马龙的干道上,那铁马跑得飞快,有几次都消失在陈持弓的视野中,但他心里已经大概有了方位:他们是在向凉州城的东北角去。果然,铁马在大云寺大门口停下,陈持弓只见到一人下车,步入寺院。看身形,似乎是那个蓄山羊胡的中年人。其余两人是在途中下了车,抑或还在车上?顾不得这么多了,他快步向寺门走去。

大云寺。无念就在这寺院里吧?这一切是巧合,还是——

"持弓兄,你是在找我吗?"

陈持弓浑身一凛,硬生生刹住脚步。循声望去,兜帽男子正面向他,站在左手边七八步远的院墙下。陈持弓将手探向腰间横刀。

"伊嗣?是你吗?"

兜帽男子缓步走到近前,"持弓兄,此地人来人往,不太适合叙旧,我们找个地方聊聊?"

还是那熟悉的轻佻腔调。陈持弓的手从刀柄上移开,点了点头。

---

① 此句出自岑参《白雪歌送武判官归京》,作者出于描写需要引用此诗句。

在凉州找酒肆并不难，大云寺附近就有一处，想必应该能抚慰被那些斋饭刮净油水的肚肠。对于饮酒娱乐来说，现在时间尚早，他们在二楼一角坐下，旁边没有其他人。伊嗣要了炙牛肉和酒，驾轻就熟的样子。大唐立国之初，牛是重要的生产力，杀牛可是犯法的，《唐律》有云："主自杀马牛者，徒一年。"可随着热机和农业傀儡的普及，牛的重要性逐渐降低。时至今日，作为生产工具，牛已不再受到法律保护；作为美食，成了唐人热衷之物。

牛不用再承受终身劳役之苦，却要从出生的那一刻起等着被屠宰。陈持弓一边嚼着撒了胡椒、香味扑鼻的炙牛肉，一边想。这对它们来说，是幸运还是不幸呢？

肉的味道不错，只是这寡淡的浊酒比起液火，味道未免拙劣了些。

"持弓兄，别来无恙啊。"伊嗣在兜帽的阴影下看着他，瞳孔里的光如晦暗的晨星。

"你为什么在都督面前隐瞒身份？"陈持弓单刀直入。

伊嗣掀起兜帽，亮了亮头皮，又重新戴上，"原先的那个伊嗣已经死了，你眼前的是另外一个人，这又怎么算得上是隐瞒身份呢？话说回来，我在战场上遇险，也和你的擅离职守有关吧，陈护卫。"

陈持弓一怔，"护卫不力，我甘受军法处置，不过……"

"不过什么？"伊嗣卷起嘴角，"不过不是现在？"

陈持弓"嗯"了一声。

"何苦呢，凉州守不住的。"

陈持弓捏着酒杯的手指暗暗发力，"既然你认为守不住，还来这里做什么？为何你会在萨宝身边？和你一起的，又是什么人？"

"我来守护莫潘呀。"伊嗣似笑非笑地看他，"至于你另外的两个问题，我无可奉告。"

"这么说，你见到莫潘了？"

伊嗣点头。

"你们……"陈持弓欲言又止。

"我们也聊了聊。"伊嗣眯着眼睛，"持弓兄，你打算瞒莫潘到何时？"

"你什么意思？"

"将她不远万里地带到凉州，不只是因为我们曾经同桌吃饭吧？我猜，莫毗多二世的算学天赋在接下来的战事中，应该能派上用场吧？"

"用场。"又是这个词。陈持弓将杯中酒一饮而尽，因为被伊嗣戳中隐痛而脸颊泛红。

"不过，莫潘自己应该也知道的，她是心甘情愿的啊。"伊嗣的话语中忽地多了几分寂寥，"我在这个故事中缺席太久，被你占了先。持弓兄，我不服气。"

"胡言乱语。"

"不管怎么说，"伊嗣端起酒杯，"祝我们三个都在接下来的战争中活下来。活下来，故事才能继续。"

故事，陈持弓心弦一动。他翻起眼睛看伊嗣，这人看起来不像是喝醉了。

"不过啊,凉州这条船要是沉下去的话,你可别拉着莫潘。"饮尽杯中酒后,伊嗣又说,"哦,我说错了。不是凉州这条船,而是大唐这条船。"

"你喝多了。"陈持弓沉声说。

"我不只喝多了,脑子也被炸坏了。"伊嗣看着陈持弓,目光发黏,"持弓兄,我这么说,你满意了吗?"

陈持弓哼了一声。

两人沉默对酌,亥时一刻左右才散场,夜晚的凉州这时才刚刚开始热闹起来。在酒肆一楼弹唱的碧眼胡姬轻纱遮面,歌声娇柔,酒客们听得心醉神迷。换作以前的伊嗣,一定会驻足喝彩吧。陈持弓想。然而今天,他只是面无表情地走过。——他的脑子真的坏了吗?还是说,这才是真正的伊嗣?陈持弓忽然有些不确定了。即使是算机里的傀儡模型,也有无法解读的经纬,一个人又怎么可能被彻底读懂呢?

伊嗣回胡城萨宝府。坐上铁马的时候,他特意嘱咐陈持弓,不用偷偷跟着他,跟着他也得不到任何情报。

"持弓兄,这世界上总有阳光照不到的角落,你要接受这个事实。"他说道。

"你接受了吗?"陈持弓问道。

伊嗣笑了笑,"我就是角落。"

铁马离去,陈持弓在街上呆立半晌,满脑子里都是沉没的船和溺水的人。对于和航行有关的意象,他本能地感到恶心。大唐怎么可能沉没呢?他安慰自己,伊嗣不过是危言耸听罢了,他如今这副样子,有怨气也是正常的……人来人往,在岚气灯下拖出一条条鬼魅般飘浮的影子。有路人撞到陈持弓，正欲叱骂，见他一身戎装，便悻悻作罢。

这满船的人，到底值不值得拯救呢？拯救的代价又是什么？

我一定是喝多了。他使劲摇了摇头，甩开步子，朝算城的方向走去。从这里到算城，半个时辰的步程，吃了一路凉风，又走出些许毛汗，体内昏昏沉沉的倦怠和怀疑终于被稍稍驱散。在算房门口的走廊上，他竟然见到杨执一和几名亲兵。身形健朗的将军正背手踱步，似是早就在等着他了。

"都督。"他叉手道。

"持弓，我来算房看看。"杨执一停下脚步，"听王仪说，你们有了进展。"

"是有些新的思路。"他犹豫一下，"属下已将其写入算机，目前正在观察中。"

杨执一扬起眉毛，"观察？"

他正想该如何解释，杨执一又说："经纬学的事情我不懂，你照自己的意思来就好。"

"喏。"

"持弓，你怎么心事重重的样子？"

他抬头看杨执一，走廊幽暗的灯光下，这位中年男子的脸缺少细节，显得陌生，像人形的空壳，又像洞悉一切的神灵。陈持弓吐了一口气，说道："属下有一事向都督禀报。"

"是伊嗣吧？"

他瞪大眼睛。

"走，我们到外面去说。"杨执一说道。

他跟在杨执一身后出了算房，走到附近一个有假山的小花园，这是算师平时休息的地方。花园里有石桌石凳，杨执一示意他坐下，又抬手屏退亲兵。小小的一方天地里，他与义父对坐。石凳很凉，月光朗照，凉州城的喧响潮水般围拢过来，舔舐着花园四周还在顽抗的静寂，他们像是置身孤岛。

杨执一开口说道："方才没少喝吧？我记得以前你可不是这样喝酒的。"

陈持弓默然。

"陈副尉，你擅自追踪伊嗣的行为实在是鲁莽。"杨执一话锋一转，目光陡然凌厉，"你不会以为，杨某人已经年老昏聩到对眼皮子底下的事情都一无所知了吧？"

陈持弓立即起身作揖，"属下不敢！"

沉默片刻，杨执一的语气柔和下来，"持弓，你坐下吧。"

陈持弓动作僵硬地入座。蓄积在石凳中的秋意自腰椎而上，有些刺骨。

"我能理解你的心情。伊嗣的事情，我会如实向圣人禀报，不过不是现在。"杨执一说，"持弓啊，人皆有贪生之心，想让人们心甘情愿地赴死，须得为他们造出一尊神来。"

"都督，属下不明白……"

杨执一的嘴角微微翘起，"现在，伊嗣就是凉州胡人的那尊神。非我族类，其心必异，不要相信萨宝说的什么大唐子民，他们只会为了自己的信仰或者生意而战。"

所以，义父对一切都了如指掌，无论是伊嗣的到来，还是他来的目的。陈持弓暗忖。虽然非我族类，但因势利导，仍能加以利用。想到这里，他不禁打了个哆嗦。

"持弓，我看得出来，你的心中有疑虑，对我所做的事，对我接下来要做的事。"

"都督，我……"

杨执一打断了他，"持弓，你学过很多知识，交往过形形色色的人，也见识过世界的广阔。你一定知道大陆上流行的一种观点，那就是所有的人，归根结底是相同的，越是像你这样见多识广的人，越是会接受这种观点。正因为人人相同，所以人类应该摒除偏见和争斗，携手共创一个大同的世界——不要否认，我想，你至少会在某种程度上认同这个理想。可是啊，我只是个头脑简单的军人，我的头脑里只能容纳一个非常具体的身份，那就是由我的亲人、我的语言、我的饮食、我生长的这片土地所定义的身份。我是大唐的子民，为了守护它，我愿意化身恶鬼，视他人的生命和理想为草芥，抛弃被你们称之为同理心和仁慈的东西。持弓，这就是我的命运，这就是我的职责。你明白吗？"

陈持弓咬着嘴唇，点头。

"现在，义父对你只有两个要求。"杨执一继续说道，"一是，在击退突骑施人之前，暂时抛弃你作为人的坚持，做和我一样的恶鬼。你可以做到吗？"

点头。

"二是，"杨执一攥住他的肩膀，"活下去。无论如何，都要活下去。"

眼泪无声地流了下来。二十多年未曾流泪，陈持弓惊诧于自己还能流出泪水。他急忙用衣袖抹脸，泪眼蒙眬中，义父似乎在对他微笑。

送别义父后，他又去了算房。鸣响的算机前，只剩下王仪一人，正痴痴地盯着字母盘。陈持弓走到身后，他才如梦方醒。

"陈副尉。"

"怎么样，有异常吗？"

"异常倒是没有，只不过……"

"只不过？"

"只不过，"王仪眼神迷离地说，"陈副尉，你真的清楚自己在做什么吗？"

第二十四章　莫　潘

吐半口气,举弓,拉弓,靠位,瞄准,撒放,动作一气呵成。箭矢嗖的一声,正中靶心。

"好!"翟嫂和欢儿在身后叫好。莫潘回头,微微一笑,又来了一轮速射,嗖嗖嗖嗖,箭箭中靶。这站立射箭要比骑射简单许多,但仍有诸多要考量的因素,譬如靶子的距离、风向风速、弓的拉力、箭的重量、手的力量、抛物线的形态……当然,暂且不论实战中你有没有这样做的时间,即使你在射箭时把样样因素都计算在内,如果细微的操控和身体的协调性不到位,还是很难命中目标。正确的做法是,通过长期的刻苦训练,把所有的计算都化作身体的直觉,就像莫潘现在做的这样,擎弓在手,箭无虚发。

唐人喜爱射箭。据说长安的皇宫里有射鸭[①]和射粉[②]的娱乐

---

① 指用箭射漂在水面上的木制鸭子。

② 由宫廷流入民间的一项端午节民俗,指用特制的小弓箭射粉团。

活动，凉州人粗犷豪放，城中少见这样"小儿科"的娱乐，倒是有家境殷实者在自家院子里建靶场，真刀真枪地来。安阿了家便有这么一个小小的靶场，莫潘平日都在这里射箭。陈持弓赠予的长弰弓，以她的力气，要拉满并不容易。不过几日的练习下来，她的力气见长，也对这弓和所配的箭矢日益熟悉，基本上能够发挥出它的巨大威力了。

继续拉弓。肌肉虽然紧绷，但头脑轻盈。有十来天，莫潘都泡在算房里，忙着改进机弩的自动瞄准装置，满脑子曲线数字，只有射箭的时候，她的思绪才能如箭矢般，短暂地飞翔一会儿。

她想，要想让战争傀偏射中目标，那些她平常诉诸直觉的东西，都要变成算机里具体的计算。变量很多，变量间的相互作用复杂得令人难以置信，控制机弩瞄准的模件化算机到目前为止也只是勉强够用。人的直觉也是这种隐藏在思维表层下的计算吗？如果是，这些算法又是谁设计的？难道人天生就具有算学家苦心孤诣而不可得的、将世界算学化的能力？这简直不可理喻。与其把人想象成算机，她宁可接受莫毗多的说法，即人的灵魂是独立于世界法则之外的。

但是，这只是一厢情愿而已。也许这世上并没有神灵视之为禁脔的地方，所以人的灵魂并不特殊，她曾经畏惧的无穷亦是如此——这是前两天莫潘在研究曲线计算时产生的想法。当她把实在的无穷运用于计算中而不去思考其含义时，在学院时的那种不适感很快就消退了，无穷并没有以它的荒谬灼伤她的理性，反而激起了探索未知的愉悦。当年的莫毗多也是如此吧，研究"聚"理论的时候，接触甚至运用无穷是无法避免的，正是在这一过程中,莫毗多发现,无穷并非同质,而是有大小之分。这几乎是赤裸裸地向神灵宣战了,所以学院才会雪藏她的研究成果,如果不是老师给莫潘的那卷算帛,她永远不会知道莫毗多是一个多么勇敢的探险者。

三天前,她在算城遇到陈持弓,他憔悴的样子和以前判若两人,即使他受伤那阵子也要精神得多。不过他很欣慰地告诉莫潘,新一批的战争傀儡已经调试好了,表现令人欣喜,这还多亏莫潘给他的算帛。那算帛在算机里日夜不休地运转,产生了大量经纬,其中很多语句都令人费解,然而将这些语句原封不动地应用于战争傀儡,其所表现出的高度智能却出人意料。也许,莫潘模模糊糊地意识到,这些语句和人类难以察觉的直觉计算一样,是支撑行为的真正逻辑,而非如算师们所设想的那样,行为基于简单的反应模式。也就是说,算机里弱肉强食的宇宙可以演化出真正的智能,而这些智能暂时无法为人类所理解,就像人类无法理解自身的智能。假设,人类所处的世界和算机里的宇宙相似,那么她一开始的问题,即人类思维的底层算法是谁设计的,便有了解答:没有谁参与设计,算法来源于规则,来源于规则之下的演化。

如果换作从前,我一定会被这个想法吓得屁滚尿流吧。莫潘扬起嘴角。可是现在……没有神灵的庇护又怎样?

没有神灵又怎样?

我变得勇敢了。老师,这是你希望看到的吗?

"……桃儿姐姐!桃儿姐姐!"

是欢儿在叫她。她放下手里的弓,回头。翟嫂牵着欢儿走到她面前。

"桃儿，今天就到此为止吧。"翟嫂说，"我带你去换衣服。"

"换衣服？"

翟嫂搂着她的肩膀向前走，"昨天不是说好要去城里逛吗？"

哦。她想起来了。昨天晚饭时翟嫂说，今天市城那边有庆典。也不是什么特殊日子，只因最近凉州城里拥进许多附近的农民，本来要在乡间举行的庆祝丰收的仪式，也便带进城里一起操办了。莫潘觉得有趣，这些农民本是来躲避战乱的，却又要在避乱期间找点乐子。不愧是四战之地的人民啊……不过，她一转念，大食兵临城下的时候，布哈拉、撒马尔罕和学院里的日子不也照过？再说，这也不是纯粹地找乐子。安阿了说，杨都督举办庆典，是为了提振军民士气，抵御突骑施人接下来的进攻。如是一想，也就不那么荒诞了。

上了楼，翟嫂要亲自为莫潘梳妆。她有点不好意思，可翟嫂说："一个女孩子家，整日射箭算学、算学射箭，多不成样子，时不时也要打扮一下，我没有女儿，手艺都生疏了，正好在你身上操练一下。"话说到这里，她不好推辞，于是只好任由翟嫂捯饬。

——头发盘成隆重的随云髻，其上插纯银梅花流苏的步摇。杏色垂领衫外套翠色坦领锦半臂，鹅黄色齐腰襦裙。看着眼前的女孩儿，翟嫂发出啧啧的赞叹声。

"可真是个美人儿。"女人的眉宇弯着，"好了，你可以下楼去见那位大人物了。"

莫潘用手指拨弄着步摇上的流苏，"大人物？"

翟嫂神秘兮兮地眨了眨眼睛。

　　所谓的大人物，原来是伊嗣。莫潘脚步扭捏地下楼时，伊嗣
正在对欢儿做鬼脸，逗得男孩儿咯咯直笑。他今天束着头发，裹
唐式软脚幞头，穿窄袖细腿的淡黄色胡服，头上的缺损被遮掩起
来，一下子又变回了英姿飒爽的少年。转头见到楼梯上的莫潘，
他微微一怔，随即笑道："呦呵，这是哪家的姑娘？"

　　莫潘刚刚理顺了脚步，听他这么一说，节奏又乱了。她干脆
提起裙摆，三步并两步走到他面前，"你怎么来了？"

　　"去带你看狮子舞呀。"

　　莫潘回头找翟嫂，"翟嫂，你和欢儿呢？"

　　翟嫂垂着眼睑，"你先随伊嗣大人去吧，等安阿了回来，我们
再一起去城里。"

　　莫潘默然。

　　"怎么，"伊嗣笑问道，"嫌我不够有诚意？"

　　"不是……"她摇头。

　　"你放心吧，玛纳不在，今天就我们两个。"伊嗣想了一下，
"就当是……就当是陪我好了。"

　　莫潘一怔，昔日那个脆弱又骄傲的伊嗣仿佛又回到眼前。

　　这是她无法拒绝的伊嗣。

　　"我们走吧。"她的双颊飞红。

　　作别母子俩，出了安阿了家的小院，两人一前一后，向胡城
外走去。一路上，披鳞甲、挎刀背弩的军官和士兵随处可见。时
不时有人认出伊嗣，他们将手按在心口，向他颔首致意。伊嗣微
微点头回礼。

　　莫潘碎步跟上伊嗣，"我听安阿了说，胡城里的粟特人会为

你而战。"

伊嗣摇头，"我只是个保证。"

"保证？"

伊嗣停下脚步，目光微微虚焦。"父亲曾经对我说过，阿契美尼德①的大流士是一位弑君者，他杀死居鲁士之子冈比西，篡夺了王位，然后开创了一个伟大的时代，还差点儿把希腊都纳入帝国的疆域。莫潘，你知道波斯人为什么会接受大流士那名不正言不顺的统治吗？"他的目光落到莫潘脸上，"因为他设法让圣火的子民们相信，阿胡拉·玛兹达是站在他这边的。在大流士之后，波斯的君主总是能得到神灵的眷顾。我猜，对胡城里的人们来说，萨珊王族的血统大概就是类似的保证吧。"

可是，神灵可能并不存在。又或者，他只是冷眼看着人间上演的悲欢，像一个漠然的看客。若非如此，那些自诩神圣的血统怎么会丢掉江山甚至被历史彻底抹去呢？莫潘想了想，这句话终究没有说出口。

两人很快出了胡城。比起胡城，凉州的公共城区要更热闹一些——战备的氛围也更浓。临时搭起的夯土护墙将笔直的干道分割成零落的小段，寒气森森的钢铁拒马②随处可见，建筑制高点上连发机弩的箭头反射着暗哑的光，面容肃穆的赤水军在街道上来回巡逻，瓷甲哗啦哗啦作响。这样的路面上，铁马自然无法通行，反而被大量集中在主要路口，看样子是做临时的防御工事。平民步行前往市城，那里商铺林立，是凉州的商业中心，

---

① 指阿契美尼德王朝。波斯帝国王朝（前558年—前330年）。

② 用于防御骑兵的可移动式障碍物。

也是各类庆典青睐的举办场地。越接近市城，人流便越是密集，人们制造的喧响和摩擦，竟让莫潘一时忽略了那些城市机体里的尖刺、陷阱和杀意，和它们所象征的、日益迫近的战争。

胡城之外，很少有人认识伊嗣，他的表情稍稍放松了些。两人走着走着，就被人流挤到了一块儿，手臂偶尔的接触和分开，眼神的碰触和退缩，像极了风华正茂、两小无猜的一对。人们投来的目光里满是欣赏与羡慕，莫潘的耳根发热。

"昨天又交锋了一次。"伊嗣忽然开口说话。

"啊？"

"昨天又交锋了一次。"伊嗣沉声重复道，"试探应该差不多了，苏禄可汗再不发动总攻，就要到冬天了。"

她这才回过神来。十几天前，突骑施人的大军就已经出现在凉州城外二十余里的地方，黑压压连成一线，仿佛又一条地平线。据安阿了说，突骑施人似乎正在集结，耐心地把碎叶城调整至攻击阵形；而赤水军这边，则一边在城下挖掘战壕、布置鹿砦，一边用骑兵小规模地骚扰敌军。这十几天来战斗不断，炮声零星响起，胡城里也听得见。不过也仅此而已。难民大规模拥入的紧张过后，整座城都慢慢松弛下来。凉州这块肥肉毕竟有精锐的赤水军和强力的战争傀儡守护，即便是苏禄可汗，也要在下口前掂量再三——这是坊间流传的说法。有消息灵通人士说，都督杨执一正通过镜塔和苏禄可汗谈判，结果很可能是用粮食、布帛、陶瓷、玻璃、钢铁和算机打发了这群饿狼。当然啦，消息灵通人士补充道，圣人也并非软弱可欺，只是不愿生灵涂炭罢了。天下熙熙皆为利来，草原上的君主要大唐腹地的一座城，这有什么意义呢？

莫潘几乎不假思索地接受了这个猜测，或者说，希望。但她也明白，战争并不会屈从于人类的期望，它有自己的意志。她不自觉地绷紧了嘴角，或许战争才是真正的、唯一的神灵，在人性的幽暗和光明处游荡，以鲜血作为食粮。

"总攻……"她看向伊嗣，"你的意思是，大唐和突骑施人的战争无法避免？"

"陈副尉什么都没有对你说吗？"伊嗣挑起眉毛，"我听安阿了说，最近你都在算城那边帮陈副尉的忙。"

"……"

"莫潘，我记得你曾对我说过，算学可以计算炮弹的落点，可以帮我们更好地控制战争傀儡……是的，算学对战争是有用的，而且我相信，在这场战争中，你有能力让算学发挥出超乎所有人想象的作用。"伊嗣忽然抓起莫潘的手，"可是莫潘，我不希望你的双手沾染鲜血，因为一旦弄脏了它，你就会变成另外一个人，没法再回去了——就像我一样。"

莫潘的头皮发麻。她想将手抽回，却动弹不得。她垂下眼帘，不敢和伊嗣对视。

"我有要守护的东西啊。"几个心跳之后，她才轻声说道，"赤手空拳是什么也守护不了的。"

那扇门，那盏灯，那个吉祥的美丽汉名，那双欲言又止的深邃眼睛。"赤手空拳是什么也守护不了的。"那双眼睛说。什么时候，我把他说过的话变成了我自己的？

伊嗣松开了手，"所以，算学是你的武器。"

莫潘点头。

"真羡慕你，还有可以守护的东西。"

"难道你没有吗？"

"我？"伊嗣苦涩地笑了笑，"我不配。"

"莫潘，我骗了你。"他敛起笑容，继续说道，"那天晚上的战斗中，我没有杀死任何人，也没有和哪怕一个敌人交锋。一直以来，我都把自己想象成流着王族血液的高贵勇士，可在踏上战场的那一刻，我才发现，这不过是种可笑的幻觉。我恐惧杀人，更恐惧被杀，在这个凭力量说话的世界上，像我这样的人，又有什么资格去守护呢？"

莫潘半张着嘴，不知该说什么。这不是她认识的伊嗣，时间似乎在他身上制造了一个断层，从前的意气风发和今日的自暴自弃都被折叠在同一张笑脸中。到底哪个才是真正的伊嗣？还是说，人心本就是流变的、难以解读的经纬，拒绝被思想和语言描摹？

气氛有些尴尬。伊嗣把脸转向了另一边，"莫潘，你听到了吗？"

是音乐声，从市城里传来。此时他们已经过了城门。随着人流入城，箜篌、琵琶、筚篥、横笛、笙箫、檐鼓汇成的声浪扑面而来，人的吆喝声、叫好声、叫嚷声则踏浪而行，悬浮在他们头顶。信步向前走去，伊嗣在一家酒肆沽了酒，又找了一张桌子，将莫潘让进座位，邀她共饮，不出意外地被拒绝之后，便自顾自地喝了起来。酒肆里款款走出一位胡姬，这身材婀娜的女子足着锦靴，身穿五色绣罗宽袍、胡帽银带，在鼓声中翩翩起舞，舞姿甚是轻盈好看。

"鼓催残拍腰身软,汗透罗衣雨点花。"[1]伊嗣一边用手打着拍子,一边摇头晃脑地吟诗,"这柘枝舞[2]跳得好!"

酒客们纷纷叫好附和。莫潘小心翼翼地观察伊嗣的脸,他在笑,可那笑容却有些模糊,宛若蒙尘。

她忽然有些心痛。

"伊嗣,你不是要带我去看狮子舞吗?"她刻意挑高了嗓门。

伊嗣的嘴角挂着模糊的笑意,"鼓声都没响呢,还早还早。"

可鼓声早就填满了她的耳朵。见伊嗣只顾着赏舞饮酒,莫潘就没有再问。

喝完一壶酒后,两个人出了酒肆,继续乘着人流向胡城深处走去。路边的商铺中,商品琳琅满目,店主用汉语、粟特语、突厥语轮流叫卖,算机里吱吱作响地吞吐着钱帛。在一处贩卖贴身武具的小摊上,莫潘看到一把大马士革匕首,从刀把到刀身,都和她腰间那柄酷似。于是她想起了乌玛依,想起这位昔日的好友正在不远处虎视眈眈她在大唐的家,想起她曾经说过,暴力有时也是一种慈悲。

"怎么,"伊嗣在莫潘身后说,"看上什么好东西了?"

莫潘抚裙蹲下,和摊主来往几句,便掏钱买下了那把匕首——价格只有她腰间那把的一半——然后起身,将它递到伊嗣面前。

---

① 此句出自刘禹锡《和乐天柘枝》,作者出于描写需要在此处引用此诗句。

② 唐代西北少数民族舞蹈,属健舞类,出自古郅支(今哈萨克斯坦境内江布尔),初为女子独舞,舞姿矫健,节奏多变,大多以鼓伴奏。

"送你。"她说道。

伊嗣眨巴着眼睛。

"拿着。"她说,"有朝一日你有了可以守护的东西,可不能赤手空拳啊。"

伊嗣接过匕首,手指轻抚刀鞘上凸起的纹饰,表情复杂地笑了笑,"好。"

他们来到市城的广场,那里有胡人在表演杂技。常见的柔术、倒立、弄剑、过刀山自不必说,割舌、自断手足、钢刀穿身等血腥刺激的场面令莫潘咋舌,虽然明知是幻术,但她还是忍不住带几分猎奇、几分恶心地观赏。

咚。咚。忽然,有声音掠过市城的上方,像远方炸响的惊雷。莫潘身体一僵,这声音将她带回学院遇袭的那晚,大食人的霹雳旋风炮就是这样低吼着撕裂了夏夜的静寂。所有人都摆出同样侧耳倾听的姿势。喧闹的广场安静下来。

咚。咚。

"凉州的战鼓。"伊嗣轻声说。

凉州的战鼓……莫潘的脑海里闪过那面矗立在公共城区的黑色巨鼓。有人用汉语高声叫了一句,人群立刻沸腾起来。

莫潘扯了扯伊嗣的衣袖,"他们在叫什么?"

伊嗣朝人潮翻涌处扬了扬下巴,"他们在叫,'狮子来啦。'"

狮子。透过人群的缝隙,莫潘看到行进的队伍,最前面有两个戴红抹额、执红拂子的人,其后是五只夸张舞动的彩色巨兽,尾部还向天空喷吐着烟气。巨兽后面,有百来人和着战鼓的节奏,鼓掌踏地,高声歌唱。

"这就是凉州的五方狮子舞了。"伊嗣说道，"前面两人是驯狮的狮子郎，后面五方狮子，东方衣青、南方衣赤、西方衣白、北方衣黑、中央衣黄，东南西北的狮子分别代表东夷、南蛮、西戎、北狄，中央的狮子则是大唐的象征。多么骄傲自信啊，大唐就居于这天地的正中，为四方簇拥。"

这话里有别样的意味。然而莫潘无暇细细思量，她的目光被雄壮美丽的巨兽牢牢吸引：狮子大约高一丈，体形和大型铁马相若，狮身覆彩色绒毛，狰狞的狮头上有两颗闪闪发光的玻璃眼珠，尾部两侧垂着彩带，粗壮的腿部则为彩缎所包裹。几只狮子虽巨大，但上下舞动起来毫不拖泥带水，时而俯身在地、时而仰身向天，动作出奇一致，极为生动流畅。莫潘不禁随着众人叫起好来。

"这狮子本来是由人舞动的，每只之下都有十二人。"伊嗣继续解说，"后来，人被换成了机械骨架，骨架由十二台岚气热机驱动，根据提前编好的经纬，随着凉州战鼓声做出各样动作。若是靠人舞的话，动作可不会这般整齐。"

狮阵渐近，只见那庞然的机器高高跃起，竟短暂遮蔽了莫潘头顶的阳光，落地时又是一震，在人群中激起一阵惊呼。狮子后那百来人也走近了，他们上着绯袄、下蹬乌皮靴，齐步行走、齐声歌唱，韵律铿锵雄浑，将场面推向了高潮。

岁丰仍节俭，时泰更销兵。

圣念长如此，何忧不太平。

湛露浮尧酒，薰风起舜歌。

愿同尧舜意，所乐在人和。①

"'圣念长如此，何忧不太平。'好一曲《太平乐》。"说罢，伊嗣拍了拍莫潘的肩膀，"莫潘，我有一件事要告诉你。"

莫潘转头看他。

"镜塔里传来消息，说——"

咚。咚咚。咚咚咚。鼓声陡然变换了节奏，百人乐队不知所措地停止歌唱，狮子动作也迟缓下来，玻璃眼珠不祥地闪烁。

人们面面相觑。所有的声响都被越来越急促的鼓声吞没。

伊嗣咽下后半句话，抓住莫潘的手腕，"我们走！"

莫潘有些发蒙，"伊嗣，你要告诉我的事情……"

"啊啊啊！"莫潘闻声转头，只见狮子发疯似的冲入乐队，瞬间撞翻一片，惨叫声、哭喊声、呻吟声沸反盈天。两个狮子郎怪叫着逃向人群，而人群也终于在此时化为激流，将其中的每一个个体裹挟着、挤压着，带向不可知的方向。然而伊嗣的手却紧紧地钳住了莫潘，它始终引领着她，坚定地去往一个方向。

市城的出口。

直到脱离了汹涌的人潮，跑出市城外，看见干道上跑步集结的赤水军、打着响鼻躁动不安的战马、远方天空中升起的烟霭，莫潘才彻底弄清了目前的状况。"是，呼——是突骑施人攻来了……"她喘着粗气说道。

"此刻响的，应是全城动员的战鼓。"伊嗣侧耳倾听，"狮子的经纬里没有编入战鼓的节奏，所以才会失控的吧。"

"刚才，刚才一定有人被狮子踩伤了，还有人……"

①此诗为白居易《太平乐词二首》，此处为作者出于描写需要引用。

伊嗣看着莫潘，目光近乎怜悯，"莫潘，这是战争啊。"

莫潘哑然。

"走吧，"伊嗣说，"我们回胡城。"

一路狂奔。回胡城的路上，莫潘远远地看到了那面巨鼓。机械手臂重击鼓面，声波强劲，周遭的空气仿佛都荡漾开来。

咚咚咚。咚咚咚。

这是战争的脚步。莫潘咬着嘴唇想。它即将踏过一群群的士兵，踏过怀抱孩子的妇人，踏过客栈和酒肆，踏过丰收的节日……

他们到的时候，胡城门口已经聚了一大群人，正争先恐后地拥入缓缓关闭的城门。伊嗣拉着莫潘挤进人群，高声喊道："我是萨珊的伊嗣，都给我让开！我是萨珊的伊嗣，都给我让开！"可神圣的血统在恐惧面前失效了，没人理他，更没人给他让路。炮声恰在此时响了起来，人们愈加疯狂地推搡，两人浮萍般被人潮卷起。正当莫潘以为自己绝不可能进入胡城时，伊嗣带她退出人群，高举起一只手。

"玛纳，我在这里！"

莫潘的心提了起来。叮当。铃铛声果然穿透鼓声、人声和炮声，直抵她的耳膜。

"都让开！挡我者死！"尖厉的咆哮从城门的方向传来。最开始，人群无动于衷。可是很快，伴着连绵的铃音、难以形容的闷响和惊呼，它破开了一个口子。黑衣的玛纳从口子里走出，脚步轻盈地来到他们面前，右手里握着一把匕首，血珠在锋刃上凝聚，浑圆如珠。

"伊嗣大人，"美丽的女子说，"玛纳来接你了。"

伊嗣点了点头，再次拉起莫潘的手。玛纳转向莫潘，目光阴鸷。

人群中的通道直到三人走进城门才慢慢合拢。短短的几步路上满是飞溅在地的鲜血、惊恐的眼光、被切开的脸和嘶声惨叫的人，莫潘的胃里翻涌着阵阵恶心。

她惨白着脸，"这也是战争吗？"

伊嗣嘴唇抿成一线，摇头。

"很可惜，死亡的仁慈没有眷顾这群懦夫。他们配不上我的刀锋。"玛纳在一旁说道，嘴角挂着阴冷的笑。

"玛纳，你留在这里。"伊嗣命令道，语气中有一丝厌恶，"莫潘，跟我回萨宝府吧，那里很安全。"

莫潘摇头，"我要回家。"

翟嫂和欢儿都在家里。见莫潘安然无恙，翟嫂连着念了几声阿弥陀佛。莫潘宽慰母子俩几句，一个人上楼，进了卧房。透过卧房的窗户，她能清晰地望见远方的铅灰色低云，那是碎叶城的呼吸。默立片刻，她从衣柜中取出弓，将箭囊斜挎在背后，推门下楼。

伊嗣并未离去，他和母子俩一起抬头看她。

"桃儿，你这是要做什么？"翟嫂吃惊地问。

"战斗。"她快步下楼，向门外走去。

"桃儿，你不能去！"翟嫂一把拽住她，又求救似的看向伊嗣。

"莫潘，"伊嗣说道，"这是唐人的战争，不是我们的。"

"萨宝也这么想？"莫潘问。

伊嗣犹豫了一下，点头。

莫潘转向翟嫂，"这胡城外是你的族人。"

"我只有安阿了、欢儿和你，"翟嫂说，"没有族人。"

莫潘默然。她几乎有些羡慕翟嫂了，羡慕这位母亲和妻子可以坦诚地展现爱的博大与自私——这样的坦诚，已经强过了大多数的人，包括她自己。

羡慕，但也鄙薄。

她轻轻拨开翟嫂的手。

"我会平安回来的。"她说。

她摸了摸欢儿的小脸蛋儿，不再理会伊嗣和翟嫂，径自出门。快步走到城边，她看到城门已然关闭，大批严阵以待的士兵在城墙下有条不紊地列队，显然没有出城迎敌的意思。她想起陈持弓曾经对她透露过，胡城的武装会在和突骑施人的巷战中起到重要的作用，可陈持弓大概并不知道，凉州城的胡人从一开始就没打算投身唐人的战争。

这是背叛，她想。但既然弑君者都能得到神灵的庇佑，对异族的背叛又算得了什么呢？

"我只是个保证。"伊嗣的话犹在耳边。

她又感到一阵恶心。

…………

战鼓，士兵的嘶吼，密集的炮声，轰隆作响的马蹄。城门敞开了一人宽，在它的外面，就是另一个世界。莫潘的脚步稍做停顿，又坚定地向前。全副武装的男人们用嘲讽的、钦佩的、不解的目光为她送行，这大概是她能想到的最滑稽、最荒诞的场景了。可如果说有什么能让她终身不忘，那一定是为她开门的那个女人对她说的话。

"这就是宿命啊，不是死亡在追逐着你，而是你在追逐着死亡。"玛纳漆黑如墨的眼睛注视着她，"你会得偿所愿，我的姐妹。"

玛纳的话像预言，更像诅咒。在此后的很长一段时间里，它都将化作缠绕莫潘的梦魇，使她夜夜不得安寝。然而此刻，当城门在她身后沉重地关闭，她的心里只有一个念头：去算城。

身边的士兵在发抖。莫潘用眼角瞄他，这个蓝眼睛的粟特人年纪和她相仿，腮边长着细软的黑色绒毛，攥着连发机弩的手指修长纤细。

"安铁牛，"莫潘安慰他道，"没事的。"

他转过头来，对莫潘笑了笑，露出一口白牙。

第一次上战场的新兵，莫潘想。她好歹经历过学院之夜、碎叶城的夜奔和马贼的追杀，比起安铁牛来，总归要沉着一些。不过她很快就发现，自己也在颤抖，那是远处人脚和马蹄的震动，在声音之前被身体先行感知。从垛口看出去，赤水军正沿着数条干道向城南撤退，密密麻麻的衣甲反射着粼粼的红色波光，像无数条流动的血河。再远一点，突骑施骑兵汇成褐潮，在凉州城的街道中翻涌漫溢。更远的地方，纵然有一双鹰眼，莫潘也看不清了，被浓烟染黑的天空形成了一道视觉屏障，她只能想象

在碎叶城的炮击中坍塌殆尽的外城墙和在烈火中燃烧的居城和
酒城。

算城位于凉州的西南角,地势较高,然而即使站在高耸的城
墙上,也很难看清北线的战局。多亏有安铁牛做翻译,她才能从
传令官口中了解战况:

"葛罗禄骑兵被击退!"

"高昌步兵被击退!"

"居城失陷!"

"酒城失陷!"

"突骑施人冲进来了!"

莫潘依此在心中勾勒战争的轮廓,如同父亲在沙盘上做的
那样。在世界尺度的沙盘上,唐军完全放弃了防御外城墙,借助
整座城市的纵深和遍布街巷的工事与敌人近身缠斗,令其发挥
不出霹雳旋风炮的威力。这是一招危险的引狼入室,不过目前
来看,这一战术达到了目的,葛罗禄的劲旅和高昌的精锐均已被
击退,虽然付出了两座内城失陷的代价,但唐军战力并未大幅折
损,凉州的核心区域也固若金汤。

兵城,烟城,算城。这三城呈掎角之势,相互拱卫,只要它
们不破,凉州城就屹立不倒。

真正的战斗会发生在这里——草原之狼与大陆雄主的战
斗。身边,身披瓷甲的弩兵站满了城墙;外侧城墙下,赤色的军
队严阵以待;而在内侧城墙的下方,大唐最强力的杀戮武器正发
出潮水般的轰鸣,等待着给敌人致命一击。

陈持弓也在那里,莫潘想。他将置身于被金桃赋予了灵魂

的傀儡阵中，与死神贴面舞蹈。

莫潘攥紧了手中的弓，陈持弓，这一次，我会和你并肩战斗。

震动更加强烈了。远远看去，唐军且战且退，阵线已收缩至胡城和市城之南，突骑施铁骑排山倒海地前进，碾过街道上的工事和抵抗，慢慢将两座内城合围，如巨兽吞食猎物。

"突骑施人攻到胡城了，"安铁牛双手合十，"阿弥陀佛，阿胡拉·玛兹达在上，请保佑阿爷、阿娘平安。"

这位少年混淆了天上的神灵，莫潘想。然而他的祈祷很可能是有效的，因为胡城大概不会投身到这场战争中了。赤水军中有那么多粟特人，如果他们知道自己的同胞选择了怯懦的自保，会如何想？如果阿胡拉·玛兹达站在胡城的一边，此时此刻，这些粟特人又在为谁战斗？

咚咚咚。战鼓声不断。远方的战况被内城的城墙遮掩。不过从视野右侧升起的道道浓烟清楚地表明，市城已陷入危机。那里面有许多参加庆典的人啊，莫潘只觉得喉咙焦渴，他们中有多少会死于战火？

"这是战争啊。"伊嗣说。

莫潘使劲甩了甩头。

胡城那边倒是很平静。传令官说了一句什么，又像是不明白其中含义似的，重复了一遍。城墙上的士兵交头接耳地议论起来，安铁牛的表情有几分不自在，又有几分释然。

"传令官说什么？"莫潘问。

"他说，"安铁牛眨着湛蓝的眼睛，"胡城没有发生战事，萨宝和突骑施人媾和了。"

　　果然。本应牵制敌军的胡城武装做了战争的看客。突骑施铁骑通往核心三城的道路现在一马平川。莫潘能感觉到,不安和猜忌在身边泛起,但毕竟是赤水军,相信并且只能相信袍泽之谊的士兵们很快停止了议论,重新把目光聚焦到眼前的战场上。

　　"康桃儿,你放心,我会保护你的。"安铁牛说,脸颊飘红。

　　莫潘叹了口气。从胡城跑来算城的一路上,她受够了男人们惊异的目光。她现在有点后悔,从安阿了家出来时怎么忘了换身衣裳。她能够想象,一袭绿色裙装汇入赤色衣甲的女子在男人们的眼中是多么脆弱无助——即使她背了一把弓。这样的脆弱无助会轻易地激起他们的保护欲。

　　莫潘并不需要保护,可听到有人对她说这话,她还是有几分感动。

　　"谢谢。"她说。

　　安铁牛腼腆地揉了揉鼻子。突然,大地狂乱地震颤起来,马蹄的轰鸣和人的呐喊在远处响起。两人同时伸头向外看,是刚刚集结完毕的突骑施骑兵对胡城南面的唐军阵线发动了冲锋。在这个距离,莫潘已经能看到在唐军箭雨下摔倒的人和马,能看到他们被同伴毫不留情地踏过,瞬间就消失在漫卷的褐潮之中。两军的锋线相距不过一百步时,唐军还没有变阵,弩兵依然挺在陌刀团和长枪团之前,面对滚滚而来的铁骑从容射击。莫潘闭上眼睛,不忍看血肉被战争机器碾碎……

　　砰!砰!砰!尖锐细密的爆炸声接连响起。莫潘睁开双眼,火光起处,悬丝系统的石柱纷纷倒塌,那遍布城市上空的钢管在倒塌中崩裂，裸露出其中的钢丝，在道路上织成一张死亡之网。冲锋的骑兵收不住动势，被网缠绕、绊倒、割伤甚至切断肢体，又互相践踏碰撞，阵形一时大乱，唐军趁势放箭，突骑施人的尸体瞬间淤塞在修罗场般的道路上。

"他奶奶的，痛快！杀光这群狼崽子！"安铁牛和战友们一道欢呼起来，狰狞的脸上混合着恐惧与兴奋，竟与刚刚的腼腆少年判若两人。

这是壮士断腕式的伏击。莫潘吞下一口唾沫。不知要多久，凉州城才能重建它的通信系统……

火光，遥远的雷鸣。欢呼戛然而止，士兵们惊骇地看到，唐军阵地腾起漫天的烟尘与血花。一时间，训练有素的赤水军阵形大乱。第二轮炮击紧随而来。直到这时，莫潘才找到播撒死亡的元凶，那是突骑施骑兵阵后的十几匹小型铁马，铁马上乌黑的炮管正吐着青烟。原来突骑施人不只有浮舟上的重炮，还有改良过的、装在铁马上的移动火炮。即便在巷战中，它们也能发动强力的打击。

"苏禄可汗是大陆上最为热衷技术的君主，没有之一。"陈持弓说。

莫潘的心猛地下坠，她仿佛看到这场战争以前所未有的恐怖收场，人类在技术的碾压面前脆弱不堪，却还想着将它玩弄于手中。

这是何等的狂妄啊。

战鼓声中，交战双方各自重组阵形。唐军向算城的方向后撤，与算城下的守军会合，而突骑施人的匠兵则忙着清除街道上的钢丝和残骸。莫潘听见吞咽口水的声音,她转头,见安铁牛又端起了机弩,鼻尖凝着豆大的汗珠。

"不退。"少年咬着牙,牙缝里挤出两个字。

不退。算城、烟城和兵城是唐军最后的阵线,到了这里,就一步不能后退。

突骑施人又开始移动了。这一次,是持盾的步兵列阵向前,在宽阔的干道上渐次展开。城下的唐军仍旧使用箭雨压制,但在盾牌面前很难造成有效杀伤。双方即将近身接战,弩兵阵后指向天空的陌刀和长枪如一片钢铁森林,杀气腾腾地反射着午后的阳光。

"弟兄们,都给我瞄好了!"城墙上的军官大声下达指令,"一百步之内再射击!"

弓的射程只会更近,莫潘咬着嘴唇,但我不会浪费一支羽箭。

下一个心跳,陌刀团率先冲锋。他们以惊人的速度冲向敌军,刀刃飞旋,宛如一朵朵绽开的银色花朵。这花朵有种恐怖的美丽,所过之处,破碎的盾牌与肢体横飞,带起妖艳的血色喷泉,突骑施人的惨叫声顿时连成一片。

"他们装备了神骨,"安铁牛的声音发颤,似乎被眼前的情景吓到了,"盾牌和盔甲挡不住神骨……"

然而,突骑施人并没有被惨烈的伤亡拖住脚步,步兵们继续坚定地向前,用血肉之躯去挤压挥舞陌刀的唐军。神骨毕竟是蓄力装置,力量很快就被高强度的搏杀耗尽,陌刀团转眼就陷入苦战。

飘荡着血腥味的空气异常窒闷凝重。城墙上的士兵眼睁睁看着袍泽被人潮淹没……

嗖！安铁牛旁的士兵忽然射出一箭，被军官大声喝骂。安铁牛紧张地笑了笑，"这小兔崽子怕了。李旅帅①说，要军法处置他。"

正说话间，长枪团上前接应陌刀团，与突骑施人交战。同样装备了神骨的长枪团战力不俗，他们戳刺的动作如机器般整齐划一，前后排轮换行云流水。对面的敌人被刺穿，被钉在枪尖上，被锋刃肢解，阵线却一步一步推了过来，铁盔下牧民的面孔模糊，从容蹈死，宛若行尸。没有恐惧，莫潘只感到荒谬：这一切到底是为了什么？

暴力真的只能用暴力来终结吗？

"放箭！放箭！"李旅帅变了调的声音在莫潘身后炸响。

"呼——"安铁牛如释重负地吐了口气，手指扣动悬刀。铁箭矢铺天盖地劈向进入射程的突骑施人。嗒嗒嗒。嗒嗒嗒。连发机弩射速惊人，弹出的金属力匣砸落在地，响成一片，如夏日疾雨。铁箭矢借助地势，穿透力大大加强，只见顶在最前面的突骑施人成片倒下，转眼就变成了一只只插满箭杆的铁刺猬。

射击持续几轮，步兵方阵终于停止了前进。他们和唐军之间出现了一条由尸体隔出的无人地带。

只有战鼓在空洞地擂着。

咚。咚。咚。

安铁牛转头看莫潘，"他奶奶的，怎么安静得这么瘆人？"

_____

① 唐朝军制，每旅一百人，设旅帅统率。

像是回应他似的，尖啸声破空而至。

"炮击！"李旅帅大喊一声，声音随即被巨响吞没。莫潘被安铁牛摁着头，趴到了地上，震动从胸腹钻入身体，她只觉得骨头酥麻。有什么东西唰啦啦地打在后背和手臂上，她抬起头，看着砖石和瓷甲的红色碎片在手上划出细密的伤痕。

"康桃儿，你没事吧?！"安铁牛拍她的肩膀。

她摇摇头，灰尘从头顶落下。站起来，后背撕心裂肺地疼。她咧着嘴，看到左侧的墙垛缺了一大块，像是掉了牙的牙床。刚才那个误射的士兵和李旅帅都不见了。载着霹雳旋风炮的铁马出现在远处，大批突骑施匠兵正围绕它们忙碌。

"死獠贼。"安铁牛低声骂道，他抹了抹额头上的血，再一次端起机弩瞄准。

莫潘探出头看去：步兵，火炮铁马，远处涌动的骑兵之潮，苏禄可汗不可一世的战争巨兽占据了全部视野。

她拉满了弓。

背靠城墙的白刃战终于开始了。城下，双方步兵绞缠在一起，以横刀和弯刀搏杀；城头，炮弹与弩箭你来我往。脚下的地面在一声声爆响中摇晃。士兵们从城墙跌落，士兵们惨叫着倒下，士兵们在炮击中化为血雨。世界渐渐被浓烟和炮声笼罩，只剩潮水般涌起又退去的恐惧和越来越多的敌人。满弓，瞄准，撒放。满弓，瞄准，撒放。这个时候，唯有身体的直觉最可靠。一支支羽箭命中突骑施人面门，看不清细节，只知道他们死了。杀人原来这么简单，只要把他们想象成依照经纬行动、没有思想的傀儡……

傀儡。陈持弓，你看到了人们如蝼蚁般死去吗？你在哪里？你何时驱赶傀儡加入战斗？

一只手搭在她小臂上。她迅速转身，拉满弓弦，箭尖指向安铁牛眉头正中。

"康、康桃儿，"少年愕然地看着她，"这段城墙有危险，我们换、换位。"

她收起弓，胃里一阵翻江倒海。安铁牛抓起她的手腕，两人才走出一步，就在巨响中双双栽倒。几颗炮弹在他们脚下同时炸开，城墙塌了。莫潘脚下一空。被砖石的急流卷走的前一秒，安铁牛扑向了她。

他将她压在身下。

一片漆黑。

⋯⋯⋯⋯⋯

她听到蜂鸣，听到瓷甲潮汐般的摩擦声。满嘴泥灰，剧烈咳嗽几声，才终于能够顺畅呼吸。眼皮很重，用尽全身力气才勉强睁开。

湛蓝的天空，高悬的太阳，几朵浮云。鸟儿的剪影，翅膀静止，宛若凝滞。

一声鹰唳划破长空。

结束了吗？

有什么东西压在她的锁骨上。人的手臂。她推了推那只手臂，惹起一声气若游丝的呻吟。

"啊⋯⋯"

是安铁牛。她挣扎着从他身下钻出。少年的身体异常沉重，额外的重量来自他背部的石块，它嵌入了他的身体，成了他的一部分。

"安铁牛，你撑住……"莫潘将他侧翻过来，汩汩涌出的血把她的手指变得湿滑。

安铁牛的嘴角翕动两下，目光无法聚焦。

"阿娘……我……保护……"

他的瞳孔散开了。

莫潘颤抖着为满面尘灰的少年合上双眼。她几乎还不认识这个人，却又仿佛认识了他很久，这让她的悲伤合情合理又有些单薄。是战争让素昧平生的两个人亲近、疏远或者互相仇恨——战争向来如此。莫潘挣扎着站了起来。裙子已然褴褛，右腿鲜血淋漓。世界又向她碾压过来。死去的人，挣扎的人，模糊不清的人。战争傀儡从城门、从坍塌的城墙后跃出，顶着炮火，轰鸣着向前，眨眼间就释放出数阵箭雨，成片的突骑施人被撂倒。它们继续一往无前地杀入敌阵，修长的铁柄陌刀在手中翻飞。刀光过处，血雾升腾，突骑施人犹如被扯碎的玩偶，连惨叫都来不及发出一声。这已经不是战争了，这是屠杀。莫潘恍恍惚惚地想。此时此刻，对面那些麻木的面孔终于有了表情。那是恐惧。铁盔下失去血色的嘴唇在嚅动着，好像在说着什么。

他们是在向腾格里天神祈祷吗？

胜负已分。莫潘感到一阵虚脱，若不是轰鸣而至的马蹄声，她已经跌坐在地上了。是一队从侧翼气势汹汹掩杀而来的重甲骑兵，一个戴着狼盔的武士一骑当先，怒吼着，挺起马槊直刺莫潘前方的战争傀儡。接下来的一切都发生在电光石火间，正是这么短短的一瞬,让莫潘确定,战争傀儡今非昔比。只见那傀儡矮身后撤一步,同时拧身向斜后方推出陌刀,整套动作轻盈舒展,好似高明剑客。唰!借着巨大的冲力,披着铁甲的武士和马被刀刃齐齐斩断,零落的肢体和脏器飞散在尘烟中。

战争傀儡的玻璃眼珠正对上莫潘。那里面有红光闪烁。

冲锋的骑兵们停了下来,似乎被眼前的一幕威慑住了。撤退吧!撤退吧!撤退吧!莫潘无声呐喊,趁还有人活着。她看到一位金甲骑士策马奔到重甲骑兵阵前,大声说了句什么。骑兵们受到鼓舞般,举刀呼喝。金甲骑士挺枪向算城的方向一指,冲锋便又开始了。

陈持弓给的弓不见了。莫潘苦笑一声,从死去的士兵身旁拾起一把连发机弩。这兵器可真沉啊。她吃力地将它端起,用望山①瞄准飞驰而来的敌人……

几个心跳之后,她的眼前燃起一片火海。重甲骑兵没有重蹈狼盔武士的覆辙,在金甲骑士的指挥下,他们分成两路,从战争傀儡的侧翼掠过,同时举起长管兵器,向傀儡喷洒黑色液体。那液体有莫潘熟悉的气味,是石脂。这黑色的液体被火箭引燃,爬上了战争傀儡,把它们变成一个个高速移动的火球。身上的瓷甲噼噼啪啪地碎裂,这些人形机械仍在狂怒地寻找着敌人,将火焰带进突骑施人军阵,但很快,它们就在一声声爆响中停止了行动……

胜负已分。莫潘第二次想。她和还在战斗的弩兵一道,向飞驰的骑兵射击。啪!金属力匣弹出,打在她的肩膀上,生疼。

---

① 弩上的瞄准器。

这一发打偏了。适应新武器需要时间,不过机弩要比弓简单得多。重新瞄准,继续调整。第二发,铁矢从一名骑兵的后背贯入。胜负已分,但输了又怎样?她的心中一片空明,只剩下身体在计算弹道。望山捕捉到了金甲骑士。莫潘快速射出一箭,箭头从骑士的肩甲擦过。他掉转马头,随即看到了莫潘。

他冲了过来。

吐半口气,靠位,瞄准,手指虚按悬刀,准备击发。

七十五步。六十步。五十步。金色面甲下是一双棕黄色的眼睛,她看清了。

乌玛依,我们再见的时候,竟是这样的光景。我早该想到的。

她扣动悬刀。金甲骑士应声落马。重甲骑兵们迅速围了过去。有人扬手指向莫潘站立的地方。她丢下机弩,颓然瘫坐在地。

不是死亡在追逐着你,而是你在追逐着死亡。

都结束吧。她闭上眼睛,向或许存在,或许并不存在的神灵祈祷,祈祷敌人速速收割她的生命。可解脱迟迟不肯到来。她听到突骑施人在叫喊:

"金帐燃了!狼纛①倒了!金帐燃了!狼纛倒了!"

声音渐渐远去。她睁开眼睛,世界在燃烧,突骑施人在撤退。身边的士兵难以置信地彼此对视。有人抛下手中的兵器,开始哭泣。莫潘呆坐良久,直到火焰渐熄,太阳在血红的晚霞中沉落。

一名士兵走到她身边,用汉语对她说话,她只是迷茫地摇头。士兵忽然明白过来,挥着手高声唤人。

"陈副尉。"在陌生的语言里,莫潘听到了熟悉的音节。她

---

① 古代军队中以狼头为标志的大旗。

转过头,那个人从尸体和灰烬上跃过,小跑着来到她面前。

"莫潘?!"陈持弓蹲下,抓住她的手臂,"你怎么在这里?你——还好吗?"

她张着嘴,却再也说不出一句话。

第四部

长安之冬

长安城的气度无可比拟，
它的宏大与严整，是宇宙秩序在唐人心中的具象；
它的包容与烟火气，则是帝国力量的优雅展示。

第二十五章　浮夜门

　　眼前的一切令人着迷。今年的枯水期早早到来, 例行的岁修①也便提前了。在玉垒山上, 可以将整个楗尾堰②尽收眼底。这几天, 浮夜门看着工程傀儡用长长的吊臂将巨大的杩槎③一个一个摆入江水中, 看着上千民夫围着傀儡忙碌, 将竹席与黏土加诸杩槎之上, 渐渐截断内江江水。此时此刻, 外江依然奔流, 热机车船在其上穿行不息, 内江却成为一片浅水池沼。这边厢民夫在堰官的指挥下用装了卵石的竹笼加固鱼嘴④, 那边厢吐着白烟的挖掘傀儡在飞沙堰坝前热火朝天地淘除沙石, 导江县⑤的老

---

　　① 即岁修制度, 指在冬季枯水期将内江断流, 对都江堰进行检修。
　　② 都江堰在唐朝时的称谓。
　　③ 木桩绑扎做成三脚架, 中设平台, 台上置石块等重物, 以保持支架稳定。应用时以多个杩槎排列成行, 在迎水面上加系横木和竖木, 外置竹笆加培黏土, 形成一道截流或导流坎。
　　④ 都江堰由鱼嘴(分水工程)、飞沙堰(溢流排沙工程)和宝瓶口(引水工程)三大主体工程组成。
　　⑤ 今都江堰市。

百姓则兴高采烈地在泥滩里抓搁浅的鱼。这样的场面，一年一度，故名"岁修"。岁修制度和槔尾堰同样古老，它保证了这一无坝引水工程历千年而弥新。汹涌的岷江在槔尾堰的调教之下，内江引水、外江行洪，既灌溉了沃野千里的成都平原，又避免了洪涝，造就了"水旱从人，不知饥馑，时无荒年"的天府之国。这个一千多年前的超级工程，浮夜门在学院时就有所耳闻，可只有站在这里亲眼一见，才能体会到它的伟大。相比起来，河中和西域的水利，只能算是小巫见大巫了。

但这个评语也只是以工程的体量和所起到的作用而论，浮夜门想，若是考虑到其运行的内在原理，则更凸显出中华先民的智慧。听附近熟谙水文的老百姓介绍，飞沙堰利用了水流的回旋，将内江夹带的泥沙冲到外江，减少了泥沙在水道中的淤积，减轻了内江的洪灾威胁，又控制了流入宝瓶口的水量，此所谓"二八分沙"。飞沙堰的设计分明利用了水流的运动原理，这是继莫毗多之后，格物家们孜孜以求却又大感头疼的问题。若是换作浮夜门来营建槔尾堰，怕是要在大型算机里跑上几个月的水流模型才敢动工——一千多年前，又哪儿来的算机呢？只能这样推测，中华先民对大自然有着深刻的认识，而这种认识又化作工程中的直觉，指引他们完成了一项水利史上的奇迹。

"天人合一。"浮夜门喃喃道。

布真转过头看她。他烧伤的脸呈深红色，如老人般皱缩着，须发皆无。平日里，这张脸是藏在兜帽下的，只对浮夜门袒露。几个月朝夕相处下来，浮夜门已不觉得这张脸恐怖，只是有些惋惜，这草原的汉子过早地在火焰中沧桑乃至枯萎了。

"我在想，人类的许多伟大工程都在表现对自然的抗拒或者征服，这四两拨千斤的槮尾堰却像中国人和自然达成的某种默契。"浮夜门说，"天人合一的思想，大概是刻在中国人骨子里的吧。"

"所以，"布真开口，声音如脸庞般苍老，"这几天让你如痴如醉的，是中国人的思想。"

"我有一个朋友，他认为思想是决定文明的真正力量。"浮夜门顿了一下，"然而思想就像我们赖以生存的空气，时刻受其影响，却又难以察觉它的存在，所以文明总是在历史的呼吸中不自觉地完成自己的命运。"

布真苍老地笑了笑，"你说的那位朋友，是国子监的章祭酒吧？"

浮夜门一怔。

"你的命运又是什么呢？"布真接着说道，"都说，少不入蜀，你是想在温柔乡的迷梦中完成它吗？"

浮夜门涨红了脸，"你胡说些什么？你又知道什么？"

布真摊了摊手，那手也皱缩着。

一时间索然无味。两个人沉默着，直到日上三竿，才一前一后地下山。山下的官道上有运营的铁马，浮夜门叫了一匹，在马首的八卦盘上拨入目的地，热机嗒嗒地转动起来，驱动着铁马去往成都府的方向。苍翠的山色从身旁掠过，竹林在微风中摆荡，发出阵阵潮声，声声鸟啼穿插其间。浮夜门抱紧双臂，不看对面的布真。她想，冬天总是如约而至，即使是温暖的蜀地，天也终究凉下来了啊。逗留成都的这几个月，完全在她的计划之外。

她和布真搭车的那个商队，本来是要走天山南线去凉州的，但由于担心西域的局势会影响生意，所以在且末城临时改变了路线，向南折入吐蕃境，走乌海，沿积石山，经百谷、洪济桥等五城，过大唐的黄胜关，再沿岷江河谷东行，最终抵达成都。一路颇多周折，但幸有布真庇护，总算性命无虞。对于这样一位沉默而坚定的旅伴，她实在没什么好抱怨的——如是想着，她偷瞄布真。他双目紧闭，似乎睡着了，烧伤的脸在山道幽暗的天光下少了几分狰狞，呼吸厚重嘶哑，有如裹挟沙粒飞旋。她的目光柔软下来。冲入火场以身相殉，这是何等深情的男子才做得出来的事啊！若不是阿奴将布真从火场中救出，浮夜门怕是要抱憾终身了。那天晚上的情景历历在目，当阿奴把被烧得面目全非的布真抱到她面前，她心疼地流下了眼泪。在载着两人逃亡的铁马里，布真承受着内外的双重灼烧，他意识不清地呼唤浮夜门的名字，而除了喂他喝水、给他上药、替他更换被血水和脓水浸透的绷带，除了紧握着他的手、向娜娜女神和腾格里天神祈祷，浮夜门别无他法。她在这时深深地感觉到，算学在真实世界面前，是多么无力。

布真最终顽强地活了下来，虽然丑了一点，但自私地说，这个丑陋的布真是她一手创造的。造物主会嫌弃她的造物吗？这是一个不需要设问的问题……真正令她不安的是，她的造物不仅接受了她怯懦的逃亡，还勘破了她隐秘的愿望。

她来到大唐，是想去见章善德。

刚才，布真几乎是在用激将法逼着她去长安。

也许……她的目光终于离开布真的脸，也许她和布真其实是同一种人，只不过，布真要比她通透和勇敢。

她轻轻叹了口气。

布真配合她似的，嘴角微微抽动，仿佛在笑。他变了，浮夜门想，在近距离地接触过死亡之后，又有谁不会变呢？即使突骑施和大唐的战争在如火如荼地进行，这个人也可以像孩子一样沉沉睡去，反倒不似她这般牵肠挂肚。上一次收到镜塔的消息，是十几天前，说突骑施大军已经陈兵凉州城下。和游牧民偶尔为之的劫掠不同，此番整座碎叶城倾巢而出，苏禄可汗意欲一战拿下大唐腹地重镇的野心昭然若揭。浮夜门认为，这会是一场殊死较量，其结果将深刻影响大陆的局势，所以格外关注战况。然而老天爷就像是故意作对，成都府最近一直阴雨绵绵，沁到骨头里的湿冷和镜塔消息的断绝简直令她坐立难安。章善德信里提到过的振丝传信系统一定能实时传送战报，但这一系统是被官府垄断的，她对此有些愤愤。到导江县观摩岁修，其实有散心的意思在里面。今日稍晴，她才想着赶回成都府，看看有没有新的消息。

颠簸半晌，繁华的锦官城终于遥遥在望。铁马驶向城西，道路右侧的浣花溪在翠竹掩映的河堤下时隐时现。浮夜门想起，布真曾经提议，雇些人来，在溪畔搭一座茅草屋，两人就不必借宿镜塔了。这里闹中取静、风景绝好，人若是在此安顿下来，只怕不会想走了。所以布真也动过这样的小心思啊，她无声地笑，两个消失于战火中的人隐没在大都市的市井之中，虽不是夫妻，但就这样朝夕相对，钓鱼闲坐、莳花弄草、沽酒饮茶，也不失为一桩美事。

布真是什么时候改变主意的呢？或许他从来就没有打算在成都长驻，他表面上对凉州之战不甚挂怀，但心里还是十分在意的。突骑施的男儿当纵马天地之间，这不是他曾经说过的话吗？如此偏安于风平浪静的蜀中，恐怕并非他的本意。

又或许，布真只是为了让我实现愿望呢？

她自嘲般地嗤笑一声。

铁马在青羊宫附近停下。时近黄昏，这道观依然信众麇集，香火不绝。浮夜门叫醒布真，两人避开人群，沿着城垣外围，信步向城的东南方走去，那里有大慈寺，而大慈寺旁就是他们借宿的镜塔。一路上，苍松翠柏、桑梓接连，人流如织、车流如龙，民居商铺鳞次栉比，丝竹之音盈耳，叫卖之声喧天。与浮夜门到过的其他城市不同，成都府处处是纵横的河渠，城与水亲密无间地相拥，竟让人一时辨不清到底是城在水中建，还是水在城中流了。这一派景象，都是拜数十里外的楗尾堰所赐，想到这里，她再次暗暗赞叹。

过了万里桥，就能远远地看到锦里①吐出的烟霭，那烟霭到半空中，化作淡粉色的浮云，优哉游哉地飘浮躺卧。数百年来，锦里都是织锦坊云集之处。此时此刻，在锦里大大小小的织锦坊中，热机驱动的成千上万台自动织机正在编织着蜀锦和算帛。这些算帛之中，有许多以学院算帛为母版，它们将被运往长安，化作傀儡武侯的行为逻辑。

"不去坊里看看吗？"见浮夜门驻足，布真问道。

浮夜门犹豫了一下，摇头。若不是急着探查消息，她本想

① 指四川成都城南锦江流经地区锦官城附近一带。

去坊里走一遭的。那是一家中等规模的织锦坊，名曰"春平"。坊主是个四十多岁的中年人，复姓令狐，长相和善，说话慢条斯理，蓄一把小胡子，眉目里有成都街市中随处可见的那种安逸和富态。春平织锦坊是令狐家世代的产业，据说南朝梁武帝时已颇具规模，那时主产单丝罗。入唐以后，随着自动织机和经纬学的推广，令狐的曾曾祖父敏锐地把春平织锦坊的主业转向算帛生产，由于其丰富的管理经验，春平坊的算帛产量高、"错针"①少，所以工坊被朝廷选为供应商，专门供长安城傀儡武侯所用的算帛。在令狐看来，浮夜门是战乱期间从学院逃来大唐的算师，能够熟练解读经纬，挑出错针，其技能恰巧可为春平坊所用，最最重要的是，要价低廉，所以他不起疑心地雇用了她；可对于浮夜门，这是精心谋划的结果：她需要接近大唐傀儡武侯算帛的生产部门，而春平坊作为几家主要供应商之一，正是她理想的供职对象。

浮夜门暗自思忖，从最近偷来的算帛残片来看，代行院长职务的浮知台忠实地执行了她的计划，出口到大唐的算帛母版虽然暗藏杀机，但她为杀机加的那把锁还在。无念拿到金桃之后，应该暂时不会怀疑她。再说，以他的半吊子经纬学水平，大概也看不到那把锁。

但愿如此。

"布真，"她转过头，"你知道西域最好的花火里，都会添加一味叫作'曾青'②的药剂吗？"

---

① 指经纬学里语句的错误，对应于现代计算机领域里的"程序错误"。
② 铜矿砂。

布真摇了摇头。

"曾青燃烧的火焰是明亮的蓝色，唐人喜欢的蓝色花火便是由此而来。这花火从西域辗转运输到中土，价格不菲，却卖得最好。"浮夜门不自觉地仰起头来，那绚丽的烟花仿佛已在她的想象中绽开，"今年除夕夜，长安的天空想必会美丽异常吧。"

"怎么忽然说起这个？"

"花火再美，终归短暂。只是一些没有来由的伤感罢了。"浮夜门有些落寞地说，"我们走吧。"

布真凝视着她的眼睛，若有所思地点头。

守塔人关鸣鹤是唐人，个子不高，额头宽阔，胡须稀疏，双下巴，肚子上挂着一圈肥肉，总是一副笑眯眯的样子。他们到的时候，他正在塔身中部检修飞轮部件。远远望见两人，他快速从梯子上爬下，动作有一种与身形不相匹配的灵活。

"突骑施败了。"浮夜门走近后，他笑眯眯地说，用的是粟特语。

浮夜门的第一反应，是回头看布真。那张被毁的脸上表情模糊，包含诸多可能性，你可以将它解释为早有预料，也可以解释为毫无头绪。从前的布真是个喜怒形于色的人，而如今，他的喜怒已然全部隐藏在这张烈火面具之下了。

"具体战况如何？"浮夜门问。

"进来说。"关鸣鹤挤挤眼睛，语气有些意味深长。浮夜门刚来的时候，这位唐人的粟特语仅限于表达基本事实，几个月你来我往的对话下来，他竟能在句读间藏匿隐秘和曲折的寓意了。

相较而言,浮夜门的汉语却进步缓慢,舒适的语言环境果真不利于学习。

如果……她的心思小小地飘忽了一下,如果有一天真的要面对章善德,又该如何是好?

进了塔里,读过关鸣鹤递来的信笺,浮夜门才发现,这家伙只是故弄玄虚。消息很粗糙,不过是说攻守双方皆全力以赴,凉州外城坍塌、两座内城被毁,苏禄可汗的金帐莫名失火,突骑施全军退向瀚海。至于战争的具体进程、死伤人数,则语焉不详。不过不难想象,凉州之战一定非常惨烈。对于这一点,浮夜门很有把握。苏禄可汗可是拿出了几十年苦心经营攒下的老本,若非遭遇了强烈的抵抗,决不会放弃占领凉州的企图。那么凉州方面呢?战争傀儡真的可以有效对抗火器吗?或者说,战争中还有其他的因素?"皆全力以赴",这是一个温和甚至带着点积极色彩的说法,可是仔细想想,却叫人不寒而栗:大陆上最强力的两台杀戮机器全力以赴地运转起来,将会搅碎多少血肉?

"这就是全部?"浮夜门转头问守塔人。

关鸣鹤的嘴角依然翘着,"大唐都胜了,娘子还想知道什么?"

浮夜门不悦地撇了撇嘴。她以前接触过的守塔人无不瘦削孤僻,如同苦行僧。而这位守塔人却截然相反,肥胖不说,竟还有些开朗乃至轻佻,大概是因为久居成都这安逸之地,沾染了太多浮华之气吧。她忽然想起学院里那位不曾对任何人笑过的守塔人止观。两个月前浮知台传来消息说,学院的镜塔被毁,止观下落不明,很可能已经死了。她感到惋惜,但她也知道,与镜塔同生共死，是每个守塔人在入塔前必须立下的誓言。止观忠于职守，没有给守塔人丢脸，也算死得其所，而眼前这个笑容可掬的胖子……她实在没法把他和"舍身成仁"这四个字联系在一起。

当然，关鸣鹤也并非一无是处。一百年来，守塔人在各国君主管辖之外，靠相同的理念缔造了一个超越地理范畴的国度，这个国度的传统之一，就是善待旅人。正因如此，无论是在河中、西域、吐蕃，还是大唐，两人都受到了守塔人的接待甚至慷慨援助。然而越接近大唐的中心，守塔人注视他们的眼光就越疏离冷漠，拒绝其进入塔里的情况也越来越多——大唐皇帝在境内委派了许多听命于他的守塔人，这件事浮夜门有所耳闻，而她的这张胡人面孔，大概不受这些守塔人欢迎。凉州的战事开启以来，大唐人对异族的敌意渐深，在目前情形下依然愿意收留浮夜门，至少说明，关鸣鹤还是有几分胆色的。

至于布真……他被烧伤的脸倒是不分族群的丑陋，没人看得出他是突骑施人，就连关鸣鹤也一直以为，他和浮夜门一样，都来自布哈拉——浮夜门自称安怀仁，布真则化名安阿六。浮夜门有点儿好奇，如果关鸣鹤知道自己收留了大唐的敌人，会有何感想。

"我说二位，今晚喝烧春酒吧，"关鸣鹤的声音在她身后响起，"身为大唐子民，理应庆祝一下。"

"抱歉，我不是大唐子民。"布真冷冷地说。

"我也不是。"浮夜门对关鸣鹤笑笑，"据我所知，你同样不是。"

"二位是存心与我作对吗？"关鸣鹤板起脸，"罢了罢了，就算不是大唐子民，也不妨碍我们喝酒吧？"

原来这厮只是馋酒了，浮夜门想，今天的酒和大唐得胜与否没有任何关系。若是大唐丢了凉州，他恐怕也会借酒为圣人分忧吧。

只见关鸣鹤从竹制食盒中一样一样取出菜品，摆在起居区的木桌上，看样子是早早从附近酒家买来的，白瓷的碗碟里装有嘉鱼鲙①、卤牛肉、入了川椒的鱼羹、几样小炒鲜蔬，还有梅煎②、砂糖饼和玉露团③，主食则是香滑的雕胡饭④。蜀中盛产砂糖，蜀人嗜食甜品，从关内道入成都长居的关鸣鹤亦不例外，甚至犹有过之，时常以甜品佐酒，胃口之好，令浮夜门咋舌，也让她感叹，这人一身的肥膘真的是种瓜得瓜。酒也已经备好，陶瓮装的烧春酒，足足有五斤。看着一桌丰盛的酒菜，浮夜门不禁纳罕：守塔人没有薪俸，虽然关鸣鹤靠和商人做信息买卖赚得一些银两，但手头绝不算宽裕，平日里完全称得上是节俭，今天出手怎会如此阔绰？

"人生得意须尽欢啊。"关鸣鹤看出了她的疑问，"动筷子吧，鱼羹凉了可就不好吃了。"

三个人闷头吃了起来。浮夜门本不想喝酒，可架不住关鸣鹤热情劝酒，便喝了几杯。这烧春酒是大唐剑南道的特产，酒

① 鲙，即细切鱼生，是唐宋时期处理鱼肉主要方式之一。嘉鱼，岷江流域的一种重要鱼类，鳞细似鳟鱼，味道极美。

② 梅制蜜饯。

③ 奶酥雕花点心。

④ 菰米饭。雕胡指菰米。

味浓烈醇美,与河中和西域的葡萄酒殊为不同。之前她也喝过这酒,知道后劲很大,待身上有些发热,便不再喝了。倒是布真,菜没吃几口,酒却越下越快,有几分要灌醉自己的样子。浮夜门明白,虽然他表面不动声色,但突骑施败了,他心里一定不好受。

"你喝慢点儿。"她柔声对布真说道。

布真看了看手中的酒杯,闷声道:"好。"

关鸣鹤的目光从两人的脸上扫过,"春风酒味胜余时[①],二位,此情此景,酒还是要喝尽兴。"

浮夜门哼了一声,"哪儿来的春风? 倒是成都这冬雨,真真冷煞人了。"

"冬天总会过去的。"关鸣鹤转向布真,"阿六兄,你说是不是?"

布真不语。

关鸣鹤自讨了个没趣,却也不恼,眉眼依然弯着,"娘子,大陆上的守塔人都有同样一个爱好,你可知道是什么吗?"

浮夜门摇了摇头。

"那便是酒啊。守塔人孤独,除了飞来飞去的信息,酒是他们唯一的朋友。"关鸣鹤脸上的笑意渐渐淡去,"只可惜,这份友谊大概也不会长久了。"

浮夜门挑起眉梢,"何出此言?"

"孤独的另一面是自由。当你时刻准备执行君主的意志,又怎会有酩酊大醉的自由呢?"

---

① 此句出自方干《蜀中》,作者出于描写需要在此处引用此诗句。

　　浮夜门和布真对视一眼，虽然烧春酒令人迟钝，但关鸣鹤的话实在太过直白，理解上不存在任何歧义与障碍。

　　关鸣鹤端起酒杯，灌下一口，脸上的凝重稍稍化开，"不过，我已经没什么遗憾了。大陆上那么多的守塔人，又有几个喝过这香醇的烧春酒呢？我听说，在河中有一个守塔人，他用波斯人制造脂精的方法制酒，制出的酒极浓极烈，竟可点燃，故名'液火'，却不知比起烧春来，味道如何了。"

　　"液火……"浮夜门喃喃道。

　　"想想还真是奇妙。"关鸣鹤继续说道，"这液火脱胎于粮食瓜果，是不是证明，食物蕴藏着火焰的力量？依靠食物维持的人的生命，本质上是否也是一种燃烧呢？"

　　浮夜门愣了一下。关鸣鹤一定是喝多了，所以才会说出如此不着边际的话来。可是，仔细想想，他说的也并不是全无道理，应该是对此早有思索。再看布真，他的眼角微微抽动，在他的脸上，这是很强烈的表情了。浮夜门早就发现，在烧伤之后，他惧怕明火，这种惧怕甚至迁移到了和火有关的字眼上。

　　"驱动身体的都是燃烧，驱动思想的皆为经纬。"关鸣鹤的眼神迷离，"人，到底和傀儡有什么区别呢？"

　　"你喝多了。"浮夜门说。

　　关鸣鹤不说话，只看着她，不笑的样子，颇有几分冷峻。

　　浮夜门转开目光。又默默喝了一会儿，三人都倦了，简单收拾后，便各自休息。关鸣鹤的这座镜塔塔基很大，是大唐营造的一贯风格，除了摆放算机、备用热机和各种物资，生活区还有充裕的空间。在围绕着中轴的环形区域里，三人的床铺各据一隅，互不影响。过了子时，外面又开始淅淅沥沥地下雨，气温骤降，浮夜门紧紧裹着被子，潮湿的寒气却依然渗入骨髓。烧春酒带来的困倦散去了，她睁开眼睛，头顶的齿轮和连杆渐渐在黑暗中显出轮廓，吱吱呀呀地转动、咬合，算机嗡嗡作响，那里面正呢喃着无数来自远方的消息……

远方。她的心口一紧，被酒意暂时压下的不安终于浮了上来。头脑里开始推演，有如吞入算帛的算机。凉州之战后，大陆的政治局势又要发生改变。突骑施人遭受重创，如果大唐也伤了元气的话，那么河中地区的大食势力就无人制衡了。学院会再次陷入危险之中吗？算起来，她已经失踪半年有余，和她一起消失的，还有人人垂涎的金桃。这个传闻早已通过镜塔传遍整个大陆，再加上学院几乎半毁的事实，应该会让部分人相信，学院失去了被保护或者被掠夺的价值。

希望大食人也如是想。

其实，把金桃交给影国，是经过深思熟虑的。很多人都认为，她紧紧攥着金桃，是忌惮它的毁灭能力，然而这只是原因之一。金桃是对世界的颠覆性理解、对神灵的大胆僭越，危险但也宝贵，谁能保证，信仰神灵的君主一旦知晓了它的真面目，不会将它除之而后快呢？而据她所知，影国除了追求一个大同的理想世界外，并没有什么禁忌或信仰，把金桃交到这个组织手中，大抵是安全的——不管是对世界，还是对金桃自身而言。

可是，为了所谓的安全，影国走得太远了。在经历了这半年的周折之后，浮夜门渐渐明白，以前的自己在算学中陷得太深，总是习惯把纷繁的事物和现象简化成抽象的符号，用数字关系来衡量立场与价值,所以才会接受虚无缥缈的理想和它背后的牺牲。即便世界如金桃所暗示,只信奉弱肉强食的秩序,每个人也都应该是具体的,而非一组抽象的符号,不应被轻易抛弃或牺牲。

不,在她如今的道德里,就连"轻易"这个修饰词都是多余的。

浮夜门突然想起莫潘。这孩子和她多像啊,都是那么热爱和信赖算学。她们之间的不同是,莫潘早她几十年投身到了混沌而具体的世界中,这会改变这孩子对算学的态度甚至重写她的人生吧。

如果她还活着的话。

上一次浏览镜塔里的消息,浮夜门没有在学院战死者的名单上找到莫潘。人们消失在战火中,这是常事,就像此刻的她和布真。但是,于她而言,消失是策划过的逃亡,莫潘消失的理由呢?

她想象不出……

嚓。嚓。有声响从机器噪声的缝隙里钻了出来。是脚步声,来自关鸣鹤的方向。她披着被子坐了起来,警惕地注视着眼前的黑暗。

"我就猜你还没睡着。"关鸣鹤在黑暗中说。

"怎么,想找我聊天?"

"浮夜门院长愿意赏光的话。"

浮夜门的心脏停跳一拍。她下意识地侧耳倾听布真那边的动静,他的鼾声粗重,看样子不会参与到这场对话里了。

"关鸣鹤,我听不懂你在说什么。"她说。

黑暗中响起一声嗤笑，"我刚刚提到的那个守塔人，名叫'止观'，在学院遭到袭击前，我们俩经常在镜网里聊天。我们最喜欢聊的话题是酒，当然，除此之外，我们也会聊些别的，比如，学院最耀眼的明星、经纬学大师、美丽的浮夜门院长。这位院长失踪几个月后，一个布哈拉女人出现在这里，年龄、身材、样貌、做事的风格、对经纬学的熟稔，都和止观描述的浮夜门分毫不差。你不会想对我说，这是巧合吧？"

"……所以你早就知道了，对吗？"

"从你们来的那一刻起。"

"你想怎样？"

"我不想怎样，我们可是朋友啊。"声音靠近了些，"我只是过来告诉你，和凉州战报一起传来的，还有一个叫'无念'的人给你的留言。"

浮夜门呆滞地凝视着黑暗中的人形轮廓。熟悉的名字陡然重现，让她有些发蒙。

"来看看吧。"关鸣鹤说，"那条留言正等着你输入口令。"

算机前的岚气灯被守塔人拧亮了。人造光源下，明暗有着强烈到不真实的对比，让眼前人圆胖的脸多了几分深邃。也许这才是真实的关鸣鹤，浮夜门想，不苟言笑，五官森然，洞若观火。这个陌生的关鸣鹤对浮夜门点了点头，她紧了紧领口，把僵硬的手伸向了字母盘。

消息的确是无念留给她的，位于镜网的潜层。所谓"潜层"，和"浮层"相对，后者是镜网里流动的未加密的公共信息集合，而前者则对应加密信息。浮夜门猜想，潜层才是镜网里信息的主体，就像海洋的水体绝大部分都在海面之下。这很好理解，如果说，镜网浮层里的信息是在人头攒动的大厅对所有人大声讲话，那么潜层就是大厅里人与人之间的窃窃私语。一对多和多对多，两种模式容纳的信息量不可相提并论。几个月以来，浮夜门和浮知台的通信就是在潜层里实现的。不过，这种点对点的通信形式需有明确的镜塔编号及约定好的口令才能进行。无念想要给她留言，两样条件都不具备，所以他以明文形式在潜层里"广播"寻人，以期浮夜门能够看到；至于口令，他想出了一个办法。

"三次方程。"浮夜门低声道。

"你说什么？"关鸣鹤问道。

她摇了摇头，嘴角不自觉地翘起——这种智性上的默契真是久违了。无念在明文中列出了一个三次方程，解开信息的口令，就是方程全部的根。三次方程的一般解法是大陆算学界的热门问题，浮夜门就曾经和无念探讨过她在这一问题上取得的进展。当然，他们探讨的出发点并非基于算学，而是基于形而上学。使用浮夜门的一般方法求解三次方程，运算过程中会出现负数的平方根。这样的数本不应存在，可是它们并没有破坏运算，反而会导向正确的答案，甚至出现在答案之中。由于其不合逻辑的有效性，浮夜门称之为"荒谬数"。算学发展到现在，有一个普遍的共识，那就是无论多么抽象的算学元素，比如零、负数或者无理数，都必须有与之对应的格物现实。然而，就算浮夜门想破脑袋，也找不到荒谬数的对应物。在对待荒谬数的态度上，她和无念的形而上学对立显现无遗：无念认为荒谬数的存在充分表明，世界的基础本身就是荒谬的，万物皆空，想要从根本上理解世界，注定徒劳；浮夜门则认为，荒谬数的存在，恰恰说明这世界有超乎人类想象的精密结构和尚未被认知的格物现实，也许通过算学家的研究推导，格物家可以找到这一现实。那天他们争论了很久，和之前所有形而上学的争论一样，两人谁也无法说服谁。不过，虽然观点不同，但无念显然记住了三次方程的一般解法以及浮夜门为荒谬数赋予的粟特字母，才会将方程的解作为口令。要解开方程是一道难关，而如果方程有包含荒谬数的解，那就只有浮夜门知道正确表示它的方法。所以，这条消息非常安全，除了浮夜门，其他人几无破解的可能。

如此看来，无念远比她想象的要聪明。

浮夜门向关鸣鹤借来纸笔，三下五除二便解开了方程。三个根里有两个含有荒谬数，她将它们依次输入，算机发出悠长高亢的蜂鸣。正当她以为口令有误时，字母盘上的粟特字母开始移动，意义渐渐浮现出来。

她瞪圆了眼睛。

大唐和影国开战。那把锁已被章打开。快去长安阻止他。

短短三句话里包含了太多信息。一时间思绪凌乱，她呆坐着，甚至没有注意到守塔人探过来的脑袋。

"我只看得懂第一句。"关鸣鹤评论道，"这个无念是影国的人吧？他说得没错。"

她转头看他。

"潜层里有传言说,苏禄可汗的金帐是被镜塔引燃的。倘若传言属实,大唐把一直以来中立的守塔人拖入了战争,这就等于是向影国正式宣战了。"关鸣鹤叹了口气,"不过,在圣人任命忠于自己的守塔人时,大唐和影国的战争其实就已经开始了。"

"大唐和影国的战争……"浮夜门喃喃道。

"浮夜门院长,你要知道,影国并不只是一群人和一种理念,它还是一个实体,而镜塔就是这一实体的血脉和经络。无论守塔人是不是影国的人,他们实际上都在促进信息流动的同时充当影国维护者的角色。镜塔和守塔人不可侵犯,大陆诸国的君主们清楚这一点,所以在和影国长达百年的共处中,都至少在表面上严守这一条底线……直到大唐皇帝跨过了它。"关鸣鹤缓慢地眨了眨眼,"如果影国只是一个松散的组织,它是绝无可能与大唐抗衡的,然而事实并非如此。影国有它的意志和谋略,而且在我看来,它的意志和谋略犹在大陆的诸位君主之上。若是认为它软弱可欺,那可真是大错特错了。"

"影国的意志和谋略……你到底在说什么?"

"浮夜门院长,你相信这世界上有神灵吗?"关鸣鹤话锋一转。

浮夜门想了想,"我可以假设它们存在。"

"好,假设神灵存在,你认为它们会在哪里? 在天上,还是——"关鸣鹤用食指点了点太阳穴,"在这里?"

"我不知道。"

"告诉你一个只有守塔人知晓的秘密吧。"关鸣鹤诡异地笑,"在浮层和潜层之下,镜网里还有更大规模的信息流动,我研究了这些流动的经纬整整十年，得到的结论是，它们无法被人类理解。不过这不重要。重要的是，这些经纬像一只无形的巨手，左右了数千个镜塔中数千台算机的运行逻辑。在每一个寂静的夜里，镜塔的算机都会为守塔人分拣海量的信息，也会对他们呢喃低语，说正在发生的事，说对未来的预测，说包罗万象的知识，说他们最隐秘的羞耻和渴望。算机说的话是如此深刻精准，许多守塔人都将其视为神谕。是的，在守塔人中有一种秘密的信仰，那便是相信神灵真实存在，并且就存在于瓷与丝的振动之中，以字母盘显现自身。当信徒们遵照字母盘的命令去完成某些事时，一个宏大的目的就慢慢浮现出来了……"

关鸣鹤向浮夜门靠近一步，压低嗓门，"那个目的便是影国。维持影国的存在，完成影国的理想，这才是镜网中的神灵唯一关心的事情。这张拼图太大了，渺小如我，用了十年的时间，才拼出一块微不足道的局部。我有一个疯狂的猜想，如果说镜塔是影国的实体，那么这个神灵就是影国的思想。"

"所以，"浮夜门沉吟道，"刚才你说的，影国的意志和谋略，都来自这位神灵。"

"没错。"

"这也太匪夷所思了。"

"世界本身就是匪夷所思的，只不过人们将其视作理所当然。"

两人各自沉默。影国，镜塔，神灵。如果不是字母盘忽然自行移动起来，浮夜门几乎就要认定，关鸣鹤刚才那番话只是酒后的狂想，或者，是她酒后的幻听。

"你看，神灵在对我说话了。"关鸣鹤笑了笑，"让我们来瞧瞧，它说了什么。"

两人一齐转向字母盘。

他们来了，速速离开。

镜网中的神灵说。

关鸣鹤一愣，随即肩膀一塌，颓然道："终究还是躲不掉啊。大唐虽大，我又能逃到哪里去呢？"

浮夜门只觉一股寒意攀上脊背，"他们是谁？这话什么意思？"

"他们是来取我性命的人。为了让我放弃守塔人的身份，他们开出了各种条件。必须承认，其中一些还十分诱人，可都被我一一拒绝了。说来可笑啊，除了做守塔人，我不知道自己还能做什么。这大概就是自由带来的恶果吧。浮夜门院长，无念给你的留言里说，战争开始了，你知道这意味着什么吗？"关鸣鹤停顿一下，"这意味着，交战双方将不再遵守和平时期的规则。我若是大唐皇帝，首先便要清除境内那些不驯服的守塔人。比如，成都府那个叫作关鸣鹤的顽固分子。"

上方有细微的异响。关鸣鹤仰起头，目光指向深邃的黑暗。

"他们来了。"他说。

像一句口令，黑影就在这时应声落下。刀光一闪，关鸣鹤侧身避开，迅速稳住身形后，一脚踢翻岚气灯，拔腿奔逃，动作一气呵成。眨眼间，又有几个黑影从上方跳下，追向守塔人。黑暗中，兵器相碰的脆响和人的吼叫顿时交织成片。那是一群黑衣蒙面刺客，其中一人跑出去几步，又提刀折向浮夜门。她暗叫不妙，急忙后退，不想却被地上的杂物绊倒。刺客转瞬就逼到近前，举刀过顶，眼看就要朝她劈下。

她的脑中一片空白。

噗！温热的血溅到她的脸上。刀尖从刺客的胸口钻出，犹如银蛇，刺客闷哼一声，扑倒在浮夜门身边。

布真右手提着滴血的刀，左手伸向她。

"起来吧。"他的声音毫无波澜。

浮夜门伸出了手。

缠斗正酣。借助地利，关鸣鹤以一敌多，堪堪能够支撑。镜塔的另一边，砍翻又一名扑上来的刺客后，布真牵着浮夜门，向关鸣鹤靠了过去。嗖！嗖！弩箭从两人面前飞过，斜斜插入地砖。浮夜门抬头，在镜塔的内部旋梯上捕捉到三个模糊的人影，刺客们还有援军！若不是黑暗的掩护，他们恐怕早已命丧箭下。"小心！"布真按了按她的肩膀，两人矮身前进。走出几步，镜塔中轴不再遮挡，浮夜门看到关鸣鹤圆胖的身影正在刀光中舞动，竟有种古怪的优雅。在舞动的间隙，关鸣鹤也看到了他们。

"不要过来！"他高声喊道，"去正门那边！"

浮夜门立刻明白了他的意图，犹疑之中，她听到布真说："照他说的做。我们赢不了的，总得有人活下来。"

她转向布真，黑暗遮蔽了他的丑陋，只留下一双闪闪发亮的眼。

那双眼宛如神谕。

她咽下一口唾沫。

　　两人向正门退去。行至一半，他们听到尖锐的金属摩擦声——是关鸣鹤扳动了控制正门的机关，镜塔古老的包铜大门在热机的推动下滞涩地滑开。月光从大门敞开的缝隙中洒入，绿幽幽的，竟带着些许春意。终于可以看清脚下的路了，他们一边躲避弩箭，一边向门外跑去，将厮杀声留在身后。

　　雨停了。大慈寺的楼宇中依然有点亮的灯。两人在曲折的青瓦街道上小跑，直到确定没有追捕，才在一条小巷中停了下来。不知不觉间，他们跑了很远，越过民居的围墙，已经可以望见散花楼的重檐。很久不曾有过如此剧烈的运动了，浮夜门满腹的食物都在翻腾，她双手撑墙，呕出几口酸水，满身虚汗。关鸣鹤是不是早有预感，才置了今天这一桌酒菜？她泪眼蒙眬地想。或者说，那个镜网里的神灵早早就提醒过他？真是可惜，她和这守塔人相处了几个月，今天才算真正认识了他。

　　今日一别，只怕后会无期。

　　"接下来，我们去哪儿？"布真走近了她，"要不要在浣花溪边搭一座房子？"

　　她直起身，用手背抹过嘴角，"我和关鸣鹤的对话，你听到多少？"

　　"几乎……全部。"

　　好你个布真。她不动声色道："那你应该知道，战争开始了。"

　　布真默默点头。

　　"我们走吧，"她说，"去长安。"

第二十六章　陈持弓

下雪了,鹅毛大雪。凉州城里、凉州城外,人与机器披挂银屑,穿行在废墟与尸体之间,在地上留下污浊不堪的印记。雪什么都不能掩盖,陈持弓想,它只会让死亡的色调更加凸显无遗。

在战场上回收傀儡体内的算帛时,王仪呕吐了两次。无人鄙薄——在场的算师们都好不到哪儿去。眼前的景象太惨烈了,被损毁的傀儡一般位于成堆尸首的中心,而那些围绕着它们死去的突骑施人几乎无一完整,肢体和脏器零落一地,仿佛从大地上突兀长出的血肉之花。让从未经历过战争的人直接面对这一幕,委实过于残忍,但傀儡体内的算帛亟待回收,没有谁比这群算师更熟悉这项工作。

算师们只是提前预热罢了,陈持弓阴郁地想,总有一天,每个人都会被卷入一场旷日持久的战争。

他轻轻拍了拍王仪的后背,"你还好吗?"

王仪弓着腰,摇头。过了好一会儿他才直起身来,抹了抹嘴,面色惨白地盯着陈持弓。

"陈副尉，这就是我们这些天的成果，对吗？"

陈持弓默然。他明白王仪指的是什么。遵照杨执一的命令，他评估了战争傀儡在整场战斗中的表现。它们的行动方式机警残忍，如同久经战阵训练有素的士兵，却又拥有士兵难以企及的力量和速度，杀戮之高效，令他大为震骇。这些傀儡的算帛诞生于他和算师们营造的算机宇宙，在无休无止的搏杀中，构成傀儡行为逻辑的经纬是在残酷的竞争中幸存的最优策略。然而其中也充满了自动生成的、匪夷所思的古怪语句，即使是最聪明资深的算师，也难以解读。

就是说，凉州的算师们创造了一种连自己都无法理解的怪物。

"陈副尉，你可曾想过，当傀儡大批投入战争中，会是怎样一番情景？"王仪说，"我可以很有把握地说，那将不再是人与人之间的战争，而是人与机器的战争。"他环视一周，刚刚恢复了些许血色的脸又灰暗下来，"人的肉体在机器面前何其脆弱，你也看到了吧？"

"这些机器是我们的造物……它们听命于我们。"

"嘿嘿。"王仪冷笑，"任何人拿到你手里的算帛，都可以造出听命于他们的机器，然后以此互相毁灭。"

陈持弓低头看了看手里的那一卷算帛。它来自一台焚毁的傀儡，大半烧焦，已无法使用，算师们搜刮出的算帛大多也是这种情形，不过仍有少量算帛完好地保存了下来。这就是王仪所恐惧的东西吧，他想，一个可以应用于特定机器、使之成为杀戮利器的具体经纬。可他非常清楚,那蛰伏在黑暗中的凶兽,实际上只是一个精密抽象的算学模型,或者说,一种前所未有的思想。它将竞争、变化和淘汰编织成一套完整的逻辑,并用这一逻辑筛选出超群的智慧,远超人类理解能力的智慧。

这才是王仪真正应该恐惧的东西。

此刻,这只凶兽就藏在陈持弓的怀中。是出于怎样的信任,莫潘才会将它交给他? 而为了回报女孩儿的信任,即便豁出性命,他也会确保它完好无损。

他把手探向腰间,那里现在有两样东西:莫潘的算帛和止观的液火。

嗯……这两样东西都让他想到毁灭。

"可是,我们和机器又有什么区别呢? "王仪低声自语,"我们都听命于某个高高在上的意志,为了我们无法理解的目的,抛却作为人的坚持,像野兽一样自相残杀。"

作为人的坚持。这句话在记忆里激起回响,陈持弓感到不适。他皱了皱眉头,"你刚才说的话,我就当不曾听过。"

"呵,多谢。"

"另外,这场战争的目的并不是无法理解的。"陈持弓下意识地攥了攥拳头,"我们是为了守护。"

"所以,为了守护的杀戮就是正当的,对吗? "

"如果活下来的是突骑施人,你觉得他们会和你讨论什么是正当吗? "

王仪讪笑一声,不再说话。两人和其他算师一起,默默翻捡残骸。天色渐暗,算帛终于回收完毕。士兵们护送算师们回算城,陈持弓则去往他在兵城的住处。请来的郎中正等在厢房里，陈持弓一进门，郎中就迎了上来，说那姑娘只是受了一点皮外伤，他已经为她上药，静养几天就可康复。

陈持弓探头望向厢房深处。

"不过她还没醒。"白胡子老头补充道，"可能是惊吓过度，毕竟仗打得那么厉害，哎……"

陈持弓沉重地点了点头。

郎中面露犹疑，"陈副尉，某有一问，不知当讲不当讲。"

"您请说。"

"这胡人姑娘和你是什么关系？"

"我们是……"陈持弓看着床上那个模糊的人影，"朋友。"

"哦，这样啊。"郎中将了将胡子，"那你可一定要照看好你的朋友。"

这老头儿话里有话，陈持弓正欲追问，屋外忽然响起凌乱的脚步声。他心中一惊，冲出门去，拽住一名正从身边跑过的士兵。

"是突骑施人又攻来了吗？"他厉声问道。

士兵摇头，又用手扶了扶歪倒的头盔，头盔下是一张沾着血污、颇为沮丧的脸。

"副尉，都督有令，赤水军全军前去讨伐胡城。"

陈持弓愣了一下，随即进屋对郎中简单交代几句，转身追上士兵们的脚步。中军帐离算城不远，此刻正在赤水军士兵的重重保护下，与胡城遥遥相望。陈持弓气还没喘匀，便直入帐内，那里已挤满了衣甲染血、灰头土脸的军官。杨执一端坐在大帐中，用布满血丝的双眼打量他。

"陈副尉,你怎么来了?"

"都督,"陈持弓叉手道,"胡城不可攻。"

大帐里,所有人都用莫可名状的目光看他。杨执一疲惫地眨了眨眼,"胡城与敌勾结,险些葬送整个凉州,为何不可攻?"

陈持弓舔了舔嘴唇,舌尖有隐隐的血腥味,"理由有三。其一,胡城城坚,而我军疲敝,强攻未必迅速能克。突骑施退行未远,实力尚在,如若得到消息卷土重来,我军两线作战,恐无法抗衡。其二,胡城与突骑施媾和,应是萨宝与其下属的决策,与百姓无涉,贸然攻城,恐失民心,也会在赤水军的汉胡之间生出嫌隙。其三……其三,这场战争,死去的人已经够多了。"

"死去的人。"杨执一喃喃重复道,不认识似的看了陈持弓一眼,又环顾四周,"诸位有什么意见?"

鸦雀无声。

"陈副尉说得有道理。"片刻之后,杨执一打破沉默,"不过,此种卑劣行为若不惩戒,怀有二心的异族只会有恃无恐,以为我大唐软弱可欺。"

大家叽叽喳喳地议论起来。有人坚持强行攻城,可应者寥寥;有人提议交由圣人定夺,立即被驳回,理由是目前军中群情激愤,若不立即采取行动,恐有哗变之虞。

"不如只惩办首恶,杀鸡儆猴?"一位幕僚低声说道。

大帐里安静下来。杨执一的目光绕了一圈,最后停在陈持弓脸上,"惩办首恶……陈副尉,你认为如何?"

陈持弓思忖片刻,"属下认为可行。"

"惩办首恶,并解除胡城的武装。遣使者去交涉吧。"

众将得令,尽皆退去。杨执一将陈持弓单独留了下来,"持弓,我得到报告,说傀儡在战斗中发挥了很大的作用,这些天辛苦你了。"

"傀儡只是迟滞敌军行动,决定战局的还是都督的谋略。"

"谋略?不过是仓促行事罢了。若非情势危急,我断不会用此下下之策。"

他指的是镜塔。陈持弓抬起眼睛看杨执一,他在义父的脸上看不到任何表情。"仓促行事",义父说的是真心话吗?下午激战正酣时,外墙北侧的镜塔用三面凹面镜引燃了碎叶城中堆放的柴草,火借风势,又点着了金帐附近存储石脂的储料箱,最终将木制的平台化作一片火海。金帐虽是金属材质,但被烈火包围,一度十分危急,军民多有死难,据说苏禄可汗亦被烧伤。指挥中枢受重创,突骑施军心大乱,这才被唐军击溃。照理说,用镜塔引火十分不易,天气、碎叶城的距离、引火点的位置、守塔人的操作,其中一样误算,便很难成功。在陈持弓看来,这一行动必定经过了缜密的策划乃至演练,绝非义父所说的"仓促行事"。

"持弓,你有怀疑。"杨执一忽然说道。

陈持弓一怔,"属下……"

"你对我在战争中的所作所为产生了怀疑。"杨执一说,"持弓,你记得我之前对你说的话吗?如今大唐强敌环伺,使用傀儡也好,借用镜塔也罢,为了守护大唐,就算化身恶鬼,我也在所不惜。我希望你也有这样的觉悟。"

陈持弓咬着嘴唇,点头。

"你先回去吧。"杨执一的语气柔软下来,"我听说,那个叫莫潘的胡人姑娘在战斗中受了伤,这几天你就好好照顾她吧。"

"我听说",陈持弓看向杨执一,中年人的脸温和地舒展着,好像刚刚说的是一句最琐碎普通的家常。

"喏。属下告退。"

……真正拥有力量的人都是如此吧。回去的路上,陈持弓想,也许在义父看来,如神灵般巨细靡遗地掌握一座城池,并不值得夸耀。是啊,他不是早已领教过义父整合情报的本领了吗?对于凉州城发生的事,义父无所不知。

那么,有没有可能,在战斗打响前,义父就已经知道了胡城和突骑施人的媾和?

战争熄灭了凉州城的灯火,陈持弓在碎石与尸首遍地的街道上踽踽独行。雪还在下,雪花落在脸上,化作冰凉的液滴。寒意将思绪变得锋利,那个隐匿的事件链条在黑暗中慢慢显出轮廓。他看到镜塔里穿梭的密信,最开始是萨宝和苏禄可汗达成媾和的协议,后来则是萨宝为了表示诚意向苏禄可汗透露义父的作战计划。正因为知晓了作战计划,得到了萨宝不参战的保证,并且自恃拥有威力巨大的移动火器,苏禄可汗才将计就计,进城与赤水军缠斗。否则,谨慎了半生的草原雄主应该不会如此冒进。一旦突骑施的主力入城,为了有效指挥,碎叶城必然要推进到北城墙附近,那里至少在两座镜塔的引火范围之内。

整座凉州城就是一个巨大的陷阱。面对狡猾强壮的饿狼,猎人唯一的胜算,是诱骗它跳进去。

投诚的萨宝就是最完美的诱饵。

也许……也许此时对胡城的清算，也是计划的一部分。义父本无意屠城，他只是需要有人帮他向众将陈清利害，之后顺水推舟，翦除胡城的武装威胁，顺便清理掉心怀鬼胎的胡城首领即可。

想到这里，陈持弓出了一身冷汗。他惊诧于这种可能性，更惊诧于自己竟然能够设想到这种可能性。

一个趔趄。脚上踢到了什么东西。他压抑着低头看一看的冲动，继续向前走去。

"与我王卒，保界并土。如何不吊，罹此寇虏……身殁名扬，生轻义重……痛兹壮士，翦为国殇……封尸死所，招魂故乡。尚飨。"[1]

站在坟冢林立的荒原上，听士兵肃穆地齐咏招魂葬[2]悼词，陈持弓心中悲怆，几欲涕下。招魂葬为无法找到尸骨的阵亡士兵而行，赤水军的士兵多数都是凉州籍，在此地招魂，也算说得过去。战云未散，一切因陋就简。杨执一命官兵以酒脯时果祭奠，而非以衣物招死者之魂。至于那些有名有姓的死者，则被统一登记造册，统一置办棺椁、安葬立碑。故乡不在凉州的死者，本应归葬故乡，然而由于人数众多，运输不便，也便就地掩埋。活着时样貌身材性格各异的士兵被装进相同材质和款式的棺椁，

①张说《为魏元忠作祭石岭战亡兵士文》。（参见〔唐〕张说著，熊飞校注：《张说集校注》，中华书局2013年版，第1131页。）此处有改动。

②招魂葬是唐代十分盛行的丧葬习俗，是在死者尸骨阙位的情况下，以茅草等材质拟死者之形招魂而葬或以死者、与死者关系最为亲密的亲人的衣物招死者之魂而葬的一种葬法。

塞入由工程傀儡挖出的相同形状大小的墓坑，这一过程不像埋葬，反倒像施工现场。陈持弓不禁想，士兵们的归宿大概就是成为某项庞大死亡工程的零件。当骇人的奇观拔地而起，他们曾经以个体形式存在的痕迹，就这样被轻易抹去了。

这些被抹去的人中，有他曾经的战友。

陈持弓用手背使劲揉了揉眼睛，天地在他的视野里灰成一片，是那种肮脏沉闷、了无生气的灰，比黑色更像死亡。

赤水军有名有姓的死者计四千三百二十二人，无法辨明身份的计三百七十五人。突骑施的死者没有详细计数，但显然远远大于这个数字。他们的尸体被运到凉州和碎叶城之间的缓冲区，载运的铁马首尾相接，如一条死亡长龙，蜿蜒数里。昨天下午，浓烟染黑了远方的天空，那是突骑施人在焚烧战死者。传统的突厥丧葬，要有停尸陈礼、走马剺面①、待时而葬等步骤，但战场上同样简单处理，集中焚烧尸体后，行哭祭之礼。从午后至子夜，陈持弓耳边都有哭声萦绕。照理说，碎叶城已经退去如此之远，在凉州城里，本不该听到哭声的。

可是，那是一整座城在恸哭啊。

恸哭的又何止是碎叶城，他想。凉州城里那些全家死难的平民，又有谁为他们招魂？

哭祭之后，碎叶城便向瀚海的方向退去了。此役之后，突骑施精锐尽失，几年内应无力东侵，凉州暂时安全了。但是，大唐内部的波涛又何时能够平息？在杨执一借用了镜塔的力量之

---

①是突厥丧礼的中心仪式，祭者骑着马边绕帐边哭，哭祭者绕帐一圈至帐门之时，勒缰下马，对着死者以刀划面，放声恸哭。

后，影国是否会有动作？

一切都是未知数。

远远地，他望见了主帅的牙旗。赤水军并未羞辱敌人的尸首，而是悉数送还。对于突骑施这个强大的敌人，杨执一给予了最大的敬重。对于所谓的背叛者，他也表现出了高贵的仁慈。用七名"首恶"的人头换取胡城乃至整座凉州城的安宁，对绝大多数人来说，这当然是仁慈。只不过，陈持弓轻轻叹气，对另一些人来说，仁慈并不是加加减减的算学题。

他想到了莫潘。自那日将她从战场上救下后，又过去了三天。三天里，女孩儿醒醒睡睡，一睡就是好几个时辰，在昏睡的间隙偶尔醒来也是神情委顿，一语不发。看她的样子，不像是不想说话，而是说不出来。请来郎中，也瞧不出个所以然，只说有可能是受惊导致失语。

"某医得了皮肉骨骼的伤，可医不好心病啊。"白胡子老头如是说。

心病。看着莫潘日渐消瘦，陈持弓懊悔不已。我不应该送她那把弓的，没有弓，她就不会加入那场战斗，也就不会有今日的状况……可是，莫潘为什么会出现在算城的防线呢？他心里其实早就有了答案，只不过无法向莫潘求证。

这样也好，他想，压在我身上的负罪感已经够多的了。

葬礼结束时天已黄昏，陈持弓骑马回到住处。屋子里收拾得干干净净，不见莫潘。他在桌子上找到一张字条，上面写了一行娟秀的粟特文：陈持弓，我回家去了。莫潘。

家。陈持弓捏着字条愣了一会儿。女孩儿曾对他说过，学院就像她的家一样，可那个家毕竟太远了，以她现在的状况不可能回得去。

而她的父兄又杳无音信……

那么，就只有那个地方了。陈持弓的心悬到半空。他出门，上马，往胡城的方向。一路疾行，踏过道路上的残砖断瓦，扬起黄色烟尘。远远就看到了胡城，它并未如他想象那般，提起青灰色的砖石裙裾，携着楼宇、庭院、街道和攀附其上的人群，从这个不再欢迎它的城池逃跑，逃到广袤的荒凉和未知中去。它还在那里，城墙完好，孤傲地盘踞在半毁的凉州城之中。马蹄嘚嘚，带他走向胡城大门，只见那大门上悬着七颗人头，飞蝇缭绕，已开始腐烂。不过，这并不妨碍他认出最中间的脸，是那个叫作"安阿了"的胡人。此刻，安阿了正瞪着湛蓝的眼睛，在风中轻轻摆荡，偶尔与旁边的头颅轻轻相碰，仿佛在用活人无法察觉的方式交谈……惩办首恶。呵呵。陈持弓只感到荒诞。萨宝，战争中最应被惩办的人还好好活着，没准儿正躺在胡姬香软的怀抱里。位高权重者从不作恶，他想，他们只会被蛊惑、被胁迫或者犯糊涂，所有的罪过都是别人犯下的——这个"别人"可能是实实在在的人，也可能只是想象出来的概念。为了生存下去，这个世界的主导者并不介意把利剑挥向虚空，或者，把"别人"吃掉。

眼前这七颗头颅就是萨宝的粮食。

城门口站着执长槊、挎连弩、着瓷甲的赤水军士兵。除此之外，再无他人。凉州之战后，胡城事实上已被军事管制，人员出入都颇为困难。但莫潘不在此处，只能假设，她已经入城。比起出城,胡人入城毕竟要容易一些。陈持弓又催马向前走了几步。抬起头,视野中的安阿了只是一团模糊的血肉。如果不是他劝阻都督攻城,这个待莫潘如女的男人会死吗?他的嘴唇抿成一线。唐军攻陷胡城,安阿了大概也难逃一死。可是,在宏大的死亡工程中,个体的死不会如此刻这般,被残忍地凸显出来。刚刚莫潘到底是怀着怎样的心情仰望安阿了的头颅呢?陈持弓觉得自己可以想象,但又无法完全想象。

心口钝痛。

看到他靠近,几个正在说笑的士兵端正了身姿表情,以目光向他致意。可他们的目光很快便越过他的头顶,停在远处的某一点。他回过头,远方腾起的黑色烟柱撞入他的视野,烟柱之下,橘色的光晕点亮了刚刚涨潮的夜幕。

"失火了。"他喃喃道。

是算城方向。不祥的预感弥漫开来。他向大门后的胡城投去最后一眼,莫潘的身影并没有奇迹般地出现。也许这就是结局了,他想。隔着一道门,却再也无法望见彼此……不,他们之间隔的不是一道门,而是时代的巨浪、层层叠叠的死亡、无法解释的执念。莫潘做出了她的选择。她退回到属于她的世界,不管这个世界是温暖、荒蛮,还是满目疮痍,总好过无止境的漂泊。

也许……这是最好的结局。

他催马向算城疾驰而去。

还是在那间书房。布局陈设丝毫未变,桌案上摆了绿莹莹的茶水，一口未动，早已凉透。杨执一背手立在窗前，陈持弓进屋后，他转身，脸上挂着稀薄的笑意。还是那间书房，但已恍如隔世，陈持弓想。咫尺相对时，义父的苍老显露无遗，就好像虽然他带领凉州城在战争中幸存下来，却从死神手中借贷了太多时光，必须速速偿还。

"持弓，你可知我为何唤你前来？"杨执一问道。

陈持弓摇了摇头。那夜的火灾将算房化作一片废墟，算机被毁，应用于战争傀儡的算帛无一幸免。清理与重建任务繁重。这些天里，陈持弓几乎都在算房的废墟上忙碌，见到杨执一的次数屈指可数。凉州城的首脑要处理战后事宜，自然日理万机，而算房的意外失火，让义父刚刚舒展几分的眉宇又皱缩起来。陈持弓心怀愧疚，几乎不敢直面义父。好在杨执一也没有余力去注意下属的反常——在战争里，反常反倒成了一种常态——只是以公事公办的口吻对他下达命令。

直到这天早上，杨执一遣人命他来都督府里。

"这火真是毫不留情。算房损毁事小，可你编制的那些算帛，也被烧得一干二净。"杨执一说道，"你可知道，这些算帛，本来是要献予圣人的？"

陈持弓点头。

"持弓，那天晚上，你也去了现场。"杨执一的目光陡然凌厉，"为什么要放王仪走？"

他身子一凛，"都督，属下——"

"这里只有我们两个人在，叫我义父。"

"义父……"

"告诉我,为什么。"

为什么。陈持弓低下头,肮脏的鞋尖在蒙尘的光线中瑟缩着,一如那天夜里被他逮到的王仪。彼时,算房周围已被灭火铁马和忙乱的官兵挤得水泄不通。灭火铁马是大唐的新式灭火装置,装备了水箱和活塞溅筒,水箱供水,热机驱动活塞,活塞压缩溅筒中的水体,可喷出七八丈长的水龙。十数条水龙在空中交织,化作疾雨落在燃烧的算房之上,火势竟然不减,像是要把整个黑夜都一起点燃。耳边满是建筑的坍塌声和人的嘶吼,战争似乎并未远去,它盘旋在陇右大地之上,以女孩儿的失语、以高悬的头颅、以冲天的烈火显现自身。王仪躲在火场旁的小巷里观望,在战争残影的遮蔽下,他大概以为不会有人注意到自己,所以当陈持弓突然出现在他面前,揪住他的衣领,他立即浑身瘫软,甚至没有挣扎一下。

"火是你放的?"陈持弓问。

王仪的嘴唇嚅动着,发不出声音。

陈持弓满心鄙薄与厌恶,同时也感到疑惑。唐律对纵火量刑极重,算房又是军机重地,谁能想到就是这样一个卑微瑟缩的人,竟做出此等亡命之事。既然勇气无法解释他的行为,那么答案就只有一个。

——恐惧。王仪恐惧算房里的那些算帛,恐惧它们即将创造的世界。

想到这里,陈持弓松开了手。王仪莫名其妙地看着陈持弓,而他扭过头去,"你走吧。我不曾见过你。"

所以,究竟为什么要放王仪走?是因为他和王仪怀着同样的恐惧吗？可他明明知道，真正的噬人兽并不在算房里。

难道说，他对自己背负的使命产生了怀疑？

不，不应该是这样。与其承认这一点，不如叫他去直面死亡。

"我……"脚尖动了动，"我不知道。"

杨执一叹了口气，"持弓，到头来，你还是二十年前那个在夹墙中瑟瑟发抖的小男孩儿啊。我早就该明白，命运强加给你的东西，并不能改变你的内里。我可以把你训练成一名猎手，但没法强迫你从心底接受这个身份。"

陈持弓还想说什么，可杨执一已经背过身去。他面前是那幅大唐地图。杨执一有个习惯，每当心绪烦乱时，他总会长时间地凝视地图，仿佛那些点、线、文字和标记有镇静之效。陈持弓想，和一个人能够观察和占有的具体时空相比，地图是多么抽象啊，可是，又有多少具体的人生建筑在这些抽象的符号和线条之上——大唐，这两个字究竟意味着什么，此刻在陈持弓心中，忽然漫漶不清。

"你随我来。"长时间的沉默后，杨执一低声说道。

陈持弓跟在杨执一身后出了书房。义父是要把我交与法曹①查办吧。如是想着，陈持弓只觉一阵轻松。可是没人上前捉拿他，全副武装的士兵见了两人，行礼如常。就这样径直走到都督府的大门外，宽阔的主路上，已经停了数匹铁马和一队骑兵。

"持弓，去长安，现在就动身。"

陈持弓怔怔地看着杨执一。

---

①唐宋时为地方司法机关。在府称"法曹参军事"，在州称"司法参军事"。也称司法官为"法曹"。

"我有一个猜测，真正重要的东西其实并没有被烧毁。"杨执一目视前方，"学院之战，金桃虽然不知所终，但你把它的思想带了回来。和突骑施人交战前，你在做的事情，就是用这一思想改进战争傀儡的算帛——我猜得没错吧？"

陈持弓不语。

"不说话，就是承认了。金桃如果是一种思想，那么大唐最了解它的人便是你，能够将之化为经纬的也只有你。所以对圣人来说，你就是金桃本身。"杨执一转过头，冬日的天光下，目光如漆黑的深潭，"陈持弓，我要将你献给圣人。"

利用可以利用的一切，这才是义父啊。陈持弓心中释然。我就是金桃，是凉州大捷外义父送给圣人的另一份大礼。"活下去。"现在想来，义父对他说过的话原来别有深意。如果他死了，就不成其为礼物了。

可是，他不甘心就这样被杨执一摆布，"义父，您就不担心我在途中出什么意外吗？"

杨执一笑了，"胡城里的莫潘是你很好的朋友吧？若是你出了意外，她大概会伤心的，做出过激的事情，也不奇怪。"

陈持弓沉默片刻，"明白了。属下会安全到达圣人身边。"

"不只是安全到达，你还要安全回来。"

呵。陈持弓在心中苦笑。这时，有人从铁马上走了下来，远远地对陈持弓招手。他瞪圆眼睛。

"伊嗣？"

杨执一点点头，"名义上，你是护送波斯贵人回京师——有去有回，也算是善始善终。"

善始善终。在一条即将沉没的船上，又如何做到善始善
终呢？

陈持弓低头，叉手。

"喏。"

第二十七章　伊嗣

大云寺。香烟缭绕，灯烛幽暗，僧人们为凉州之战的死难者超度诵经之声不绝于耳。正殿后的僧房简陋，只以竹席和凉水待客。那个叫"无念"的僧人与伊嗣和老人对坐，两指不停拈动念珠，表情疏淡。

"两位施主从胡城来大云寺，想必并不轻松吧？"无念眯着眼睛问道，用的是粟特语。

"确实费了些力气。"老人说，"凉州一役后，这里的唐人已经不再信任胡人。反之亦然。"

"你的目的达到了。"

"是我们的目的。"老人纠正道，"如今大唐的每座大都市里，胡人社群都风声鹤唳——在大唐内部埋下混乱的种子，这也是影国乐于见到的吧？"

无念微笑不语。

如果单看外表举止，有谁能想到，这清隽优雅的僧人竟效忠于影国？伊嗣瞄着无念的脸，后者回看过来，他的目光便避开了。莫潘曾和他提起过这个人，但未曾谈及他的真实身份，想来一直被蒙在鼓里。莫潘很可能并不知道，这人不只效忠影国，还是大唐的探子，而且没有刻意隐藏身份。他是如何让即将开战的双方都容忍自己的存在呢？伊嗣想不明白。

抿一口凉水后，老人倾身向前，"此次冒险出城，是想和知客确认影国的决心。"

"既然大唐皇帝已经跨过了界限，影国就没有理由不出手了。"无念说，"所有经纬都会在除夕夜之前就位。"

"妙极。"老人拊掌道，"长安城除夕夜的花火，可真是令人期待啊。"

"阿弥陀佛，施主果然对毁灭情有独钟。"

"这世界若只有善神阿胡拉·玛兹达，他一定会寂寞的吧，所以恶神安格拉·曼纽的存在是必要的。"老人咧了咧嘴，"创造，毁灭，重新创造，再次毁灭……平静从来不是世界不断超越的动力，争斗才是。"

"超越。"僧人垂下眼睑，半晌不语，似是在聆听诵经之声，"施主难道不觉得，这超越的代价有点太大了吗？"

老人哼了一声，"知客若真是慈悲为怀，当潜心修佛，又何必投身争斗不休的尘世？"

无念一怔，"……是啊，何必？"

沉默。两人各自喝水，动作之缓慢，像是在品尝滚烫的酽茶①。困意漫了上来，伊嗣打了个呵欠。无念看向他，好像刚刚

---

① 浓茶。

意识到他也在场。

"伊嗣大人也要参与计划？"

"他是计划中必不可少的一环。"老人说。

伊嗣眨了眨眼。老人为何如此笃定他会参与圣火之子和影国的计划？他虽然是萨珊王族，却也是不折不扣的唐人。之前，老人可以利用他受伤时的懵懂操控他，可现在，即使他不再是从前的伊嗣，也已经完全清醒了。这个唯恐天下不乱的老头凭什么认为，他会站在实质上的母国的对立面，和大陆上最有权势的君主为敌？

"伊嗣大人似乎不爱说话？"无念问道。

"他在战争中受过伤。"老人意味深长地说，"每一个直面过死神阿卡·玛纳的人都懂得谦卑。"

"原来如此。怪不得伊嗣大人和贫僧听说的不太一样呢。"

伊嗣看着无念。

"从撒马尔罕逃来凉州的一路上，贫僧有一位叫作'莫潘'的旅伴，她和伊嗣大人应该是很好的朋友吧？"

伊嗣心头一热，轻轻点头。

"她对贫僧讲了很多伊嗣大人的事。"

"她都，"伊嗣努力表现得波澜不惊，"讲了什么？"

"讲你们在学院的学习，讲你说过的笑话，讲你在突骑施人那里操练弓马的情景，诸如此类。"无念的眉毛弯着，"在她的讲述中，伊嗣大人是一个活泼开朗的少年。"

"就只有这些？"

"伊嗣大人还想知道什么？"

伊嗣怅然若失地摇了摇头。

无念话锋一转，"说起来，贫僧许久不曾得到莫潘小施主的消息了，不知她是否安好。"

"她在胡城。"伊嗣顿了一下，"我会照顾好她的。"

无念默默看了他一会儿，双手合十，"阿弥陀佛，善哉善哉。"

之后老人和无念又谈了很久，谈计划的细节，约定镜网潜层的通信口令，等等。伊嗣心绪飘忽，莫潘憔悴的模样在他心头盘旋。他和莫潘，他们都回不去了啊。走的时候，夜色已深。无念送二人出大云寺，暗淡的月光下，人影如同幽魂。踏佛音而行，伊嗣一时有些恍惚，以为自己正走在生与死的狭路上，周遭不是地狱或天国，而是无尽的虚空。直到出了寺门，尘世坚实又污浊的质感才重新占了上风，伊嗣大口呼吸。在街道上走出几步，无念在背后叫他。

"伊嗣大人，贫僧想起来了，莫潘还说，你很困惑。"

"困惑？"

"伊嗣大人不必挂怀。这世上有谁不困惑呢？有困惑才有求索。你的求索之路还很长，望好自为之。"

说完，无念便转身走入寺门。这和尚说话云山雾罩，伊嗣在原地默立，头顶嗡嗡作响。他压抑着触摸金属头壳的冲动。

大云寺在凉州城东北角，胡城位于凉州城中部。以前乘铁马，旅途总是倏忽而过，可如今凉州凋敝，铁马太过显眼，两人只能步行，伊嗣这才感觉到路程之远。一开始，两人只是低头赶路。很快，在单调的脚步声外，伊嗣听到了另一种声响，那清冷的铃音，像影子一样跟随着他们。

还有熟悉的、令人作呕的气味。

是玛纳。他想。我有半个死神做护卫……不，也许她就是纯粹的半神，只不过暂时站在我这一边。若是我表露出反抗的意图，她大概会毫不手软地把我从世界上彻底抹去吧。

脖颈上泛起一层寒凉。

"应该差不多了。我有九成把握，杨执一处理好战后事宜，会立即送你回大唐皇帝身边。"走在前面的老人忽然开口说道，"也唯有如此，我们的计划才能顺利实施。"

他的脚步顿挫一下，追了上去。

"那个叫'莫潘'的姑娘，你很在乎她，对吗？"老人头也不回地问道。

伊嗣默然。

"和你说一件好玩的事情。"老人的话音中带着森冷的笑意，"我发现杨执一的探子在监视那姑娘。这只老狐狸在耍什么把戏，还真让人捉摸不透呢。"

老人停步，回头看伊嗣，"嘿嘿嘿，这一次，我就偏不遂他的意。伊嗣殿下，你带着莫潘去长安。"

伊嗣愣住，"这……"

"你看起来不太高兴啊。"

"可莫潘受了伤……"

"这世上有比受伤可怕得多的事情呢。"老人的笑容淡去，"把她带在自己身边，总归比留在这里要安全一些，伊嗣殿下，你说呢？"

此刻，伊嗣似乎明白为什么老人对他的驯服那么有信心了。

他咽下一口唾沫，喉咙里溅起空洞的回响。

回胡城的路还很长。

伊嗣觉得，有些不动声色的人并非善于隐藏感情，他们之所以戴着一副缺乏表情的面具，正是因为他们的情绪更容易被他人洞悉。此刻的陈持弓就是一个活生生的例证。当他走进铁马的轿厢，认出了坐在对面、黑色兜帽下的莫潘，他的面具裂开了一条缝，惊讶、欢喜和困惑从那条缝里倾泻而出。有那么一瞬间，他的脸不知所措地扭曲着，那大概是一种突然赤身示人的尴尬和惶惑。伊嗣暗暗发笑。凝视莫潘几个心跳之后，陈持弓才把脸转向伊嗣。

"她怎么在这儿？"

"莫潘和我们一起去长安。"

陈持弓的脸终于恢复了往日的僵硬，"我问的是，她怎么会在这儿？"

"会"字被着重强调。伊嗣听懂了，"我有一个叫玛纳的……朋友，不开口的话，她和莫潘还是挺像的，稍微伪装一下便可乱真。这会儿，她应该在胡城里的安阿了家吧。"

"安阿了家？"

伊嗣心头一紧。他用余光偷瞄莫潘，女孩儿一动不动，苍白的手指紧紧抠住怀中的木匣。陈持弓也注意到了木匣，或许还有它散发出的难闻气味。他皱起鼻子。

"莫潘，这是什么？"

他在对莫潘说话。很好的尝试，伊嗣想，可惜没用。莫潘拒绝口头交流，一开始是因为说不出话，到后来，伊嗣猜测，失语变成了一种有效的自我保护。

莫潘果然不语。陈持弓眉头紧蹙。沉默笼罩下来，只有热机和车轮喋喋不休。伊嗣看向窗外，雪的白和大地的黄混合成了雾蒙蒙的灰，浩瀚地向远方绵延，仿佛没有尽头。所谓的文明，不过是蛮荒天地间的一丝点缀啊，伊嗣没来由地想，而有的人却迫不及待地想将它抹去。

"持弓兄，我们能不能停一下？"他问陈持弓。

陈持弓扬起眉毛，"才走了不到一个时辰。"

"走得太远，我怕他找不到回家的路。"

"他？"

伊嗣朝莫潘怀里的木匣扬了扬下巴。陈持弓看了过去，目光又继续向上，在莫潘脸上停留片刻。或许是隐隐猜到了什么，他扳动轿厢里的字母盘，停车的命令通过有节奏的汽笛声传至整个车队。

在荒野里生火并不容易，还好陈持弓手里有加注了岚气的引火机。取出木匣中的头颅，然后拆解木匣，用得到的木条搭起一座小小的寂静之塔，再将头颅垒放在塔上，在塔中添加枯草和岚炭。莫潘虽然不说话，但手脚麻利，动作精准。不一会儿的工夫，火就熊熊燃烧起来，安阿了的灵魂随着浓烟升上天宇。远处的兵士投来疑惑的目光，陈持弓摆了摆手，示意他们专心警戒。

"你们偷了胡城大门上的一颗脑袋。"陈持弓盯着几步外嘴唇翕动的莫潘，说道。

"是换了一颗。"伊嗣说，"别问我那个顶替安阿了的脑袋是谁的。只要不拘泥于细节,玛纳总有办法。"

"这是莫潘的愿望吧?"

"如果不把这件事解决,她没法安安心心地跟我走。"

"为什么要带着她?"

伊嗣望着莫潘,她的面部轮廓在受热膨胀的空气中微微扭曲着,"这是她自己的意愿。凉州之战前,镜塔里传来消息,她的父亲和哥哥已经到达长安。"

"所以她是要去寻找家人。"

伊嗣点头。安阿了、翟嫂和欢儿也曾是莫潘的家人,他想,如果不是翟嫂表现出那么深的敌意,她应该愿意留在凉州吧。安阿了死了,但这和莫潘有什么关系?那个丧夫的女人难道认为,莫潘的只身参战影响了战争的结局?这简直无法理喻……也许,也许他把事情想得过于复杂了。对于很多人来说,仇恨是悲痛和愧疚的解药,为了医治自己,他们并不介意用仇恨毁灭他人。说起来,这道理还是老人教给他的。阴暗的人自有阴暗的想象力,而缺乏这方面的想象力,用老人的话来说,"是对生存大大不利的。"

"持弓兄。"伊嗣看向陈持弓,"莫潘为什么变成这样?那天在战场上,究竟发生了什么?"

"莫潘射伤了苏禄可汗的女儿,"陈持弓声音低沉,"她曾经的好朋友。"

"原来如此……"伊嗣若有所思,"可是你为何要说'曾经'?"

陈持弓皱起眉头。

"持弓兄莫要见怪。我只是想起在学院的时候,我们三个也算得上是朋友吧，那可真是一段好时光。如今，我们都回归到各自的命运之中，认领了各自的伤痕，那份单纯的友谊，也只能是曾经了。"

火在这时熄灭了。安阿了的头颅化作一堆灰烬。莫潘对着灰烬发呆。

"可是你、我、莫潘，我们终究还是同一类人。"伊嗣的目光停留在莫潘脸上，"和那些企图操控我们、利用我们的人相比，我们的相似远远大于不同。那些人自私、精明、强大、残忍，用理想掩饰私欲，视人命如草芥，可悲的是，世界恰恰就掌握在他们手中。在他们面前，我们是那么脆弱无助，简直如同蝼蚁；但是蝼蚁亦有自己的意志，它不想就这么轻易认输。"

"……你在说什么，我听不懂。"

他笑了笑，"持弓兄，你有要守护的东西吗？"

陈持弓一怔，点头。

"那么，为了所有的宝贵之物，我们结成同盟吧。"他向陈持弓伸出手，"蝼蚁的同盟。"

陈持弓面无表情地看了他一会儿，转过身去，"该动身了。"

伊嗣苦笑。待他和莫潘一前一后上了铁马，陈持弓在轿厢外对他说："你和莫潘坐车，我骑马。"

想必是不想一路上面对失语的莫潘吧，伊嗣想。强硬如陈持弓，也学会了逃避——也许他的强硬也是伪装的。

呵，虚伪的蝼蚁。

车队走得很快，各个关隘都迅速放行。晚上在驿站休息的时候，士兵们戒备的森严程度甚至超过往撒马尔罕的去程。伊嗣猜测，这大概和大唐近期的动荡有关，但是在一路上他并没有感受到和以往不同的氛围。在伊嗣看来，帝国机器一如往常：镜塔、风轮、水轮和热机稳定地运转，宽阔的运河中千帆竞渡，官道上铁马首尾相连，将粮食、陶瓷和石炭源源不断地运往帝都。每一座城市中都满是平安富足的人们，刚刚发生的战争似乎并未在他们的生活中掀起波澜。老人所说的动荡，到底在哪里呢？伊嗣遍寻不见。不过，当他耐不住寂寞，央着陈持弓带他到沿途的市镇闲逛时，偶尔会遭遇戒备的目光。大唐境内的汉胡已经不再相互信任，这也许是一点点端倪，伊嗣不确定，毕竟这样的目光在他的生命中并不鲜见。

至于莫潘，在安葬安阿了之后，她似乎稍稍放松了下来，虽然依旧不说话。在枯燥的旅程中，她会拿出草纸，时而蹙眉沉思，时而奋笔疾书，满纸的算学符号，对伊嗣来说如同天书。他很快就放弃了解读的幻想，算学家有他们自己的世界，像他这样资质平平的人，还是敬而远之为好。

换作陈持弓，会不会理解莫潘在做什么呢？伊嗣有些好奇又有些嫉妒地想。不过这个假设无法验证。陈持弓偶尔与他说话，而对莫潘，他只会报以沉默的目光。不动声色的人并非善于隐藏，在察觉到陈持弓目光中那几乎绝望的疼痛后，伊嗣更加坚定了自己的判断。

几天以后，车队到达岐州[①]，距离京师只有一步之遥。许多商队在此地歇脚，为的是省出长安一夜的住宿费。入城时，车队意外受到了武侯的盘查。武侯带着隆隆作响的傀儡同伴搜了铁

---

① 辖地在今陕西周至、麟游、陇县、宝鸡、太白等市县地。

马，还用便携式算机验证了伊嗣和莫潘的算帛过所。领队的武侯打量了莫潘好几眼，伊嗣一阵紧张。好在有惊无险，莫潘并未受到盘问。检查过后，领队略带歉意地对伊嗣说："将军①勿怪，卑职也是奉命行事，要缉拿一名胡人女子。"

伊嗣扬起眉毛，"胡人女子？"

"正是。那胡人女子四十岁上下，前几日在岐州行骗，坑了好些商队。"

伊嗣来了兴致，"行骗？"

"将军或许不知，岐州是西域花火进入长安前的集散地。那女子大肆购买此地的西域花火，收购价远远高于市价，并以钱帛结算。商人们一开始还欢天喜地，以为捡了大便宜，可后来发现，钱帛是伪造的，其伪造技艺之高超，竟骗过了商队自带的核验算机。"

伊嗣心念一动，"除了西域花火，那女子可还购买其他货物？"

领队摇了摇头，"据卑职所知，没有了。"

"奇怪。"伊嗣沉吟道，"有伪造钱帛的技艺，为何要购买不易运输与销赃的花火呢？"

"谁说不是呢？卑职认为，只有将那女子捉拿归案，才能弄清楚究竟。"

不管这个女人是谁，想要干什么，你们最好抓不到她。伊嗣点着头，心中升起缥缈的期待。

---

① 唐人以"大人"指代父母，故领队不称伊嗣为"大人"，而是称其"将军"。这是根据朝廷授予他的官职，即左骁卫将军来称呼的。

第二天一早,车队抵达长安。从开远门入城,前来迎接的一队羽林军早已等在那里。简单交接后,为首的羽林军军官上前对走下铁马舒展筋骨的伊嗣说道:"将军,圣人命你到'九婴'行宫觐见。"

那军官是伊嗣儿时的玩伴,伊嗣对他挤了挤眼睛,"恤之,圣人现下在广运潭?那我正好顺路回趟家,看看阿爷和阿娘。"

"圣人命你速速前去,不得延宕。"军官垂下眼睑,用公事公办的口吻说道。

不像是可以通融的样子。伊嗣叉手道:"喏。"

他回到铁马上。汽笛鸣响,车队开始缓缓东行。终于回到日思夜想的故乡,他没有如想象中那般激动,反而感到了一丝不安,这不安大概源自对新皇帝的想象和对权力的天然敬畏。伊嗣啊伊嗣,你这蝼蚁。他暗暗嘲笑自己。自嘲冲淡了些许不安,他看向莫潘,女孩儿正呆呆地凝望窗外景色。这座伟大的城市会震撼每一个初见它的人吧,他不禁想。那林立的城垣门阙、宫殿楼阁,那整齐平坦的街巷道路,那川流不息的人流车流,那披挂瓷甲、威风凛凛的傀儡武侯。在游览过大陆上诸多城市之后,伊嗣可以很有把握地说,长安城的气度无可比拟,它的宏大与严整,是宇宙秩序在唐人心中的具象;它的包容与烟火气,则是大唐力量的优雅展示。

伊嗣闭上眼睛。在嘈杂的人声下,他听到持续而稳定的窸窣声,有如夏夜的蝉鸣,这声音与他十九年的人生紧密相连,令他心安。我并不是一无是处啊,他在黑暗中慵懒地想,我的听力过人，能够敏锐地分辨音调和音色，这项天赋让我能够轻松掌握一门语言，也让我能够察觉到长安城的窃窃私语。和撒马尔罕、凉州这样的城市不同，长安城从不把机体的运转袒露在它的景观之上。在深埋地下的钢管中，振丝日夜振动不息，用经纬学的语言编织这座城市的信息之网。长安一百零八坊，每坊皆有处理振丝信息的音房，音房中的算机将信息分拣归类，连通从宫城到曲巷的每家每户。这便是蝉鸣声的由来。除此之外，长安城十七座岚气房亦通过地下钢管向街灯与家户送气。每当入夜，满城的岚气灯尽皆点亮，被青瓷灯罩浸染的光，使整座城市散发出如玉的色泽……

莫潘会在这里逗留很久吧……如果她的父兄在此安家，那就是永远。她一定会爱上这座城。伊嗣微微睁开眼睛。女孩儿依然看着车窗外，嘴唇微启。此刻，车队正行经皇城，刚过了朱雀门，五丈高的金色佛像就从青瓦与重檐上探出头来，慈悲地俯瞰着这一队疲惫的旅人。长安城也不是全然谦逊的，伊嗣翘起嘴角。城中材质不一、造型各异的巨像就是例证，最常见的是佛像，亦有本土和异邦的神灵、传说中的动物，没有什么比奢靡而无用之物更能凸显大唐的力量和野心了。很快，莫潘就将看到更加宏伟的工程。

禁苑东北有一片海，官方名称是"广运潭"，而长安人喜欢骄傲地称它为"海"。骄傲是有理由的，这方圆十数里的水体在二十年前并不存在。大唐开国以来，漕运大兴。为了停泊从关东地区漕运物资的、越来越多的船只，以为转运，朝廷征发数万民夫与数百台工程傀儡，历时数年，在浐水西侧开凿运潭，东截浐水、灞水，西引渭水，合注此潭，是为广运潭。此刻，车队沿堤岸行进。数不清的船只挤满波光粼粼的水面，船帆、桅杆、装卸傀儡的吊臂与车船转动的明轮遮天蔽日，宛若一座海上之城。在堤岸的尽头，是名为"永丰"的巨型粮仓，方身圆顶、灰色外墙，即使遥看也能感受到它的庞然。据说，永丰仓由粉垩煅烧制成的灰泥营建，这种材料是国子监的丹学家受古代罗马建筑启发研制的，具有优越的抗压性能，且易于塑形，已被长安城多个大型建筑采用。

挖一片海，建一方海上之城，垒一座丰收巨塔——除了大唐，大陆上还有哪个国度能创造出这样的奇迹？

而这样的国度，伊嗣的心中忽而降下阴霾，正是影国和圣火之子所惧怕的吧？

正胡思乱想着，目的地已近在眼前。

"莫潘，你看到那艘大船了吗？那便是'九婴'，圣人的海上行宫。"

莫潘顺着他的手指看去。在熙熙攘攘的泊船中，那艘金色巨舰鹤立鸡群，就算没有特别说明，她也绝对不会认错。

"莫潘，我现在要去船上觐见圣人，你在这里等我。觐见之后，我便带你去怀远坊找寻父兄。"伊嗣说道。

女孩儿木讷地点头，顺从的样子令他感到一丝心痛。

他和羽林军官共乘一艘小型车船，摆渡至"九婴"。这不是伊嗣第一次登上"九婴"，可当他与船首的狰狞凶兽——那是神话中的九婴——对视，当他走过披甲执戟的卫士和乌黑的重炮，他的小腿还是有些发软。没什么好羞愧的，他安慰自己，这是普通人对权势的自然反应，而激起这样的反应不正是"九婴"存在的意义吗？这座辉煌气派的海上行宫本是岭南道所造的楼船，长三百步，建楼三重，以金粉涂刷，又有飞檐阁道，可奔车驱马。你若以为它只是供皇帝玩赏的样子货，那就大错特错了。"九婴"装备了四台重型热机，分别驱动四个水轮，又以数台算机协调控制，令这头庞然大物行止转向自如。船身两侧各有九门重炮，是国子监根据大食技术改良而来，威力与精度俱佳。船身主体虽为木制，但运用了先进的钉接榫合工艺，置多个水密隔仓，又在重点部位覆以连缀瓷甲，确保坚固且经久耐用。除此之外，"九婴"上还有上千羽林军，由于长期驻扎水上，朝臣们戏称其为"鱼鳞军"。作为禁军中训练有素的精锐，"鱼鳞军"可水战、可接舷，精通水性，弓马娴熟，战力不容小觑。可是，若是追求战力，这船上为何没有长安城随处可见的傀儡武侯？五年前第一次登上"九婴"时，伊嗣对父亲提出了这样的疑问。父亲似乎对伊嗣的问题很满意，他微微笑道："傻孩子，这里没有傀儡武侯，正因为它们在长安城随处可见啊。"

时至今日，伊嗣依然不理解父亲的回答。不过答案并不重要，重要的是，那是父亲难得对他流露温情的时刻，他将这个场景埋在记忆深处，即使头部重伤，也未曾忘记。

父亲，我回来了，两手空空，残破不堪，你还会对我微笑吗？在被引着走入位于船楼三层的朝堂时，伊嗣还在想。当森严的气息扑面而来，还未看清御座上的人形，宫廷生存的本能便苏醒过来，他不假思索地以头触地，行稽首礼，"臣伊嗣，参见陛下。"

"……伊卿平身。"

伊嗣缓缓起身，依旧低眉。视野里，薄瓷灯罩的岚气灯温润地照着，满墙满壁游走的龙纹依稀可见，暗金色的博山炉喷吐着森森白烟。伊嗣嗅出，主调是紫藤香，又混合了其他几种名贵香料，香气淡雅绵长，不招摇却底蕴十足，是他印象中的皇家气派。屋中有几人，正默然跽坐①于御榻下首。他认不全，只知都是皇帝近臣。至于那个御榻上的人，他用余光和想象描摹：年轻、英俊、威严。虽然在伊嗣离开长安时，他只是诸多皇子中并不出众的一个，但现在，他的身上已经笼罩了一层天命的神圣光晕，这光晕甚至可以穿越时光，为他从出生至今的人生镀上一层宿命论的必然。

呸呸呸！这么想真是大逆不道。

皇帝开口，语速缓慢，声调低沉，"朕听杨执一说，卿参与了康国与大食的战争，回到凉州后，又恰好经历了与突骑施人的死斗。卿这一路，可真是九死一生啊，辛苦了。"

伊嗣叉手道："为大唐效命，臣不敢言辛苦。"

皇帝满意地点了点头，"伊卿，讲一讲你这大半年来的经历吧。西域到底是什么样子，学院和国子监比起来如何，大食人和突骑施人又是怎么打仗，朕很好奇。"

伊嗣清了清嗓子，"陛下，今年开春，臣从京师出发，历时月余，抵达康国……"

他讲自己在学院学到的算学和经纬，讲令自己负伤的那场恶战，讲他被救下后如何辗转到达凉州，讲了他目睹的凉州之战。有一些内容略去了，比如他曾向莫潘吹嘘的虚构战果，比如

---

① 双膝跪下、臀部压住小腿肚和脚踝的坐姿。

老人、玛纳和影路，比如他在萨宝府中当座上宾的日子。只透露部分真相不算是欺君吧，他安慰自己。随即他又感到荒谬，和他参与的那个阴谋相比，欺君又算得了什么呢？在讲述的过程中，他不止一次生出了向皇帝坦白的想法，却又不得不将这冲动按下去——皇权绝对无法容忍背叛，哪怕背叛是由于被胁迫或者只是权宜之计。这是老人向他灌输的思想。伊嗣不得不承认，老人说得没错。有这样一层考虑，即使他不在意自己的生命，在做出任何动作之前，他也得顾念自己在意的那些人。

父亲。母亲。

那个不言不语的女孩儿。

老人打的，想必就是这个如意算盘。

"如此如此，臣便回到了长安。"伊嗣说完，朝堂陷入短暂的沉默。他稍稍抬起眼看皇帝，英俊的年轻人面无表情，一根手指在御座的扶手上轻轻敲打。

嗒。嗒。嗒。

终于，皇帝的手指从扶手上移开。"有趣。卿的经历见闻可作为大唐治理和羁縻西域的重要参考，卿此次西行，可算大功一件。"在他身侧，一位近侍心领神会，动作庄重地展开手中竹简。伊嗣认出，那是皇帝封三品以上官员用的册书，无疑是早已走完三省制书流程，提前备好的。

只听那近侍洪亮地念道："羽林所设，上法星文；军卫之中，号为雄重。称兹选任，不易其人。左骁卫将军伊嗣：勋戚之家，义方之子，发身学剑，馀力知书；早践班荣，累参环列。职近而身弥检慎，任久而心益恭勤；卑以自居，劳而不伐。镇抚远疆，

扬我国威;滞于久次,宜有超升。俾领上军,仍迁右广。统良家
之骑士,训期门之材官。宠任不轻,无堕于事!可右羽林军大将
军。"①

"卿既是禁军统领,又是萨珊王族后裔,一言一行皆代表大
唐与波斯,望卿牢记荣宠与重任,勤勉尽职,不负朕的厚望。"皇
帝说道。

伊嗣伏在地上,"臣定不辜负陛下嘱托,只是……"

皇帝眯起眼睛,"只是?"

"敕旨言,羽林将不易其人。可臣记得,这右羽林军大将军
本是臣父。"

"现在是卿了。"

所有人都在看着伊嗣。他张着嘴,可空气中有某种凝滞的
东西堵住了他的喉咙。皇帝不耐烦地打了个呵欠,人们在此时
知趣地起身告退,伊嗣也跟着他们走了出去。在"九婴"长长的
回廊上,大唐最有权势的官员一一向他道贺,可他总觉得,他们
的目光有些闪躲,有些曲折,甚至有些幸灾乐祸。

"将军,卑职这就送你回府上吧。"朝臣们散去后,接他来的
羽林军官上前叉手说道。

"恤之,你知道对不对?我阿爷到底出了什么事?"

军官为难地皱了皱眉头,"将军……"

"我阿爷到底出了什么事?!"

---

① 此段敕旨主要参考了白居易的《王士则除右羽林军大将军制》。(参见〔唐〕
白居易撰,顾学颉校点:《白居易集》,中华书局1979年版,第1089页。)为了不破
坏敕旨文体的工整与韵味,作者仅对原文做了微小修改,以贴合小说的语境。

军官的喉结耸动，"令尊他……殁了^①。"

黑色的预感成真。剧烈的疼痛在颅顶炸开。伊嗣捂着头摇晃一下，世界在这时倾倒了下来。

---

① 古代对死的委婉说法。

第二十八章 莫 潘

她又来到了那座塔下。她看到低头行走的黑色人形,成千上万,他们似乎在绕塔行走,方向一致,疏密有别,如同黑色旋涡,又如同望天镜里遥远的星系。莫潘想起,这塔一直伸向宇宙的尽头,而宇宙是没有尽头的。那么他们就是在绕着无穷行走了,她想。

她在行人中看到了安铁牛。她上前呼唤,可后者目光呆滞,毫无反应。然后,她又看到了安阿了。呼唤同样不起作用,她心中焦急,走过去伸手挽他,可安阿了的肢体如黑色的水流,从她苍白的手上流过,又汇聚成形。

"不要做徒劳的事了。你们是不同世界的人。"有一个声音说道。

她回过头。黑眼黑发黑袍的女人微笑着看她。

她瞪着眼睛。

"莫潘,你为什么苦恼?"女人说,"因为你履行了自己的命运？"

她点头，想了几秒，又摇头。

"如果宇宙只是个形式化的算学系统呢，如金玄所设想？"女人对她挤挤眼睛，"对于任何囊括于其中的事物，只要明确了初始参数，在既定规则的演绎下，你总会导出确定不移的答案——在这个宇宙中，你没有选择的自由，一切都是注定的。这样想，你的心里会不会好受一些？"

不，莫毗多，你已经证明了这个想法是错误的。她摇了摇头。一个形式系统无法自洽地囊括一切，这个系统里总有缝隙去容纳不确定性，你以无穷和自我指涉作为武器，证明了这一点。这是你一生中最伟大的证明，而我正在试图复原它。

"承认人是受命运摆布的傀儡，真的有那么难吗？"女人仿佛看出了她心中所想，"还是说，你情愿背负所有的罪责，让它们压在你的心头，堵住你的喉咙？"

她咬着嘴唇。她感觉到了眼泪的火热与冰凉。

"真是个倔孩子。"说完，女人低下头去。长时间的沉默后，她又抬起头，眼珠变成了棕黄色。

"那么快走吧，"她用乌玛依的嗓音说话，"我已经受够这没完没了的告别了。"

莫潘发出一声尖叫。

尖叫声从梦境蔓延到现实中。书馆里，有学生对她侧目，有学生掩口窃笑，含奴那张精致的铜脸更是直接贴了上来，玻璃眼珠滴溜溜地转。她急忙坐直，又用袖管揩了揩嘴角。桌上那本莫毗多所著的算学经典有一页翘起了一角，她满怀歉意地用掌心压了压，来自天竺的算学符号古怪地扭曲着。什么时候睡着的呢？夜里躺在床上翻来覆去，白天看书的时候却犯困，浮夜门老师对这样的学生可是深恶痛绝。如是想着，她羞得满脸通红。

含奴直起身，发出咯吱咯吱的声响，只见它胸口的字母盘拼出几个粟特单词：祭酒想见你。

莫潘点了点头，起身，将那本厚书夹在腋下，跟在含奴身后，走出书馆。冷风扑面而来，她瞬间清醒了不少。章祭酒又有算学问题要与她探讨吧？自陈持弓领她来国子监，她从未亲眼见过章祭酒，二者交流，都是通过书写器或者中间人传话，而多数情况下，中间"人"就是含奴。这傀儡的角色，大概和浮夜门老师身边的阿奴差不多。她盯着含奴摇摆的腰肢、肩胛处喷着烟气的热机，这样想着。比起有血有肉的人，大陆上这两位顶尖学者似乎更信赖由算帛和热机驱动的机械。说起这个，有一件事令她疑惑。含奴的身形比阿奴要娇小得多，和正常女人相仿，形体也是按照女性塑造，但只有黄铜外壳，曲线婀娜，不着寸缕——有老夫子说它邪淫，学生们倒是习以为常，章祭酒则对此不置一语。看起来，它娇小的身体里塞不进几卷算帛，但根据莫潘的观察，它表现出的智能，完全不逊于阿奴。

阿奴是金桃的杰作，可没有金桃的大唐，为什么会造出此等尖端的傀儡呢？

含奴停下脚步，转身看她，字母盘上拼出一个问句：怎么了？在想什么？

就像一个真正的人在对你说话。她快走几步，跟上了傀儡。

国子监北临皇城，天子脚下，寸土寸金，国子监面积不大，虽说经过一次扩张，将半个务本坊归为己有，南北也不过三百五十步，东西不过四百五十步，比起学院，小得可怜。国子监虽小，学生可不少。这大唐的最高学府最初有国子、太学、四门、律、书、算六学，后又增设广文、格物和丹学，遂称"国子九学"。唐立国初，国子监以国子、太学、四门为主体，多招收勋戚与官员之子，学生在两千人左右。自先帝始，大唐注重擢用技术官员，律、书、算、格物和丹学的学生猛增，且多为庶人中的俊逸之士，亦有来自新罗、吐蕃、突厥、河中、西域诸国乃至大食、天竺、拂菻的留学生，学生总数超过一万人，教师和管理人员超过三百人。还有学馆、饭堂、食店、住宅、园林和各样机器，都簇拥在这小小的务本坊内。若不是用丹学馆研发的罗马灰泥兴建了几幢多层大楼，还真不知道这些年轻、聪颖、精力过剩的男男女女要如何安置。说起女生，莫潘在国子监见过不少，往往是窄袖短衫的打扮，模样飒爽。据说，国子监以前只收男生，后来是章祭酒的前任和先帝据理力争，才取消了对女生入学的限制。

看来，"女人天生适合学术"这一被河中地区信奉的理念，并不被所有人视作理所当然。

这么多人，再加上街巷窄小曲折，路并不好走。从算学书馆到祭酒宅邸，一路熙熙攘攘，莫潘竟走出些微汗。国子监本就无甚风景，入冬之后，道旁的樱桃、石榴、柳和槐都掉光了叶子，就更显肃杀。

莫潘的心情在这一路上愈加沉郁了。

章祭酒的宅邸在国子监一众高大建筑中并不起眼。说是宅邸，莫潘倒觉得，它更近于寻常殷实人家的住所，还不如父亲在怀远坊置下的新居气派。进了院门，就看到水井、厨房和菜畦，过中门，便是章祭酒待客、居住的堂屋，木质结构，悬山屋顶，五间七架，没有前后廊。莫潘听人说，祭酒是从三品的大官，按照大唐的住宅规制，他可以住气派得多的房子，却偏偏安于陋室，定是个淡然寡欲之人。莫潘深以为然。老师曾经说过，追求纯粹的知识，世上有比这更幸福的事吗？

章祭酒想必也这样认为吧。

由含奴引进屋，明间①最打眼的摆设，是一架铁骨嶙峋的书写器。书写器由机械臂、粟特字母盘、八卦盘和卷纸机组成，靠热机驱动，可输入输出文字符号。除了书写器，明间里就只有一台岚气取暖炉和几把留给客人的筌蹄②。第一次由陈持弓领着来时，莫潘觉得布局十分奇怪。可现在她知道，章祭酒就在明间右侧的次间，书写器通过振丝与次间相连，主客通过书写器双向交流。一年多来，章祭酒身染恶疾，足不出户，生活起居全由含奴照料，而且尽量避免与人接触。如此待客也是为客人着想，知道其中缘由的人，自然不会觉得受到了轻慢。

莫潘坐下，探身向前，拨动字母盘：章祭酒，我来了。

几个心跳之后，机械臂在纸上沙沙写字：这几日在国子监，可还习惯？

习惯。

习惯就好。你研究的那个算学问题，可有进展？

---

① 中国古代房屋内正中的一间。

② 一种高足坐具，隋唐时期多呈腰鼓形。

……我快要成功了。

是吗？我表示怀疑。

莫潘的手指顿了一下：章祭酒，您为何这样说？

机械臂也停顿了一下：因为形式系统是可以自洽的，我在算机里创造了这样的系统，它的运行没有任何瑕疵。

即便如此，你依然需要证明这个系统不存在无法证明或者证伪的问题。浮夜门老师说过，是证明使算学成其为算学。

……说得没错，孩子。你有一个好老师。我期待着你的证明。

莫潘的心头一热。大概只有在算学上，我才能担负他人的期待，她想。当时陈持弓领她来国子监，只说出莫潘的名字，章善德便欣然接纳了她。原来他早就通过浮夜门的经纬信知晓了她，也了解她在无穷领域的研究成果。这些天来，她曾和章善德讨论过关于无穷的计算问题，后者多次对她的洞见表示赞赏。孩子，你一定会取得伟大的成就。我为浮夜门有这样的高徒感到高兴。几天前的一次讨论过后，章善德如是说。可我是一个只会给身边人带去灾难的人啊。听到这话，莫潘苦笑着摇头。含奴转动玻璃眼珠，歪着脑袋打量她。还好，章善德在门的另一边，他看不到。

章祭酒，我有一个请求。沉默片刻后，她再次拨动字母盘。

你说。

我想看看您创造的形式系统。

这个……你会看到的，但不是今天。

就在这时，外面响起了敲门声。

来了。文字从机械臂的笔端流淌出来，带着奇怪的弯折。

这才是今天的正事。

正事？莫潘回过头，只见来人由含奴领进了屋。来人正要低头作揖，忽地一愣，"莫潘，章祭酒呢？"

是哥哥。莫潘朝右侧的次间努了努嘴。

染忽压低嗓门："章祭酒在休息？"

算是吧。莫潘点头。

染忽叉手，躬身，"那是小人唐突了，罪过罪过。"

书写器没有动静。莫潘自作主张地替章祭酒摇了摇头。染忽看向她，"莫潘，今天我来找章祭酒，是要带你回家。"

摇头。这次是替自己。

"你千辛万苦地从撒马尔罕到了长安，难道只是为了见我和父亲一面？"染忽绕过含奴，走到她面前，"莫潘，跟我回去吧。父亲说，会请最好的郎中给你治病。而且——你在这里，不安全。"

哥哥的眼里有阴霾，那是深信危险即将到来的人的眼神。莫潘想起她在怀远坊逗留的那几天，虽然胡人社区一派富足平和的景象，但她嗅出了空气中涌动的不安——她毕竟在战前的学院和凉州生活过，对同样的不安有种不情不愿的熟悉。她早就听伊嗣说，凉州之战后，大唐的汉胡之间生出嫌隙，胡人社区的不安大抵来源于此。但是，在穿越了半个大陆，穿越了这片广袤土地上形形色色的荒凉与繁华、平静与动荡之后，她愈加相信大唐的精密与坚固，就像相信一台由它生产的、运转良好的算机。如果此处不能安枕，大陆之大，又有何处可以容身呢？

哥哥搞错了，危险并不在此处或者彼处，危险是由她随身携带的。

"莫潘，"染忽猛然抓住她的手腕，"跟我回去！"

哥哥力气很大，莫潘压低重心，以韧劲对抗，哥哥竟也无法立刻令她就范。两人在方寸间沉默地拉锯，一时间忘了身边的含奴和次间里的章祭酒。忽然，她发觉这一幕似曾相识，在苏禄可汗的营帐里，陈持弓也曾试图将她制伏。这两个男人都有坚定的决心和不忍伤害她的束手束脚，他们都是为了她好却无视她的意志。莫潘感到好笑又悲伤。

这一次，她不会再重蹈覆辙。

含奴，她朝傀儡比了个口型，帮我！

傀儡定了一下，走过来，双手从染忽腋下穿过，向上弯折，箍住了他，背后的热机全力运转，发出尖锐的高频啸叫声。染忽吃了一惊，放开手，瞬间就被傀儡拖出几步远。

力量对比太过悬殊。挣扎无果后，高大的男人眼泛泪光，"莫潘……"

她闭上眼睛，脸上的肌肉不受控制地颤动。

"……莫潘，我不强迫你了，你让它放开我。"

她睁眼，对含奴点点头。傀儡垂下双臂，染忽向前跳出一步，歪着脸揉肩膀。

"妹妹，你长大了。"半晌之后他说，"不，在你选择留在学院的那一刻，你就已经长大了，只是我和父亲一直都没有意识到。"

他慢慢走向莫潘，一边瞄着含奴，一边小心翼翼地摸她的头。"妹妹，能告诉我是为什么吗，好让我死了这条心。"

她抓住哥哥的手，把它贴在她的脸上，又任由自己的泪水将它濡湿。哥哥，对不起。我曾经走进你和父亲的生活中，这生活喧闹、繁忙、锱铢必较、充满生机，我喜欢这样的生活，但它不是我的。在我生活的中心，永远矗立着一座寂静之塔，它通向纯粹的知识，通向形而上的无穷，也通向黑色的死亡。

我不能把这样的宿命带给你们啊，我在这世上唯二的亲人。

染忽叹了口气，"你若是不愿意说，那就算了。可是莫潘啊，哥哥请求你，如果遇到什么危险，一定要让哥哥知道，这一次，哥哥拼了命也会保护好你——我向娜娜女神起誓。"

她泪眼蒙眬地点头。

"一言为定。"染忽寂寞地笑了笑，"那我走了。"

说完，他转身，出门，没有再看莫潘一眼。

含奴对着怅然若失的女孩儿转了转眼珠。书写器里蹦出一句话：莫潘，你还在吗？

她揉了揉鼻子：还在。

你不和兄长回去吗？

我还没有证明那个问题呢。

哈哈哈。证明可不是一朝一夕就能完成的，不过，你想在这里待多久都可以，国子监欢迎你。

从章祭酒宅邸走出时，已过申时。阳光正好，国子监的红墙青瓦上泛着毛茸茸的光泽，一下子就有了生机。她信马由缰地走着，让久违的温暖慢慢渗入头发和皮肤。此时一群从河中来的留学生们下了课，三五成群地从她身边走过，蓝色的、绿色的、灰色的眼睛兴奋地闪动着，叽叽喳喳地议论问题，用的是亲切的粟特语，莫潘竖起耳朵。

"'我命在我，不属天地。'这句话的意思，难道是说人的命运全由人自己掌控？娜娜女神啊，唐人可真够狂妄的……"

"用凸透镜聚集阳光，加热热腔[1]，实现往复运动，因此不需岚气或者石脂便可使热机工作……如此一来，人类岂不是有了用之不竭的能源？"

"不不不，直接利用阳光还有诸多限制。老师不是说了，这种加热方式十分低效，远远无法取代岚气石脂的燃烧……"

"丹砂[2]烧之成水银，水银加热又成三仙丹[3]，三仙丹再加热又可分离出水银和一种无色无味的助燃气体……馏制石炭亦可得到多种气体，有气味刺鼻的、有致人中毒的，还有可以燃烧的岚气……这是不是说明，事物可遵循某种规则组合转化？"

"有这样一种观点：不同事物的组合转化看似匪夷所思，其实在极微观的层面，它们的组分是相同的。希腊的德谟克利特曾经说过，将事物分割至不可再分，最终会得到叫作'原子'的基本组分……"

"《庄子》里说，一尺之棰，日取其半，万世不竭。可若是有不可分割的基本组分，这个说法就不成立了吧……"

"玻璃能扭曲光线，据说格物馆根据这一原理研制出一种可视微观的仪器，叫作'知微镜'，找机会去观摩一下吧……"

---

[1] 热机存储工质，通过加热工质做功的部分。故事中的"热腔"对应于斯特林发动机的热腔气缸。

[2] 即硫化汞。

[3] 即氧化汞。

莫潘微笑。虽然她没有完全听懂他们在讨论什么，但她能够体会到他们的快乐，那是追求纯粹知识的快乐。

她曾经也有过这样的快乐，只是那时她浑然不觉。

学院，浮夜门老师，浮知台老师，布真，阿奴，野那……

"莫潘。"

有人唤她。她转过头，正对上男人明亮的眸子。

是陈持弓。他今天着便装，硬脚幞头，暗红色圆领袍，腰下一道横襕，没有甲胄束缚，更显身姿挺拔舒展。

他走到她身边，"你来见章祭酒？"

她垂下眼睑，点头。

"又是研讨算学吧？这几天我手头有些事情，脱不开身来国子监看你。你还好吗？"

莫潘有种感觉，自从她失语后，陈持弓对她说话的语气就异常轻柔，像是对待脆弱的瓷器——她讨厌这样。

她报复般地摇头。

"怎么了？"陈持弓抓住她的胳膊，"出了什么——"

"哟呵！你们两个都在啊！"

伴着一声夸张的叫嚷，伊嗣向两人小跑过来，陈持弓松开了手。波斯少年身子还没停稳，就一拳捶在陈持弓肩膀上，"持弓兄，你这田舍奴①心肠太坏！把莫潘领来国子监也不告诉我，害我白跑了一趟怀远坊！"

这貌似亲热的拳头势大力沉，陈持弓晃了晃，愠怒地绷紧嘴角。伊嗣今天也穿着便服，天蓝色的圆领袍，衬尖巾子幞头，头

---

① 旧时对农民的一种蔑称，犹言乡巴佬。

顶的空洞被巧妙地掩藏起来,此刻他正笑盈盈地看着莫潘,笑容完美无缺。

"好莫潘,你知不知道,这几日我很担心你……"得不到莫潘回应,伊嗣脸上的笑容淡去,"你——还是说不出话吗?"

"明知故问。"陈持弓冷冷地说。

伊嗣瞪了陈持弓一眼,故作轻松地撇了撇嘴,"这样也好。反正国子监这没完没了的窸窣声听得我心烦,就当是清静一下了。"

窸窣声。莫潘下意识地侧耳。章祭酒曾经告诉她,国子监地下遍布振丝,密度比长安城要高出许多。实际上,大陆第一个经纬传信网络就是国子监地下的这一个。其最初营建的目的,是在各学馆之间快速交换学术成果、促进学生与老师的交流,同时论证经纬传递信息的可行性。后来,其有效运转直接催生了大唐的振丝系统,即便是建设在先的镜塔,在后期的信息处理和节点设置上亦受了它很大的影响。长安城里的镜塔甚至实现了与振丝系统的对接,光与声的信号因此能够自由转换。经过数十年不断完善和扩建,国子监的地下振丝网络已经异常复杂精密,小小的务本坊里集中了数千条线路和上百台节点算机,日夜不停地交换和处理辨音瓷的二态振动,能听到它的运转声也不奇怪。当然,如果不是特别留意,这声音对她和绝大多数人来说几乎察觉不到,伊嗣说的话,怕是夸张。

"这里太吵。我们三个难得又聚在一起,不如,找个安静地方去叙叙旧吧。"伊嗣说。

"我是来找章祭酒的……"陈持弓有些为难。

"那我和莫潘去好啦，持弓兄你可不要——"不待伊嗣说完，莫潘便自顾自走出几步，被他一把拽住袖子。"莫潘，我知道你瞧不起我，"他对莫潘低声耳语，眼里有浮动的波光，"可是在凉州的时候，我也是为了守护啊，用我自己的方式。"

莫潘一怔，停下脚步。那个脆弱的、敏感的伊嗣又回来了。不，不只如此。在伊嗣的眼中，她看到了他以前从未有过的、深邃的悲哀。她忽然意识到，在她面前的，已经不是撒马尔罕时的伊嗣，也不是凉州时的伊嗣。这个全然陌生的伊嗣脸上挂着破碎的笑，"好莫潘，你来长安也有一段时日了，还没有好好逛过吧？难得今日天气晴好，我带你逛逛如何？"

"我与你们同去。"陈持弓说。

"咦？你不是要去找章祭酒？"

陈持弓转身，"我们走吧。"

"哎，你急什么急？"

两人走出几步后，一起回头看莫潘。

她笑了笑，随即想起，自己已经好久、好久没有笑过了。

"长安千万人，出门各有营。唯我与夫子，信马悠悠行。"

在铁马里，伊嗣摇头晃脑地吟道。说是信马悠行，不过是乘铁马从务本坊到东市，不到半炷香的路程。伊嗣提议顺道带莫潘去平康坊看看，说体验大唐的诗酒风流，怎能少了这一处温柔乡，被陈持弓瞪了一眼后便不敢再提。莫潘觉得好笑，伊嗣已是皇帝的近臣，堂堂三品大员，竟然会怕陈持弓这样一个小小的副尉——大概是因为他们都穿了便服吧。人的身份，有时是靠衣装界定的,莫潘想。或者,他们在有意将自己置于一段旧时光中。在这段时光中,莫潘是伊嗣的代理教师,伊嗣的头顶依然完好,而陈持弓只是一名沉默的护卫,他们时常在一桌吃饭,就像形影不离的好友。

莫潘,不要再想那些回不去时光了。她告诫自己。

下了铁马之后,莫潘跟在伊嗣身后进了东市。在怀远坊的时候,她曾跟着哥哥逛过西市。相比西市,东市的店铺要略少一些,但更加气派:街道宽阔平整,跑着载运货物的小型铁马,衣着华贵的顾客和成队巡逻的傀儡武侯摩肩接踵,甚至还有一片水体,星星点点地停泊着从广运潭来的、由热机驱动的漕船。风景和西市杂乱的烟火气殊为不同,却又相映成趣。东市周围住了许多达官显贵,这里的店铺有不少都贩卖昂贵奢侈之物,如各国的宝石香料、名刀宝剑、珍禽异兽、金银器、做工精致考究的各类物什。莫潘甚至看到一个两拳高、以刻有飘逸云纹的于阗玉做外壳的傀儡,正做着各种动作招徕顾客,动作笨拙又俏皮,它的昂贵和美丽令她咋舌。

"莫潘,你喜欢这傀儡?"伊嗣站在她身边问道。

她犹豫了一下,摇头。

"还记得吗?在凉州,你送了我一把大马士革匕首。"伊嗣对她挤挤眼睛,"我一直都带在身边呢。"

她从店铺前扭身走开,脸颊泛红。只听陈持弓对伊嗣说道:"伊大将军,不是说要叙旧的吗,我们在这里做什么?"

"持弓兄,你看看你,性子这么急,怪不得不讨人喜欢。东市有一家很不错的食店,我不正要带你们去饮酒聊天嘛。"

陈持弓冷哼一声。

七拐八拐，终于到了伊嗣说的那家食店，三人由小二迎到楼上，被安排在窗边雅座。伊嗣老练地叫了几样菜，又点了酒。等待酒菜上桌的时候，三人相对无言，静静谛听楼下那台由算帛编程的琵琶机弹奏胡乐。莫潘双目微闭，这空灵悠扬的曲子，有赭时国的风韵。对，那是她在怛罗斯城下听到的旋律……

和陈持弓还有无念逃亡的岁月恍如隔世……

菜上得很快，整整一桌。"葱醋鸡、乳酿鱼、光明虾炙，还有这暖寒花酿驴蒸，把驴肉用黄酒和各式佐料泡过，又上笼蒸到酥烂，祛寒暖身，最适合冬天吃……还愣着干什么，动筷子呀！"伊嗣热情地招呼道，这时酒博士①拎来一坛子酒，伊嗣眉毛飞扬起来，"持弓兄，上好的阿婆清！今日你我要畅饮一番！"

莫潘操起用得还不够熟练的筷子。陈持弓冷眼看着伊嗣斟酒，不待他祝酒，便自顾自喝了起来。莫潘侧目。

"持弓兄，你这厮好生无礼。"伊嗣嗔怪道。

"这酒没劲。"陈持弓皱眉说道，从怀中掏出一个细颈银瓶，掼在桌上，"今天喝这个。"

伊嗣瞪大眼睛，"你还随身带着酒？"

陈持弓也不答话，径自泼了他和伊嗣的酒，拧开银瓶瓶塞，在酒盏中倒入琥珀色的液体。强烈的气味瞬间散溢开来，莫潘被熏得皱了皱鼻子。陈持弓看了她一眼，将她面前的酒盏斟满。

"莫潘也喝一点吧。"他说，语调轻柔，眼神却不容拒绝。

她默默拈起酒盏。

---

① 酒保。

"难得持弓兄这么好兴致,"伊嗣举杯,"为我们在长安的相聚!"

她仰起头。

咕噜。

下一秒,她和伊嗣都剧烈地咳嗽起来。这哪里是酒,分明是火!顺着喉咙一路烧下去,点燃她的五脏六腑。

"持弓兄,你这是什么酒哇?"伊嗣吐着舌头,嘶哈嘶哈地问道。

"液火。"陈持弓面无表情。

"液火,液火,名字倒很贴切。这玩意儿你怎么喝得下去?"

陈持弓幽幽说道:"液火的妙处,需要慢慢体会。"

"穷波斯、病医人、瘦人相扑、肥大新妇。"[①]伊嗣没头没脑地来了一句。

莫潘不知所以然地看伊嗣。

"意思就是,"伊嗣解释道,"持弓兄纯属胡扯,这要命玩意儿哪来的什么妙处?"

陈持弓也不恼,吃一口菜,灌一口液火,眉宇紧蹙,复又舒展。待液火的热力退去,莫潘又小心翼翼地舔了舔杯沿。辛辣之外,她品出了别样的滋味,水果香,一丝丝的甜,温暖的眩晕感。

这怪异的酒远比她想象的丰富深邃,她竟忍不住又嘬了一口。

她看到陈持弓在对她笑。

---

① 指事物悖谬,不合常理。

"哟，持弓兄居然在笑。"伊嗣吐出一截鱼骨，"有什么开心事，说来听听？"

"伊大将军，我是在笑你错了，大错特错。"

"我错了？"

"大唐不是一艘快要沉没的船。"

伊嗣脸色一变，四下张望。此时未到饭点，客人稀稀落落。"持弓兄，"他压低嗓门，"在长安城，说话要小心。"

"小心？这话从你嘴里说出来，还真是稀奇。"陈持弓卷着嘴角，眼睛眯成一条缝，这表情令莫潘感到陌生。许是这液火的作用吧，她轻飘飘地想，拿着筷子的手指一颤，抖落了一片驴肉。陈持弓的目光在这时落到莫潘脸上，黏稠又炽烈。"这艘不会沉没的船又何须我来守护？我连最在乎的人都守护不了。"

莫潘低下头，她感觉，液火的热力就要将她焚烧。

"说什么鬼话！"伊嗣搁下筷子，叉手道，"身为圣人的臣子、大唐的子民，自当精忠报国、死而后已。陈副尉，你怎么会有这样的想法！"

"不愧是右羽林军大将军。圣人有你的守护，当安枕无忧了。"

伊嗣脸色发白，张着嘴巴，却发不出声来。

"可是大将军啊，和你不同，我没法把握大唐啊天子啊这样宏大的概念。赠我液火的那个人说，人生如雾中行路，须得抓住某样有形的事物，才不致走失。"陈持弓看向莫潘，眼神柔软下来，"在浓雾之中，我抓住了一个女孩儿，我并不在乎她是莫潘、是康桃儿、是算学天才，还是腰挂铃铛的不净人，只要她能勇敢地接纳自己、成为自己,我的手就不会握住一团虚空,我就知道该行往何处。"

莫潘捂着嘴,泪水盈满眼眶。

伊嗣一愣,目光在莫潘和陈持弓之间来回,脸上渐渐浮出苦涩的笑。"我说,到底怎么回事,叙旧竟叙成这般光景? ……哦,我明白了,定是这液火把你们变得奇奇怪怪,我倒要试试!"他抓起酒盏,将杯中酒一饮而尽。

一阵咳嗽之后,他满面通红、泪眼蒙眬地说,"再来。"

陈持弓为他满上酒盏。

液火真是奇妙啊,莫潘想,几杯下肚就能令人酩酊。醉了的陈持弓多话,醉了的伊嗣却少言,这两个人就像暗地里达成了一桩灵魂对调的交易。到底哪一个才是真正的陈持弓,哪一个才是真正的伊嗣?莫潘一时有些辨不清了。她晕乎乎地听陈持弓说话,翻来覆去的,都是学院那段岁月:饭堂里的老笑话、伊嗣的糗事、算师们的小怪癖、女生们嘴里的家长里短。然而,陈持弓说得最多的,是学院里那个叫"止观"的守塔人。在学院生活多年,莫潘只依稀记得这个人的相貌,陈持弓却知道他来自亚历山大城,游历过波斯,痴迷于丹学,这液火便是他酿制的。陈持弓是何时与止观成了朋友,又是如何记下学院如此多的细节呢?莫潘感到不解。不过,当她想到,陈持弓很可能也是为了金桃去的学院,疑问就迎刃而解了。她忽然有些心疼他,为了逃避自己的责任,她把金桃交给了他,这是多么重的负担啊。陈持弓那么聪明,一定猜出了那卷算帛就是金桃。他在承受着用金桃创造杀人机器的愧疚吗?他将它献给大唐皇帝了吗?今天他的反常,和它有关吗?

"没了。"她听到陈持弓说道。男人仰着头,上下摇晃银瓶,直到再无一滴酒液落下,才意犹未尽地拧好瓶塞,将酒瓶塞入怀中,接着啪地一掌拍在桌上,惊醒了正趴着睡觉的伊嗣。

"走。"

伊嗣起身,揉了揉蒙眬的睡眼,打了一串熏人的酒嗝。

入夜的东市人流如织。街上、店铺里的岚气灯悉数点亮,将冬日夜晚染成一片耀眼的青白,竟掩住了头顶的星光。叫不到铁马,三人摇摇晃晃地往国子监去,走平康坊与宣阳坊之间的街道。在莫潘看来,这临近的两坊似不同天地。平康坊的灯火红红绿绿,颇为妖冶,乐声、笑声、行酒令声此起彼伏;宣阳坊的光芒却瓷实温润,如一位长者,默然注视着它聒噪的邻居。不知它的居民耐不耐得住寂寞,莫潘想,尤其在宵禁制度已经名存实亡的长安。这时,一队傀偏武侯与他们错身而过,步伐严整、气宇轩昂,固定在背部的陌刀反射着凛凛寒光。章祭酒曾经说过,正是这些无处不在的、锵锵作响的战争机械,使森严的坊墙不再必要,从而赋予了长安居民夜晚的自由。可是……一个真正稳固的国家,需要用这么多的暴力来维护吗?

莫潘摇了摇头,整个宇宙都在围着她打转。

大概是倦了,从东市回国子监的路上,陈持弓也不再说话。三人就这样默默地走到国子监大门口。酒气已散去不少,他们默契地放慢脚步、驻足。

"到了。"陈持弓说。

莫潘点头。

"我等着你成为你自己。我相信你能做得到。"陈持弓又说。

莫潘笑了笑。

"喂,我说——"

两人看向伊嗣。

"你们两个这样眉来眼去的,看得我很不爽啊。"伊嗣说。

陈持弓若无其事地拍了拍他的肩膀,"伊嗣,你说的那个……蝼蚁同盟,我加入。"

"什么蝼蚁?什么同盟?我可——"伊嗣的脸陡然变色,"你们听到什么声音没有?"

陈持弓和莫潘同时摇头。

"莫潘,时候不早了,你快回去吧。"伊嗣一边催促,一边四下张望。

莫潘走出几步,回身,见陈持弓对她点头,眼里有不舍。这时伊嗣又对她喊道:"莫潘,除夕夜不要上街。切记切记。"

除夕?他真的喝多了。莫潘想,暖意如潮水在心中漫溢。

我们都喝多了。

我们三个。

第二十九章　浮夜门

　　佛日、道日、元日、人日、上元、社日①、寒食、清明、端午、中元、中秋、重阳、除夕……唐人对节日真是乐此不疲。唐人的节日不仅名目繁多，而且风俗各异：元日饮屠苏、人日剪华胜②、上元赛紫姑③、寒食烹麦粥、清明煮新茶、中元游寺观、重阳采茱萸、岁除放爆竹……唐人通过节日获得对时间的体认，而浮夜门通过唐人的节日获得对这个国度的体认。

　　这是一个植根于农耕文明、崇敬祖先、热衷享乐、包容外来事物的古老国度。就拿今天的节日来说，除夕或曰岁除，自西周便具雏形，迄今已有上千年的历史，最初是庆祝一年农事结束，祭祀祖先、驱除疫鬼、祈愿来年丰收的节日。而今，在长安城里，除夕的节俗早已从农事活动中抽离出来，从天子到庶民，驱傩守

---

　　① 古时春、秋两次祭祀土地神的日子，一般在立春、立秋后第五个戊日。

　　② 亦作"花胜"。古代妇女的花形首饰，以剪彩为之。

　　③ 亦称"子姑""坑三姑娘"。中国古代神话中的厕神。

岁、燃放爆竹却是娱乐的意味居多。近些年，在除夕夜赏西域花火的人越来越多，花火大有取代爆竹之势。今年朝廷早早放出话来，要购入大批西域花火，在多个里坊集中燃放，一是体现天子与民同乐的仁德，二是扫除先帝宾天的阴霾、提振民心，三是展示大唐兼收并蓄的胸怀。这是除夕夜燃放花火的娱乐第一次被官方认可。统治者热衷于毁灭与创造，浮夜门想，创造一项新的民俗，青史留名，何乐而不为呢？

谁能想到，美丽的花火中隐藏着致命的杀机？

思及此处，浮夜门的背上冒出冷汗。她和布真两个月前就已抵达长安城附近，却并没有即刻入城。浮夜门告诉布真，在有所动作之前，她还需要分析更多关于影国的消息，而一旦进了京城，她就无法再接近镜塔。布真不置可否地看着她。说实话，在布真那张严重损毁的脸上很难看到什么表情，但她清楚，布真一定知道她不入城的真正原因，他只是不想戳破而已。

——她不愿相信，章善德也参与到了这桩巨大的阴谋之中。章善德是她最欣赏的学人，他怎么会成为影国的走狗呢？

再说，她也还没有做好和他当面对质的准备。

于是，这两个月来，她和布真都在长安城周边活动。最初的目标是在京畿地区的镜塔中收集信息，然而此地的守塔人俨然已是朝廷的官吏，他们紧紧把守着镜塔的大门，莫说获取信息，就连进塔都十分不易。入冬以后，从西域到长安的商队数量猛增，其中很多都是来贩售花火的。浮夜门灵机一动，依仗高超的经纬学技术，用算机伪造钱帛，自己伪装成富有的河中商人，大批购买花火，在夜间将购得的花火投入漕渠偷偷销毁。这自作聪明的伎俩很快就露馅儿了，她和布真成了被通缉的疑犯，四处躲避官兵的搜捕，进入长安城一时间变得十分困难。浮夜门啊浮夜门，你这蠢物。当她辗转于质朴的农家与无人光顾的破庙时，她咒骂自己，就算不被识破，你以为你买得尽长安城所有的花火吗？你只是一个因为恐惧而畏缩不前的人罢了。

纵使万般悔恨，她也必须蛰伏起来，等待机会，阻止迫在眉睫的灾难。

机会在除夕来临。想来是被晚上的庆典吸引，这天从各地前往长安的商人旅客极多，京师城门大开，守备也在一派节日的喜庆氛围中松弛下来。她和布真混在不同的商队中，各持伪造的过所，黄昏时分从城东的春明门进城，竟蒙混过关。从此处去国子监，要经过大明宫和东市，街上游人如织，街边楼阁张灯结彩，勤政务本楼、花萼相辉楼交相呼应，吐着白烟的傀儡武侯成队巡弋，这繁华热闹的景象看得浮夜门揪心。

"布真，我们走快一些。"她转身催促道。

兜帽下的男人却不慌不忙，反而摇头吟道："金阙晓钟开万户，玉阶仙杖拥千官。①大唐帝都果然气势非凡哪。"

浮夜门恼怒，"布真，你知道我们要去做什么吧？"

"知道，所以才不急。"布真笑道，"你别忘了，大唐可是突骑施的敌人，我巴不得大唐发生灾祸。"

浮夜门哑然。她忽然明白，为什么两个月来，布真从不催她去见章善德了。

---

① 岑参《奉和中书贾至舍人早朝大明宫》。（〔唐〕岑参撰，廖立笺注：《岑嘉州诗笺注》，中华书局2004年版，第711页。）

"布真，你一直都是这样想的吗？"

布真点头，又补充说："可我不忍见你飞蛾扑火。"

"呵。"

她不再说话，低头赶路。听脚步声，布真也跟了上来。虽说心焦，身为学人的好奇心却丝毫不减。她注意到，在这繁乱的道路上，一匹匹无人驾驭的铁马行止自如、有条不紊，高效地串联起这座巨大城市的交通。她不禁想起自己在学院设计以及编制算帛的铁马，它们依靠光敏瓷片识别道路与障碍物，这已经是大陆上领先的技术，却没法让它们像人一样灵活处理各种状况。大唐的铁马竟在复杂得多的情形下运转稳定，着实令人费解。

难道，大唐皇帝得到了金桃？她的心提了起来。这不可能，如果皇帝得到了金桃，首先要改进的必然是傀儡武侯的行为逻辑，而据她观察，这些武侯有着她熟悉的那种刻板。

它们依然在应用学院的算帛。

浮夜门抬头向前看去，一轮曚昽的红日正坠入长安城的天际线，为这座伟大的城市拉出一道斜斜的剪影，剪影中的万物都庄严而又滑稽地倾倒着。一年中最后的天光熄灭之后，是什么样的命运在黑夜中等待着这座城市？

国子监的大门终于遥遥在望，浮夜门小跑起来，宽大的棉袍在地上带起飞尘。在计划执行之前，我必须做点什么。

为了我自己，也为了章善德。她想。

计划是从一年前开始实施的。索格底亚那唯一的佛僧无念找到了她，说影国希望与她合作，对抗大陆最危险的国家，也就是大唐。她的第一反应是荒唐。首先，她一直以为，影国只是热衷阴谋论的人们编造出来的传说，并不真的存在；其次，她不只与国子监的章善德相熟，还长期保持与大唐官方的合作关系，谈到对这个国度的了解，自然要远胜周围的人。大唐固然强盛，但危险一说，从何而来？再次，对抗那远在大陆最东端的庞大国家，区区一个浮夜门，能起到什么作用？

无念似乎早已预料到她的反应，对她说道："浮夜门院长，我知道你有很多疑问。没关系，你的疑问都会得到解答。"

说罢，他留给她一张字条，扬长而去。字条上预言了一桩发生在布哈拉的宫廷政变，一场河中地区的局部战争，一次由于信息不对称在撒马尔罕市场上爆发的商业危机。时间、地点、事件的因由与进程，都言之凿凿。在索格底亚那，声称自己能够聆听神谕预知未来的人，从祆教祭司到平民再到卑微的不净人，俯拾皆是，最后无一不被证明是神棍或者骗子。浮夜门并没有当回事。然而出乎她意料的是，在两个月内，字条上的预言竟一一应验，连细节都相去不远。再次面对无念的时候，她虽然无法完全掩饰心中的惊疑，但依旧负隅顽抗。

"浮夜门院长，不知你有没有重新考虑与影国合作的事？"无念拈着茶盏，问道。

"区区几个预言怎么就能证明影国的存在？就算影国存在，据我所知，它也并非神灵的代言人，而是历史的塑造者。"

"需要的话，我可以给你更多预言，但我认为，没这个必要。"僧人凝视着碧绿的茶汤，"我记得你曾经说过，用算学推演世界是不可能的，因为混沌会随着时间发展到无穷大，而未来会躲藏在这片混沌中,就算是神灵也无法看清。所以,从算学的角度讲,是预言未来容易些,还是创造未来容易些?"

浮夜门想了一下,瞪大眼睛,"你的意思是,这些预言⋯⋯"

无念笑了笑,"称之为'行动计划',或许更贴切。"

"这怎么⋯⋯怎么可能⋯⋯"

"你认为不可能的事,已经确确实实地发生了,而这只是影国力量的冰山一角。"

浮夜门不语。

"我知道你心中还有疑虑,不用现在答复我。"无念眯着眼睛,"当你看清了大唐的危险所在,你会站在我们这一边的——而这一天已经不远了。"

最后这句话倒更像个预言。那次对话后不久,大陆的局势就紧张起来。大食在吞并波斯、埃及和安达卢西亚后挥师东进;大唐则出兵攻打高昌,废黜了和突骑施眉来眼去的高昌国王,随后又遣一支轻骑,在怛罗斯城下耀武扬威一番后才归去东土。"大食的兼并战争显然引起了大唐皇帝的警觉,也勾起了他的馋虫,"无念如是说,"而无论官僚系统的高效稳定、战争机器的动员能力、生产体系的完备性抑或学术技术水平,大唐在整个大陆都鲜有匹敌,即便是风头正劲的大食帝国,也要略逊一筹。设想一下,当这驾东方战车轰隆隆碾压过来,它那些弱小的邻居焉能在车轮下幸存?"

"当然,危险并不在于某个国家换了某位君主。"无念语气平淡,"危险在于,权力愈加集中于一人之手,那个理想国的愿景就愈加难以实现。"

理想国。浮夜门心弦一动，看向无念。

"在影国内部，你的《差序格局论》流传甚广。"无念说，"正是因为这本书，我们将你认定为潜在的盟友。"

"那不过是一个学人的异想天开罢了，并不足以说服我与影国合作。"

"影国可以为金桃提供庇护，这个条件如何？"无念直直看进浮夜门眼里，"浮夜门院长，在大陆的诸多势力中，除了影国，还有谁能够为金桃提供庇护却不觊觎金桃本身，我想你应该心中有数。"

浮夜门思忖片刻，沉声说："我们怎么合作？"

无念咧嘴，"其实很简单。长安城傀儡武侯的算帛母版是学院提供的吧？我只需要你在母版的语句中动一点小小的手脚……"

那个女性形象的机械傀儡站在他们面前，她胸前的字母盘拼出一段话：祭酒在等着二位，请随我来。

浮夜门和布真面面相觑，刚才正愁着如何混进国子监的大门，没想到章善德竟然遣傀儡来迎。他是如何掌握二人行踪的？他知道他们此行的目的吗？他想做什么？

既然已经暴露，不如将计就计。浮夜门对布真点头，二人跟在傀儡身后，亦步亦趋地穿过国子监面阔三间、灰瓦悬山顶的气派大门。去往章善德宅邸的一路上，浮夜门与许多学子擦身而过。他们有男有女，长相和衣着各异，眉眼飞扬的样子，一定是在期待今晚的花火。这些无忧无虑的学子让浮夜门想起学院——浮知台、算师和学生们都还好吗？阿奴还好吗？从学院出逃大半年，那里的风物和面孔在她心中竟有些模糊。人能把握的，归根到底只有身处的一小片时空啊，她暗自感叹。而现在，脚下这片土地、眼前青春洋溢的面孔，就是她所能把握的一切。

他们跟着傀儡进了一座小院。爬满青苔的水井，几株梅花树，院子虽小，却十分雅致。傀儡示意，章祭酒就在后面的堂屋里等着他们。

"我就不进去了。"布真在堂屋前抱起双臂，"我在这里等你。"

浮夜门皱起眉头，"布真……"

"去吧。这是你和他之间的事，也是学院和大唐之间的事，与我无关。"布真按了按腰间的刀柄，"我只负责你的安全。"

她犹豫一下，点点头，跟着傀儡走了进去。

迎接她的，是一台书写器。她左右张望，不见人影。

祭酒在次间。傀儡抬手指了指右边的房间。祭酒染病未愈，不便面谈，只能通过书写器交流，浮夜门院长见谅。

浮夜门不禁又打量了傀儡几眼，它表现出的智能令人生疑。不待她细想，眼前的机器便运转起来，卷纸器缓缓滚动，吐出由机械臂书写的文字：怀仁吾友，这半年来，你可安好？

浮夜门定在原地。安怀仁是章善德为她起的汉名，只做二人鸿雁传书之用，此刻出现在纸上，令她一阵恍惚。片刻之后，她上前几步，拨动字母盘。

章善德，真的是你？

正是在下。

你怎么——

怀仁吾友，你的事，我多少知道一些。从康国万里迢迢来到长安，真是难为你了。如今你我以这种方式相见，实在遗憾。

浮夜门低头看纸，机械臂写出的粟特文甚是丑陋，而且每写几个字母，这枯骨般的金属组件就会出现一次生硬的抖动，字迹随之弹跳。果然是你，她想，你给我的那封信里也是这般书写，当时我只道你是生病体弱，没想到却是机械故障。

她用颤抖的手指输入语句：你还好吗？

无碍。只是不便见人。

浮夜门手指悬空，不知该说什么好。

时间允许的话，我很想和你好好叙叙旧。但我知道，你现在没这个心情。机械臂停顿一下。对不起，我恐怕要让你失望了，影国的计划会如期进行。

她一怔，悬着的心终于坠落，坠入黑色的噩梦之井，溅起空洞的声响。所以无念说的是真的，章善德也参与了这场阴谋，这个人甚至不屑于在她面前做丝毫掩饰。这是对她的蔑视，还是已然胜券在握？

章善德……为什么？

和你的理由相同——我认为大唐是通往太平世最大的障碍。

我以为你忠于大唐。

真正的学人只忠于他的理想。

难道你认为，在长安城制造一场混乱，就能实现你的理想？

不积跬步，无以至千里。为了走得更远些，我在你的算帛母版里添加了一点佐料。呵，大唐配得上一曲恢宏的挽歌。

你的算帛母版。浮夜门头皮发紧。她为影国做的事，就是在大唐傀儡武侯的算帛母版里写入隐藏的语句。光敏瓷片能够对不同颜色的光做出不同的反应，这是傀儡视觉识别的基础逻辑之一。在成千上万条经纬语句中，无念让浮夜门写下一条对特定颜色的光做出特定反应的语句，并且假设不会有人注意到。

曾青燃烧之蓝在色谱里编号为一七六。

傀儡见一七六号光色则行止。

除夕夜，当西域美丽的蓝色花火在夜空中盛放，全城的傀儡武侯会进入假死状态，埋伏在长安城内的影国细作将趁乱行动，搅乱整座帝都。这就是浮夜门所知的计划。她还没有天真到相信这就是影国计划的全部，但她有自己的算盘：国子监是进口算帛的本土化适配和审核部门，她希望大唐的算师们能够发现算帛母版中隐藏的杀机。即使他们没有发现，母版中还有一把她为那些语句设置的、隐藏在经纬更深处的锁。然而，根据无念那没头没尾但显然正确的情报，章善德不仅看到了她隐藏的语句，还打开了那把锁。

多么讽刺啊，她居然把赌注押在了这样一个伪善之人身上。

不，不只是赌注。

你说的佐料，是什么？她用最后的冷静问道。

很好，这才是安怀仁应该问出的问题。当西域花火绽放，傀儡武侯非但不会假死，还会在城中展开无差别的杀戮，唐都长安将被卷入恐怖的暴力之潮，而这暴力之潮将持续到傀儡耗尽燃料——怀仁吾友，这才是我想要的混乱，一场足以动摇大唐根基的混乱。

　　浮夜门如遭重击，她摇晃了一下，跌坐在筌蹄上。这时岚气灯自动亮了起来。窗外，深紫色的夜幕已经占据了大片天空，温润的暖光点亮了长安城参差的天际线。远处有鼓声传来，在她听来，那是死神慢慢走近的脚步。

　　花火在亥时燃放。机械臂继续写字。怀仁吾友，想要阻止的话，你可得抓紧时间了。

　　她苦笑着摇了摇头。聪明人最是固执，既然章善德已经委身于恶，又岂是三言两语能够劝服的？她起身，向次间走了过去，手轻轻搭在门上。现在，她只想见见这个深深地愚弄了她的人。没什么可怕的了。身染恶疾的风险，又怎能与错付真心的疼痛相提并论？

　　推门。门毫无阻力地滑开。原来它一直是虚掩着的，像是对她的又一次嘲讽。她深吸一口气，走进门去。这房间的窗子由竹帘遮着，甚是昏暗，靠墙处只有一盏壁挂式的岚气灯幽幽照着，使她能勉强看清左边的算机和右边的木床。

　　床上无人。

　　章善德，你在哪里？

　　那一人高的算机忽然开始嘤嗡作响，与算机相连的字母盘发出一叠生涩的吱呀声，拼出语句：怀仁吾友，你在找我吗？我就在这台算机里。

　　"不要开玩笑了！"她举头四顾，大声叫嚷，"你一定躲在什么地方，正通过振丝网络向我传信……快出来！"

　　如果你非要说我躲在什么地方，就当我是躲在你耳边响起的宫音和羽音之中吧。怀仁吾友，其实我早已死于一年前的那场肺病，这一年来与你鸿雁传书的，一直是算机里的这个我。现在，你知道我为什么不能接受你的心意了吧？

浮夜门后退一步，摇头，"不，这不可能，算机里没法容纳人的灵魂。"

莫毗多的老调子，你还要被她的那个莫须有的证明束缚到几时？宇宙是一个形式系统，算机和你所谓的灵魂也是，我就是活生生的证明。而你，你何曾怀疑过与你通信的那个章善德？浮夜门啊浮夜门，"学人要以事实为准绳，而非臆断"，我记得这是你说过的话。

浮夜门沉默了，而字母盘上的金属字母则在疯狂转动。

很多年前，我就开始在算机里搭建经纬学框架，我的野心，是让算机在这个框架下像人那样思考、联想和学习。这是一项前所未有的巨大工程，其间充满了挫折、歧路乃至绝望。所幸，在无数次失败后，框架终于能够有效地运转。于是我一边继续完善框架，一边把我的所见所闻、所念所想、一言一行都输入算机中，命令它观察我、分析我、模仿我。直到有一天，章善德的肉身陨灭，算机里那模仿已臻于化境的经纬成了唯一的、真正的章善德——我就是章善德，不是气与血的奔流，而是经与纬的交缠、瓷与丝的振动。

"所以，"浮夜门忽然松了口气，"你只是在模仿。"

每一卷算帛都不过是在模仿它的母版，你能找出它们之间的差别吗？

"我能。"浮夜门疲惫地笑了笑，"你没有章善德的仁慈与善良,你只是一个拙劣的模仿者。"

你错了。我是不曾被礼乐教化过的、更纯粹的章善德——不,我甚至比章善德更为接近章善德。

"也许吧。"浮夜门敛起笑容,"可我钟情的,偏偏是那个被礼乐所教化、不那么纯粹的章善德。"

字母盘卡顿了一下。不可理喻。

"等等,你让我有了一个想法。"浮夜门喃喃道,"有没有这样一种可能,不可理喻的,正是那个令所有形式系统无法自洽的算学因子?"

不可理喻。

浮夜门不再说话。在黑暗中,悲伤和欢欣如潮水般冲击着她。也许这就是宿命吧,她万里迢迢逃亡至此,终究错过了章善德,不过,好在那个活在她记忆中的章善德没有被他的仿造品所取代。所以在某种意义上,章善德确实还活着,活在她不可理喻的灵魂之中。应当做点什么,她想,为了她自己,为了章善德,或许也是为了大唐的百姓。她走到算机前,坚定而又熟稔地拆掉机身前榫卯接合的盖板,一卷一卷地抽出机腹中的算帛,扔到脚下。字母盘一开始还在严厉地喝止她,但慢慢就没了动静。当她手中只剩下最后一卷算帛,她打开岚气灯的灯罩,用灯嘴喷出的黄色火焰引燃了算帛一角,又将着火的算帛丢到地上那一堆算帛之上。火熊熊燃烧起来,蔓延到算机、地板、竹帘和床上,将昏暗的房间照得通明,在冬日的阴冷中辟出一方炎夏。立于烈火中央,浮夜门被浓烟呛得直不起腰,索性在地板上盘腿而坐。她想起她在学院放的那把火,它拉开了她逃亡的序幕。如今逃亡到了终点,除了失去所爱之人,她还将目睹一场由她引起的灾难。就这样继续逃下去吧,她迷迷糊糊地想,把开始和结束烧成一个闭环,逃亡就永远不会结束……

"浮夜门! 浮夜门!"

一片房屋倾塌的爆响中,她听见有人在唤她的名字。下一秒,一只手从身后拽住她的衣领,一只手架在她的腋下,拖着她后退。"放开……放开我……"她醉酒般嘟哝着,眼见着火舌在她身前合拢。热浪扑面,烧枯了她的睫毛。她闭上眼睛,任凭自己被毫不体面地拖拽……

"祭酒宅邸失火啦! 祭酒宅邸失火啦!"在学生们的叫嚷声中,她疲惫地睁开双眼,看到荒野般的星空和星空下妖娆的烈火。布真一边俯身看她,深红色的丑脸痛苦地扭曲着,一边用手指碾灭兜帽边缘的火苗。她剧烈咳嗽了几声,翻身,瘫坐在地。

"浮夜门,你到底在想什么?!"男人质问道。

她嘿嘿笑了两声,"布真,你为什么要救我? 你不是怕火吗?"

啪! 一记耳光。她身子打晃。

"怎么样,清醒了吗?"

她翻起眼睛看布真,发了一会儿呆,然后点了点头。

"章善德死了,"她说,"彻底死了。"

布真的脸颊依然在抽动,"彻底?"

她点头,接着把目光投向布真身后——那个女性傀儡正默然站在那里。

"它怎么在这儿?"她问道。

　　像是听到了她的问题，傀儡走了过来，黄铜外壳上倒映着跳动的火焰。布真攥着刀柄，警惕地注视着。

　　傀儡停在距她一步远的地方，胸前的字母盘开始运转。

　　浮夜门，你不会真的以为，这十几卷算帛就能容纳全部的我吧？

　　她半张着嘴，"章善德？"

　　人的思维是多么瑰丽神秘的造物啊。仅仅为了重现一个章善德，就需要国子监和长安城的数千台算机，需要把所有算机都串联起来的振丝网络。不知是不是错觉，浮夜门看到傀儡的玻璃眼珠里有光芒闪烁。是的，浮夜门，我就在你脚下，我就在你耳边萦绕不去的蝉鸣声中。我连通长安城的每一条经络和末梢，我控制长安城的每一次呼吸和脉搏，我聆听长安城的每一声欢呼和低语——我，就是长安城本身。

　　这太疯狂了，疯狂到已经无法用常理去判断。这个"章善德"说的，有可能是真的吗？浮夜门怔怔地看着傀儡，看火焰的倒影在它身上不断变换形状。如果思维的本质是计算，那么用某种媒介把巨量的计算单元整合起来，确实有可能创造出接近乃至超越人的思维能力。在章善德口中，这个媒介就是振丝构成的网络……不，不止如此。振丝网络中的章善德还能听到她讲话，没有人的肉身，他是怎么做到的？

　　"浮夜门，我就在你脚下，我就在你耳边萦绕不去的蝉鸣声中。"章善德说。

　　——振丝，是振丝！脑海中的雾气迅速消散，窥见隐秘真相的快感和惊惧令浮夜门浑身战栗。在莫毗多的格物学中，声音的本质是振动，而无论振动多么微小，它都会影响到地下的振丝。通过某种算学方法把这种影响提取出来，将之还原成最初的振动形态，章善德就能"听到"这座城市里每一个人的一言一行、一举一动——只要他有足够的耐心和计算能力。

这就是为什么章善德对她和布真的行踪了如指掌。在章善德的听觉世界里，两个操着粟特语、疾步向国子监赶来的可疑人士一定会格外引人注意，只要他凝神谛听，就会发现两人正是为他而来。

浮夜门忽然笑出了声。布真疑惑地看着她，傀儡则转动眼珠。

你笑什么？

"太笨拙了。"她说，"你调动了长安城全部的计算资源，运用了神灵般的感官，也不过是为了模仿一个微不足道的章善德。"

浮夜门，你错了，我——

尖锐的汽笛声骤然而至，是赶来的灭火铁马。布真抓住浮夜门的手腕，"我们得走了。"

浮夜门又看了一眼傀儡，关于它，还有一个问题在她心中悬而未决。不过，她不能继续在这里浪费时间了。她冲布真点了点头。两人急匆匆出了章善德宅邸，朝西跑了几步，就看见迎面而来的学生和灭火铁马，于是掉头向东去。东边来的学生也不少，不过好在道路较西边通畅，两人很快就脱离了人群。正当浮夜门放缓脚步，准备转向去往国子监正门的小路时，布真拽了拽她的衣袖。

"布真，怎么了？"

布真用目光示意。她顺着布真的目光看出去,旁边巷子里的姑娘正愣愣地望着她。

"莫潘?"她迈出一步,站定,眯起眼睛观望,接着几步跨到姑娘面前,抓起她的双手,"莫潘,你怎么在这里?"

莫潘笑眼含泪,默然不语。布真也走了过来,莫潘转头看他,绿眼睛里,惊讶、恐惧、厌恶转瞬而过,余下悲伤和疼惜。

"莫潘,你怎么在这里?……为什么不回答我?"

莫潘摇头。就在这时,夜空绽开了一朵硕大无朋的花,接着是第二朵、第三朵、第四朵……它们前赴后继地盛开又死亡,在每个人的脸上都涂抹了一层又一层鬼魅的蓝。

浮夜门大张着嘴巴,花火死亡的巨响粗暴地涨满了她的耳朵。

第三十章　蝼蚁同盟

　　等待着被赋予生命的巨大傀儡叫作"玄女"。玄女高六丈，钢制外壳，涂以金漆，内部则是钉接榫合的硬木骨架，覆盖连缀瓷片的肩胛骨高高耸起，其下是热机仓。热机仓里装有六台重型热机，以钢瓶内的压缩岚气为动力，驱动这重达数千石①的巨大人造物。玄女的胸腔是安放算机和操作人员的舱室，有玻璃窥孔，同样以瓷甲和钢板防护，其中的四台算机由热机驱动，通过振丝与玄女全身各个活动部件的算芯相连，进行控制。在陈持弓看来，玄女的造型与国子监里的含奴相若，都是姣好的女性形象，只不过身形大了数百倍。玄女建成三个月，一直岿然不动地立在太极宫前的广场上，不明所以的人会以为它不过是长安城里的又一座巨像，是皇家对道学在国家意识形态中崇高地位的再次申明。只有为数不多的人知道，玄女是大唐的新式武器。皇帝曾亲口对他的近臣说，待玄女身上装备了棘刺和火炮，它就

①　一石约为现在的六十千克。

是无敌的杀戮机器。大唐会造出成百上千台这样的机器，用它们碾碎来犯敌人的身躯、踏平他们的城市。

不过首先，它们要变得像一名战士。

"陈持弓，朕问你：杨执一说你已经掌握了金桃的精髓，他说的可是真的？"

陈持弓伏在地上，半晌没有发声。直到皇帝近侍意味深长地清嗓子，他才开口。

"回陛下，都督说的是真的。"

嗒。嗒。嗒。手指敲在御榻扶手上的声音。"很好。将玄女变得像你这样聪明、武艺高强又忠心耿耿，你可做得到？"

"臣……臣做不到。"

"哦？"圣人的声音冷了下来。

陈持弓身子伏得更低，"陛下，金桃只是一种经纬学方法，不是仙术。傀儡和人，终有区别，这是金桃也无法改变的。"

沉默。大殿里是金色的光、黑色的阴影和馥郁的幽香，它们沉甸甸地充满整个空间，把人的骨骼压得吱吱作响。天子的一举一动都有玄妙复杂的寓意，如此长的沉默，朝臣的心中恐怕已然经历数轮生死枯荣，可陈持弓只觉疲累。蝼蚁不会对巨大的存在心生恐惧，因为它太过渺小，无法对超出它理解范围的事物产生感情。

"陈持弓，有你这样敢说真话的忠臣，朕心甚慰。"圣人开口说道，"若是智慧都能被轻易实现，人和虫豸又有什么分别？"

"陛下圣明。"他听到有人应和。

"不过，下一个问题，我不希望听到否定的回答。"圣人顿了一下，"除夕夜的驱傩仪式，朕要玄女在伥子^①中起舞，你能令它做到吗？"

陈持弓想了想，说："能。"

"不会踩到人吧？被玄女踩上一脚可不是闹着玩儿的。"说完，圣人嘿嘿嘿地笑了起来，附和的笑声紧接着响起。

陈持弓抬起头，在一众着紫袍和绯袍的国之重臣中，穿圆领窄袖襕衫的皇帝显得格外年轻——年轻、英俊、威严，只是那笑容冷冷的，带着煞气，仿佛正在欣赏他想象中的血腥场景。

"抓紧去办吧。"年轻英俊威严的皇帝手腕定在御榻的扶手上，微微抬起一根手指，像是在驱赶蚊虫，"宫里的算师和算机都任你驱遣，如果还不够，国子监也会协助你。千万不要让朕失望。"

"喏。"

觐见结束后，陈持弓接到敕旨，授振威校尉。皇帝给他升了官，嘉奖他一路的出生入死。不久之后，他收到了杨执一的经纬信。在信中，义父一改送陈持弓走时的强硬，语气亲切又矜持。他请求陈持弓记住臣子和军人的本分，不要因为两人之前的龃龉而辜负了圣人。言下之意很明白：你是我杨执一献给圣人的金桃，你若不尽心尽力，我们两个都不会有好下场。这威胁是如此无力，看得陈持弓想笑。想来莫潘从凉州逃走，义父手头没有了要挟他的筹码，也只能这样虚张声势。

义父啊义父，没想到你也有如此狼狈的时候。

---

①又名倀僮，此处仅指驱逐疫鬼时所用的幼童。唐代大傩礼会挑选十二岁以上、十六岁以下的孩子当伥子，在大傩中配合方相氏。

不过，有一点杨执一说得不错：陈持弓是臣子和军人，纵使有不同的想法，圣人的命令，他依然会不折不扣地执行。在除夕前的这段时间里，他都忙于筛选出适用于玄女的智能。玄女的反应模式和基础行为逻辑早已由章善德写入，可以根据命令完成简单的动作，但要实现复杂的意图，就要建立起更为完善的反馈和学习机制。时间紧迫，要达成圣人的愿望只有一种方法。以金桃为蓝本，陈持弓组织算师们在算机里创造了简单的宇宙模型——和现实世界有着相同格物法则的平坦竞技场，将数千由经纬构建的虚拟玄女投入其中。他让它们为了生存厮杀，直至决出唯一的胜利者，又以胜利者为模板，继续构建数千只有微小差别的玄女"二代"，重复之前的厮杀，直至三代、四代、五代……

剩下的工作，就是等待。当宫廷算师们兴奋地观察算机宇宙中的杀戮时，他默默退到一边。这一年来的经历让他愈加相信，金桃创造的宇宙就是对这个世界真实面貌的暗示。世界是一个巨大的竞技场，万事万物在其中为了生存搏杀，至死方休。人这种动物从如山的尸骸中杀出一条血路，对杀戮有着先天的热爱和别出心裁的想象力。他们把杀戮变成群体的纽带、对神灵的献祭，变成仪式、表演乃至于游戏。为了更有效地杀戮，他们发明了武器、文字和国家。人类用所谓的文明把世界这个竞技场装点得美轮美奂、异彩纷呈，可终究，这是一个只有胜者才能生存的地方。

世界是绚烂的地狱，就像他在算机里所看到的那样。

……真的是这样吗？

持弓,我没有深入思考过这个论题,因此不予置评。章善德说。你知道,我的兴趣在于宇宙本身的形成,而非它运作的方式。不过,你的这个想法和浮夜门《差序格局论》中的观点倒颇有相似之处。

在等待的日子里,陈持弓会时不时去国子监拜会章善德,顺便看望莫潘——或许并非"顺便"。和章祭酒的交流虽然隔着一道门,但对他来说是难得的放松时刻,因为他知道在祭酒面前可以畅所欲言。

只不过,《差序格局论》的着眼点在于人类社会。机械臂继续书写文字。浮夜门的论点是,人类社会的秩序是在竞争中形成的一种群体共识。每个人在社会中的角色并没有先天的限定,王侯将相并不崇高,贩夫走卒亦不卑微,不同身份的确定,不过是多重偶然因素叠加的结果。

陈持弓低头沉思。看来浮夜门也受到了金桃宇宙的启发,与他不同的是,她把目光投向了低矮的人世。

机械臂继续写:我们已经能够推算天体运行的轨道,能够观察肉眼不可见的微观世界,能够制造出聪明强大的机器,却依然信奉"圣人法天而立道"[1]。中国人似乎很难接受宇宙深层次的无序,更遑论是社会,这与他们天人合一、井然有序的宇宙观不符,与他们观察到的事实不符。持弓啊,《差序格局论》在大唐之所以没有成为禁书,并不是因为大唐胸襟宽广,而是因为它无人问津。不过,你和浮夜门几乎要说服我了,在宇宙形成的算学逻辑中,前定秩序也不是必然存在的。

---

[1] 班固撰,颜师古注:《汉书》,中华书局1962年版,第251页。

沉默了一会儿，机械臂继续书写：如果并没有秉承天意的君主，那么，把国家交给一个或者一群最聪明、最无私、最公正的人，会不会是更好的选择？

陈持弓下意识地收紧脊背，左右环顾。房间里只有他和那台书写器，卷纸器中吐出的字句钢刀般寒光凛然。他拨动字母盘：祭酒，有些话可不能乱讲。

哈哈哈，是我鲁莽了，陈校尉莫要怪罪，请把我的话烧掉。

那天的谈话草草收场，但章祭酒的话却在陈持弓耳边萦绕不去。倘若天子并不一定是"圣人"，他为之效命的又是什么呢？这时他的眼前会浮现出皇帝的面孔：威严、冷漠又无情。人们都说皇帝就是大唐力量和意志的化身，那么这个化身所代表的国度，真的值得他去守护吗？

他拼命压下这些危险的想法，逼迫自己埋首于眼前的工作。

最近唯一令他欣慰的事，是莫潘的精神还好。章善德说，她还在钻研那个令莫毗多和金玄反目的算学问题，这多多少少能让她摆脱凉州之战的阴霾。那天，他和莫潘、伊嗣去东市饮酒，借着酒意说出了一些轻薄之语，莫潘似乎并没有生气……是的，他终于可以向自己承认，他喜欢这姑娘。这种感觉他以前从未有过，因此是陌生的，简直令他手足无措。如果非要让他说出个所以然来——心尖纤细的颤抖，差可形容。他珍视这种近乎疼痛的愉悦，它是灌入他血管的液火，抚慰他、燃烧他、迷醉他。那次醉酒之后，他有种预感，他和莫潘之间那道极薄却也极坚韧的壁垒就要被打破了，他对那一天既恐惧，又期待……

对了，那天晚上，伊嗣似乎说了"除夕夜不要上街"之类的话，不知他到底在暗示什么。伊嗣也变了，不只是身份，还有他眼底的神采，也许就像他所说的，他们三个，都认领了各自的伤痕，并且被伤痕所改变。

所幸，他们都还活着。

离除夕还有十天的时候，陈持弓和算师们筛选出了金桃宇宙中表现最佳的虚拟玄女，将它的经纬编成算帛——有整整五十卷之多，其中大部分语句他们并不理解——再把算帛装入玄女胸腔中的算机，对其进行调试。由于算机中早已内置了玄女行动的基础语句，他们只需要将筛选出来的思维核心与玄女的身体接驳即可。令陈持弓感到意外的是，除了基本的控制模件，章善德还为玄女的算机安装了语言识别的独立算芯，这枚算芯是在算语上的又一重抽象，有了它，玄女就可以识别简单的自然语言，这极大地方便了人与机器的交流。

当前的首要任务，是让玄女适应它的身体。为了不引起猜疑和恐慌，训练都是丑时在太极宫前的广场上进行。在岚气灯的照耀下，玄女会根据命令小心地移动身体，做行走、俯身、下蹲等基本动作，它巨大的影子如传说中的怪兽，不停吞吐身边的微型白昼。随着动作稳定性和灵活性渐渐提高，陈持弓开始为它设置行动目标并给予一定的决策自主权。这其实已经接近人的行为逻辑，在愈加复杂的情境下，玄女必须以尽可能少的计算资源来调配热机的输出，维持平衡，掌控沉重的身体，完成指令中的动作。玄女学得很快，几天后它就可以在临时充当伥子的数十个傀儡武侯中缓慢舞动。虽然它的动作看起来举重若轻，但在它胸腔舱室中监控的陈持弓却并不好受。在这方小小的天地,四台算机高声尖啸,活动部件的摩擦声震耳欲聋。更要命的是,玄女运动所引起的摇晃使陈持弓如同置身船上,疯狂运转的热机把玄女的身体内部变成盛夏,他却在盛夏中面色苍白、冷汗涔涔。

这时陈持弓会做些事情转移注意力,比如,在心中重现莫潘那美丽的声音——有多久不曾听到了? 或者,与玄女进行简单的交流。在常规的指令集之外,玄女能够对他的一些话语做出应答。这看似不可思议,他却早已在学院的阿奴身上见识过,那台傀儡的应答方式是瓷片长长短短的蜂鸣声,而玄女则是通过算机上的字母盘。

无疑,它们都被金桃赋予了某种近似于智慧的特征。

玄女,你能理解我输入的文字吗?

能。

你能描述你正在做的事吗?

我在根据你的命令跳舞,同时尽量避免踩到身边的倀子。

对于拥有这具身体前的事情,你还有记忆吗?

没有。

往往都是这样一问一答,陈持弓感觉,玄女的理解能力不超过四五岁的孩子,如果在谈话中加入抽象概念,它的表现就更笨拙了,甚至可以说是糟糕。不过,对于仅由瓷与丝构成的智能来说,这样的表现已经堪称惊人了。

偶尔,玄女也会表达自己的感受。"我累了",代表热机舱过热,需要冷却;"我饿了",则是岚气钢瓶里的气体压力过低,需要添加燃料;"我某某部位疼",说明某处运转不良或者零件损坏。

在语句与身体状态之间创建映射并不难，令陈持弓感到惊讶的是，他和章善德都未曾创建过这样的映射，玄女关于感受的表达，是它自己创造的。陈持弓想，这一定和算帛中那些意义不明的语句有关，这些语句填充在玄女的思维核心与它的身体感知之间，有很明显的算学结构却难以解读，仿佛造物主设下的谜语，而它们都是由金桃中变化和竞争的机制自动生成的。现在，他有些明白金桃真正的诱惑与危险了，它把人类尚不能掌控的事物提前交到了人类手中。

所以，莫潘把那卷算帛交给了他，究竟是出于对他的信任，还是因为不堪真相的重负呢？

他不知道，也不想知道。

除夕前两天，太极宫前广场上进行了一次夜间排演，圣人也莅临了现场。排演的前半段，一切顺利，玄女的脚步与数十个伥子组成的队形配合无间，动作行云流水。可是到了舞蹈的高潮处，玄女左脚的移动出现了小小的偏差，剐蹭到一台傀儡伥子，立刻令它身首分离。算师们吓得大气不敢出，圣人却不以为意，看着傀儡在地上滚动的头颅，他哧哧笑出了声。

"陈持弓，干得好。"他对从玄女胸腔中爬出的陈持弓说道，"除夕夜可不要给朕这样的惊喜了。"

陈持弓叉手称喏，冰冷的汗珠从鬓角滚落。

转眼除夕已至。这天一早，陈持弓与太常寺卿告假，说还有一处关于玄女表演的细节要与国子监章祭酒确认，获准后从安上门出了皇城。从这道门去国子监不长的一段路上，红烛高悬、欢声盈天，穿新衣的孩童笑闹穿梭，就连往来的铁马也挂了红绸，一派喜庆的节日气氛。此情此景，让他忽然有些惆怅。去年除夕，他还与义父义母在凉州共度，不到一年时间，竟已物是人非。"一年将尽夜，万里未归人。"①他却不是"未归"，而是不知该归去何处。就这么惆怅着到了国子监。先去找章善德，在他的宅邸逗留了大约半个时辰，出堂屋时，天空正在飘雪，星星点点落在盛开的梅花上，颇有些新春的韵致。出了章善德的小院，他去国子监刚刚竣工的女生斋舍②找莫潘。这斋舍是方方正正的罗马灰泥大楼，一排排玻璃窗像空洞的眼窝，毫无美感，却有个很雅致的名字，叫"皎月居"，想来是哪个多情诗人题的名。在皎月居一楼大堂拨动字母盘，输入对应编号，振丝窸窸窣窣地叫起来，呼唤莫潘。片刻之后，女孩儿下楼，见了他，还有些惊讶。

"莫潘，今日是除夕，我给你送桃符来了。"说着，陈持弓从怀中摸出两张写了字的桃木板，左右手各执一张，递到莫潘面前，"神荼、郁垒是我们中国人的门神，神荼悬在门左，郁垒悬在门右，可辟邪驱鬼。你不识汉字，须得记住字形，不要挂错。"

莫潘的脸颊泛起红霞。她接过桃符，手指和陈持弓的手在不经意间轻轻相碰，令陈持弓的心尖泛起又一阵纤细的颤动。

"对了，今夜戌时③四刻，宫城有驱傩表演，届时宫门将对百姓敞开。"陈持弓温柔地看着女孩儿，"我就在宫城最大的那个

---

①〔唐〕戴叔伦撰，蒋寅校注：《戴叔伦诗集校注》，上海古籍出版社2010年版，第193页。

②即宿舍。

③十二时辰之一，十九时至二十一时。

傀儡里,你若是来了,我就叫它为你曼舞一曲,你说好不好?"

莫潘瞪着眼睛。

"哦,我忘了,伊嗣说除夕夜不能上街的。"陈持弓笑了笑,"你视力好,在国子监寻一个高处,一定能看到那傀儡……就这样遥遥望着,也好。"

莫潘咬着嘴唇,对他点了点头。

"康桃儿,"陈持弓轻声说道,"福庆初新,寿禄延长。"

太极宫前的广场上人山人海。今日除夕,普天同庆,圣人敕令,戌时之后,开朱雀门、承天门,准许百姓进宫城观看驱傩。宫城对百姓开放,这可是大唐立国以来头一遭,不到一刻的工夫,就有数千名百姓黑压压地拥进承天门。金色的玄女,巍峨的宫阙,乌黑的巨鼓,五百朱褶素襦、戴面具的侲子塞满人们眼前如昼的白夜,令他们目瞪口呆。如此多的观众,秩序却很井然。杀气凛然的傀儡武侯肩并着肩,在太极宫前的广场上构成一道屏障,就算是被新奇和兴奋冲得头脑发晕的男女老幼——其中有唐人、胡人、新罗人、突厥人、大食人等——也保留了最后的清醒,不敢逾越屏障半步。

广场的另一边,陡峭的台阶之上,是皇帝、勋戚、嫔妃、朝臣以及各国使节。在百余台岚气炉营造的暖春中,他们依礼入座。宫娥衣袂飘飘,各式酒菜流水般上桌。达官贵人们饮屠苏酒、食胶牙饧①,听自动管弦演奏《永世乐》,观文人士子作诗助兴,还未到重头戏上演,便已有些醺醺然。伊嗣坐在皇帝下首不远,着

---

① "糖"的古字。用麦芽或谷芽等熬成的糖。

明光铠，他手下两百名羽林军将士执戟在宴会场地四周警戒，亦是华丽装扮——这样的装扮，是无法装备神骨和连发机弩的。在这种场合，羽林军的存在是仪式性的，伊嗣想，皇帝和他的臣民真正信任的，是那些强大又忠诚的傀儡武侯。

而今夜之后，这一切都将改变。

伊嗣用手指轻按腹部，他感受到了铠甲下坚硬的凸起。那是老人交给他的金属弹丸，名曰"神火弹"。神火弹源自波斯技术，用力一拧，再掷出，便可制造轰响和一定的杀伤。"伊嗣殿下，我希望你还记得怎样使用它们——不要想着用它们直接杀死皇帝，制造混乱即可。然后你只需要远远地躲开，剩下的事情，交给圣火之子。"老人如是说。

这很简单，他可以做得不露痕迹。

问题是，他真的要这么做吗？

他曾经感到愤怒，而这愤怒只针对父亲。他的一生都在与父亲的失望缠斗，而当他终于看到胜利的曙光，父亲却躲到死亡的背后，永远剥夺了他取胜的可能。父亲是个懦夫！输不起的懦夫！得知父亲死讯后的最初几天，他怀着满腔怒火，将拳头挥向头上的空洞，挥向身边的饭食器物，挥向无辜的奴婢，那些抛洒的泪水一定是因为手指的疼痛而不是悲伤，这样的父亲不值得他悲伤……冷静之后他感到悔恨，悔恨自己也会出于私欲践踏他人的尊严，就像那些了不起的大人物。

愤怒的狂潮席卷过后，伊嗣才发觉，不到一年的时间，母亲苍老了许多，并且变得少言寡语。当他披散头发，袒露出头顶的残缺，他听到母亲发出和苍老外表不相称的、小女孩般的嘤嘤抽泣声。于是他抱紧母亲，枯瘦的皮囊在他的怀中咯咯作响。

　　据官方的说法，父亲是三个月前突发风疾去世的，母亲也是这样告诉伊嗣的。然而一旦伊嗣追问发病的确切时间、发病时的情形、哪位郎中来看，母亲和府里的部曲、奴婢每次给出的细节都不一致。他隐隐意识到，父亲的死没有那么简单。在长安城的街巷里坊，他听到了一些传闻。在这些传闻中，父亲的死不是孤立的事件，而是与大唐的嗣位之争紧密相连。说起来有些荒唐，他竟然希望某个传闻是真的。在人的诸多死法中，死于疾病，大概是父亲心中最不体面的一种。

　　"伊将军，"父亲生前的好友善意提醒他，"当今圣人对你荣宠有加，为人臣子，当尽忠效命，有些事情，就不要追究了吧。"

　　伊嗣在心中冷笑，父亲的死和圣人的荣宠有什么关系？这话不像是提醒，倒像是暗示。于是上朝时，他愈加留意皇帝的一举一动——面对他时，皇帝没有表现出任何异样，一如他回到长安的那天。皇帝甚至还曾半开玩笑地对他说，要给他说一门亲，被他哼哼哈哈糊弄了过去。不知怎的，他开始不可遏制地思念莫潘。那天得知父亲死讯后，他浑浑噩噩地回家，是陈持弓将莫潘送到了怀远坊。之后，他在太极宫见了陈持弓几次，都没来得及问莫潘的状况。等忙过这一阵，一定要去怀远坊看看莫潘，伊嗣半是安慰、半是命令自己。可是，见了莫潘，他又能说什么呢？……好莫潘，我现在是右羽林军大将军了，你看我威不威风？

　　他倒宁可自己也和莫潘一样失语。

　　本来，他应守孝三年，可皇帝特意下旨，说他是波斯人，不

必依唐制守孝；再说，羽林军军务繁重，右羽林大将军的角色，
须臾不可或缺。前些日子，羽林军添置了一百台最新型的傀儡
武侯，伊嗣的任务，就是根据他所观察到的战争模式，调试好它
们的经纬，使其融入禁军的作战体系。皇帝大概是过分高估他
的经纬学水平了，伊嗣想。可圣意难违，他也只能硬着头皮接了
下来。话说回来，伊嗣在学院也曾认真学习过一段时间经纬，虽
然不曾触及算学原理的层面，但傀儡的行为语句还算熟稔。加
之学院的经纬学在大陆独领风骚，整日耳濡目染，他的经纬学水
平倒也不至于那么糟糕。傀儡武侯的底层经纬其实早已由国子
监编制完成，他所要做的，无非是赋予它们合理的战斗逻辑，这
和他小时候玩的"斗傀儡"颇有几分相似。所以在宫廷算师的
辅助下，工作推进得还算顺利，偶尔遇到困难，伊嗣会去国子监
请教资深算师。想要顺道探望章善德，可祭酒的烈性传染病一
直未愈，见面多有不便，几次时间都不凑巧，于是只能作罢。

"卿可知这批傀儡武侯的经纬为何全部由国子监编制？"有
一次皇帝问他。

"臣冒昧猜测，"他叉手道，"陛下是想摆脱大唐对学院的
依赖。"

皇帝满意地点了点头，"不错。前阵子河中动荡，影响了算
帛的进口，那些依赖算帛的行业可是好生狼狈。伊卿，我皇皇大
唐岂能受制于人？"

"陛下圣明。"又何止是经纬，他低着头想，新皇帝的大唐连
镜塔网络、连大陆百年来的通行规则都想摆脱。

这世上还有皇帝敬畏之物吗？

工作是一剂麻药。有时候他忘我地工作起来，愤怒和怀疑会暂时退去。可随着严冬一步一步走来，那件事情在他心头越来越具体，越来越沉重。埋伏在皇帝身边，取得他的信任——一切确如老人所料，不管是出于本心抑或外力，伊嗣已经完成了计划中最重要的一环。老人为何还不来找他？是不是计划有变甚至已然流产？也许，也许影国和圣火之子不过是唬人的纸老虎，所谓的战争不过是虚张声势，它们怎么敢和大陆上最强大的国家为敌？

想到这里，伊嗣既有些心安，又感到失望。

直到那天夜里，老人出现在他家中……

"时辰到，"他听到太常寺卿高声宣布，"请引傩者入——"

山呼海啸般的欢呼过后，太极宫安静下来。但见太常寺少卿执青色旗子，引着披熊皮、戴面具、黄金四眼的方相氏①走到玄女与侲子之前，其后是戴面具、穿皮衣、手拿棒子的唱帅。这时广场上由热机驱动的巨鼓敲响，鼓声从人的脚心钻入肚腹。

侲子一边整齐划一地舞动行进，一边在唱帅指挥下齐唱："甲作食殊，肺胃食虎，雄伯食魅，腾简食不祥，览诸食咎，伯奇食梦……凡使一十二神逐恶鬼凶，赫汝躯，拉汝干，节解汝肌肉，抽汝肺肠，汝不急去，后者为粮！"②

这带着血腥杀伐之气的驱傩词以层层叠叠的童声唱出，竟

---

① 原为职掌"驱鬼"之官。《周礼·夏官》有"方相氏"，"蒙熊皮，黄金四目，玄朱衣裳，执戈扬盾。"旧时迷信，模拟凶恶可怕的形象，作为驱除疫鬼和出表开道之用。

② 引自〔唐〕杜佑撰，王文锦、王永兴、刘俊文等点校：《通典》，中华书局1992年版，第3421页。

有一种奇妙的和谐，听得伊嗣头皮发麻。然而很快，他就和所有人一样，被伥子队伍之后的玄女吸引了全部注意力。只见那女性巨像正做着和伥子们同样的动作，楼宇般的躯体上下起伏，一招一式都搅起烈风。观众惊呼阵阵。虽然它的动作精准轻盈，但观众心知，但凡它的脚步出一点差池，就会将身边的伥子踏成肉泥，而正是这样的惊险，使得人们更加目眩神迷……陈持弓正在玄女的胸腔中俯瞰着蝼蚁般的人群吧，伊嗣想，他能体会到那种掌控他人生命的快感吗？

那些拥有或者觊觎巨大权力的人一定能。比如皇帝，比如老人。伊嗣双目微闭。他不禁忆起老人造访的那一晚。老人带来父亲死亡的真相，也向他揭示了复国计划的全貌……

"我有一些未经验证的消息。你的父亲是被皇帝赐毒酒处死。"老人说，"你的父亲一向谨小慎微，然而在嗣位之争中，身为禁军统领，他不是站错了队，而是没有站队。不做选择也是一种选择，同样要承担后果。我想，这就是宫廷政治的吊诡之处吧。"

他攥着拳头，牙齿咬得咯咯作响。

"所以你看，在大唐皇帝眼中，萨珊的血统又算得了什么？不过是身份尊贵的狗罢了。伊嗣殿下，只有在我们复活的波斯帝国里，你才能成为真正的主人，找回先祖的荣光。"

愤怒，仇恨，洗刷屈辱的狂热。那一刻，他忽然明白老人要在他心中埋下什么样的种子，又期待收获怎样的果实了。

可是，杀掉皇帝又如何？大唐会有新的皇帝，而圣火之子和影国不过是想吃掉大象的老鼠。

老人仿佛看出了他心中所想，"杀死皇帝只不过是个开始。当大唐的中枢由于皇帝的死亡而崩溃，各地的萨宝将闻声而动，在大唐的内部掀起一场风暴。伟大的国家总是给人坚固的错觉，可它们就像被白蚁蚕食的巨塔，坍塌的速度总是出人意料。伊嗣殿下，想想曾经的罗马和波斯。"

"会……会死很多人的吧。"

"呵。"老人讥讽地瞟了他一眼，"古往今来，有哪个帝国不是建立在累累白骨之上？"

他沉默了。

"这是掉脑袋的勾当，一旦你的决心动摇，想想那些你在乎的人。"在离开时，老人看似漫不经心地说道。

你在乎的人。莫潘那琉璃般的眼眸在伊嗣脑海中浮现。那天去东市饮酒，他曾提示莫潘远离除夕夜的灾祸。他能为她做的，也只有这些了，毕竟他已经从女孩儿的眼神确认，她喜欢的是陈持弓。想到此处，他不禁一阵心痛。伊嗣早就发现，陈持弓看似聪明，其实不过是个极其单纯的人，他并不懂得如何在这样一个世界生存下去。讽刺的是，莫潘最在意的，也并非如何生存。

如此说来，这两人倒是挺般配的。

伊嗣睁开眼睛。他看到人们在通天彻地的鼓声和玄女的舞动中如痴如醉。也许很久以后，还会有人记得眼前的盛景吧？这就是皇帝令玄女加入驱傩的目的。他要向所有人展示他的力量、他统治的手腕、他对技术的热衷，包括他的臣民、他的友邦、他潜在的和现实的敌人。

会有人记住眼前的盛景，前提是活过这一夜。

伊嗣望向桌案上的精确授时器，距离亥时还有不到一刻。气氛就在这时陡然一变，他举头四顾，发现人们都张大了嘴巴——

玄女的步伐不再和倀子们一致。只见它起手翻花，然后打开双臂，开始旋转，转速由慢及快，巨大的身体轮廓在旋转中渐渐模糊，仿若一道连接大地与夜空的金色光晕。它身前年龄未及束发的倀子们都看呆了，不逃，也不再跳舞行进。幸运的是，玄女虽然在快速旋转，它的身体却极稳定，像钉在原地，倀子们一时无性命之虞。

是胡旋舞啊。伊嗣忽然笑出声，为了掩饰自己的失态，他举杯灌了一口酒。陈持弓啊陈持弓，这舞是跳给莫潘看的吧？原以为你是个淡漠的闷葫芦，没想到竟会有这般豁出命的深情……我彻底输了。

可是，这舞蹈怕是你自作主张吧？

他看向皇帝所在的方向。初时那里还一片沉静，忽见一人站起身来，击掌叫好。之后所有人都忙不迭地站起，叫好声汇成浪潮。这时就连鼓点也切换到了凉州大曲①的节奏，配合着鼓声，玄女停止旋转，开始妖娆地勾手、扭胯、点脚，动作妩媚却有力。倀子们也终于在方相氏的指挥下，退到一边，把舞台让给了这金光闪闪的"胡姬"。

太极宫的每个人都看痴了。

金桃。伊嗣朦朦胧胧地想。传说中为大唐第一位皇帝献舞的傀儡，便是吞了撒马尔罕的金桃。如今，这一幕重现了，只

①　中国古代大型乐舞套曲。

是跳舞的傀儡不知大了多少倍，皇帝的欲望又不知膨胀了多少倍……

在他的余光里，精确授时器悄然走到亥时。

嘭。嘭。嘭。花火在夜空中炸响了。

已经很近了。莫潘相信，自己正走在正确的道路上，也许只差最后一步，她就能完成证明。

她会证明，莫毗多和浮夜门老师是对的，金玄和章祭酒是错的。

所以这几天，她都处于一种近乎癫狂的状态，她没日没夜地思考、演算，毫不在意身边的世界和时间的流逝，就好像回到了一年前和无穷缠斗的那段时光。不过，她的心境较那时已大为不同，她不再恐惧无穷，不再恐惧自指的悖论。也许神灵真的躲藏在这些荒谬背后，然而算学的意义，不正是指引人们穿越荒谬的迷雾，抵达理性的彼岸吗？

她必须走下去。她只能走下去。

可是今天，她决定暂时停步。早上陈持弓来找她，说今天是唐人的除夕，并且送了她桃符。莫潘感觉，除夕应该和索格底亚那的纳乌鲁兹节类似，都寄托了人们美好的愿望，要隆重地辞旧迎新。依照陈持弓的嘱咐，她将桃符挂在门上，神荼在左，郁垒在右，心头飘荡着丝丝缕缕的欢喜。这片土地上终究有为她留着的一扇门，有为她辟邪驱鬼、姓名古怪的神仙啊。

还有一个笨拙地牵挂着她的人。

她的嘴角勾起一抹微笑。

午饭过后,学生们就开始成群结队地出国子监。这一幕似曾相识。一年前,学院的学生们也是这样,欢天喜地地乘着铁马,去撒马尔罕迎接增援的唐军,当时撒马尔罕城外的热闹,恐怕也不逊于此刻的朱雀大街。只不过那场盛典的结局令所有人都大失所望。莫潘惊觉,也许正是在那天,在知晓大唐不会庇佑学院的那一刻,学院的命运就发生了偏转,它载着浮夜门、算师和学生驶入另一条湍急的河流,而她自己,更是被巨浪抛到了往日世界的尽头。

希望今晚一切顺利。莫潘站在玻璃窗前,注视着蚁群般的人潮想。陈持弓说他会让宫城中最大的傀儡为她起舞,他是认真的吗? 究竟是多大的傀儡,隔着整座皇城,她都能看得到?

不到戌时,她便爬上皎月居开阔的楼顶。此时这里已聚集了三三两两的女生,她们在寒气袭人的地上铺了锦毯,锦毯上又摆了食盒酒器,瓜果小菜。看架势,倒像是在有模有样地游宴。穿毛织襦裙或者翻领胡服的女生们围坐在小小的岚气炉旁,身影在幽幽的火光中摇晃,虽然都团着手缩着肩膀,但有说有笑,兴致颇高,看到莫潘,还唤她加入她们。莫潘微笑着拒绝了她们的好意。她走向楼顶的北缘,在那里,可将灯火通明的皇城和宫城的一角收入眼底。住在皎月居的女生都听过这样一则逸闻:皎月居建成后,有大臣抬着《营缮令》[1]向圣人告状,说这大楼的营建不符合规制,应当依法惩办章祭酒和设计建造大楼的一干人等。可礼部侍郎却理直气壮地辩解说,灰泥大楼是新鲜事物,本就不在《营缮令》的规制范围内,既然无法可依,也就无

---

[1] 唐朝关于土木建筑的法律制度。

所谓依法惩处了。这时有人跳出来指着侍郎的鼻子骂道，且不论逾不逾制，皎月居楼建得这么高，若是有反贼在楼里窥探宫城动静，你刘侍郎负得起这个责吗？圣人却息事宁人说，爱卿说笑了，国子监的斋舍能看到宫城，大明宫北面的镜塔同样能看到，而且看得更清楚，难道要把它们全部拆了不成？将来朕也在宫城里盖一座灰泥大殿，将所有人的视线遮住，不就行了？莫潘很怀疑一国之君是否会说出这样的话，不过时至今日女生们还能住在皎月居里，还能在楼顶观景，至少说明皇帝没有被新型大楼冒犯到。反倒是住在另一栋灰泥大楼朗照居的男生们，因为被毗邻的皎月居遮去不少视线，颇有些抱怨。

女生们都是在等戌时四刻的花火吧？莫潘一边将目光聚焦于宫城，一边想。此时宫城由成百上千盏岚气灯照得大亮，挤挤挨挨的人群在光亮下化作大片阴影，在阴影与太极宫的台阶和重檐之间，她看到了金色的人形。那就是陈持弓说的那个傀儡了，她想。她的胸膛里漾起微醺般的期待。

戌时二刻，驱傩仪式开始，鼓声和侲子齐唱声远远地飘来。但见巨大的傀儡跟在侲子阵后，一边舞动，一边在广场上绕行，气势非凡。然而在莫潘看来，傀儡的舞姿无论如何都算不上美妙。这就是陈持弓说的曼舞吗？她翘着嘴角，心中却有小小的失落。女生们也都凑了上来，叽叽喳喳地议论，她听懂了其中几句汉语，大意是说在这里只知宫城热闹，却看不清究竟是何种热闹，还是等着看花火好了。她视力超群，倒能瞧出个大概，但多么盛大的场面，若不亲身参与其中，总会失去些趣味。女生们退去后，她双手架在大楼边沿的石台上，呵欠连连，被雪藏了一整天的算学符号趁机溜进了她的思绪……忽然，她看到傀儡的动作出现了变化。傀儡的举动显然也出乎驱傩队伍的意料，几百号人一下子乱作一团。糟糕。正当她以为是机器出了故障，为陈持弓捏了一把汗时，傀儡开始了旋转。

它在跳胡旋舞。

一股热流顶在咽喉，她张开嘴巴，呼出团团白雾。傀儡越转越快，越转越快，在白雾中转成一道虚影。整座宫城仿佛因它那令人目眩的旋转而失声，而当刚劲却不失妩媚的舞姿接替了旋转，宫城重又沸腾起来。这些大唐最有权势的人会永远记住这一刻的吧？莫潘的嘴角挂着一抹恶作剧般的笑。这些人总是理所当然地认为，奇迹只为他们发生。可他们哪里知道，眼前的天女下凡却属于长安城里最微不足道的两个人。

陈持弓，谢谢你，把家乡又带回到我眼前。莫潘眼前一片蒙眬。谢谢你……

呜——呜——呜——

几声凄厉的汽笛打断了莫潘的思绪。她转头，女生们正向楼顶的另一边聚集。她不舍地又看了宫城一眼，然后朝大楼南缘走出几步，接着小跑。国子监南面大火熊熊——祭酒……宅邸……失火。她在女生们的惊呼声中识别出这些词汇。有几秒钟，她陷入了恍惚，脑海中满是浮夜门被烈火吞噬的宅邸和冲入宅邸的布真。命运似乎正以某种古怪的幽默感重复自己，而当她匆匆下楼，一边诅咒着命运，一边向它奔去时，她竟然碰到了脑海中的那两个人。

"莫潘，你怎么在这里？……为什么不回答我？"

花火炸开，蓝色的繁花铺满了夜空，它们是如此绚烂耀眼，就连祭酒宅邸的光亮也在那一刻黯然失色。浮夜门松开抓着她的手，呆呆仰视几秒，低头对布真说道："我们得做点儿什么。"

浮夜门的脸在蓝光的映照下有几分梦幻的色彩。布真不语，丑陋可怖的脸上看不出表情。

"莫潘，不用去找章善德，他……不在这里。"浮夜门转头对她吩咐道，"也不要上街，街上危险。你听到了吗？"

除夕夜不要上街。莫潘怔怔地看着浮夜门。伊嗣早就知道。究竟发生了什么？

嘭。嘭。巨响在夜空中回荡。浮夜门用力攥了一下她的手臂，"在这里等我。等一切结束，我会回来找你。"说罢转身欲走，莫潘却扯住她的袖子不放。

"莫潘，怎么了？"浮夜门疑惑地打量她，"你想同我们一起去？"

点头。

"这可不是闹着玩儿的。"浮夜门的语气严厉起来，"我不能保证你的安全。"

不需要。她摇头。她相信老师懂她的意思。

浮夜门叹了口气，"好吧，在外面一定要万分小心。"

等三人到大门时，莫潘已断断续续从浮夜门口中大概了解了所谓的危险。傀儡武侯会因曾青之蓝而大开杀戒，是影国策划了这场阴谋，目的是在长安城制造混乱。"不用怀疑，这是战争。"浮夜门如是说。至于她为什么会来到长安，并且出现在章善德失火的宅邸附近，浮夜门则语焉不详。

"隐藏的语句一旦被触发，就不会自动停止，如果他真的想制造一场灾难，我们是不可能阻止他的。"浮夜门一边向大门外张望，一边喃喃自语，"可我还是觉得，他不是这样的人……即使他已经不是真正的他了……"

他。他是谁？

"事到如今，你还在为他说话。"布真冷笑道。这是他今天第一次在莫潘面前开口。

浮夜门摇头，"布真，你还不明白吗？长安城现在唯一的希望，就是章善德还保留着一点人性。"

"对不起，我并不关心长安城。"说着，布真咧了一下他那不见嘴唇、裂缝般的嘴，"可是啊，为了你，我愿做扑火的飞蛾。"

浮夜门一怔，撇过头去，不再说话。

莫潘懵懂地听着二人对话，又懵懂地跟着他们走出国子监大门，沿东西横街①，往朱雀门去。此时的东西横街张灯结彩，宽阔的街面上已是人满为患。盛装的男女老少摩肩接踵，仰头观看花火，和着一声声的爆响，发出阵阵喝彩。目前还看不出异样。莫潘跟在浮夜门身后，钻入人群，很快便听到了远处迭起的人声。

"……武侯……杀人……跑……"

她踮起脚尖，朝声音来的方向看去。东边两百步外人潮翻涌，堆出一道五彩斑斓的人浪，人与人的挤压很快传递过来，她被浪头打得左摇右晃。浮夜门抓住了她的手，将她引向街边。她步履维艰，好不容易贴着皇城的高墙站定，堪堪抵挡住人潮的

---

① 这条东西横街连通金光门与春明门，在皇城的朱雀门前与朱雀大街相交。

裹挟。

"有一队傀儡武侯沿街过来了。"布真不带感情地说。

人们终于开始不顾一切地奔逃，向西边的朱雀大街，向南边的兴道坊，哭喊着、尖叫着、推搡着，在夯土大道上留下鞋子、帽子、挂饰、糖果、玩具和打碎的瓷器。透过人潮的缝隙，她看到瓷甲粼粼的反光、翻飞的陌刀和喷溅的鲜血。她的喉咙发紧，呼吸困难，两股战战。她转头看浮夜门，女人牙关紧咬，脸色煞白。

"娜娜女神啊。"她听到女人说。

二十四台傀儡武侯排成两列纵队，阵形严整，步调一致，踏在地上铮铮作响。当来不及跑开的人挡住傀儡行进的路线，它们会挥刀斜劈，利落地将人从肩膀至肋下斩成两段，然后蹚着零落的脏器和肢体前进，眼看就离莫潘不到二十步。花火和死亡交相辉映，眼前是一片妖冶的红与蓝。她瞪着眼睛，恐惧和恶心在胃里绞成冰冷的一团，坠着她，使她迈不开脚步。忽然她看见浮夜门逆着人流飞奔，奔向傀儡前进道路上哭泣的红袄女童，毫不犹豫地将女童护在身下。人与机器眼看就要撞到一起，莫潘大喊一声，陌刀的银辉陡然劈落下来。黑色的人影在刀光下翻滚，傀儡劈空，也不多做纠缠，立即收刀，继续向前走去。

一切都发生在电光石火间，是布真揽着两人躲过了刀锋。只见布真几个翻滚后起身，用口音浓重的汉语大喊："快！傀儡只杀挡在它前面的人！到街的两边去！"

在人人自危的嘈杂里，他这一声腔调奇特的呼喝有如神谕，逃难的人群滞了一下，随即得了命令般，迅速从中间分开，像一条被劈开的河。莫潘后背贴在墙上，眼见着傀儡武侯在河的裂

缝里前进，它们染血的青瓷甲哗啦作响，背后的热机喷吐火星，
搅起带着血腥味的热风。

陌刀暂时不再落下。

"不是无差别杀戮，这些傀儡只清除行进线路上的障碍。"
浮夜门不知何时走到了她身边，"它们被设定了目标。"

莫潘眨了眨眼睛，目标？

"走。"浮夜门拍了拍她的肩膀，又看了一眼布真，"我们跟
上去，看看章善德到底想干什么。"

她点了点头。

三人在惊魂未定的人流中小跑。到朱雀大街后，傀儡武侯
齐齐右转，拐出标准的直角。莫潘发现，这些傀儡虽然冷血，但
行为逻辑呆板，极易预测。它们沿朱雀大街的中轴线北行，明显
就是奔皇城的朱雀门而去。这时布真跑到了傀儡队伍的斜前方，
一路高擎弯刀，大声呼喝，将人群赶向街道两边。她和浮夜门跑
在布真后面，身前不远处的朱雀门前已乱作一团。这边厢门轴
旁的热机喷吐白烟，带动齿轮、曲轴和连杆闭合大门；那边厢人
群争先恐后地拥入皇城，执横刀、披鳞甲的士兵不情不愿地阻
挡，转眼间就放了几十上百的人过去。浮夜门扯了扯莫潘的袖
子，示意她向后看，另一队武侯也正沿朱雀大街中轴线而来，与
前一队武侯相距大概五十步。

"傀儡在向皇城集中。"浮夜门略一思索，"……不，它们的
最终目的地可能是宫城。"

宫城。莫潘的心提了起来，陈持弓还在那里！

"他要杀掉皇帝吗？"浮夜门自语，"这确实是制造混乱最有

效的方法……"

正说话间，前一队武侯已经掩杀至朱雀门前。大门还在缓缓闭合，门缝余两步宽，士兵们目眦尽裂，连推带搡地把百姓往门里塞——轰！一声巨响。砖石和人体飞溅，气浪把莫潘和浮夜门掀翻在地，细碎的残骸冰雹般打在她们的脸上，留下数不清的创口。莫潘挣扎着爬起来，眼前是翻腾弥漫的尘烟，耳畔的鸣响掩过一切声音。她看到朱雀门前的地面被炸出一个窟窿，尸体、残肢和哭号的人们散落在窟窿周围；她看到大门停止了闭合，而傀儡武侯却也停步不前；她看到浮夜门手脚并用地冲入尘烟，从里面扶出了满脸是血的布真；她看到数十个黑衣蒙面人举着匕首和弯刀从四面八方杀出，毫无怜悯地割开受伤士兵的喉咙。

她心中空茫一片，摇晃着向前走了几步，然后跌跌撞撞地跑了起来，跑过破损的朱雀大门，与尚能活动的人们一起，向北，跑向宫城。

玄女的核心来自"竞技场"无休无止的搏杀，比起舞者，它理应更像一名战士。这就是陈持弓此刻所见。面对傀儡武侯的围攻，玄女手劈脚踩，转眼就报废了其中四五台。压缩岚气瓶爆炸的火球此消彼长，把太极宫前的广场变成一片炎狱，那些恰好在火球附近的佷子或是瞬间被烤焦，或是更不幸地被点燃，化作尖叫着的小型火球，在人群中狂奔，直至跌倒，化为焦炭。这还只是伤亡的一小部分。此刻，傀儡武侯正由南向北推进，轰鸣着碾过佷子的队伍。那都是些孩子呀，他们被眼前恐怖的一幕吓呆了，一时间不逃跑也不反抗，静待死神的收割。为了避免误伤，玄女束手束脚，直到孩子们终于开始四处逃散，它的战斗才渐入佳境。

嘭。嘭。声与光穿透玻璃窥孔，将绽放的花火和花火照耀下的人间炼狱呈现在陈持弓面前，眩晕感还未退去，愤怒和迷茫便涌了上来。本应守护大唐子民的傀儡武侯为何突然变成屠夫？是算帛出了问题吗？为什么偏偏在这个时候，在除夕夜……

"除夕夜不要上街。"

所以这是个阴谋！伊嗣早就知道！陈持弓忽然明白过来。他牙关紧咬，怒火中烧，恨不得把伊嗣撕成碎片。然而除了拨动字母盘指挥玄女战斗，他现在什么也做不了。

玄女，消灭所有傀儡武侯。

……明白。

要消灭所有傀儡武侯是不可能的。那可是上百台杀气腾腾的强大机器，虽然体形与玄女相差甚远，但就这样前赴后继地扑上来，用劈砍、冲撞、攀爬和死亡时的火球对抗玄女的锤击和践踏，也会使天神般的巨大傀儡在金属浪潮的拍打下不停震颤。玄女体内的零件尖叫着、呻吟着，仿佛随时都会分崩离析。

陈持弓，我……害怕。

陈持弓愣了一下，玄女竟然能够自发地表达感情。所以就连人类所珍视的、使之成为万物之灵的感情，也是"竞技场"的生存压力带来的吗？他轻轻拍了拍算机上面的金属盖，好像在安抚它，又好像在安抚自己。玄女，我知道。可我们别无选择。

他和玄女别无选择,因为他们都是大唐皇帝的战士。在玄女剧烈摇晃的胸腔里,陈持弓紧抓钢制扶手,从窥孔向外望。南面承天门附近逃命的人群,广场上焦黑的人体与机器,在这个高度看,不过泥点和灰尘,不过虫豸和蝼蚁,能策划这场阴谋的人,是不会在意的。看着傀儡武侯排山倒海般地向太极宫前进,陈持弓能够想象,大殿前的达官贵人们是怎样的慌乱。

武侯的目标,一定是圣人。伊嗣应该就在圣人身边,如果他参与了阴谋,他的角色是什么?

想到这里,陈持弓不寒而栗。不过,他很快便无暇他顾了。他看到数十名黑衣人从人群中冲出,绕开玄女,直扑太极宫的方向,速度奇快,看装扮身手,绝不可能是禁军。

玄女,不要让那些人靠近太极宫!

陈持弓,我……做不到。

仿佛是回应字母盘上的语句,玄女的身子忽然斜了一下。傀儡们奋不顾身地攀附在她的一条腿上,不断增加的重量终于令它失去了平衡,轰然栽倒。世界倾斜,陈持弓滑向胸腔的侧壁。震动和令人齿冷的摩擦声从四面八方传来,那是傀儡在爬上玄女的身躯。他挣扎着站起,头顶,也就是侧壁另一边的舱门发出裂帛般的巨响,舱门严重变形,眼看就要被砸开。

他攥紧拳头,准备战斗。

咔嚓。舱门掉了下来,他闪身,右肩却依然被门的一角击中。剧痛。陈持弓眼前一黑。再睁开眼时,一张美丽的、异域的脸,正在那个椭圆形的空洞中,对他微笑。

他听到铃铛声。他闻到难以言喻的气味。

下一秒，那张脸向他坠落，携着凛冽的刀光。他下意识侧身，受伤的右肩却慢了半拍，被刀光擦过——肩头一凉，接着火辣辣地疼了起来。女人的动作间不容发，落地后身形还未稳住，就向他刺出数刀，刀刀直指要害。狭小的空间里，他别扭地闪避，刀刃在他的手臂和颈部留下鲜血淋漓的咬痕。

女人站定，咧开嘴，舔了舔匕首染血的锋刃，嘴唇上染了妖冶的红。

"你、你是谁？"陈持弓喘息着，用粟特语问道。

"死神。"红唇女人用粟特语回答。

"你——"

话音未落，女人就再次发起了进攻。刀光如网，将陈持弓笼罩其中。女人的刀法狠辣迅捷，他空手对白刃，又拖着一条伤臂，完全落了下风，几个回合下来，便已进退失据。在又一次全力架住女人的劈砍后，他一个趔趄，下盘露出破绽；但见女人矮身一蹬，人与匕首化作一柄银枪，直向他大腿而来。

吾命休矣。陈持弓脑海一片空白。恰在此时，地面陡然翻转，女人在疾进中立足不稳，匕首刺空，来不及扭转的半身暴露在陈持弓面前。战斗本能瞬间苏醒，陈持弓右手抓扶手，左拳全力向女人的侧脸挥去。噗。女人结结实实挨了一拳，在空中翻滚一周，面朝下跌倒在地，匕首从她手中脱出，滑向了舱门外。

女人一动不动，腰间的铃铛在嘤嘤鸣响。

玄女救了陈持弓一命。刚刚是它摆脱了身上的傀儡，挣扎着爬起，纠正了躺倒的世界。陈持弓大口喘气，用眼角瞄爬满裂缝的玻璃窥孔，只看到夜幕和弥散的白光。算机的字母盘咯吱咯吱地转。玄女在对他说话。他向算机移动半步,算机旁的杀手在这时摇摇晃晃地起身。她的鼻梁歪了,血也糊了一脸,嘴角却依然翘着,露出红白相间的犬齿。

"呸!"她啐了一口血沫,飞扑过来——

毫无还手之力。女人被彻底激怒,动作比之前更快,攻势绵密。陈持弓则动作迟缓,破绽百出,以身体硬接女人的拳头。一拳,两拳,三拳……拳拳打在他的伤口上,鲜血飞溅,疼痛如花火绽开。意识在剧痛中渐渐模糊,他仅靠本能抵抗,失焦的视野中,女人狞笑着,似乎在享受处刑的快感。

不……我不能就这样倒下……

他怒吼着出拳,却只击中女人的残影。女人在他出拳的同时绕到他身后,用手臂绞住他的脖颈,借身体的重量发力,把他压得向后弯折。

窒息。眼前一片昏黑。陈持弓徒劳地抓挠那只手臂,抵抗的意志和力量急剧流失。腐臭甜腥的气息。叮当作响的铜铃。死亡化身巨蟒,缠绕他全部的身心。奇怪的是,在这一刻,他没有感到愤怒或者恐惧,他只感到遗憾。

遗憾自己永远做不了一名真正的战士。

遗憾不曾对莫潘说出的话——莫潘,你看到我为你舞的胡旋了吗?

缠绕他脖子的手臂骤然放松。他双膝跪地,贪婪地呼吸,声如呜咽。身后响起一声凄厉的尖叫。他回过头,看到一步开外玄女手中的女人。她拼命挣扎,可玄女牢牢攥住了她的躯干。她喊了一句什么,却被一阵令人心悸的骨骼碎裂声掩盖。

她的表情凝固了。玄女的手从它自己的胸腔中抽出，将女人抛入夜幕，像丢弃损毁的玩偶。

陈持弓爬向算机，努力不去想沾了一手的腥臭液体是什么。他拨动字母盘：玄女，谢谢你。

陈持弓，那个人，是来杀我的。

陈持弓默然。原来玄女什么都明白。那么它也必然知道，它为之奋战的，是与它截然不同的生灵……生灵，这个词，可以用在傀儡身上吗？不，现在不是思考形而上学的时候。陈持弓虚弱地摇了摇头，看向洞开的舱门外。起火的太极宫照亮了枕藉的尸体和机器残骸，照亮了朝东北方向遁去的羽林军和追在他们身后的一队队傀儡，夜幕沉静，只剩下大明宫方向寂寞盛开的花火。

如此看来，在陈持弓和玄女与各自的对手缠斗时，圣人已离开宫城。此时此刻，为了躲避武侯的追杀，他只有一个地方可去。

玄女，陈持弓对傀儡下令，我们去广运潭。

影国和圣火之子大概不曾料到，用来表演驱傩的巨大傀儡竟然成了刺杀皇帝的最大阻碍。是陈持弓在指挥它战斗吧。看着玄女以万夫莫开的气势无情地摧毁它的同类，伊嗣这样想。可这终究是螳臂当车啊，傀儡武侯太多了，在它们悍不畏死的围攻下，玄女也渐渐疲于应对。

越来越多的武侯突破了玄女的防线，走上太极宫的台阶。

"保护圣人！"伊嗣大声下令。从未经历过沙场的羽林军士兵这才如梦初醒，齐齐向皇帝靠拢，如众星拱卫北辰。他们很快就会明白，在目前的情形下，他们拯救不了所有人，所有这些奔跑、推搡和互相践踏的皇亲和朝臣。

他们必须，且只能拯救一人。

伊嗣回头。他在翻涌的人潮中看到了那张天命所系的脸。那张脸苍白却镇定，此刻正在指挥身边的士兵列阵。皇帝虽然孱弱，但毕竟继承了先帝勇武的血脉。不过，他此刻的勇武多少有些不合时宜。伊嗣想。逃跑才是最佳策略，而他竟然妄图用血肉之躯抵挡住傀儡武侯的进攻，果真是自大到了骨子里。

战斗开始了。士兵们与冲上台阶的傀儡武侯接战。长戟对陌刀，兵刃碰撞声和喊杀声瞬间灌满了伊嗣的耳朵。这是一场不对等的战斗，转眼间长戟尽折，人体分崩离析。在蓝色花火的照耀下，眼前的画面诡异残酷至极，将伊嗣拉回到跨坐在如风身上睥睨战场的那一夜。

他的头顶隐隐作痛。

钢铁洪流一往无前，而羽林军还在不屈抵抗。训练有素的士兵们很快找到了傀儡武侯唯一的弱点：肩胛处的热机。为了给压缩岚气燃烧提供足够的空气，热机仅以钢铁网罩防护，而非以钢板和瓷甲。将其捣毁，武侯就失去了行动能力。意识到这一点后，士兵几人一组，围在武侯身边，不断佯攻骚扰，一旦武侯出现破绽，便对热机发起致命一击。他们成功让几台武侯瘫痪，可此种战法如与死神贴面舞蹈，稍有不慎便会被陌刀的锋刃咬住。伤亡在这死亡之舞中快速攀升。伊嗣有些于心不忍了，被斩成两截的人里、哭号着寻找战友和断肢的人里，有他认识的军官和士兵。尽管在短暂的相处中，他不断提醒自己这些人终究是要被牺牲的，但这不妨碍他与他们相熟，并且想象他们的恐惧和痛苦。

人是多么可悲的动物啊。看着越来越多攀上台阶的傀儡武侯和宫殿前越来越少的士兵，伊嗣忽然感到悲哀。为了一尊虚构的神像，这些人竟能忍受最为深邃的绝望。

譬如眼前的羽林军。譬如凉州的胡人。

譬如父亲。

什么时候他们才能明白，这一切毫无意义？

伊嗣一边假模假样地指挥，一边向皇帝靠近。就在这时，远处传来巨响。玄女跌倒了，傀儡武侯争先恐后地爬上它的身躯。陈持弓死了吗？那张不苟言笑的面孔在伊嗣脑海里闪过。数十名执短刀匕首的黑衣人绕过玄女快速接近太极宫，那是圣火之子埋伏在观礼百姓中的刺客。围绕皇帝构筑的防御圈已经异常紧凑，看到新出现的敌人，即使是护卫神像的人也开始动摇。

皇帝要撤退了。

伊嗣伸手入怀，攥住那个金属球。"不要想着用它们直接杀死皇帝，制造混乱即可。"原来老人早就预料到了这一刻。伊嗣可以不露痕迹地把神火弹丢入羽林军中，爆炸将使他们陷入彻底的混乱。如此一来，皇帝即使不死，也绝不可能逃脱了。

然后，大唐这台精密的机器将会崩溃，动荡将传遍整个大陆。

黑衣人冲上来了。防御阵形进一步压缩。神火弹在手，伊嗣用指尖去感受它的形状、它的重量、它的质感。小小的金属球，竟然关乎大陆上几千万人的命运，这轻盈又沉重的荒诞几乎让伊嗣着迷了。世界将会在它的一声轰响后改变吧。死去的帝国复生，古老的血脉重登王座。在那个新的世界中，莫潘会忘掉那个执拗的陈持弓，爱上一个叫作"伊嗣"的高贵的人吗？

父亲，你是否也曾梦想过这一刻？

……手指用力。咔嚓。神火弹从手中脱出，滚入人群。

轰！黑衣人人仰马翻，附近的傀儡武侯也停止了行动。防御圈最外层的士兵们趁机出击，怒吼着冲向乱作一团的敌阵，更多的士兵则掩护皇帝撤退。

我做出了自己的选择，一只蝼蚁的选择。伊嗣大步向前，用横刀砍倒一名抱头鼠窜的黑衣人，温热的血溅了一脸。父亲，原谅我，白骨累累的帝国并不是我想要的功业。

又一名黑衣人。他挥刀，随即劈空。惊诧中，那人已突进至他身侧，用匕首斜刺。寒光一闪，他以刀格堪堪架住。那人飞起一脚，踹在他的腰眼上，他疼得倒吸一口凉气，退出两步开外。

"你背叛了我们！"那人用波斯语厉声咒骂，"愿阿卡·玛纳将你投入无间地狱！"

岚气灯摇曳的白光下，伊嗣认出了那张血肉模糊的脸。

老人。

他浑身的寒毛都竖了起来。

"啊啊啊——"老人怪叫着向他进攻，招招都豁出命似的，不留余地。伊嗣左支右绌，生生吃了几下，幸有明光铠防护，性命无碍。许是受伤情拖累，几个回合下来，老人的动作越来越慢，攻击之后的空当也越来越大。在一次全力突刺之后，老人的后背暴露在伊嗣面前，伊嗣顺势劈砍，却再次劈空。糟糕！他猛然意识到这是老人故意卖的破绽,可已经来不及了,老人拧身摆拳,坚硬的骨节狠狠砸在他的面门上。

他飞了起来,短暂失重,怦然坠地,仰面朝天。世界一片血红。在血红的世界中,老人一只脚踩住他握刀的手腕,脚尖转动,用全身的重量碾磨。

"伊嗣殿下,真可惜呀。"老人一脸狞笑,"虽然只是一枚棋子,但你活得还是太短了些。"

伊嗣笑了笑,"谢谢你救过我,不过我暂时还不想死。"

他从怀中抽出匕首,插进老人的小腿。莫潘送给他的这把大马士革匕首真锋利啊,它轻易地撕开了老人的肌肉筋腱,令他惨叫着跌倒。伊嗣爬起,扑到老人身上,用匕首捅他的腹部,一刀又一刀,直到左手已经滑腻得握不住匕首,直到老人的瞳孔扩散。他扔掉匕首,退开,瘫坐在地,颤抖不止。蓝色的花火还在夜幕中盛开,太极宫前只剩下死人和瘫痪的机器。玄女不知何时站了起来,正步履沉重地向北走去。

皇帝还活着。战争尚未结束。右手已然麻木,伊嗣用左手摸了摸鼻梁,疼得龇牙,鼻梁骨应该是断了。头发早就散了,头顶的金属壳在随着玄女的脚步嘤嘤嗡嗡地共振。他起身,捡起匕首,用衣袖胡乱抹了几下。这时有人影闪现在他面前,他下意识出刀,又生生收回刀势。

"莫潘?!"

女孩儿看着他,眼神焦急不安。

"不是和你说过,除夕夜不要上街的吗?!"

莫潘摇头。

"这么说，伊嗣大人是想一个人扛下一切。"

莫潘身后响起熟悉的声音。伊嗣瞪圆眼睛。"浮夜门院长？"又倒吸一口凉气，"布、布真？你怎么——"

"伊嗣大人，你也有些变化。"布真抹了一把脸上的血污，瓮声瓮气地说。

浮夜门打量伊嗣，又俯身看了看老人的尸体，"伊嗣大人，看来你遇到了很厉害的敌人。"

"浮夜门院长，你们为什么会——"

"这个以后再说。"浮夜门指了指台阶下的广场，"眼下，我们还有更重要的事要做。"

顺着她的手指看过去，一队队傀儡武侯正迈着整齐的步伐穿过承天门，向太极宫方向前进，热机的火焰连成数条橘色的长龙，蜿蜒不绝。

似乎全长安城的傀儡武侯都在向此地集结。

伊嗣心里一沉，"你们还能做什么？"

"大明宫北面的镜塔。"浮夜门说，"傀儡武侯的行动指令是从那里发出的，我们必须马上赶过去。"

"镜塔？我不明白……"

"你会明白的。"浮夜门意味深长地看着他，"伊嗣大人，我说，要不要加入我们？"

承天门后兵荒马乱。奔跑的人、机器的残骸、破碎的岚气灯、深紫色的夜空——一切都在燃烧。这是一片战场，而在战场最中心的，就是那巨大的金色傀儡。刚刚它还在优雅地舞蹈，而此刻,它正被成群的傀儡武侯围攻,步履蹒跚,摇摇欲坠。

陈持弓就在金色傀儡之中。

莫潘向前走去。有人抓住了她的手腕。

"莫潘,不要再往前了。"浮夜门对她摇头,"现在过去是白白送死。"

她咬着嘴唇,舌尖尝到一丝甜腥。陈持弓就在她前方不到一百步,可她却躲在由一截坍塌城墙围成的天然掩体后面,眼睁睁地看着他身陷险境。那个叫作玛纳的女人说得没错,黑色的死亡从未离她而去,它会以各种方式显示自身——这一次,是花火和傀儡。

一阵恶寒。

"莫潘,我们可以做力所能及的事。"浮夜门攥了攥她的手,安慰道,"我们去阻止那些傀儡武侯。"

"异想天开。"布真在一旁讥讽。

浮夜门愠怒地撇了撇嘴,"根据我的观察,从花火开始燃放到现在,傀儡武侯的行动目标经过了数次调整,这绝不可能事先编入算帛。所以曾青之蓝很可能只是一个启动信号,武侯之后的所有行动,都是人为操控的。"

莫潘睁大眼睛。这时,夜幕中炸开一朵蓝色花火,孤零零地响彻长空。

浮夜门抬头看天,"莫潘,你注意到了吗?除了宫城北面一直在燃放花火,长安城各处的花火都已经停了。我接触过一种算语,可以通过光敏瓷片,将特定光的亮度、闪烁频率乃至形态翻译成语句,对算机发出各种指令,而且这种算语本身并不复杂,能够很好地隐蔽于经纬之中。"

莫潘瞬间明白了浮夜门的意思:有人在通过花火对傀儡武侯下达命令。

"你这个推测,有几成把握?"布真问道。

"不到一成,但这是目前最合理的推测。"

布真摊了摊手。

浮夜门继续说道:"花火的燃放点在宫城北面,燃放花火的人还必须随时掌握宫城里的动态,符合这一条件的地点,我能想到的只有一个。"

镜塔!莫潘张着嘴巴。和皎月居遥遥相对的那座镜塔!

"大明宫以北、广运潭以西的镜塔。"浮夜门说出了莫潘心中的话,"长安城有七座镜塔,它们的位置我都烂熟于心,一定不会有错——"

一声巨响,带着悠长的回音。莫潘转头,看到金色傀儡倒地,武侯如食腐动物般撕扯它的庞然身躯;看到黑衣人从人群中跑出,冲上太极宫的台阶。她下意识迈开脚步,却再一次被浮夜门拽住。

"莫潘!"浮夜门大吼道,"那里不是我们的战场!想办法去镜塔,阻止燃放花火的人,这样才能结束战争!你明白吗?"

莫潘双目含泪,点头。

"所以我们怎么去镜塔?"布真问。

浮夜门对战场另一边的太极宫扬起下巴,"首先,得找人带我们穿过宫城。"

他们找到了伊嗣。

"你刚才说,是陈持弓在驾驶那台傀儡?"浮夜门边跑边问。

伊嗣点头。

浮夜门转头扫了一眼莫潘,"怪不得连命都不要了。"

莫潘臊红了脸。

"看样子,陈持弓暂时安全了。"伊嗣指着慢慢消失在视野中的金色傀儡。

浮夜门摇头,"如果我们不能停止花火,他就要一个人面对全城的傀儡武侯。"

布真龇着牙,狰狞地笑,"他不是想为国尽忠吗?祝他得偿所愿。"

莫潘狠狠地瞅着布真,却发现自己根本没法生他的气:她想起陈持弓那晚和他的死斗,他如今这副模样,是陈持弓一手造成的。

仇恨是理所当然的。

"布真,你少说两句。"浮夜门冷声道。

布真哼了一声。

前方是玄武门。门前有形状难辨的尸体和熊熊燃烧的破碎机器。见伊嗣到来,守卫的士兵急忙开了门。他们惊魂未定地向伊嗣报告,此处刚刚发生了激战,圣人和部分羽林军已经通过这道大门,玄女在歼灭一队追击的傀儡武侯之后,直接从宫墙翻过,在西侧的岚气房更换了压缩气瓶,追随圣人往广运潭的方向去了。伊嗣问他们为何还在这里,带队的校官回答说,是圣人命他们在此处防守。

"守不住的。"伊嗣摇头,"你们都快些离开吧。"

几名士兵面面相觑。校官叉手道："将军，圣人的命令，卑职不敢违抗。"

莫潘听见伊嗣小声叹气。多说无益，几人没有再耽搁，继续前进。重玄门是宫城北面最后一道大门，守备同样松弛。士兵见到伊嗣后，未做盘问便放他们通过。过了这道门，就可以远远望见那座镜塔，此刻它刚刚吐出一记花火，余烬未散，钢蓝色的烟气如薄云般悬浮在塔顶。浮夜门的脚步忽然慢了下来。

"奇怪。"她说，"偌大一座宫城，怎么就这么几个守军？"

伊嗣皱眉，"引进傀儡武侯之后，禁军规模有所削减。但北衙四军①的建制还在，按理说，龙武军、神武军这会儿都应前来策应羽林军了，可是……"

"看来，想要大唐皇帝死的，可不只是影国和圣火之子。"浮夜门说道，"他的处境，有些不妙啊。"

确实不妙。待几人靠近镜塔，他们惊讶地发现，镜塔正门竟然有黑衣人防守。黑衣人是如何在大唐最核心的位置、在禁军眼皮子底下接管了这座塔？这次阴谋的规模远超莫潘之前的想象，令她心惊。不过这也从侧面印证，浮夜门的推测是正确的。镜塔上的花火对阴谋成功与否一定至关重要，否则影国和圣火之子不会冒险暴露自己。

他们蛰伏在距离镜塔不远的黑暗中，焦灼地分析当前形势。

"我们有可能进到镜塔里吗？"浮夜门问。

布真摇头，"大门口至少有二十人，其他部位不好说。我们毫无胜算。"

---

① 唐代羽林、龙武、神武、神策四军，为皇帝禁军，在皇宫之北，因称"北衙"。

"联系龙武军和神武军需要时间。"伊嗣说,"而且,我不确定还能不能相信他们。"

"就一点办法都没有了吗?"浮夜门向全体发问,眼睛却盯着莫潘。

莫潘的嘴唇抿成一线。她所热爱和擅长的东西,在此时派不上任何用场。算学到底能做什么呢?除了提出虚无缥缈的问题,除了让世界这台杀戮机器更加高效地运转。

"咳咳,办法倒不是没有。"伊嗣装模作样地压低嗓门,"浮夜门院长,你相信我的经纬学水平吗?"

含光殿以北有几幢罗马灰泥仓库,北衙四军在此存放部分军械。伊嗣带着他们一路小跑,到了一幢仓库前。在门前的八卦盘上输入密码,仓库门应声滑开,里面的岚气灯同时亮起。

莫潘倒吸一口凉气。

十几双玻璃眼珠在瞪着她。陌刀的反光在傀儡武侯上方交织成网。她下意识后退,耳边响起唰的一声,那是布真的弯刀出鞘。

"大家别紧张。"伊嗣急忙说,"这些都是新型武侯,没有用学院的算帛。"

定睛一看,眼前的傀儡和外面的那些确实不同。它们披白色瓷甲,头部更小,身材更高大。此刻它们的热机并未启动,静默如磐石。

"羽林军本来计划在上元节后装备新型武侯。"伊嗣向仓库深处走去,"你们看到的,都是测试机。"

浮夜门跟在他身后,打量这些簇新的机器,"测试机?"

伊嗣点头，然后打开一台武侯胸前的盖板，转动旋钮，抽出折叠在武侯胸腔中的金属指令板，手指在其上游走。

"我明白了，你是想——"浮夜门眼睛一亮，随即轻轻摇头，"可是，现在编制武侯的行动指令，怕是来不及。"

"浮夜门院长，你听说过模件化指令吗？这些武侯内置了许多这样的指令，有了这些指令，操纵它们就和我小时候玩的'斗傀儡'差不多。当然，仓促编制的战斗逻辑难免粗糙，但应付目前的场景，应该是足够了。"断了鼻梁、披散着头发的伊嗣狡黠一笑，看上去多少有些滑稽，"浮夜门院长，我在学院的时候，可有好好学习经纬学来着。"

布真在莫潘身后嘎嘎地笑，"经纬学我不太清楚，伊嗣大人的骑马射箭还差点儿意思。"

波斯少年不以为忤，"那段岁月可真令人怀念啊。"

伊嗣手法纯熟，不到一刻钟就为所有武侯编制好了指令。之后，四人手脚麻利地启动了武侯的热机，嗒嗒的连杆运转声在仓库里来回反射，如夏日疾雨。十六台武侯列队携雨声向镜塔前进。镜塔正门的黑衣人远远就看到了它们，一开始还指指点点，甚至笑了起来，大概以为这是一队蠢头蠢脑、跟大部队走散的友军；直到武侯杀气腾腾地到了眼前，他们才意识到不对，刚刚准备应战，就被砍倒一片。布真和伊嗣跟在武侯身后，高声叫着，举刀掩杀过去。在机器与人的双重冲击下，黑衣人很快便溃不成军，死的死，逃的逃，留下正门洞开的镜塔。进了镜塔，武侯沿螺旋楼梯一路向上。在镜塔顶端的平台上，它们遇到了黑衣人的殊死抵抗。然而毕竟力量悬殊，那十几名守着花火发射装置的黑衣人转眼也被屠杀殆尽,这时武侯终于停了下来,站成一排,犹如凯旋后等待检阅的劲旅。

塔顶成了一片微型的战场,异常强烈的血腥味和硝烟味在空气中飘荡,浓稠如汤。莫潘以衣袖掩口鼻,小心翼翼地避开地上的尸体与残肢。她看到花火发射装置通过振丝与算机相连,镜塔边缘的围墙上,还架着几只单筒镜,当然,所有她看到的东西上都有喷溅的血迹。一切都符合浮夜门的推测,黑衣人在这里观察宫城的动态,将不断调整的指令输入算机,算机再用特定算语将指令翻译成不同形态的花火,发射到天上去。

必须立刻——刀光一闪。布真斩断了算机和发射装置之间的振丝。几人齐齐看向发射装置,它已不再喷吐花火。

"傀儡武侯得不到新的命令,应该会偃旗息鼓了。"浮夜门说,她的脸色惨白,显然对眼前的景象感到极度不适。

顾不上老师,莫潘走向镜塔东缘。从这里看去,广运潭上船只的灯火犹如繁星,飘浮在另一片漆黑的宇宙中。广运潭边上,灯光与火焰交汇,在黑暗中造出一小片不稳定的白昼,金色傀儡是白昼中婀娜的女性剪影,不断辗转腾挪——它依然在战斗。

傀儡武侯还在进攻,并且越聚越多。

半晌无人说话。

"它们没有停下来!"布真放下单筒镜,用衣袖揩手,"浮夜门,你错了!"

"不可能……不可能啊……"浮夜门喃喃道,又求救般地看了莫潘一眼。

莫潘头脑一片空白。身体先于思维行动,她转身,向塔顶的活板门走去，动作机械，如傀儡一般。

然后，她震惊地停了下来。

含奴，那个章祭酒的女性傀儡，就站在活板门边。

傀儡武侯无法涉水，圣人到了"九婴"行宫上，就安全了。陈持弓曾经听某位朝臣说过，"九婴"是圣人的避难所，不在上面装备傀儡武侯，也是出于这样的考虑。可是，圣人和护卫他的羽林军早已到了岸边，"九婴"却远在广运潭中央，一边慢吞吞地向岸边靠拢，一边驱赶航道上的民用船只。照理说，冬季并非漕运旺季，不应该有这么多船的。

除非，这也在敌人的计划之中。陈持弓一惊。说不定圣人登上"九婴"，是正中他们的下怀。

他挣扎着站起，趴在遍布裂纹的玻璃窥孔上向外望，只望见冲天的火光和傀儡武侯的洪流。他倚着玄女胸腔弧形的侧壁缓缓坐下。即便如此，他想，也好过死在傀儡武侯的刀下吧，大唐皇帝死于他迷恋的技术，这该是多么大的笑话。

位高权重的人是决计不肯让自己成为笑话的。

形势不容乐观。玄女和他一样，都已伤痕累累，而且热机满负荷工作太久，随时可能报废，傀儡武侯却仍在源源不断地拥来。防线不断后退，数百台武侯将玄女、羽林军和圣人封锁在广运潭的码头。

没有退路，只能背水一战。

轰！轰！伴随着玄女的踩踏和捶打，一声接着一声。傀儡武侯死亡的爆响和玄女胸腔的异响混成一片，这小小的庇护所仿佛下一秒就要分崩离析。字母盘转动,吐出文字。

陈持弓,我怕。

他不知该说什么好。玄女越是表现出人的智慧与情感,他的愧疚之心越甚。说服玄女跳胡旋舞的是他,命令玄女投入这场战争的也是他。玄女之所以服从,无非是因为,他是它的创造者。

就像人无条件地服从神灵,或者神灵的象征物。

从这一点来看,他和玄女,又有什么区别呢?

战斗持续。代表一号和五号热机的岚气指示灯相继熄灭。玄女越来越虚弱。终于,它开始不堪重负地摇晃。陈持弓用尚能活动的左臂紧紧拉住扶手,看着玄女再次向大地坠落。就在这时,他听见羽林军发出一阵欢呼。

"圣人登船了!圣人登船了!"

圣人登船了。他如释重负。坠落也在这时停了下来,玄女双手撑地,不屈地与大地保持了最后的距离。然而,顺着玄女的胳膊,傀儡武侯还是一窝蜂地爬了上来。

其中一个钻进了玄女洞开的胸腔。它红色的玻璃眼珠直勾勾地盯住陈持弓,像猛兽盯住猎物。

它挥舞着陌刀,向陈持弓走来。

这就是结束了吧。陈持弓笑了笑,感到前所未有的轻松。

浮夜门,放弃吧,你阻止不了我的。

含奴胸前的字母盘拼出这样一段话。浮夜门的脸变了颜色,转身对三人说:"这傀儡是章善德的代言人,它没有内置智能,所以章善德一定在通过某种方法操纵它和所有的傀儡武侯。只要我们找出这种方法，说不定就能……"

"不会是心灵感应吧？"布真语气轻松，手却紧紧攥着弯刀。

浮夜门蹙眉，"既然不是花火，那就是某种我们看不见的方法，而且至少能够覆盖大半个长安城……到底是什么方法……"

国子监没完没了的窸窣声。巨响中停止行动的傀儡武侯。看不见的方法。一个念头出现，如闪电刺穿乌云，莫潘瞪大眼睛，抓起浮夜门的手，在她的掌心写下两个字。

浮夜门的表情瞬间凝固。

"声音！"她抓起莫潘的手，低吼道，"对，是声音！章善德可以通过振丝系统听，他当然也可以通过振丝系统发出指令！长安城的铁马就是这样运行的！"

莫潘点头。

"可是……"浮夜门的手忽然松了劲儿，颓然落下，"知道又能有什么用呢？章善德已经化身形式系统，藏身于长安城成千上万的振丝之中了。我们怎么可能停止振丝的运行呢？"

她走到含奴面前，"章善德，这一切都在你的计算中，对吗？这座镜塔与其说是故布疑阵，不如说是你玩的一个游戏。你知道即使我们发现了真相，也阻止不了你。"

知道就好。现在，请静静欣赏这出大戏的最后一幕。

几个人一同转身。远处，黑云连接着大地、连接着广运潭黝黢黢的水体。巨大的海上行宫正驶向岸边，金色傀儡正被一团团爆炸的火光映亮。

人们在死去。陈持弓在死去。黑色的死亡如影随形。可我

561

什么也做不了，我只会为我在乎的人带去灾难。莫潘颤抖着，任热泪滚下脸颊。

"莫潘，还不到绝望的时候。"有个声音在她耳边轻轻说，"虽然那家伙让我很不爽，但我还记得他说的话。"

莫潘泪眼蒙眬地看着伊嗣。

"他说，他在等着你成为你自己。呵，这个爱出风头的田舍奴。"伊嗣笑了笑，"我没他那么文绉绉，我想说，我记忆中的莫潘，可不会轻易投降。我们虽然是蝼蚁，但绝不是命运的奴隶。"

莫潘怔住。下一秒，一股热流涌上喉头，那是淤积了几个月的声音和言语。她想哭，想放声嘶吼，想用最肮脏的字眼咒骂残酷的命运，可当热流喷薄而出，她只是弓着身，发出一声老人般的喘息："啊哎——"

所有人都看着她。

她揩了揩嘴角，走向含奴。

"章祭酒，我证明了那个问题。"她说，吐字稍显生涩。

那个问题？

"莫毗多的问题。"

证明给我看。

她清了清嗓子，"构建形式系统甲，定义常量零、后继数卯，定义非和或，定义数项，定义逻辑公式，引入金玄公理……"

她用语言搭建起心中那座算学巨塔，她知道每一枚砖块的位置，也知道巨塔最终的模样——它矗立在公理和逻辑的地基上，穿过抽象的领域，通向理性的尽头，通向神灵栖身的地方。

"故，形式系统甲不完备。定理得证。"说得口干舌燥，巨塔终于完工，莫潘长出一口气。世界随即陷入沉默。窸窸窣窣的声音如春潮般从长安的地下升起，慢慢变成高亢尖锐的蜂鸣，最后竟如银针贯通每个人的耳膜。

四人捂着耳朵，痛苦地对望。忽然，他们看不到彼此了——长安城所有的灯火都在此刻熄灭。蜂鸣声变成天地间唯一的事物，它钻入人们的经络和骨髓，仿佛要把这座城里的每个人粉碎成物质最基本的组成单元。

他们蜷在地上，体面尽失地号叫，可除了蜂鸣，他们什么也听不到。

不知过了多久，蜂鸣停止了。

莫潘拼尽最后的力气看向含奴，黑暗中，它只是一个模糊的轮廓。下一秒，那轮廓摇晃了一下，栽倒在地。

嘭。

当陈持弓从刺耳的尖啸中缓过劲儿来，那个险些取走他性命的傀儡武侯已经消失不见。一定是从玄女的胸腔跌了出去，他想。

四下一片安静。地面左右摇晃。是玄女站了起来。从窥孔向外望，陈持弓看到了诡异的一幕：傀儡武侯在清冷的星辉下或站或卧，一动不动，只有背后的热机还在喷吐火光。如果不是玄女在移动，陈持弓会以为时间暂停了。

结束了。他瘫坐在地，疲惫地想。莫潘，我活下来了。

然后他听到了炮击声。

玄女循声转身。它面前的广运潭变成了一片漂浮的火海，把长安城暗淡下去的夜再度点亮。几十艘熊熊燃烧的车船从四面八方向"九婴"快速逼近，有的在途中撞上了民船，将民船连片引燃；有的在开阔水域被"九婴"的重炮击中，粉身碎骨。更多的火船避开了船只和炮弹，疯狂地冲向"九婴"。"九婴"附近的许多民船慌不择路地撞在一起，转眼倾覆过半，将人们抛入水中。

玄女，我们不能让那些船靠近"九婴"。

陈持弓，你是在命令我下水吗？

陈持弓默然。

我会死的。玄女继续说道。

不，我们会活下来。陈持弓咬着牙。玄女，相信我。

字母盘不再转动，玄女沉默着走入广运潭。这人工挖掘的水体并不深，走出几十步，只淹到玄女的腰。它开始截击火船，用拳头砸沉它们。爆炸把火船装载的石脂化作飞溅的火星，黏附在玄女的手臂肩膀上。虽然玄女不断将手插入水中灭火，但胸腔里就是热机，它不能下得再低了。

它的大臂、胸口和双肩在燃烧。

它在燃烧着向"九婴"靠近。

一枚炮弹呼啸而来，击中玄女左臂肘关节，削掉了它的小臂。也许是错觉，陈持弓听到一声痛苦的呻吟，从舱室的四壁传来，层层叠叠地反射。

陈持弓……他为什么要……攻击我们？

玄女，他只是……打偏了。陈持弓吃力地拨动字母盘。不，你在欺骗玄女，也在欺骗自己。挂在胡城大门的安阿了的头颅对他说道,为了生存下去,这个世界的主导者并不介意把别人吃掉——你应该懂的。

你闭嘴!他在心中吼道。

安阿了眨着湛蓝的眼睛,说:康桃儿在等着你。

他抓着扶手,勉强站立。扶手滚烫,烤得手心滋滋作响。

又是几次炮击,没有击中玄女,只击中它身边的火船,令它在波涛中摇晃。此时此刻,火船只剩一艘,但它行进的路线与船尾连成一线,正好处于"九婴"火力的盲区,而"九婴"却还在慢吞吞地转身。

陈持弓看到,甲板上的官兵正在打捞落水的民众。

他一怔,然后笑了。他终于明白,自己守护的从不是一个抽象的符号,而是一个具体的国度,这个具体的国度由无数具体的挣扎和幸福组成,他的挣扎和幸福也在其中。

有了可以守护的东西,他的生命就不会是一片虚无。

他紧紧抓住胸前的锦囊,心中有了决断。

玄女,我们去拦住最后那艘火船。我向你保证,我们会活下来。

玄女没有应答,只是默默向前。

在这一刻,他为自己感到羞耻,因为他哄骗一个纯真的生命赴死。呵,为了实现存在的意义,他欺骗的又何止是玄女?那双沉静的绿眼睛不也义无反顾地相信他吗?

玄女俯身,伸手去按那艘快速行进的火船。距离太远了,傀儡倾斜的角度超过了维持平衡的极限,它向水面倒去。水从它胸口的空洞涌了进来,和炽热的金属相遇,瞬间化作白色的雾气。陈持弓眼前一片朦胧。在被水吞没的前一秒，他听见了火船爆炸的声音。

那么，再见了。

他的眼泪消散在水中。

第三十一章　尾　声

长安，广运潭。

打捞工作结束了。十天里，原本用于疏浚河道的清淤船从广运潭中陆陆续续打捞出七八十具尸体。陈持弓不在其中。据说，玄女的残骸也被全部打捞上来，人们把残骸可以容人的地方都搜了个遍，也不见他的影子。圣人没有办法，只好命人取了陈持弓的衣冠，葬于长安北邙山[①]，又为其隆重招魂。圣人直接过问丧事，以陈持弓的品级，可谓备极哀荣。区区一个振威校尉，

　　[①]北邙是中国古代著名的丧葬圣地，民间有"生居苏杭，死葬北邙"的说法。如今在大多数人眼里，北邙就是指洛阳北部的邙山东段。实际情况可能比今人对北邙的认知要复杂得多。王世贞《弇州四部稿》卷一六三《说部·宛委余编八》："《西京杂记》：'茂陵富人袁广汉于北邙山下筑园，东西四里，南北五里'，又'何武葬北邙山薄龙坂，王嘉冢东北一里'。然则长安故自有北部，不止洛中也。"王世贞最先注意到洛阳之外的其他地方亦有山名北邙的现象，然其目力所及仅只长安一地。事实上，洛阳之外的其他地方有山名北邙的现象绝非个案。冯雷著：《唐人丧葬观研究》，陕西师范大学博士学位论文，2020年，第83—84页。

不过是为国尽忠，竟得到如此荣耀，皇帝宅心仁厚，朝臣百姓无不称赞。

至于这个被他们假定死亡的人，倒没什么好说的了。

这是莫潘连续第十一天来到广运潭边。"傀儡事变"——这是长安老百姓的命名——后，长安的振丝系统瘫痪，铁马无法大规模使用，莫潘只能步行。从国子监到广运潭，要走两个多时辰。宵禁制度也在除夕夜后恢复，莫潘每天五更①三点②后就出门，只为了能在潭边多待一会儿。

今日的广运潭，清淤船已全部离开，这片"内海"又恢复了往日的热闹，除了岸边一队队巡逻的士兵，这里就像什么都不曾发生。莫潘在一段无人的堤岸边坐下，顶着灰色的兜帽，长时间地注视水面。

"你还在等他吗？"

莫潘回头，正对上浮夜门的目光。那目光里有怜爱，也有埋怨，她看懂了。

她点头，"他会回来的。"

"已经十一天了，如果——"

"他会回来的。"她执拗地重复道。

"真是讽刺啊。"浮夜门叹了口气，"一个凭一己之力抵达理性尽头的人，竟然如此感情用事。"

莫潘眨了眨眼，"我没有完成那个证明。"

"啊？"浮夜门扬起眉毛，"那你怎么让章善德——"

①夜间计时单位。一夜五更，每更约两小时。

②更点。一更分为五点。

"我在证明里藏了一个自指的悖论。"莫潘说,"我做了一个假设:如果章祭酒是算机那样的形式系统,他就会被悖论击垮。这个假设是正确的,章祭酒调用了长安城全部的算力,将长安城所有的算机和振丝推向振动的极限,却反而因为这巨大的计算能力彻底崩溃。"

浮夜门嘴唇微张,思忖片刻,"原来如此。怪不得那家伙耿耿于怀……"

莫潘疑惑地看她,"那家伙?"

"一位痴迷于算学的友人。"浮夜门的嘴角微微翘起,"他固执地认为,传说中那个终结形式系统的证明并不存在,你的证明里有错误,可他就是找不到错误在哪里。"

"他会找到的。"莫潘淡然道。

浮夜门点了点头。两人一时无话,静静望着波光粼粼的水面。远处有汽笛声响起,悲伤绵长,却很快被淹没在生机勃勃的嘈杂中。

"老师,我已经不在乎了。"莫潘轻声说。

"嗯?"

"我已经不在乎自己是不是不净人了。"莫潘的目光落在极远处,"无论我是谁,我都会勇敢地接纳自己——这是我和陈持弓的约定。"

浮夜门默默看了莫潘片刻,忽然寂寥地笑了。

"莫潘,说实话,我有点羡慕你呢。"

莫潘眨着她的绿眼睛。浮夜门没有说出口的话,她听到了。

浮夜门从怀中掏出一卷算帛,递到她面前。"除夕那天早上，陈持弓把你和这卷算帛托付给了章善德，就好像他预感到了什么。"浮夜门顿了一下，"可惜所托非人啊。不过万幸，他要保护的事物都完好无损。"

莫潘咬着嘴唇端详算帛，没有伸手。

"有点眼熟，对吗？"浮夜门说，"我做梦都不曾想到，它会辗转回到我的手中。现在，我要把它亲手交给你了。"

"可是——"

"莫潘，我马上就要离开长安，算帛交给你保管，更安全一些。再说，"浮夜门挤了挤眼睛，"你的肩膀已经可以扛起这样的责任了，不是吗？"

莫潘激动地提高了嗓门，"老师，你要离开长安？！你去哪里？"

浮夜门黯然一笑，"回学院。我已经逃离太久了，久到都忘记自己究竟是谁了。莫潘啊，我的学生尚且都能直面命运，我还有什么理由继续逃下去呢？"

莫潘默然。

浮夜门把算帛往前递了递，"喏，拿着。"

莫潘犹豫着伸手，轻轻握住算帛。说来奇怪，在那一瞬间，她仿佛摸到了陈持弓的气息和温度，它们沉甸甸的，不容拒绝。她陡然生出一股冲动，想在明亮的日光下仔细看看手中的算帛，看看算帛上创造生命同时也毁灭生命的经纬。于是她将算帛慢慢展开，发现它还不及她双臂展开的长度，有些陈旧泛黄，在阳光下散发着毛茸茸的光泽。

她瞪圆了眼睛。

在纵横的经纬之间，她看到了一颗金色的桃子。

凉州，大云寺。

无念双目微闭，手指不停捻动念珠，半晌才开口说道："所以，他竟以这样的方式向你道别？"

浮夜门点头。"傀儡事变"后的第二天晚上，章善德就找到了她——当然，是以含奴的形态。彼时，胡人和傀儡都是长安城怀疑和忌惮的事物。幸好怀疑和忌惮尚未蔓延到国子监，她这才有机会与章善德相见。当含奴在国子监一处偏僻的仓库找到她时，她并不感到惊讶。国子监相对独立的振丝系统还在运行，章善德自然存在其中，并且依然保持着敏锐的知觉。

"章善德，这一切是为了什么？"她对含奴发问。

傀儡胸前的字母盘转动：在我化身为瓷与丝的振动之后，曾多次与镜塔接驳，和其中的那位神灵交谈。我们一致认为，算学、格物、丹学乃至思想的发展造就了新的现实，而君主们正利用这一现实巩固既有的权力结构。这与我们憧憬的"理想国"或者"太平世"南辕北辙。我们必须扭转这个局面。

"……扭转？"

投下一颗混乱的种子，等待它发展成风暴，席卷整个大陆。金桃就是那颗种子。当镜塔的神灵将它赠予人类，行动就开始了。我在这场百年大戏中做的，不过是利用信息的优势，帮助一位不孚众望的皇子登上帝位，然后，看着他被自己难以驾驭的权力反噬，在恐惧和执迷中走向疯狂。所以除夕夜他死不死并不重要——不，也许不死更好些。很快，你就会看到大唐内部大规模的清算,会看到大唐对西域、河中、大食乃至拂菻的强烈敌意,而大陆诸国也会对大唐的敌意做出反应。这就是我们希望看到的:在一个动荡的时代,世界会重新选择前进的方向。

"死不死并不重要。"浮夜门怅然重复道,"你们想过那些在除夕夜如草芥般死去的人吗?"

含奴漠然地看着她。那是通往新世界必须付出的代价。

"可是,为什么呢?"沉默片刻后,浮夜门发问,"无论是你,还是镜塔中的神灵,你们皆非人类,为什么要关心人类的福祉?"

是啊,为什么呢?含奴的头部轻轻摆动。如果宇宙诞生于算学的规则而非神灵的意志,那么存在本身就没有任何意义。我想,智慧的本能,便是在无意义中创造意义,从而赋予存在以合理性。理想国和太平世,就是我们为自己创造出的意义——这个答案,你满意吗?

"……你满意吗?"无念停止了手指的动作,问道。

浮夜门摇了摇头,"我不知道。"

"阿弥陀佛,通往真如之路,道阻且长。"无念双手合十,"浮夜门院长回到学院,也是为了寻找答案吧。章善德还对你说了什么吗?"

"他说,他将与长安城同在。"夫藏舟于壑,藏山于泽,谓之固矣。在把胸腔内的金桃交给浮夜门后,章善德如此说道,我与长安城融为一体,便不会真正地死去。所以,浮夜门,不要为我肉身的陨灭感到悲伤,我永远都在这里,等待着你从镜塔传来的经纬信。

真是个自作多情的家伙，你不过是章善德的仿制品，我凭什么要为你感到悲伤？

如是想着，浮夜门的眼睛却忽然有些酸涩。回去以后，她还会写信的吧？也许，等到她垂垂老矣、神志不清，她终会忘掉章善德已死的事实，她的世界里，只会剩下这样一位远方的爱人。

也许。

"那几位少年呢？"无念不识趣地打断了她的思绪，"我想知道他们现在如何。"

浮夜门用手指揩了揩眼角，回答道："陈持弓下落不明。伊嗣护驾有功，得到皇帝褒奖，却被软禁起来。皇帝一定对伊嗣心存芥蒂，毕竟差点儿要了他命的圣火之子也来自波斯。不过伊嗣也因此躲过了朝廷的大清洗，算是因祸得福了。至于莫潘，她留在国子监学习算学，同时等着陈持弓回来——无念大师，我从不相信奇迹，但为了莫潘，我愿意相信一次。"

无念长叹一声："阿弥陀佛……"

"无念大师，我有一个问题。"

"请讲。"

"你为什么要帮助莫潘？"

"出世或者入世，世界自有它的一套运转法则，有时越是执着越是事与愿违。贫僧累了，也怯了。贫僧没有帮助莫潘，只是将因果交到她手中。"无念端起茶盏，啜一口茶，"可是这几位少年，要面对动荡的世界呢。"

"他们不会被世界击垮的。"浮夜门说，"我有这个信心。"

无念默默点头。

走出无念的禅房时，天已黄昏。在通往寺门的小路上，布真与她并肩同行。四下里有渺渺的佛音，她听不真切，却莫名心安。

"布真，送我回到学院之后，你有什么打算？"她问。

"回碎叶城。"布真答道，"我有种预感，乌玛依会成为突骑施的第一位女可汗。到了那时，她的身边会需要一个面目狰狞的护卫。"

浮夜门笑道："面目狰狞，但心地柔软。"

布真哼了一声，"在草原上，心地柔软是会要命的。"

浮夜门停下脚步，直视布真。

"不会的。"她笃定地说。

布真皱缩着的脸抖动一下，然后，他难看地笑了笑。

这时，有叽叽喳喳的鸟鸣声从天空中掠过，这具体的声响拥抱着形而上的佛音，竟有一种奇妙的和谐。

"春天到了啊。"浮夜门抬起头，喃喃道。半晌，她才收回凝固在天空中的目光。

"我们走吧。"她轻快地说。

后记：《金桃》生长记

一切都始于一场梦。在梦里，我看到巨大的金属人偶在辉煌的宫阙楼阁间翩然起舞，夜空中烟花盛放，轰隆作响，为它的舞蹈打着节奏……醒来后，我既震撼又疑惑，震撼于这一画面的陌异和美丽，疑惑于它想向我传达的信息。疑惑没有持续太久，因为面对某种说不清道不明的意象，作者们似乎有一个标准的处理方法：把它编成一个完整的故事，让意象在故事的生长中将自己完成。

于是《金桃》就这样生长出来了——不，这当然不是故事的全部。意象只是种子，它的生长需要土壤，就像真正的自然界一样，人类心灵的土壤大概也不是某种单一物质，而是一个人智识、情趣、阅历、欲望乃至瑕疵的混合物。在决定将梦中的那一幕写成故事后，我开始为它寻找合适的背景。我想起《撒马尔罕的金桃》①，一本研究唐代舶来品的博物志式的著作。那时我还没看过这本书，它的名字本身便构成了强烈的意象，如惊鸿一瞥，在我的头脑中留下了难以磨灭的印记："撒马尔罕"这一词语在汉语中的异域感和桃子——中国文化中有着美好寓意的水果——之间形成了一种美妙的张力。这张力令我念念不忘，最终和我的梦境起了化学反应——我甚至怀疑，它就是我梦境的起因。我决定，围绕大唐和它的异域写一个故事，故事开始于撒

---

① 图书全名为《撒马尔罕的金桃：唐代舶来品研究》。

马尔罕，结束于金桃；最高潮的一幕，是我的梦。

于是《金桃》就这样生长出来了——不，这当然也不是故事的全部。在落笔之前，我一直在思考，中式的历史科幻小说应该是什么样子。我发现我看到的许多小说都把"中式"二字落在了美学层面。这不是问题，问题是，这些小说里的中式仅限于美学层面。在我的认知里，美学本身来自功能性，中式美学如果没有功能性的基础，在我看来是缺乏说服力的。所以我做了一件胆大妄为的事：从更基础的层面搭建我的中式美学体系，也就是打通从思想到技术到美学的道路。事实证明，这是自我折磨之举，因为无论思想、技术还是美学，都在我的能力范围之外。然而秉持"来都来了"的四字箴言，我还是写了下去。也许就是为了抵达我的梦境，那个来自潜意识的启示，那个故事讲述者为自己赋予的意义和责任。

于是《金桃》就这样生长出来了。也许如真正的桃子一般，它的口感和香气还承载了更多、更复杂的东西，比如一直萦绕在我心头的"李约瑟之问"。这就要交给你们自己去品尝了，因为即便是桃子的种植者，也无法定义食用者的味蕾。

但至少桃子在那里了。照例要感谢为它辛勤灌溉的科幻世界杂志社的编辑老师们，为我加油打气并提供灵感和素材的朋友们，还有忍受我的冷落和作息不规律的家人们。最后，还要感谢你们，我的读者，能为你们编织一个金色的幻梦，是我最大的荣幸。

希望《金桃》能像一枚真正的桃子般，带给你们曼妙的愉悦。

杨晚晴

2024 年 12 月 8 日于昆明